本著作系国家社科基金
"姚华著述整理及文学作品研究"（编号16BZW105）结项成果

姚華

文学作品研究

郑海涛 著

人民出版社

姚华遗像

姚华孙女姚伊①，现定居于贵阳十中退休职工宿舍。

笔者与姚伊女士合影（2016 年 7 月）

---

① 姚伊：姚华次子姚鋆所生次女，1930 年阴历七月十二日出生于北京。其后因战乱随父母先后迁徙开封、长沙等地，1938 年定居于贵阳。1948 年高中毕业后就职于当地小学，1951 年调至贵阳市教育局工作，1971 年调至贵阳十中任支部书记，1988 年退休（以上根据 2017 年 8 月访谈姚伊的内容整理）。

序　一

　　读罢郑海涛教授的书稿《姚华文学作品研究》，我认识了中国近现代史上出现的一位治学涉猎广泛、创作成就斐然的通才型学者。姚华（1876—1930），字一鄂，号重光、茫父，别号莲花庵主，贵州贵筑（今贵阳市）人。这位很难在中国近现代学术史和文学史上找到名字的学界前辈，却为后人留下了包括《弗堂类稿》《经济与中国》《菉猗室曲话》《小学答问》《弗堂词》《菉猗曲》《中国图谱源流考》等在内的多种论著，令人十分钦佩。姚华生活的时代充满了剧烈的动荡和巨大的变革，传统文化与现代文明的碰撞与对接，中外文化的冲突与交流，特殊的时代风貌在姚华的人格建构及其学术活动中留下了太多的印记。身为光绪三十年（1904）进士的姚华，国学根基十分深厚，不仅擅长填词作曲，而且在传统的文字学、音韵学、文艺学等研究领域表现出极高的造诣，其颖拓技法更是堪称一绝。同时，他又善于从现代文化的土壤中吸收养分，从而为自己的学术生命注入了新的活力，《民法财产》《经济与中国》等著作的问世，便得益于此。至于其将郑振铎翻译的印度诗人泰戈尔《飞鸟集》的白话本，改写为五言古体，更显示了其学术视野的广阔性以及贯通中外的深厚学养。然而，对于这样一位具有跨时代人生经历、取得了丰硕成果的学者，当代学术研究界的关注者却寥寥无几。审视既有研究成果，不仅数量少，而且内容显得比较单薄，缺乏全面性和系统性，对于姚华著述的整理工作，主要由其孙婿邓见宽先生进行，这种现状实在让人感慨不已。令人欣慰的是，郑海涛教授即将面世的《姚华文学作品研究》，在考证姚华著述的基础上，从文体辨析的角度，重点阐释姚华的文学理论观念，并对其各类文体创作的艺术特色进行体认，一定程度上填补了姚华研究的空白。

我认为，结合当下学术研究的发展走向，该书关于姚华的系列研究至少给我们以下两个方面的启示：

其一，应当进一步重视对地方历史文献的搜集和整理工作。

地方历史文献是指内容上具有地域特征，并同时具备"过去式"时间特征的区域性文献，主要包括地方性史料与地方历史人物著述这样两大类。众所周知，文献的搜集和整理是一切研究工作的基础，无论我们的研究对象为何，掌握丰富完备的文献资料，可以确保研究的全面性和结论的可信度。地方历史文献除了具备学术研究的价值之外，还能够为当下地方经济建设和文化发展提供有益的思想资源和旅游资源，有助于提高社会效益和经济效益，故越来越受到各地方政府以及专家学者的重视。对于不少长期生活在书斋、擅长从事基础理论研究的学者而言，由于关注和发掘不够，可能对地方历史文献（尤其是非正史文献）具有疏远感和陌生感。事实上，充分利用那些一度被不同程度忽略的地方文献，不仅可以对既有的研究发挥查漏补缺的作用，还有助于发现新的学术研究增长点。郑海涛教授关于姚华著述的整理以及近代期刊所载姚华资料的汇编，很好地诠释了这一点。他希望通过自己的努力，去弥补姚华研究的遗珠之憾。为此，他将实地考察与文献搜罗相结合，将文献整理和理论阐释相结合，凭借坚实的学术功力，不遗余力地搜寻和辑录与姚华相关的各种历史文献资料。在此基础上，怀着对学界前辈的景仰之情，去"还原"这位地方文化名人生前颇具地域色彩的生活场景，去勾勒他从贵州到北京的人生轨迹，进而探究他的精神世界与心路历程。呈现在我面前的书稿，录有不少对于姚华研究堪称十分重要的资料，它们原本尚未纳入当代学人的研究视野，如姚华的长文《经济与中国》，这不仅为姚华研究的深入进行提供了新的可信材料，而且对于我们全面认识与把握姚华这位充满浓郁传统气息的学者所具有的现代文化素养，开启了一个新的考察角度。

其二，应当重视对跨时代的历史文化名人的研究。

文化的存在既是空间上的分布，也是时间上的延续。作为文化创造者的人，总会出现在一个特定的时空交汇之处，同时接受地域文化的熏陶和时代风雨的洗礼。就姚华而言，晚清至民国前期的文化氛围与时代潮流，对其人格建构、学术活动乃至文学创作都产生了不可忽视的重要影响。

与姚华有着大致相同人生经历的一代传统型知识分子，进入民国之后，他们的文化选择很快呈现出多元分殊的价值趋向：或固守文化保守主义的立场，拒绝迈出前行的步伐；或以主动的态势迎接文化的转型，义无反顾地去寻求和利用新的思想资源；或凭借历史的惯性，更多地保留了传统文化的习性，同时也不抗拒新思潮新风尚的逐渐浸染。研究这种群体分化的特殊历史现象，无疑有助于我们更加全面系统地认识中国传统文化强大生命力之所在，及其需要变革的弊端，更加具体深入地了解新旧文化碰撞的激烈性、持久性和复杂性。而姚华正是这种研究的一个极具代表性的"样本"。该著通过对姚华生平的梳理，呈现了姚华人生的若干重要节点，如整个青少年时期接受的是传统教育，参加科考一败而再试，进入仕途后游学日本，归国寓居北京开门讲学，担任新式学校（北京女子师范学校）校长等，由此让我们清晰地看到新旧、中外若干文化要素在姚华人格建构中的相互关系及其作用，进而令人信服地发掘姚华学术成就，并准确揭示其创作特色形成的文化原因。

我之于郑海涛教授，亦师亦友。他读研究生期间，我是授课教师，参加过他的硕士毕业论文答辩；他留校任教后，与我在同一个教研室工作。在近二十年的岁月里，亲眼目睹了他从一个青涩的邻家大男孩，成长为事业有成的青年学者。郑海涛是贵州兴义人，与姚华是同乡，从事姚华研究当是他感恩乡梓的"反哺"之举。1998年，郑海涛经渝入川，进入我校攻读中国古代文学硕士学位，师从程瑞钊教授（乃著名学者霍松林先生的博士研究生），从事宋词研究。三年后圆满完成学业，毕业留校，成为四川师范学院中文系（今西华师范大学文学院）古代文学教研室当时最年轻的教师。2009年，他负笈入陕，进入陕西师范大学攻读古代文学博士学位，师从霍有明教授（乃霍松林先生之子）。陕西师范大学厚重而优良的办学传统，霍门严谨而民主的治学风气，既铸就了郑海涛教授沉稳、踏实、执着的治学品格，也赋予了他求真、求新的治学理念以及多元开放、融会贯通的学术视野。从蒋捷词研究，到词曲比较研究；从明代小说寄生散曲研究，到20世纪散曲研究；从姚华散曲研究，到姚华著述系统研究，脚踏实地，层层推进，步步拓展，其研究理路呈现着线性发散、点面结合的显著特点，研究领域有序扩展，研究成果日益丰富。《姚华文学作品研究》既是他学术研究的新起点，同时也是一个新高度的体现。

当然，《姚华文学作品研究》书稿的完成，并不意味着姚华研究的终结。对于这一课题，尚存在一些值得进一步深入探讨的问题。例如，姚华在学术界长期受到冷落的原因何在；作为贵州的地方历史文化名人，贵州的地域文化如何影响到姚华的思想及其各种活动，而这种影响又是以何种方式呈现的；姚华的文学创作是否存在不足，他的文艺观是否有突破传统的创新之处。我相信，随着学者们的不懈努力，深入探讨，还会不断有新的问题被发现。当这些问题得到富有学理性的理论解答，对姚华的研究也就会随之得到进一步的推进。值得一提的是，郑海涛教授关于姚华的系列研究已经先后得到四川省哲学社会科学研究基金（2015年）、国家哲学社会科学研究基金（2016年）的立项资助，国家和地方政府的政策支持和财力支持，使姚华研究的前景一派光明。

学苑人易老，杏坛树常新。吾辈复聊尔，弘毅待后生。期待《姚华文学作品研究》的面世，期待郑海涛教授在从教和治学的路上，越走越好，再创新高！

周晓琳

2017年8月27日星期日

序 二

郑海涛教授把他新近完成的大著《姚华文学作品研究》打印稿交给我，命我作序。我非常感谢郑海涛教授的信任，但又颇为踌躇。因为我对姚华了解很少，只知道他是民国初期著名的书画家。1996 年，我到北京劲松小区看望西北师范学院原副院长、著名书法家马竞先（雪祁）先生。那天，86 岁高龄的马老精神很好，让我看了他收藏的一些名家字画和善本古籍，其中就有姚华的书画和何焯评点本《昭明文选》。我从这里知道了姚华。后来，读张舜徽先生的《清人文集别录》，其中有《弗堂类稿》条，张先生对姚华此稿评价很高：

（姚华）所学甚博，而尤精于许氏《说文》，自谓治之二十余年，发悟不少。今观是集《论著乙》所载《书适篇》《篆猗杂笔》诸文，皆说字之作。《书适篇》，揭以文证史之例，《篆猗杂笔》，推古人造字之源，皆义证新辟，确有心得。如《说鬼》一篇，谓鬼字从田，乃人戴假具为装鬼之式。《周礼·方相氏》已有黄金四目之文，其来已远。人戴田于首，其形可畏，故畏字亦从田。此说精覈，为自来学者所未道。而《序跋甲》所载《刘彧〈字觿〉序》《丁佛言〈说文古籀补〉补序》，发凡起例，尤征高识。其友周大烈志其墓，称华所著书，犹有《小学答问》《说文三例表》《金石系》《黔语》诸种，皆未刊行。则其一生肆力于文字训诂，可谓专精。惜乎其书世莫得而见也。至于《论著甲》所载《论文后篇》，条述文章流别，备论各类体例，斟酌古今，语皆有本，尤非贯穿群籍，洞明著作原委者不能为。他若考证金石，品题碑版，既属当行，言多孤诣。可知华之为学，博涉广营，根柢雄厚，徒为诗画之名所掩，世人知之者稀耳。①

────────

① 张舜徽：《清人文集别录》，华中师范大学出版社 2004 年版，第 611 页。

张先生是古文字学家，所以他对姚华古文字的研究成果尤为关注。今读了郑海涛的书稿，我更加心驰神往，不由得掩卷叹息。

一是惊叹姚华之才华横溢，学问天成，汪洋恣肆，淹博难窥涯涘。汉代学者往往把贯通经史、精于百家的学者谓之"通人"。王充在《论衡·超奇篇》中说："通书千篇以上，万卷以下，弘畅雅闲，审定文读，而以教授为人师者，通人也。"①姚华不仅精通四部典籍，而且词曲俚唱、书画金石、颖拓刻铜，无不为一代宗师。古代这样的精经史而通八艺者，苏东坡可为代表。难怪这两位相距千载而同生于丙子之年的艺术家心灵感应，"况是文章同性命，无妨磨蝎仍蹉跎"（姚华《赤壁赋后十四壬戌，要同师曾、半丁、翼牟、宗孟作图赋诗，皆与东坡同生丙子者也》）。

二是惊叹郑海涛教授以这样短的时间，遍读姚华的著作，写出洋洋三十余万言的研究论著。《姚华著述考》和附录《姚华事迹编年长编》最见功力，而《姚华的词曲观和词曲创作研究》《姚华诗歌理论及创作研究》《姚华散文理论及创作研究》三章分析最为深刻，最富有理论深度。比如姚华有《五言飞鸟集》，是对泰戈尔《飞鸟集》的意译，全用五言译出。郑海涛教授对姚华这组诗创作缘由的分析，对三首自序诗的解读，尤其是把姚华的五言译诗与郑振铎白话直译诗进行比较，从中把握姚华译诗丰富的再创作内涵和艺术特征，从这里可以看出郑海涛教授极细致的心思、极敏锐的艺术感悟。

泰戈尔是现代印度最伟大的诗人，这位亚洲第一位诺贝尔文学奖获得者，1924年第一次访问中国，就在中国文学界掀起了泰戈尔热。不仅让郑振铎这样青春洋溢的文学青年热血沸腾，翻译了他的代表作《飞鸟集》，更让姚华这位旧派文人激动不已，也用古体诗的形式翻译了《飞鸟集》。我们比较一下新旧两种形式翻译的《飞鸟集》第三〇七章：

今日咸无欢，愁云笼日下。一似被扑儿，惨颜泪痕写。风又叫以号，哭声动广野。世界谁撞破？伤钜痛非假。而我顾自觉，正行奋两踝。去去即行路，良友臂须把。②

这是姚华的翻译。

---

① 黄晖：《论衡校释：附刘盼遂集解》，中华书局1990年版，第606页。

② 姚华：《五言飞鸟集》，中华书局民国二十年（1931）版，第9页。

这一天是不快活的。光在蹙额的云下，如一个被责打的儿童，灰白的脸上留着泪痕。风又叫号着，似一个受伤的世界的哭声。但是我知道，我正跋涉着去会我的朋友。①

这是郑振铎的翻译。

郑海涛教授分析说：两相对照，姚华译诗中的变化有三。一是增加了"旷野"的环境烘托，二是凸显了"伤痛"的苦楚程度，三是强调了自己努力前行的不懈意志。这样一来，既有意识强化了儿童在乍历惊变之后的孤独感与无助感，突出了儿童痛楚的激烈程度，同时也彰显了姚华对前路的执着追求与坚定信念。从这些语言字句的微妙变化中，我们不难感知姚华的译文是融入了自己的主观情怀的。

实际上，在中国现代文学史上，旧体诗文创作不仅出现了杰出的作品，在文学活动、社会生活中起的作用也是巨大的。现代著名诗人徐志摩就对姚华诗的艺术成就有很高的评价：

茫父先生在他的诗里，如同在他的画里，都有他独辟的意境。贵阳一带山水的奇特与瑰丽，本不是我们只见到平常培塿的江南人所能想象。茫父先生下笔的胆量正如他的运思的巧妙，他可以不断的给你惊奇与讶喜。山抱着山，他还到山外去插山，红的、蓝的、青的、黄的，像是看山老人，"醉归扶路"时的满头花。水绕着水，他还到水外去写水，航影高接着天，芦苇在风前吹弄着音调。一枝花，一根藤，几件平常的静物，一块题字，他可以安排出种种绝妙的姿态。茫父先生的心是玲珑的。②

是啊，伟大的艺术家，他们的心是相通的，他们总能触摸到对方的灵魂，彼此拨动对方的心弦。

前些年，我参加过一次全国汉语言文学专业本科课程改革的会议，我提出《中国现当代文学史》应当增加这一百年的古体诗文创作，虽被一些研究专家否定，但我至今仍坚持这个意见。如果教材名称叫《新文学史》，不加古体诗文部分是可以的；如果名之曰《文学史》，不加古体诗文部分，至少是残缺的，不完整的。像姚华这样杰出的学者兼文人，留下了数以千计的古体诗文，他们

---

① ［印］泰戈尔：《新月集　飞鸟集》，郑振铎译，湖南人民出版社 1981 年版，第 128 页。

② 《徐志摩全集》第三卷，天津人民出版社 2005 年版，第 363 页。

对当时社会的影响，对当时文坛的贡献是不小的。1976年天安门诗抄，主要形式是旧体诗，它影响了数以百万计的读者，对改革开放和思想解放运动的推动，具有先驱作用。所以，郑海涛教授研究姚华的诗词曲文创造，可以丰富20世纪中国文学史的研究内涵，对古体诗文进入现代文学史研究的殿堂也有推动作用。

其实在《现代文学史》中包括古体诗文，钱基博先生的《现代中国文学史》已经这样做了。这部书是90年前的著作，记录的现代文学从晚清到民国初年大约半个世纪。全书分为"古文学"和"新文学"两部分，古文学就是古文和诗词曲。全书采用《汉书·艺文志》以来"辨章学术，考镜源流"的叙述形式，每节以几位大师为代表，他的弟子及风格相近者附其后，如王闿运、章炳麟、苏玄英、刘师培、马其昶、郑孝胥、陈三立、陈衍、陈宝琛、朱祖谋、吴梅、严复、康有为、梁启超、谭嗣同、林纾、王国维、章士钊、胡适、周树人、徐志摩等。从所选作家看确实有其保守的一面，但这种布局对全面展现中国文学的面貌，还是应当充分肯定的。

姚华不仅是一位文学感悟、艺术感悟非常敏锐的艺术家，而且是一位学术感悟很敏锐的学者。他对诸多学术问题有时仅仅提几句，没有展开论述，但也足以启发后学。比如他在《书适》自序中说："书之始作，根据于画卦，规模于结绳，以溯隆古，犹得而想象焉。"这不是他的随意书写，而是长期思考研究的结果。"画卦"不仅指画卦象，应当包括早期的示意画等。关于文字的起源，有伏羲造字和仓颉造字等不同说法，现在只能看作是一种传说。半个世纪以来，不少古文字学家已经越过甲骨文，把探索的目光投向更古老的文化遗存中出土的各种刻画符号，其时代已接近黄帝时代。比如，西安半坡、姜寨、甘肃大地湾、青海乐都等地发现的抽象陶器刻画类符号，郭沫若、于省吾、李孝定、郑德坤、张光裕等学者就认为是文字。[1] 有些学者虽然不认为是文字，但却认为是有意义的符号或记号。这些符号距今大约6000年。还有比这更早的，

---

[1] 参见郭沫若：《古代文字之辩证的发展》，《考古学报》1972年第1期；于省吾：《关于古文字研究的若干问题》，《文物》1973年第2期；李孝定：《从几种史前和有关早期陶文的观察蠡测中国文字的起源》，《南洋大学学报》1969年第3期；郑德坤：《中国古代数名的演变及其应用》，《香港中文大学学报》1973年第1期；张光裕：《从新出土材料重新探索中国文字的起源及其相关问题》，香港中文大学《中国文化研究所学报》1981年。

20 世纪 80 年代，在河南舞阳县贾湖裴李岗文化遗址中发现的龟甲残片上类似文字的符号，距今已 7500 年，可以看作是甲骨文的源头。① 著名学者李学勤认为贾湖遗址新石器时代甲骨契刻符号的内涵与原始礼仪活动有关，经过长期使用而进入并成为文字系统。② 而安徽省蚌埠双墩发现的陶底符号，数量多达 600 余个，大多是动物、实用器物、数字等依类象形的图画符号，距今 7000 年左右。这些符号，其时间与古史记载的伏羲时代相当，就其性质来说，我同意是早期的文字。

　　一些古文字学家不敢大胆承认它们是文字，理由是它们的表意和表音有较大的模糊性，与现代学者给文字的定义不相吻合。实际上，"文字是人类用来记录语言的符号系统"这个定义是有缺陷的。语言是人类表情达意进行交流的语音过程，文字在记录这种语音符号之前，有一个记录所表达的"意思"的过程，这就是表意文字。我国纳西族东巴文就是这种文字，它们对应的实际上不是语言，而是"意思"。不过这种"意思"是由语言表达出来的，由于人们对它们的理解有差异，各自的解读也就不同。人类在使用"语言文字"之前，有一个漫长的创造并使用"示意文字"的过程。因为最初的文字，并不是为了人与人之间的交流，而是为了人与神之间的交流。最初掌握文字的巫祝，正是沟通人神的使者。《淮南子·本经训》："昔者仓颉作书，而天雨粟，鬼夜哭。"③ 张彦远（818—907）在《历代名画记》中解释说："造化不能藏其密，故天雨粟；灵怪不能遁其形，故鬼夜哭。"④ 这个解释真是精妙，文字揭示了造化的神秘，让魑魅魍魉无处隐形。文字的这种神圣性，存在于世界不同民族的文化之中。姚华的一句话启发了我对这个问题的理解。

　　姚华是现代贵州杰出的诗人、艺术家、学者，贵州奇特而美丽的山水孕

---

①　参见高明：《论陶符兼谈汉字的起源》，《北京大学学报（哲学社会科学版）》1984 年第 6 期；严文明：《半坡类型陶器刻画符号的分类和解释》，《文物天地》1993 年第 6 期；裘锡圭：《汉字形成问题的初步探索》，《中国语文》1978 年第 3 期；饶宗颐：《符号·初文与字母——文字树》，上海书店出版社 2000 年版。

②　Xueqin, L., etc., "The Earliest Writing? Sign Use in the Seventh Millennium BC at Jiahu, Henan Province, China", *Antiquity* 77（295），2003.

③　何宁：《淮南子集释》中册，中华书局 1998 年版，第 571 页。

④　张彦远：《历代名画记》，俞剑华注释，上海人民美术出版社 1964 年版，第 2 页。

育了这样的奇才。200年前，我们甘肃有一位著名的学者张澍（1776—1847），他曾在贵州为官，嘉庆六年（1801），到贵州省玉屏县任知县，七年秋，代理遵义县知县，八年（1803）二月，代理广顺州（今长顺县）知州，当年冬即辞官离开了贵州。张澍在贵州的时间很短，一共两年时间。但他留下了一部八卷《续黔书》。① 是书共收录102篇文章，27首诗，举凡贵州的星野、地理沿革、交通变迁、历史人物、神话传说、文物古迹、异闻奇事、石刻古碑、俗字方音、土特产、工艺品、珍奇树木、花卉、禽兽、鱼类等，无不在他的笔下呈现。卷四的15篇游记好似千姿百态、色彩缤纷的画卷，栩栩如生地描绘了贵州奇丽而神秘的山岳幽洞，深邃地展示了大自然美之所在。在他笔下，"叠石千层，伊若牙签万轴"的万卷书岩，"清溪环鸣，瑟鸡叶韵，荇藻漾洁，游甲浮空，山来镜里鸣鸟依人"的紫气山，"松柯隐景，交荫修篁，清籁鸣条，山壑荃响"的玉屏东山，"险逾悬度，累梯方升；梵响凌虚，远山相荃；丹崖翠嶂，点黛飞琼"的凤山，"群峰竞秀，溪壑纡曲，匡庐武夷之胜，天台雁荡之奇无以逾越"的梵净山，"扶老之禽与梵呗相荃，石窦之水共松涛偕鸣"的黔灵山，"石乳结撰，嵌空玲珑，闸闻孝黉，天开别镜，云诡波谲，莫可名状"的贵定牟珠洞，"巨石临危，若坠复倚；涛涌波襄，瘦蛟跳舞，浑浩冲怒，响振颓垠"的诸葛洞，等等，无不显示着盎然的生机和跃跃欲试的灵气。我想，张澍的奇文妙句，姚华的才华横溢，还有郑海涛教授对姚华的敏锐感悟，无不与贵州绮丽山水造化有关。

以上拉拉杂杂的读后感，就算是这部著作的序吧！

伏俊琏

2017 年 10 月 23 日

---

① 《续黔书》的版本有《粤雅堂丛书》三编本、《黔志四种》本、《黔南丛书》本等，本书以下引文据《丛书集成》初编本影印《粤雅堂丛书》本。

目　录

绪　论

一、姚华生平

姚华（1876—1930），字一鄂，号重光、茫父，别号莲花庵主。贵州贵筑（今贵阳市）人。光绪二十三年（1897）举人，三十年（1904）进士。姚华早年就读于贵阳学古书院，因其人性情耿直豪爽，同窗刘研耕赠"茫茫"为号，34 岁后改"茫茫"为"茫父"①。

姚华祖上为江西抚州人，其后沿沅沣一线迁至贵州贵阳打铜砦再会城②。姚华高祖姚士进为平民，未曾担任官职③。曾祖姚玉德，生姚华祖父姚廷甫百日后病亡；姚廷甫靠祖母喻氏抚养成人。姚家一贫如洗，祖母喻氏靠贩卖豆腐维持生计④。姚廷甫有子四人，姚华父姚源清当为幼子⑤。姚源清有子女三人，

---

① 刘研耕其人生平事迹不详。关于姚华改"茫茫"为"茫父"的具体时间，邓见宽《姚华年表》（原文载姚华：《书适》，邓宽点注，贵州人民出版社 1988 年版，第 239 页）云："四十岁以后，自号'茫父'。"然据杜鹏飞《艺苑重光：姚茫父编年事辑》（故宫出版社 2016 年版）考证，姚华 34 岁时已署名茫父。本文采用杜先生的说法。

② 《弗堂类稿·传》中《孝宪先生家传》记："宋元既降，沿江西迁，为赣之抚人，更循沅、澧，以溯牂柯，止贵筑打铜砦，再徙会城，因为县人也。"参见姚华：《弗堂类稿·传》，中华书局民国十九年（1930）版。后文引《弗堂类稿》均出自该版，故不一一注明出处。

③ 《孝宪先生家传》记："累世潜德，不营禄仕。"

④ 关于姚廷甫事迹，《弗堂类稿·传》中《先祖赠中宪公家传》记："公讳廷甫，玉德公子也。生百日而父母并亡，祖母喻育之。家綦贫，日磨菽升许，治浆卖之以活，仅得成立。"

⑤ 关于姚华父姚源清的排行，《弗堂类稿·传》中《先祖赠中宪公家传》记，姚廷甫"有子四人"，又《弗堂类稿·碑志》中姚华为父源清所作《先君府碑》记："公生百日而孤，育于祖喻。"故姚源清当为姚廷甫幼子。

长子姚华，次子姚芗，幼女姚兰。姚华少时家庭仍困窘不堪，正如《弗堂类稿·碑志》中《先君府碑》所记云："门无遗资，室无宿粮。"为便于叙述，下文将姚华生平分为如下数期予以简介。

（一）求学应试期（1876—1904）

姚华初名"学礼"，五岁发蒙至十岁从学于贵州广顺学正姚荔香，姚荔香为其取名华，字重光。其后十八岁时从贵筑艾小云先生始治小学。光绪二十一年（1895）姚华中秀才，拔置县学第一，时年姚华二十岁。光绪二十三年（1897），姚华经贵州学政严修推荐，进入贵州学古书院就读。严修以近代教育理念改革书院，增设天文学、经学、算学等科目，并聘请绥阳举人雷廷珍担任书院山长。光绪二十四年（1898），姚华首次赴京参加会试，然初试不第，遂潜心于著述，成《说文三例表》《小学答问》二著。前者亡佚于任教笔山书院期间，后者则为姚华在贵阳、兴义讲学所用教材，其后为邓见宽先生[①]整理出版。姚华于小学文字之道功力之深厚，于该书可见一斑。光绪二十七年，姚华在贵阳开坛讲学，一时门生甚众。

光绪二十八年（1902）二月，姚华应刘显世之聘，任兴义笔山书院山长一职，时年九月因兴义游勇之乱匆忙返筑。在笔山书院任职期间，姚华白天授课，夜晚则潜心著述，并积极探索绘画技法。其《笔山讲录》《佩文韵注》均作于这一时期，又作长诗《水画歌》，详细介绍了自己对水画技法的摸索过程。时年九月，兴义游勇犯城，姚华与友人熊继先仓促逃回贵阳，书稿《说文三例表》亦在兵燹中亡佚[②]。次年，姚华再次赴京会试，然仍不第。姚华在《癸卯除夕》一诗中记述自己该年颠沛流离、客居京华的落魄情形，诗中有云："沉

---

① 邓见宽：出生于1929年阴历六月二十七日，湖南宁乡人。1940年随家迁至贵阳。1950年高中毕业，任职于贵阳市民政局；1958年后就职于贵阳十九中、贵阳一中。1984年开始从事姚茫父研究，后进入贵阳纪念姚茫父诞辰110周年办公室工作。2008年7月去世。邓先生毕生致力于姚茫父著述整理与相关研究。相继出版《书适》（贵州人民出版社1988年版）、《姚茫父画论》（贵州人民出版社1996年版）、《茫父楷书帖》（贵州人民出版社1996年版）、《姚华诗选》（贵州人民出版社2000年版）、《莲花盦写铜》（贵州民族出版社2002年版）、《弗堂词·菉猗曲》（贵州民族出版社2003年版）、《姚茫父书法集》（荣宝斋出版社2006年版）、《茫父颖拓》（贵州人民出版社2008年版）等著述。

② 参见《弗堂类稿·序跋甲》中《刘彧〈字觽〉序》与《丁佛言〈说文古籀补〉补序》二文。

沉大陆同除岁，比似人间独我迟。海内已惊春信转，愁中易使客心驰。市朝竟夕能无睡，家国新机各有期。爆竹频传更始意，年光催递五更时。"既抒发了世道沧桑的无奈愁思，同时亦表达了自己不甘挫折，意欲奋起的自信与决心。光绪三十年（1904），姚华由北京赴河南参加会试，三月回京参加殿试，中甲辰科三甲九名进士。同年三月，居于宣武门外永庆胡同莲花寺，姚华由此自署书房、画室名有莲华盦、弗堂、小玄海、一鄂等。

（二）留日求学期（1904—1907）

光绪三十年（1904）六月，姚华被委任为工部主事，后改任邮船部船政司主事兼邮政司科长，被保送游学日本。同年九月就读于日本东京法政大学速成科，次年八月转入银行讲习科就读。留日期间，姚华一方面勤奋苦读，每日"挟册上堂，书所授语一字不遗，矻矻以厕群强中，图拯救之道也"[①]；另一方面与法政大学同窗陈叔通、范源濂等组织"丙午社"，约定著述法政、金融论著，向国人介绍日本国先进经验。姚华所著《法政讲义》即为丙午社民国二年刊行，书中重点介绍了西方先进法律制度，体现了姚华意欲以引进西方先进制度改革本国落后面貌的热切期望。光绪三十二年（1906）六月，姚华留日学习期满，九月以优等成绩毕业，十月底回国。这一时期的姚华怀揣青年人特有的济世心志，企盼能一展个人的政治理想。如他在1907年3月《中国新报》第五号上发表长文《经济与中国》中倡导："故所希望于一般国民者独殷，而多从国民身上努加鞭策，至现政府之聋聩，诚无足责。但国民既对于国家负责任，极不得不迫现政府之改良，而所以为中国一切问题之解决，实无或逃于经济范围者，我国民其群起而谋之，是著者是所最希望也。"[②]字里行间，拳拳赤子之心可谓昭然。

（三）归国寓居期（1907—1930）

归国后姚华一直寄寓于北京城南莲华寺（今北京市西城区烂缦胡同西小

---

① 周大烈：《贵阳姚茫父墓志铭》，中国人民政治协商会议贵州省贵阳市委员会文史资料研究委员会编（后文省去）：《贵阳文史资料》第十八辑，第200页。
② 姚华：《经济与中国》，1907年《中国新报》第五号《论说》（二）。

巷永庆胡同37号），一边开门讲学，一边汲汲于救世之道。先后担任邮传部邮政司行走、殖边学堂财用学教授、京张铁路接待员、邮传部铁路管理所讲习、邮传部图书通译局纂修、川粤汉铁路筹备出处差等职。一方面固然是为生计所迫，另一方面亦是姚华济世心志的努力实践。姚华还翻译出版日本岩良英的《邮变行政论》，并与留日同窗范静生等筹备"尚志学会"等。可见归国初期的姚华积极于政治之道，热切希冀能够以胸中所学报效国人。正是所谓"交游多干济之才，方将本所学见诸行事"① 者。此外，姚华于教育工作亦十分热心。宣统二年（1910），姚华被聘为京师第一蒙养院保姆研究课历史讲习；次年北京清华学堂成立，姚华被第一任校长范源濂聘请为国文教员；民国三年（1914），姚华受国家教育部委派担任北京女子师范学校校长，任期三年，并亲自兼课。一直到民国五年（1916）方辞去北京女子师范学校校长一职，从此潜心于学术研究与书画创作。这期间姚华于民国元年（1912）二月当选为临时参议院贵州参议员，并与鲁迅等学者被教育部聘请为"读音统一会"会员，商议全国文字、读音统一之事宜；次年当选为宪法起草会委员，参与制宪事宜。姚华共参加了参议院四次会议，然当时参议院为袁世凯暗中操纵。1913年10月4日，国会通过总统选举法，为袁世凯世袭帝制大开方便之门。姚华所持政见不但未受到重视，且"然所抱持者盖无一不与人相忤，所谓议会政治，竟未尝参与焉。乃愤然竟弃所学，仍居破寺中，理其旧业，更恣意作书画"②。经过此次从政的打击后，从此姚华心灰意冷，专心埋首于艺事之道。民国十五年（1926）五月十七日，姚华突患脑溢血入北京德国医院治疗，经德人克理博士、英人胡大夫医治渐愈，然左臂已残。病愈后，姚华抱残臂坚持文艺创作，其书画创作进入更成熟、苍润的新阶段。友人周大烈《贵阳姚茫父墓志铭》记："余时往视之。外貌丰硕如故，仍据案挥残臂作书画，磅礴郁积，意气若不可一世，四五年中，无颓败状。"③ 民国十七年（1928）三月，姚华笔山书院门生王伯群（时任国民政府交通部部长）北上视察，到姚华府中乞撰述稿刊印。得姚华诗文与其他论著三十一卷，题名《弗堂类稿》，其后交付中华书局于1930年

---

① 桂诗成：《姚茫父先生传》，《贵阳文史资料》第十八辑，第198页。
② 周大烈：《贵阳姚茫父墓志铭》，《贵阳文史资料》第十八辑，第200页。
③ 周大烈：《贵阳姚茫父墓志铭》，《贵阳文史资料》第十八辑，第201页。

正式刊印出版。《弗堂类稿》为姚华最重要著述，姚华一生所作诗、词、曲、文、赋，大半汇集于此，然该书梓行时姚华已病逝。

民国十九年（1930）五月八日晨，姚华突发脑溢血，下午六时许去世，葬于北京西直门外皂君庙姚山。享年五十五岁。

姚华是近代学术大师，能文善画，博闻强识，其深厚的文艺素养在当时画坛无人能出其右者，被誉为"旧京师的一代通人"。姚华一生著述甚富，其论著涉及诗文、词曲、金石、字画、音韵、方言、古文字等诸多方面，最重要作品为《弗堂类稿》三十一卷。姚华在 20 世纪二三十年代的北京城享有盛誉，其门生郑天挺在《〈莲华盦书画集〉序》中云："贵竺姚先生以文章名海内三十余年，向学之士莫不知有弗堂先生。"① 姚华一生交游甚广，其诗文词曲均有不少与友人往还唱和者，将姚华论著进行系统全面整理，并在此研究基础上全面观照姚华诗词曲赋的风格特色，辨析其间彰显出的文艺立场与文体理念，对了解姚华一生经历以及 20 世纪初至 30 年代北京城文艺氛围与文坛格局乃至近现代文化史均具有重要意义。此外，姚华还是近代较早关注词曲渊源与互动关系的学者，针对词曲的体性、渊源、递变等问题提出了诸多令人耳目一新的创见，值得后人重视。然而，目前有关姚华的研究多集中于字画与篆刻方面，而对姚华的诗文创作、词曲创作、古文字学与音韵学方面的成就其少关注。因此，本书的研究着重点在于姚华的文学类著述，通过对这些著述的体认辨析重新评价姚华在近代学术史、文学史、艺术史上的地位，同时也希望以本书的问世，激发学术界对姚华的关注，让这位声名湮没的一代通才能够进入当代学人的研究视野。

客观而论，姚华于字画方面的盛名应在其文名之上。正如郑天挺所谓"晚年潜翳古寺，出其余绪以为书画，见者惊为瑰宝，而文名反为所掩者"②。于书法而言，姚华篆书、隶书、楷书均可谓各有所长，可谓将晋唐篆隶兼收并蓄者。郑天挺《莲华盦书画集》序中对姚华的学书经历记载甚详，兹摘录如下：

先生作书兼综晋唐篆隶，而一出之而已。二十年前规模米黄，二十年后肆力于颜，写《麻姑仙坛记》小字本逾千过，既精《说文》，好金石，尝杂其锋势于行楷。民国元二而后，益以峻朴出之，雄道茂密，体韵丕变，或以为酷似

---

① 郑天挺：《〈莲华盦书画集〉序》，《贵阳文史资料》第十八辑，第 23 页。

② 郑天挺：《〈莲华盦书画集〉序》，《贵阳文史资料》第十八辑，第 23 页。

北碑。先生闻之曰："吾以隶法运颜平原耳！"①

　　姚华书法早年学唐人欧阳询《皇甫君碑铭》与《醴泉铭》，然不得要领；其后学颜真卿《麻姑仙坛记》，始渐入其门。其篆书笔势古朴苍劲，雍容大度，有秦汉之风；隶书则学《史晨前后碑》《曹全碑》《三颂》，风格上方圆相济，流转自然；姚华于篆书则能融汇秦刻与汉碑笔意，尤精于小篆。于绘画而言，姚华四十岁前不常作画。1919年9月，姚华与友人周大烈、张仲仁等同登泰山，归来后，始眼界大开。且此时姚华于书法、诗词等艺事日见精益，遂投注精力于山水描摹。其所为山水画往往于层峦叠嶂间见画家性情怀抱，又姚华精于诗词曲，多以诗词曲点缀其间，故时人有"三绝"之赞誉。关于姚华书画风格的变化，郑天挺先生认为其一生之中，凡经"三变"：

　　　　四十前规摹古人，四十后自立家数一变也；丙寅得疾后之宕逸一变也；庚午之后清妍，又一变也。②

　　结合姚华留存字画作品以及创作风貌的流变予以考察，我们认为这一论断还是基本准确的。然姚华与友人陈叔通、张仲仁、周大烈等人登临泰山、泛舟西湖的时间是在民国八年（1919），时年姚华四十四岁，故其言中"四十"一语不够确切，当订正为四十四岁方才符合姚华的创作实践。姚华于书画之道强调立意构思的重要性，郑天挺曾向其请教书画创作之诀窍，姚华以"意在笔先，无囿一格"答之，可见姚华于书画立意构思的重视。此外，姚华身份虽为前朝遗老，但艺术眼光却敏锐通达。如"无囿一格"一语，显然系主张书画创作不能拘束于某一类固定的范式而言。联系到其书画创作实践，姚华是尽力以创作来印证理论的。其书法不囿于一体，篆、行、隶、楷兼收并蓄；绘画则既继承了中国古代文人画重视写意的传统，同时亦具有可喜的突破与创新。如他在《水画歌》（示吕九筱仙）、《火画歌》（为刘二静波作）中详细介绍自己探索水画、火画的经历与甘苦，并进而提出传统画中的烘托渲染手法与这两种绘画方式的联系，均可谓令人耳目一新的凿凿真见。

　　姚华对传统艺术的大胆创新不仅仅体现在其艺术观点的新颖独特上。他结合绘画中的双钩笔法与临摹碑帖的响拓法，创造了一门新的艺术种类——

---

① 郑天挺：《〈莲华盦书画集〉序》，《贵阳文史资料》第十八辑，第23页。
② 郑天挺：《〈莲华盦书画集〉序》，《贵阳文史资料》第十八辑，第24页。

颖拓①。关于姚华的颖拓技巧，林志均在分别概述了双钩笔法与响拓法缘起后评曰："今茫父合双钩与响拓为一，先钩后拓，其拓也，不在暗室中，无有穴牖映取。"②姚华所作颖拓，往往信手以秃笔或团絮沾上墨汁，于纸或绢素上对原本进行临摹，其大小可较之原本放大或缩小，然"罔不逼肖"。关于颖拓与响拓的差异，按照笔者的理解，其一颖拓是以笔对本临成，是一种艺术上的再创作。而响拓是以纸张覆盖于原迹之上的临摹，仅是单纯的照描原迹而已。其二在于响拓笔法墨填于图案轮廓之内，而颖拓笔法则是墨填于图案颜色之外。此外，根据墨色的枯湿所运用工具也有所差别。邵裴子先生云："墨填廓外，燥者以笔，湿者以絮点之。"③可见颖拓原理虽源于响拓，然无论是具体笔法、用墨技巧、艺术效果等均与响拓有所区别。因此，我们认为颖拓手法实为姚华首创之，这一点也是姚华于艺术领域的特殊贡献。正因为如此，姚华于颖拓笔法的特殊贡献备为学人推崇。如郭沫若评价其颖拓为："茫父颖拓实古今来别开生面奇画也。传拓本之神，写拓本之照。有如水中皓月，镜底名花，玄妙空灵，令人油然而生清新之感。"④马叙伦亦评曰："叔通师丈出示贵筑姚茫父所为笔拓泰山石刻残文二十九字，入目奕然，如睹古拓。茫父善绘事、刻石，皆有独造，乃使精此，可谓'三绝'。"⑤郭沫若之所评，立足于姚华颖拓的独特性与强烈的审美观感，指出颖拓既与传统笔拓有渊源联系，同时艺术价值更在于能够一改传统笔拓厚重沉实的风格，令观者有耳目一新之感；而马叙伦所评，则强调颖拓与古拓的相似性，指出颖拓颇有古风的一面。观二人所言，其间对姚华颖拓技艺的赞赏与首肯态度是显而易见的。关于姚华颖拓的称谓由来、颖拓与响拓有何区别联系以及颖拓的制作问题，忻州师范学院徐传发先生对此研究甚为透彻⑥。笔者不是书画界人士，于字画之道仅略识皮毛而已，故在此不敢妄作臆断，以至贻笑大方之讥也。

---

① 关于颖拓技法是否为姚华首创，学术界有不同观点。如贾双喜《姚华与颖拓》(《收藏家》2007年第3期)一文即认为颖拓技法在姚华之前就已经存在，姚华只是丰富和完善了颖拓技法而已。

② 邓见宽编：《茫父颖拓》，贵州人民出版社2008年版，第21页。

③ 邓见宽编：《茫父颖拓》，贵州人民出版社2008年版，第15页。

④ 《郭沫若论茫父颖拓》，《贵阳文史资料》第十八辑，第10页。

⑤ 邓见宽编：《茫父颖拓》，贵州人民出版社2008年版，第19页。

⑥ 相关研究可参见徐传发：《姚茫父书法研究》，西南大学硕士学位论文，2008年。

　　姚华一生所作书画、颖拓甚巨，然综观其一生可谓命运多舛。虽不至于穷困潦倒，亦从未有列身钟鼓馔玉、鸡鸣鼎食之豪门望族之举。姚华为人注重风节，中晚年虽贫困交加，然仍秉持传统士人之人格操守，铮铮铁骨，其人之气度风骨可谓昭然。正如他在《西江月》（病起自述）一词中所云："山水游成宗炳，《韭华》帖美杨风。"宗炳为南朝宋时画家，元嘉中曾多次辞征召，专好登山临水，啸傲山林。"杨风"则系指五代书家杨凝式，性情狂傲怪诞，曾有装疯避祸之举，亦不为流俗所容。姚华言下之意，对二人的画风与人格均持景仰态度。联系姚华生平，虽曾先后任职于邮传部、京张铁路接待员、图书通译局、交通部邮航部等处，然观其一生，传统士人所秉持之孤芳自赏和与世无争的人格操守始终昭然。逍遥于纷争之外而醉心艺事，但同时又对时局保持高度关注。这种对出与入的通达处理亦正如同他在另一首《西江月》词中所谓："皮骨任人牛马，影形容我埙篪。"看轻世俗对自己的纷争非议，而在对文艺创作的沉迷与自娱中找到怡然自得的人生况味。因此，我们也不难理解何以他一方面积极参与聊园词社与其他文艺社团的组织活动，另一方面对时政始终保持一种若即若离的微妙立场了。这种潇洒旷达的人生态度姚华多次在词中有所流露，如《清平乐·和散华庵韵》中下片作者以赞羡放达的文笔勾勒自己心目中的世外高人形象："老来冷落诗肠，生疏水色山光。杖屦无须检点，高斋一榻疏狂。"字里行间显然对这种清风不管、明月不拘的逍遥自在，放浪形骸中凸显出的文士真趣褒扬有加。又如《菩萨蛮·食蟹腹疾，九日不出，作画以代登高》最末两句："吹鬓转飘萧，客心庄与骚。"这里所谓的"庄"与"骚"并非仅系指人生态度而已。庄子是放达避世者，而《离骚》则是积极用世的。作者之所以言自己心系庄子，盖出于其对庄子逍遥世外、超然物象的人生态度的肯定；而此处对屈原《离骚》的强调，我们的理解应该正是体现了姚华与屈原具有相似的性情怀抱。具体来说，一方面姚华始终保持对国计民生的关注立场，如其诗《都门感事诗》一百零四韵、《秋草》、《丁巳都门杂诗十二首》，词《满江红·八月十六日感事，癸丑》等都彰显了他忧国忧时的情怀及其对政治理想的探索与追求。在姚华内心深处，是希望能够像屈原一般通过远游世外的方式为灵魂寻求安身立命之所的。然而，现实生活中的困窘让姚华不得不以写书作画的方式维持全家生计。徐志摩在《〈五言飞鸟集〉序》中对姚华晚年生活的困窘情况与坚持艺术创作的不懈热情有如下一段记录：

我最后一次见姚先生是在一九二六年的夏天，在他得了半身不遂症以后。我不能忘记的那一面。他在他的书斋里危然的坐着，桌上放着各种的颜色，他才作了画。我说："茫父先生，你身体复原了吗？""病是好了。"他说，"只是只有半边身子是活的了。""既然如此"，我说，"你还要劳着画画吗？"他忽然瞪了大眼提高了声音，使着他的贵州腔喊说："没法子呀，要吃饭没法子呀！"我只能点着头，心里感到难受。①

姚华晚年长期坚持带病作画，固然有生计所迫的因素，但其间也凸显了姚华对艺术的嗜好与痴迷。这种醉心于艺术创作的态度使他成为20世纪初的全能型通人，同时也铸就了其在北京艺坛的不朽声名。

姚华还十分注重对子女的教育，其子女亦多精于书画艺事，尽显姚门文化氛围甚为浓厚的家风。长子姚鋆早年毕业于东京高等蚕桑学校，归国后任教于贵阳农业学校，后长期任教于西北农业大学。姚鋆曾从姚华学习书画与颖拓，其所作者，大有茫父遗风。1955年陈叔通整理编撰姚华颖拓时曾将姚鋆颖拓一并编入予以介绍。长女姚銮室名枣华，工书善画，尤以绘墨梅见长，病逝后丈夫文宗沛多次以遗墨向姚华索乞题词，《弗堂词》卷一中《暗香·画梅，枣华遗墨也。雨甥属题，凄然赋此，依韵拟石帚，丙辰》《疏影·再题前墨，依韵拟石帚》《点绛唇·题枣花凭栏士女遗稿，丙辰》《暗香·依韵拟石帚，题枣华墨梅》等作均系姚华题其遗墨之作。二子姚鋈毕业于北京大学哲学系，精于书画，自称小莲花盒。四女姚鋈自幼敏而好学，能文善画，常得姚华激赏。五子姚鋈亦从姚华习画工诗，小有所成，姚华对其字画多有嘉许。②如此浓郁的书画氛围，使得姚华子女在耳濡目染之下于书画之道俱各有所成，故姚家虽非北京本地人氏，然亦大有书香门第之风。这种重视子女文化教育的优良家风一直保持于今，亦得到政府多次表彰。如1985年贵阳市政府为表彰姚家一门三代（姚华、姚鋈、姚伊）于教育事业的突出贡献，曾颁发《教育世家》之匾额，该匾额现为姚伊收藏；2003年，姚伊与丈夫邓见宽家庭被评选为贵阳市"书香人家"③。

---

① 徐志摩：《〈五言飞鸟集〉序》，《贵阳文史资料选辑》第十八辑，第44—45页。
② 姚华曾为姚鋈遗墨《柳条双燕》题词，载《弗堂词》卷三《女冠子·清明题亡儿鋈遗墨〈柳条双燕〉幅，拟韦端已》二首，姚华于其一后自注云："幅是亡之前依约写，笔致楚楚，予深惜之。"
③ 樊荣：《大师后人寻访故里》，《贵阳日报》2015年12月7日。

二、关于姚华的研究现状

迄今为止，于姚华著述整理成就最大者毫无疑问当为其孙婿邓见宽先生。邓见宽先后整理出版《书适》（贵州人民出版社 1988 年版）、《姚茫父画论》（贵州人民出版社 1996 年版）、《茫父楷书帖》（贵州人民出版社 1996 年版）、《姚华诗选》（贵州人民出版社 2000 年版）、《莲花盦写铜》（贵州民族出版社 2002 年版）、《弗堂词·菉猗曲》（贵州民族出版社 2003 年版）、《姚茫父书法集》（荣宝斋出版社 2006 年版）、《茫父颖拓》（贵州人民出版社 2008 年版）。姚华曲论著作《曲海一勺》《菉猗室曲话》《说戏剧》被辑入俞为民等主编《历代曲话汇编：新编中国古典戏曲论著集成》近代编第二集。然而除以上论著之外，姚华不少著述尚未得以整理出版。笔者于 2012 年应中国社科院研究员蒋寅先生之约编撰《姚华事迹编年长编》，在国家图书馆、北京大学图书馆、首都师范大学图书馆、贵州省图书馆、贵州师范大学图书馆、贵州兴义市图书馆、兴义民族师范学院图书馆（姚华执教处笔山书院前身）等姚华著述收藏地进行访查，结合其他文史资料予以考索，姚华尚有《法政讲义》、《经济与中国》、《艺林虎贲》（1915 年连载于《论衡》周刊，为姚华最早公开发表的艺术论文）、《中国图谱源流考》（1924 年刊载于北京大学《造型美术》）、《金石系》、《古盲词》、《说文三例表》等著述迄今未见整理出版。即以其最重要论著《弗堂类稿》而论，最全版本为民国十九年中华书局聚珍仿宋本三十一卷，目前最常见者则为文海出版社 1974 年版十五卷本，其中诗词曲赋十六卷均被删去，因此亦有重新整理出版的必要。从研究现状观照，据我们在中国知网的检索结果，关于姚华的专题研究目前未见博士学位论文问世，硕士学位论文则有五篇，即 2007 年华南师范大学耿祥伟《姚华曲论思想研究》、2008 年西南大学徐传法《姚茫父书法研究》、2010 年山东师范大学周新凤《姚华绘画艺术思想研究》、2017 年陕西师范大学杨丽《姚茫父画学思想理论形成研究》、2018 年西华师范大学陈琳《〈弗堂类稿〉研究》，上述数篇论文多专论曲论、书法、绘画，固然均从某一侧面较深入论述了姚华博才多识的某一方面，但其间缺陷也是明显的。即姚华作为诗书文画、金石音韵兼善的一代通才大家，其文艺创作体现出明显的文学创作与艺术创作相结合的独特风格。而以上数篇硕士学位论文均系就书法而论书法、就曲论而论曲论、就绘画而论绘画，在研究视野上不免有狭窄片面之嫌疑，这也为本课题的全面深入研究提供了可能。其他关于姚华的研究成果均为单篇论文，涉及姚华生平交游、书法、绘画、颖拓、诗歌、词曲、文艺理论等诸多方面。以下试分别一一简述之。

1. 关于姚华生平、交游的研究

姚华是 20 世纪初北京城文艺界极其活跃的人物，举凡诗人、词家、学者、演员、政客、工匠等与其相交者甚众（关于姚华与其他友人的交游情况，可参看本书附录《姚华事迹编年长编》与杜鹏飞先生《艺苑重光：姚茫父编年事辑》①）。考索姚华一生的交游情况，一方面能够从友朋往还的层面还原姚华的生活状况、情感态度、道德立场、价值取向与创作心态，另一方面也能够从一个具象的角度一窥当时北京城文艺界的基本风貌。然而，在近现代学人的个案研究中普遍面临某种尴尬的局面。即研究对象的生活时代虽去今不远，然由于近现代史料的庞杂性与不确定性，往往难以对研究对象的生平形实进行详细考索。此外，目前学术界对近现代学人的研究多集中于作品的评述与体认方面，而对研究对象生平事迹的考论式研究甚少关注，还有很多相关工作未能开展，近现代学术语境中"存史"的观念相当薄弱。因此，这势必导致目前近现代文学研究困难重重的局面，姚华研究同样也不例外。如前所言，尽管姚华一生所交者甚众，但关于姚华交游情况考索的相关成果寥寥。据笔者目力所及，主要有如下数篇：一是邓见宽《陈叔通与姚华的情谊》（《贵州文史天地》1996 年第 2 期），该文较为全面完整地梳理了姚华与陈叔通的交游情况，陈叔通是政界名人，新中国成立后第一任全国政协副主席，一生于文化事业甚为关注，他曾经为姚华编辑出版书画、颖拓集，与姚华的友谊可称为艺林佳话；二是邓云乡《姚茫父〈弗堂类稿〉与陈师曾》（《传统文化与现代化》1998 年第 6 期），陈师曾与姚华同为北京画坛领袖，亦是姚华友人中与之交往最密切者。邓文主要是由《弗堂类稿》中的诗词与姚华为陈师曾《京俗画》题词考索了姚、陈二人的交游活动。此外，顾雪涛《民初北京画坛的双子星座——姚华与陈师曾》（《贵州文史丛刊》2014 年第 4 期）一文，则从金石画风的引入、对文人画的肯定以及毕生致力于美术教育三方面，记述了姚华与陈师曾在北京画坛的相关活动，对二人于中国画的复兴与繁荣作出的贡献给予了高度肯定。除陈师曾

---

① 杜鹏飞：《艺苑重光：姚茫父编年事辑》，故宫出版社 2016 年版。

外，姚华与其他文士之交游罕有著述涉及，据笔者目力所及，唯见顾雪涛《齐白石与姚华关系考》（《贵州民族大学学报（哲学社会科学版）》2013 年第 4 期），该文以实事求是的严谨态度，对姚华与齐白石交恶的复杂关系进行了细致考证，并指出尊重历史、还原历史是学人应当尊奉的准则。一般考索文人之间交游者，多立足于双方深情厚谊的正面角度。顾文独能立足于历史事实，考索并客观评述了姚华与齐白石的矛盾，发前人所未发，立先者所未论，确乎令人耳目一新。

2. 关于姚华字画的研究

姚华字画研究历来是姚华研究的重要方面。任何一门学术的研究，文献的辑录与编撰均是后续研究的基础与起点。关于姚华的字画辑录方面，成就贡献最大者亦为邓见宽先生。邓见宽先后主编出版《莲花盦写铜》（贵州民族出版社 2002 年版）、《姚茫父书法集》（荣宝斋出版社 2006 年版）。此外，还有《姚茫父书画集》编委会编《姚茫父书画集》（贵州美术出版社 1986 年版）。姚华关于字画的理论文字则主要见于邓见宽编《姚茫父画论》（贵州人民出版社 1996 年版）。据周新凤《姚华绘画艺术思想研究》一文提及，尚有中华书局 1980 年出版的《莲花庵书画集》，笔者多方检索，未见此书，故此处姑且不论。其他论著也有部分提及姚华字画成就或引用其字画者，如刘正成主编《中国书法鉴赏大辞典》（大地出版社 1989 年版），《中国书法家全集》（荣宝斋出版社 2001 年版），王朝宾主编《民国书法（1911—1949）》（河南美术出版社 1989 年版），伍蠡甫《中国画论研究》（北京大学出版社 1983 年版），李铸晋、万青力《中国现代绘画史》（文汇出版社 2004 年版），等等。据笔者在中国知网的检索结果，截至 2018 年，关于姚华字画研究已经出现了三篇硕士学位论文，即 2008 年西南大学徐传法《姚茫父书法研究》、2010 年山东师范大学周新凤《姚华绘画艺术思想研究》、2017 年陕西师范大学杨丽《姚茫父画学思想理论形成研究》。《姚茫父书法研究》介绍了姚华与其他书画名人的交往以及颖拓艺术的特征，同时对姚华的书法理念与书法实践进行了较为细致的剖析。《姚华绘画艺术思想研究》则从美学角度出发，辨析了姚华艺术思想所彰显的文人画传统以及姚华的诗书画一体论，提出姚华画论源于传统画论又有所发展的观点。《姚茫父画学思想理论形成研究》则以姚华一生活动地域为线索，辨析了姚华画学思想形成的内因与外因。这方面的其他成果还有：陈训明《姚华的书画与颖拓》（《贵州文史丛刊》1981 年第 3 期），邓见宽《北魏第一石 隶楷之递嬗——姚华三题〈北魏刁磐墓志铭〉》（《贵阳师专学报（社会科学版）》1996 年第 1 期），徐传法《清末隶书笔势走向探究——以姚华为例》（《南京艺术学院学报（美术与设计）》2014 年第 2 期）、《康有为与姚华书法观念之比较》（《艺术百家》2014 年第 1 期）、《由姚华评〈兰亭序〉看其碑帖观的演变》（《艺术百家》2015 年第 1 期），周新凤《"画虽小，道宏之"——姚华画论中"道"的审美阐释》（《湖北经济学院学报（人文社科版）》2011 年第 6 期）、《姚华画论的审美理想探析》（《河南理工大学学报（社会科学版）》2013 年第 1 期），韦力《琅嬛墨迹（十二）姚华：尚存右臂不解擎苍》（《收藏》2012 年第 5 期），顾朴光、顾雪涛《北京画坛领袖姚华》（《当代贵州》2013 年第 33 期），刘恒、崔丽《犹道东风落柳华——姚华对文人画的坚守与传承》（《文物天地》2015 年第 5 期），等等。上述所列期刊论文成果，或着眼于姚华所题碑帖的艺术特质，或立足于清末民初字画的整体风貌走向，或考稽探研姚华于书画之道所提的艺术理论，皆从不同侧面与角度深化了当代学术界于姚华书画的研究。

3. 关于姚华颖拓的研究

颖拓技法，是姚华独创的一门新兴艺术品种。就某一类艺术的技艺而言，姚华于颖拓方面的贡献又超出了其于字画方面的贡献。因颖拓之技时至今日几成绝学，于当代书画界的影响甚微，故关于姚华颖拓艺术成就研究的成果不多，然亦有一些不可忽略的著述与论文。这方面的主要成果是姚华友人陈叔通于 20 世纪 50 年代出版的《贵阳姚茫父颖拓》（商务印书馆 1957 年版），由姚华本人与邵裴子、马叙伦、林志均、郭沫若等人题跋。这些题跋对研究颖拓渊源与技巧有重要参考价值。徐传法《颖拓艺术研究》（《南京艺术学院学报（美学与设计版）》2009 年第 5 期）从"颖拓"的称谓考辨，颖拓与响拓的比较以及颖拓的制作、由来、艺术价值等方面较全面系统地论述了颖拓的自身特质与艺术价值；贾双喜《姚华与颖拓》（《收藏家》2007 年第 3 期）则认为颖拓技法源于唐代响拓技法与清乾嘉时期的全角拓技法，在姚华之前已经存在，姚华只是丰富和完善了颖拓技法而已。此外，关于姚华颖拓艺术的期刊论文还有邓见宽《陈叔通与茫父颖拓》（《世纪》1996 年第 2 期）、毛铁桥《颖拓长卷来黔始末——怀念姚茫父先生》（《贵州文史天地》1996 年第 2 期）、张心正《漫谈颖拓艺术——为纪念姚茫父逝世六十周年而作》（《贵州文史丛刊》1990 年第 3 期）等。

4.关于姚华文学思想的研究

姚华是一位创作与理论兼善的通才型大家。其于字画、颖拓、诗文、词曲等方面亦提出了一系列值得后人重视的见解主张。姚华诗词曲兼修并善，同时他也于诗词曲创作之道提出了一系列重要的学术观点。姚华于古典文论的贡献主要彰显在戏曲方面，他有《曲海一勺》《菉猗室曲话》《说戏剧》等一系列论著存世。在词曲递嬗方面，姚华提出了诸多令人耳目一新的观点，其于近现代学术史、词曲发展史的影响与意义不言而喻。因此，对姚华的文学理论观点进行提炼总结，并给予其以现代文学发展史上的合理体认与评价，是近年来姚华研究的热点之一。陈训明《姚茫父〈曲海一勺〉浅说》（《贵州社会科学》1982年第1期）充分肯定了姚华以古为今用的原则对京剧所作的改良，同时也指出其改良方法在艺术实践中难以实现的原因；苗怀明先生先后作《除却元刊曲江集 斋中原不少瑶琳——记贵州近代曲家姚华》（《贵州文史丛刊》2002年第1期）、《贵州学人姚华和他的曲学研究》（《贵州社会科学》2013年第4期），二文对姚华于戏曲研究的特点与成就进行了较为系统的总结。指出："无论是不是以乾嘉学派治学方法研究戏曲的第一人，姚华作为戏曲研究先驱者的地位则是不可动摇的。"① 其他相关成果有：刘铭、耿祥伟《论姚华戏曲理论中的"俗"与"真"》（《贵州文史丛刊》2010年第4期）辨析了姚华戏曲理论中"俗"与"真"的特质，认为姚华通过对戏曲这两方面特质的强调提升了戏曲的社会价值和教化功能；唐定坤《姚华曲学观的"诗统"意识》（《贵州文史丛刊》2011年第4期）一文拈出"诗统"一词，考察了姚华曲学观于前代曲学观的承续性、系统系与总结性；宋伟《"及昆曲之将绝，急恢复而新之"——姚华的昆曲观及启示》（《戏曲艺术》2014年第2期）则指出姚华对昆曲的精神谱系与文化地位贡献甚为突出，其昆曲观于今人传承文化遗产，理解、呵护昆曲有不可忽视的重要意义；田根胜《以诗人之心 行稗官之志——姚华稗史观述论》（《学术交流》2005年第8期）认为，姚华从"民史"的角度为戏曲争取到了与诗文、正史、小说等齐平的文学地位，于中国戏剧史影响甚巨；等等。综观这一方面的研究，多立足于"尊体"的角度重评姚华在戏曲史上的卓越贡献，于今人丰富对姚华词曲观念的认识不无裨益。但我们认为其中也有明显缺憾，即在评价

① 苗怀明：《贵州学人姚华和他的曲学研究》，《贵州社会科学》2013年第4期。

一位文学家于文学史的贡献时，"鉴古"固然是其中的一个关键环节，但"知今"同样也是不可忽视的重要方面。现当代学人于姚华曲论有哪些传承与吸收？这些传承吸收于当代戏曲（文学）发展的意义和启示又从何体现？这是我们研究姚华文学观念的根本目的与出发点。然而，除宋伟《"及昆曲之将绝，急恢复而新之"——姚华的昆曲观及启示》对此问题有所涉及外，其他论者于此或语焉不详，或避而不论，这也为后人的后续研究提供了继续深入的可能与空间。

5.关于姚华文学作品的研究

姚华文学作品所牵涉文体范围甚广，诗文词曲、赋赞碑记兼收并蓄，无所不通，无所不包。就文学成就高低而论，姚华亦为当仁不让的一代名手。然而，目前学术界甚少关注姚华文学作品的研究，实乃一大憾事也。

在姚华文学作品的辑录整理方面，邓见宽先生于此同样居功甚伟。贵州人民出版社于2000年和2003年先后出版邓先生整理之《姚华诗选》与《弗堂词·菉猗曲》。览此二编，姚华一生所作诗词曲几可谓尽在其中矣。《姚华诗选》选录作品主要辑自《弗堂类稿》《五言飞鸟集》与姚华手书诗稿，虽题名"选"，然邓见宽先生多方搜求寻觅，该诗选较完整地选录了姚华一生中的重要诗作。其中录诗305首，另录《五言飞鸟集》自序诗3首、古近体诗256首，合计564首诗歌。从题材而论，题画、咏古、纪游、抒怀、赠答、寿庆、贺生、悼亡等兼而有之，较为全面地反映了姚华一生于作诗方面的趣尚与成就。《弗堂词·菉猗曲》本为姚华自编作品集，原载《弗堂类稿》。民国时期贵州通志局编撰《黔南丛书》时，从《弗堂类稿》辑出《弗堂词》编为单册；近现代学者卢前考订姚华散曲作品，编成《菉猗曲定》一册出版；其后叶恭绰编《全清词钞》将《弗堂词》辑入其中，凌景埏、谢伯阳编《全清散曲》亦将《菉猗曲》全文录存。邓见宽先生于2002年10月将二集合并为《弗堂词·菉猗曲》于次年出版。其中《弗堂词》共三卷，卷一作于丁未（1907）至丙寅（1926），录词82首，又卷一附《题师曾画石帚词册子》41首、《题朽道人〈京俗画册〉》39首，合计162首；卷二作于丙寅（1926）至己巳（1929），录词97首；卷三为《庚午春词》，录词23首，此外尚有补遗二首。三卷合计存词284首。《菉猗曲》中录小令53首，套数3篇，自度曲2首，合计58首。因此，邓见宽先生于《前言》中所云"全书收弗堂词约三百首，菉猗曲小令六十余首，套曲三篇"者，不够确切。二书将姚华所作之诗词曲基本搜罗齐备，为后人深入研究姚华的韵文体式创作提供了基本文献。此外，二书于作品注释甚为详尽，引征材料甚为丰富，为读者提供了解读姚华作品的第一手资料。或许正因姚华诗词曲经今人整理后为研究提供了诸多便利，目前对姚华文学作品的研究仅仅局限于诗词曲领域，而姚华于散文创作方面的成就与特色迄今无人问津。据笔者目力所及，关于姚华文学作品自身风格特征辨析的成果主要有如下数篇：邓见宽《皮骨任人牛马　影形容我壎箎——姚华诗雏论》（《贵州文史丛刊》1993 年第 4 期），李建国、邓见宽《志学能藏用　清新又流丽——评姚华的诗》（《贵州社会科学》1986 年第 6 期），耿祥伟《试论姚华题画词》（《山东教育学院学报》2006 年第 6 期）。邓文认为姚华诗歌受湖湘派、同光体以及梁启超"诗界革命"的影响，兼师众长而又能够不拘囿于一门一派，以"自写胸臆"为主要特色；李文则以姚华一生经历为线索，辨析了姚华诗歌博采众长、自铸一体的风格特征；耿文则将姚华题画词分为"解画词""咏画词"与"名义题画词"三类，探讨了姚华通过"题画"这一特殊手段所展示的内心世界。

6. 关于姚华文艺成就的概括性研究

这部分成果主要着眼于对姚华文学艺术创作成就整体性风貌的认识和对目前学术界关于姚华研究的进展进行小结。主要代表作有苏华《姚华：旧京都的一代通人》（《书屋》1998 年第 3 期）、周春艳《晚清贵州学者姚华研究述略》（《六盘水师范学院学报》2015 年第 3 期）等。苏文对姚华于文字学、曲学、诗歌、书法、绘画、刻铜等方面的成就作了简要介绍，而周文则将目前学术界关于姚华的研究从生平与交游、书画金石篆刻艺术、戏曲理论三方面进行了梳理。

除上述对姚华专文研究的成果外，其他部分研究晚清民国时期社会文化的论文对姚华也有所述及。如宋洪宪《论贵州近现代留学生对祖国的贡献》（《贵州文史丛刊》1995 年第 2 期）、李岩《音教争执——以辛亥前后"音乐教育"为例》（《黄钟》（武汉音乐学院学报）2011 年第 4 期）、王颖泰《明清时期的贵州戏剧批评文学》（《贵州师范大学学报（社会科学版）》2002 年第 1 期）、莫艾《民国前期（1911—1927）北京画坛传统派社会交往关系考察》（《美术研究》2011 年第 1 期）等。这些成果虽不以姚华为专论，但都能从某些侧面对姚华的留学经历，姚华于新式音乐教育施行的主张，姚华于贵州戏剧批评文学的贡献，姚华与梁启超、蔡元培，北大画法会以及其他文化界组织的交往关系等方面进行了卓有深度的探讨，对我们了解与考察姚华其时所处的文艺生态环境不无裨益。

以上所列单篇论文成果，均从某一角度深化与细化了姚华研究的层面。从总体研究局面与侧重点观照，目前学术界关于姚华的研究主要集中于字画、颖拓等才艺方面，而对姚华于文学领域所取得的成就关注甚少，为数不多的研究成果又集中于姚华戏曲理论的评述方面。于姚华诗词曲作品具体特色风貌的研究成果更是寥寥无几。以诗歌而论，邓见宽《姚华诗选》收录姚华诗歌305首，另录《五言飞鸟集》259首，合计564首。据笔者结合《弗堂类稿》与姚华散佚于公私收藏者之诗扎手稿估计，姚华所存诗歌数量当在1500首左右。这些诗作对今人了解姚华所处时代及其思想、心态、创作生涯、人生历程等均有不可忽略的价值。除邓见宽先生两篇专文有所探讨外，余者则均未见他人述及。又《弗堂词》录词284首，《菉猗曲》录曲58首（篇），这些作品对考察姚华的文学创作风格以及词曲理论与实践的勾连关系同样意义重大。然除耿祥伟对姚华部分词作有初步研究外，亦未见其他学人涉足于此。至于对《菉猗曲》的研究更是寥寥，迄今未见任何关于《菉猗曲》艺术特质风格辨析的研究成果问世。因此，有必要加强对姚华文学成就的研究，更有必要对姚华文学创作与艺术创作进行全面系统的总结性研究。并通过这一通盘式研究的思路，对姚华在近现代文学史、书画史、金石史等方面的地位给予合理的体认与评价。

姚华孙婿邓见宽先生在2001年11月校注的《弗堂词·菉猗曲》前言记："《姚华诗选》成书后，接中央某文学研究所研究近代文学的人士信，言'像姚华这样一个有多方面成就的大家，至今尚未有专业研究人员进行全面、深入的专题研究'。深表遗憾。"[①] 光阴荏苒，岁月如梭。时至今日，离邓见宽先生所撰前言已经十九年有余，这种于姚华著述"全面、深入的专题研究"仍尚未得以正式展开。因此，本书拟以姚华文学创作为主体，并力图结合其小学、书画、颖拓、金石等成就，对姚华一生文学与艺术创作作出尽可能全面的评价与体认。限于笔者学养与所阅资料范围，其中诸多论述如有不当之处，尚望方家不吝赐教。学问之道，正是贵在相互辩难。倘使能够通过本书的问世唤起人们对姚华文艺创作的关注，进而合理评价其人其作在近现代中国学术史、艺术史上的地位与影响，则于我辈可谓一大幸事也！

---

① 邓见宽校注：《弗堂词·菉猗曲》，贵州民族出版社2003年版，第10页。

第一章　姚华生平事迹考述

第一节　概　说

在作家个案研究之中，生平、著述、交游的考证是其中不可省略的方面。"知人论世"是中国传统文学研究的重要视角，也是一种行之有效的观照角度。首先，通过对作家生平事迹的考证，力求最大限度还原研究对象的生活变迁、仕宦经历、婚姻情感等基本状况，对全面准确解读其文学作品大有裨益。其次，从广义而言，凡文字类著述均属于文学作品。对研究对象所作著述进行文献考索，还原其创作的大致概况，是对作品考察观照之前必须进行的基础工作。最后，从社会学的角度而论，作家是社会群体中的个体，该个体既具有相对的独立性，同时也通过与其他个体（群体）的联系交流践行社会人的职责功能。因此，对其生平、著述、交游的考证是个案研究的三大层面，同时也是对作品进行理论研究的起点。就本研究的对象姚华而言尤显特殊。姚华生平事迹大多有具体文献参证，且姚华一生社会活动频繁，交游极广，邓见宽《姚华年表》、清华大学博物馆馆长杜鹏飞先生《艺苑重光：姚茫父编年事辑》均已经作了大量工作。尤其杜鹏飞先生本人即为古玩藏家，其崇华斋收藏有部分姚华字画、颖拓实物，杜先生所撰《艺苑重光：姚茫父编年事辑》亦极见功力，令人景仰。然姚华生平事迹仍尚有诸多内容可作补充。就邓见宽《姚华年表》而论，该年表为姚华一生经历提供了基本线索，是研究姚华生平必须参考的文献，然全文仅约六千字，限于篇幅，对姚华的具体事迹未免挂一漏万之失；

《艺苑重光：姚茫父编年事辑》考证姚华事迹虽可谓细致翔实，然杜先生于姚华事迹考索偏重于艺术角度，而对姚华文学作品大多在文中直接注明创作时间，其生平诸多事迹亦可由文学类著述挖掘出诸多材料。因此，本书附录笔者编撰之《姚华事迹编年长编》主要从文学著述角度考索姚华生平。读者可与《艺苑重光：姚茫父编年事辑》互相参看，则姚华一生文学、艺术活动已可大致知其要矣。因姚华生平、交游考索于附录《姚华事迹编年长编》中已有详细考证，故本章考证部分只涉及三方面内容，即姚华著述的存世情况，姚华居室、墓地的考证以及姚华与日本、西方友人的交流。

第二节　姚华著述考

姚华一生著述甚富，其论著涉及诗文、词曲、金石、字画、音韵、方言、古文字等诸多方面。最重要作品为门生王伯群所编集之《弗堂类稿》三十一卷，此外尚有其他不少散论杂记式著述，然迄今未见学人对姚华著述进行系统考述与专门整理，对于姚华著述存世情况尚存在不少误会。如《贵州都市报》2013年7月16日头版《诗书画绝代风流　姚茫父一时大师》一文即云："事实上，科甲出身的姚华满腹经纶，精于文字学、音韵学、戏曲理论，尤长于填词写曲，其《小学问答》《说文三例表》《黔语》《古盲词》等著价值巨大。"[①] 此语即有三误：一是《说文三例表》为姚华任教于笔山书院所著，书稿后在兵乱中亡佚，后人无缘得见；二是《古盲词》一书，同样仅见于友人周大烈所作《贵阳姚茫父墓志铭》，亦未有刊行之举，今人并未得见，因此其价值如何同样无从谈起；三是《小学问答》应为《小学答问》，系姚华早年在兴义、贵阳任教时所编写的小学教材。笔者在国家图书馆、北京大学图书馆、贵州省图书馆、贵州大学图书馆等主要收藏单位对姚华著述进行实地访查后，结合《弗堂类稿》和其他文献的记载对姚华一生所作论著进行考索，现将考索情况分"姚华著述"与"今人整理之姚华艺术作品汇编"两部分叙述，企盼能引起学术界对姚华著述整理的关注。

---

① 　赵毫：《诗书画绝代风流　姚茫父一时大师》，《贵州都市报》2013年7月16日。

一、姚华著述

1.《弗堂类稿》

《弗堂类稿》为姚华最重要著述。由姚华门生王伯群（时任中华民国国民政府交通部部长）将其编撰成集，涵盖姚华诗、文、词、曲各类文学作品，凡三十一卷，1930 年由中华书局以仿宋版刊行。该著出版时姚华已经病逝，未能亲睹出版。姚华一生所作文学论著大半编入该集。故《弗堂类稿》对研究姚华文学作品及文学成就的意义自不待言。

《弗堂类稿》版本有二：第一种版本为民国十九年（1930）中华书局聚珍仿宋本，此本所收作品最全，出版时间亦最早。书扉页有王伯群所题"弗堂类稿"四字，左下角为其印"伯群"，书前有王伯群所作《姚茫父先生类稿序》，序中简要介绍了姚华一生形迹，同时高度评价了姚华多方面的艺术才情："先生之学，原本经史，旁通诸子百家，而深探乎吾国文字之原，凡金石、书画、篆刻，亦罔不覃思精研，一破古人未发之局，浩然有以自得。"① 序末题"民国十九年三月三十日兴义王伯群"，则可知王伯群于 1930 年 3 月已将《弗堂类稿》大致辑录齐备，即将交付中华书局刊行出版。

此本目录之首为诗甲一，收诗自《丙寅题周六印昆痛同梁壁园长沙观女剧诗后》起，至《和寒仲常北都集事韵》止，凡 81 首；其次诗甲二，收诗自《陈师曾新居》四首起，至《代简答季常江南衍古诗客从远方来》止，凡 198 首；诗甲三收诗自《题莲华盦》起，至《题灵敦遗篆》止，凡 103 首；诗乙为《金石题咏》，收诗自《题〈麻姑山仙坛记〉》起，至《颖拓赵德麟篆书题名石刻朱本一律题后》止，凡 96 首；诗丙为《前人遗迹题咏》，自《阮文达公三石诗卷》起，至《题费晓楼〈寒宵咏雪图〉》止，凡 42 首；诗丁为《题近人画》，收诗自《冰川梅花卷》起，至《许琴伯朱抚正光三年造像索赋》止，凡 78 首；诗戊为《自题画诗》，收诗自《钟进士白首读骚图画扇》起，至《无量寿佛象题鋆儿遗墨》止，凡 277 首；诗己为《题官私鉨印自注》，收诗自《司马之鉨》起，至《赵郡耿氏图记》二首止，凡 42 首；诗庚为《黎峨小草》，收诗自《将之黎峨除弟服》起，至题《山水画册》二首止，凡 42 首；诗辛为《芦雪樱云小草》，收诗自《壬

---

① 王伯群：《姚茫父先生类稿序》，《弗堂类稿》卷首。

寅长至日寄兴》起，至《题汤贞愍风怀诗卷二首》止，凡109首；诗壬为《灵敦小草后语》，收诗自《偶然作》起，至《雨窗书双猫诗后》止，凡21首。又有《附姚鋆传》一文附录其后。以上为《弗堂类稿》中所辑录诗歌部分，凡九卷。

诗歌之后为词，词一为《自丁未至丙寅》，录词自《沁园春·寄周鬈奉天，即题其〈十严居图〉，丁未》起，至《征招·〈三山籙校碑〉图为敷盦谱石寻》止，凡166首。其中姚华为友人陈师曾所题之《题朽道人京俗画册十七阕》亦收入该卷。词一后为《续题陈师曾京俗画册十七阕》，收词自《天仙子·夫赶驴》起，至《南浦·春草和玉田春水韵》止，凡17首。词二为《自丙寅至己巳》，收词起自《西江月·病院感兴》，至《鹧鸪天·题横"桥水木已秋色，寺倚云峰正晚晴"林和靖诗意轴》止，凡98首。以上为词部分，凡2卷。

其后一卷为曲，分《北词小令》与《北词套数》两部分。其中《北词小令》收曲自《清江引·题画》起，至《于懿铄·为女子师范学校六周年纪念作钢琴调》止，凡52首；《北词套数》收曲自[中吕·粉蝶儿]《题画对雪景自述》起，至[双调·新水令]《题渔家乐画扇》止，共存套数3篇。

其后一卷为赋，录赋自《述德赋》（并序）起，至《夕红赋》（并序）止，凡16篇。

其后一卷为论著甲，录文起自《论文后篇源流第一》，至《论文后篇文心第五》止，凡5篇。其标题依次是源流第一、目录上第二、目录中第三、目录下第四、文心第五，姚华于文章缘起分类、发展历程、文体质性的若干创见多见于此。故欲研究姚华文论，《论文后编》五文是不可绕开的必论篇目。其后一卷为论著乙，录文起自《书适》，止于《翻切今纽论契类第六》，凡29篇。其中值得注意的是《说戏剧》一文，该文中姚华以上古出土文献考索了戏剧一词的由来。当时学者普遍重视对戏剧文体特征的探讨，但这些研究大多从戏曲的发展历程、表演程序、人物角色等角度着眼，而对戏剧本身的起源问题不甚关注，姚华能从文字起源的角度切入这一话题，其敏锐独特的学术眼光由此可见一斑。故该文亦为俞为民、孙蓉蓉编《历代曲话汇编：新编中国古典戏曲论著集成》近代编第二集作为姚华曲论的代表著述辑入。其后一卷为论著丙，该卷录存姚华曲论重要著述《曲海一勺》凡5篇，篇次依次为《述旨第一》《原乐第二》《明诗第三》《骈史上第四》《骈史下第五》。《曲海一勺》为姚华曲论最重要著述，其理论观点我们将在后文详细辨析，此不赘述。

其后一卷为《序记》，录序起自《张母宋太夫人八十寿序》，止于《师曾莲花寺图记》，凡30篇。其后一卷为序跋甲，存序起自《序〈国音检字〉》，止于《王衣云〈文中子考信录〉序》，凡12篇。本卷中《陈筱庄〈退思斋诗集〉序》《〈南雷文隽〉序》等序涉及姚华于诗文方面的理论观点，对全面考察姚华文论亦有重要价值，然迄今未见任何学人述及，殊为憾事！其后一卷为序跋乙，存序起自《〈蚕种刍论〉后序》，止于《自书楹榜跋》，凡27篇。其后一卷为序跋丙上，辑文起自《题石鼓文原拓本》，止于《题潘宗伯韩仲元造阁桥记》，凡18篇；其后一卷为序跋丙下，自《太极剖判未勒本魏〈中岳嵩高灵庙碑〉》起，至《跋黄小松藏本〈龙门山石刻〉》止，凡15篇。其后一卷为序跋丁，自《题释迦本〈龙藏寺碑〉》起，至《自题山水册尾与羡涔生》止，凡36篇。

其后一卷为碑志，自《越隐君懿行碑》起，至《鹤山老人文君墓志铭》止，收录行碑、铭、墓表、墓碑、墓志铭等29篇。

其后一卷为书牍，自《与陈敬民论〈朱岱林墓志〉书》起，至《与周印昆论升碑前每行三十六字本〈史晨碑〉》止，辑录书牍共5篇。

其后一卷为书，共辑录《复邓和甫论画书》《再复邓和甫论画书》《与邵伯絅论词用四声书》三篇书信。

其后一卷为传，自《叶升初先生家传》起，至《姚鍪传》止，凡10篇。其中《先祖赠中宪公家传》《孝宪先生家传》《先妣雷恭人家传》《继妣熊恭人家传》《生妣费恭人家传》等数篇传记为姚华为追述先辈事迹而作，《姚鍪传》则是姚华为早逝五子姚鍪所作传记，对梳理姚华家族世系，补充姚华家族材料自是有不菲价值。

其后一卷为祭文，自《公祭冯华甫文》起，至《为瘗东岳殿诸神象告文》止，共辑入祭文7篇。

其后一卷为赞，自《鸠摩罗什译经象赞》起，至《师曾为写象自题赞》止，凡8篇。

其后一卷为铭，自《楷杖铭》起，至《姚况墓碣铭》止，共辑录铭文4篇。

由以上梳理可见，《弗堂类稿》诗歌部分为诗甲至诗壬，凡十一卷，共存录诗歌1047首；词三卷，存词共281首；曲一卷，存北曲小令52首，北曲套数3篇；赋一卷，存赋16篇；论著三卷，存文39篇；序记一卷，存文30篇；序跋五卷，存文108篇；碑志一卷，存文29篇；书牍一卷，存文5篇；书一卷，存书信 3 篇；传一卷，存文 10 篇；祭文一卷，存文 7 篇；赞一卷，存文 8 篇；铭一卷，存文 4 篇。

《弗堂类稿》第二种版本为台湾文海出版社 1974 年版十五卷本。该版本较之于仿宋本有五处改动：一是将诗词曲赋十六卷尽行删去。其《出版简介》云："茫父诗词，冠冕一时，其题画之作，元气淋漓，苍凉古朴，尤称绝唱；惜多为情感之发抒，与文献参究关系不大，所以割爱舍去。"二是为便于读者阅览，将论著以下诸卷均"分别加编卷数，以求文章部居，更易了然"。三是将分卷目录加上页码，以便于读者翻检查阅。《弗堂类稿》三十一卷本共十二册，其中第一册为目录，但目录并未注明页码，故读者使用起来亦颇感不便。十五卷本将各卷次以及具体篇目均加上页码，大大省却了读者翻检之劳。四是将原书中手书误植之字，以书后勘误表为据一一订正。五是将原书末所附湘潭周大烈所撰墓志铭移植到书前，以便于读者将其与王伯群序相比较对读。客观而言，该版本将《弗堂类稿》加上具体卷数，并将每一篇目均具体加上页码，确乎为读者研究姚华文章省却了不少翻检之苦，但其不足之处亦是显而易见的。如将姚华诗词曲赋评价为"多为情感之发抒，与文献参究关系不大"，故将之尽数删去，这一提法与具体操作不免有武断简单之嫌疑。须知欲全面考察姚华文学作品，诗词曲赋乃是不可或缺的重要方面。即以诗歌而论，《弗堂类稿》录诗 1047 首，这些诗歌既全面完整展示了姚华一生形迹与心路历程，同时亦旁及姚华书法、绘画、颖拓、金石等诸多艺事，是研究姚华文艺成就所依据的必备材料。其他词曲赋等作品，数量上虽逊色于诗歌，但对全面完整研究姚华亦具有重要价值。诗词曲赋较之于文而言，其抒情性更为切实，因此也更为贴近姚华本人的思想情感。因此，倘若撇开诗词曲赋而单纯从文的角度去考索姚华其人其作的话，必将会导致舍本逐末的讹误，研究思路与结论也会有方柄圆凿之偏差。

姚华一生所作文学作品绝不仅限于《弗堂类稿》所载。正如《弗堂类稿》十五卷本《出版简介》中所云："此十五卷之书，份量重轻，极不一致，即如书牍以下，传、祭文、赞、铭等五卷，莫不篇幅寥寥。此并非作者强为区分，以充卷帙，其体制不同，原文自可为证。其所以楮墨无多者，盖由于赋性懒散，稿多遗失之故。"① 因姚华本人以文存名意识淡薄，故其作品散佚者甚众。

---

① 《弗堂类稿》，台湾文海出版社 1974 年版。

虽有弟子门生为其整理出版《弗堂类稿》，然其中所载亦绝非完璧。话虽如此，《弗堂类稿》是姚华存作最丰富的别集，同时也是研究探讨姚华文学作品必须参照依据的最重要书目，这是任何人都无法否认的事实。然而，这部重要别集自1930年中华书局出版后，其后八十余年间大陆均无再版之举，唯有台湾文海出版社1974年将其部分影印出版，殊为憾事！故我们将《弗堂类稿》予以点校并进行全面整理，期盼以本研究的文献整理这一基础工作，引发学术界对姚华其人其作的关注。同时也希望我们对《弗堂类稿》的校点整理工作能够丰富近代文学研究与西部区域文献整理研究的维度。

2.《法政讲义》第一集第二十二册《民法财产》

《法政讲义》为20世纪初部分留日学生与进步人士所编之以介绍西方、日本法律制度知识为主的系列丛书，其第一集于1912年9月和1913年3月相继出版。如陈敬第所编第一集第一册《法学通论》，黄可权所编第一集第六册《财政学》，柳大谧所编第一集第十册《独逸监狱法》，雷光宇所编第一集第二十六册《商法商行为》，等等。姚华所编者系第一集第二十二册《民法财产》。书封面右侧为"法政讲义弟一集 弟二十二册"，中间"民法财产"四字为篆文书写，左侧有"丙午社"印行字样。书内文版权页注"民国二年三月三十日四版"，发行所"上海棋盘街群益分社"，分发行所为"长沙府正街群益图书公司"，编辑者"贵筑姚华"，出版者"丙午社""群益分社"。"贵筑姚华"旁有两竖框，框内文字分别为"民法财产物权""定价大洋六角"。全书共386页。该讲义原为日本法学博士梅谦次郎先生课堂讲授笔记，并以梅谦次郎所著《民法要义》相参证。姚华所据笔记资料主要有二：一为自己手录笔记，一为温州许壬氏手录笔记①。讲义之内容依次为一总则，二财产，三亲族，四相续。具体章节为绪论、第一章《物权》、第二章《债权》、第三章《担保》四部分。姚华在《例言》中还特别强调："关于法律上之文字，与普通用文及文学政治上之用文皆不能同一。其在吾国，久成别派。非老于其业，卒不得当。况以世界源深之法理，猥以浅人执笔，其嚅嗳不能举，夫何待言？若以论理的规则衡之，更无足

---

① 姚华编：《法政讲义·民法财产·例言》（群益分社民国二年版，第3页）第六则云："本讲义所据之笔记有两本，如左：编者手录本，温州许壬氏手录本。"

算也。"①姚华正是有感于当时国人于西方先进法律制度知之甚少的现状，企盼以该套丛书的出版开启明智，改变国人愚昧与落后的法律理念。

3.《说文三例表》

该著作于姚华弱冠之年后，即光绪二十三年（1897）入贵阳学古书院就读期间，书成时间则在光绪二十八（1902）之前。姚华在《弗堂类稿·序跋甲》中《丁佛言〈说文古籀补〉补序》一文中对该书的著述过程及书稿亡佚之经历有较为详细的记载："予弱冠即治《说文》，积四五年，妄思著作，成《说文三例表》，不分卷。一、凡见经传者正字；二、不见经传者俗字；三、或见经传或不见经传者或字。将以存正、删俗、并或，一意主省。所以荡涤芜繁，归诸易简。宜于今而不谬于古者。岂斯作耶？既而主讲兴义县之笔山，游勇犯城，行李尽亡，稿亦与焉。"②邓见宽《姚华年表》以该书成于光绪二十五年（1899年），时年姚华二十四岁，较为妥当。《丁佛言〈说文古籀补〉补序》前一篇《刘彧〈字觽〉序》亦记："余弱冠治许书，颇欲厘而析之。由《说文》以下次第系录，使字归于约，而体得其正，今古转变之迹于是乎明焉。先著三例，以表说文：一曰正字；二曰或字；三曰俗字。为之积五六年属稿泰半。壬寅之岁，主讲笔山书院，会逢散勇，稿尽亡。"③由以上两则材料可知，所谓"三例"，系指正字、俗字、或字，姚华有感于《说文》中小篆、籀文间出，更兼后人之窜改增删，羼乱既多，令读者无所适从的现实，由三种字类的辨析入手，使其书"字归于约，而体得其正，今古转变之迹于是乎明焉"。以便于后人的阅读与接受。然该稿在姚华入主笔山书院后，会值游勇兵乱，书稿与行李俱毁于兵燹。故未能刊刻行世，殊为憾事！

4.《经济与中国》

《经济与中国》是姚华1907年发表于《中国新报》第五号《论说二》部分之长篇政论文。全文凡六千余字，主要论述了"中国之经济"与"经济于中国"两个议题。姚华从八个层面予以系统阐释：第一，论述"经济为人类社会共通之事情"；第二，论述"经济者，世界的人类生活关系也"；第三，论述国人当

---

① 姚华编：《法政讲义·民法财产·例言》，群益分社民国二年版，第4页。

② 《弗堂类稿·序跋甲》。

③ 《弗堂类稿·序跋甲》。

如何营谋国内经济；第四，论述欲挽救中国国家之危急政局首先在于经济问题之解决；第五，辨析国民与国家之关系；第六，辨析经济与国力之关系，"经济者，国富之源泉也"；第七，论述今之为法律政治改良论者其政论不合时宜；第八，论述"经济为关于人类生活之事情"。姚华所论之经济，既非个体范畴之对象，亦非泛指世界经济，而是国家主义之国民经济。该文作于姚华留日期间，综观全文，集中体现了姚华于西方日本先进治国理念的吸纳与融汇。姚华在文中再三强调一国之经济与国力振衰之直接关系，正是有感于近代中国社会经济日益衰敝不堪之现实，意欲以此警醒国人，由经济入手拯救旧中国之政治理想。

5.《曲海一勺》

《曲海一勺》为姚华重要曲论专著。俞为民、孙蓉蓉编《历代曲话汇编：新编中国古典戏曲论著集成》近代编第二集以《新曲苑》本为底本将其全文辑录。《曲海一勺·第一述旨》刊载于梁启超主编之《庸言》杂志 1913 年第 1 卷第 5 期《艺谈三》栏目之第 1—5 页，发行时间为民国二年二月一日；《曲海一勺·第二原乐》刊载于《庸言》杂志 1913 年第 1 卷第 8 期《艺谈二》栏目之第 1—7 页，发行时间为民国二年三月十六日；《曲海一勺·第三明诗》刊载于《庸言》杂志 1913 年第 1 卷第 8 期《艺谈二》栏目之第 1—7 页，发行时间为民国二年七月一日；《曲海一勺·第四骈史上》刊载于《庸言》杂志 1914 年第 2 卷第 1、2 期合刊《司法界之名论》栏目之第 1—6 页，发行时间为民国三年二月十五日；《曲海一勺·第四骈史下》刊载于《庸言》杂志 1914 年第 2 卷第 3 期之第 1—6 页，发行时间为民国三年三月五日。梁启超创办《庸言》杂志，其办刊宗旨正如他在《庸言》发刊词中对"庸言"一词的解释："庸之义有三：一训常言，其无奇也；一训恒言，其不易也；一训用言，其适应也。"① 简而言之，即提倡以普适性的道理实现其救国济世的政治目的。从这一角度而言，《曲海一勺》中对戏曲政治教化功能的强调正是与《庸言》杂志的办刊宗旨不谋而合。《曲海一勺》后由姚华门生王伯群将其编入《弗堂类稿·论著丙》。任半塘先生将其辑入《新曲苑》，为该丛书中第三十一种，1940 年由中华书局排版刊印。姚华也由此著奠定了其曲学家的不朽声名。

---

① 梁启超：《〈庸言〉发刊词》，《庸言》杂志 1912 年第 1 卷第 1 期。

6.《菉猗室曲话》

《菉猗室曲话》为姚华曲论著述中篇幅最宏富者，亦为姚华曲论中重要著述之一。该著第一部分为《卓徐余慧》，其"少游《调笑令》"条至"瞿存斋《贺新郎》"条刊载于《庸言》杂志1913年第1卷第6期《艺谈三》栏目之第1—7页，发行时间为民国二年二月十六日。"曲中衬字"条至"又收小青《天仙子》一首"条刊载于《庸言》杂志1913年第1卷第7期《艺谈二》栏目之第1—8页，发行时间为民国二年三月一日；"《词统》收刘改之《天仙子》一首"条至"研韵"条刊载于《庸言》杂志1913年第1卷第9期《艺谈三》栏目之第1—9页，发行时间为民国二年四月一日。

第二部分为《毛刻签目》，其中《双珠记》《寻亲记》及《东郭记》前半部分（至"本传四十四出"处）刊载于《庸言》杂志1913年第1卷第10期《艺谈三》栏目之第1—9页，发行时间为民国二年四月十六日；《东郭记》后半部分（"七篇文多诙谐"后）、《金雀记》《焚香记》以及《荆钗记》前一部分（自开头至"安得罗列诸古本，以供一校耶"部分）刊载于《庸言》杂志1913年第1卷第11期《艺谈一》栏目之第1—8页，发行时间为民国二年五月一日；《荆钗记》中间部分（自"李调元曲话云"至"其得失变迁，亦了然可数矣"）刊载于《庸言》杂志1913年第1卷第12期《艺谈三》栏目之第1—9页，发行时间为民国二年五月十六日；《荆钗记》后一部分（自"康熙中"至篇末）刊载于《庸言》杂志1913年第1卷第14期《艺谈二》栏目之第1—7页，发行时间为民国二年六月十六日；《浣纱记》与《琵琶记》第一部分（自开头至"要之，小说所言，其为传闻，总难取信耳"）刊载于《庸言》杂志1913年第1卷第16期《艺谈二》栏目之第1—7页，发行时间为民国二年七月十六日；《琵琶记》第二部分（自"《庄岳委谈》云"至"附高则诚《秋怀》套曲"）刊载于《庸言》杂志1913年第1卷第17期《艺谈二》栏目之第1—8页，发行时间为民国二年八月一日；《琵琶记》第三部分（自"路史云"至"'在'字依古本"）刊载于《庸言》杂志1913年第1卷第18期《艺谈二》栏目之第1—10页，发行时间为民国二年八月十六日；《琵琶记》第四部分（自"又毛本第二十三出［霜天晓角］换头'神散魂飞'"至"当似《风木余恨》出中词也"）刊载于《庸言》杂志1913年第1卷第19期《艺谈二》栏目之第1—9页，发行时间为民国二年九月一日；《琵琶记》第五部分（自"茂苑王氏《停云馆十二律京调谱》所收《琵琶》诸曲"

至"毛作'途路上'")刊载于《庸言》杂志 1913 年第 1 卷第 20 期《艺谈二》栏目之第 1—9 页，发行时间为民国二年九月十六日；《琵琶记》第六部分（自"又林钟引［谒金门］'此情无限'不作'何限'"至篇末）与《南西厢》第一部分（自开头至"又经俗工改窜割裂，至难搜讨矣"）刊载于《庸言》杂志 1913 年第 1 卷第 21 期《艺谈二》栏目之第 1—8 页，发行时间为民国二年十月一日；《南西厢》第二部分（自"古南词《西厢》'月下听琴'套"至"失题《南西厢》古词"）刊载于《庸言》杂志 1913 年第 1 卷第 22 期《艺谈二》栏目之第 1—9 页，发行时间为民国二年十月十六日；《南西厢》第三部分（自"《寄情》套词"至"［小桃红］四十七"）刊载于《庸言》杂志 1913 年第 1 卷第 23 期《艺谈二》栏目之第 1—11 页，发行时间为民国二年十一月一日；《南西厢》第四部分（自［小桃红］四十八至"与前录［满庭芳］［小桃红］殆为一时之作也"）刊载于《庸言》杂志 1913 年第 1 卷第 24 期《艺谈二》栏目之第 1—10 页，发行时间为民国二年十一月十六日。

由以上梳理可见，《菉猗室曲话》原稿并不分卷，任半塘先生将其辑入《新曲苑》时为便于观者阅览，将该著分为四卷：卷一为《卓徐文慧》，卷二、三、四均为《毛刻签目》，其中卷二所论剧目为《双珠记》《寻亲记》《东郭记》《金雀记》《焚香记》《荆钗记》《浣纱记》，卷三所论剧目为《琵琶记》，卷四所论剧目为《南西厢》。中华书局民国二十九年（1940）以线装本刊印。值得注意的是，《弗堂类稿》中收录了《曲海一勺》，而《菉猗室曲话》却并未收入，或许是整理时间仓促之故。王伯群在民国十二年十二月所作《〈弗堂类稿〉跋》中亦不无遗憾地表示："散佚居多，异日当搜罗补刊之。"[1] 姚华好友桂诗成在《姚茫父先生传》中评该著："《菉猗曲话》多古人未经道破语，可谓续曲学已绝之绪。"[2] 洵乎此言！任半塘先生《新曲苑》亦收录《菉猗室曲话》，为《新曲苑》第三十三种。

7.《金石系》

湘潭周大烈《贵阳姚茫父墓志铭》记："所著有《小学答问》《说文三例表》

---

① 王伯群：《〈弗堂类稿〉跋》，《弗堂类稿》。
② 桂诗成：《姚茫父先生传》，《贵州文献季刊》第 5 期。

《金石系》《黔语》《古盲词搜存》未刊。"① 周大烈为姚华挚友，与姚华相交甚厚，其所言可采信。故张舜徽《清人文集别录》亦转述其语："其友周大烈志其墓，称华所著书，犹有《小学答问》《说文三例表》《金石系》《黔语》诸种，皆未刊行。"② 又杭县邵章《姚君碑》记："撰有《小学答问》《说文三例表》《金石系》《黔语》，其刊行者为《弗堂类稿》三十卷。"③ 周大烈所撰墓志铭文内未记时间，然文中记姚华"十九年六月病再发，一日而卒"。其墓志铭被王伯群作为跋语附录于《弗堂类稿》之后，而王伯群所辑《弗堂类稿》时间为民国十九年十二月④，故周大烈墓志铭所作时间为民国十九年六月至十二月之间。邵章《姚君碑》篇末记："民国十有九年太岁在庚午八月上旬。"可知邵章《姚君碑》所作时间为民国十九年（1930）八月，其与周大烈《贵阳姚茫父墓志铭》孰先孰后已不可考，然从著述排列顺序观照，二者相互转述的可能性较大。

8.《古盲词》

未刊，亦见于周大烈《贵阳姚茫父墓志铭》所记。

9.《论文后编》

《论文后编》为姚华论中国古代散文、词曲文体渊源、脉络及各类体式特征的著述。其中重点是论述散文一体。共分为《源流第一》《目录上第二》《目录中第三》《目录下第四》《文心第五》五个部分。此著未见《弗堂类稿》之前的任何刊物连载，王伯群将其辑入《弗堂类稿·论著甲》，当系根据姚华手稿整理而成。姚华于文章之学所持理论见解，于此五篇专文中即可大致窥其大要。《论文后编》中均未提及著述时间信息，具体成书于何年已不可查考。该著对辨析姚华文学思想与文体理论至为重要，我们拟在下文中详细辨析，故此不赘述。

10.《菉猗杂笔》

《菉猗杂笔》为姚华系列文字学论文，其篇目依次是《象形第一》《象声第二》《说臣第三》《说鬼第四》《说兄第五》《说雷第六》《说雪第七》《说霞第八》

---

① 周大烈：《贵阳姚茫父墓志铭》，《贵阳文史资料》第十八辑，第 200 页。

② 张舜徽：《清人文集别录》，中华书局 1980 年版，第 663 页。

③ 邵章：《姚君碑》，《贵阳文史资料》第十八辑，第 202 页。

④ 《弗堂类稿》附王伯群跋记："民国十九年门人王伯群敬跋"。

《说者第九》《说也第十》。王伯群将其辑入《弗堂类稿·论著甲》，此十篇专篇论文亦未见其他刊物连载，我们推断也应当是王伯群根据姚华手稿整理所得。其中《说者第九》姚华自注云："乙丑之秋菉猗室。"又该篇为其中第九，故其具体撰写时间当在民国十四年（1925）夏秋之际。

11.《翻切今纽六论》

《翻切今纽六论》为姚华论读音音韵的系列论文，当作于民国二年（1913）。作者在序中详细介绍了该六篇论文创作的缘起背景：

> 癸丑春，读音统一会集议京师。公定字母，以表国音，复逐字审正，都为一集，曰《国音汇编》。于是参差庞杂之音较有归于一致之势，绩甚良也。惟三月之中，会长数易，议论既多。案牍或略，故必整齐其行列，而贯通其意议，有不能不亟事于理者，荏苒至今，始克就绪。凡所謿正，亦务彻于原定之义。与求合于推行之、宜，使温故者不生坠地之虞，知新者不发炀灶之叹。夫古今之变，未可强为。惟因时以制宜，始循序而渐进，权衡至平，岂能轻重欤？爰述《六论》，发明旨趣；变迁之迹，庶乎有所考焉。

读音统一会是近代中国语言发展史上的一次重要会议，由吴敬恒担任主任，其成员为各省推举，均为精研于音韵小学之道的各地学者，姚华即为成员之一。由该序所叙可见，姚华在最初参加会议之时是怀有极高热忱的，因此他褒奖读音统一会"绩甚良也"。然在会议召开期间，各地代表争论激烈，不同态度者势同水火，导致"议论既多，案牍或略"，在如何修订国音这一根本问题上并未达成共识。姚华正是有感于此种混乱局面，作《翻切今纽》六篇，以希望"发明旨趣变迁之迹，庶乎有所考"。"翻切"即"反切"，是中国古代传统注音方法，即以两字拼切一字之音，前字注声，后字注韵；"纽"即"声纽"，亦称为"音纽"，声母之别称。"翻切今纽"之意即指以反切之法注今字之读音。

12.《书适》

《书适》为古文字学著述，姚华在该著中对古代文字的起源、发展以及书写工具的进步等问题进行了详尽论述。邓建宽《〈书适〉前言》云："《书适》书成于民国初年，距今七十年。"[①] 然未示所据。王伯群《弗堂类稿》将其编入《论著乙》首篇。其后邓见宽根据姚华孙辈姚何、姚伊、姚遂提供手稿予以点

---

① 邓见宽：《〈书适〉前言》，姚华：《书适》，邓见宽点注，贵州人民出版社1988年版，第5页。

注，1988 年 9 月由贵州人民出版社出版，书名即为《书适》。该书除将《书适》全文照录外，还根据姚府所藏手稿补充《〈书适〉续篇》和《与鋆儿论书书》两文，《〈书适〉续篇》主要爬梳了中国古代书契的嬗变轨迹，《与鋆儿论书书》则由中国古代书法载体的变迁强调了学书中笔法的重要性，二者均可与《书适》相互参证，彰显了姚华于古文字学的基本思想。

13.《小学答问》

《小学答问》为姚华在兴义笔山书院授课所用教材，成书于庚子年（1900），亦当为姚华首部著述。书后有贵阳熊继先跋，其跋语云：

> 上《小学答问》二十八章，同里姚华（重光）撰。始脱稿于庚子岁。今年春，余与重光同就兴义聘，携以偕行。既以游匪之变，囊箧尽失。抵里后，里中子弟有来从游者，于中文率无头绪，因检旧箧，得此本以授之。盖其初次底本也。①

该跋语末记"光绪二十八年壬寅冬十一月贵阳熊继先跋"，可知《小学答问》脱稿于 1900 年，而正式出版当在 1902 年后。其书采用一问一答的结构形式，是引导学生入小学之门径的启蒙性教材。《弗堂类稿》未能收录该著，然其手抄本在民间多有流传。据邓见宽《〈书适〉前言》所云："由于成书较早，又一度作为教材，如今仍有人持有《小学答问》抄本。"② 邓见宽据姚华长子姚鋆 1932 年抄本点校将之辑入《书适》，据邓所云："该抄本字迹工整，一直由家人保藏，是较好的一个本子。"③

14.《黔语》

《黔语》为辞典性著述，作于姚华晚年病废之后。作者以札记形式辨析了贵阳方言诸多独具地方特色的语言词汇，为后人考索西南方言在近代的演变情况提供了生动史料。后为邓见宽辑入《书适》。关于该著创作的基本情况，邓见宽《〈书适〉前言》引姚华自述语：

> 病废以来废读久矣，少起寻旧业，日仍搦管伏案，而孤臂不能自振，转动不获服帖。欲记黔事，顾无取所才，又或须考证，病身不克，翻检搜讨，常用

---

① 姚华：《书适》，邓见宽点注，贵州人民出版社 1988 年版，第 101—102 页。

② 邓见宽：《〈书适〉前言》，姚华：《书适》，邓见宽点注，贵州人民出版社 1988 年版，第 6 页。

③ 邓见宽：《〈书适〉前言》，姚华：《书适》，邓见宽点注，贵州人民出版社 1988 年版，第 6 页。

废然。惟黔语未亡，可默思而得，又旧治段先生《说文解字注》，读数数过亦较习，因在几案，可日温诵，时与乡语相触，漫然条记。时读宋诗杂记，有可资益则取之，所得为不少矣。自冬徂春，遂竟一册，庚续为之，然后汰而存其明确简当者，别纂为编，亦可为乡人益也。①

该文不见于《弗堂类稿》，亦未见姚华其他著述记载，当系誊录姚府所藏姚华手稿而来。由上所记可知，《黔语》作于姚华病废之后，受段玉裁《说文解字注》之启发，且参资宋诗杂记，对黔地方言俗语进行考证。其创作时间在1929年冬至1930年春，姚华自己对该著也做了一些修订工作，主要是删其繁复，存其"简当者"，以兹为后人研究贵州方言提供参考借鉴。

15.《元刊杂剧三十种》

据邓见宽《年表》："（一九二九年）校补元椠杂剧三十种，欲刊行，未果。"②

16.《弗堂词》

《弗堂类稿》中有"词一　自丁未至丙寅"和"词二　自丙寅至己巳"两部分。"词一"部分录词自《沁园春》（寄周聱奉天即题其〈十严居图〉丁未）始，至《南浦》（春草和玉田春水韵）止，存词凡183首；"词二"部分录词自《西江月》（病院感兴）始，至《鹧鸪天》（题"横桥水木已秋色，寺倚云峰正晚晴"林和靖诗意轴）止，存词凡98首。两者合计281首。

任可澄主编之《黔南丛书》③将"词一"与"词二"两部分辑入《黔南丛书》第四集，命名为《弗堂词》。该词集据弗堂稿印本校印，民国第一丙子季夏安顺杨恩元印本。共包含四部分：一是"词一"；二是"词二"；三是《弗堂词·隶猗曲》；四是《庚午春词》。其中一、二、四部分是词作，第三部分是散曲作品。前以湘潭周大烈撰《姚茫父墓志铭》为序，后有民国第一丙子夏安顺杨恩元、

---

① 邓见宽：《〈书适〉前言》，姚华：《书适》，邓见宽点注，贵州人民出版社1988年版，第6—7页。
② 姚华：《书适》，邓见宽点注，贵州人民出版社1988年版，第253页。
③ 《黔南丛书》是民国时期贵州通志局主持出版的方志性丛书，主编者为任可澄。所收黔地文献上自明代，下迄民国，基本涵盖了贵州建省以来黔籍作者的主要著述，是研究明清至民国时期贵州政治经济、文化制度和民俗风情的重要资料。民国十一年（1922）至民国三十年（1941）由贵阳文通书局发行刊印。然该书印数极少，据《中国丛书综录》，全国仅有22家单位收藏该书。

覃生所作跋，其跋语云：

先生捐馆后，门人王伯群搜集平生著作编为《弗堂类稿》三十余卷。中以题跋最多，诗文次之，词二卷，曲一卷。惟临殁之《庚午春词》二十余阕未编入，今印丛书四集悉采入，以为诸词家之殿。

由杨恩元跋语可知，因王伯群《弗堂类稿》未能将姚华《庚午春词》采入，而杨氏弥补了这一遗憾，他将姚华所作《庚午春词》28 首亦补入《弗堂词》，进一步完善了姚华词作。又《弗堂词》各卷末均注"贵阳文宗潞校字"，可知《弗堂词》的实际整理者当为文宗潞。《中国西南文献丛书》第二辑《西南稀见丛书文献》（戴文年、陈训明、陈琳主编，兰州大学出版社 2003 年版）将《黔南丛书》全书影印出版，其中《弗堂词》为第六十三册。

17.《菉猗曲》

姚华所作散曲集。最早为王伯群辑入《弗堂类稿·曲》，分"北词小令"与"北调套数"两部分，前者录散曲小令 52 首，后者录散曲套数 3 篇，合计散曲作品 55 首（篇）。《菉猗曲》之名，始见于任可澄《黔南丛书》，其《弗堂词》第三部分为《弗堂词·菉猗曲》。其后卢前将其删定为《菉猗曲定》。卢前对姚华之曲学成就甚为景仰，在《菉猗曲定》序中云：

及前北游燕，先生已前殁，未得奉手请益，过莲华寺弗堂，未尝不低徊想慕者久之。旅岁道出黔南，先生仲子鋈录示遗稿，既为序一勺，付文通书局梓以行世。复取曲稿二卷归渝州。山居多暇，爰引谱书，略加删订，题曰《菉猗曲定》。[1]

该书为一册，版权页右注"中华民国三十六年二月贵阳初版"，其后信息依次为"定价国币肆元""著作者姚华""校订者卢前""发行人华问渠""印刷所文通书局贵阳印刷厂（贵阳　重庆　广州　长沙）""发行所文通书局（成都　上海　昆明）"。

18.《题画一得》

《题画一得》为姚华论绘画艺术的札记式论文。姚华在首篇中记："戊辰初夏，莲花庵午睡起漫书发端　茫茫父"。可知该著作于民国十七年（1928）。

---

[1]　卢前：《菉猗曲定·序》，文通书局中华民国三十六年（1947）版，第1—2页。

时年中国画学研究会创办美术名刊《艺林旬刊》①，该刊创刊号首页显著位置即刊载姚华手书《题〈艺林旬刊〉》诗，诗云："绘事由来清净业，近多恶道转嚣尘。一幢高树人须见，待救诸天七返身。"姚华正是有感于当时国内画界技巧派对中国古典绘画传统的攻击，寄寓了他对传统绘画的美好祝愿。《艺林旬刊》自 1928 年第 24 期开始连载《题画一得》，姚华署名为"莲花庵稿"。《题画一得》为札记形式，每则篇幅均较短。《贵州文史丛刊》曾于 1982 年第 4 期重刊《题画一得》，1983 年第 1、2 期分别重刊《题画一得——二笔》《题画一得——三笔》。后邓见宽以重刊本为蓝本，将之编入《姚茫父画论》。在《题画一得》中，姚华反复强调了题字在绘画中的重要性。他在该文起首即云："画须题也。不题，则画史矣。然画以题为佳，而题之佳否，往往得失与画相关。"这同样是对其"书画同源"论的再次强调。姚华考证题画滥觞于宋、始于元明："宋人集部始见题跋吟咏……元明以来，骚人墨客间多游艺，而书画题咏，渐归一手。于是题画之事，益成居要。"姚华正是有感于当时重图案轻题字的画风，强调书法题字在绘画创作中的重要性，呼吁画家提升自身书法修养的必要性。在具体论述中，《题画一得》反复强调了中国传统绘画诗、书、画结合的独特风格，列举了大量实例论述传统绘画与书法艺术的有机融汇。邓建宽先生评价云："《题画一得》紧扣'画可读'的观点，阐述'画须题'的道理，明晰画中有诗、诗中有画的美学理念。"②

《题画一得》自"画须题也"至"则委之教者"部分载于《艺林旬刊》自 1928 年第 24 期（民国十七年八月廿一日出版）；"于是书法一席"至"故向所怀抱而曾一建白者"部分载于《艺林旬刊》1928 年第 26 期（民国十七年九月十一日出版）；"至成空言"至"益成居要"部分载于《艺林旬刊》1928 年第 30 期（民国十七年十月廿一日）；"然十九自画自题"至"若在加墨"部分载于《艺林旬刊》1928 年第 31 期（民国十七年十一月一日）；"非嗟著粪"至"未有不败者也"部分载于《艺林旬刊》1928 年第 32 期（民国十七年十一月十一日）；"题画非画也"至"确能得地"部分载于《艺林旬刊》1928 年第 33 期（民国十七

---

① 《艺林旬刊》1928 年第 1 期发刊词记："《艺林旬刊》者，中国画学研究会主办，不曰画学研究会旬刊，而曰《艺林旬刊》。"其时画学研究会会长为周肇祥。

② 邓见宽编：《姚茫父画论》，贵州人民出版社 1996 年版，第 143 页。

年十一月廿一日）；"非通画不可"至"亦在互相调剂之中"部分载于《艺林旬刊》1928年第34期（民国十七年十二月一日）；"又须顾画之章法结构"至"转较玫瑰幅为逊"部分载于《艺林旬刊》1928年第35期（民国十七年十二月十一日）；"然明贤诸家"至"参其变化"部分载于《艺林旬刊》1928年第36期（民国十七年十二月廿一日）。"往往遇险出奇"至"盖犹武氏祠画像题榜之例也"部分载于《艺林旬刊》1929年第37期（民国十八年一月一日）；"然如此，必有典可数"至"必有可记者矣"部分载于《艺林旬刊》1929年第38期（民国十八年一月十一日出版）；"必有可记者矣"至"只师曾试笔四字"部分载于《艺林旬刊》1929年第39期（民国十八年一月廿一日）；"余题在左方"至"此师道得师曾油画山茶遗迹也"部分载于《艺林旬刊》1929年第40期（民国十八年二月一日）；"题洋画语亦创"至"此画册是主人游瑞士"部分载于《艺林旬刊》1929年第41期（民国十八年二月十一日）；"与其地女士交游"至"而尽遂与士人近"部分载于《艺林旬刊》1929年第42期（民国十八年二月廿一日）；"由是题赞大兴"至"年代当唐宋之间"部分载于《艺林旬刊》1929年第43期（民国十八年三月一日）；"每专有题一方"至"中向下陷处"部分载于《艺林旬刊》1929年第44期（民国十八年三月十一日）；"纵横均六寸强"至"后一人，挈二小儿"部分载于《艺林旬刊》1929年第45期（民国十八年三月廿一日）；"似母子也，南面人冠带"至"则题画之最古者矣"部分载于《艺林旬刊》1929年第46期（民国十八年三月三十一日）；"余如石人题字，今曲阜鲁恭王庙"至"长洲叶鞠裳曾得拓本"部分载于《艺林旬刊》1929年第47期（民国十八年四月十日）；"大抵益古者，题亦简质"至"古画仅存，今亦多剥蚀"部分载于《艺林旬刊》1929年第48期（民国十八年四月二十一日）；"以其年代太远故也"至"以百分之一为之"部分载于《艺林旬刊》1929年第49期（民国十八年五月一日）；"韵用孙文恭公"至"明画所以作之意，不合于此二者"部分载于《艺林旬刊》1929年第50期（民国十八年五月十日）；"皆不得为题画也"至"则非题画"部分载于《艺林旬刊》1929年第51期（民国十八年五月二十日）；"皆不可不别也"至"皆经生画史之流"部分载于《艺林旬刊》1929年第52期（民国十八年六月一日）；"执一而不化耳，明人尚少如此偏囿"至"虽不方，亦不破"部分载于《艺林旬刊》1929年第53期（民国十八年六月十日）；"所以为圆也，世眼喜之"至"凡此皆气为之"部分载于《艺林旬刊》1929年第 54 期（民国十八年六月二十日）；"观题而望气，可以测其中之浅深"至"即署上下欵"部分载于《艺林旬刊》1929 年第 55 期（民国十八年七月一日）；"用行书破体，极古逸之致"至"南阜按品有题"部分载于《艺林旬刊》1929 年第 56 期（民国十八年七月十一日）；"语不繁而都有致"至"亦惟於气求之而已"部分载于《艺林旬刊》1929 年第 57 期（民国十八年七月廿一日）；"高南阜题李霞裳卷"至"此破常式而为之，极新"部分载于《艺林旬刊》1929 年第 58 期（民国十八年八月一日）；"牡丹之左，下方自处"至"第八品芙蓉，上右题"部分载于《艺林旬刊》1929 年第 59 期（民国十八年八月十一日）；"乍惊江上见清秋"至"荷花之上，即不作题"部分载于《艺林旬刊》1929 年第 60 期（民国十八年八月廿一日）；"盖以梅花莲花合题也"至"三昧自可通玄灵，生香活趣天花偈"部分载于《艺林旬刊》1929 年第 61 期（民国十八年八月卅一日）；"墨戏禅机丽草亭"至"供职印铸局，客死"部分载于《艺林旬刊》1929 年第 62 期（民国十八年九月十一日）；"身后其乡人检遗物"至"昔有与高僧争住处，僧题诗而去云"部分载于《艺林旬刊》1929 年第 63 期（民国十八年九月廿一日）；"方丈前头挂草鞋"至"然余意以为此篇幅可损"部分载于《艺林旬刊》1929 年第 64 期（民国十八年十月一日）；"因而题可剪裁，书体且可精小为之"至"斧扆者，画屏风也，不单言斧形"部分载于《艺林旬刊》1929 年第 65 期（民国十八年十月十一日）；"可知其变而扩施矣"至"偶阅唐康骈剧谈录"部分载于《艺林旬刊》1929 年第 66 期（民国十八年十月廿一日）；"老君庙一则"至"见壁画东岳府君出巡事"部分载于《艺林旬刊》1929 年第 67 期（民国十八年十一月一日）；"相传是宋元故迹"至"是以现在多废诗堂不用"部分载于《艺林旬刊》1929 年第 68 期（民国十八年十一月十一日）；"亦装潢志之一变也"至"徒作谀颂，亦甚汗颜"部分载于《艺林旬刊》1929 年第 69 期（民国十八年十一月廿一日）；"所以挽章寿言"至"图公之像，写公之神，禽中之凤"部分载于《艺林旬刊》1929 年第 71 期（民国十八年十二月十日）；"兽中之麟，曰真真宰相"至"若以之题南沙南田之作"部分载于《艺林旬刊》1929 年第 72 期（民国十八年十二月廿一日）。

《艺林月刊》前身为《艺林旬刊》，于 1930 年 1 月创刊发行。《题画一得》自"方称品格"至"而即受吟咏之沾溉，即浅语"部分载于《艺林月刊》1930 年第 1 期（民国十九年一月出版）；"刊而行之，所以独传"至"使后人得考之"

部分载于《艺林月刊》1930 年第 2 期（民国十九年二月出版）；"自陈寅生以刻铜名"至"兰叶烟开更自馨"部分载于 1930 年第 3 期（民国十九年三月出版）；"不信东风无畛域"至"满园森立，高六七尺"部分载于《艺林月刊》1930 年第 4 期（民国十九年四月出版）；"高六七尺，亦随阳舒华"至"忽悟此即观物所谓黄英"部分载于《艺林月刊》1930 年第 5 期（民国十九年五月出版）；"与吾乡所谓向日葵者合耶"至"逸情乔气，不中内家之习"部分载于《艺林月刊》1930 年第 6 期（民国十九年六月出版）；"一人策杖归来"至"以才情唱酬闻，小宛题识"部分载于《艺林月刊》1930 年第 7 期（民国十九年七月出版）；"称紫玄宫太公者以此"至"人间一扇在南湖"部分载于《艺林月刊》1930 年第 8 期（民国十九年八月出版）；"又云孟阳绘事亦称贤"至"有宋赵昌太平花图"部分载于《艺林月刊》1930 年第 9 期（民国十九年九月出版）；"故宫博物院附影本售之"至"语所谓攛墙者"部分载于《艺林月刊》1930 年第 10 期（民国十九年十月出版）；"即此种也，若卷册宜於收藏"至"欲使空形诸色，虚徵为实"部分载于《艺林月刊》1930 年第 11 期（民国十九年十一月出版）；"又非乘其象之见于目前时"至"气势充然，顿易旧观"部分载于《艺林月刊》1930 年第 12 期（民国十九年十二月出版）；"以此知题与画想成"至"则题亦不可以已也"部分载于《艺林月刊》1931 年第 13 期（民国二十年一月出版）；"惟有画中时一见"至"及师曾旧作，多不拘行墨"部分载于《艺林月刊》1931 年第 14 期（民国二十年二月出版）；"而学颜书，无顿之习"至"余复题二十字云"部分载于《艺林月刊》1931 年第 15 期（民国二十年三月出版）；"秋虫飞益少，秋花看转齐"至"幼时学作画"部分载于《艺林月刊》1931 年第 16 期（民国二十年四月出版）；"竟似不能精，友来属写鬼"至"纵然成佛灵运后"部分载于《艺林月刊》1931 年第 17 期（民国二十年五月出版）；"别作一横幅"至"则题让之，越而下行"部分载于《艺林月刊》1931 年第 18 期（民国二十年六月出版）；"此法吴缶翁常行之"至"乃手写唐宋人绝句授之"部分载于《艺林月刊》1931 年第 19 期（民国二十年七月出版）；"仍授之读，并授六朝小赋"至"虽老寿以没，亦何以加於是乎。父华撰"部分载于《艺林月刊》1931 年第 20 期（民国二十年八月出版）。

19.《艺林虎贲》

《艺林虎贲》是姚华最早公开发表的艺术专论。1913 年在黄远庸主编《论衡》

周刊 1—5 期上刊出,《论衡》周刊仅出版 5 期即停刊。《艺林虎贲》刊载于《论衡》中《文苑》栏目,后《天荒》杂志 1917 年第 1 期刊出其开头部分(自"余以丁未自日本归朝"至"再类牒焉"),姚华自注写作时间为"癸丑释迦文佛诞生第二千九百四十年纪念之辰"。篇中记:"彼虎贲之类似,夫何拟于中郎。撰《艺林虎贲》,一书画,二书籍,三碑帖,依次序录,再类牒焉。"邓见宽将《论衡》周刊所刊部分编入《姚茫父画论》,含"第一序录书画"与"第二谱录书画"两部分。据邓先生按语所言:"今以《论衡》周刊为蓝本,编入本书,是未完稿;其余稿纸留存姚府,尚有数万字,审定书画逾百幅(卷)。"①《艺林虎贲》主要为审订书画金石真伪之作,姚华在《艺林虎贲》中主要强调了书画收藏中辨别真伪的重要性,然而他对伪作并未全盘否定,姚华指出:"惟是真迹既不易访求,伪迹亦非尽虚造。"②此外,姚华还深入辨析书画藏品的造伪因素有三:一为影摹,二为临仿,三为假托。并肯定伪作自身的艺术价值:"如此之类,不问真赝,同一可宝,此阅古之别趣。余所以不薄伪笔也。"③在"第一序录书画"中,姚华主要强调了"书画同源"的观点,他明确提出:"书画同出一源。"④在"第二谱录书画"中,姚华审订书画九幅,依次为清石涛岁寒三友图卷、宋杨补之梅花长卷、宋米元章山水卷、宋杜衍山水卷、明阚芝喦草书游苍山诗卷、元张远梅喦潇湘八景卷、元吴仲圭山居图卷、宋燕文贵山水长卷、元管道昇竹石卷、清王圆照山水卷,并判断宋杜衍山水卷、明阚芝喦草书游苍山诗卷、清王圆照山水卷三幅古画为后人伪作,将其品题为"下品"。姚华在《弗堂类稿·诗乙·金石题咏》中《汉刻齐桓管仲画象墨本》一诗自注云:"凡古肆所售,十七八伪,而一二真。大抵书画伪品多出维扬,金石伪品多出青齐,近则洛下,诸元志石,犹承其风。拙著《艺林虎贲》一一攻之,然颇为笃信者抗辩。"

20.《中国图谱源流考》

《中国图谱源流考》是姚华艺术论著中最具代表性者。最早刊于北京大学《造型美术》民国十三年第一期,后为邓见宽节选收入《姚茫父画论》。邓先

① 邓见宽编:《姚茫父画论》,贵州人民出版社 1996 年版,第 4 页。
② 邓见宽编:《姚茫父画论》,贵州人民出版社 1996 年版,第 5 页。
③ 邓见宽编:《姚茫父画论》,贵州人民出版社 1996 年版,第 5 页。
④ 邓见宽编:《姚茫父画论》,贵州人民出版社 1996 年版,第 7 页。

生予以该著高度评价："《中国图谱源流考》是姚华力著，代表了 20 世纪 20 年代我国美术和美术史的最高水平，影响了北京大学美术研究会内外一大批美术研究者和美术创作者，已成为美术史文献资料。"①邓见宽曾多次遍访北京各大图书馆及北大、北师大图书馆，然只查阅到《造型美术》第一期。笔者于 2016 年 4 月曾到国家图书馆、北京大学图书馆、首都师范大学图书馆查阅，仅在北京大学图书馆找到《造型美术》第一期，亦未见其他期，故今存疑俟考。《造型美术》第一期出版于民国十三年六月二十三日，编辑员为胡佩衡、郭志云、刘文机、乌以锋、可应聘、赵怀昌六人，开设《插图》《论著》《译述》《讲演录》《附录》等栏目，《中国图谱源流考》为《论著》栏目第二篇论文。

21.《五言飞鸟集》

《五言飞鸟集》为姚华演辞印度诗人泰戈尔《飞鸟集》所作五言诗歌集，凡古近体诗 256 首，加上姚华自序诗 3 首，合计 259 首诗歌。关于该集的基本情况本书第三章第三节有专文详细介绍，此不赘述。

22.《北征日记》《南辕日记》

杜鹏飞《艺苑重光：姚茫父编年事辑》第 69 页："公车赴京参加会试，有《北征日记》。落第返乡，沿途有《南辕日记》。"然未示所据。

23.《藜峨日记》《笔山讲录》《佩文韵注》

《藜峨日记》《笔山讲录》《佩文韵注》俱作于姚华执教兴义笔山书院期间。今不传。

24.《驿站沿革考》

杜鹏飞《艺苑重光：姚茫父编年事辑》第 108 页："（1911）十二月，著《驿站沿革考》。"

二、今人整理之姚华艺术作品汇编

1.《姚茫父书画集》

《姚茫父书画集》由姚茫父书画集编辑委员会编，贵州美术出版社 1986 年

---

①　邓见宽编：《姚茫父画论》，贵州人民出版社 1996 年版，第 46 页。

6月出版。该集编选姚华中国画、书法100余幅，封面由启功先生题签，集前附刘海粟《〈姚茫父书画集〉序》。其序评价姚华云："黔中地处西南高原，……近四百年间，风气渐开，名人辈出，兼善画、书、诗者，于古人必称杨龙友，于今人则咸推姚茫父先生。"① 该集分为"绘画篇"与"书法篇"两部分，其中"绘画篇"汇集姚华画作67幅，"书法篇"汇集姚华书法作品23幅，金文、篆书、隶书、楷书、行书均有佳品。如楷书《五十初度诗答梁启超联》、行书《闵灾赋》、隶书《鹤寿大字》、行书《庚午春词扇面》等，均系姚华书法代表作。

2.《茫父颖拓》

《茫父颖拓》系邓见宽先生编著，由贵州人民出版社于2008年6月出版的姚华颖拓作品汇编。其出版说明记："一九五七年，陈叔通先生辑姚华颖拓佳作编成《贵阳姚华茫父颖拓》，由商务印书馆精印行世，深受书画艺术界尊崇喜爱，使颖拓艺术广为人知。……今将陈叔通先生《贵阳姚华茫父颖拓》补充扩展更臻完善，并藉陈叔通先生《贵阳姚茫父颖拓》之题，以茫父颖拓题之。"② 书前序为邓见宽2006年夏日所作《刻楮传神入妙中 留真颖拓始姚翁》一文，该序对颖拓艺术的特质作了较为细致的辨析。其后分别有邵裴之、马叙伦、林志均、郭沫若、陈叔通五人所作对颖拓艺术的评论。邵裴之记："甲午岁尾，叔通先生自京来杭，出示姚君崇光笔拓秦泰山二十九字。"③ 其后题"乙未（一九五五年）春仲裴子（邵裴之）漫记"，可知系1954年末陈叔通索序于邵裴之，邵氏于1955年春仲作序；马叙伦序记："叔通师丈出示贵筑姚茫父所为笔拓太山石刻残文二十九字，入目奕然，如睹古拓。"④ 其序末题"弟子马叙伦奉命记之 公元一千九百五十五年"；林志均序则题"甲午冬日 叔通诗老属题 七十叟林志均"⑤；郭沫若题诗自注"叔通先生命题 一九五七年元月 郭沫若"⑥。《茫父颖拓》书末附有郭沫若先生所题跋语云：

① 姚茫父书画集编辑委员会编：《姚茫父书画集》，贵州美术出版社1986年版，第2页。
② 邓见宽编：《茫父颖拓·出版说明》，贵州人民出版社2008年版。
③ 邓见宽编：《茫父颖拓》，贵州人民出版社2008年版，第15页。
④ 邓见宽编：《茫父颖拓》，贵州人民出版社2008年版，第19页。
⑤ 邓见宽编：《茫父颖拓》，贵州人民出版社2008年版，第21页。
⑥ 邓见宽编：《茫父颖拓》，贵州人民出版社2008年版，第24页。

规摹草木虫鱼者，人谓之画；规摹金石刻划者，能可不谓画乎？……茫父颖拓，实古今来别开生面之奇画也。传拓本之神，写拓本之照，有如水中皓月，镜底名花，玄妙空灵，令人油然而生清新之感，叔老特加珍护，匪惟念旧，别具慧眼，知音难得！呜呼，茫父不朽矣！①

该段跋语较为全面地表达了对茫父颖拓高超技巧的褒扬态度，同时也对姚华在近现代艺术史上的地位作了公允评述，亦多为后人征引。

3.《姚茫父书法集》

《姚茫父书法集》2006 年 7 月由荣宝斋出版社出版，编者邓见宽，封面为启功题字。书前有邓作序文《意在笔先　与时因革　不囿一格》，文中评价姚华："继承了我国源远流长的书法传统，成为学者型、有个性、富创新力的书法家。"②该集收姚华楹联、条屏、横幅类作品 24 幅，墓志诔传 6 篇，题跋 6 篇，扇面 14 首，诗词札记 25 篇，书信 9 篇。书末附录为《弗堂弟子记·论书》与《弗堂遗印》。由《弗堂遗印》可知，姚华自署印名有"姚华""姚芒""重光""茫公""茫茫父""老茫""崇光""司空下士""茫父""一鄂""莲华盦""弗堂""邯亭""秋草诗人""绿猗室""小玄海""钩深堂""庙院峰房居""感灵妩以受姓""岱宗堂""专墨馆""一鄂楼""吾本山林闲人""秋草""姚华私印""曲海藏珍""丁卯残人""自号姚凤""无人不说姚华好""贵筑姚华""姚茫父长生安乐""绿猗填词""茫茫父填词""姚华颖拓""一鄂双钩""弗堂金石""孝宪子孙""茫父审定""姚华曾观""茫父小令""茫父题跋""弗堂藏版""姚华读过""茫父写佛""弗堂吉金""姚华凤画"等③。

4.《姚华书画作品集》

《姚华书画作品集》由王红光主编，广西师范大学 2014 年 12 月出版。书前有贵州省博物馆总序以及贵州省博物馆宋云先生所作前言。该集共收录姚华书画作品 58 幅，此外还收录姚华剪辑之《吴昌硕印集》与《黄牧甫印集》两册线装稿本，各册内页附姚华题记与篆刻印花一张，凡 12 张。该集将贵州省博物馆所藏之姚华书画作品绝大部分公之于世，其中不乏精品之作。如《秋帆

---

① 邓见宽编：《茫父颖拓》，贵州人民出版社 2008 年版，第 102 页。

② 邓见宽编：《姚茫父书法集》，北京荣宝斋出版社 2006 年版。

③ 上海博物馆编《中国书画家印鉴款识》（文物出版社 2013 年版，第 696 页）载，姚华印鉴有"姚华私印""姚茫残臂""姚华""老茫""姚茫父长生安乐""茫茫父残臂"。

催客归图立幅》（编号 013）、《林泉清话图立幅》（编号 016）、《藏山草堂图立幅》（编号 041）、《小富贵牡丹立幅》（编号 043）、《楷书〈醉太平〉立幅》（058）等，均可谓传世珍品，使世人能够一睹原本深藏于馆内的姚华真迹，洵乎功德无量。正如其总序中所云："特别是其中对明清以来地方名家作品的整理、归集，充分呈现了本土书画家的风貌与特色，可一窥地方文化的变迁与传承，宣传地方文化的精髓，让大众更轻松便捷地享受文化遗存。"①

5.《莲花庵写铜》

《莲花庵写铜》由邓见宽先生主编，贵州民族出版社 2002 年 4 月出版。全书收姚华刻铜作品 88 幅，书名"莲花庵写铜"与扉页"莲花庵写铜墨本"由姚华次子姚鋆书写，书前附有姚华题于丙辰（1916）夏之"今器欵识"四字及姚鋆所题"朽道人遗墨茫父小照"，此外还将姚华作于 1919 年 1 月 17 日之《姚锡久刻铜序》为书前小序。书后附录为邓见宽《治篆攻坚彰显书风——姚茫父书铜艺术》（原刊于《贵州文史丛刊》1991 年第 4 期）一文，文中云："民初北京书铜精品，多出自陈师曾、姚茫父之手（俞剑华语）。他俩的书画铜作品，魅力无穷，至今仍光彩照人。"②

6.《茫父楷书帖》

《茫父楷书帖》系邓见宽为纪念姚华诞辰一百二十周年精选姚华所书曹子建《九愁》范字汇编而成，贵州人民出版社 1996 年 4 月出版。该帖共选姚华所书楷书字体 538 个，书前附邓见宽所撰《作者简介》，其中评价姚华书法艺术云：

茫父书法习晋唐，上溯汉隶，喜《石门颂》。又潜心研究金石龟甲，所见甚广，所学甚博。用刚毫行刻笔意，力主中锋，兼施侧锋，清刚而浑厚，以金文倒薤法入楷书，笔画顿而后曳，方圆并济，纯真而秀丽；落笔高起高落，以远取势，拙朴而姿生；结体内敛外移，郎密参差，谨严而妩媚。茫父真、行、隶、小楷皆精，卓然自立成家，深受时人喜爱，效尤者众。③

姚华长期在学校任教，早年担任兴义笔山书院山长，客居京华后先后担任

---

① 王红光主编：《姚华书画作品集·总序》，广西师范大学出版社 2014 年版。

② 邓见宽编：《莲花庵写铜》附录《治篆攻坚彰显书风——姚茫父书铜艺术》，贵州民族出版社 2002 年版。

③ 姚华：《茫父楷书帖》，贵州人民出版社 1996 年版。

京师第一蒙养院保姆研究科历史讲席、民国大学国文教席、北京女子师范学校校长、北京高等师范国文讲席、国立北京美术学校教员等。学生凡有求字者均有求必应①，并经常亲自书写楷书、行书、隶书、篆书等各种范字教授学生，故其书法艺术于当时青年一代影响甚巨。

　　以上所考姚华著述，或为门生整理，或为后人所编，已经基本可见姚华一生所著述之全貌。然姚华所作之手稿、书画、颖拓、刻铜等数量宏富，还有相当部分散佚民间，甚至流及海外，其全面整理难度之大自不待言。笔者目前已经将《弗堂类稿》和其他文字类著述（约80万字）点校完毕，但遗珠定然甚多。笔者对姚华著述的整理，希望在激发学术界对姚华著述文献关注的同时，也能够引起收藏界对姚华作品全面清理工作的关注。倘能如此，则善莫大焉。

第三节　姚华居室与墓地考

一、姚华居室考

　　姚华所居之斋房别名甚多，结合《弗堂类稿》所载与其他文献予以考索，大致有如下数处。

　　1. 弗堂

　　因姚华所居莲花寺为佛教之地，"弗堂"之"弗"字系取"佛"字之半边，该室为姚华会客讲学的主要场所。郑天挺等门生所整理之《弗堂弟子记》即为在弗堂听课之记录。《弗堂类稿·序记》中有《弗堂记》，其起首即云："弗堂，

---

① 姚华弟子刘寄踪在给姚华孙女姚伊所写信件《忆我的老师姚茫父先生》一文中回忆："记得每到姚师上课的那天，同学们老早就准备好纸张、笔砚，渴望能获得姚师一帧墨迹。有些同学在上课之前，就伫候在教室门口，争先迎接姚师到来。姚师常有求必应，不惮其烦，在课时之内，手不停挥，给每个提出请求的同学，各写一帖，决不使我们失望。我所保存的姚师的墨迹不下二十幅，书明'××老弟之属'上款。不幸在'文革'中遗失殆尽，至今犹引为憾。"刘寄踪1921—1924年就读于北京美专师范系二班，时姚华讲授书法课程。（参见《贵阳文史资料选辑》第十八辑，第36页）

陋室也。其成也，苟一切弗中制度，主人乐以为堂，因而堂之。"而"弗堂"之得名则是出于："夫堂本佛有，而主人半之，半佛曰'弗'，宜曰'弗堂'"。姚华所居莲花寺为佛门场所，故姚华取佛字半边，以此为名。

2. 莲华庵

光绪三十年（1904）三月，姚华居于宣武门外烂缦胡同莲花寺，莲华庵之名当源于莲花寺，后姚华曾以典卖字画所得钱财修葺莲花寺。

3. 菉猗室

姚华曾在小玄海斋房外手植修竹若干，其《小玄海》诗中亦有"窗外书帘帘外竹，清光知是几层圆"之语。典出于《诗经·卫风·淇澳》："瞻彼淇奥，绿竹猗猗。有匪君子，如切如磋，如琢如磨。"姚华以"菉猗"为室名，当系借咏竹之高节挺拔隐喻自身志向所托。《弗堂类稿·诗丁》中《师曾十七竿竹画扇》有诗"菉猗作室书为榜，玄海添石画成隅"，姚华在该句后自注："甲寅种竹都活，因自署所居曰'菉猗室'。徐星洲为刻印焉，而汪鸥客为作《小玄海图》，更有竹石之盛。"可见姚华以"菉猗"为号当在民国三年（1914）之后，其后友人徐星洲为其"菉猗"刻印。姚华对竹的喜好也有其浓厚的故土情结成分，该诗"骤如移我此清啸，坐见乡关柯叶古"二句后注云："贵筑古产金竹，故名更为金筑。及隶贵阳，又称贵筑。"

4. 小玄海

"小玄海"为姚华寓所莲花寺南院内的一房名，亦为姚华与留日友人时常聚会场地。姚华曾作有《小玄海》诗：

小斋日下凉生夕，良夜客来月满天。窗外书帘帘外竹，清光知是几层圆？

"玄海"一词，典出于《淮南子·墬形训》："阴阳相薄为雷，激扬为电，上者就下，流水就通，而合于玄海。"姚华将自己斋房命名为"玄海"，当是取其"流水就通，而合于玄海"之意。即隐喻该房为主人与客人交流讨论、聚会商议之地。姚华于丙午年（1906）所作诗《中秋遄归日本，玄海舟中作》中亦有"玄海生明月，孤舟竟夕看"之语。姚华又有《集小玄海，为幼苏祖道，与师曾、百铸合笔写菊赠之，并赋》诗：

泉明尚有南山宅，文举犹存北海杯。我欲篱边分菊去，秋来画里傍君开。即今有蟹仍堪醉，以后无花惜此材。寂寞几人珍晚节，临风顾影一徘徊。

小玄海同时亦为姚家来客居住之处。姚华有《季常入都必假馆于我小玄海，旧图劫地也。师曾补图更貌敝斋，回首前劫不禁慨然。季常好谐，尝以其姓调之。一病经年，不良于履，自悔语谶，更赋一绝》诗，"季常"为蹇念益（1877—1930），贵州遵义人，与姚华、梁启超俱交好。时蹇念益定居于天津，到北京必住宿于姚华家小玄海斋房。

5. 岱宗堂

姚华居室之一，位于莲花寺西。《弗堂类稿·序记》中有《岱宗堂记》云："莲花寺西，有别径通天齐宫，故祀泰山府君。顺治初，大常寺司乐张本玉因嘉靖旧院而修葺之者也。又西有屋，南向东向十馀楹。"

6. 何陋轩

为姚华独居沉思之所，位于岱宗堂北。《弗堂类稿·序记》中有《何陋轩记》云："自岱宗堂而北，为丈室，窗轩洞达，豁然开朗，每风日清美矣。常独居默会，若临流泛艇于鸥鹭之乡，不知身在何许也！""何陋"一语，出于《论语·子罕》："君子居之，何陋之有？"姚华以之为室名，当以此彰显自己乐观旷达的生活态度。

7. 桂竹双紫薇花榭

当为姚华早年在贵阳学古书院就读时书斋名。据杜鹏飞先生《艺苑重光：姚茫父编年事辑》，姚华于光绪二十六年（1900）八月二日以没骨法作绢本《花卉团扇》并题诗，诗后款识注云："庚子闰八月二日……姚华写于桂竹双紫薇花榭并题句。"[①] 考庚子年（1900）当年姚华会试落第，遂回到贵阳锐意著述，此"桂竹双紫薇花榭"当为姚华书斋名。

8. 山斋

"山斋"一语，《弗堂类稿》中曾多次提及，譬如《弗堂类稿·序跋乙》中《书邵茗生〈宣炉汇释录〉篇后》："丙寅四月，余得明吕棠《宣德彝器谱》迻录藏之，久未翻检，及茗生书成，见示一本，复过山斋，乃发箧相赏，则三卷本也。"此外，《诗甲一》中有诗《东坡生日次复堪韵，是日山斋有消寒之集》系东坡生日在山斋举行的文人雅集；《诗乙 金石题咏》中《跋〈石门颂〉为刘希陶》有自注："山斋得王文敏公物，须有高君二字款，瓦器也。"《又题琅琊石刻之德本五首》自注："此东面文或误为碑阴，传拓甚少，亦数珍本。山斋

---

① 杜鹏飞：《艺苑重光：姚茫父编年事辑》，故宫出版社 2016 年版，第 70 页。

幸有二本，此外则湘潭周印昆大烈、修文陈敬民国祥各一本耳。"《白驹谷题字石刻》有"寄作山斋客，叠罹惊尘沸"之语等。

二、姚华墓地考

1.京西别业

姚华生前所购墓地，旧址在北京城西郊今中国农业科学院墙内。姚华于民国十四年乙丑（1925）作有《九月八日印昆过京西别业》诗。诗云：

故人清兴发，来作草堂游。野蓑能为黍，寒花亦有秋。无妨多难日，得放两眉头。始觉姚山好，平原此一丘。

姚华在该诗末句自注云："山在庄西数武，土人曰'窑疙瘩'，因以姚山易之。"时姚华方年过半百，但似乎已有不祥之感，故他将身后之事托付给同窗友人周大烈。姚华去世后，周大烈为其撰写墓志并张罗其他后事，并未辜负姚华之所托。姚华友人陈叔通读该诗后以诗和之，姚华又作有《叔通以和印昆过余西庄诗见示，次韵奉答》诗为酬答。诗中有"空言枉用千金骨，小隐犹堪五亩蔬"之句，可见"京西别业"，虽所谓"别业"，但实际占地面积不大。

2.姚山

地点在京西别业西，具体位置为京师西直门外七堆之新黄阡，姚华早逝子女姚銮、姚鉴、姚鋆、姚鏊、姚鉴均葬于此。上举《九月八日印昆过京西别业》诗题后注云："别业西数武土阜，名以姚山。"《弗堂类稿》有《忆姚山》《姚山》与《姚山园图》，其中《忆姚山》诗云："一春常闭户，坐久忆姚山。草木时仍长，风云已复还。麦苗匀秾尽，兵讯虎狼看。渐觉千花暮，无聊杖履间。"《姚山》诗云："画里姚山未可夸，略能邱壑事桑麻。秋风傥许寻诗去，枫叶初林欲试霞。"《姚山园图》诗云："画山日日掩柴关，卖画得钱因买山。画里姚山山里画，画成山隐不教看。"又姚华诗《丙寅五月六日自青树画集意有未足更作长言似君庸》云："水衡俸薄钱难畜，卖画才能买姚山（前年买山西郊，得一丘，以姚山名）。"《弗堂类稿·序记》中有《姚山记》，文章记："去年春夏之交，始治田园于近畿西七里之郊原，可二十亩。"又云："丘总谓之山，于广土丘者，于余山也。名从主人，此谓姚山，不异其旧，而显为吾属。且将结构以为姚山亭，使益遂私志焉。"《姚山记》作于乙丑年（1925）冬至后三日，故可知姚华购置姚山以作姚氏家族墓地的时间是1924年春夏之交。

第四节 姚华与日本、西方友人的交流

姚华早年曾经留学日本，精通日文。在日本留学期间，姚华发奋苦读，汲汲于治国之道，其博学通识的深厚素养也得益于异国文化的滋养。他与日本友人的交往在其赴日留学之前就已经开始了。他在光绪三十年（1904）由北京赴开封参加春闱之前，曾作有《留别日本庄司昌造，予以春试将之开封借闱二首》：

东海须眉客，乘风若近邻。相逢在羁旅，共济历冬春。异国渐先进，交情且自亲。一行成暂别，两意若为輂。

浩劫经庚子，春闱又甲辰。制科沿旧习，问学惭新民。迫我功名亟，输君意气真。临歧温相送，此去已频频。

春闱是由礼部所主持的会试，因考试时间在春天，故称"春闱"。从时间上考索，姚华此二诗作于即将由北京启程赴开封之际，时间当在该年二月左右。诗中所留别的"庄司昌造"即为日本人，其生平已不可考。从姚华诗中"相逢在羁旅，共济历冬春"一语可知他与姚华并非萍水相逢的泛泛之交，而是认识已久，结下深情厚谊的友人。此外，由诗中"迫我功名亟，输君意气真"又可知庄司昌造当为一耿直率真的性情中人，并未耽情于世俗功名的羁绊。姚华在诗中还表达了对日本国先进制度的肯定："异国渐先进，交情且自亲。"由此我们也不难理解姚华何以有在当年九月的赴日留学深造之举了。

姚华留学期间，得到日本房东坂崎彬在生活起居上的诸多关照，双方之间关系和睦融洽。这一点在姚华诗中亦有提及。他在光绪三十年（1904）冬天作的《雪夜课了归寓，道中口占》诗中记叙云：

独自深宵踏雪归，轻花点点被深衣。幽光导路行来易，明气卷风吹起微。咏絮曾谁联句好，评梅应似故乡肥。主人有女甚殷勤，手捧红灯为启扉。

诗人在诗末自注云："主人坂崎彬耽汉学能诗，其女曰蓉。"诗中记叙了姚华留日期间经历的一细小生活片段：苦读的诗人听课后于雪夜独自踏雪回到寓所，房东坂崎彬之女蓉不顾严寒，手捧红灯开门迎接诗人归来。诗中所记者虽为生活中微不足道的琐细画面，然透过这幅"雪夜归课图"的折射，姚华与日本房东及其女儿之间亲如家人的和睦关系溢于纸上。坂崎彬热衷于中国传统汉学文化，且能诗，由此不难想见他与姚华之间时常有切磋诗艺之举。甲午之战之后，中国与日本外交关系日趋恶化，然两国民间之友好往来频仍。这首小诗不仅生动记叙了姚华留日苦读的生活场景，同时为后人考察20世纪初中日民间之友好往来提供了一具象的视角，其间也折射出两国普通民众淳朴友好的心灵质态。

1905年2月，姚华曾书日僧空海《暮秋贺元兴僧正大德八十诗并序》，并将其装为长卷自题跋附于其后。其跋云："此卷尚不着死笔，颇似郑谷口以率去态。笔之还转则法乡人莫芷升也。"[1] 空海为日本佛教真言宗创始人，曾于904年到长安学习汉文化，其所编之《篆隶万像名义》为日本第一部汉文辞典，所著《文镜秘府论》为诗学专著，于考察六朝、盛唐诗歌颇有参资之处，为促进汉文化在日本的传播可谓功不可没。姚华手书空海诗并序，且作题跋附后，自是对空海这位文化使者于中日文化交流的贡献赞赏不已。

20世纪20年代，中日绘画界人士交流甚为频繁。其中对两国画坛影响最深远者当为1920—1926年间的四次中日绘画联合展览。这四次展览的发起与组织人是中方陈师曾、金城与日方大村西崖、小室翠云等人（大村西崖为东京美术学校教授，师从于日本现代艺术先驱冈仓天心；小室翠云则为日本关西画派领袖人物，编有《支那绘画史》等）。这是中国近代美术史上的重大事件，对中国和日本画坛风气的习养与形成具有重大意义。时姚华与画坛同道陈师曾、王梦白、陈半丁等人多次在北京樱桃街贵州会馆聚会交流，切磋画技，大村西崖和小室翠云亦多次参与其间讨论。姚华与日本友人情谊甚笃，曾多次陪伴其同游长陵，登八达岭长城，等等。这些事迹在姚华诗歌中均有记载。姚华作于民国十三年（1924）的《三月三十日谒长陵，次小室翠云韵》与《翌日登八达岭长城，次翠云韵》诗分别如下：

---

① 姚鋆：《莲花盦年谱》抄稿本。

归鞍似恋晚山颜，驴背诗人政尔闲。寂寞长陵春更尽，料应天上恨人间。

回瞰居庸何处关？长城犹自在人间。于今帝业从销歇，不废赢家万里山。

长陵为十三陵之首，系明成祖朱棣与皇后徐氏之墓，同时亦为十三陵中修建时间最早、建筑规模最大的陵宫建筑。姚华于甲子年三月三十日与日本友人小室翠云同游长陵，次日又登八达岭长城。这两首诗均为唱和友人原韵而作。第一首诗表明了诗人虽处身于贫困之间，然其仍然能够保持潇洒旷达、悠然恬淡的乐观心态，同时也抒发了诗人对王朝更替、人世沧桑的感喟之情；第二首诗同样是吊古之作，然其情感基调则是慨叹之中蕴含有几分豪气，沉郁之间寄寓着清刚之风，抒发了诗人对祖国壮丽河山的咏叹之意与敬爱之情。

姚华与大村西崖的交往在《弗堂类稿·序跋甲》中的《〈二家画论〉序》一文中也有记载：

予友师曾，草已成篇，将益以归堂之作译而刊之。归堂自东京来游，与师曾联翩见访，意既相同，言必有合语予此志，属叙其凡。将之素怀，不遑结撰，归堂归急，然烛写此，未烬一炬，附骥致远，亦能千里。

该序作于辛酉年（1921）大雪日，是代表姚华书画观点的重要文字①。由该序记载可知，在陈师曾将大村西崖著述翻译刊刻后，大村西崖曾与陈师曾一道造访莲华庵，姚华与大村艺术旨趣相近，故言语之间甚为相得。《〈二家画论〉序》既是一篇重要的书画理论文字，同时也从一具象角度记载了20世纪20年代中日民间画坛艺术家友好交流的实际情况。姚华还与日本学者辻听花②亦有往来。《弗堂类稿·诗甲一》有《辻剑堂国剧近著题六绝句》：

宫音何意竟销亡，十万春花各自伤。回首东风原是梦，已成村话说中郎。

老去樽前对影惭，旧人几辈数何戡。可怜昔日罗天事，都付瀛州海客谈。

---

① 姚华在《〈二家画论〉序》中提出诸多著名观点。如他指出文人画与一般工匠画的区别在于："画家多求之形质，文人务肖其神情。生死之分，两途所由升降也。"又如他提出诗书皆为创作者性情所寄之物，特别强调神情在艺术创作中的重要性："又况翰墨所流，皆诗书之华。性情所托，多蕴藉之妙。旷世之思，轶凡之想，惟其有之，是以似之。此岂丹青之所为役，蹄筌之所为工也乎？"此外，在该文中姚华还提出"是故画虽小，道宏之"这一著名的艺术创作理念。

② 辻听花（1868—1931）：本名辻武雄，号剑堂，定居于北京，长期浸淫于中国戏剧研究，著有《中国剧》。

教坊私记太纷纭，南倡北歌为底分。承学无人通艳段，剑堂好事亦多闻。

歌台新旧换年年，别部衣冠互丑妍。涂面何因弹粉墨，输君问谱到林泉。

（近人剧话有极诋脸谱者，君曾两访荒斋，论之为述本原流别，以去。）

日下文章告杀青，简兮托想有榛苓。伶官传后何人续，应首昆生附敬亭。

漫从典籍访侏儒，杂剧犹堪溯大都。梦醒江郎才未尽，安排后赋广安吴。

（包慎伯有《都剧赋》载在集中）

该组绝句为姚华读日人辻剑堂《中国剧》之后而作。姚华在高度评价该书的同时也表达了自己于国剧的一些理论观点，于戏剧研究颇有参资价值。此外，《弗堂类稿·诗甲二》中还有《次韵答辻武雄见赠二首》，全诗如下：

画中取经作迂斜，晏子终嫌近市哗。闭户种松成习惯，为君破例扫烟霞。

新萝未胜碧幢油，枉顾轻车愧宅幽。薄茗不如杯酒乐，今年或许秫能秋。

这两首诗作于民国十一年（1922）。辻武雄赠诗已不可考。这两首诗既体现了作者恬淡闲适的隐居情趣，同时也彰显出诗人与日本友人的深情厚谊，凸显了中日民间文艺界学者在 20 世纪初交流频繁的一个侧面。

姚华与西方汉学界人士亦有往来之举。如他作于民国十年辛酉（1921）的《三题画砖》诗前有序云："佛郎机人岱密治汉学，能读《学海堂经解》。辛酉夏秋间来观摩一本去。""佛郎机"一词，明代泛指西班牙与葡萄牙两国。晚清时期则多指法兰西，《清史稿·邦交志三·法兰西》："法兰西，一名佛郎机，在欧罗巴之西。"《学海堂经解》为清人阮元兴办学海堂书院时组织师生搜罗辑录清代以来的解经书籍汇集而成，凡一千四百卷，可谓皇皇巨著。这位汉译名"岱密"的法国友人已不可确考，但从他能够通读《学海堂经解》的经历观照，其自是具有深厚的汉学修养者。民国六年丁巳（1917），河南彰德出土画像砖，姚华以五百元购置得其中两块，并考证其为唐代画砖[①]，同时临摹作为唐画笺，其后为鲁迅、郑振铎编入《北京笺谱》，姚华曾于民国八年己未（1919）先后作《题画砖》与《再题画砖》诗记之。姚华《三题画砖》诗云：

欣赏十洲不厌同，重洋千载见唐风。人间墨妙须传遍，许趁秋光属画工。

岱密造访弗堂，对姚华所临摹唐代画砖表现出极大的兴趣。姚华此诗主要

---

① 时出土五块唐砖，姚华购得其中两块。见姚华《题画砖》中"自喜荒斋擅双美"后自注："同时出土五专，弗堂得二。"

表达了两个主题：其一是艺术无国界的理论主张。姚华在诗中首先指出，艺术是没有国界的。尽管现实生活中不同地域的人们相隔"十洲""重洋"，但对美的追求和对艺术的欣赏能力是相通的，也正是他所谓的"不厌同"者。其二是彰显了姚华期待能够将灿烂辉煌的中华民族传统文化传承后世的热切情怀。正是借助民间广泛的传播，艺术作品方能保持其蓬勃旺盛的生命活力，而接受层面是其中的关键环节。因此，姚华殷切期盼唐画像砖这类古典艺术作品中的精华能够传遍人间，为更广泛的受众层面认识并接受。这也正是姚华废寝忘食、不辞辛劳临摹画砖造像图案的最根本原因。

姚华与德国人卫礼贤希圣 ① 亦有交往。《弗堂类稿·诗甲二》录《送卫礼贤希圣归德意志》一首，诗云：

西洲卫夫子，绝代能文章。不忍人间世，相看沧海桑。著书为圣译，满载似山藏。吾道与将去，和羹事可商。

姚华在诗中对卫礼贤希圣的汉学研究成就表示极大赞赏，同时也寄寓了对中西文化交流融合的美好祝愿。

此外，姚华诗中还有两首赠与德国医生克理博士和英国胡大夫的《病废将起　赠克理博士》和《将去医院留赠胡大夫》诗：

病废将起　赠克理博士

精神林下马援，方术海外仓公。能起谷梁废疾，正与经师同功。

将去院留赠胡大夫

三六九月灾难，二十五日光阴。旦暮苦劳相候，无言默视知心。（大夫一日两候，予不作一语，但两相示意而已）

这两首诗同样也反映了姚华与西方人士的交往。诗中对克里博士精湛的医疗技术和胡大夫在自己大病期间的辛勤陪护深表谢意，其间亦可见 20 世纪初外国医院在北京城中开始普及，西医医疗技术也逐渐得到国人认同的社会状况。

除以上所考索人物之外，姚华还与印度诗人泰戈尔有交往联系。他曾将泰

---

① 卫礼贤希圣（1873—1930）：原名理查德·威廉，德国人，中国名卫希圣，字礼贤。曾翻译出版《老子》《庄子》《列子》等道家经典，此外还有《老子与道教》《实用中国常识》《中国哲学》等著述行世。

戈尔《飞鸟集》演绎为《五言飞鸟集》，既扩大了《飞鸟集》在中国本土的影响，同时又充分发挥了古典诗歌的表意功能。关于二人的这一段文坛佳话以及《五言飞鸟集》的创作缘起、风格特色和对翻译界、文学界的价值意义，我们拟在后文姚华诗歌研究中单列一节予以详细辨析，此不赘述。

从以上考索可见，在 20 世纪初叶的近代中国，北京城的文艺界人士与外国友人的交流已经相当频繁，他们基于共同的志趣喜尚友好往来，互相切磋，在本土与外来文化的互动融合中共同受益，对文化艺术的热爱与痴迷是他们友好交往的主要内容。这些交往既加强了近代中国与外来先进文化的联系，同时也促进了中国民间人士与外国人士的友谊。此外，从姚华病废出院后对德国医生克理博士和英国胡大夫的感激来看，也为后人考察近代西方先进医疗技术在北京的普及情况提供一具象的观照角度。随着西方先进思想的普及，部分知识分子开始转变对西医的反对态度，逐渐接受了西医的先进医疗技术和医疗理念。

第二章　姚华的词曲观与词曲创作研究

第一节　概　说

前文有云，姚华是旧京师的一代通才，所谓"通"，既强调了他能够在文学、书画、颖拓等方面均能够灵活自如地出入其间，即令是细化到文学层面而言，亦可谓诗、文、词、曲无所不通，无所不精，作为经历过封建科举考试的读书士子，姚华自幼接受传统文化教育的训练，更兼其博闻强记的天资禀赋，对中国古典文体均能够熟稔于心，信手拈来。因此要诗有诗，要文有文，要词有词，要曲有曲，要赋有赋，在传统文学文体的全方面领域均能够有所成就。但客观考量之下，较之于姚华创作的词曲作品而言，姚华诗文在艺术灵性上是略微逊色的。邓云乡先生就曾经指出："就姚华来说，在我感觉，他的词比他的诗，更有味道，更显才气。"① 就作品涉及的题材范围而论，姚华诗文涵盖之广泛确乎系词曲不能比拟者。但若综合评述其于某一文体的艺术功力的话，姚华的词曲更具有意境与情趣，因此也就更能铸就其在文学史上的独特声名。

《弗堂类稿》卷帙最富者为诗文，该著凡三十一卷，其中诗歌十一卷，词三卷，曲一卷，序跋五卷，碑志一卷，书牍一卷，传一卷，祭文一卷，赞一卷，铭一卷（《弗堂类稿》现通行本为文海出版社 1974 年版十五卷本，其中诗词曲尽行删去，卷一至卷三为学术论著，卷四为序记，卷五、六、七、八、九

---

① 邓云乡：《姚茫父〈弗堂类稿〉与陈师曾》，《传统文化与现代化》1998 年第 6 期。

为序跋，卷十为碑志，卷十一为书牍，卷十二为传，卷十三为祭文，卷十四为赞，卷十五为铭）。如此众多的不同散文体裁汇融一炉，正是全面彰显了姚华的散文成就。然而，在姚华诸多文体创作之中，窃以为就某一文体自身发展意义而言，姚华的词曲创作与词曲理论无疑最值得关注。姚华一生喜好词曲创作，《弗堂词》卷一录其丁未年（1907）至丙寅年（1926）词作凡183首；卷二录其丙寅年（1926）至己巳年词作共计98首；卷三《庚午春词》共23首，补遗2首，合计306首词作。《菉猗曲》收散曲小令52首，套数3篇，合计55首（篇）。以作品数量而论，姚华词曲创作在民国词曲作家之中当属于留存作品较富者。此外，姚华词曲与时事互动的特征较为明显。1900年（庚子），八国联军侵华，国运飘摇，民族矛盾异常激烈。王鹏运、朱祖谋、刘伯崇等人于京城共同创作《庚子秋词》，痛斥八国联军侵略之举，并对昏庸无能的满清政府表达了极大的不满。姚华以奄奄病躯，强为振作，作《庚午春词》，其序云：

予以废余意塞，语涩吟艰，逢此不辰，遘兹多闵。即意内而言外，亦感春而绪秋矣。虽然，即事多思，有怀必遣，花间五代之吟，篇篇绝唱；兰成江南之赋，语语伤心。欢愉之辞难工，窈窕之思何托。偶然流露，亦足兴观。歌唐风而怀蟋蟀，良士无荒；艳春雨而望杏花，先生何去？此物此志，是泪是声。聊将已病，时无广陵之涛；敢曰鸣春，惭布雷门之鼓。略陈短引，藉作发端。①

字里行间，对国内混乱不堪、民不聊生的时政之忧昭然若揭。因此，欲以文学创作考察姚华一生行迹与心路历程，词曲是绝佳的窗口之一。

第二节　姚华的词曲观

一、姚华词曲理论论著

姚华的词曲理论主要见于二著：《菉猗室曲话》与《曲海一勺》，两者均于1913年发表于梁启超主办之《庸言》杂志。当为姚华最早论词曲的论著。《菉

---

① 邓见宽校注：《弗堂词·菉猗曲》，贵州民族出版社2003年版，第235页。

猗室曲话》自首登载于《庸言》后，其后任中敏先生将其辑入《新曲苑》，此书民国二十九年（1940）由上海中华书局排版刊印。该著为姚华最重要的曲论著作，姚华曲论家之不朽声名，可谓由此盖棺论定，然其后甚少见版本流传。直至 2009 年俞为民、孙蓉蓉的《历代曲话汇编：新编中国古典戏曲论著集成》近代编第二集以《新曲苑》本为底本将其全文辑录。《菉猗室曲话》共四卷，其中卷一为"卓徐余慧"，共七十五则，作者在起首即云："明杭州卓人月选《古今词统》十六卷，搜罗甚富，然至采录小说、传奇之作以充数，不免为大雅所讥。徐士俊评，且时拦入传奇，更觉不伦，抑亦可见词曲难分疆界，明人尚视为一体。予方治曲，喜其于变迁之迹，有所考证，因节取其语，以资鄙说。盖翻词入曲，尚见本原，非援曲入词，致伤杂糅也。"①《古今词统》为晚明时期重要词选，尽管自崇祯后少见翻刻之举，于当时词坛与清代词坛影响有限，但词选中所透露出的诸多新变理念已经得到今人的关注，尤其是婉约与豪放并重的选词风格更是说明选家襟怀之坦荡通达。徐士俊在评点时常有以曲评词之举，这是晚明时期词坛普遍存在的风尚。如卷三评秦观《调笑令·王昭君》："前数行，疑是元人宾白所自始。被之管弦，竟是董解元数段。"评朱淑真（当为欧阳修）《元夕》词："元曲之称绝者，不过得此法。"卷四评无名氏（李清照）《点绛唇·秋千》："入若士《紫钗记》。"评欧阳修《浣溪沙·春游》："汤若士'良辰美景奈何天'，本此。"以元曲之意境、场合对词意进行诠释解读，这是晚明时期词家的惯用伎俩，同时也能够从一个侧面映射出晚明词曲互动共生的某些状态。从姚华所云"大雅所讥""更觉不伦"诸语，可见他本人潜意识中对这种混淆文体的做法是持否定态度的，但他辩解为"翻词入曲，尚见本原，非援曲入词，致伤杂糅"，又可见其观点并不偏执，且也为该卷中以词论评述曲作的做法找到了立足之点。如其中"元曲与词法相通处""秋千词入《紫钗记》""实甫曲与词意相合处""西厢与词意相合处""元宵词入'紫钗'""梦词入牡丹亭"《还魂》妙语出于子野"《还魂记》用辛词"《红梨花》似秋涧词"等则，均是从语言或意境入眼寻绎词与戏曲之间的关联程度。这种突破文体界限，着眼探析不同文体之间关联性的做法虽为明人惯用，但明人之感悟往

---

① 姚华：《菉猗室曲话》，俞为民、孙蓉蓉编：《历代曲话汇编：新编中国古典戏曲论著集成》近代编第二集，黄山书社 2009 年版，第 2 页。

往具有片段性与零碎性，而在《菉猗室曲话》中，这种"翻词入曲"的做法方才得到了较为全面而系统的总结。至于对姚华"翻词入曲"应该如何评价，我们拟在下文辨析，此不赘述。《菉猗室曲话》卷二、三、四皆为《毛刻签目》，《毛刻签目》亦为札记式论著，姚华自1911年起，其治学兴趣逐渐转移到曲学方面。《毛刻签目》为札记式著述。毛晋汲古阁《六十种曲》在当时并不为人注意，正如姚华序中所云："世传汲古阁毛氏所刻《六十种曲》，已三百年，学士大夫，鲜有齿及，收藏诸家，并未著录。"①但《六十种曲》作为中国戏曲史上最早的传奇总集与收录作品最多的戏曲总集，元明诸多戏曲名作均赖此书得以留存。汲古阁刊书一向不守规范，多得随刊之举，但《六十种曲》却是例外。其书系毛晋披沙拣金，在数百种曲作中精选当时最为流行的六十种合刊而成。然其后该书版本甚为复杂，修版复印者又多乖舛讹误，质量不高，故对其间所存剧目进行订正和考辨正是戏曲界学人不容推卸的学术责任。同时，对每一学科的研究而言，文献的整理与辑录均是最重要的基础工作。正是在这一方面，姚华将传统治经辨史的辑佚与校勘等考证方法运用于戏曲研究之中。姑且不论其所考结论如何，就学术方法的创新与引领而言，称姚华为近现代戏曲文献研究首开风气之先者亦不为过。正如叶德均《戏曲小说丛考》所言："然而姚氏在这两方面所得的结果虽是不足道，但他在三十年前已从事于此，仍不失为这方面的一位先驱者。"②我们认为，在学术史不断更新发展的进程中，就对某一学科的贡献而言，新方法与新思维的引领，其价值和意义更在新结论与新观点之上。因此，尽管姚华对《六十种曲》的考论在今天看来确有一些粗疏之处，部分研究结论因为依据版本的欠缺而显得武断，但姚华将传统治经治史的考证式研究方法引入近现代戏曲研究，其学术贡献不容置疑。在《毛刻签目》中，他对明代毛晋汲古阁所刊《六十种曲》中部分剧作的作者、故事梗概、版本等情况作了简要评述。如卷二评述明人沈鲸撰《双珠记》、无名氏撰《寻亲记》、孙仁孺撰《东郭记》、无心子撰《金雀记》、王玉峰撰《焚香记》、王权撰《荆钗记》、梁伯龙撰《浣纱记》；卷三专节评述元人高明撰《琵琶记》；卷四专节评述明李

---

① 姚华：《菉猗室曲话》，俞为民、孙蓉蓉编：《历代曲话汇编：新编中国古典戏曲论著集成》近代编第二集，黄山书社2009年版，第39页。

② 叶德均：《戏曲小说丛考》卷中，中华书局1979年版，第481页。

日华撰《南西厢》。以上诸种剧目，均为昆曲中长演经典，姚华对其编者、版本、本事等一一细加审订，并多处征引前人评论之语。实为后人了解昆曲体制与特征的重要资料。下面我们分别一一介绍。

《双珠记》：姚华首先根据《法曲献仙音》词考索其本事渊源。同时对明清传奇中标目字数由四字向二字的演变进行了梳理，认为该剧第十一出《遇淫持正》所注"汲水"、第十三出《剑击淫邪》所注"诉情、杀克"、第十八出《处分后事》所注"二探"、第二十一出《真武灵应》所注"投渊"应为后人添加。同时指出开清代传奇二字标目之风者当为汤显祖《还魂记》。

《寻亲记》：姚华先交代该剧原载情况，由清无名氏《传奇汇考》所载曲目与李调元《雨村曲话》所评出发，并结合自己的观剧感受，肯定该剧"亦复可观"[1]。次以本传骤栝之《满庭芳》词考索其本事来源，同时还由该剧前后"寻父"与"寻亲"的不一致指出剧作的粗疏之处。最后姚华将《寻亲记》与《双珠记》作了简单对比，认为该剧与《双珠记》情节大致雷同，但穿插处则不及《双珠记》丰富曲折。

《东郭记》：姚华根据自己所藏别本考证该剧作者为万历间人孙仁儒，并将与友人怜蚿所唱和之《江南好》二首讥讽归国留学生一味追逐功名的丑态。姚华从己所藏明白雪楼原本卷首引子署款"峨眉子书于白雪楼"判断"峨眉子"与"白雪楼主"必为孙仁儒，同时他还抄录该本所载之《东郭记引》《齐人生本传》以及《时艺》一首等内容作为佐证。此外，姚华指出该剧韵目与其他韵书不一致之处，推断该剧作者可能另有曲韵之书作为凭据。

《金雀记》：姚华首先根据该剧开场骤栝词《沐恩波》考索其本事，次根据收场诗"无心子燕市重编"一语判断作者别号以及该剧本必有旧本等信息。同时姚华又申明："然遍搜诸家旧目，都未之见，终不敢断。"[2] 可见其于考订之学的审慎态度：凡考辨必有确凿证据，决不作臆断之语。

《焚香记》：姚华先由该剧统略骤栝词《满庭芳》考索剧本系作者为王魁翻案所作。其后梳理该本事自宋代《王魁》戏文始，历经元人尚仲贤《海神庙王

① 姚华：《菉猗室曲话》，俞为民、孙蓉蓉编：《历代曲话汇编：新编中国古典戏曲论著集成》近代编第二集，黄山书社 2009 年版，第 43 页。

② 姚华：《菉猗室曲话》，俞为民、孙蓉蓉编：《历代曲话汇编：新编中国古典戏曲论著集成》近代编第二集，黄山书社 2009 年版，第 52 页。

魁负桂英》杂剧、明初杨文奎《王魁不负心》杂剧、无名氏《王魁》传奇等历代文人的继承性创作,判断该剧应系翻化南曲古传奇而来。此外,姚华还由该剧中孱入的元杂剧俗语推论其借鉴元人之作者较多这一事实。

《荆钗记》:姚华在该节考索中先简述其作者朱权生平与相关著述情况,次考辨本传旧题柯丹邱之误。此外,姚华还由该剧第一出《家门》中《沁园春》词考索其本事。值得注意的是,姚华在该剧的考索中给予剧本收场诗的形式以特别关注。姚华因手头掌握戏曲文献资料有限,也不免出现一些讹误。如他称朱权所作杂剧《辨三教》一本、《勘妒妇》一本、《判烟花》一本、《瑶天生鹤》一本、《白日飞升》一本、《九合诸侯》一本、《私奔相如》一本、《豫章三害》一本、《肃清瀚海》一本、《客窗夜话》一本、《独步大罗天》一本、《杨姨复落娼》一本"皆不传,仅《太和正音谱》中存其目而已"①。实际在上述诸本中,《私奔相如》与《独步大罗天》今尚传世。故姚华囿于所见而称其剧本"皆不传"云云,显系不当之论,这说明姚华收藏的戏曲文献还是很有限的。姚华还利用沈璟《南九宫谱》与康熙年间王正祥等《十二律京腔谱》所载《荆钗记》曲文与汲古阁本《荆钗记》进行了详细的互校,以《南九宫谱》曲文"所收旧曲,极为可据"②,因此,"由上录《荆钗》诸曲以勘汲古本,其得失变迁,亦了然可数矣。"同时,姚华将《十二律京腔谱》曲文和汲古阁本比较后得出该谱曲文与《南九宫谱》和汲古阁本皆有差异,又当为其他版本的可信结论。由此可见,姚华于曲文考据方面态度甚为谨慎,同时其研究结论也多有可取之处,彰显出具体明确的学术自觉意识。姚华还敏锐地发现无名氏传奇《锦香亭》中《八声甘州》一曲为《荆钗记》第四十一出《小蓬莱》借用,进而得出"杂剧传奇,往往借古名曲,不惜蹈袭者"③的结论。姚华由此结论进一步表述了他对文学创作中合理传承与有效借鉴的基本观点:"苟情景适宜,宁取因仍,不必己出。"只要是符合特定情景的合理借鉴就可以肯定,不容轻易否定。可见姚

---

① 姚华:《菉猗室曲话》,俞为民、孙蓉蓉编:《历代曲话汇编:新编中国古典戏曲论著集成》近代编第二集,黄山书社2009年版,第56页。

② 姚华:《菉猗室曲话》,俞为民、孙蓉蓉编:《历代曲话汇编:新编中国古典戏曲论著集成》近代编第二集,黄山书社2009年版,第67页。

③ 姚华:《菉猗室曲话》,俞为民、孙蓉蓉编:《历代曲话汇编:新编中国古典戏曲论著集成》近代编第二集,黄山书社2009年版,第76页。

华于此问题的态度与立场并不偏执于一端，其襟怀颇为通达包容。

《浣纱记》：该节论述有部分残缺。在残文中，姚华主要考述了梁辰鱼的主要生活事迹："一说伯龙以例贡为太学生，好轻侠，善度曲，啭喉发响，声出金石，能得良辅之传。"[1] 此语本出自陈去病《五石脂》，然陈去病并未注明出处，姚华也无暇详考。此外，姚华还辑录了清人雷琳等编《渔矶漫钞》与李调元《雨村曲话》中论述梁辰鱼的两段文字，其中注意的是对李调元中贬斥《浣纱记》的批驳。李调元由元曲本色论出发，认为《浣纱记》开曲坛"工丽""华靡"之滥觞，有违元曲"贵当行，不贵藻丽"的文体本色。而姚华对李氏本色至上的戏曲观进行了犀利的反击："按昆曲创始，伯龙首作，格调既异同，自不得纯律以元曲。此又当分别言之者也。"[2] 姚华指出昆曲是与元杂剧不同的新兴戏曲样式，其唱腔格调与元曲有明显差异，因此就不能用元曲之特质衡量昆曲之地位。正是在对李调元曲论的批判中，姚华充分肯定梁辰鱼《浣纱记》在昆曲发展史上的重要价值与意义，为后人转变对昆曲的鄙薄观念，正视昆曲的曲体风貌与戏曲史地位作出了努力。

《琵琶记》：姚华对《琵琶记》与《南西厢》的考索可谓《菉猗室曲话》中最详尽者。二者均各占一卷篇幅，《琵琶记》为第三卷，《南西厢》为第四卷。对《琵琶记》的研究，姚华仍先简单考述其作者高明生平，次由剧中起首《沁园春》词考索其本事。姚华手中所藏《琵琶记》为贵池刘氏汇刻传奇第二种《琵琶记》（即暖红室汇刻传奇本，前有明人陈继儒评语，亦称陈眉公评师俭堂原本），姚华先通过该本与汲古阁本的互校得出南曲《琵琶记》以温州杂剧《赵贞女蔡二郎》为祖本这一科学结论，并指出明人以西厢为戏文之祖的谬误所在。次辑录历代文献典籍中有关该剧人物的记载：如由唐人小说和《艺苑卮言》《庄岳委谈》《诚斋杂记》中辑录蔡生的相关事迹，由《觚腾》《谈录》《庄岳委谈》辑录邓敞的相关事迹，由《留青日札》《静志居诗话》辑录王四的相关事迹，由《两般秋雨庵随笔》辑录蔡汴的相关事迹。从以上文献资料的记载推论宋人陆游《小舟游进村，舍舟步归》一诗中所云"蔡中郎盲词"不必即为《琵

① 姚华：《菉猗室曲话》，俞为民、孙蓉蓉编：《历代曲话汇编·新编中国古典戏曲论著集成》近代编第二集，黄山书社 2009 年版，第 77 页。

② 姚华：《菉猗室曲话》，俞为民、孙蓉蓉编：《历代曲话汇编·新编中国古典戏曲论著集成》近代编第二集，黄山书社 2009 年版，第 78 页。

琶记》的结论。姚华还由《南宫词纪》卷三十八、三十九辑录高明《秋怀》套曲一支。此外，他还用《南九宫谱》《停云馆十二律京调谱》《北词广正谱》所载《琵琶记》曲文与汲古阁本《琵琶记》进行了互校。其中最为详细者当推沈璟《南九宫谱》所载《琵琶记》曲文与汲古阁本《琵琶记》的互校，由二本分段与用字的差异，姚华判断汲古阁本为当时唱家传本。姚华认为《停云馆十二律京调谱》与毛、沈谱均有文字出入的原因在于所据声腔差异。沈谱为昆山腔而作，王谱为弋阳腔而作，故其用字随腔变异。姚华还指出《南词定律》《九宫大成》所载《琵琶记》曲文与汲古阁本亦存在颇多差异，惜其未一一注出。姚华由李玉《北词广正谱》所附《南戏北词正缪》中所载 [北仙吕·混江龙]《官居宫苑》一阕核校其与汲古阁本的差异，最后发出南词古曲湮没无闻的慨叹："南词古曲不传者，更不知凡几，安得一一考见耶?"[1] 姚华对《琵琶记》的考述最为详尽，盖其中原因在于："《琵琶》南调古曲，多为后人依据，故不厌其详。世之治曲者，其许我乎?"值得注意的是，从对《琵琶记》的考索中我们还可以窥见姚华明确具体的戏曲文献整理意识，如他在该节中提出："音律之作，一字得失，过于千金，其所异同，虽若于文章无关，然曲家所争，正在此处。"在戏曲文献整理颇不受重视的 20 世纪二三十年代，姚华敢于正视戏曲文献的文献学价值，肯定校勘学于戏曲文献的学术价值，在当时而言，无疑是需要巨大的学术勇气的，个中自然也彰显出姚华以经学态度治曲学的学术史意义。如果说王国维将西方美学理论引入戏曲批评之中，为曲学研究引入了一种崭新的学术反式的话，姚华则是将传统学术的外延与内涵进一步扩充到曲学研究的范畴。二者对近现代曲学史的发展均具有前无古人的推动作用。窃以为此点正系姚华学术个性之所在，同时也系姚华曲学理论于近现代曲体文学发展的最大贡献。

姚华曲论的另一部重要著述是《曲海一勺》，该作连载于 1913 年《庸言》杂志卷一第五至第十五期，是最直接、最系统、最鲜明表述姚华词曲观点的理论文字。该著亦被任中敏先生收入《新曲苑》，其后则被郭绍虞先生收入《中国近代文论选》(人民文学出版社 1962 年版)，该著由《述旨》《原乐》《明诗》《骈

---

① 姚华：《菉猗室曲话》，俞为民、孙蓉蓉编：《历代曲话汇编：新编中国古典戏曲论著集成》近代编第二集，黄山书社 2009 年版，第 135 页。

史》四部分组成，较为全面地梳理了曲体文学的渊源、流变轨迹、艺术特征以及社会价值，其中尤其重点论述了曲与社会政治的关系。在词曲文学一般为正统文士视为"卑体"的20世纪初，《曲海一勺》中以"诗统"置换"曲统"的动机正是在于改变词曲不为世人看重的小道地位，为近现代词曲学的飞速发展提供了理论上的支持。这种为曲体谋求合理文学地位的尝试值得后人肯定。

除以上二著外，姚华还有两篇重要的论曲专文，一为《说戏剧》，二为《雨窗琐记》。《说戏剧》始作于民国三年十一月九日，订正于民国五年九月二十一日 ①，该文主要是从训诂学的角度辨析"戏剧"一词的由来，对"戏"与"剧"二字的本义进行了详细考论，并提出"戏剧小道，抑亦不可谓非人文之所系"的正面主张。新中国成立以后，该文仅见于陈多、叶长海编《中国历代剧论选注》，原文颇难寻觅。后亦为俞为民、孙蓉蓉收入《历代曲话汇编：新编中国古典线曲论著集成》。《雨窗琐记》文中记："此纸作于闽侯李宣偶释戡斋中。既成，师曾谓宜有所咏，遂携去，久之未就，而师曾没今年，封可搜得，因属题其后。"可知该文当作于民国十二年（1923）秋冬之季。该文表述了由剧场面具考索古剧脸谱最早源于古器物中饕餮之形的观点："又古器物中饕餮形多于吉金古玉，见之往往杂诸变化，一形而具数观，最与面具钩脸相似。以此为最古之渊源，决然可信。"姚华之论，多以客观文献实物资料为据，故其论亦扎实可信。姚华治曲时人生已步入中晚年。1929年，姚华还亲手校补《元刊杂剧三十种》，惜当时已疾病缠身，完成这一工作已是心力不逮，再加上无人助其誊抄，故未刊刻面世。

二、姚华的词曲观念

综观姚著，其词曲观大致可总束为如下数端：

1.有意识扩充曲体文学的内涵与外延，以"诗统"替代"曲统"，为曲文学张本

元明以来，曲体文学的范畴一直众说纷纭，未有定论。由此方有明人的词

---

① 姚华《说戏剧》文后自注："此甲寅太阴十一月初九日作。"要娅"既为舞容。《方言》又云："江沅谓戏为淫。"则伪《古文尚书》淫戏即娃戏，亦有所本，特秦汉以来杂语，未得信以为三代之词也。丙辰九月二十七日菉猗室记。"

曲不分，以词为曲、以曲为词的现象比比皆是，其根本原因在于未能从概念上通过对曲文学的明确界定来正本清源。姚华针对词曲不分的混沌现象对曲文学的研究对象作了清晰判定："因是颇疑曲义本宏，凡继乐府而起者，皆曲之所总括。"① 姚华将曲体文学的范畴定义为"凡继乐府而起者，皆曲之所总括"。众所周知，乐府文学有别于其他文学的最明显区别在于与生俱来的音乐属性。该观点正暗示了音乐性是判断曲体文学的首要标准，并将与乐府相关的所有文体皆纳入曲文学的范畴。这一论见尽管不无可商，但无疑一针见血地指明了问题的核心所在，即音乐性于曲体文学的本质意义。姚华之所以扩充曲体文学概念的内涵与外延，其目的在于为曲的"尊体"提供理论上的依据与研究的根本前提。在拓展曲体文学研究范围的基础上姚华进行了为曲"尊体"的可贵尝试，他在曲论中特别注重"诗统"一词，假"诗统"之名行推尊"曲统"之实。姚华生活的近代，正是中国学术由传统的热衷于治理穷经之道向多元化研究方式过渡的转型时期，也是中国词曲研究得到系统建构与总结的关键时期。这一时期大师辈出，佳作纷呈。王国维、吴梅等学者将毕生心血致力于词曲研究，在他们的推动下，词曲研究成为"显学"，吸引了众多学人的关注，因此近代也是词曲研究硕果纷呈的时代。然而，尽管词曲的研究开始得到学人的合理体认，但在一般文士的心目中仍是不能登大雅之堂的"小道"而已，尤其是曲体文学，更是遭到传统学人的普遍鄙薄。正如姚华所言："世人论曲，多斥为小数，谓非正轨。"② 因此，推尊曲体的关键在于从文学统绪上提升其文体地位，为曲体文学建构"曲统"。姚华曲论中并未明提"曲统"一词，而是以"诗统"二字置换"曲"，以此达到其"尊曲"的最终目的。在扩展曲体文学研究范畴的基础上，姚华提出了一个重要的概念——"诗统"。他首先对"诗统"所涵盖的领域作出说明："故声律之文，皆曰'诗'，约其种类，括以单语，凡诗所统，至为宏多，喉舌初调，声音始作，音之为理，各以类从。"③ 他在《曲海一

① 姚华：《曲海一勺·第一述旨》，俞为民、孙蓉蓉编：《历代曲话汇编：新编中国古典戏曲论著集成》近代编第二集，黄山书社 2009 年版，第 192 页。
② 姚华：《菉猗室曲话》，俞为民、孙蓉蓉编：《历代曲话汇编：新编中国古典戏曲论著集成》近代编第二集，黄山书社 2009 年版，第 32 页。
③ 姚华：《曲海一勺·第三明诗》，俞为民、孙蓉蓉编：《历代曲话汇编：新编中国古典戏曲论著集成》近代编第二集，黄山书社 2009 年版，第 189 页。

勺》中多次述及其意欲建构"诗统"的努力，如《第三明诗》在痛感近世曲谱范式呆板时云："近世诸家所撰曲谱，亦谨守四声句调，声伎所习，不著于编。古今绝续之文，隐约仅辨。予欲述诗统，愧不能声，考今无征，稽古无助，天地悠悠，谁为予告。"①《明诗》是《曲海一勺》的第三章，但文中所言"述诗统"可谓是全书的精华部分。联系姚华的词曲理论，他正是有感于近世"诗统"之断续不古，方才特立《明诗》一章，从文体渊源上申明"曲统"实为"诗统"之部分，而推导出"以曲承诗，独得正统"②的结论。姚华以"诗统"置换"曲统"之举，正是体现了其敏锐与独特的学术眼光。我们无法判断王易、龙榆生、任中敏等人的词曲学研究究竟在多大层面上受到姚华的影响，但可以想到的是，假令没有姚华为曲体文学张本尊体的努力，或许就没有其后王易等人对词曲学的痴迷与热爱，也没有今天词曲学的昌盛与繁荣。

2. 从社会功用、表达范围、文学价值等多方面推尊曲体，为曲体文学谋求应有的文体地位

如果以二字概括姚华的词曲理论，非"尊体"莫属。"尊体"主要系指"曲体"而言，姚华研究词曲的核心观点正在于联系社会政治、文体性质、传播范围等因素推尊曲体。姚华首先在《第一述旨》中说明了自己独好曲体的原因："余之祖曲，不贵乎其言，而贵乎其心，亦曰有物而已。"③在姚华看来，曲体文学值得重视的首要因素是，较之于诗词等传统韵文体式更能够反映出纷繁复杂的社会生活。因此他不但从文体属性上凝练归纳出曲文学中各类体式在语言形式上的特点与优势④，而且对曲体文学的表现功能与表达范围也有如下认识："余

① 姚华：《曲海一勺·第三明诗》，俞为民、孙蓉蓉编：《历代曲话汇编：新编中国古典戏曲论著集成》近代编第二集，黄山书社2009年版，第191页。
② 姚华：《曲海一勺·第三明诗》，俞为民、孙蓉蓉编：《历代曲话汇编：新编中国古典戏曲论著集成》近代编第二集，黄山书社2009年版，第194页。
③ 姚华：《曲海一勺·第一述旨》，俞为民、孙蓉蓉编：《历代曲话汇编：新编中国古典戏曲论著集成》近代编第二集，黄山书社2009年版，第180页。
④ 姚华在《曲海一勺·第一述旨》（第181页）中云："曲之托体，美矣茂矣。夫其文情相生，比赋并用。语似浅而实深，意若隐而常显，情沿俗而归雅，义虽庄而必协。谢群言以标新，离六籍以隶事。小令数语，常若丰泽；套词连章，自成机杼；杂剧传奇，更兼众妙。"

一以为体物之工，写心之妙，词胜于诗，曲胜于词。"① 其实，就文学的体物写心功能而言，无论是诗、词抑或是曲，都仅仅是创作主体进行文学表达的工具和方式而已，其本质应不存在高下之分。而姚华强判媸妍式地提出曲体文学在表现功能上较之于诗词具有天然的文体优势，既是他本人嗜好所致，同时也补充与丰富了他之所以推尊曲体的理由。姚华曾经亲自校订《元刊杂剧三十种》，他对元曲（尤其是杂剧）的表现功能、用语取材、美学风格等方面都有深入的体会和认识。他在《第一述旨》中云："曲之作也，术本于诗赋，语根于当时，取材不拘，放言无忌，故能文物交辉，心手双畅，其言弥近，其象弥亲。试览遗篇，则人人太冲，家家子美。余未见元明以来作者所为诗赋，有擅于其曲者也。"② 此语指出曲体文学与诗赋的承传关系，并将元曲作家比拟为西晋左思与唐诗中的杜甫，同时强调这些作家的诗赋均不如其曲擅扬，其对元曲推崇备至的态度，何等鲜明！姚华甚至将"曲"与"史"并提，从历史发展与社会政治的宏观角度观照曲体文学，他在《第四骈史》中开宗明义宣布："曲之于文，盖诗之遗裔，于事则史之支流也。"③ 在曲体文学普遍受到文士鄙薄的近代中国，姚华敢于将"小道""薄伎"之曲体褒扬至"史之支流"的学术地位，这需要多么敏锐的学术眼光，同时更需要多么巨大的学术勇气！

3.较为全面论述了词曲递变与互动共生问题，提出"翻词入曲"的主张

姚华词曲理论中最独特，同时也是最具有学术创新性的观点不在于他对曲体的推尊，而在于他对词曲二体文体递变与关联的一系列论述。这些观点不仅是在20世纪初的近代中国，即使是在今天看来，对我们探讨词曲二体的渊源、递变、传承等问题都还具有重要参考价值。论及词曲的递变与互动共生，前人已有不少精彩论述，如明代万历间人王圻在《稗史类编》卷九十四"词曲雅俗"条云："词者，乐府之变也。而曲者，又词体之余也。词俗于诗，曲尤俗于词，

① 姚华：《曲海一勺·第一述旨》，俞为民、孙蓉蓉编：《历代曲话汇编：新编中国古典戏曲论著集成》近代编第二集，黄山书社2009年版，第178页。
② 姚华：《曲海一勺·第一述旨》，俞为民、孙蓉蓉编：《历代曲话汇编：新编中国古典戏曲论著集成》近代编第二集，黄山书社2009年版，第180页。
③ 姚华：《曲海一勺·第四骈史》，俞为民、孙蓉蓉编：《历代曲话汇编：新编中国古典戏曲论著集成》近代编第二集，黄山书社2009年版，第195页。

然愈俗则愈雅。词雅于调，曲尤雅于韵，然愈雅则愈远。"①稍早于姚华的近
世词学名家况周颐亦云："曲由词出，其渊源在是。曲与词分，其径途亦在是。
曲与词体格迥殊，而能得其并皆佳妙之故，则于用笔用字之法，思过半矣。"②
以上所论，或着眼于雅俗文体之角度，或着眼于渊源途径与用字笔法，对词曲
关系作了难能可贵的探讨。然而，这些论述大多是出于研究者本人的主观式印
象批评而欠缺实例的辅佐。姚华的词曲理论大多是建立在充分的文献占有基础
之上进行生发，因此往往具有雄辩的说服力。首先，姚华同样承认词曲之间密
不可分的文体联系，他指出："词曲相距，不过一阶；数其宗派，谊若父子。"③
姚华心目中有一个中国古代韵文体式流变的大文学史观，即诗三百篇—长短
句—南北曲，所以他才会对清人陈璜在《陈子旅书》中的一段论述赞赏有加，
引为知音之论。陈氏原文如下："诗自风雅颂一变而为骚，再变再变为乐府古
选，三变为近体绝句，四变为填词，五变为南北诸曲。至于诸曲，诗之能事毕
矣。"④陈氏此语，有两点值得注意，一是他将中国古代韵文体的发展流程分为
五个阶段，从文体流变的角度简明勾勒了中国古代诗歌史的发展轨迹；二是他
对曲同样持"尊体"一说，认为至曲"诗之能事毕矣"，正是曲的诞生，方才
将诗歌一体发扬光大，同时也将韵文体式表情达意的功能发挥到了极致。姚华
评价陈氏之论云："自有曲以来，元明诸家即有能言其源流，未有能如斯之简
而尽者。予说不孤，自喜得证。"姚华所谓曲之流变轨迹的论说较之于陈璜更
为简明扼要，因为其首先从"诗统"的角度揭橥了曲与诗歌的内在联系，所以
他才会在《第四骈史》中梳理出古典诗歌的传承统绪是"南北曲宗长短句而祖
诗三百篇"⑤。这一论断在我们今天看来不过是文学史叙述的常识而已，然而在
姚华发表此文的 20 世纪初，能够用如此简洁而凝练的学术话语勾勒出中国古

① 王圻：《稗史类编》卷九十四，邓子勉编：《明词话全编》，凤凰出版社 2012 年版，第 1718 页。
② 况周颐：《蕙风词话》卷一，唐圭璋编：《词话丛编》，中华书局 1986 年版，第 4417 页。
③ 姚华：《曲海一勺·第三明诗》，俞为民、孙蓉蓉编：《历代曲话汇编：新编中国古典戏曲论著集成》近代编第二集，黄山书社 2009 年版，第 191 页。
④ 姚华：《曲海一勺·第三明诗》，俞为民、孙蓉蓉编：《历代曲话汇编：新编中国古典戏曲论著集成》近代编第二集，黄山书社 2009 年版，第 189 页。
⑤ 姚华：《曲海一勺·第四骈史》，俞为民、孙蓉蓉编：《历代曲话汇编：新编中国古典戏曲论著集成》近代编第二集，黄山书社 2009 年版，第 207 页。

代韵文一体的流变与传承，姚华治学眼光之独到与敏感于此可见一斑，诗—词—曲的文学史主流观也成为后世研究必须参照的起点。

姚华有关词曲互动共生联系的论述主要见于《菉猗室曲话》，该著集中体现了他在校勘与整理词曲文献方面的成就。《菉猗室曲话》共四卷，卷一为《卓徐余慧》，卷二至卷四为《毛刻签目》，既有对词文献的整理，也有对曲文献的校勘。姚华在校勘文献的同时也提出了不少随感式的批评，由于这些论见通常是建立在充分的文献研究基础之上的，故往往能够做到不尚空谈，不囿陈说，精辟深刻，令人叹服。姚华首先指出卓人月《古今词统》所辑录词作时存在文体不清的弊病："明杭州卓人月选《古今词统》十六卷，搜罗甚富，然至采录小说、传奇之作以充数，不免为大雅所讥。徐士俊评，且时拦入传奇，更觉不伦，抑亦可见词曲难分疆界，明人尚视为一体。"[1] 明人一贯词曲不分，以词为曲，以曲填词，故一直受到后人的鄙薄。其中原因除明人治学空疏外，词曲本身在渊源与语体结构上的相似性也是不可忽略的因素。因此，《古今词统》中词曲不分的倾向仅是有明一代词曲观念的缩影而已。姚华在抨击明人后继而申明自己于词曲关系的基本观点："盖翻词入曲，尚见本原，非援曲入词，致伤杂糅也。"在姚华看来，以词为曲是不可取的，因其颠倒了具有相近质素的不同文体之间发展的逻辑联系；以曲为词的做法虽然总体上是与曲体文学的精神格调相背离的，但从中尚可见词曲之间的脉络承传，因此不能全盘否定。"翻词入曲"是姚华词曲研究的重要观点，由这一观点出发，姚华在辨析词曲异同时善于从语料、典故、声韵等角度探析词曲的渊源联系，同时他也特别注意元明曲中化用宋词成句的现象。如《菉猗室曲话》卷一"元曲与词法相通""入作平""词用曲韵""秋千词入《紫钗记》""《西厢》语所本""《还魂》语所本""入《紫钗》语""入《幽闺》语""实甫曲与词意相合处""《西厢》仿词语""《西厢》与词意相合处""词曲中用也字"等，则均是从外在语言方面寻觅元明时期词曲相通之处。

在词曲风格特征的体认方面，姚华有不少精彩的论述。如他在《菉猗室曲话》卷一《佻薄乃曲之末流》中云："按词曲之界，几微而已。词庄而曲谐，

---

[1] 姚华：《菉猗室曲话》，俞为民、孙蓉蓉编：《历代曲话汇编·新编中国古典戏曲论著集成》近代编第二集，黄山书社 2009 年版，第 2 页。

是诚有辨。若谓曲尽佻薄，实未必然。盖佻薄亦曲之末流下乘耳。如东篱、小山、兰谷诸家之作，未尝不归于雅正。"①"词庄曲谐"是 20 世纪初治词曲者的一致结论，姚华独能拈出曲同样有"雅正"之风，不以"佻薄"为曲的主导风格，一方面既承认"曲谐"的合理性存在，另一方面也指出曲的风格不囿于此，这一识见明显迥乎高于其他论者。姚华在继承前人论见的同时往往又能有所发明，将前人的研究更推进一步。如他在"何、钱两家论词曲变迁"一则中认同明人何良俊《草堂诗余序》中"乐府以蹊径扬厉为工，诗余以婉丽流畅为美"的基本观点。但他并不满足于前人的结论，而是将这一话题引向深入："北曲宜宗乐府，南曲应祖诗余。南北分流，渊源各别。"②指出南北曲渊源各自的演变特征。关于南北曲的源流问题，迄今仍是学术界津津乐道、争论不休的一大公案，姚华的见解为我们考察曲体文学的源流提供了一条可行的方案，即以地域为出发点的研究思路。

在词曲流衍的具体过程与特征方面，姚华也提出不少独到的见解。如"衬字非始于曲"一则中提出元曲中的衬字其渊源当始自五代欧阳炯词《定西番》，且宋词吴文英《唐多令》亦有相似例证，以此来佐证词曲之渊源。言之有理，持之有据，视角也新颖独特。又如"词曲转捩在小令"一则在评价张玉田《词源》后云："玉田为宋遗民，已入涅奇之世，正元曲发轫时也。故其时令曲，已入论著。后世所谓曲，当由此而起。予谓词曲转捩，消息于小令，犹苏、武古诗之于五言，《玉树后庭》《春江花月》之于近体，晚唐五代长短句之于宋词。"③文体之间的变迁转换往往是一个由简至繁的过程，就牌调而论，词曲中最相近者也非小令莫属，由小令考察词曲转捩的进程无疑是一绝佳窗口。尽管姚华并未正式提出"散曲"的概念，但他的词曲理论中已经蕴含了散曲学的诸多要义，这对任中敏先生开创的散曲学当不无启发。所以方才有卢前在为《曲海一勺》作序中的评价："其中谈衬字，用韵，词曲相近处，词曲接续之际皆有见地；尤

---

① 姚华:《菉猗室曲话》，俞为民、孙蓉蓉编:《历代曲话汇编:新编中国古典戏曲论著集成》近代编第二集，黄山书社 2009 年版，第 34 页。

② 姚华:《菉猗室曲话》，俞为民、孙蓉蓉编:《历代曲话汇编:新编中国古典戏曲论著集成》近代编第二集，黄山书社 2009 年版，第 31 页。

③ 姚华:《菉猗室曲话》，俞为民、孙蓉蓉编:《历代曲话汇编:新编中国古典戏曲论著集成》近代编第二集，黄山书社 2009 年版，第 34—35 页。

其说词曲的转捩在小令这一点，已暗示到后来散曲的研究了。"①

三、对姚华词曲观的评价

综上所述，姚华对词曲学研究的贡献主要在于推尊曲体以及对词曲渊源关系的探讨。这些观点在今天看来似乎无甚出奇之处，但在姚华勤于著述的辛亥革命前后，其在词曲学史上的贡献与突破是无可置疑的。然而，客观而论，姚华的词曲理论也存在一些粗疏之处，这是我们评价其人其学时不可回避的问题。唯有正视这些问题，方能更全面地把握姚华先生的词曲学成就。依笔者之见，姚华的词曲学理论主要存在如下不足。

其一是研究理念有陈旧之嫌，不善于接受新兴事物和运用新的研究范式，同时过分拔高了曲体文学的文体地位。姚华研究词曲所用方法是传统的朴学路数，相较于同时期的王国维与吴梅而言，这是其研究范式的独特之处，同时也是弊端之所由。由于受传统朴学思维方式的影响，姚华重实证、重考据，这使得他的研究多不尚空谈、扎实有物。但同样是受制于传统思维且根深蒂固，姚华不仅对新兴事物与理念多持否定态度，甚至往往是深恶而痛绝之。如他在《曲海一勺·第二原乐》中评价西腔："尝推西腔之所以极盛，窃谓妖孽之先兆也。"②将新兴的"西腔"斥为"妖孽"，并将之与昆曲人为对立，正是折射了其泥古的研究范式与态度立场。较之于王国维对西方戏剧理论的出色化用，其间的差距是明显的。此外，出于"尊曲"的需要以及对研究对象的嗜好，姚华将曲体推崇到无以复加的文体地位，认为曲"境之至胜，而体之最优者"，这同样也是不符合文学史发展实际的。

其二在于一味注重从遣词用典方面寻找词曲流衍的依据，使得其某些结论过于牵强生硬而欠缺学理上的论证。如《菉猗室曲话》卷一"元曲与词法相通"一则："断肠《生查子》元夕词'去年元夜时，今年元夜时'二语，徐极赏之，以为元曲之称绝者，不过得此法。顾夐《醉公子》词末云：'魂消似去年。'徐

---

① 卢前：《姚茫父先生曲学——代序》，姚华：《曲海一勺》，文通书局中华民国三十一年（1942）版。

② 姚华：《曲海一勺·第二原乐》，俞为民、孙蓉蓉编：《历代曲话汇编：新编中国古典戏曲论著集成》近代编第二集，黄山书社2009年版，第185页。

云'《还魂曲》恁今春关情似去年',用此也;'最撩人春色似今年'则又翻此。"这种单纯从字面上寻觅词曲相通的做法明显欠缺学理上的依据,虽然能够为我们考察元明宋元时期词曲的互动共生提供实例材料,但毕竟未能与其他相关因素(如社会政治、传播环境、传播方式、文士心态等)有机结合而令人难以信服。

还要强调的是,姚华虽推尊词体,然而其曲论与创作实践存在相当距离,姚华戏曲理论注重"俗"与"真"①,但这些主张在其创作实践中并未得以真正实现。相反,姚华词曲题材狭窄,风格单一,多以题画为主②,仅有部分涉及社会政治与日常生活,这也是其词曲声名不显的因素之一。此外,姚华曲论均用晦涩艰深的文言文写就,这在白话文日益推广的辛亥革命前后,显然是不合时宜的,同时也使得其词曲理论难以为一般大众所接受与认同。

的确,较之于同时期的另外两位词曲大师王国维与吴梅而言,无论是其身前的当时抑或是身后的今天,姚华的影响均是远远不及的。姚华的《曲海一勺》与《菉猗室曲话》这两篇代表性论著最早均刊载于1913年的《庸言杂志》,然而在当时学术界并未引起人们的重视。直到1921年任中敏先生《新曲苑》中收录其曲论,姚华的词曲学成就方才逐渐进入后人的研究视野。即令是在21世纪的今天,学林论及姚华者亦寥寥,这正是与学术界长期存在的"避冷趋热"风气相关。然而,文学史的叙述固然需要王国维、吴梅等大师级人物开时代风气的推动与倡导,但同样离不开姚华这一类"非主流型"学者的建构性参与。此外,从姚华《曲海一勺》与《菉猗室曲话》问世的所处时代环境来观照,当时正值近代戏剧改良运动之际。1904年,柳亚子、陈去病等人在上海创办中国戏剧史上首种刊物《二十世纪大舞台》,其办刊宗旨为"改革恶俗,开通民智,提倡民族主义,唤起国家思想"。以戏剧作为宣传革命思想的最佳工具,赋予戏剧文学以鲜明的战斗性与思想性。这种将戏曲功能政治化甚至扩大化的理念在当时剧坛上占据了主流地位。姚华虽然也肯定曲体文学的政治功用,但他的曲论却始终围绕曲体自身特质展开,相较于同时期其他戏剧研究者而言,姚华的主张虽有陈旧保守之嫌,但无疑更贴近戏剧作为文学之一体式的本质属性。

---

① 参见刘铭、耿祥伟:《论姚华戏曲理论中的"俗"与"真"》,《贵州文史丛刊》2010年第4期。
② 据笔者统计,姚华存词306首,其中题画词120首;存散曲55首(套),其中题画曲36首(套)。

此外，《曲海一勺》与《菉猗室曲话》二著方问世的 1913 年，王国维《宋元戏曲史》亦刚完稿①。姚华这两部曲学著述的创作与《宋元戏曲史》几乎是同步而略晚的②。黄仕忠先生在《宋元戏曲史·导读》中评价该书的学术价值时云："《宋元戏曲史》刊行之后，戏曲不仅作为中国文学的重要体裁受到关注，被视为元明清文学的主要成就之所在，而且作为一门独立的艺术学科得到认同，迅即成为'显学'。"③我们认为，一门独立的艺术学科能够在社会生活中逐渐得到人们的认可，并最终发展为所谓的"显学"，其背后蕴含的推动因素是极其复杂的，应该不是单凭某一位领袖人物或者某一本经典著作即可实现的。时代风气的变迁、其他学者的呼应、观念形态的变化等均是促进学科独立的因素。戏曲艺术的学科地位能够使人们逐渐转变观念，王国维等主流大家的贡献固然卓越，但姚华一类曲家的贡献也不容忽略。如果没有姚华等曲家重评戏曲的社会价值与政治功能，给予《宋元戏曲史》以积极的呼应，王国维的论著有可能陷入曲高和寡的尴尬境地，在戏曲史上的地位与评价可能也要打上一个问号。

第三节　姚华的词曲创作

如前文所述，姚华词曲主要见于《弗堂词》与《菉猗曲》。其中《弗堂词》存词 281 首，另补遗 2 首。《弗堂词》之名，始于 1930 年贵州省省长任可澄主

---

① 关于《宋元戏曲史》的定稿时间，王国维在 1913 年 1 月 5 日给缪荃孙的信中云："近为商务馆作《宋元戏曲史》，将近脱稿，共分十六章。"（吴泽主编：《王国维全集·书信》，中华书局 1984 年版，第 33 页）可见其定稿时间为 1913 年 1 月。

② 关于姚华论著的成书时间与王国维《宋元戏曲史》成书时间的先后问题，学术界多以姚华成书于前。如刘铭、联祥伟《论姚华戏曲理论中的"俗"与"真"》即认为王国维论著成书较晚。苗怀明先生等均持该观点。其实从姚华论著的连载时间与《宋元戏曲史》的完稿时间考察，《曲海一勺》最早刊载于《庸言》杂志第 1 卷第 5 号（1913 年 2 月），此后一直连载至 3 月；《菉猗室曲话》最早刊载于《庸言》杂志第 1 卷第 6 号（1913 年 2 月），此后一直连载至当年 11 月。而王国维《宋元戏曲史》定稿于 1913 年 1 月。因此，确切而言，姚华论著的成书应该略晚于王国维《宋元戏曲史》。

③ 王国维：《宋元戏曲史》，黄仕忠讲评，凤凰出版社 2010 年版，第 34 页。

持下贵州通志局编撰《黔南丛书》，该丛书将姚华词曲收入，名《弗堂词》。其后散曲家卢前将姚华散曲编撰成《菉猗曲定》一册出版。补遗两首中其一是民国十九年（1930）农历四月姚华书于折扇赠次子姚鋆之作《芳草渡·题〈燕京访古录〉》①。另一首为姚华绝笔词《应天长·怀费宫人和邵伯绚韵，庚午五月七日》，姚华病逝于五月八日下午六时许，词作所云"庚午五月七日"，正是姚华病逝前一日，该作其后为北京诸多报刊登载。《菉猗曲》则收散曲小令52首，套数3篇，合计55首（篇）。就创作数量而言，曲不及词。此外，从作品风格与表现题材领域观照，姚华词与曲亦有较大差异。以下试一一分述之。

一、《弗堂词》的题材内容与牌调择用

1.《弗堂词》的题材内容

（1）对时局的直接关注与间接投影

从创作时期考察，姚华词创作的时间大致在 1907—1930 年。这一时期，正是时局动荡、国运飘摇的非常时期。1911 年广州黄花岗起义、四川保路运动、湖北武昌起义等重大历史事件相迭发生，清朝二百余年江山在民众不断冲击下颓然而亡。1915 年，因袁世凯在北京宣布实现帝制，护国运动爆发，其后袁世凯迫于时政压力不得不取消帝制。1919 年，五四运动爆发，中国革命从此步入一个崭新的历史时期。其后 1925 年发生五卅惨案。1926 年，国民革命军第一次誓师北伐。1927 年，轰轰烈烈的国民革命宣告失败。可以说，这一时期是中国近现代历史上最为曲折多舛、变乱纷生的特殊时代。姚华一向提倡以词曲表达时政，反映在《弗堂词》中，即体现为以词为投枪，对反动军阀与独裁统治者专横跋扈进行严正声讨。如《弗堂词》卷一《满江红·八月十六日感事 癸丑》：

月墨星沉，英雄恨、太行千叠。都付与、晓鸡声里、为鸣悲咽。篝火几曾真王楚，扁舟何事忘逃越。问大江、风雨许多潮，随烟灭。　　城下钓，清波冽。东门犬，惊尘歇。叹功名浑浚，剑花飞血。开国谁翻前史例，到头悔负封

① 该折扇扇面题："庚午夏节，写与鋆之江宁，以慰远思。"时姚鋆远赴南京，为《弗堂类稿》的出版奔波。该折扇现藏贵州省博物馆。

侯骨。望中原，黯淡几龙蛇，堪愁绝。

　　1913 年 10 月 4 日，国会在袁世凯操纵之下通过总统选举法，其用意在于为袁世凯恢复帝制预设铺垫，身为参议员与宪法起草委员会委员双重身份的姚华得知消息之后，既痛心疾首国会沦为袁氏一手掌控之傀儡，同时亦期望有识之士能够振臂高呼，反对袁氏不得民心之举。词中以陈涉面对暴秦揭竿而起与春秋末范蠡助勾践复国成功后泛舟五湖之事，一方面充分肯定辛亥革命的历史功绩，另一方面亦隐喻辛亥革命成果为宵小之徒霸占的时政局面。这种对现实的积极表现与主动参与，正是姚华"文章之用，以时为贵"[①] 文学观的贯彻与实践。它能够从一个侧面佐证了词曲文学在晚清民国时期并没有沦落为游离于现实之外的方外之物，而是与白话文类似，在部分作家的手中，同样成为创作者针砭时弊、鞭挞现实的匕首与投枪。这类作品在《弗堂词》中虽然并未占据主流，但其在近代文学史上，尤其是词曲史方面的意义和价值是毋庸置疑的。

　　又如作于民国十三年的《柳梢青·贵筑南郭小景》：

　　浅水妆梅，疏烟做柳，腊后春初。负郭人家，黄昏灯火，画也难如。故乡何处吾庐，莫问讯，兵残燹馀。倚醉阑干，惓吟楼阁，梦也都无。

　　南郭为南明河流经贵阳城区河谷一带的统称。其左右两旁沙洲分别筑有观音寺、甲秀楼、翠微阁等古建筑，有"小西湖"之誉。时贵州军阀袁祖铭、王文华内讧甚剧，更兼 1920 年黔地大旱，民不聊生。时姚华闻故里动乱之消息，心急如焚，遂在北京街头义卖画扇赈济同乡[②]。茫父其时为北京女师校长，薪酬较丰。但其子女众多，负担甚重。然能一逞书生之意气，挥毫作扇，为赈济家乡灾民聊尽一己之力，其悯民情怀之切，实为天地可表，亦当为方今学士之楷模！该作虽并未直接折射当代政治事件，但其中"故乡何处吾庐？莫问讯，兵残燹馀"数语正是对辛亥革命以来黔地一带军阀纷争、民生甚苦的社会现实的直接反映。

---

① 　姚华：《曲海一勺·第一述旨》，俞为民、孙蓉蓉编：《历代曲话汇编：新编中国古典戏曲论著集成》近代编第二集，黄山书社 2009 年版，第 178 页。

② 　今存姚华《贵州赈灾赠扇启》云："祸乱频仍，疮痍满处，直北始闻收束，黔黎又告凶荒。以地僻民瘠之区，际天灾人变之厄，穷同无告，罹等非辜。华故里情亲，济人手拙，用敢代为呼吁。祈沛鸿施，凡此黔人均沾厚贶，当歌薰而解愠。谨奉扇以扬仁。略疏小言，不尽铭感。姚华顿首。"该扇现藏贵州省博物馆。

　　以上二作，对当代时政或直接干预，或间接描述。就手法而言，有直露与韬晦之别。但通过二作的辨析，我们均可对姚华一生欲济苍生于水火的忧国忧民情怀略知一二。文学是政治的反映，尽管这一观点由于存在某些偏颇之处而不断得到学者们的修正与完善，但通过《弗堂词》的系统考察，我们可以认为，《弗堂词》中最有认识价值和评述意义之作并非充斥于其间的题咏书画之作，而应该是这些对现实社会与民生疾苦或多或少有所映射的作品。《弗堂词》中此类作品甚多，其他如《江南好二首·怜蚿杂诗读竟，媵以二词返之》讥刺富家子弟心怀私利出国留学的自私动机以及归国后汲汲于名利的猥琐心态；《玉楼春·二月十五日微雪 庚申》借观春雪痛斥不合理的社会现象；《扬州慢·与印昆登天宁寺塔，和白石韵》借登塔描述了北京城在连年战乱的蹂躏下一派荒凉萧瑟的凄惨景象；《念奴娇·用平声叶石林体，题松梅，丁卯小寒，值时宪，戊辰初月》借新春题画表达自己渴望南北统一、民康物丰的愿望；《定风波·复都论　拟六一》表述自己对 1928 年国民政府定都南京的评价。这类作品，从考察姚华本人思想与言行而言，是最能够集中体现其忧时忧民情怀的最佳切入点。从考察中国近现代时期的社会状况而言，又是最生动形象的感性史料，值得后人关注。

　　综观《弗堂词》，我们认为其中最能体现姚华济世拯民、悲天悯人之热忱情怀者当为卷三《庚子春词》。该系列作品写于民国十四年乙丑（1925）之际，时姚华与谭祖任、夏孙桐、章曼仙、邵伯䌹等文士结聊园词社。姚华在其自序中云：

　　词社同人，仿《庚子秋词》之例，有《庚午春词》之约。选于唐、五代、宋词凡十有四家，二十有三调，二十有九阕。依调拟作，不命题，不限韵。

　　《庚子秋词》二卷录词 315 首，系清末词家王鹏运、朱祖谋、刘福姚等人有感于八国联军侵华事件而作，其间寄寓了晚清学士大夫对国事倾颓的深深忧虑。《庚子秋词》的成书结集亦系中国近代词史上具有重大里程碑式意义的标志事件，其意义早已为当今学人首肯。如台湾卓清芬评价为："《庚子秋词》记录了近代史上重大的事件，展现了忧国忧时的襟抱，留下历史的见证，也以创作响应了时代对于历史的呼唤。"[1] 马大勇先生亦认为："《庚子秋词》是与特殊

---

[1]　卓清芬：《王鹏运等〈庚子秋词〉在"词史"上的意义》，《河南大学学报（社会科学版）》2010 年第 3 期。

历史节点'风云际会''国家不幸诗家幸'效应发挥到极致的一次重大词史事件，不仅'证史'功能至为典型，艺术表现可剖析分辨者亦夥，足可作为一部20世纪词史浑然天成之开篇。"①上述二位学者均对《庚子秋词》的词史意义和价值褒扬有加。客观而论，《庚子秋词》这种对现实的积极干预与参与的确为20世纪的词史铸就了辉煌篇章，值得后人肯定。姚华在序文中首先声明《庚午春词》的创作动机与出发点在于"仿《庚子秋词》之例"，结合序言下文以及《庚午春词》所表现的题材领域与情感意蕴予以考察，我们不难窥知，这里的"例"并非指词作的编排与词牌的择取等外在因素，其更多系指题材与情感意旨而言。序言下文中所云"意内而言外""感春而绪秋"等诸语即明显地表达了《庚午春词》与时局政治的密切关联。结合具体作品予以考索，《庚午春词》在词题上均为拟和前人之作，且这些追和对象多为婉约派大家，如温庭筠、冯延巳、韦庄、李后主、欧阳修、晏几道、秦观、柳永、李清照、周邦彦等，似乎与时政无甚关联。但从词作的具体内容与蕴含情思观照，则确乎如姚华本人所言之"意内而言外"者。如《归国谣·上巳日作 拟飞卿》其一上片"金屋料峭，晚天寒漠漠。酒边何处吹竹，远声凄胜肉"，暗用孟嘉"竹不如肉"②之典故，突出初春时节远处笛声的悠扬清远。结合上句"天寒漠漠"与下片"渐看春水尘魏，远湾心字曲"之语，"尘魏"一词，系指初春时节因嫩柳倒映于春水之中，春水呈现出鹅黄色之貌。其间正是蕴含了词家对春天的憧憬与向往。邓见宽先生注该词云："屋内料峭幽静，而远方生机勃勃，两相对比，春情躁动。"③由此可见邓先生所云确有根据，并非穿凿附会曲解之论。《庚午春词》中类似这类明言伤春悲秋，实则寄寓家国之怀者不胜枚举。

（2）词情与艺事的有机结合

姚华是旧京都的一代通人。其所谓"通"者，主要表现在他对文学与其他艺术样式均广有涉猎方面。其诗文词曲论时政者读来磅礴大气，叙亲情者言辞恳挚，谈艺术者鞭辟入里。较之于其他词家而言，弗堂词的特质即表现为词艺

---

① 马大勇：《留得悲秋残影在：论〈庚子秋词〉》，《求是学刊》2013年第1期。

② 陶渊明：《晋故征西大将军长史孟府君传》，袁行霈：《陶渊明集笺注》，中华书局2003年版，第492页。

③ 邓见宽校注：《弗堂词·菉猗曲》，贵州民族出版社2003年版，第236页。

与其他艺术的互相渗透与融合，姚华不少关于字画、颖拓、金石的观点都是假以词作表述的。此外，姚华是 20 世纪北京城艺术界最活跃的人物之一，当时北京城文艺界有名望者多与姚华有交往唱和之举。如书画界的王梦白、陈师曾，戏曲界的梅兰芳、程砚秋、王瑶卿，均系与姚华交往甚密的好友。姚华与友人不定期于南海①举行聚会，赋诗填词，挥毫作画。作为词曲兼善的一代名家，其词自然负载着重要的交际功能。因此，弗堂词中蕴含的艺术因素在当时词坛可谓无人能出其右者。从《弗堂词》中所记姚华与京城其他文艺界人士交往范围的角度考察，我们可以对 20 世纪二三十年代北京城文化艺术圈的格局与风貌略知一二。《弗堂词》中，与姚华有题画赠画者甚众，以《弗堂词》卷一而论，词中所记与姚华交游者即有如下人物：

周大烈（1862—1934）：字印昆，号夕红庼、十严居，湖南湘潭人。辛亥革命后被选为众议院议员，其人颇有风骨，因不满曹锟贿选总统一事，愤而离职。有《夕红庼诗集》《夕红庼诗续集》存世。姚华病逝后撰《贵阳姚茫父墓志铭》，该铭文后收入中华书局 1930 年版《弗堂类稿》序。《弗堂词》中述及与其相交者甚多，卷一《沁园春·寄周髯奉天，即题其〈十严居图〉，丁未》《菩萨蛮·戊申三月二日观瑶华为周髯写兰，因题》《沁园春·七月二十六日集云和，酒后放歌，示主人朱三，并寄印髯奉天》《扬州慢·与印昆登天宁寺塔，和白石韵》《虞美人·上巳与印昆出右安门，访渔洋禊迹，遂饮花之寺》等均为记姚、周二人交游之作。

怜蚿：陈士廉（1878—？），原名士苣，字翼牟，号震生，又号"南眉居士"，湖南湘乡人。与姚华同为光绪甲辰科进士，官至邮传部主事，授中宪大夫。有《黄学庐杂述》（三卷）、《怜蚿室诗录》等。见《弗堂词》卷一《江南好二首·怜蚿杂诗读竟，縢以二词返之》。《弗堂词》卷一中还有《鹧鸪天·南眉既属写〈岳苍湘碧图〉以诗来谢，酬之》词，曾为姚华长子姚鋆赐名"君沃"②。

桂百铸（1878—1968）：名诗成，字伯助，贵州贵阳人。1903 年中举人，

---

① 今北京故宫西华门外。《弗堂词》卷一《虞美人·南海禊集未赴，补词》。
② 《弗堂类稿·序跋乙》中《书陈南眉赠鋆儿字说后》记："余家子鋆及冠，当字，乃省名，以为之曰'天沃'。冠之日，南眉为宾，赠之说，而署以'君沃'。"

尤精于山水国画。新中国成立后任贵州省人民政府文史研究馆副馆长。《弗堂词》卷一《莺啼序·谱梦窗残寒政欺病酒有赠，有序（癸丑）》前序云："庚戌九月，百铸尝约集樱桃斜街之云瑞堂看菊，明年再集，秋尽花阑，益感前游。"可知时云瑞堂为北京书画界人士聚会之所。

蹇念益（1876—1930）：号季常，贵州遵义人。见《弗堂词》卷一《一寸金·谱清真为蹇七季常题图（癸丑）》序云："季常嗜饮，暮便酩酊。所欲治事皆缘醉罢。于是以酒名贵阳，桂诗成百铸为图状之，予谓季常寓焉而已。"可知当系桂诗成为季常酒醉之形作画，姚华题词其上。

胡嗣瑗（1869—1949）：字愔仲，贵州贵阳人。长于诗词书画。《弗堂词》卷一《扬州慢·为愔仲图松柏独秀斋，因题谱石帚》其后跋记："己未二月望，愔仲过访山斋属图，深情感旧，浊笔调寒，向夕而成。至平芜尽处，愔仲则云：'大荒无垠，又不知意之所极矣。'"

刘少泉：生平不详，博古斋老板，北京城书画界人士。《弗堂词》卷一《菩萨蛮·刘少泉以花妥墨笔兰花归于我，是刘宽夫先生物，题诗满幅（辛酉）》与《菩萨蛮·再题花妥兰花幅》二作记刘少泉将刘宽夫所藏明末名妓花妥所绘《兰花》图赠与姚华事。

田寅：生平不详，当为北京城书画界人士，曾作《鼠》画请姚华题词。见《弗堂词》卷一《齐天乐·鼠，田寅画乞赋，白石韵》。

陈秋风：生卒年不详，江苏宜兴人。民国初年到北京担任戏曲演员，后为导演，并主演多部电影。曾以倚石小照托姚华题词。见《弗堂词》卷一《一枝春·陈秋风倚石小照》。

陈衡恪（1876—1923）：字师曾，号朽道人、冰川，江西义宁人。近现代著名教育家、画家。与姚华同为民初画坛之中心人物。《弗堂词》中记述姚华与其相交游者最多。如《南浦·师曾同赋前题，叠韵苔之》《惜红衣·忆南泊旧游，即题师曾写荷卷子，次石帚韵》《蝶恋花·双凤院和师曾》《忆旧游·重九题师曾〈芝兰便面〉遗墨，为悟园赋》《水龙吟·印昆以师曾〈拟香光仿北苑渴笔山水纨扇〉遗墨征题，是癸丑冬间作。是年师曾始来京师。为赋二阕》。

罗复堪（1872—1955）：名惇，号复堪、羯蒙老人，广东顺德人，民初北京城四大书家之一，其室名三山簃。与姚华以《南浦》词牌为题互为唱和。如

《弗堂词》卷一中《南浦·叠前韵苔复堪和作，并敹其意》。

李宣倜（1888—1961）：字释戤、释堪、释戬，福建闽县人。京剧作家，对近现代京剧改良运动贡献甚大。曾向姚华乞菊画，见《弗堂词》卷一《鹧鸪天·释戬乞菊，以胭脂没骨写之》《齐天乐·虎皮鹦哥为李释戬赋》《念奴娇·壬戌七月既望，释戬招同泛潞河，以拟赤壁，属图纪之，因步东坡〈大江东去〉词韵，复校片玉、白石、梦窗诸家制为此词》《浣溪沙·和释戬》。

王梦白（1888—1934）：名云，字梦白，号三道人、破斋主人，江西丰城人，善画虫、鸟、猪、猴等动物。见《弗堂词》卷一《南乡子·王梦白〈背坐仕女〉余与师曾各补景，并填此解》。

程砚秋（1904—1958）：字玉霜，满族，北京人。著名京剧表演艺术家。见《弗堂词》卷一中《并蒂芙蓉·本意赠玉霜》。

蒲殿俊（1875—1934）：字伯英，四川广安人，四川保路运动重要领袖。见《弗堂词》卷一中《卜算子·上九画红白山茶，寿伯英同年母七十甲子》。

杨铭修（1872—1959）：名德懋，字铭修，贵州贵阳人。邓见宽《弗堂词·菉猗曲》作"杨修铭"，误。见《弗堂词》卷一中《清平乐·题〈平芜晚景〉轴赠杨铭修同年》。

邵伯纲（1874—1953）：名章，字伯纲，浙江钱塘人。有《邵章书法集》《云综琴趣词》等传世。见《弗堂词》卷一中《浣溪沙·为邵伯纲颖拓造像因题》。

姜筠（1847—1919）：字颖生，号大雄山民，安徽怀宁人。工书画。见《弗堂词》卷一中《清平乐·大雄山民画任大椿句"人行红树，村中雨潮落，青山郭外鱼"》。

谭瑑青：名祖任，广东南海人，独创"谭家菜"享誉京华。见《弗堂词》卷一中《南柯子·谭瑑青聊园填词，图属予为之，并系以词》。

以上所考人物，仅为《弗堂词》卷一中述及交游者。由上述考索可见，姚华社交活动相当频繁，交游人物极广。其所交际者，不仅仅限于文学界与书画界人士，他与当时北京城政界、剧坛、美食界人士均有往来，谈笑俱为鸿儒。对姚华《弗堂词》所涉及人物进行考索，既能够从微观层面窥知 20 世纪初北京城的文化艺术生态，也能够从一具象角度观照这批京城雅士的基本生活情况。

（3）悼亡、寿辰的寄情之语

姚华一生所交者甚众。凡值儿女、友朋病殁或寿辰之际，词在姚华手中最大限度发挥了寄情言志的社交功能。从文体实用价值而论，一方面这部分词作保留了唐宋以来多抒发词人个体主观化的哀愁思绪这一传统；另一方面也赋予词以一定程度的社会交际功能，拓展了词作表情达意的题材空间。生辰逝殁，是人生最具标志性的两个节点，《弗堂词》中不少贺寿与悼亡之作正体现出亲友生逝于姚华心中所生发的巨澜细漪。就贺寿而言，有自寿者，有他寿者。值得注意的是，姚华的贺寿词并未一味充斥标语口号式的套话空语和讨好之语，而是往往能够跳出贺寿之作常见的谄媚与名不副实之弊，捕捉细腻深微的情思予以浅语表述，正所谓浅而有情、淡而有味者。如卷一《南乡一剪梅·寿冥惜，八月十二日二十六初度，和自寿韵》：

凉月铸秋心。闲处将愁浅处深。未冷先霜吹上鬓，说到而今。便到而今。露气夜来侵。旧梦诗边寂寞寻。各自心情同一懒，君也难禁。我也难禁。

该词作于庚申三十四年戊申，题中冥惜为何人失考，从词意判断，当为姚华同辈友人。词题为贺寿之作，但细读全词，无一语与贺寿相涉，而是处处抒发作者与友人共同的悲秋之哀愁。或许正是所谓"君子之交淡如水"，姚华以如此一篇述愁之词作为友人初度之寿词，其与友人超拔流俗之雅量风度隐然可见。当然，作为贺寿作品的永恒主题，《弗堂词》中也有一些贺寿之作不脱一般庆贺词的模式窠臼，往往以道教仙人之超凡脱俗比拟庆贺对象之德高望重，这类作品同样不在少数，如《石湖仙·石帚韵，寿鲁国李老夫妇七十》"旧典新谟，德门齐庆"，《洞仙歌·寿张翁八十》"公直鹤也，旧住蓬莱岛，八十年来度昏晓"，等等，多以套语俗语出之，读来颇有庸俗之嫌疑。此洵为正常人情之使然，不应作为否定《弗堂词》艺术成就的理由。

关于姚华的悼亡之作，《弗堂词》中最引人注目者当为姚华为早逝子女所作题词。其词言言恳挚，尽显慈父伤感之眷眷情怀，充溢着白发人送黑发人之辛酸与苦痛。姚华生女三人，长女姚銮，三女姚鉴，四女姚鍪，均先于姚华早逝，令姚华直发"姚不旺女"之叹。《弗堂词》中悼怀长女者有卷一《暗香·画梅，枣华遗墨也。雨甥属题，凄然赋此，依韵拟石帚（丙辰）》《疏影·再题前墨，依韵拟石帚》《点绛唇·题枣华〈凭栏仕女〉遗稿（丙辰）》《暗香·依韵拟石帚，题枣华墨梅》等。姚銮生前从姚华学画，于画艺之道颇有所得，本可指望传承姚华绘艺之衣钵者，然甫23岁即英年早逝。姚銮病殁后，夫婿文宗沛整理其所存遗稿，凡有见者均请姚华为之题词①，以上数作为姚华根据其《画梅》《凭栏仕女》《墨梅》等诸画睹物思人而作，或回忆女儿少时从己习画之旧事，或直抒作者痛悼亡女之情，或由画意暗寓对亡人的深沉哀思，其间慈父悼女之伤感令人扼腕叹息。如其《暗香·依韵拟石帚，题枣华墨梅》词：

> 水痕月色。和冷烟作（去声）暝，先春愁笛。画里欲仙，一剪声声怎教摘。长使东风泪洒，添酸涩，南枝吟笔（梅溪《瑞鹤仙·红梅》词有云："孤香细细次，梦到杏花底。被高楼横，管一声惊断，却对南枝洒泪"）。但照彻独夜青灯，香影扑凉席。　　南国，路寂寂。便种了墓门，堕叶黄积。照颜对泣。遗墨堂前悄相忆。惊断天寥午梦，人去住、罗浮空碧。试问讯、凭翠羽，几声唤得。

此词前有序云："莲华庵中小轩二楹，树枣已华，第一女銮主焉。其后銮归门人文宗沛，二年而殒。宗沛哀之甚，每检得遗墨，必来乞句。既依韵拟石帚《暗香》《疏影》二阕，题照《水梅》小幅以去，此双钩折枝墨梅，装之逾岁，而未有词。岁暮养疴，客思无藉，因更谱《暗香》，老去才思顿减，恨无秀句以酬枣灵也。丁巳十二月有二日。"该序完整记录了词作创作之缘起、情感意旨与所作具体时日。其中"恨无秀句以酬枣灵"一语更是将姚华于长女的痛悼之情真切道来，尽显慈父悼女之沉痛情怀，毫无为情填词、无病呻吟之弊，洵为读者理解与把握词中情感意蕴的指针。词序这一传统手法，肇始于北宋张先，张先以词序叙事，缘题赋词，增强了词作反映社会日常生活的广阔性与纪实感；其后苏轼将此手法继承并进一步褒扬，进一步密切了词序与词作本文的关联。姚华作词较少使用词序方式，一般在词题中直接陈述创作缘起与背景，如"戊申三月二日观瑶华为周髯写兰，因题""七月二十六日集云和，酒后放歌，示主人朱三，并寄印髯奉天""八月十二日二十六初度，和自寿韵"等均属此类。姚词中也有使用词序者，然并不多见。此词是《弗堂词》中恰当运用题序的少数作品之一，词中借寒水冷月、愁笛东风、青灯凉席等萧瑟凄冷的意象渲染了词人对亡女的思念之痛。其中"东长使东风泪洒，添酸涩，南枝吟笔"一语尤为巧妙，该句同时化用李贺《金铜仙人辞汉歌》"东关酸风射眸子"

---

① 《弗堂词》卷一《暗香·依韵拟石帚，题枣华墨梅》序云："后銮归门人文宗沛，二年而殒。宗沛哀之甚，每检得遗墨，必来乞句"。

与史达祖《瑞鹤仙·红梅》中"南枝"之典故，既寄寓作者于亡女的深切悼念，同时也暗寓兴亡之悲、家国之痛与身世之感。

如果说词人在《暗香·依韵拟石帚，题枣华墨梅》中所彰显出对时局的关切可谓是隐约含蓄，若蒙上一层似有似无的轻纱薄雾的话，那么，他在悼亡词《女冠子·清明题亡儿鏊遗墨〈柳条双燕〉幅，拟韦端已》二首中对国政时局的强烈关注就很明显：

四月五日又是，暮春之七绿杨时。有恨成伤逝，含凄欲语谁。别来真是梦，忘去转多思。双燕生前墨，尚差池（幅是亡之前依约写，笔致楚楚，予深惜之）。

一岁几战逝矣，争如不见正年时。弄笔勤书篆，耽吟解赋诗。春风生宿草，依旧又离离。今来闻战讯，尔何知？

姚鏊为姚华第五子，民国十八年（1929年）五月十八日殁于北京。其生前从姚华学习字画，略有所成，然不幸早逝。词中"含凄欲语谁"一语意蕴甚为深刻，词人痛失爱子，又兼顾家国时政之忧，其心中所怀凄楚，自是不言而喻。然环顾寰宇，竟难觅倾诉对象，所抒之苦情更深一层。而第二首中"今来闻战讯"之句，更是直接表述了姚华对军阀混战、民不聊生这一社会现实的关注。时汪精卫联合阎锡山、冯玉祥、李宗仁等军阀共同反蒋。1930年元旦，蒋介石在《中央日报》上发表《以气节廉耻为立国之本》一文，对反对者口诛笔伐，国内形势更可谓一触即发。姚华悼念亡儿之时，亦正处于山雨欲来风满楼之际，词人对时局始终保持敏感关注的立场。从其二首句"一岁几战逝矣"即可见姚华对军阀混战的控诉与抗议。

由上辨析可知，《弗堂词》中，贺寿悼亡之作不在少数。姚华的贺寿之作，往往能够广采博引、随意挥洒，经史子集、纵横涉猎，一经点化、浑如己出，展现了姚华广博丰富的知识面。而其悼亡作品，则多能够以情深意切、言情深婉感染读者。同时，姚华悼亡词还具有虽悼亡亲人而不忘国事这一独特的艺术个性。从这一角度而言，姚华诗词中悼亡题材的具体内容与思想深度均能够在传统的基础上有所深化，拓展与丰富了这一类型作品的艺术表现功能。

（4）北京市井风情的真实再现

《弗堂词》卷二中还收录了姚华34首《题朽道人〈京俗画册〉》词。就艺术表现手法而论，这些作品似乎平淡无奇。然而，就词作内容题材的拓展而论，这 34 首题词在中国近现代词史上可谓独树一帜，为近现代词艺术表现领域的拓展作出了重要贡献，同时也是近现代绘画史上值得大书特书的一段文坛佳话。

《京俗画册》为陈师曾以水墨画风格所绘民初北京城的风土人情，共 34 幅，最先连载于《北洋画报》，其后多次刊印出版，深受社会各界欢迎。原作现藏于北京中国美术馆，最初原作并无题词，陈师曾病逝后，姚华为表达对好友的悼念，于民国十四年（1925）题词于其上，所题 34 首词通称《京俗词》。姚华 34 首《京俗词》所题对象依次如下：旗下仕女、糖胡卢、针线箱、穷拾人、坤书大鼓、压轿嬷嬷、跑旱船、菊花担、煤掌包、磨刀人、蜜供担、冰车、话匣子、掏粪夫、山背子、二弦师、丧门鼓、夫赶驴、火煤掸帚、老西儿、泼水夫、算命子、劈篾手、橐驼、慈航车、喇嘛僧、切糕车、人力车、顶力、烤番薯、墙有耳、大茶壶、执事夫、打鼓挑子。《京俗画册》34 幅图画均以 20 世纪初北京城普通市民生活为题材，工匠学徒、八旗子弟、役夫苦力、曲艺艺人等三教九流一一呈现于画册，用笔简洁生动，笔下人物呼之欲出。然其中亦有缺憾，即唯有图画不见题词，未免令观者有白璧微瑕之叹。姚华为 34 幅图画一一增补题词，使得画与词二者相得益彰，令《京俗画册》的艺术水平明显有所提升。这 34 首题词，不仅在近代词史上于题材领域拓展有独特贡献，同时也具有重要的民俗学、史料学价值，为我们考察当时北京城市民生活的具体场景提供了诸多丰富的材料，为后人了解 20 世纪初北京城市风貌提供了生动而具象的视角。其于城市风貌、城市变迁、市民生活等方面提供的信息与价值远远超出其文学价值。

以词曲作品关注城市生活，反映市井百业的艰辛与市民大众的生活状态，这一源头当追溯至明代陈铎《滑稽余韵》（柳永词也广泛描写都市生活，但柳词对都市生活的描写着眼于都市繁华与市民豪奢的角度，而对一般市井细民生活表现有所欠缺）。《滑稽余韵》凡 140 余首，重点描写了以手工业者为主的市民阶层的生存状态。夏完淳先生曾高度评价陈大声散曲于世态众生描写的高超技法："陈大声像一位出色的速写画家，他观察敏锐细致，善于把握对象的特征，以简练的线条笔墨真切生动地勾勒出繁杂缤纷的人情世态。"[1] 依笔者观

---

① 夏咸淳：《明中叶市井百象——论陈大声散曲集〈滑稽余韵〉》，赵义山主编：《新世纪曲学研究文存两种》，上海古籍出版社 2003 年版，第 294 页。

之，姚华《京俗词》中对市井百业的技巧功力较之于陈铎亦可谓不遑多让。如《行香子·人力车》：

> 大道尘沙。小道桥槎。何如曲逗狭斜。千条路熟，两足风挐。怎聚如鸠，争如鹜，怒如蛙。　　休说乘人，休比浮家。快时应也马蹄差。微乎虮虱，道亦龙蛇。记李膺门，专诸巷，邵平瓜。

此词上片写人力车夫职业劳苦艰辛的生活情状，连用三种动物"鸠""鹜""蛙"作比，形象突出了人力车夫言行的粗俗迅疾；下片则连用"李膺门""专诸巷""邵平瓜"三个典故肯定了人力车夫自食其力的本色特质。上片笔墨简练生动，人力车夫迫于生计的急切之态栩栩如生；下片则满怀热情地赞扬了人力车夫的品格高尚。上下对读，颇可见姚华于词作的精心构思。姚华这34首《京俗词》不但反映了三教九流行业之艰辛，其间亦可透视出当时北京城社会风气的某些微妙变化。如第一首《瑞鹧鸪·旗下仕女》：

> 犹堪背影认前朝。山下焉支色暗销。弄狗何曾知地厌（画中一狗与人相向，吾乡谚云：天厌鸽，地厌狗），生儿不复号天骄。　　连镶半臂红衫狭，一字平头翠髻高。最是歌台争学步，程郎华贵尚郎娇（谓玉霜、绮霞）。

清末民初，北京城中集中了大批旗人，他们不事生产，又无一技所长，过着百无聊赖、游手好闲的生活。他们于时局剧变既惶惑不安，不思进取，无所事事，对盛世同时又充满了无可奈何的眷念，他们的存在是一种特殊的文化痼疾。姚华此词正是反映了这一特殊群体的生活状况与典型心理：对前朝的无限追忆与怀念以及对自身前途命运的茫然与无奈。末尾一句则暗寓随着时代的进步与发展，这类特殊群体在现实生活中难觅立足之地，而只能成为舞台上呈现的形象而已。从内心所秉持之节操观念而言，作为前朝遗老的姚华与其笔下的"旗人"有共同性，对清朝的衰亡皆怀有深深眷念。因此，姚华是以哀其不幸的同情笔调和怒其不争的愤激笔墨来刻画其笔下的旗人形象的。《京俗词》34首，涉及北京城中各行各业的生活面貌，而将之予以组合则能够成为一幅完整生动的清末民初北京市井风情画，誉之为近代北京城市风光的《清明上河图》亦不为过。其他篇章如《点绛唇·穷拾人》《氐州第一·煤掌包》《生查子·掏粪夫》《如梦令·山背子》《双鹧鸪·泼水夫》《好事近·顶力》等作品描述社会底层劳动人民的生活疾苦，字里行间充满了对劳动者艰辛劳作的同情与讴歌；《西江月·坤书大鼓，京师时语，女儿曰"坤"》《昭君怨·二弦师》《法驾导引·丧门鼓》《霜天晓角·劈篾手》《月下笛·跑旱船》《蓦山溪·算命子瞽者沿街招摇，昼则算命，夜则弹唱》则生动记载了当时北京城各种曲艺表演的实际情况与艺术效果，为我们研究近代北京城中民间曲艺的表演情况提供了第一手直观材料，对近代戏曲的研究无疑也具有不可忽视的参考价值；《虞美人·糖胡卢》《菩萨蛮·针线箱》《朝中措·压轿嬷嬷》《蝶恋花·蜜供担》《少年游·切糕车》等则真实记录了诸多具有北京城市地域特色的特产与风土人情，对我们考察近代北京地区的民俗文化与市井风情同样也大有裨益。值得注意的是，《京俗词》并未停留在对北京市井风俗的记录与描写层面。姚华还能够通过对陈师曾所绘对象的题咏，间接影射当时社会上的各种丑恶现象与社会的畸形世态，表达了作者身为传统知识分子对这类现象的鄙弃态度与鲜明的贬斥立场，同时于此也可见姚华作为一位进步文人的铮铮铁骨与正义立场。如《征招·慈航车 谱石帚》借对抛弃私胞行为的否定与斥责，表达了作者"愿仙篆、各牒鸳鸯，掌上擎珠颗"的美好祝愿；《减字木兰花·大茶壶》以北京茶馆中闲散的茶客形象引出"向夜泉香，多半红楼只应忙"这一妓院林立、青楼遍地，豪门权贵者整日沉溺于声色犬马的畸形世态；《乌夜啼·执事夫》则借执事夫"官仪"与"寒酸"二者表里不一的矛盾，讥讽了不顾品行节义，一心只顾及自身利益，蝇营狗苟的宵小之徒。这类作品虽同样为题咏之作，但较之于一般纯艺术性的题咏作品无疑更具有思想意义与认识价值。

姚华与陈铎，二人生活时代一为明代中叶，一为近世；一人以填词见长，一人以制曲名世，但都不约而同地以词曲为工具描摹了城市中市井大众的职业艰辛与普通生活，为读者展现了一幅幅市井风俗长卷，在文学史上留下了不朽的声名。从这一角度而言，二人对词曲表现题材领域拓展方面所作出的努力与贡献都是不应被后人忘却的。随着明代散曲学研究的不断深入，陈铎《滑稽余韵》的史料学价值与曲学史意义已经得到了学术界的公认。然而，距离当代更近的姚华《京俗词》尚未进入学术界的研究视野，这无疑对姚华而言是很不公正的。本文于此问题予以重点论述与剖析，正是期望起到抛砖引玉之效，让姚华《京俗词》在近现代词史上能够得到客观公允的评价。

2.《弗堂词》中所彰显的文艺理论

（1）《弗堂词》中的曲论

姚华于文学之道声名最为显达者当为其戏曲理论。而其曲论观点不仅仅见于《菉猗室曲话》《曲海一勺》与《论戏剧》等专文文字，在其词曲创作中亦有一些精彩表述。如他作于民国十年辛酉的《鹊桥仙·七夕查楼观演长生殿，归，月赤如血》：

> 冰篷试夕，针楼迎夜，都系经年离思。清光未许烛幽期，早劝住姮娥沈醉。　　天边别绪，宫中私语，惟有文章堪记。人间儿女爱担愁，者风月家家干系。

如前文所述，姚华曲论的核心立场是提升曲体的文学地位，在《菉猗室曲话》中，他试图以"诗统"一词置换"曲统"，企望通过对曲文学统绪的梳理来改变世人视曲体为小道的卑体观。正如他在《曲海一勺·第三明诗》中所云："故必序次统绪，明证渊源。语谓'诗达于政'。"[1] 因此，姚华曲论的独特之处，同时也最有学术史意义的地方，即在于姚华对戏曲社会政治功用的倡导与重视。而如何才能找到实现戏曲政治功能的途径，如何实践曲体的现实教化功能，无疑是姚华曲论必须直面的最基本问题。姚华正是通过强调曲体文学感发人心的特质来实践其在社会政治中的实际功用的。姚华推崇曲体的手段颇为高明。他十分清楚，在曲文学普遍不受重视的20世纪二三十年代，要短期突然扭转人们头脑中对曲文学的小道观念是不切实际的。因此，姚华首先从一个大文学观的角度重提文学的审美意义与兴观价值。他在《曲海一勺》第一篇《述旨》中云："文章起于歌谣，至便口耳，往往感人出于不觉。"[2] 这就为重拾戏曲的教化功能提供了一个基本起点。在《述旨》中姚华最后推导出的结论是："余之祖曲，不贵乎其言，而贵乎其心，亦曰有物而已。"[3] 他之所以要推尊曲体，缘由盖出于二：一是戏曲有"心"；二是戏曲"有物"。这一观点被王国维阐释得更为清晰："追原戏曲之作，实亦古诗之流。所以穷品性之纤微，极遭遇之变化；激荡物态，抉发人心；舒轸哀乐之余，摹写声荣之末；婉转附物，怊怅切情，虽雅颂之博徒，亦滑稽之

---

① 姚华：《曲海一勺·第三明诗》，俞为民、孙蓉蓉编：《历代曲话汇编：新编中国古典戏曲论著集成》近代编第二集，黄山书社2009年版，第195页。

② 姚华：《曲海一勺·第一述旨》，俞为民、孙蓉蓉编：《历代曲话汇编：新编中国古典戏曲论著集成》近代编第二集，黄山书社2009年版，第177页。

③ 姚华：《曲海一勺·第一述旨》，俞为民、孙蓉蓉编：《历代曲话汇编：新编中国古典戏曲论著集成》近代编第二集，黄山书社2009年版，第180页。

魁杰。"① 两位曲学大师不约而同地强调戏曲于"人心"和"物态"方面的摹写功能，正是从一个侧面见证了曲文学在近现代文学史上成功转型的历史轨迹。姚华的《鹊桥仙》观剧词上片记录作者所观摩《长生殿》之演剧内容，下片发抒观剧之所感。首先，指出情爱是文章摹写的重要内容方面："天边别绪，宫中私语，惟有文章堪记。"此处"别绪"与"私语"显然系指以李、杨为主人公的男女情爱。姚华首先肯定男女情爱是文学表达的重要题材。其次，指出情爱二字自古至今均是文学作品中永恒的主题，与作为社会个体的每一个人均息息相关，正是所谓"者风月家家干系"者。姚华此词本为观剧所感，但其间却透露了他对文学作品本质的理解——文学即人学，其本原依据在于正常的"人性"。姚华本人就身份隶属而言当为前朝遗老。遗老者，其论文学观点不免就要打上前朝的烙印与沾染上传统的因子。但姚华对艺术作品的本质问题这一方面的理解却相当通达，可谓与时俱进。按照章培恒、骆玉明二先生的理解，1917—1927 年这 10 年间新文学的基本精神就是追求"人性的解放"②。就对文学革命思潮的推动而言，姚华于此基本无甚关联，所起作用也微乎其微。但这首《鹊桥仙》词中折射出的文学观念却正是契合了"人性解放"的新文学革命精神，彰显出姚华的文学观念并不偏执于某一方面，而是时有与时代精神合拍一致的进步之论。

谈到姚华的观剧词作，笔者还要附及的是，姚华的这部分作品还记载了京城各大戏台的盛衰际遇与生动真实的演剧场面，为我们认识与了解 20 世纪二三十年代北京城的戏班演出无疑提供了最直观的原始资料，具有重要的戏曲史料学价值。如《鹧鸪天·元辰广和楼演富连成部》中"可怜弟子教成队，到处人才让后生"自注云："同光数十年间，楼皆演弟子队。小福寿以前余未及见，福寿散，喜连成继之，又更'喜'为'富'，成材甚众，多名于时。""闻吉语"后注："开场灵官舞讫，晋禄增福神先后上，揭帖作吉语。既下场，主者捧帖，张之楹间。""话书楹"后注："门榜八字，似湘乡曾惠敏（曾纪泽）公书，曰：'广歌盛世，和颂昇平。'"富连城部成立于 1904 年，是近代京剧史上公认的培养

① 王国维：《宋元戏曲史》，黄仕忠讲评，凤凰出版社 2010 年版，第 173 页。
② 参见章培恒、骆玉明主编：《中国文学史新著（增订本第二版）》上卷（复旦大学出版社 2011 年版，"导论"第 17—18 页）："从 1917 年到 1927 年的新文学的基本精神就是追求'人性的解放'，这是'文学革命者'的奋斗目标，同时也就是这一阶段新文学的所在。"

人才最多、影响最为深远的京剧科班。侯喜瑞、马连良、谭富英、袁世海等著名艺术家均系该科班艺人，梅兰芳、周信芳等京剧名角也曾到科班观摩学习，可谓名家荟萃，星河璀璨。姚华此词不但记载了北京京剧圈富连城取代小福寿兴起的经过，同时还详细记录了该科班表演的惯常程序，是研究近代京剧表演形式的宝贵资料。

（2）《弗堂词》中的画论

《弗堂词》中绝大部分词作均为题画而作，这部分题画作品，除了与画作内容相得益彰外，还彰显了姚华于书画创作的一些独特见解，值得后人注意。

作为当代画坛最活跃的画师之一，姚华在《弗堂词》许多题画作品中也表述了他对绘画技艺从构思、立意、下笔、敷色等方面的独特见解。如其《鹧鸪天·南眉既属写〈岳苍湘碧〉图，以诗来谢，酬之》词：

眼底湘波眉外山。眼情眉意有无间。未除豪气归难得，向老诗魂去复还。残梦续，懒云闲。秋风落叶又长安。从君闭户图衡岳（余自贵阳之京师，皆道武陵，趋荆襄，犹不及一识衡岳），空忆先妃泪竹斑。

本词可谓是一篇关于水墨画创作的系统画论，词中"南眉"为南眉居士陈士苣。上片主要是介绍水墨画的创作要领：姚华首先指出绘画之前画师首先要有对笔下景物的观摩体验，即"眼底湘波眉外山"；体验之后要有触动感受，而这种感受与对景物的观察二者之间的关系是虚实相生的。除了对景物主观层面的独特把握外，画师还要注意以"豪气"贯穿画作，这样方能让作品流转自如，有一气呵成之感；最后是作品要表达一定的主题：诗魂。这样就层次清晰、完整有序地将水墨画的创作技巧与所要注意的问题从容道来，要言不烦，有纲举目张之感。下片则紧承上文，论述绘画之景物与作者合理想象之间的关系。

姚华还多次在其他词作中探讨到绘画立意与构思、布局与下笔、剪裁与构图的关系。如他的另一首自题作《鹧鸪天·山水画扇自题》：

早觉西风岱顶归。年来梦迹尚依稀。群峰贴地云如海，一碧黏天玉作围。心能写，意多违。岩岩气象是还非。且将画本凭裁剪，试与神工论化机。

此词同样是根据自己作画体会与经验论述绘画这一艺术行为中诸多要素的联系。上片以泰山之壮丽美景为例，首先论述绘画过程中画家应该具备的第一要素，即对景物的细致体察；其次是画家心中对景物进行构思，而构思又往往是要超越物象的，这也就是"心能写"的基本含义；最后，"意多违"则是论述构思与物象剪裁的关系，即立意构思与实际面临的材料多有乖舛之举，这就要求画家于材料要有精当的取舍，方才能够达到"试与神工论化机"的艺术效果。综观全词，姚华以生动形象的例证论述了绘画中体察—构思—剪裁这三者间的密切联系，体现了姚华于艺术创作论方面的精辟见解与独特感悟。

就文人画的美学风格而论，姚华崇尚的是轻柔空灵的雅致之风。如他在《减字木兰花·戊辰元日见畹华所作〈山茶蜡梅〉》一词中云：

岱堂深处。一活经年生忆汝。又到梅时。喜见山茶扇底枝。 秀才风味，浅墨轻红都雅致。数点宫黄。脱手如闻露蜜香。

"畹华"即著名京剧演员梅兰芳。梅兰芳与姚华交往甚密，梅向姚华学习国画画法，姚华亦多有赠诗于梅之举。1928年正月初一，梅兰芳以自己所绘《山茶蜡梅》二幅敬赠姚华，此词则为姚华答谢之作。词上片记述梅氏赠画之事，下片则表达了对梅兰芳画作艺术水准的赞赏。姚华对梅氏绘画首肯者有三：其一是有"秀才风味"，此系指梅作能够继承传统文人画重神写意的精髓，大有古风之味；其二是"雅致"，则指梅画取义高雅拔俗，笔墨典雅轻灵；其三则是用笔轻巧柔和，仿佛出于女性之手，即所谓"如闻露蜜香"者。以上三层面，均从不同角度表述了姚华于绘画风格的趣尚特点，即推崇传统古典绘画含蓄婉约、意境高远的审美特征。联系姚华本人在《〈中国文人画之研究〉序》中所言："譬如恍惚得象，乃中玄机天然之美，多衷隐秀，所以观感之资在此，而不在彼。又况翰墨所流，皆诗书之华，情性所托，多蕴藉之妙。"[①]这一认识体现在具体实践上，即表现为姚华与陈师曾对传统文人画的坚守及大力推动"文人画之复兴"之举，我们也就不难理解姚华何以对古典绘画情有独钟。

在《弗堂词》中还有一首独特的题颖拓造像之作，对我们了解颖拓技巧与其自身艺术特质有一定借鉴意义，该作即为卷一中的《浣溪沙·为邵伯纲颖拓造象，因题》：

---

① 姚华：《〈中国文人画之研究〉序》，邓见宽编：《姚茫父画论》，贵州人民出版社1996年版，第30页。

千墨迷离共一躯。聊从笔下见真如。莫将纸本辨枯腴。 醒恋梦情参蝶化，老犹儿态作鸦涂。题成相与一胡卢。

该词上片向友人介绍了颖拓的基本特征：一是"千墨迷离"，即颖拓与传统响拓不同在于，前者填墨于轮廓之外，其重心在于彰显出拓本黑墨的微妙变化，并由此表现所拓古本的沧桑感；二是颖拓之技巧不在于简单涂墨，而是在墨迹的深浅变化层次中可见原本的实际风貌，也即是所谓"笔下见真如"者；三是颖拓的笔法在于"不辨枯腴"，并不注重线条美，这也是颖拓区别于传统书画艺术的特征之一。下片则具体论述颖拓的创作技法，即既注重对原拓本的外形规摹，也强调作者主观因素的建构性参与。联想到郭沫若所评《茫父颖拓》之语："传拓本之神，写拓本之照。有如水中皓月，镜底名花，玄妙空灵，令人油然而生清新之感。"① 即颖拓既要忠实反映出原拓之形，同时又追求空灵高远的艺术效果。颖拓之技法本就为茫父所创，他本人对这一技法的理解与概括无疑也最具有权威性与参资价值。姚华一生所提艺术理论甚为宏富，但其中专文论及颖拓者却寥寥。因此，这首《浣溪沙》对学术界于颖拓技法研究的艺术价值自然也就不言而喻了。

3.《弗堂词》艺术风格辨析

对一部文学作品艺术风格的分析，是一种主体性极强的思维活动，可因观照角度的差异而从不同侧面予以研究。对传统诗歌而言，一般辨析作品角度多从作品涉及题材内容、传达情感旨意、写作独特技法、意象择取与意境的建构、语言风格以及句式韵律等外在形式方面予以展开。而词作为迥异于诗歌的独立文体，由于文体自身的特质风貌所致，对词作的辨析也就应该相应与诗歌有所区别。因此，本文对《弗堂词》的辨析力图避开一些传统的思维套路，而主要从步韵情况、美学风格、表达技巧三方面展开。

（1）《弗堂词》步韵前人的情况

我们认为，对于考察某一词家作品的艺术风格而言，除了从意象、题旨、技法、风格、语言等角度切入以外，对其拟和古人之作的偏好进行细致辨析亦当为一有效角度。词曲作为韵文体式之一类，步韵和作是常见现象。对作家所追和对象进行系统考察，可以最直观折射出词家本人习词所尚，同时也能够管

---

① 《贵阳文史资料选辑》第十八辑，第10页。

窥当时词坛唱和风气。因此，本节首先就《弗堂词》中拟和前贤的情况进行统计，并在统计的基础上再行辨析。

《弗堂词》中追和前人者凡77首。其中和周邦彦词10首，和姜夔词9首，和欧阳修词5首，和苏轼、李清照、张先词均为4首，和晏几道、辛弃疾词均为3首，和李煜、高观国、柳永、秦观、贺铸词各为2首，和温庭筠、韦庄、冯延巳、吴文英、王沂孙、史达祖、杨无咎、黄几、黄升、石孝友、陈师道、卢祖皋、陈与义、徐伸、曾觌、周紫芝、朱希真、叶梦得词各1首，和清代词家徐仲可1首、周之琦3首。以上33位词家，其中五代词家4人，北宋词家6人，南宋词家21人，从所和词家数量比重分析，似乎姚华心模神追者乃南宋词风，但姚华所和较多者则以北宋词家居多，如周邦彦、欧阳修、苏轼、李清照、张先均为北宋作手。因此，从《弗堂词》追拟前贤的情况观照，姚华所和前辈词家甚多，这或许能够从一个侧面佐证其填词的深厚功力与表达技巧。此外，姚华追和清真者多达10首，似乎与其要求词曲反映重大历史题材的文学主张有所背离。众所周知，清真词以咏物为主，基本风格特质是和婉醇正，善于以深契微茫的笔触表达曲折往复的复杂情思。就题材内容涉及范畴而论，清真词与白石词多以羁旅愁思为主，表现领域与词中意境相较于柳永、苏轼等词家均略显狭窄。这些艺术特质似乎与姚华的词曲观念大相径庭。然细加辨析，我们也不难寻绎出何以姚华填词多追和清真与白石的缘由。首先，姚华虽然在创作观念上推尊词曲，但在具体创作实践中，姚华词题材上多以题画摹物为主，且摹物时多注重物象的旨趣与意蕴。他是一位词人，但更是一位书画金石、颖拓碑刻无一不通的全才式作家。其艺术创作与文学创作二者往往互相交织，不分你我。以诗词曲题画，以书画诠释诗词曲。换而言之就是文学创作艺术化，艺术创作文学化，文学与艺术的互融与互通是姚华文艺创作的最明显特色。因此，翻开三卷《弗堂词》，题书画、金石、颖拓之作几占四分之三即为明证。从其词所涵盖的题材领域而言，其表达范围主要是作为艺术家的姚华在日常生活中的方方面面。于是，我们也就不难理解何以《弗堂词》中"清真为蹇七季常题图""画梅""再题《花妥兰花幅》""鼠田寅画乞赋""南眉既属写《岳苍湘碧图》""题师曾《荷卷子》""题夏景扇""题扇""咏石涛贝多树子鼻烟壶""芭蕉樱桃扇"这类标题触目皆是的缘由了。此外，姚华词中咏物之作亦不乏其例。如《清平乐·咏藕》《虞美人·山茶蜡梅》《朝中措·月季黄绯二色》《点绛唇·梅》《丑奴儿·桃花》《蝶恋花·芍药》《下水船·青杏》《芳草渡·兰》《尉迟杯·芍药》《锁春寒·蔷薇 拟清真》等词，均是以花草为题咏对象，抒发了作者清高孤绝的高洁心志以及与友人往还的情况。以《锁窗寒·蔷薇 拟清真》为例：

> 暗里春归，犹留后约，晚芳朝露。明窗未敞，爱早客来挥麈。展胭脂、房栊画屏，楝风几日晴无雨。正水晶换箔，波纹吹动，淡香初吐。　　微度浓阴处。讶似自兰畦，过从药圃。单衣试酒，此际何人尊俎。尚糁春、入盏如人，小红秀色眉更妩。趁光阴、郑重今番，待作牵衣语。

该词以"蔷薇"为题，引出与友人的真诚友情以及作者对友人的叮咛话语，一腔深情厚谊尽蕴其中。其中"单衣试酒"、"趁光阴、郑重今番，待作牵衣语"等明显化用周邦彦《六丑·蔷薇谢后作》中上片成句"正单衣试酒，怅客里、光阴虚掷"与下片"长条故惹行客，似牵衣待话，别情无极"而来，而又能够自翻一层新意。以"单衣试酒"一语照应词首"暗里春归"，以"待作牵衣语"一句省略"别情无极"的情感诉说，言有尽而意无穷，正是有余音绕梁三月不绝之效。从该词对清真原作的成功化用即可佐证姚华对周邦彦词作的喜爱程度，情之所至，笔亦随之。在词作的题材领域与表现内容方面相距九百余年的姚华与清真取得了共鸣。

其次，从词中表达意蕴观照，清真词与白石词虽多咏物之举，但亦多能不拘泥于具体的物象所限，而是能够通过对物象和羁旅意象的客观描摹寄寓身世之感，将词体文学的写景言情与赋体文学的体物描写紧密结合。一方面以深婉曲折的艺术手法表达情感，另一方面则以错综变化的框架构建词体结构。正是所谓"章法严密而结构繁复多变者"①。如周邦彦名作《兰陵王·柳》《六丑·蔷薇谢后作》与姜夔名作《暗香》等均属此类。以此特色品鉴《弗堂词》，简直如合符契。如《南浦·春草和玉田〈春水〉韵》：

> 风暖谢池波，做芊绵、一片柔情催晓。前路碧成丝，平芜尽、山外烟痕如扫。朝光暮影，嫩晴消息欺寒小。曾藉芳茵人去后，暗惹浪吟颠草　　年年寒食清明，寸心萦恐负，慈晖过了。时节杏花初，仍青遍、金勒万屯嘶到。莺歌怨晚，夕阳纡径村帘悄。弥望天涯都是恨，江柳又吹棉少。

---

① 袁行霈主编：《中国文学史》第三卷，高等教育出版社 2001 年版，第 117 页。

词中以池边春草和天涯绿荫赞美春天的勃勃生机。情、景、事相互错杂，极尽吞吐之妙。邓见宽先生评述此词云："（《南浦》）词描述池边春草到'一片芊绵'的春草，次到'平芜烟痕'的春草，再到'弥望天涯'的绿荫。描述层层推进，由小及大，由近及远，由此及彼的写法。"①这种逐层推进的写作技法在词中是很少见的，其间折射出姚华对词作结构的精心构思与巧妙设计。词的下片则以踏春游人的春游之乐赞美春天，较之于张先原作更翻出一番新意。姚华对白石《暗香》词特别欣赏，他在《暗香·依韵拟石帚 题枣华"墨梅"》词序中云："莲华山中，小轩二楹，树枣已华，第一女銮主焉。其后銮归门人文宗沛，二年而殒。宗沛哀之甚，每检得遗墨，必来乞句，既依韵拟石帚《暗香》《疏影》二阕，'题照''水梅'小幅以去。此'双钩折枝墨梅'装之逾岁，而未有词，岁暮养疴，客思无藉，因更谱《暗香》，老去才思顿减，恨无秀句以酬枣灵也。"或许也正是出于对姜夔词的青睐，姚华对《暗香》《疏影》词始终怀有难以莫名的情绪。又如《西江月·竹坞来琴秋景巨幅》：

花外酒边琢句，山中竹里为家。野烟催暝夕阳斜。隔水松情自写。有客囊琴相过，不须命驾乘槎。长安落叶乱交加。早是西风来也。

该词以萧瑟凄冷的秋景凸显词家孤芳自赏的坚贞节操。"长安落叶"一句，正是点化中唐诗人贾岛《忆江上吴处士》"秋风生渭水，落叶满长安"而来，周邦彦《齐天乐》词亦有"渭水西风，长安落叶，空忆诗情婉转"的成句。姚华此语虽由前人典事化用而来，然全词浑然一体，不见点化痕迹。"早是西风来也"一句则暗寓时政格局的剧烈变化。1925 年 7 月 1 日，中华民国国民政府成立于广州，姚华身处千里之外的北京城，对时局的变化时刻保持着关注姿态。姚华的题画词作能够不滞涩于单一的客观物象与个体之一己之感受，尽可能与时局政事相勾连，从而对咏物抒怀的传统模式有所突破，使历来被视为不能登大雅之堂的小道之词能够表达重大历史题材并负载相应的表达功能。从此角度而论，姚华词虽不学稼轩，但却是对稼轩以词抒发爱国热忱这一创作路数的承继与发扬，为近现代词史书写了独特而光辉的篇章。其他如作于 1927 年的《谢池春慢·岱宗堂前新植梅作苞向圻，冬至赋，用子野〈缭墙重院〉韵》《好事近·戊辰元日题〈松梅画轴〉》等作均属此类。《谢池春慢·岱宗堂前新

---

① 邓见宽校注：《弗堂词·菉猗曲》，贵州民族出版社 2003 年版，第 6 页。

植梅作苞向坼，冬至赋，用子野〈缭墙重院〉韵》末句云："初英绽，吟事了，笛边阑槛，暖吹江南调"，寄寓了作者对国民革命的殷切期望；《好事近·戊辰元日题〈松梅画轴〉》词下片："东风底事隔江南，灯前早开得。三经不归菊后，又一春消息"，"东风底事"一语，正是隐喻了南方反北洋军阀之举正在进行的大好革命形势。二词以梅花之美好暗寓南方已取得的反军阀胜利。正是所谓咏时咏物，两不能别者。这类作品，虽然其间透露出的政治信息不是十分显明，一定程度上还具有隐晦曲折的特征，却最能让读者感受到姚华作为一介书生的忧国之心与爱国赤诚，其铮铮风骨可谓昭然若揭。同时，也可从一个侧面窥照姚华于词曲创作实践的努力探求。尽管这一探求的深入程度在今人眼中似乎颇有不足之弊，但对 20 世纪 20 年代的词坛而言，已经是很难能可贵的突破了。

再次，从音律方面而言，清真词与白石词的共同特征是音律和谐，音声圆美，用字高雅。弗堂词亦重视格律，注重音节的和谐雅致。这种对格律的注重使得姚华在词中即便是填制豪放风格的牌调时，也时常会将格律词派的创作技巧融入其中。如其《念奴娇·壬戌七月既望，释戡招同泛潞河以拟赤壁，属图纪之，因以东坡〈大江东去〉词韵，复校片玉、白石、梦窗诸家制为此词》。《念奴娇》一调，又名《百字令》《酹江月》《大江东去》《壶中天》《湘月》。自苏轼咏古名作问世后，便成为其后文士填词的常用词牌。龙榆生《唐宋词格律》云："此调音节高抗，英雄豪杰之士多喜欢用之。"又云："其用以抒写豪壮感情者，宜用入声韵部。"① 众所周知，词调与文情关系密切。近人王易《词曲史》即将词调分为刚柔二派，并解释曰："盖词有刚柔二派，调亦如之：毗刚者，亢爽而俊快；毗柔者，芳悱而缠绵。赋情寓声，自当求其表里一致，不得乖反……《六州歌头》《水调歌头》《水龙吟》《念奴娇》《贺新郎》《摸鱼儿》《满江红》《哨遍》等调，则挥洒纵横，未宜侧艳。"② 按照王易先生的观点，《念奴娇》在声情方面是偏重于亢爽而俊快的毗刚一路，与周邦彦、姜夔等词家作品清空骚雅、格律至上的艺术特色相去甚远。而从词题可见，作者虽然仍以步东坡词韵为主，但在具体写作时还尽量力图融入清真、白石、梦窗等诸家风格路数。因此，从创作倾向与填制喜好这两个角度观照，姚华对清真、白石的推崇

① 龙榆生：《唐宋词格律》，上海古籍出版社 1978 年版，第 118 页。
② 王易：《词曲史》，东方出版社 1996 年版，第 235—236 页。

之意是显而易见的。苏轼词同样是姚华喜好追和的对象之一。据我们的统计，《弗堂词》中明题追和东坡者亦有 4 首。仅次于周邦彦、姜夔与欧阳修，与李清照和张先词并列第四位。但我们考察《弗堂词》即可清楚地看到，姚华对东坡词的喜好更多是出于文学层面以外的因素。换而言之，正是因为姚华与东坡同生于丙子年，这种天生机缘的偶然与巧合，从一个方面促成了姚华对苏轼人格魅力与文学创作的敬仰。这一点从姚华所作诗词文中均可清晰观照。如前引《念奴娇》词末姚华自注云："余与东坡同生丙子，故尤重此游耳。"因此，就填词的爱好喜尚而言，姚华是总体上偏于周邦彦、姜夔等清雅词人一路。从其习词路径我们一方面可以观照到作为前朝遗老的姚华在填词观念上的谨慎与保守，另一方面也可以看出他在词的内容与技巧方面有意革新的意识。这种蹈袭与创新相错、积极与保守互现的基本风貌亦可佐证词曲文体在近代社会剧烈变乱时期的某些复杂特征。

　　(2)《弗堂词》的美学风格辨析

　　如前所述，姚华在填词步韵方面是以北宋清真与南宋白石为圭臬，亦步亦趋，就填词喜好而言也就是偏于清真、白石之雅正清空的创作路数。关于"雅正""清空"的具体内涵层面是学术界津津乐道的热门话题之一。"雅正"之说，最早见于张炎《词源》序："古之乐章、乐府、乐歌、乐曲，皆出于雅正。""雅正"的内涵原本系指诗歌而言，指诗歌内容中正平和，风格乐而不淫者。张炎将这一概念移植于词学批评领域，盖系指作品风格"骚雅"与"非豪气词"两方面[①]。而关于"骚雅"的理解，该著认为："骚雅之义在于作品立意不忘天下大事，但在艺术上要出以比兴寄托，继承《离骚》'芳草美人'的传统，取曲而不取直，取温柔敦厚而不取强烈激切。"[②] 由此可见，"骚雅"的核心内涵主要有二：一是要继承《诗经》以来关注国事民生的优良传统；二是表达手法委婉曲折，以曲代直，多采取比兴寄托手法托物言志。"清空"一语，同样出自于《词源》："词要清空，不要质实。清空则古雅峭拔，质实则凝涩晦昧。姜白石词如野云孤飞，去留无迹。吴梦窗词如七宝楼台，炫人眼目，拆碎下来，不成片段，此清空质实之说。"张炎将"清空"与"质实"相对，并指出"清空"

---

① 　参见方智范等：《中国古典词学理论批评史》，华东师范大学出版社 2005 年版，第 82—83 页。

② 　方智范等：《中国古典词学理论批评史》，华东师范大学出版社 2005 年版，第 88 页。

的特质在于"古雅峭拔"。我们认为，"清"主要系指审美意义的风格特征而言，是一种抽象的、意识性的文学鉴赏范畴，词学批评的"清"与诗学批评的"清"有共通之处。此外，"清"也是中国古代文艺批评理论中的一个重要术语，尤其是古人在评价诗词曲风格时，"清"字更是频频出现。如"清丽""清新""清发""清旷""清雅""清淡"等词语，在古代诗话词话类文献中可谓不胜枚举。蒋寅先生在诠释"清"在诗学史范畴的内涵时曾经指出："诗学史上的'清'，则是个相当开放的审美概念，有很强的包容性。它的基本含义就像色彩中的原色，向不同的方向发展即得到新的色彩。"①莫砺锋先生对"清"的内涵意向则有如下理解："众所周知，作为风格概念的'清'。内涵十分复杂，但无疑包含色泽淡雅、文辞省净、思虑明晰几层含义。"②蒋寅先生提出"清"是一个开放性的概念，对搭配语词可以有不同意义的理解；莫砺锋则具体指出了"清"在于色泽、文辞、思虑等方面的具体内涵。应该说两位学者均看到了"清"这一术语在审美外延与内涵上的不同侧重点。因此，结合时贤的论述，我们认为"清"字具体到诗词曲而言，其涵盖范畴包括结构、语词、意境三方面，即结构清晰疏朗，语词清新隽永，意境清幽旷达，这可能与"清"的自身含义较为接近。

张炎所题"清空"之"空"，我们认为其原意当与禅宗空灵静寂的人生境界相关，系指不为世俗所羁绊、高蹈远举的自由旷达之意境。吴调公先生所论甚为精当："清空之作，其境界必有高度，其思想基础应该是具有高超洒脱的情趣。其特色是：秀劲中见挺拔，飘洒中寓沉着，优美中含有某些崇高因素。"③关于清空这一美学风格所涵盖的意蕴范畴，吴调公先生在《说清空》一文中还有如下论述："它主要是指一种经过艺术陶冶，在题材概括上淘尽渣滓，从而表现为澄净精纯，在意境铸造上突出诗人的冲淡襟怀，从而表现为朴素自然的艺术特色。它说明作家立足之高和构思之深，也说明画面的余味和脉络的婉转、谐和。但最最主要的，恐怕还是含蓄与自然的交织、峭拔与流转的交织。"④吴先生是当代诗词鉴赏与创作的名家，他对"清空"的解释也体现了其

---

① 蒋寅：《古典诗学的现代诠释》，中华书局 2003 年版，第 54 页。
② 莫砺锋：《苏轼的艺术气质与文艺思想》，《中国韵文学刊》2008 年第 2 期。
③ 吴调公：《说清空》，《文史知识》1984 年第 1 期。
④ 吴调公：《说清空》，《文史知识》1984 年第 1 期。

人于诗词技艺的深厚学养与独特感悟，对我们理解究竟何为"清空"无疑具有指导意义与参考价值。下文笔者拟结合以上前贤对"雅正""清空"的探讨来解读《弗堂词》的美学风格。

首先，从作品所涉及的题材内容而言，《弗堂词》中虽三分之二为题画之作，但在约三分之一的非题画词中，涉及国事民生者可谓比比皆是。即令是题画之作，其间亦有不少作品透露出姚华对时局的隐隐关注。因此，《弗堂词》中这种对时局的始终关注也正符合"骚雅"的艺术旨归。姚华在《曲海一勺·第一述旨》中曾开宗明义宣布："凡音之起，由人心生也。人心之动，物使之然也。"① 这正是阐述了文学与社会环境的因果联系，同时，他还进一步指出："文章之用，以时为贵。"② 更是旗帜鲜明地提倡文学的时效性与现实性。这些理论观点体现于《弗堂词》中，即是对时局朝政或显或隐的纪实书写。如《扬州慢·与印昆登天宁寺塔，和白石韵》《满江红·癸丑八月十六日感事》《卜算子·戊戌元辰》《西江月·解嘲》《丑奴儿·桃花》等，或借登临古迹抒发咏古幽情，或借时令节气暗喻词人受北伐战事胜利鼓舞的心情，或假手对自己的调侃抒发于时政流俗的愤慨，或借自然界花卉的盛枯传达对人世无常的感叹。这类作品，最能让读者感受到姚华作为一位正派知识分子的铮铮铁骨与兼济苍生的达观胸怀。从具体表现技法而论，《弗堂词》较少直抒胸臆之语，而多以婉曲含蓄的手法传达词人于时政的慨叹，这些特质都明显与"骚雅"的构成层面相契合。因此，我们认为，"骚雅"是《弗堂词》整体呈现出的美学特征之一。如其名作《扬州慢·与印昆登天宁寺塔，和白石韵》，即可谓是"骚雅"风格的典型例证：

千里寒皋，极天无际，暗红解记春程。正烟鬟过雨，似故国山青。念前度诗痕尚在，浣尘沙碧，谁与屯兵？更无人、废院归鸦，来近层城。 访碑砌下，数兴衰、如梦堪惊。怎塔势孤擎，檐铃不语，都似无情。树树玉羁曾系，晴来路、马作边声。渐清明寒食，愁如芳草还生。

天宁寺塔始建于北魏，是北京城建筑较早的古寺庙之一。辛酉二月十八

---

① 姚华：《曲海一勺·第一述旨》，俞为民、孙蓉蓉编：《历代曲话汇编：新编中国古典戏曲论著集成》近代编第二集，黄山书社 2009 年版，第 177 页。

② 姚华：《曲海一勺·第一述旨》，俞为民、孙蓉蓉编：《历代曲话汇编：新编中国古典戏曲论著集成》近代编第二集，黄山书社 2009 年版，第 178 页。

日，姚华在次子姚鋆陪同下与友人周印昆同游该塔。700 年前的姜夔过扬州时，曾作《扬州慢》词描绘战后扬州的凄凉之景，表达了对战乱中民生疾苦的深切同情。700 年后的姚华同样是有感于民不聊生的社会现实，和白石韵而奏出了又一曲关切民生的黍离悲歌，词中通过对军阀混战局面下北京城萧瑟荒凉景象的细致描写，表达了作者对军阀统治下社会黑暗、民不聊生这一社会现实的愤懑，字里行间洋溢着对民生疾苦的真切同情。又如《庚午春词》中的《虞美人·春窗客话，拟南唐后主》其一《与退思论今》：

风波谲异真难测，况是鱼龙窟。楼台柳色绿将成，先拣得春多处听流莺。人间仕宦倾如海，经过憎迟悔。挟弓怀弹五城儿，正觑雀来螳后捕蝉时。

"退思"是著名教育家陈宝泉书斋名，陈宝泉与姚华为儿女亲家，交往甚密。此词主要以象征手法揭露了军阀集团尔虞我诈、追名逐利的腐朽本质与阴险手段。上片以"鱼龙窟"象征社会上各类政治集团的良莠不齐；下片则以"螳螂捕蝉，黄雀在后"的俗语讥讽了北京城各派军阀钩心斗角、互相算计的丑恶事实。从题材范畴与表现技法而论，也与"骚雅"的艺术特征十分切合。这种以寄托象征手法来曲折隐晦表达作者对时局的关注在《弗堂词》中并不少见。如《好事近·戊辰元日，题松梅画轴》：

鹤梦与谁同，寒到五更尤力。云外斑鳞颏爪，壮辰年风色。 东风底事隔江南，灯前早开得。三径不归菊后，又一春消息。

该词作于民国十七年（1928）戊辰。1927 年 8 月 1 日，南昌起义爆发；9 月毛泽东领导发动秋收起义并在井冈山建立革命根据地；11 月张太雷等人在广州发动广州起义。全国政局在军阀专制的黑暗统治下凸显出诸多新兴气象。上片以"壮辰年风色"隐喻自己对军阀社会的鄙视与厌恶之情，而下片"东风底事隔江南"一语，正是含蓄暗示了南方革命力量蓬勃兴起的历史事实，寄托了姚华对国家南北统一的殷切期望。在表现手法上，本词与前两首词均有一明显的共同特色，即运用曲折含蓄的寄托象征手法折射出作者对国事时局的关注，体现出一位具有社会良知的爱国人士的正义立场。这种以寄托象征等委婉手法含蓄透露出作品所涉连的国计民生主题，也正是前文中我们分析"骚雅"特色的重要方面。

其次，从清空的角度考察，姚华一生仕途蹭蹬，早年曾有意于用世之心，积极参政，然其言论不为当轴者所重，且遭到宵小之徒的无端嫉妒。正是所谓"君思以所学，自效议会，言日庞当轴者忌而尼之，君乃决然舍也"[1]。遂愤然弃绝仕宦之道，埋首于书斋之中，潜心于字画创作。自食其力，一生未有依附军阀、曲意逢迎之举，表现了传统文士狷介耿直的气节与洒脱超然的襟怀。这也与吴调公先生对"清空"组成部分的首要因素（秉持高蹈的人生情怀）的认知不谋而合。从这一角度而言，姚华人格风范可谓高蹈于世。人格之高蹈与对时局的幽怨相结合，闲适恬淡的情趣与萧瑟清高的意境相勾连，这就使得他在《弗堂词》中呈现出一种不同流俗、清高淡远的人生况味，具体表现在词作之中，即是"清空"词境的形成。如前文《锁窗寒·蔷薇拟清真》一词即是如此。

此词为拟和清真之作，题材上为咏物词，与周邦彦名作《六丑·蔷薇谢后作》可对照参读。《锁窗寒》一调，《钦定词谱》注云："一名《锁寒窗》，调见《片玉集》，因词有'静锁一庭愁雨'及'故人翦烛西窗语'句，取以为名。"[2]其正格为双调九十九字，前段十句，四仄韵，四十九字，后段十句，六仄韵，五十字。词调平仄格律甚为严谨，较少为文士填制。姚华敢于尝试填作，其间既可见姚华于填词格律的深厚素养，同时亦可见其敢于实践填作较难词牌的创作勇气。此词结构上为双调，布局章法清晰有序。首先交代与友朋相约聚会之缘起，其次描写家中蔷薇花盛开的娇媚之态，最后由蔷薇花开引出牵衣待话的君子真诚之交，词意疏朗，章法谨严。词中所描绘之蔷薇形象，秀丽中暗寓清健之气，孤高中隐含沉郁之思，其间又有作者与友朋君子之交淡如水的崇高成分。题材虽是常见的咏物之作，但由蔷薇花的秀丽清冷亦可见姚华托物咏怀的冲淡襟怀，语言风格上则是典雅凝练中不失朴素自然。全词词意委婉含蓄，但语言中自有一股峭拔之气，确可谓"含蓄与自然""峭拔与流转"的结合者。此外，从《弗堂词》所择取的语言意象观照，姚华整体上偏重于喜好选取表达清冷孤寂色调的词语以及体现萧瑟凄清艺术氛围的意象。如"冷""清""寒""凉""湿""瘦""泣""血"等词语以及"归鸦""寒霜""寒色""寒雨""寒菊""孤舟""凉月""秋月""冷月""幽谷""啼鹃""旧馆""落梅""斑竹""西风""霜鸿""清都""月露""澹烟""疏柳""残星"之类，

---

①　邵章：《姚君碑》，《贵阳文史资料选辑》第十八辑，第202页。

②　转引自杨文生编著：《词谱简编》，四川人民出版社2004年版，第181页。

在《弗堂词》中可谓俯拾即是。如："和靖江乡住处，魂梦冷千山笼碧"（《暗香·画梅，枣华遗墨也。雨甥属题，凄然赋此，依韵拟石帚》）；"年来怪底如花瘦，便楚调、落梅闻曲"（《疏影·再提前墨，依韵，拟石帚》）；"寻梦影，怨西风。听霜鸿"（《诉衷情二首·题〈菱湖泣舟图〉，为董蜕盦》）；"一宵寒色满清都，疑是春光来便去"（《玉楼春·二月十五日微雪 庚申》）；"更无人、废院归鸦，来近层城"（《扬州慢·与印昆登天宁寺塔，和白石韵》）；"静知秋可悦。凉意催秋月"（《菩萨蛮·题画》）；"今夜月为谁圆，酒尊空尽，座冷长惭客"（《念奴娇·壬戌中秋，和东坡韵，示大儿贵阳》）；"罢听蝉吟要月露，未妨鸥睡梦池塘"（《浣溪沙·和清真韵》）；"寒雨夜连江，千柳揉烟如织。浪打孤舟难系。更秋来风力"（《东风第一枝·立春日，和竹屋韵》）；"宵来明月晓来风。都与澹烟疏柳趁秋浓"（《南歌子·前题，和友古韵》）；"残星落月溪边树。叶上霜红秋处处"（《青玉案·前题，和芸窗韵》）；"凄烟返顾苍茫。它乡转更思乡"（《清平乐·题平芜晚景轴，赠杨铭修同年》）；"蜀魄凄清梦也愁。林花无赖涴青邱"（《鹧鸪天·和倬盦韵》）；"冷月钻篁，斜阳掠地，时节并刀偷剪。柴扉更掩。正寒菊初华，小庭凉簟"（《齐天乐·重阳采臙脂豆汁作雁来红，因赋，和美成韵》）；"疏柳散凄烟，波澹夕阳明没"（《好事近·拟东坡湖上雨晴时原韵》）；等等，这类具有凄冷色调词语的着意运用以及对萧瑟落寞意象的大量择取，使得其词作意境越发清幽空灵，带有一种高蹈世俗的逸人风神。从具体表现技法而论，《弗堂词》善于以少许萧瑟、凄清的意象形成清越高旷的意境，并以此来传达作家的深沉郁愁，这一路数正是传统文人画的一贯技法。在传统山水画中，画家往往多用茅屋一间、几棵小树、远山近水等轻淡的笔法表现出画面孤独凄清的衰飒意境。以有限的意象来构建出无限的情思与旨意，给读者以水中望月、雾里看花式的若可解若不可解的神秘气息。而姚华词境界清幽而淡远，读来令人时生寒气扑面之感，带给读者一种清寒素雅的审美艺术享受。因此，从艺术门类的融合而论，姚华的词画创作在择取意象与画面风格方面具有明显的相通性与互融性，都体现出对传统的守望与回归。

姚华中风偏瘫之后仍然坚持艺术创作，疾病缠身的生活状态并未消磨其艺术才情。相反，从姚华后期作词与绘画风格来看，其才华横溢的艺术个性愈加得以尽情发挥。如他自己在《蝶恋花·以黄牡丹画扇赠倬盦，四叠前韵书其上》

后自注云：

"姚凤"云者，予中风后自署"姚凤"，竟有讹"凤"为"凤"，简递相遗者数数，今始正之。"白俭绿沉"云者，白牡丹曰葡慧生，绿牡丹曰黄玉麾。癸丑、甲子之交，葡、黄同招主人呼晋觞赏牡丹。酒至，余曰："此一觞要诸君同饮。"客请其故。曰："贺黄牡丹也。"客曰："座无此花。"余狂叫："有老夫！"因道罗梓青谜，且述影事。客甚欢，编酌而罢。

此词为与友人邵章所唱和黄牡丹词的第四首，作于民国十七年（1928）戊辰。作者以黄牡丹自喻，其狂放桀骜、清高洒脱、不可遏止的艺术才情跃然纸上。

从以上辨析可见，《弗堂词》风格以典雅醇厚、格律严整的清雅词风为主，并未呈现出繁复庞杂的状态。从择调的选择与追拟前人作品的喜尚而言，《弗堂词》中拟和最多者亦为白石、清真。此外，《弗堂词》卷一中《水龙吟·印昆以师曾〈拟香光仿北苑渴笔山水纨扇〉遗墨征题，是癸丑冬间作，十年师曾始来京师，为赋二阕》其二云："霸才能几如君，不堪名下容谁某？深情陶冶，诗如鲁直，词如石帚。书亦犹人，画都余事，妙来常有。"此词高度评价了好友陈师曾多方面的艺术成就，其中亦透露出姚华于诗词之道的崇仰对象，颇值得注意。"诗如鲁直，词如石帚"二句即为姚华对友人诗词创作亦有不凡成就的嘉许，其间可见姚华于诗歌方面所推崇者为北宋黄庭坚，而于填词方面所景仰者则为南宋姜白石。姚华基本没有留下关于诗词方面的理论著述。因此，本词中这一间接彰显出的艺术创作倾向于我们考察姚华的诗词创作及诗词理论就显得尤其重要了。这同样可以从一个侧面佐证《弗堂词》以清空骚雅为主的美学风貌。

姚华是旧时代封建文人的典型代表，其文艺创作无论诗词、书画均体现出他对传统立场的坚守与喜好。就书画而言，他秉持古典传统文人书画的技法风格，提出"翰墨所流，皆诗书之华；情性所托，多蕴藉之妙"[①]的艺术主张，以填词而论，他尊奉的是北宋以来清空骚雅、文人气息浓厚的格律词派。在各类新思潮、新观点、新风格、新技法风起云涌的20世纪二三十年代，在位于

[①]　姚华：《〈中国文人画之研究〉序》，邓见宽编：《姚茫父画论》，贵州人民出版社1996年版，第30页。

全国文艺创作中心城市的北京城，这种对传统的守望与尊奉往往会招致不合时宜之讥，但也正是这种独具风貌的创作方式形成了姚华独具特色的艺术个性。我们认为，任何一门文艺创作，其之所以能够呈现出勃勃生机与滔滔气象，各种风格的争奇斗艳正是其间不可忽略的重要因素。从这一角度而言，姚华对传统的坚守我们就不能斥之为守旧落后了，而应该是坚守自己艺术创作个性的体现。

二、《菉猗曲》研究

"菉猗"一语，源自《诗经·卫风·淇澳》："瞻彼淇奥，绿竹猗猗。"该诗共三章，分别歌咏"绿竹猗猗""绿竹青青""绿竹如箦"。全诗如下：

瞻彼淇澳，菉竹猗猗。有匪君子，如切如磋，如琢如磨。瑟兮僩兮，赫兮咺兮，有匪君子，终不可谖兮！

瞻彼淇澳，菉竹青青。有匪君子，充耳琇莹，会弁如星。瑟兮僩兮，赫兮咺兮，有匪君子，终不可谖兮！

瞻彼淇澳，菉竹如箦。有匪君子，如金如锡，如圭如璧。宽兮绰兮，猗重较兮，善戏谑兮，不为虐兮！

该诗以托物起兴之手法，借绿竹之挺拔青翠与郁郁葱葱比拟君子的高风亮节。而姚华以"菉猗"为室名，其间正可见他对绿竹的欣赏和喜爱之情，亦体现了他对传统士大夫优秀人格风范的努力效仿。《诗经·卫风·淇澳》篇借绿竹起兴，反复歌咏了君子士大夫美德的几个层面：首先是文章气度不凡，富有文才；其次是仪表庄重，相貌堂堂；最后是具有杰出的处理内政与外交的能力。由此可见，"菉猗"一词，颇有深意，隐含了姚华对不断提升自我人格的追求。联系到姚华的生平遭遇，姚华一生均在以不懈的艺术追求作为涵咏品性的最佳方式，这种对自我品格不断完善的人生范式洵然令人景仰！《菉猗曲》中有一首北曲小令［北中吕·古鲍老］《好竹连山作笋香》即表述了姚华对绿竹发自内心的喜爱与欣赏。全曲如下：

窗前叠嶂，落尽闲花色转苍。似溪上筼筜，比并群芳韵更香。风边过，雨后闻，朝来望。峰攒簇玉包藏，添一分山中供养，谁把清福享？

曲中曲家将绿竹与群芳相比较，认为其"比并群芳韵更香"，这种清旷高远、坦荡坚贞的气节与姚华不苟从军阀，始终保持传统士林风尚的高尚节操具有内核的一致性。由喜竹联想到"笋香"，"风边过，雨后闻，朝来望"等语，以紧凑有力的语言直接抒发了曲家对绿竹的喜爱与赞赏，同时也间接彰显出姚华乐观旷达，乐于从生活中寻觅美感享受的积极人生态度。联想到姚华在人生范式上的"崇苏情结"，这种人生态度与苏轼以宽广的审美眼光去观照大千世界，凡物皆有其美、处处均有美的存在这一积极的审美态度具有逻辑上的一致性与内核上的相通性。对"箓猗"的特别偏爱或许能够从一个具象的角度解读姚华的"崇苏"情结。

1.《箓猗曲》的题材内容

《箓猗曲》共存散曲58首，其中小令53首，套数3首，自度曲2首（[惜芳菲]《为女子师范学校作钢琴调》、[于懿铄]《为女子师范学校六周年纪念作钢琴调》），皆为北曲作品，其所作最多为小令。这些作品十之八九纯为题画之作，基本不涉及时事。这说明姚华创作实践中于词曲负载功能还是有一定的区分意识的。

首先从题材内容上考察，姚华53首小令由曲作标题即可明显判断为题画者有42首，占了其小令创作的绝大部分内容。其他题材观剧所感1首（[北正宫·滚绣球]《〈货郎担·九转货郎儿〉元无名氏作。古今所诵，名氏不彰。作此咏之》），咏怀5首（[北大石调·念奴娇]《吾山望梅》、[北中吕·古鲍老]《好竹连山作笋香》、[北双调·清江引]《岁朝清供》、[北中吕·尧民歌]、[北中吕·一半儿]），纪游5首（[北中吕·朝天子]《石峪怀往》、[北商角调·盖天旗]《赤壁后游》、[北仙吕·天下乐]《湖楼梦忆》二首、[北双调·新水令]《石坞攀幽》）。

就题材范围涵盖的领域而论，姚华散曲小令涉及题材以题画为主，其他观剧1首，咏怀5首，涉及题材较为狭窄。较之于部分词作的直写时事，直抒胸臆，直描世俗，《箓猗曲》的表现层面自是有所不及。但这些题画曲多能够超拔于画意，表现了作家不从于流俗而醉心于艺术的恬淡志趣。如 [北双调·清江引]《题画》二首：

红尘几人闲似我，村舍花出破。渔家好过活，水畔开功课，烟外柳条沙路鲜。

尘凡是非没处躲，惟有烟波可。山桃雨湿过，水镜风吹破，一叶轻舟添个我。

此二曲作于民国十五年丙寅冬季，姚华大病后于山水画轴两幅分别题《清江引》于其上，从第一首的"红尘几人闲似我"到第二首"一叶轻舟添个我"，曲中分明展现出一种类似于道家顺应自然、无为而治的精神状态。结合当时局势考察，时北伐军军事上正势如破竹，相继攻占株洲、长沙、南昌等地，北方张作霖、吴佩孚等军阀惶惶不可终日。11月14日，张作霖在天津召集北方各路军阀，商议联合对抗北伐军事宜。国内时局异常紧张，正是所谓山雨欲来风满楼之际。作为一介书生的姚华在这两首题画散曲中凸显出隐逸世外，一叶扁舟任我逍遥的情志就令人不难理解了。邓见宽先生评注此二曲云："抒写洒脱自在，追寻远离'红尘'，避开'是非'的理想之地。"① 应该还是比较准确的。

从数量角度观照，姚华题画散曲在《菉猗曲》中占五分之四强。众所周知，在传统文人画中，画家在画面留白部分往往以题词为补救措施，一来既可调剂画面的平衡感，使整幅画面在结构布局上不至于轻重失调；二来题材文字还可作为画面的补充性说明，传达出绘画难以表达的某些意义或深旨。一般而言，画面中充当补白的文体往往是诗词，这不仅因为画家最熟悉的文体非诗即词，而且诗词悠远含蓄的韵味也能够为画面增色不少。从题画这一角度而论，《菉猗曲》中的题画曲无疑就具有大胆创新、破除旧习的价值与意义。在这些作品中，姚华多能够紧扣画意，同时以精练细腻的笔法和含蓄不尽的韵味赋予读者以充分的想象空间，可谓"曲中有画"者。如[北中吕·采茶歌]《题画》：

水东流，浪催舟，赤风衰柳碧江秋。去尽千帆谁独塞？夕阳钟鼓眼中愁。

此曲逼真描绘了一幅"清秋独舟图"，曲中动景（东流之水，飞浪遏舟）和静景（衰柳碧江）相衬相托，最后以"夕阳钟鼓眼中愁"悠悠作结，曲虽结而余意怅然，给观者以不尽回味之妙。又如 [北双调·碧玉箫]《丙寅十二月六日豫章君生辰制帐写梅寿之》：

和靖诗怀，湖上春如海；石帚词才，月色旧时在。甚意态，《暗香》时尚来。笔花开，墨花筛。该，青鸟不教绘。

本曲作于民国十五年（1926）。由曲题可见，时十二月六日姚华应友人要求作墨梅画作以为答谢。曲中句句均描写梅花，然不见一"梅"字。"和靖"系指北宋诗人林逋，其《山园小梅》为历朝咏梅名作；"石帚"为南宋格律派

---

① 邓见宽校注：《弗堂词·菉猗曲》，贵州人民出版社2003年版，第265页。

大家姜夔，其《暗香》《疏影》亦为咏梅诗词中不可多得的佳构名篇。姚华以此二位名家自比，一代才子之风范昭然。其后以"意态"和"笔花开"形容作者绘墨梅时一气呵成的畅快之感。姚华此曲之笔法，与史达祖的《双双燕·咏燕》颇为相近。尽管该曲的章法结构、表现技巧等与《双双燕》相较均大为逊色，但在意与言的处理上却有共通之处。史达祖之作，词中句句写燕，然通篇不出一"燕"字。虽通篇不见"燕"字，然双燕之形神态貌，活跃纸上。姚华此曲与史达祖词有异曲同工之妙，曲中句句涉梅，然亦不见一"梅"字。正是这一独特的表现技法充分激发了读者的想象力，就运用手法而论，姚华于题画作品的匠心独运可见一斑。

如前所述，姚华散曲作品虽绝大部分为题画作品，似乎欠缺对现实社会的直接书写。但实则不然，如 [北中吕·尧民歌]：

间过陇亩问桑麻，雨节风时不争差。树边人语滞归鸦，老幼扶携口交加。娃娃，饥来解恋家，打断承平话。

这首小令是《菉猗曲》中不多的写时事之作，全曲读来犹如是作者对农村生活的实地调查报告。娓娓道来，讽刺绝妙。先写作者到田间地头向农夫询问庄稼收成情况，似乎今年风调雨顺不算太差。然而当作者走入村寨之后，男女老幼却争相诉说。最后突然插入"娃娃，饥来解恋家，打断承平话"一语，则那些以当朝为太平清时的荒谬言论自然也就不能成立了。全曲不着一字议论，作者仅是如实描写了自己实地走访村寨的见闻，然字里行间洋溢着作者对民生疾苦的真切同情以及对身居庙堂高位、夸夸其谈者的讥讽。这类作品，无论是题材、语言抑或是表达技法均是继承了元散曲直面现实、书写社会的优良传统，可谓是深得元曲之骨髓神理者。

在姚华散曲作品中，有两首自度曲特别值得留意。其一是 [惜芳菲]《为女子师范学校作钢琴调》，其二是 [于役铄]《为女子师范学校六周年纪念作钢琴调》。首先，从散曲所依曲谱而论，该二曲不依传统古谱，而是以西洋乐器钢琴谱就。[惜芳菲] 一调，又名《惜分飞》，为北宋毛滂创制。袁去华、范成大、辛弃疾皆有和作。其后散曲中亦有此调。姚华虽填制古调，但该曲音乐谱却是以西方乐器钢琴谱就，这就体现出姚华敢于大胆创新、合理运用西方文化的变革意识。此外，从表现内容与彰显主题来看，[惜芳菲] 一曲主要是告诫学生要珍惜美好的青春盛年，将人生有限时光投注于无涯的学习之中，这与曲牌名亦暗中契合。[于懿铄] 则为姚华自创曲牌，其出处源于明人张居正《素庵戴公墓志铭》："然其铄懿渊积，庇于后来者远矣。""铄懿"意为德行兼善，与该曲表达内容亦具有密切联系。该曲鼓励女学生要敢于破除陈规陋习的束缚，心怀壮志，自强自立，全面发展，方能做到无愧于时代。两曲皆洋溢着积极乐观、青春向上的精神风貌。以传统散曲表现如此富于时代新风尚的内容与情怀，足可见姚华在文化身份上虽属前朝遗老之列，但他在散曲实践创作中却能够做到与时俱进，中学为体，西学为用，大胆革新，勇于创造，同时也间接折射出姚华通达包容的文化意识与开放清醒的学术眼光。

2.《菉猗曲》中所彰显的艺术理论

与姚华其他文学创作相仿，《菉猗曲》中的绝大部分作品都彰显出散曲与其他艺术的互融与渗透，充斥着书画型曲家特有的艺术性与文雅性。值得注意的是，《菉猗曲》中的题画之作还有相当一部分表现出姚华对各类艺术的理解。如 [北双调·太平令]《题画〈古瓶寒梅〉》："双钩，枝头，春浮，品题个雕龙隐秀。""双钩"为中国画之传统技法之一，因以左右或上下两笔勾勒物象轮廓，故名"双钩"。姚华对"双钩"技法研究颇深，《弗堂类稿》中有《双钩赋》与《双钩兰》诗，均表达了其对"双钩"技法的理解。此外，姚华还创造性地将该技法运用于颖拓之中，更是为后人首肯。姚华手绘双钩寒梅瓶以枝头梅花来隐喻春意将至，将传统画作之注重含蓄隐微的境界这一特点移植于颖拓作品，体现出姚华难能可贵的创新意识。又如 [北正宫·叨叨令]《题王梦白画猪》：

若道是真猪生注定宰屠，若道是假猪也充得庖厨，若道是墨猪堪比似腐儒。汉溺陈，秦坑故，值得一烹无？

该曲前有序云："此《群猪图》印昆题云：'梦白写猪，观者有似与不似之论。'究竟似者被屠？不似者被屠？恐论者不能再下一语。因代论者答。"王梦白（1888—1934），名云，字梦白，祖籍江西丰城。中国近现代著名画家，尤其擅长画花鸟猿禽。中国文人传统画的要义，正是妙在似与不似之间。姚华由王梦白画猪中似与不似之论入题，同时巧妙指出绘画表达画家主体情感与社会现象的重要性。作者以"汉溺陈，秦坑故"典故暗指画家作品应该对社会政治有所投射，其蕴含之深意，需观者玩味方可体会。类似这种以散曲表述自己作画体会与感悟者在《菉猗曲》中还可找到许多例证。其他如 [北中吕·尧民歌]《题画兰菊》的"诗情，笔花一相生，两美教相并"将传统文人画多见的题诗与画面比拟为"两美教"，言下之意，自是对题与画的相得益彰褒扬有加，凸显了姚华于绘画重视题跋的艺术理论。这一观点姚华也将之努力付诸艺术实践。姚华作画，其渊源当追溯至明人沈周、清人石涛等山水人物画一脉。如顾雪涛先生所言："其（姚华）绘画从沈周、石涛、石溪、吴历一脉化出，所作多有题跋，或诗或词或曲或文。动辄数十上百字，画与题有机结合，相得益彰，使作品弥漫着浓厚的书卷气。"① 具有深厚诗词功底的姚华作画时往往多题词于画之举，切实践行了题画相融的创作理念。又如［北仙吕·一半儿］："最宜诗，一半儿青山一半儿水。"画面上的青山绿水正是诗歌适宜描摹的对象之一，姚华于诗歌写景状物功能的认识亦是比较妥当的。

这些表述看似零碎散乱，但其间始终贯穿了姚华对作画之道的独特理解。换而言之，《䕸猗曲》中关于艺术创作的只言片语尽管在系统性与完整性方面不及姚华的其他论画文字，但作为姚华画论的一个有机组成部分，其所展现出姚华的这种偶然性、随意性的主观思考可能更能见出姚华画论由萌芽生发到成熟定型的完整过程。须知一种艺术理论的成熟往往不是一蹴而就的，它往往需要思考者的反复推敲与不断探索。因此，这些散见于词曲中的艺术理论可能仅仅是姚华的片段性感悟，但通过对这些片段性感悟的梳理与体察，我们或许能够从中窥见姚华艺术理论由产生至成熟的全程。那么，其于中国近现代书画史乃至中国近现代艺术史的意义也就不判自明了。

毋庸讳言，《䕸猗曲》中对文艺创作经验表述最重要的作品是套数［北中吕·粉蝶儿］《对雪即景自述 丙寅十二月十一日莲华盦作》：

［北中吕·粉蝶儿］从闭柴扉，半年来病中滋味，掉回头万事都非。夏才过，秋旋去，到冬容易。玉屑霏霏，遍溪山琼瑶堆砌。

［醉春风］似絮因风起，撒盐何用拟。风前学会谢家吟，喜，喜，喜，晚景难娱，愁心易叠，冷落门楣。（忆亡女也）

［迎仙客］成半臂，似一夔。今来动履真子遗。雪天中，茆屋里，走笔如飞，依旧消寒计。

［鲍老儿］病来止酒常多睡，一滴不沾醉。老来作画无须会，一纸聊吾寄。

---

① 顾雪涛：《齐白石与姚华关系考》，《贵州民族大学学报（哲学社会科学版）》2013 年第 4 期。

蕉边趣好，梅边色胜，一样堪师。都来腕底，《快晴帖》在，乘兴舟移。

[红绣鞋] 卧雪山下何世，踏雪驴背休提，最苦蓝关莫更思。杯绿蚁，火红泥，新诗白傅笔。

[古鲍老] 春蚕下笔，食叶有声渴与肌。衰颜写上纸，天若有情老似谁？添花意，送炭情，难相比。苏子卿一事奇，无计较和毡曾啮，也是天相赐。

[红芍药] 振古如兹，有美于斯，说甚人情费言辞，损了神思。丹青事，倒好嬉，漫道立锥无地。索便临池，不待迟疑，直做个意到笔随。

[剔银镫] 画幅寒波冷翠，看来荆天棘地。人人与我真无二，何必着什么须眉。贫耶病，风也痴，老矣无为！

[蔓菁菜] 荒寒意，几人知，论谁第一？写个雪山算甚奇，都是惑光辉。

[满庭芳] 一言可记，笔须去疾，意要来迟。掠空渲染如风坠，不即不离。依轮廓烟笼寒水，留皴擦白里能飞。论成亏，势兼险夷，目送手频挥。

[普天乐] 谨时狂，严时肆。轻松使气，道炼生姿。弥漫间，休规避。寄顿空中饶余味，接连来须更支离。涵虚入浑，知白守黑，转淡为奇。

[卖花声煞] 光阴不惜纸墨费，好着我病手无敌，套曲权谱作碑记。个中甘苦，后来觑者，只无过白山黑水。

中国传统书法注重笔势与构思之间的联系，作者需先对运笔之法成竹在胸，方才下笔；而一旦下笔之后，又讲究一气呵成的流畅性，否则笔意即有凝滞之感。姚华所谓"笔须去疾，意要来迟"即是言书法运笔与立意之间的联系。正如他在 [红芍药] 一曲中所言"索便临池，不待迟疑，直做个意到笔随"，绘画如此，书法亦然，而"掠空"一语，则系指落笔于纸后要有气势，如狂风坠地一般，而在运笔上却要做到"不即不离"，即在笔法的掌控上则要张弛有度，方才既不显得板滞凝重，又不至于轻巧浮华；"依轮廓"与"论成亏"二句，则是云双钩笔法须笔势灵动，方能做到神旺韵足；其后 [普天乐] 一曲则进一步论述了书法家下笔笔势与字体效果之间的关系，此外，在结构布局方面还要注重"涵虚入浑，知白守黑"，方能使作品具有"转淡为奇"的艺术效果。此曲作于1926年，时年五月十七日姚华因突发脑溢血入德人开办的医院治疗，六月中旬出院，然左臂已残。在这支套曲之中，姚华既声明了自己虽残左臂，但仍矢志不忘艺术创作的情怀，同时还彰显了姚华对生活的乐观情绪。而最有艺术价值的则是 [红芍药] [剔银灯] [蔓菁菜] [满庭芳] [普天乐] [卖花声煞] 数支曲子，在这几支曲子中，姚华较为完整地表述了他对绘画中的意与笔、意与景、意与境之间关系的看法。此外，他还对书法之中下笔与立意、落笔与运笔、章法与结构等问题作了清晰合理的阐释。如［红芍药］中"索便临池，不待迟疑，直做个意到笔随"一语，对画家下笔与立意的关系作了清晰阐述，即创作主体在动笔之前应该先对所绘作品有透彻把握，做到胸有成竹，方能做到笔、意间的协调一致。值得注意的是，绘画中意与笔的关系是姚华画论中多次述及的一个重要方面。如他在《扬州慢·为愔仲图松柏独秀斋，因题谱石帚》一词篇后自记："己未二月望，愔仲过访山斋属图，深情感旧，浊笔调寒，向夕而成。至平芜尽处，愔仲则云：'大荒无垠，又不知意之所极矣。'"友人胡愔仲之所言，也正是恰当指出了姚华画作的高妙之处，即画作内容与意境呈现出的意与笔两者相协调一致的风格特征。这一特征具体体现于画作上即是姚华在该词中所谓"旧时词笔，勾梦堪温。试商量、风月烟霞，描画柴门"者。又如［满庭芳］中论述运笔要领是"笔须去疾，意要来迟"，即立意要慎重推敲，而下笔则讲究一气呵成之感。这同样是论述下笔与立意的关联意义。

　　姚华之文学艺术理论涵盖层面极其驳杂，诗文词曲、金石字画、颖拓、音韵等几乎可谓无所不包。然仔细推究，在诸多艺事之间，姚华尤其精于画论与曲论，其理论著述中最具学术价值与创见者亦为画论与曲论。盖其缘由，其一在于姚华本人于绘画具有丰富的创作实践经验，尤其是中风病残后，姚华于绘画更是具有不可遏止的创作激情，画风为之丕变。以售卖己作字画作为安身立命的手段，这也是姚华后半生维持生计的唯一方式。其二是姚华本人对曲学具有特殊的治学癖好，正如他在《曲海一勺·第一述旨》中所言："余之祖曲，不贵乎其言，而贵乎其心。"① 正是这种对曲文学发自内心的喜爱成为姚华潜心于曲学研究的根本动力。从具体曲学实践层面而言，姚华不少文学作品均涉及观剧的感悟与阐发，如《玉霜演〈一口剑〉赠诗》《鹊桥仙·七夕查楼观演长生殿，归，月赤如血》《鹧鸪天·元辰广和楼演富连成部》《金缕曲·七夕，和释戡观剧，叠前韵》等。他与当时北京城诸多戏曲名家梅兰芳、程砚秋、尚小云等均来往甚密，对当时戏曲表演与研究状况有透彻深入的了解与感悟。因

---

① 姚华：《曲海一勺·第一述旨》，俞为民、孙蓉蓉编：《历代曲话汇编：新编中国古典戏曲论著集成》近代编第二集，黄山书社 2009 年版，第 180 页。

此，姚华于曲学研究方面专研甚精，其曲学家之声名远远超过其诗文词等文学创作领域的声名。姚华一生所作诗歌虽多，但他对诗学却绝少见理论探讨，因此，其于诗学理论方面的文献材料就显得弥足珍贵了。从这一角度而言，《菉猗曲》中的［北南吕·乌夜啼］《佛手仙心酒情诗趣题画》于我们全面考察姚华的文学理论成就意义甚大。全曲如下：

> 酒来且学仙豪放，无酒时学佛端庄。画禅转语，君须想，佛有诗章，仙有诗肠。（仙呵）推开朗朗窗前月（主）和张付梅花权掌。（佛呵）落絮心，粘泥况，东风上下怎逐颠狂。

该词主要论述了诗趣与人生态度的关系，作家既可借酒挥发诗情，同时亦要摒弃世俗之纷扰，全身心投入艺术创作。即所谓有酒学仙之豪放，无酒则学禅佛之端庄，姚华对这种达观潇洒的生活方式自是持赞许态度。这种生活方式并非姚华首创，其一直是传统文士实现既能保持品节操守，又能够逍遥于世外，全身避祸，尽享人生乐趣的有效手段。辛弃疾《卜算子》云：

> 一个去学仙，一个去学佛。仙饮千杯醉似泥，皮骨如金石。
>
> 不饮便康强，佛寿须千百。八十余年入涅槃，且进杯中物。

辛弃疾正是企望能够于仙佛之间找到契合点，以消解现实世界中遭受的坎坷与不快，获取某种精神上的慰藉。此外，仙佛之平衡理念亦体现了传统士人对儒家思想积极用世的扬弃。姚华此曲，既论人生范式，亦解诗趣哲理。在姚华看来，所谓"诗趣"主要呈现出两种表现形式。一是"豪放"。这主要是针对诗人在创作时的精神状态而言，即作诗要能够思绪活跃，超脱物外，体现出天风海雨般的激情，以丰富的想象、饱满的豪情作诗。"豪放"作为诗歌趣味，主要系指一种不受任何束缚的逍遥自在的人生境界。譬如李白诗歌，即是通过对仙境以及仙人生活的描写，表达了其人傲世独立的人格精神以及对自由的热切追求，这是一种气势充沛、飘逸流转、境界阔大的文学趣味。二是"端庄"。即诗人在创作时要摒弃一切杂念，不为外界俗事干扰，让自己的心灵进入一种空灵清寂如同禅宗般的境界，由禅入定，由定生慧。就如同王维的禅意诗，在寂静无为、虚幻无常的境界中体现出诗歌的趣味。较之于"豪放"趣味而言，"端庄"在气格上无疑显得狭小得多，但在诗歌创作的细腻深刻方面则另具特色。这首小令以佛手、仙心、酒情来比拟"诗趣"，既显得别具一格，新颖独特，同时较之于其他意象也更具有"趣味"，是我们考察姚华诗论不可或缺的重要材料。故我们在此特别提出并予以辨析。

对姚华散曲还值得注意的是其对民间文艺的褒扬立场，他在散曲中表达了向民间文艺学习的倾向，体现出为变革散曲语言体式所作出的不懈努力。如其[北正宫·滚绣球]《货郎旦·九转货郎儿》：

（古来的大名）周宪王，（后来的有名）洪昉思，（其间有一个）无名氏，（都做这货郎儿）九转之辞。（诚斋的）关大王，（稗畦的）开元帝，（那《义勇辞金》好煞是）英雄烈气，（这一套《弹词》更哀怨煞）绝命杨妃。（都不如）卖身七岁春郎李，（到头来）遇父他乡异姓儿，（最教人）嘻笑嗟咨！（别有元吴昌龄《货郎末泥》未见，故不入咏。）

《货郎旦》为元代无名氏作品，全名《风雨像生货郎旦》，有明人抄本传世。剧中情节写大户李彦和因娶妓女张玉娥为妾，导致妻子被活活气死。张玉娥勾结奸夫李彦实谋害李彦和，将其推入洛河之中。李彦和幼子春郎为拈各千户收留，奶娘张三姑则沦为说唱货郎旦艺人。李彦和落水后被人救起，其后与儿子重逢，父子团圆，并将张玉娥及其奸夫李彦实捉拿法办。此曲主要是通过两个层面的比较：一是大名、有名剧作家与无名剧作家之对比（即大名周宪王、有名洪昉思与无名氏对比），这是从剧作家身份地位与剧坛声名所进行的比较，是基于作家主体身份的对照性参照；二是将朱有燉《关云长义勇辞金》、洪昇《长生殿》与无名氏《风雨像生货郎旦》作对比，三部作品中均用到了《九转货郎儿》曲牌，这就为三部作品的比较提供了基本参照的起点。作者虽然肯定《义勇辞金》"好煞是英雄烈气"，《长生殿》"更哀怨煞绝命杨妃"，两套曲词均具有感发人心的艺术魅力，但最终都是不及《风雨像生货郎旦》之"（最教人）嘻笑嗟咨"。从题材类型角度考察，《关云长义勇辞金》所描写题材为忠臣义士，《长生殿》题材为帝妃爱情，二者均是属于距离市民大众实际生活较远的"传奇"型题材；而《风雨像生货郎旦》则写人间之悲欢离合，是普通市民百姓之人间悲喜剧，较之于前二者无疑更为贴近现实生活，更具有人间烟火气息。因此，本曲可以为姚华关注民间文艺、重视向民间文艺学习的艺术取向提供佐证。难能可贵的是，姚华对民间文艺的重视并未停留在观念层面，在现实生活中，他努力付诸实践。如1926年冬，姚华读《元曲选》，以《北词广正谱》校其音律，考核字句，并自谱小令数十首，记云："近人有于杂剧中考见宋院本之遗者，余于传奇中考得宋盲词之遗，自觉与之用，攻读曲三月来而有此获绩，不能不狂喜也。"① 然《盲词考》一书未见刊行，笔者经多方搜寻亦无果，甚为憾。

此外，从剧作人物最终结局的角度观照，《风雨像生货郎旦》是属于戏剧作品，故此姚华也特别指出其独特深刻的喜剧效果"（最教人）嘻笑嗟咨"。和王国维重视悲剧的戏曲理论不同，姚华在戏剧理论方面则偏好喜剧。联系到他在《菉猗室曲话》卷二《毛刻签目》中考订《东郭记》时衍生出"滑稽文学"这一定义，并对其推崇备至："文学之至，喻于上天，滑稽文学，且在天上。滑稽者，文学之绝谊也。古今才人，虽合众长，不足一战。予是以崇拜滑稽，专为无上。"② 同时他还指出成功的滑稽文学作品同样具有毫不逊色于悲剧的巨大感人艺术效果："神力转运，左右人间。上自贤达，下及朽腐，靡不翕然。受其点化，潜观默感，渺不知觉。"③ 姚华所言之"滑稽文学"，其含义也就是喜剧。喜剧与正剧、悲剧各有自己的特点，但在表达功能与认识价值方面并没有高下之分。因此，如果说王国维在《红楼梦评论》中提出的悲剧理论建构了近现代戏剧理论体系的基本层面的话，姚华关于"滑稽文学"的喜剧理论同样丰富了近现代戏剧理论的维度体系。二者对戏剧考察虽角度各异，但都体现了20世纪二三十年代在西方美学思潮影响之下，中国本土戏曲学家们将西方文艺理论运用于传统戏曲批评领域所作出的努力。正如王运熙、顾易生所编《中国文学批评史新编》所言："王国维特别重视悲剧，姚华则偏好喜剧，都反映了20世纪初叶曲论家汲取西方文艺理论、美学思想来解释我国古代戏曲现象的尝试。"④ 然在当代学术界，王国维之戏曲理论常为学人津津乐道，姚华之喜剧理论论及者却寥寥，其在近代学术史以及喜剧理论史上的地位和价值并没有得到学术界的公认与重视，不禁令人扼腕痛惜之！

姚华不但重视学习民间文学，同时他还客观肯定了民间作家在文学史上的功绩与不朽地位，如他的套曲[题渔家乐画扇·丁卯端阳戏作，宫扇画南传奇，不知何人撰清河王事]：

---

① 邓见宽：《姚华年表》，姚华：《书适》，邓见宽点注，贵州人民出版社1988年版，第253页。
② 姚华：《菉猗室曲话》，俞为民、孙蓉蓉主编：《历代曲话汇编：新编中国古典戏曲论著集成》近代编第二集，黄山书社2009年版，第50页。
③ 姚华：《菉猗室曲话》，俞为民、孙蓉蓉编：《历代曲话汇编：新编中国古典戏曲论著集成》近代编第二集，黄山书社2009年版，第51页。
④ 王运熙、顾易生主编：《中国文学批评史新编》，复旦大学出版社2001年版，第496页。

[双调新水令] 佳时歌赏乐无边，会渔家不成筵谳。瓦盆村务酒，鱼米浪头船。一个高年，瓜葛帝王传。

[雁儿落] 醉醒各一天，生死何须算。无情东边波，没眼飞来箭。

[得胜令] 楚国大夫贤，《渔父》《楚辞》篇。眼底人皆醉，杯中酒亦仙。陶然，茪尔前生现。长眠，今朝恰应弦。

[随煞] 无名青史风波汉，渔家有氏飞霞显。都莫问画里端阳曲里端阳甚人撰。

清河王系指东汉刘庆，刘庆为汉章帝长子，建初四年被章帝立为皇太子，其后因受窦太后毁谤，被废为清河王。此后一生谨小慎微，得以善终。其子刘祜即汉安帝，追奉刘庆为孝德皇。此套数首曲指出尽管民间画家不能入传统文人之法眼，但他们的作品敢于涉足帝王宫廷斗争，这是传统派所欠缺的创作勇气。中二曲则将民间画家与楚国大夫屈原相比，指出他们的创作虽各有特色，但在潇洒达观的人生志趣方面是一致的。尾曲 [随煞] 中作者将绘渔家乐画扇的无名氏作家评为"风波汉"与"飞霞显"，前者系指宫扇艺人的生活艰辛，绘艺劳苦，后者则以良马"飞霞"比拟画扇作者之杰出成就，末句则表明了自己决心向民间画师学习的坚定心志。综观全曲，作者字里行间洋溢着对民间文艺的热情赞美以及对民间作家的由衷肯定。

3.《菉猗曲》艺术风格辨析

论及散曲的体式风格，我们既知散曲一体勃兴于元，则关于散曲风格的认识不会早于元代。元人钟嗣成在《录鬼簿》中将元代前辈曲家分为"前辈已死名公，有乐府行于世者""方今名公""前辈已死名公才人，有所编传奇行于世者"三类，这是基于作家社会地位身份作出的划分，与作品风格内容无涉。《录鬼簿》中虽然也有一些涉及曲作艺术特色的论述，如评价白仁甫曲"闲中趣，物外景"，评价庾吉甫曲"语言脱洒不粗疏，翰墨清新果自如，胸怀倜傥多清楚"之类，但这是对具体作品呈现特色的模糊性的个案评价，尚未上升到群体特征的范畴。据笔者目力所及，最早以风格特色为准绳为散曲划门别派者当为明人朱权。朱权在《太和正音谱》卷上"予今新定乐府体十五家及对式名目"中将散曲作品按照风格特色的差异分为十五类：丹丘体、宗匠体、黄冠体、承安体、盛元体、江东体、西江体、东吴体、淮南体、玉堂体、草堂体、楚江体、香奁体、骚人体、俳优体，并以简略语言概括每一体式的风格特色。如评丹丘体"豪放不羁"，江东体"端谨严密"，西江体"文采焕然，风流儒雅"，东吴体"清丽华巧，浮而且艳"，淮南体"气劲趣高"，玉堂体"公平正大"，等等。朱权是明代著名曲论家，其本人即雅好制曲，故他的这些评述亦可谓较全面概括了散曲一体不同类型的风格面貌。但在具体实践操作中这种将曲体分为十五种的做法不免显得过于烦琐，且其分类标准并不在同一逻辑层面。如丹丘体、东吴体特征系指美学风格而言，淮南体"气劲趣高"则系指曲作韵味与意境而言，而黄冠体"神游广漠，寄情太虚"则又针对题材内容方面，故这一分类方法在其后的明清两代并未得到学者们的重视。到20世纪初，一些于散曲研究具有远见卓识的学者由朱权的分类出发而简化对散曲风格流派的认识，其中最有代表性者当为任半塘先生。任先生1926年于《东方杂志》上连续刊载长文《散曲之研究》，其后经过修订易名为《散曲概论》，收入其1931年所编印的中国第一部散曲总集《散曲丛刊》之中。其中《派别第九》一章针对朱权分类过于繁复的缺点将散曲风格流派大大简化，其间云："仅列豪放、端谨、清丽三派，事实上已可以广包一切。"[①] 任先生首先对豪放派散曲作出界定："盖元曲之文章，本以用意、遣辞，两俱豪放不羁者为主，其余种种，虽概目之为别调可也。"在明晰豪放派曲作艺术特质的前提之下，任氏从用意与遣辞两方面对端谨、清丽这两类与豪放有别的曲风进行了探讨："倘用意方面，较豪放为平实，为和易近人，而不作恣肆放诞，且遣辞又多用循循规矩之文言者，则听其为端谨严密之一派。倘遣辞方面，较豪放为渲染，为焕然成采，而不俚质白描，且用意仍清疏潇洒者，则听其为清丽华巧之一派。"任中敏先生主要是从用意与遣辞（即行曲风格与语言）两方面的差异对散曲派别进行区分。任中敏先生是近现代研究散曲学的一代宗匠，他将朱权《太和正音谱》中所列的"十五体"简化为三体，三分法在实践上也便于操作掌握，无疑为后世评论散曲的学术话语省却了诸多画蛇添足的麻烦，这种对散曲风格流派的简化分法即为当时学人广泛借鉴[②]，成为其后的散曲史论著论述散曲风格体性时必须要

---

① 任中敏编著：《散曲概论·派别第九》，《散曲丛刊》（下），曹明升点校，凤凰出版社2013年版，第1088页。

② 如梁乙真《元明散曲小史》（商务印书馆1934年版）即将元散曲作家分豪放派与清丽派，具体参见该书第二章《豪放派的第二期》、第三章《清丽派的黄金时代》、第四章《后期的豪放派》。

参照的基本起点。

关于《蒹葭曲》中散曲所呈现出的基本风格特质，我们认为其主体风格与豪放派的本色不羁相去甚远，而是以端谨风格为主，间杂清丽之作。关于"端谨"一派的界定，任中敏先生指出："吾人寻常看散曲，若觉其非豪放，又非清丽者，即可归之于端谨。"[①] 任先生是以"非此即彼法"区别端谨与其他两类风格，即将端谨界定为第一直观在豪放与清丽之外的作品。这一界定方法虽然便捷简单，但欠缺明确的理论阐释。我们认为，所谓"端谨"曲风，盖指曲意平正豁达、意脉清晰显明、结构章法谨言、语言凝练工整者，在整体风格上，既无豪放壮阔之境界，亦少清丽秀洁之字句，而主要是体现为一种工整严谨的语体风格，姚华散曲的主体风格即与之相契合。如以下几首：

[北双调·清江引]《岁朝清供》

苍官依然青士好，索共梅花笑。今来又岁朝，瑞霭迎清晓，容易初三春到了。

[北双调·梧叶儿]《秋林策杖》

晚风清，慢步行，树树尽秋声。秋不住，来又去，是怎生，只留得丹青小景。

[北南吕·金字经]《小山丛桂》

今日怀归志，前人招隐辞，提起乡山常系思。思，知今归去迟，传君意，桂堂题画诗。

"清供"是国画中的常见题材，系指文人放置于书斋案头的各种摆设，如盆景、奇石、古玩、砚台、墨盒以及其他各类文具与工艺品。《岁朝清供》一曲，记叙曲家在正月初一将松、竹、梅岁寒三友集于一瓶，以此营造喜庆气氛，取为来年祈福之意；《秋林策杖》记叙了画面上高士于深秋之季，独自策杖慢行于林间的风雅之举，同时也隐约折射出曲家的清高品节；《小山丛桂》一曲则以故乡贵州人才辈出为荣，抒发了作者远离故土，如今只能依托梦境与画笔寄托思乡之情的无奈。综观三曲，语言端谨平和，意脉连贯畅达，语言凝练典雅，既无豪放曲家的激越豪宕、痛快淋漓，亦无清丽作手之温和雅丽、婉约醇正，而是俊爽中见谨严，平正中寓超逸，正是与任氏所谓

---

① 编著任中敏：《散曲概论·派别第九》，《散曲丛刊》（下），曹明升点校，凤凰出版社 2013 年版，第 1089 页。

"端谨"风格之曲不谋而合，这种"端谨"的曲风同样与姚华前朝遗老和学林鸿儒的身份十分契合。邓见宽先生在《弗堂词·菉猗曲》前言中指出："姚词曲既用曲笔，故含蓄，极富想象，其词曲流动着情感，展现其艺术魅力。他的词曲用典雅致，说理透彻，又显其学人风范。"①邓先生指出姚华词曲的基本特征在于"用典雅致，说理透彻"，同时强调其词曲中彰显出的"学人风范"。无论是用典之典雅抑或是说理之透辟，都是"端谨"曲风的典型表征，而词曲中所折射出的"学人风范"，即姚华作为学者的渊深学养、广博学识、精辟见解，亦可一一见之于词曲。我们认为，这些也均是"端谨"词风的构成层面。

如前所述，姚华所作散曲，其主体风格在于"端谨"一路。但姚华在具体创作实践中又能够不囿于一种风格，做到转益多师，风格繁复。他还有部分散曲作品，语言上完全口语化、散文化，深得元曲以俗为美的曲理神髓。如前引［北正宫·滚绣球］《货郎旦·九转货郎儿》一曲中作者通过大量衬字的运用，像"古来的""后来的""都做这""好煞是""都不如""到头来""异姓儿"等语言，不仅将曲中语言通俗化、口语化，而且将豪放泼辣的曲味展现得淋漓尽致，可谓诙谐爽直，穷形尽相。又如［北正宫·叨叨令］《题王梦白画猪》起首即用三个"若道是"评述绘画似与不似之间的关系等，既保留了元曲活泼显豁的美学倾向，其间亦可隐隐见出姚华对散曲语言的大胆革新。

第四节　关于姚华词曲创作词多曲少的追问

就文学创作的声名而论，姚华是曲不及诗，诗不及词。词曲作为具有诸多文体共性的两类韵文体式，在姚华笔下其创作数量却存在明显差异。《弗堂词》共收录姚华词281首，另补遗2首，合计283首词；而《菉猗曲》共收录北曲小令53首，套数3篇，自度曲2首，合计数量为58首。二者相较，词的数量

---

① 邓见宽校注：《弗堂词·菉猗曲》，贵州民族出版社2003年版，第9页。

大大超出散曲。而众所周知，姚华于文学理论方面贡献最为卓著者当为其曲论。何以会导致这一创作实践与理论不相一致的情况呢？我们认为原因主要在于如下方面。

首先，从整个时代背景与创作氛围而论，在姚华文学创作高潮期的20世纪二三十年代，文士多将其主要精力集中于诗词方面，而于散曲则甚少有问津者，这一点从《近代词钞》与《全清散曲》所辑录作家与存留作品即可清晰观照。散曲的衰微其实自清代就已经开始出现，任中敏先生在《散曲概论·余论第十》中就曾中肯地指出："散曲之全盛时代，只在元、明两朝，至清即已大衰。"他还以翔实数据将清代散曲与元明散曲作了对比："元明作家共约五百五十人，专集共约一百四十种，而清则作家仅约七十余人，专集不足十种，选集一种并无也。"① 近代散曲也沿袭了清代的衰微态势，一般文士均热衷于穷学研理，而于散曲之创作投入之精力就更为有限。李昌集先生在《中国古代散曲史》中论及近代散曲时指出："清中叶后，散曲创作渐成文人'余事'，作有十来篇以上的散曲家已屈指可数。"② 在列举了近代传统散曲与部分"具有时代气息"的代表作品之后，李昌集先生进一步分析了散曲文学在近代逐渐衰微的原因："当时代已经找到了属于自己的诗歌形式，当新诗体在对古典诗体的批判中建构起了自身的表现方式，与时代精神难以契合的古典诗体的消亡，便成了历史的必然。"③ 李先生站在时代发展的宏伟高度，从新旧诗体的更替角度论述了由于新体诗的应运而生，作为传统诗体的散曲就必然难以适应时代进步的要求而渐成绝响。而在这种新旧交替的文体嬗变中，词与曲尽管共同呈现出衰微的发展趋势，但具体而论，这种衰微趋势的表现是有程度差异的。以词而论，词在文人群体中的流播原本就比散曲广泛。从文体观念上而论，有清一代，词坛上"尊体"的呼声始终未曾断绝。从明末陈子龙论词推五代北宋，甲申之变后，自《湘真词》以意内言外之寄托手法书写抗清复明之大志以及黍离哀思始，其后

---

① 任中敏编著：《散曲概论·余论第十》，《散曲丛刊》（下），曹明升点校，凤凰出版社2013年版，第1107页。
② 李昌集：《中国古代散曲史》，华东师范大学出版社2007年版，第457页。
③ 李昌集：《中国古代散曲史》，华东师范大学出版社2007年版，第467页。

清初词坛朱彝尊、陈维崧进一步以比兴寄托的风雅理念推尊词体①，这种对词体的尊奉观念贯穿了整个清代词学史，一直到晚清时期均绵绵不绝②。苏利海在《晚清词坛"尊体运动"研究》一著中将晚清词坛的尊体运动分为雅化范式、诗化范式、诗教范式三类，并对每一范式的理论系统进行了较为细致的研究。然归根结底，一言以蔽之，晚清词坛的尊体运动并没有因为白话文与"诗界革命"等浪潮的冲击而弱化。相反，较之于清初朱彝尊等浙西词派的"醇雅"说以及陈维崧等阳羡词派的"寄托"说而言显得更为全面完善。姚华正是在这样一种词体文学价值与地位被反复强调的文学环境之下创作了《弗堂词》，也方才有他在《庚午春词》序中所言"即意内而言外，亦感春而序秋"的创作理念。散曲一体，不但时人很少关注其创作，而且这一时期的散曲理论也基本可谓停滞不前。其时虽有任中敏、卢前等学者开始关注散曲研究，但他们的著述成书时间基本上在 20 年代后，在相当长的一段时间内均尚未得到其他学人的广泛关注③，或者至少说在曲坛上引起的波动幅度不是很明显。因此，在姚华文学

---

① 关于朱、陈二人对推尊词体观念的努力，朱彝尊主要是从"雅正"的角度推尊词体，如他在《静惕堂词序》中即云："念倚声虽小道，当其为之，必崇尔雅，斥淫哇。极其能事，则亦足以宣昭六义，鼓吹元音。"（朱彝尊：《静惕堂词序》，陈乃乾编：《清名家词》，上海书店出版社 1982 年版）陈维崧则系从"寄托"角度推尊词体，如他在《迦陵文集》卷二《蝶庵词序》引史惟圆语云："今天下词亦极盛矣。然其所为盛，正吾所谓衰也。家温、韦而户周、秦，抑亦《金荃》《兰畹》之大忧也。夫作者非有《国风》美人、《离骚》香草之志意，以优柔而涵濡之，则其入也不微，而其出也不厚。"（陈维崧：《词选序》，《迦陵文集》卷二，清康熙二十八年刻本）二者虽论述角度不同，但对词体的尊崇观念是一致的。

② 关于晚清词坛的尊体呼声，可参见苏利海：《晚清词坛"尊体运动"研究》，中国社会科学出版社 2013 年版。

③ 任中敏先生《散曲概论》始刊载于 1926 年《东方杂志》，《作词十法疏证》完稿于 1924 年，《散曲丛刊》则出版于 1931 年。而卢前散曲著述成书时间大多在姚华去世以后。据杨栋《卢前对近代散曲学的贡献》（《东南大学学报（哲学社会科学版）》2000 年第 2 期），《元曲别裁集》成书于 1928 年，《论曲绝句》成书于 1929 年，《饮虹曲话》成书于 1930 年左右，《曲雅》成书于 1930 年，《南北曲小令谱》成书于 1931 年，《续曲雅》成书于 1933 年，《元明散曲选》成书于 1937 年，《广中原音韵小令定格》成书于 1937 年，《曲韵举要》成书于 1937 年，《曲选》成书于 1944 年，《乐府习诵》成书于 1945 年，《金陵二名家乐府》成书于 1948 年，《金陵曲抄》成书于 1950 年。在任中敏与卢前之前的曲学专著尚有王国维《宋元戏曲史》（1912）、吴梅《奢摩他室曲话》（1907）、《顾曲麈谈》（1914）、《中国戏曲概论》（1926）、《曲学通论》（1932）、《南北词简谱》（1939）等相继问世，但这些著述主要立足于戏曲学，于散曲学论述甚少。

创作高峰期的 20 世纪二三十年代，散曲一体在文学生态丛林中所居的地位与价值并没有得到应有的关注，这一时期的文人从观念立场上主要分为两类：一类以胡适、郭沫若等为代表，热衷于提倡以白话文为主要语体要素的新体诗；另一类则以况周颐、朱祖谋等为代表，固守传统文学的阵地。然而，无论是前者的激进抑或是后者的保守，他们的主要创作领域都不是散曲。或者说，这一时期最有文才和文坛领袖能力的作手并没有投身于散曲领域的创作，散曲没有得到应有的重视与心理认同。窃以为这是姚华文学创作何以曲不及词的最根本原因。

其次，从文学与艺事的结合程度观照，在传统文人画作之中，一般题画所使用的文体绝大部分是诗词，绝少有以散曲题画者。散曲与传统韵文体式诗词相比具有不同的运用场合与表现功能。众所周知，姚华对曲体文学的社会功能与现实意义一向推崇备至，并且对词曲的相似性也有清晰论述。如他在《曲海一勺·第三明诗》中有一段多为近现代学者论述词曲相关性时频繁引证的论述："词曲相距，不过一阶。数其宗派，谊犹父子。"① 学者多征引此语佐证词曲的相似性与密切联系，但往往没注意姚华在下文中还有一段今人甚少关注的论述："缘文野之殊途，遂词曲之分界，如风之于雅，判君子、野人之作。"② 这说明姚华虽指出词曲文体的相关性，但他同时也注意到词曲文体风格的差异性，这种风格的差异主要在于雅与俗的层面。他以"君子"以及《诗经》中的雅诗代表词体风雅的艺术特质，而以"野人"和《诗经》中的风诗比拟曲体文学的趋俗性。这说明姚华于词曲风格差异的认识是很清晰的。姚华这种于词曲文体界限分明的认识还可从其散曲 [北越调·黄蔷薇带过庆元贞]《题黄蔷薇》中对曲末"色做酒色间"一语所作自注中看出："此曲余颇得意，妙在卒章五字，新颖而不妖异，本色而不质，实是曲语，非词语也。"这说明姚华头脑中对词曲语言风格的差异是有明显区分的。他之所以首先论述词曲的相关性，是为曲体文学寻求合理正当的文体渊源，相关并不等于相似。绘画是传统文士琴棋书画高雅情趣的艺术呈现之一。从与绘画这一高雅艺事配合相得益彰而论，词无

① 姚华：《曲海一勺·第三明诗》，俞为民、孙蓉蓉编：《历代曲话汇编：新编中国古典戏曲论著集成》近代编第二集，黄山书社 2009 年版，第 191 页。

② 姚华：《曲海一勺·第三明诗》，俞为民、孙蓉蓉编：《历代曲话汇编：新编中国古典戏曲论著集成》近代编第二集，黄山书社 2009 年版，第 192 页。

疑较之于曲更为适合。姚华画作风格是属于典型的传统文人风格，自然也就不可能不受到这一创作模式的浸渍。因此，虽然《菉猗曲》中散曲绝大部分是题画之作，但数量较之于《弗堂词》中的题画词与姚华所创作的题画诗要逊色得多。这说明姚华在题画行为中尽管有勇于大胆革新的创作理念，但其头脑中以诗词为雅事的传统思想还是根深蒂固的。在这种传统思想的支配之下，姚华的词曲作品就必定呈现出词曲兼作但曲不及词的基本创作风貌。我们以为这是导致姚华曲不及词的第二个原因。

最后，从文体自身的发展角度而言，较之于诗词，曲的产生与发展以及其理论的完善均要晚熟得多。对于一位兼作诗词曲作家而言，如果不是某种文体专业性作家的话，则往往是诗才超过词才，而词才又高于曲才。这是因为诗歌作为最源远流长的韵文体式，其在中国古代传统文士日常生活之中占据了足可与文相提并论的内容与地位。因此，我们说中国是一个以诗歌为主的国度。而词作为与诗并列的韵文体式，其表达功能与负载价值自是不及诗歌宽广。一般而言，感而多思者多发之于诗歌，而深婉隐晦者则多寄情于小词。尤其是晚唐五代以来经过温庭筠为代表的花间词派将词由民间化转为文人化、由通俗化转为高雅化、由大众化转为精英化之后，词更是完全沦为了文人雅士标榜风雅的案头文学，其早期通俗平民的特征丧失殆尽。因此，历代文人之间交游唱赠、往还和答的场合，首先选择的是诗歌，其次是词，选择曲者可谓寥寥无几。这一点我们从历代散曲的创作情况也可窥知一二，元明清散曲中，大凡传诵人心的经典不朽之作，往往是曲家愤世嫉俗、咏怀写志的情性之作。如关汉卿［南吕·一枝花］《不伏老》、王和卿［醉中天］《咏大蝴蝶》、张养浩［山坡羊］《潼关怀古》、刘时中［端正好］《上高监司》、王磐［朝天子］《咏喇叭》之类，或歌咏情性，或直抒胸臆，或抨击世俗，或同情生民，或兴叹历史，其创作场合具有独立性与排他性，而绝少有交游唱和、往来赠答成为名篇者。窃以为这是姚华文学创作曲不及词的第三个原因。

第三章　姚华诗歌理论及创作研究

第一节　姚华的诗歌理论

姚华诗歌理论主要见于《曲海一勺》以及其他一些单篇论文，如《论文后编》以及《弗堂类稿·序跋甲》中《陈筱庄〈退思斋诗集〉序》、《弗堂类稿·序跋丁》中《〈簪笔楼诗稿〉跋》、《自题山水册尾与羡渻生》等。这些诗学思想不仅多为篇幅短小的序跋，且又有相当部分隐藏于曲论之中，如《曲海一勺》中即有少量涉及诗学的理论阐释。《曲海一勺》的论述重心在于曲体文学而并非诗歌，然将其细致爬梳，还是能够清晰窥见姚华有一套完整系统的诗学审美思想体系。而这一体系具体潜伏于《曲海一勺》对曲体文学的推尊之中，同时亦可与其他几篇序跋札记相互参证。

一、姚华诗学的理论体系

姚华于文体观并不以诗学称名，然其诗学观中心突出，体系缜密，具有相当的学理深度与研究价值。

首先，姚华诗论中的核心纲领在于其"诗统"观念的凸显。他在《曲海一勺·第三明诗》篇中提出了一个广义的"诗统"观念，即所谓"故声律之文，皆曰诗歌，约其种类，括以单语，凡诗所统，至为宏多，喉舌初调，声音始作，音之为理，各以类从"①。姚华所指诗歌是一个宽泛的概念，凡以声律文字表现情感内容的文体，就将其全部纳入诗歌范畴。无论四言诗、汉乐府、五言七言、长短句、南北曲，均属于"诗统"中的分支，且这一统绪在内在机制上具有完整性以及承接性。因此，姚华特别推崇明人陈璜在《陈子旅书》中所提的文体递嬗观："诗自风、雅、颂一变而为骚，再变而为乐府古选，三变而为近体绝句，四变而为填词，五变而为南北诸曲。至于诸曲，诗之能事毕矣。"（转引自《曲海一勺·第二原乐》篇）即中国传统诗歌递变的轨迹是由《诗经》发展至《离骚》，其后依次经历乐府、近体绝句、词等不同发展阶段，最后演变为南北曲，而曲体文学是表现功能最为全面的诗歌形式。姚华之所以提出大文学视野下的"诗统"观念，同时强调曲为传统诗统体系的一支流，正是所谓"曲有南北，南北诸曲，又各衍其支，今诗之系也"②。其根本出发点在于改变世人对曲体文学的鄙夷态度，为曲体文学在文学生态丛林中谋取合理存在的一席之地。在对"诗统"构建与递嬗因素的阐释中，姚华特别强调声对辞的主导型作用，他指出："诗之转变，自词及曲，古今异声，辞缘声变。因是殊体，遂立诸名。"③诗、词、曲虽同属韵文体式，均是"诗统"承传脉络中的重要文体，但其文体差异除语言句式的不同之外，音乐性的区别乃是一重要方面。主要体现为二：一是"声"自身的音乐性特征；二是"声"与"辞"在配合形式上的区别。以诗词而论，诗歌是因诗配曲，而词则是依声填词，这也是诗词最为明显的区别之一。姚华还将是否入乐与否作为区分汉乐府之后诗歌不同类型的标准，他在《论文后编·目录中第三》云："盖乐府余诗，本出一源，其别惟入乐与否之分。耳有声可歌者，即四、五、七言诗，亦可为乐府。否则长短杂言而不能入乐，犹徒诗也。不能歌而乐府兴，乐府不能歌而词曲兴。"在白话文运动方兴未艾，人们普遍重视诗词"辞"的特征这一时代背景之下，姚华能够独具慧眼地拈出"声"的因素来凸显"诗统"的传承与嬗变，应该说还是颇有学术眼光的。

---

① 姚华：《曲海一勺·第三明诗》，俞为民、孙蓉蓉编：《历代曲话汇编：新编中国古典戏曲论著集成》近代编第二集，黄山书社 2009 年版，第 189 页。

② 姚华：《曲海一勺·第三明诗》，俞为民、孙蓉蓉编：《历代曲话汇编：新编中国古典戏曲论著集成》近代编第二集，黄山书社 2009 年版，第 189 页。

③ 姚华：《曲海一勺·第三明诗》，俞为民、孙蓉蓉编：《历代曲话汇编：新编中国古典戏曲论著集成》近代编第二集，黄山书社 2009 年版，第 190 页。

"诗统"观是姚华诗学思想的理论核心。尽管从今天的学术眼光看来，姚华最终的推导结论"以曲承诗，独得正统"不免有一味推崇褒扬曲体文学，而忽略了曲体文学在传统文体中的实际地位的嫌疑，但客观而言，对转变人们头脑中对曲文学一贯的"卑体""小道"观念是大有裨益的。须知文体自身无贵贱等级之分，曲体文学尽管流播范围与传承方式较之于诗词而言固然其民间化、大众化、市民化、世俗化的成分较多，然而，从发抒作家个人主观情性、映射观照社会现实而言，曲的恣肆挥洒较之于诗歌的庄重严肃与词的婉柔侧艳无疑更为适合。

　　其次，姚华特别强调诗歌的表达功能，其"诗统"观是以诗歌的表达功能与实用价值为线索予以建构的。他在《陈筱庄〈退思斋诗集〉序》中起首即云："诗，具也。情发于中，志兴于外，有藉以宣之，而诗作焉。"认为诗歌最早源发于情感，正是诗人主观内心有所触动，由此导致情感的生发，而情感生发之后必然要有所呈现于外，这也正是诗歌产生的最根本原因。这一观点也正是对传统诗学"诗缘情"观念的承续，似乎无足称道。然而，姚华还由"诗缘情"观出发，一针见血地指出齐梁以后诗人由于过度注重诗歌外在形式的精巧而导致情感成分的欠缺："齐梁而后，诗人胥惟艺是求，而诗之道，苦夫艺评者之事也，具作者之务也。"[1]一般而言，古人对诗歌之情感因素与外在形式是相提并论的。而姚华独大力强调情感对形式的主导与支配作用，他提出"艺生于具，具役于情"的观点。在指出任何艺术创作都是创作者的一种表现形式的同时，还有意凸显了情感对表达的主导功能。在形式与情感之间，他认为真情实感方才是诗歌的首要因素。因此，他指出当前诗坛创作的弊病在于诗人过分注重对诗艺的研习，即耽于诗歌语言形式技巧的精工，而导致了"诗道"的丧失。正是所谓"故艺精具良，往往情志窳薄，此古今诗道之不同也"。因此，《诗经》《古诗十九首》等之所以能够成为文学史上的永恒经典，其根本原因也正是在于"情志深以厚"。

　　最后，姚华主张诗歌与书画等艺事的和谐融合，提出诗、书、画相结合的艺术观点。这就做到以诗学为核心，力图架构诗学与其他艺术学科门类的联系。他在《自题山水册尾与羡泞生》中感慨："予岂能画？诗而已，书而已。

---

[1]　姚华：《曲海一勺·第三明诗》，俞为民、孙蓉蓉编：《历代曲话汇编：新编中国古典戏曲论著集成》近代编第二集，黄山书社2009年版，第189页。

然性喜弄笔。凡笔之所事，莫不为之，亦既为诗矣，为书矣。画亦笔之一事，何不可为之有？故予为画，非能画也。予所为画，以博其诗与书之趣，而非欲与画史争一时之名，竞千秋之艺也。"诗、书、画的有机结合是中国古典绘画的优良传统，同时也是中国古典绘画与西方油画的重要区别。西方油画重形，而中国传统画重意。"意"是一个主观层面的概念范畴，其传达是通过作者与观者精神心灵的交流来予以实现的。而传统文人画中，读者对画中"意"的感悟，不仅仅通过画面本身内容来实现，阅读画中所题诗词也是一有效直观的途径。一幅成功的传统文人画作，除了能够以意境的高远引发观者的无限遐想之外，画面与题诗的巧妙配合也是衡量其艺术成就高低的一个重要标志。作为诗、书、画兼修的一代通才，姚华在文学与艺术的有机融合方面无疑最具有发言权。他从自己的创作实践出发，指出传统文人画中画面与诗书完美融合的必要性。此外，姚华在1928年中国画学研究会主办之《艺林旬刊》上连载《题画一得》一文，开篇即提出"画须题"的艺术见解："画须题也。不题，则画史矣。然画以题为佳，而题之佳否，往往得失与画相关。如美人点妆，唇朱眉黛，一有不合，反不如淡姿素质之为得也。"[1]此语正是指出了画与品题相配合的重要性。一方面画作以有题为佳，倘使没有品题的话，画面内容也就丧失了其生机与活力，而成为沉闷乏味的"画史"；另一方面，画虽贵在"须题"，然题作与画面两者须相得益彰，题作之得失往往与画面内容相关。而在所题文体的择取方面，尽管姚华并未直接提出以诗为佳的艺术主张，但从《题画一得》中将题画诗作为"别子为祖"的例证予以论述，同时文中所举题画范例中所题文体绝大部分为诗歌来看，姚华对诗歌的题画功能是极为推崇的。联系到姚华大文学的"诗统"观念（即词曲亦属于诗歌之统绪）来看，题画词与题画曲同样亦属诗歌之一脉。因此，姚华于题画所取文体是广义层面的诗歌。

二、姚华诗学的理论观点

清末民初是一个社会动荡、黎民深遭苦痛的时代。这一时期古体诗歌并没有衰落，而是流派众多，风格多元。资产阶级改良派康有为、梁启超、谭嗣

---

① 　姚华：《题画一得》，《艺林旬刊》1928年第24期。

同、丘逢甲等在"诗界革命"旗帜的号召之下，以诗歌批判陈腐事务，歌颂新生力量；陈三立、刘光第、严复则属同光体，强调宗宋，书写个人情怀；章太炎、秋瑾、柳亚子、陈去病等革命派诗人则以诗歌表达积极投身于革命事业的豪情壮志；湖广派诗人王闿运标举汉魏六朝，提倡五古宗汉魏、七古宗盛唐的诗学主张；樊增祥、易顺鼎等晚唐派诗人提倡学晚唐香艳诗体，注重用典，辞藻清丽浮艳。总而言之，这一时期的诗坛可谓群雄并立、流派纷呈。姚华与当时诗坛上许多代表人物均有交游往还之举。如他与"诗界革命"的主要推动者梁启超交情甚厚，其论曲专著《曲海一勺》最早即刊载于梁启超主编之《庸言》杂志；1915 年，姚华与梁启超等人于西单石虎胡同成立北京图书馆前身——"松坡图书馆"；姚华 50 岁时，梁启超特意作《贺姚茫父五十寿诗》以示庆贺，姚华亦作《答梁启超》诗酬答；梁启超去世后，姚华哀痛不已，作《梁任公挽诗》与祭文《公祭梁任公先生文》寄托对友人的哀悼之情。姚华的同窗好友周大烈，系湖广派诗人王闿运门下弟子，与姚华交往亦甚密切。姚华诗《题〈夏柳图〉为周印昆大烈》《甲寅周六印昆同梁壁园长沙观女剧诗后》《千秋专瓦为印昆》，词《沁园春·寄周霼奉天，即题其〈十严居图〉，丁未》《菩萨蛮·戊申三月二日观瑶华为周霼写兰，因题》《沁园春·七月二十六日集云和，酒后放歌，示主人朱三，并寄印霼奉天》等均记录了与周大烈的交游情况。姚华病逝后，周大烈为其撰《贵阳姚茫父墓志铭》，其铭文曰："吾道非邪，彼所抱之道亦再偾而再倒。当士夫群攘攘于奔离中，顿踬以老。嗟乎，茫父已已乎！世昏形槁，栩燕甸兮片石稜稜，顾姚山兮孤心皜皜。"[①]痛失好友之情溢于言表。此外，姚华曾问学于同光派诗人陈三立，并作《陈伯严先生寿诗》为其贺寿；姚华还与晚唐派诗人樊增祥、易顺鼎等互为唱和。受到这些不同流派、不同风格的诗人影响，姚华作诗，并不囿于一门一派，而是转益多师，兼收并蓄，广采博取。以发抒自己的真情实感为原则，绝无虚伪掩饰与矫揉造作之语。正如他在《曲海一勺·第四骈史》中所言："惟是诗所以作，本于自然，非国家之劝掖，岂法度之驱策？人情之惑，欲罢不能，心声所宣，有触即发。"[②]他提倡诗歌的

---

① 周大烈：《贵阳姚茫父墓志铭》，《弗堂类稿》卷首。

② 姚华：《曲海一勺·第四骈史》，俞为民、孙蓉蓉编：《历代曲话汇编：新编中国古典戏曲论著集成》近代编第二集，黄山书社 2009 年版，第 196 页。

社会意义与情感价值，同时切实以实践印证理论，在晚清民国诗坛应占据重要的一席之地。

姚华于诗歌理论方面未留存专文，但他在《曲海一勺》中多次论及他对诗歌特性的理解。从这些观点与见解的表述中我们可以清晰观照其诗歌理论。主要体现为如下数方面。

1. 从诗词曲同源的渊源论角度提出"别子为祖"

《曲海一勺》的核心思想是从文体观念与实用价值两个角度推尊曲体。而欲从根本上改变人们传统中对曲体文学的鄙薄观念，首先就必须正本清源，从文体发生学的角度寻绎曲与诗词的天然联系，这才能够从根本上转变人们视曲体文学为小道、词余的偏激观念。姚华从诗词曲同源并流的角度提出了一个新颖的文体嬗变理论，即"别子为祖"的思想。"别子为祖"一语本出于《礼记大传》："别子为祖，继别为宗，继祢者为小宗。"古代宗法制度将诸侯嫡长子之外的其他儿子均称为"别子"，该句反映了传统宗法社会中分封制度的基本理念，即对"别子"后代名分的重视，其地位与声名当在"继祢者"之上。姚华将这一宗法术语运用于曲学批评之中。他在《曲海一勺·第一述旨》中系统梳理中国传统韵文体式的递变轨迹时云："战国既降，诗分为三：骚赋乐府，并成鼎足。然骚赋别行，而乐府独隶诗系，自汉及唐，古近体诗，犹未歧视。五代两宋，长短句作，命之曰词，别子为祖，支派始分。然以乐府名者，比比而有。金、元起于北方，音律异声，词弗能叶，新声以创，而曲遂作。寻其渊源，一本诸词，远祖南唐，近宗北宋，诸家小令，痕迹分明，不独大曲为散套、杂剧、传奇之滥觞已也。"[①]姚华指出中国古代传统诗歌正是发展到五代两宋时期，由于长短句的应运而生方才出现了支派林立的格局气象。因此，词为诗歌之别子，其与诗的关系就有如嫡子与庶子的关系。而词同时又是曲体文学的渊源，这不仅体现在唐宋大曲即为散套、杂剧、传奇之滥觞，而且也体现在词与散曲文体中小令的相似性上。姚华"别子为祖"的观点其用意在于为诗歌与曲之间搭建相通的桥梁，以"诗统"置换"曲统"，从而达到为曲体文学张本的根本目的。诗歌与曲两者毕竟相隔层面不及词与曲之接近，因此姚华企图

---

① 姚华：《曲海一勺·第一述旨》，俞为民、孙蓉蓉编：《历代曲话汇编：新编中国古典戏曲论著集成》近代编第二集，黄山书社 2009 年版，第 177—178 页。

以"别子为祖"的观念勾连起诗歌与曲体文学的联系。

从姚华提出"别子为祖"的本意看，他是努力以作为诗歌"别子"的长短句词来串联诗曲之间的相近之处，并最终达到推尊曲体的目的。这一观点同时也无可辩驳地佐证了中国古代韵文体式正是在发展变化中不断得到革新进步的。因此，"别子为祖"的思想符合辩证唯物主义的进化论观点，其间也彰显出姚华对诗歌一体在文体观念上的认同。

2. 从文体发生学角度论证了诗歌与礼乐教化的关系

这一方面的论述主要见于《曲海一勺·第二原乐》。姚华在该篇中首先感叹礼乐在当代已经逐渐被人们淡忘，传统礼乐精神不复存在，导致礼崩乐坏局面的出现："壬子国变，号为共和，共和之政，西方自出，一耳其名。意必雍容揄扬，彬彬如也。东方礼乐之盛，胡以易焉，岂知其相反太甚，竟至于斯！"[1]姚华由共和之意联想到礼乐在当下被人们普遍废弃的事实，他对这一现实显然是持不满态度的。接着姚华强调了礼乐在教化人心、感化伦理方面的重要性："抑又闻之，共和之民，法所不能治，其名甚美，其实极弊。欲举其实，明德为先，道德无形，式于礼乐。"他认为礼乐是普及道德之先行条件，欲提升整个社会的道德认识水平，必须先由礼乐入手。姚华还具体探讨了音乐与情感的关系："夫乐者情之归也，情动于中，而不得所托，则淫泆陵乱焉。乐之于情，犹盂之水，苟足为范。"[2]情感是由人的内心产生的主观范畴，这一范畴倘使没有乐作为规范和引导的话，势必会走向放肆无忌的歧途。因此，乐与情感之关系正如同器皿与水的关系，水正是有了器皿的约束方才不至于一泄于地。最后姚华推导出他的论点："夫声音之道，与政相通也。"[3]姚华此处所提的"声音之道"是一个大文学概念，其涵盖范畴包括了各类文体，诗歌当然也不例外。因此，尽管《原乐》的旨意在于论证曲体文学与社会政治的互动关联性，从而从表达功能与表现领域两角度来推举曲体。然而，正如上文所言，

---

① 姚华：《曲海一勺·第二原乐》，俞为民、孙蓉蓉编：《历代曲话汇编：新编中国古典戏曲论著集成》近代编第二集，黄山书社 2009 年版，第 184 页。

② 姚华：《曲海一勺·第二原乐》，俞为民、孙蓉蓉编：《历代曲话汇编：新编中国古典戏曲论著集成》近代编第二集，黄山书社 2009 年版，第 184 页。

③ 姚华：《曲海一勺·第二原乐》，俞为民、孙蓉蓉编：《历代曲话汇编：新编中国古典戏曲论著集成》近代编第二集，黄山书社 2009 年版，第 185 页。

《原乐》篇的分析对象是立足于传统文体中最重要的诗歌一体而言的，相关的诸多结论也是以诗歌的考察作为出发点。在这些论述之中，姚华主要强调了诗歌与礼乐教化之间相辅相成的关系。

3. 强调诗歌作为韵文体式的声律特征和基本质性

姚华对诗歌自身的独特文体特征有清晰认识，在构建诗歌的诸多要素之中，他首先强调其声律特征。他在《曲海一勺·第三明诗》开篇即先引征《尚书》中对诗歌相关特征论述的一段原文："《书》曰：'诗言志，歌永言，声依永，律和声。'此著诗歌声律之别，最明白矣。"① 姚华此语指出诗歌区别于其他文体最明显的特征即是其声律上的差异，声律特性是诗歌最为本质的特征。由此认识出发，他对诗歌的定义也显得简洁明了："故声律之文，皆曰'诗歌'，约其种类，括以单语，凡诗所统，至为宏多，喉舌初调，声音始作，音之为理，各以类从。"② 他指出凡注重声律的文字，均可纳入诗歌范畴。虽然这一做法在今人看来不免简单武断，譬如骈文同样注重声律，但文体上就不应归属于诗歌，否则便是贻笑大方的谬误了。然而，我们必须承认诗歌之所以成为独立于其他文体的韵文体式，声律特征也正是区别诗歌与其他文体最直观的地方。姚华对诗歌的定义和对声律性的认识能够拈出诗歌文体特征最明显者来予以辨析，应该说这一观点简化了一般读者对诗歌的认识过程，同时也能够凸显诗歌最明显的表征。从这一认识出发，姚华还进一步指出正是由于音乐特征的变化引发了诗—词—曲的文体嬗变："诗之转变，自词及曲，古今异声，辞缘声变。"③ 中国传统韵文体式由诗发展至词，又由词演变为曲，这是社会背景、传播方式、音乐要素、语音变异、文士心态、文学传播等诸多因素合力导致的结果。但其中音乐特性的变化（即词与乐的配合方式）的确是不可忽视的重要因素，由因诗配曲发展到倚声填词，再发展到依腔唱曲，诗词曲的递变过程其实质也就是音乐旋律、声律节奏不断演变的过程。因此，姚华强调声律特征是诗歌的基本

① 姚华：《曲海一勺·第二原乐》，俞为民、孙蓉蓉编：《历代曲话汇编：新编中国古典戏曲论著集成》近代编第二集，黄山书社 2009 年版，第 188 页。

② 姚华：《曲海一勺·第二原乐》，俞为民、孙蓉蓉编：《历代曲话汇编：新编中国古典戏曲论著集成》近代编第二集，黄山书社 2009 年版，第 189 页。

③ 姚华：《曲海一勺·第二原乐》，俞为民、孙蓉蓉编：《历代曲话汇编：新编中国古典戏曲论著集成》近代编第二集，黄山书社 2009 年版，第 190 页。

特质，当然也就具有合理的方面而体现出较强的学理性。姚华还从音乐与文学结合的角度佐证乐府诗与后世词曲之间的隐然关联："诗之为类也多，言乎乐府，诗乐之最相丽者也。乐府命题，与词曲名解，多可相参。"乐府诗歌系指由朝廷音乐机关乐府采集配乐而存留下来的民间歌谣，最明显的表征即表现为音乐性与文学性二者的并重。姚华指出乐府诗歌之所以得名乐府，正是因为其体现了诗歌与音乐的最佳结合形态。姚华进而从乐府题名与词曲调名的相关性强调二者之间的继承关系。其实，关于词曲与古乐府的关系宋人王应麟已有所认识，他在《困学纪闻》中引致堂语云："古乐府，诗之旁行也；词曲者，古乐府之末造也。"① 清初周亮工亦持有类似认识，他在《书影》中引徐巨源语云："乐府变为《趋》《艳》，杂以《捉搦》《企喻》《子夜》《读曲》之属，流为诗余，流为词，词变为曲，乐府尽亡。乐府亡而以词曲为《风》，古诗亡而以近体为《雅》。古者《风》采之民间，《雅》《颂》歌之朝庙；后世《风》变至近体，而应制用之，《雅》变至词曲，而倡优习之。"② 同样认为中国古代诗体演变轨迹是乐府—词—曲。众所周知，乐府诗主要是音乐机关采集民间歌曲配乐以供贵族王公在公私宴会上演唱所用，而词最初同样也是来源于民间供公私宴集与民间娱乐场所演唱的需要。因此，以词为乐府之苗裔是有一定理由的。姚华的认识并不新颖，但他能够从诸多要素之中独拈出音乐特性来搭建乐府与词曲关联的桥梁，这就触及乐府与词曲作为音乐文学的本质属性，于此亦可看到姚华于治学之道上的敏锐学术眼光与独特的研究视角。

此外，姚华还结合其重视礼乐的立场指出《诗经》在中国诗歌史上所起的奠基性意义："《风》《雅》《颂》谓之达乐，燕、享、祀谓之达礼。礼乐相须，诗乐妃匹。秦汉以来，诗虽屡变，未有出于此三者。"《诗经》作为第一部诗歌总集，其语言句式、表达技巧、修辞手法等都为后世诗歌的发展提供了基本参照。姚华此语指出，自秦汉以来，中国传统诗歌虽屡有变化之举，但其变化范畴仍然局限于《风》《雅》《颂》之内。具体而言，他认为《诗经》中的《风》为"乡人之用"，《雅》为"朝廷之用"，《颂》为"事神"之用。这一分类尽管有忽视诗歌自身审美特性而片面强调礼乐教化的嫌疑，但结合姚华所提出"声

---

① 王应麟：《困学纪闻》卷十八（下），翁元圻注，商务印书馆 1935 年版，第 1365 页。

② 周亮工：《书影》，上海古典文学出版社 1957 年版，第 43 页。

音之道与政相通"的观点，我们也就不难理解姚华为何要以《风》《雅》《颂》的标准作为区别诗歌类型的尺度了。

4. 提倡复古，推崇唐宋诗家

姚华曾于 1922 年陈三立七十寿辰之际作《陈伯严先生寿诗》，以表达自己对这位诗坛耆硕的景仰之情。诗云：

少陵诗句几山谷，永叔文章亦退之。直到先生兼两美，尚容晚近与同时。子遗甲子仍成集，生后庚寅合有辞。不碍高秋天地隔，满斟江斗入金卮。

姚华在诗中首先列举了四位唐宋名家杜甫、黄庭坚、欧阳修、韩愈来比拟陈三立深厚的诗文素养与高超的诗文技艺。其中杜甫、黄庭坚长于诗歌，而欧阳修、韩愈则长于散文，姚华以此暗喻陈三立之诗文兼善，字里行间洋溢着他对唐宋诗文的褒扬立场。姚华在诗中还曾多次将自己与杜甫相比，如他在民国十五年丙寅病废后的七夕之夜独自僵卧寒舍时作《七夕三十韵》，诗中云："吞声杜陵人，丧乱逢天宝。可怜王城内，几人得自保？未来事难料，思之令人恼。"以杜甫身罹"安史之乱"的经历来隐喻自己身处的浑浊乱世。杜甫诗歌真实反映了"安史之乱"给予作者带来的时代苦痛，同时也表达了杜甫对民众不得其所、颠沛流离的患难生活的深切同情。姚华在诗中正是肯定了杜甫这一直面民生的创作态度。姚华对唐宋诗家的推重还体现在他为泰戈尔《飞鸟集》所演辞之《五言飞鸟集》中，他在演辞的自序诗中述及自己对己作的认识时云"屡看觉似王逢原"，这同样是姚华于诗歌之道推崇唐宋诗家的明显佐证。

第二节　姚华诗歌研究

一、姚华诗歌创作概述

姚华于诗歌创作数量最富，其诗歌作品主要见于四个部分：一是《弗堂类稿》，存诗 1000 余首。二是演泰戈尔意之《五言飞鸟集》，该集录姚华自序诗 3 首，凡古近体诗歌 256 首，合计作品 259 首。三是邓见宽先生在《姚华诗选》序言中所提及之《姚茫父先生诗扎精册》。并云："《弗堂类稿》编目载于 1928

年，而北图所藏姚诗，延至 1930 年姚华逝世前的诗作，又辑入姚府所藏姚华手书诗稿。"①四是民间收藏家所藏姚华之书画作品题诗，但这一部分辑录难度太大，民间藏者，其藏品多秘不示人，因此这一部分作品数量无法准确统计。综合上述文献资料，姚华一生作诗数量当在 1500 首左右。关于姚华诗歌的艺术特色，徐志摩先生在《五言飞鸟集》序中有一段评论：

> 茫父先生在他的诗里，如同在他的画里，都有独辟的意境。贵阳一带山水的奇特与瑰丽，本不是我们只见到平常培塿的江南人所能想象；茫父先生下笔的胆量正如他的运思的巧妙，他可以不断的给你惊奇与讶喜。山抱着山，他还到山外去插山，红的、蓝的、青的、黄的，像是看山老人，"醉归扶路"时的满头花。水绕着水，他还到水外去写水，帆影高接着天，芦苇在风前吹弄着音调。一枝花，一根藤，几件平常的静物，一块题字，他可以安排出种种绝妙的姿态。茫父先生的心是玲珑的。②

徐志摩是现代诗新月派的代表人物，他的这一段评述，正是以现代诗人对诗歌意象的敏锐感受力去观照姚华诗歌。他评价姚华诗歌的主要特点在于两个方面：其一是下笔大胆。姚华从小生活在崇山峻岭的贵州，贵州雄伟奇丽的山水哺育了他的诗才。体现在诗歌中，即为其笔下描写山水景物之奇特瑰丽。其二是运思巧妙。首先是姚华在具体描写山水美景时往往能够跳出常人思维，能够以生花妙笔构建出山外之山、水外之水的悠远意境；其次是笔法多变，尽管姚华诗歌意象以静物为主，但他能够从不同角度切入，从不同侧面展现出静物多姿多彩的形态；最后他评价"茫父先生的心是玲珑的"，这里的"玲珑"两字含蕴十分丰富。我们认为主要包括如下层次：一是从作家主体与自然客体的关系考察，主张人与大自然和谐相融，人应该回归自然。其名作《再别康桥》即是表现他对大自然美好的沉迷与陶醉。因此，这里"玲珑"的第一层含义是针对作家创作心境而言，诗人在创作时心境澄明，没有尘俗杂事的纷扰。二是从诗歌意境角度考察，"玲珑"是指经过诗人主观情绪陶冶过的空灵纯洁的诗歌意境，也正是徐志摩在诗歌中追求的柔美轻盈的美学风格。三是指辞藻华美、清新流丽的语言风格。徐志摩的诗歌往往用词典雅凝练，同时具备一种独

---

① 邓见宽选注：《姚华诗选》，贵州人民出版社 2000 年版，第 12 页。
② 徐志摩：《〈五言飞鸟集〉序》，《贵阳文史资料》第十八辑，第 45 页。

特的清新之美。如其《沙扬娜拉》《月下待杜鹃不来》等诗歌，均是以典雅辞藻铸就清新诗风的代表作品。因此，徐志摩对姚茫父诗歌艺术特质的这一段评论可谓切中肯綮，对我们认识与解读姚华诗歌的艺术特色具有重要参考价值。

二、姚华诗歌的创作道路

从数量上观照，姚华所作文体以诗歌最多。从诗歌涉及题材范围而言，姚华诗歌中虽也多题画、题书、题画砖等与其他艺术门类相结合的题咏之作，但较之于词曲而言，姚华诗歌与现实人生的联系更为紧密，很多作品直接针对时事有感而发。这种对现实的及时表现与积极参与既体现了姚华诗与政通的诗学观，同时也更能彰显其在长夜漫漫中心灵的痛苦挣扎与苦闷彷徨。

姚华以诗歌描写自己负笈苦读的人生经历，表现了一生向学的坚定信念。姚华21岁（1897）入严修创办的贵州经世学堂就读，为当年学堂招收的40名优等生之一，同年秋中乡试举人。1898年第一次赴京会试，然意外落榜。《弗堂类稿》中存诗集《藜峨小草》一卷，其中诗歌均作于姚华早年任教于兴义笔山书院期间。有的描写其长途跋涉于黔地山水的见闻杂感，有的回忆其至兴义执教后在教书育人之余还坚持发奋苦读的不懈意志，有的则记述了其早期的艺术创作经历和艺术感悟，有的凸显了其作为一青年书生渴望为国分忧的拳拳情怀。姚华早年人生经历即可从诗歌中窥知一二。"藜峨"为贵州平越县城郊山名，与兴义本无干涉。兴义自嘉庆三年（1798）建县设制后，曾经在很长一段时间内被误称为"藜峨"。如道光年间兴义知县廖大闻所著诗集名即为《藜峨杂咏》。姚华将自己在兴义讲学一年期间所作诗歌结集编撰为《藜峨小草》，一方面是他对在兴义居住时期讲学经历的回忆；另一方面也间接暗示了这一时期诗歌在题材内容上以描写个人游历遭遇为主，与时事关涉无多的特点。姚华在离开贵阳赴兴义之际曾作《将之藜峨除弟服》，该诗作于光绪二十八年（1902）春，诗中以"冠服亦已易，涕泗殊泫然"之语感叹自胞弟姚芝病逝后，姚门家道中落的辛酸与沉痛之情。时笔山书院执掌刘官礼延请姚华担任山长一职，为期一年。姚华接到聘书后即启程前往兴义，在贵阳赴兴义路上，姚华以其诗笔对沿途所见山水美景、乡里风俗等一一作了记录，如：《晓行》二首描写贵阳到清镇沿途一路的鸟语晨光，《五马坡》描写安平（今平坝）五马塘下五马坡的奇特山势，《石瓦》描写平坝、安顺一带民间多以石板作瓦的独特风俗，《安平晓发》描写平坝至安顺沿途山间坝子的秀丽风光，《竹枝辞》描绘了关岭、镇宁一带黔道山路的陡峭狭窄与当地少数民族的纯朴风情，这些作品均以细腻的景物描写与独特的风俗书写而显得别具一格。用字凝练而富有形象感，将黔地山水之嘉秀、民风之淳朴——铺叙展示在读者面前。譬如《晓行》第二首写青山宝塔相衬之景："四山青无影，一塔矗空碧。"《安平晓发》中写自己走出安平城南门后所见城郊之平原之生机勃勃的秀美景象："山势忽洞开，绿野净如敷。山墟疏复连，林木清而腴。弥望已百里，东风吹平芜。山起不碍道，溪小低欲无。满蹊桃李花，灼灼目可娱。"《竹枝辞》其四中写镇宁一带呼少女为"小妹"的民族风情："叠数青钱呼小妹，当门垂首坐雕花。"关岭、镇宁一带乡民以布依族为主，布依族少女长于刺绣，多有坐于门首绣花之举，时至今日依然如此。以上所举例证，语词轻灵飘逸，描绘生动形象，既有鲜明的色彩感，亦有鲜活的动态描摹。可见姚华早期作诗即已有相当功力。此外，这些诗歌字词典雅，用典巧妙自然，浑如己出，亦可见姚华渊博学养与驾轻就熟的文字表达能力。如《述梦》一诗：

无端楚楚泪纵横，魂去魂来月五更。心际未忘原隔痛，梦中何处琵琶声。长沙恸哭哀无已，子敬人琴恨早成。昔日啸篁空墓棘，檀槽弦拨只尘生。

此诗为悼念亡弟姚芟之作，诗前有序云："芸弟（姚芟字芸湄）善弹琵琶，梦中犹若闻之。啸篁楼，弟读书处也。"诗中巧妙化用贾谊被贬为长沙太傅后因所居之地甚为卑湿，便认为自己命不久长之事。（贾谊《鵩鸟赋》序云："谊即以谪居长沙，长沙卑湿，谊自伤悼，以为寿不得长，乃为赋以自广也。"）表达自己在丧亲之后的孤独苦闷。"子敬"一语，则借《世说新语》中王子敬"人琴俱亡"之事抒发对亡弟的沉痛悼念。两处用事均自然妥帖，精工巧妙，丝毫不见人力斧凿痕迹。此外，姚华在早期所作的这些纪行诗中还能够跳出景物物象之局限，由眼前所观景致生发出深刻的思想内蕴，并以此表达自己决心投身杏坛的坚定意志。如他在《五马坡》中写及贵州山地驿道多劈山为路的现象时云："两山本相连，蓦地忽分判。为有济人心，路成身已断。"由眼前所见劈山为路的现象上升到"济人心"的思想高度，与李商隐《无题》诗中所谓"春蚕到死丝方尽，蜡炬成灰泪始干"表达境界相类，凸显姚华甘为人梯的孺子牛思想。又如《安平晓发》诗，由眼前所见平坝旷野上所见绿野、林木、小溪以及芬芳醉人的桃花李花拓展思绪，进而联想到"逸居亦已久，今宜及此劬。劳佚理势异，死生感激殊。譬兹岗蛮险，连日亦坦如"的人生哲理，告诫自己要不避劳阻，去逸就劬，方才能够实现人生的价值，追寻到生命的真义。

抵达兴义之后，姚华作为山长主管书院一切事务，过着白昼教书授学，夜晚挑灯苦读的清净生活。这一时期他在闲暇之余还对水画、火画等独特绘画技法有所探索，如《池上步月作》《步月口占》《水画歌》（示吕九筱仙）等均作于他在兴义讲学期间。以上作品，或反映了姚华执掌笔山书院后的愉悦快慰的心情，其投身杏坛、传道解惑的理想得以实现，心情之欣喜溢于言表；或表现了他与兴义本地艺术界人士交流艺事的探讨切磋。如《水画歌》一诗，即以铺陈描述之赋法，细致陈述了作者早年对水画的探索经过。水画亦称水拓画或拓墨画，即以容器将水滴撒于纸面，利用水的浸渍张力形成图案，再涂敷以色彩的传统绘画技法。姚华此诗，既向友人详细介绍了他对水画技法的探索研究，同时也凸显其欲献身艺术、不断追求的信心与意志。姚华担任笔山书院山长时间甫一年有余，在这一年中，他白天设坛讲学，夜晚则青灯照壁，发奋苦读，勤于著述。他的《笔山讲录》《说文三例表》《小学答问》《佩文韵注》均著录于这一时期，也奠定了姚华在小学、音韵学方面的地位与成就。从姚华创作实践观照，这一时期其著述主要集中于文字音韵方面，文学创作则以诗歌为主，词曲均尚未纳入创作范畴。但此时的姚华也开始了对绘画技艺的探索，如他对水画的改进与创新，对他此后颖拓的创作当不无启迪。这一时期的绘画作品不见存世，但从他对已作水画的描述如"忽如长安被尘雾，人寰下望空冥冥"，"又如楼台合烟雨，喧起南朝春江声"等可想见其所作水画的高超水平。此外，姚华还由水画的创作总结出一些带有规律性的艺术体验，如"化工神妙本无物，何必拘墟加丹青"，"拓已仡视颇自喜，易简理得窥天精"，等等，这些感悟都说明姚华不但勤于艺术实践探索，而且还善于总结思考艺术创作经验，将实践上升到理论的高度。姚华此期的书画创作处于酝酿期，尚未形成稳定成熟的艺术风格。

姚华于1902年9月返回贵阳，同年12月再次赴京赶考，然再次落第。《夜行偏桥道中》一诗即描写了作者此次在赴京赶考路上冒着严寒，在黑夜中独自行进在荒凉栈道的艰辛情状。1903年姚华赴河南开封参加会试，仍不中。次年（1904）由北京再次赴河南会试，中二百二十八名贡生。三月回京殿试，被录取为殿试第九名。第二次赴河南会试前姚华作《留别日本庄司昌造，予以春试将之开封借闱二首》与日本友人留别，诗其一有云："异国渐先进，交情且自亲。"其二云："制科沿旧习，问学惭新民。"表达了姚华对日本先进文化的羡慕，同时也流露出他对满清政府不思进取、腐朽无能的不满。正是出于这种对异国先进文化的赞羡不已，方才促成姚华决意游学日本之举。

1904 年 9 月，姚华东渡日本，入东京法政大学速成科就读，后于 1907 年 10 月底归国。三年留学经历，让姚华近距离接触了日本国先进的政治制度与民主思想。从中外国情的反差对比中，进一步坚定了他匡时济世的政治理想。也正是基于这种朴素的爱国赤诚，姚华更加刻苦发奋读书，企望以胸中所学振兴国家。同窗周大烈记他在日本求学期间："挟册上堂，书所授之语一字不漏，矻矻以厕群强中，图拯救之道。"[①] 他在《送刘旭五归国二首》中将自己比作为追求人生理想而遭受人们误解的楚狂士："未获营黔突，无宁效楚狂。"同时他更希望能够以所学知识在国运祚摇之际报效国家，为民谋利："志学能藏用，图艰欲济时。"难能可贵的是，姚华对国家的匡扶之计并未停留在纸面文章上，而是将之付诸实践行动。1906 年，姚华与旅日同窗陈叔通、范源濂等组建丙午社，通过编著法政、金融著述，向国人推介异国先进政法、经济制度。他在 1907 年送别友人王仲肃诗《王仲肃自去年九月言归，至今年三月始成行，赋此饯之》中将友人文才与陆机、尹珍相比，勉励友人将留日所学知识运用于国内，以不辜负同乡之期望。诗中有云："海上故人何所似，凭君到处说蓬莱。"他还肯定了中外文化交流对促进双方经济文化发展的意义："史乘何人来白马，轺轩此日召灵鼍。"（《自日本送唐三员外瑞铜奉使印度之作》）

1907 年 10 月，姚华学成归国，归国后他长期寄寓于北京城南莲花寺[②]。

---

① 周大烈：《贵阳姚茫父墓志铭》，《弗堂类稿》卷首。

② 关于莲花寺的具体位置，《姚华年谱》云："（一九〇四年）三月寓于宣武门外烂缦胡同莲花寺。从此以住所书房、画室自署有：莲花盦、弗堂、菉猗室、小玄海、一鄂等。"（姚华：《书适》，邓见宽点注，贵州人民出版社 1988 年版，第 240 页）经笔者 2016 年 4 月实地走访，此说不确。经附近年长居民指认，莲花寺具体位置当为永庆胡同 37 号，笔者实地走访时该宅院大门紧闭，据闻是北京市政府出资正在修缮期间。而烂缦胡同位于永庆胡同北右转出口，1919 年 12 月 18 日毛泽东召集驱张（张敬尧）大会遗址湖南会馆即在此处。

其后先后担任邮传部邮政司行走、殖边学堂财用学教授、京张铁路接待员、邮传部铁路管理所讲习、图书通译局纂修、川粤汉铁路筹备出处差、邮传部邮政司建核科科长等公职，直至1912年2月当选为临时参议员贵州参议员。这五年期间，姚华始终蹉跎于公务之职，其救民报国的政治理想长期难觅机会施展。因此，这一时期姚华的心情是苦闷与愤激兼而有之。他感慨天不假时，令自己徒叹奈何："愧无远志酬王粲，惟有穷途阮步兵。"(《自日本归，过武昌赠陈仲恕》)他感伤时政，忧国忧民："万里东风疑是梦，一天凉思易成秋。"(《题〈夏柳图〉为周六印昆大烈》)这一时期的姚华还开始了对颖拓技法的摸索，他在《颖拓山谷〈松风阁诗帖〉"钓台惊涛可昼眠"七字，漫题为方叔》中记云："秋来养静百无关，画剩诗余只是闲。乞得涪翁七个字，惊涛乱点米家山。"此诗对我们了解颖拓技法的特色有一定借鉴意义。首先，颖拓不是单纯的艺术临摹，而是融合响拓、水画、水墨等技法的综合性艺术。诗中首先指出颖拓作于"画剩诗余"的闲暇时间，说明他本人对颖拓的独立性艺术价值也认识不够；其次，"米家山"系指北宋画家米芾。米芾作画，多好以水墨技法点染出意境深远的"烟云雾景"。姚华此语直接点明了颖拓与古代山水画中以水墨烘托点染景物这一传统技法的关联。该诗从颖拓创作的态度与技法两方面对颖拓艺术作了精辟的归纳，姚华是颖拓大师，他本人对颖拓的艺术见解自然也就具有指导意义和权威示范性。

辛亥革命爆发前夕，国内反清运动日益高涨，满清政府已经失去了对王朝的掌控能力而逐渐陷于日薄西山之境。姚华敏锐地感受到了时代风雨的来临，但他又苦于难觅一展才情的政治舞台。于是，他只能借助诗歌为工具，以伤怀凄婉的情感基调为满清政府的覆灭唱出一支无可奈何的沉重挽歌。他在《王瑶卿墨菊，为同翰卿题二首》中感叹："霜风冻坏词人笔，落落寒花孰主张？"（其一）"白日寂寥征士酒，晚风憔悴楚人骚。"（其二）1911年10月，武昌起义爆发，次年2月12日，宣统帝宣布退位。姚华对满清政府的灭亡是持矛盾态度的。一方面，姚华痛感于满清统治者的腐朽无能，他深知清亡是历史发展的必然态势，新的政体必然能够带来诸多崭新气象，他被如火如荼的革命形势鼓舞、振奋，他在《辛亥十月二十五日昭书谢政，明日为中华民国赋纪》兴奋地表达了对新生国家的期待之情："丹书叶叶下天阍，万户新桃更纪元。"另一方面，作为一名为传统文化汁液浸渍较深的遗老人士，姚华也从封建文人士大夫的固有立场表达了他哀婉感伤的无奈情绪。正如他在该诗末所哀叹："信是不关兴灭例，几人襟袖见啼痕。"作者为清帝退位而伤愁不已，正是彰显了姚华作为前朝遗老的传统立场。这种有感于前朝覆灭所发出的无可奈何的惋惜构成姚华这一时期诗作的情感基调。如他在《逊政之明日，苏厚盦同年员外舆挂冠去，书此奉别》中所言："怜君此去添憔悴，寂寞荃苏揽涕吟。"1912年初，姚华作《秋草六首》，诗中详尽记叙了满清王朝覆灭的衰飒凄凉之景，同时赞扬了辛亥革命如秋风扫落叶一般不可遏止的浩然风潮，在诗坛上激起了很大反响，时人唱和者甚众。姚华好友陈师曾曾以《秋草》诗意作《秋草图》，诗人林宰平亦有题诗《秋草图》之举。该组诗其一和其六云：

寒烟送雨出谯门，终古何人此敛魂。莽莽平原随弥迤，荒荒尘梦易黄昏。只寻去马霜前迹，恐误归鸦劫后村。寄语樵苏休纵火，东风不忘烧旧痕。

承明金马已闲门，落日燕南正断魂。山鬼踏歌天欲裂，城狐坐啸月初昏。咸阳烽火连三月，紫阁盘飧又一村。付与西风收拾去，不教沙际认余痕。

在这些诗作中，作者反复铺叙描写枯零衰败的秋景意象，并以此象征满清王朝不可挽回的颓亡之势；同时他多次以"东风""西风"象征全国各地蓬勃兴起的革命力量。由此典型折射出姚华作为前朝遗老的复杂矛盾心态。

1912年2月，姚华当选为临时参议院贵州参议员，曾四次参加参议会议，这对一直胸怀济民之志的姚华自是施展自己才干的绝佳机会。然而，关于姚华此次从政经历，周大烈《贵阳姚茫父墓志铭》有简略记载："然所抱持者，盖无一不与人相忤，所谓议会政治，竟未尝参与焉。乃愤然竟弃所学，仍居破寺中，理其旧业，更恣意作书画。"①现实给予姚华参政热情的是沉重打击，其耿介孤直的个性更不为圆滑刁钻的其他政客所容。故姚华从此决意放弃参政，埋首于金石书画，以对艺术的精研作为消解现实苦痛的良方。参政失败后，姚华退隐莲花庵，肆意创作书画，并与北京城文艺界人士往来甚频，他也积极参加北京城文艺界人士的各种聚会。如民国二年癸丑三月三日，姚华参加梁启超作为发起人的仿王羲之癸丑山阴修禊的文艺界人士集会，作诗《癸丑上巳梁任公招集三贝子园，分得带字二十四韵》记叙了本次聚会盛况，与会者饮酒赋诗，

① 周大烈：《贵阳姚茫父墓志铭》，《弗堂类稿》卷首，中华书局1930年版。

列坐品茗，登高览胜，尽显文人集会之潇洒风流与雅致旷达。民国五年阴历四月二十六日，姚华四十岁生日，北京城文艺界前来贺寿者不绝如缕，姚华作诗《丙辰生日示及门诸子，并邀翼牟、师曾同作》记录此事，同时邀好友陈翼牟、陈师曾作诗一起庆祝。姚华还与晚唐派诗人罗掞东、易顺鼎来往甚密，三人间时常有互相约集之举。姚华《罗掞东、易实父为释道阶约集悯忠寺饯春》诗即有"频年懒尽由春去，此日从君亦饯春"之语。

民国三年（1914）二月初三，教育部委派姚华担任北京女子师范学校校长，任期三年。姚华在任期间为学校师生创作了若干首充满蓬勃朝气与青春活力的诗歌。如《游艺会歌》《伐木歌》《为诸生题画海棠小鸟 赠同窗集会》等均作于此期。其中《游艺会歌》模仿楚辞多用兮字的长短句式，勉励师生们要不断充实自己，完善自我；《伐木歌》则模仿《诗经》中的四言句式，鼓舞学生在学习的同时还要寻求良友共同切磋，以共同进步。这些诗歌均是借鉴与吸收古体诗歌的句式与语词，并以之表现与时俱进的新时代内容。这都彰显了姚华作诗能够不囿于一体，而是众体兼长，无论近体律绝抑或古体诗歌，他都能够运用自如。

1918年3月，姚华与周大烈、陈叔通等好友同游西湖；1919年9月，姚华与友人周大烈、张仲仁等同游齐鲁。其行程是先赴曲阜拜谒孔陵，归途登泰山，游岱庙，并拓得秦相李斯刻石残字。这两次游历对姚华的艺术创作风貌影响甚大。姚华门生郑天挺在《〈莲华盦书画集〉序》中指出："（姚华）四十岁以前不常作画，友好投赠，偶一为之。岁登泰山泛西湖，归而壹志作山水，巇嶔烟云郁勃，盖往往峰峦自写其胸臆者也。"[①]认为登泰山泛西湖的两次游历拓展了姚华的艺术创作视野，形成其以山水峰峦之烟云表达画家情怀的艺术旨向。姚华作有《同张仲仁登岱作次韵三首》，这三首诗意象阔大雄奇，境界深沉开阔，内蕴丰富深刻，值得后人关注。

其一　极顶

回首群山已雾中，迷离秦帝与唐宗。登封古刻知谁识？石柱年年峙玉虹。

其二　五大夫松

欲辨秦封直底事，亭亭如此亦堪图。山腰趷踤琅琊刻，更数遗文证五夫。

---

① 郑天挺：《〈莲华盦书画集〉序》，《探微集》，中华书局2009年版，第187页。

其三　日出

混沌阴阳夜正中，胸前星斗各西东。可怜欲尽初升月，犹伴曦光破晓红。

第一首叙述了作者在泰山拓李斯刻石的经过；第二首通过描写五大夫松挺立峭拔的姿态，寄寓了诗人顽强的意志与广博的胸怀；第三首以观泰山日出为题，描绘了日出前晨光映射的壮丽奇景。从三首诗中，可以窥见诗人的精神境界有一个明显的升华过程：由咏叹前朝遗石无人赏识过渡到对松树挺拔劲健身姿的赞赏，再发展到对日出这一崭新气象的倾情讴歌。邓见宽先生评价这三首诗云："这组诗又是一个标志，诗人兼画家的姚华，这次登岱山所领略的不仅是物象，还有精神和意志，给他此后从事问学、艺术创作注入活力。"[1]此语可谓切中肯綮之言。因此，登泰山泛西湖的游历不仅改变了姚华的画风，同时也拓宽了姚华文学创作的艺术视野，开阔了襟怀。此后，对社会、民生的哲理性反思成为他后期诗歌中最具特色的艺术特质。如他在 1920 年创作的《感兴》十首、《续感兴》八首以及《及门长乐郑毅生葬亲京师，诗以慰之六首》等作品，都反映了诗人对社会世道、人生立场、立身处世等问题的理性思索。又如他在 1922 年 3 月作的《堕镜》（三月十三日古镜失手而碎，惜之以诗），由不慎失手碎镜一事进而联想到质与形、盈与亏、身与名的关系。此外，其他还有《去时郎官穷而作御，客有伤之者，余以为非病也，七言六韵》提出不论郎官平民，众生生而平等，均应自食其力的观点；《十月三日，观弈局将竟，而胜负未形，各争劫一子耳，顾所系多讫于此子无益也，拈出咏之》借棋局搏杀以细民之命运比拟围棋中双方争劫的一颗棋子，表达了一种无可皈依的苦闷彷徨，等等，都体现出姚华后期作品对现实人生的冷静反思。

1923 年，姚华参与了《中华民国宪法》的制定工作，该宪法亦是中国近代史上第一部宪法，但该宪法的出炉却是近代史上的一大丑闻。直系军阀曹锟以大洋买通制宪议员，在不到两周的时间里草草通过。其中很多条款均是对西方宪法的全盘抄袭，并不适合近代中国的具体国情，其制定目的仅仅是为军阀独裁专制粉饰门面而已，故被讥为"曹氏宪法"或"贿选宪法"。姚华亲身参加了宪法的制定过程，对宵小之徒贪污贿赂的无耻丑行深恶痛绝。宪法制定颁布后，姚华怀着极其矛盾复杂的心情写了《宪成》一诗：

---

① 邓见宽选注：《姚华诗选》，贵州人民出版社 2000 年版，第 80 页。

十年草创喜成功，定国文章众志同。鸿业由来须润色，贤才后起任为工。蛙天霸气应先慑，尘史名心亦自雄。漫笑痴儿了公事，已能开径慰途穷。

姚华在诗中首先肯定了宪法的正式制定对稳定社会、国泰民安所起的巨大作用。但他在宪法出炉过程中目睹了曹锟贿赂议员的丑恶行为，因此他奉劝其"蛙天霸气应先慑"，即告诫军阀收敛飞扬跋扈、不可一世的丑态。最后两句表达了自己对制宪的通达了悟：作为一介书生，空怀报国热忱，屡屡遭受欺骗，"制宪"这一神圣的事务亦不过是"痴儿了公事"而已，字里行间，自是蕴藏了姚华多少辛酸无奈的眼泪！对于军阀操控议会，借制宪之名行愚弄天下之实的丑行，作为具有铮铮铁骨的一介书生，姚华一直耿耿于怀。他在1927年所作的《天坛草宪图》中再次控诉："落笔意千秋，空文一战休。闲时容我辈，余墨写寰丘。梦断忧来续，坛荒草尚留。只今遗憾在，更白几人头！"是军阀的欺骗行径让共和天下的理想成为一纸空文，同时也是军阀的谎言无耻让姚华终身报国的赤诚无从实现。

1926年3月18日，北京爱国学生五千余人在天安门广场举行"北京各界坚决反对八国最后通牒示威大会"，要求北洋政府拒绝英、美、法、意、荷、比、西、日八国提出的侵害中国主权的"最后通牒"。会后，集会人群在李大钊率领下来到段祺瑞执政府门前请愿。执政府卫队长下令向游行学生与爱国市民开枪，造成47人死亡，150余人受伤的惨剧，是为"三一八"惨案。惨案发生后，京城文艺界人士义愤填膺，纷纷作文祭悼死者，表达对执政府残忍罪行的谴责。鲁迅先生的名作《纪念刘和珍君》即作于此时。姚华虽身为前朝遗老，但他坚决与鲁迅等进步人士同进共退，作诗表达对殉难者的敬意以及对军阀政府草菅人命的愤慨。就在惨案发生的次日（3月19日，阴历二月六日），姚华作诗《二月六日雪》，诗中以凌寒之花朵与淋漓之战血作比，热情讴歌了爱国学生壮烈献身的革命精神，同时也冷峻批判了军阀政府的横暴之举。

留来一冬雪，春来两度看。为因埋战血，较觉作花寒。未霁仍将积，旋消若已残。不成惠连赋，愁思动长安。

诗人在"为因埋战血"一句后自注云："昨子衿与府卫械斗，死二十有八人，故有'战血'之语。"诗人在诗中以春雪之仍积旋消隐喻军阀政府统治之下沉闷压抑的政治气氛，同时以凌寒绽放的花朵比喻爱国学生的正义抗争。"子衿"与"府卫"则为春秋笔法，字里行间透露出姚华对进步学生无端殒命的痛惜以及对段祺瑞卫队的强烈痛恨。如果《二月六日雪》是以宏大叙事手法勾勒惨案全貌的话，那么《二女士》诗即是对惨案中不幸罹难的爱国学生的具体描写。

宣和不闻陈东死，南渡胡为死东市？千年夷夏祸犹存，碧血又渍绿窗史。呜呼，刘、杨二女士！

身为北京女子师范学校校长的姚华，目睹自己的学生刘和珍、杨德群殒身于军阀枪下，其哀恸与愤懑之情自是不可遏止。他在诗中以南渡爱国名臣太学生陈东为高宗错杀的历史往事比拟两位爱国学生的无端被害，同时肯定她们的英勇之举必定将名垂青史。"碧血又渍绿窗史"一语，点明烈士的鲜血不会白流，而将永远为后世铭记。这两首诗均系有感于"三一八"惨案而作，一则从宏观角度记述了惨案发生的全过程，并高度肯定爱国学生勇于献身的不屈精神；二则从微观角度表达了对罹难学生的深切悼念与热情讴歌。著名散文家姜德明先生在其散文集《书边草》中曾云："姚茫父对刘和珍、杨德群两位烈士的哀唱，竟能汇合到以鲁迅先生为首的进步人士的悼亡声中，这是十分难得的。因了这首诗，我对姚茫父的感情一下子便接近起来了。"①

1926年5月17日，姚华猝发脑溢血入德国医院，经克理博士治疗②，住院25天后出院，然左臂已残③。姚华住院期间，友人严修、梅兰芳、王瑶卿等均前来探望。从姚华诗歌观照，他对住院期间德国医生的医疗水平与护理工作还是很满意的。如他在《病废将起，赠克理博士》中赞扬对方妙手回春的医术时云："精神林下马援，方术海外仓公。能起谷梁废疾，正与经师同工。"他对英籍胡大夫对自己的精心护理亦深表谢意："旦暮苦劳相候，无言默视知心。"（《将去医院留赠胡大夫》）姚华在大病初愈期间抱病作画扇若干，后结集为《姚茫父风画集》，该集附严修丙寅七月十一日书信一封，内云："吾弟近日书体一变，极浑灏流转之致，苍润充沛，后福可知。"④大病之后，姚华书法风格为之

---

① 姜德明：《姚茫父诗悼刘和珍》，《贵阳文史资料》第十八辑，第32页。

② 参见姚华诗《病废将起，赠克理博士》。

③ 关于姚华住院时间，邓见宽《姚华年表》记："住院二旬。"据姚华《将去医院留赠胡大夫》："三六九月灾难，二十五日光阴"，可知姚华住院时间为25天整。

④ 严修：《〈姚茫父风画集〉序》，《贵阳文史资料》第十八辑，第27页。《姚茫父风画集》一书，笔者经多方寻访无果，今存疑俟考。

不变。姚华本人在题《风画集》诗中对自己艺术风格的变化也有清晰认识:"少师病废书仍好,翰简千年艳《韭花》。画里姚风今更绝,笔兼风雨任横斜。"病废后的姚华仍坚持书画创作,且技法更为挥洒自如,风格更为苍润充沛。但这种艺术才情的恣肆挥洒毕竟不能掩盖姚华对自身衰病的伤感,正如姚华本人在《次韵印昆题〈风画集〉》中所谓:"诗入秋怀老,书兼草隶嗔。"从诗歌风格而论,病后的姚华作诗风格更低沉伤怀,多以感慨人生易老、世道无常为主。他在1928年所作《感兴》诗序中云:"病有日起,苟积岁月,不难委杖,惟镜中故,吾乃真老矣。感成绝句。"但姚华绝不向命运低头,而是时时以淡泊明志警醒自己秉持气节,不与肮脏小人同流合污。他在《王梦白破斋》中将自己困病交加的境况与画家王云相比:"我酸子淡犹风韵,不似君斋冷更荒。扫却千言拈一字,西风老屋坐王郎。"借王梦白穷愁潦倒的际遇隐约表达了对自身遭遇的不满,"西风老屋"之句,也正是姚华本人不肯拜谒军阀门下,甘守清贫情怀的真实写照。他在《五月廿一日,病二年矣。世事推移,悄然有忧生之感,伏枕无寐,遽尔成篇》中自明心志:"居僻更养拙,瓶罄亦叠耻。终将守素心,庶保加长齿。"生活环境的艰难困苦并未使姚华放弃对坚贞气节的固守,而是达观洒脱地直接抒发了其不甘伺奉权贵、安贫乐道的信心与决心。他在《潘星斋"秋山过雨"卷子》中借题潘曾莹山水画表达自己超然淡泊的心态:"闭户十年作画师,人间笑丑亦称奇。"借"以丑为奇"的艺术观点对自己勘破世相后沉湎于书画创作的人生历程进行了完整的总结。

1927年4月29日,姚华门生方舟与李大钊等爱国志士被奉系军阀张作霖杀害于北京菜市口。方舟,本名嗣,后改名伯务,湖南衡山人,1926年毕业于北京美术专科学校,同年留校任教,时为校长姚华聘任为北京京华美专教员,长于绘制花鸟画。方舟英勇就义后,其生前好友多方设法编印其遗画出版。姚华作为方舟的老师与长辈,积极支持出版其遗画事宜,同时还手书《方生遗墨鹜》和《又题方生遗画集》二诗于其上。

朝浴清波暮白沙,野性由来养不家。冷魂黑夜绕洲渚,孤影依然伴落霞。

生前着意染胭脂,别样风姿正入时。画里玄机惟手墨,可怜落笔苦争奇。

鹜鸟具有天生野性,白日游弋于清波绿水之间,夜晚时分则栖息于水面沙洲之上,具有家禽所不具备的野性。诗人以此比拟方伯务是一位不甘平庸碌碌的有为青年,同时也隐喻方生作画具有不同流俗的创作个性。"冷魂"一句表达了诗人对学生不幸罹难的哀悼之思，而末句由"孤影"延伸到漫天彩霞，则表明了诗人对未来充满信心，相信烈士的鲜血必定能够换取灿烂辉煌的明天。诗中既立意于画面本身，同时亦未凝滞于单纯静止的图案形象，而是由此生发出诸多深刻独到的意蕴。其间既有对鸳鸟生活习性的描写，亦有对方生画艺的评价与首肯；既有作为长辈对门生受戮的痛惜与哀思，更有对未来的向往与坚定的信念，显示了诗人崇高的思想境界。第二首《又题方生遗画集》肯定方生汲汲埋首于传统画道的钻研，同时亦敢于大胆创新，其作品具有不同于一般画师的"别样风姿"。二诗一评价方生作为一有志青年积极投身革命的不屈意志，一评述方生对画艺之道的坚守与进取，从德行与技艺两方面彰显了诗人对方生的高度肯定。从创作时间判断，此二诗当作于 1929 年春夏之际，时值张作霖对李大钊等爱国人士处以绞刑；蒋介石发动"四一二"反革命政变，于南京另立国民政府，国民党又在广州捕杀共产党人等一系列倒行逆施的暴行相迭发生。姚华敢于在白色恐怖日趋严重的时局之下积极支持罹难门生遗画的编印工作，并作诗寄寓哀思，这不仅彰显了其坚决与反动军阀势不两立的铮铮铁骨，更是出于进步人士的爱国立场所致。

《弗堂类稿》中所存姚华最后诗作为《得行严诗却寄，同释戡韵》，诗云：

除了寻诗日日闲，故人诗讯更相关。孤桐一去犹多韵，近草千程不碍山。已悟浮名桃李嫁，难酬佳语鹧鸪斑。可怜吟侣成寥落，传与少年莫浪讪。

由该诗可见，在姚华生活的后期，写诗构成了诗人日常生活的重要内容，然而在 1930 年的当时文学界，旧体诗歌的创作基本上沦为空谷绝音，好之者甚少。作者由寻诗—吟诗—传诗，其间也蕴含了姚华对旧体诗词日益衰微这一现象的忧虑。故他在诗尾云"传与少年莫浪讪"，即希望旧体诗词作为传统文化的重要载体与表达方式，能够得到青年人的传承与弘扬。时至今日，旧体诗词之命运确乎尴尬多舛，其流播范围仅仅局限于老年退休者的闲暇玩好，青年一代学人中好而习之者可谓寥寥，姚华之担忧已经成为无可讳言的事实。因此，对姚华诗歌进行深度剖析，并准确定位其在近现代诗歌史上的合理地位，或许也是后人对传统的一种缅怀与纪念。

三、姚华诗歌的艺术成就

姚华于文学创作领域众体兼善,《弗堂类稿》中诗、文、词、曲、赋均存有不少作品。单凭数量而论,其中又以诗歌为最富。《弗堂类稿》录诗 1000 余首,数量上远远超出其他文体。然而,就某一文体在文学史留下的声名而论,姚华诗歌实不及词曲。笔者以为主要有如下几方面原因:

首先,较之于词曲而言,姚华诗歌创作的艺术特质并不十分显明。姚华从不以"诗人"名世,他在其他文体(词曲)与书画、颖拓、金石领域所取得的成就掩盖了其在诗歌领域的声名。在 20 世纪初的诗坛上,姚华诗歌并不具有独特性,也没有凸显崭新风貌而引发人们的关注。此外,姚华于诗学理论方面并没有留下专门著述,而多以单篇论文的形式呈现,他关于诗歌源流、体性、特征等的观点大多潜藏于曲论、画论之中,这些认识于近现代诗歌史的学术意义与潜在价值尚未得到充分开掘,势必会妨碍论者对其诗歌成就的评价。

其次,姚华《弗堂类稿》八十余年来少有重刊之举也是导致姚华诗名不显的重要因素。《弗堂类稿》由姚华学生王伯群整理,1928 年书稿交付中华书局,但正式出版则是 1930 年的事情了。此后唯有台湾文海出版社 1974 年出版影印本,但该本将诗词曲赋十六卷均删去,仅保留了其散文部分,故姚华诗歌往往得不到论者的重视。而 1930 年中华书局聚珍仿宋本八十年来未有再刊之举,一般学人均不易寻觅。众所周知,任何学术研究,文献的整理齐备是最起码的基础。欲正确评价姚华诗歌,首先就必须对其诗作进行较为全面的搜集整理,但数十年来唯有邓见宽先生致力于此。邓先生所选注之《姚华诗选》精选姚华诗歌 305 首,并对每一首诗作加以系年,同时予以注释和简要分析,其论见多要言不烦者。然而,他在《姚华诗选》前言中也说道:"选者的学识和爱好限制选本,可能有应选而未录。姚先生有关金石、碑帖、印玺的诗作选得极少,姚氏这方面的诗和其大量的题画诗,流布甚广,今藏于公私收藏者手中的其艺术品和经他鉴定的艺术品相当多,还有人藏有其诗扎手稿。"[1] 正如邓先生所言,姚华诗歌有大量题画之作,还有不少字画作品散佚于民间,民间藏家的藏品又多不示人,这就为全面整理姚华诗歌设置了巨大障碍。《弗堂类稿》八十

---

[1] 邓见宽选注:《姚华诗选》,贵州人民出版社 2000 年版,第 12—13 页。

年来少有重刻之举,《姚华诗选》出版于 2000 年 9 月,印数仅有 1500 本,此后亦无再版,故姚华诗歌很少得到学人关注。

最后,从学术风气而论,尽管学术界早已认识到"趋热避冷"这一学术风气的存在,至于导致该不良风气的原因是多方面的。其间有治学者本人的治学喜好趣尚,也有学术自身存在的一些弊端性,更有当代学术界浮躁功利的普遍心态为驱动。一言以蔽之,改变这一学术风气不是朝夕之功,它需要几代学人的不懈努力。从目前对姚华的研究现状我们可以清晰观照,于姚华字画方面的研究是一个热点,但这些研究成果大多限于常识性介绍,除徐传法等少数学者能够另辟新见之外,其他令人耳目一新的成果寥寥无几。而于姚华文学著述作品艺术风格的研究除邓见宽先生、耿祥伟有几篇专文涉及外,其他也未见学人论述。于姚华作品文体研究而论,词较之于诗更见深度,诗较之于曲又略胜一筹。如邓云乡先生即认为:"就姚华来说,在我感觉,他的词比他的诗,更有味道,更有才气。"① 至于姚华的散文辞赋,据笔者目力所及,迄今尚未见专文研究。笔者以为这是导致姚华诗名不显的第三个因素。

关于姚华诗歌的艺术成就,前辈学者已有部分精辟见解,颇值得参考借鉴。如邓见宽评价其诗歌特色云:"姚华坚持写实创作道路,以真情实感作诗,想象丰富,语言清达,借鉴词曲口语化的长处,企图摆脱格律诗的束缚,部分地汲取西乐的节奏,形成自我表现形式。"② 李建国、邓见宽则用"志学能藏用,清新又流丽"一语归纳姚华诗歌的总体艺术风格③。这些论述与观点,均从不同侧面深化了我们对姚华诗歌特质的认识,但总有欠缺细致深入之感。因此,本节从诗体、美学风格、创作技法、语言特色等方面对姚华诗歌进行尽可能深入的阐释。随着文学评论语境的变迁,与之相适应的是文学话语也应该进行相应调整,再袭用十几年前的理论思维去辨析姚华诗歌的话可能也有不合时宜的嫌疑。本节我们尽可能跳出前人的论述与思维模式,找一些新的话说,其中如有乖舛与谬误之处,尚望方家不吝赐教。

1. 从诗歌体裁而言,姚华作诗以近体格律诗为主,但同时亦有少数古体

---

① 邓云乡:《姚茫父〈弗堂类稿〉与陈师曾》,《传统文化与现代化》1998 年第 6 期。

② 邓见宽选注:《姚华诗选》,贵州人民出版社 2000 年版,第 9 页。

③ 李建国、邓见宽:《志学能藏用　清新又流丽——评姚华的诗》,《贵州社会科学》1986 年第 6 期。

诗，体现出其对各类诗歌体式均能够熟稔于心、驾驭自如的诗才

从姚华现留存诗体观照，其诗歌从体式上毫无疑问以近体律绝为主。据我们统计，《弗堂类稿》存诗 1100 余首，其中有近千首作品属于近体格律诗，占其诗歌十分之九的比例，其他体裁诗歌仅有 100 首左右。姚华从小受传统蒙学教育，具有深厚的国学素养与小学功底。他主张读书首先由小学入门，于声求音，由声求义，强调"音韵不通，不足为小学"①。他对近体诗歌的格律规则熟稔于心，创作起来自也是得心应手。以他早年所作诗歌为例，除《安平晓发》《水画歌》在体裁上属于古风，其他均为五七言律绝（《竹枝辞》四首模仿民间民歌格调，但在形式上仍然属于七绝）。而《安平晓发》《水画歌》之所以选用古风形式，这是由其表达内容的宏富性决定的。前者描写作者自贵阳赴兴义沿途所见景物与其所感，这一内容含量就不是近体律绝所能容纳的了，因此在形式上就必须采取自由灵活且篇幅较长的古风体，方能完成作者在诗中所彰显的主题意蕴。《水画歌》同样如此，水画本来就是中国传统山水画的一个特殊门类，具有悠久的历史渊源。姚华对水画技法的摸索也是一个渐渐的、不断修正完善的长期过程，要表现这么多庞杂繁复的内容亦绝非近体律绝所能负载。因此，姚华在体裁上遂选取古风这一长短不拘的诗歌形式予以表达。这说明姚华作诗尽管以近体律绝为主，但他能够根据实际表达需要选择适宜的诗歌体裁。论及姚华诗作的体裁择取，其早年赴京赶考路过贵州偏桥所作的《夜行偏桥道中》颇值得一提。全诗如下：

晚岁薄日影易没，风吹余曛冥无存。路出草际一线白，天粘山痕千峰昏。冥冥树黑认野庙，星星灯红摇疏村。不辨驿站那处是，惟闻溪声喧潺湲。

该诗主要描写了姚华在昏黑夜幕下冒着冷风赶路的情景。此诗前有小序云："壬寅除夕前一日戏为全平全仄。"该诗出句全用仄声字，对句则全用平声字，在平仄上可见姚华于诗律的大胆突破。该诗虽不合格律，但在审韵用字方面最为考究，这种有意违背诗歌平仄格律的技巧也最能考量诗人作诗的功力。这种对诗体的有意创新之作还有《二女士》（以二月五日之役及于难）。

宣和不闻陈东死，南渡胡为死东市？千年夷夏祸犹存，碧血又渍绿窗史。

①　关于姚华的音韵学观点，可参看其《小学答问》（姚华：《书适》，邓见宽点注，贵州人民出版社 1988 年版，第 69—101 页）。

呜呼，刘、杨二女士！

该诗为悼念在"三一八"惨案中英勇献身的刘和珍、杨德群两位热血青年而作。前四句为七言，第五句则直抒作者之悲痛，言辞之悲愤激烈可谓力透纸背，既抒发了作者对学生的痛悼之情，同时也鲜明地表达了作者对爱国学生的同情立场，可谓画龙点睛之笔。

姚华还模仿《诗经》和楚辞语体等先秦时期的诗歌句法，作有《游艺会歌》《伐木歌》《"四序成平"为北京女师运动会歌》《"伊予小子"二首为女子师范生毕业作歌》等。这些作品虽然在语句形式上模仿先秦诗歌的句式章法，但其实际效果却通俗典雅，读来琅琅上口，既能够恰当彰显出青年学生的朝气与活力，同时也便于谱曲歌唱，文学性与音乐性兼而有之，为女子师范学校学生交口传唱。如《游艺会歌》：

秋风生兮，天高而气清。草木离离兮，其实已成。桂始歇兮，菊又芳。时节如流兮，不能忘。夸余修兮，励余之志。道孔修兮，余将焉至？曰多能兮，孔虽圣而不休。余游于艺兮，复何求！

游艺会是女子师范学校的传统活动之一，该诗为姚华任北京女子师范学校校长期间所作。全诗以咏秋天景物为起兴，以草木象征青年学生已长大成人，应当具有成年人的责任与担当。同时还以丹桂与黄菊勉励青年学子应该以孔子为楷模，增强自身素质，不断提升自己的道德修养水准。全诗虽系骚体诗，但却展现了与时俱进的具有时代新貌的题材内容，可谓是旧瓶装新酒的典范。又如他作于同时期的《伐木歌》：

伐木丁丁，鸟鸣嘤嘤；鸟鸣伊何，曰求友声。伐木伐木，载歌空谷；愿言求友，维予之淑。求友如何，如切如磋；如切如磋，如琢如磨。友旃友旃，学广于渊。谓他人先，予胡不前！

该诗巧妙化用《诗经·小雅》中的《伐木》与《诗经·卫风》中的《淇奥》二诗成句，同时又将其整合得天衣无缝。以伐木、鸟鸣起兴，以整齐的四言句式为表述形式，指出在学习中要多与他人交流的重要性，即通过友人之间的交流砥砺来实现共同进步的目的。与《游艺会歌》相较，这两首诗一为骚体，一为四言，均是当时诗坛少有诗人创作的诗体。姚华却敢于尝试，大胆创作，让这些古老的诗歌体式焕发出新的生机与活力，正体现了这位博学多才的诗人对文学遗产的继承与发展。姚华还重视民间文化与民间歌谣，提倡向民歌学习，他在《曲海一勺·第四骈史》中将中国古代诗歌一脉的发展历程归结为"南北曲宗长短句而祖《诗》三百篇"①，将以民歌为主体的《诗经》视为中国诗歌的发展源头，正是强调了民歌的重要性与诗学史价值。他除了早年模仿古民歌《竹枝词》的语言与笔调作《竹枝辞》外，晚年时期还作有一首模仿民间歌谣体式的《娘打儿谣》：

> 娘打儿，打儿莫伤皮。皮在身上披，伤皮损威仪；娘打儿，打儿莫伤肉。伤皮痛儿身，伤肉连娘腹；娘打儿，伤肉莫伤骨。肉伤犹可长，骨伤长不出；娘打儿，伤骨莫伤心。心伤惟有泪，无泪痛益深；娘打儿，伤心莫更苦。儿心本无多，娘心能自抚。

该诗作于1927年姚华于深夜闻妇人打儿之际，诗前有序云："闻孤儿被笞，娘急儿苦矣。依枕不寐，感为五章。"此诗以民歌中常用的重章复沓手法，由伤皮—伤肉—伤骨—伤心层层递进，将平常之事描绘得痛彻心骨，真切表现了诗人对市井百姓生活的关心之情。这种对民歌的合理借鉴也说明姚华作诗能够不囿于某一体式，在秉承传统的同时又具备通达开放的襟怀。既固守传统文士崇尚雅致之创作趣味，同时也重视民俗文学的价值与地位。

2.用典巧妙自然，浑如己出，彰显了姚华博古通今的渊深学识

用典是古典诗词中最为常见的修辞手法之一。武汉大学文学院罗积勇先生曾作《用典研究》，对用典的方式、策略、功能等均有详细辨析。并对用典手法作出如下定义："为了一定的修辞目的，在自己的言语作品中明引或暗引古代故事或有来历的现成话，这种修辞手法就是用典。"②古往今来的文人作品中，用典的运用方式可谓千差万别。从引用方式角度考察，有明引者，有暗用者；从所引对象角度考察，有引言者，有引事者；从语义角度考察，有同义、转义、衍义、反义、双关、别解的差异；从引用数量角度考察，有单引者，有叠引者③。但无论采用何种方式，能否在诗词中娴熟运用典故，并将其与作品自身表达意旨巧妙融合，正是衡量不同作家艺术才情高低的标准之一。从这一角度而言，姚华诗歌在用事上颇为别具一格，其对前人成句、语汇的广泛运用

① 姚华：《曲海一勺·第四骈史》，俞为民、孙蓉蓉编：《历代曲话汇编·新编中国古典戏曲论著集成》近代编第二集，黄山书社2009年版，第207页。
② 罗积勇：《用典研究》，武汉大学出版社2005年版，第2页。
③ 以上分类均参见罗积勇《用典研究》。

也能够从一个侧面彰显姚华于诗歌创作的绝佳才情。

从姚华诗歌的用典情况考察，姚华诗歌中用典类型主要有如下几种情况：

（1）直接借用原诗成句

姚华诗歌中有部分典故，系直接从前代诗词中移植而来，几乎不作改动或改动甚微。但其并非是字句的简单袭用，经过作者略作点化后，则与姚华新作诗歌意旨十分吻合，浑然不见斧凿痕迹。如《伐木歌》中直接引用《诗经》成句，但却与全诗主旨契合无间。由"伐木""鸟鸣"引出"求友"主题，由《淇奥》中的"如切如磋，如琢如磨"引出学习要勤于交流，才能在互相切磋中共同进步。虽是直接袭用《诗经》原句，但经作者加恰当语词链接后，收到了令人意想不到的艺术效果。

（2）化用前人成句语词入诗，增强诗歌的文化含量与学术性，体现出姚华在创作上追拟魏晋诗风的实践意识

姚华诗中更多是对前人成句中经典语词的巧妙化用。这类用典，一方面能够突出传统诗歌古典雅致的艺术特质，另一方面也能够从一个侧面展现姚华通今晓古和博闻强识的才干。如姚华作于宣统三年（1911）的《辛亥元旦画松》诗：

元辰清淑无营虑，洒墨森然学画松。高胜五陵寒落落，君看一幅意重重。谷风排岩虢如虎，烟水纷挐道是龙。共信此心差可誓，已过霜雪待春钟。

此诗作于1911年元旦，姚华借画面上松之傲霜雪、抗严寒、耐贫瘠的坚贞品性讴歌了作者心目中的理想人生境界。诗中多次巧妙化用前人咏松之名句，同时又与诗意浑合无间。姚华为去除读者的阅读障碍，凡有用事处皆直接标注。因邓见宽先生在标点本诗时有几处讹误，故笔者将其一一拈出分析。其中"高胜五陵寒落落"注云："孙绰'荫落落之长松'。李颀'寒色五陵松'。"前者系指晋人孙绰《游天台山赋》："藉萋萋之纤草，荫落落之长松。"后者则出自盛唐诗人李颀《望秦川》："秋声万户竹，寒色五陵松。"两作一描写天台山青松孤直挺拔，一咏赞青松虽餐风饮雪，然青翠不改的坚贞秉性。"君看一幅意重重"一句后姚华自注："杨凝式'一纸书来意万重'"，则出自唐人李涉《庐山得元侍御书》："惭君知我命龙钟，一纸书来意万重。"姚华所言，当系指杨凝式所临写书法作品而言。"烟水纷挐道是龙"一语后姚华自注云："卢肇'报道是龙君不信'"，此语邓见宽先生将之标点为："卢肇：报道是龙，君不信。"误，该句出自唐人卢

肇《竞渡诗》:"向道是龙君不信,果然夺得锦标归。"邓先生将诗歌点读为散文句式,显误,同时将"向"字讹为"报"字,当为字形相近之误识。"共信此心差可誓"一语姚华自注云:"刘峻'援青松以誓心',李白'劝君青松心,努力保霜雪'。"前句系出自南朝梁人刘峻《广绝交论》:"援青松以誓心,指白水而旌信。"邓见宽先生将前句错误标点为"刘峻援:'青松以誓心'",以"刘峻援"为人名,亦误。后句则出自李白《古风》诗第二十首:"劝君青松心,努力保霜雪。"末句"已过霜雪待春钟"一语姚华自注云:"自去年除夕竟日大雪,今犹未已。庾信'春钟九乳鸣'。"此语出自北周庾信《道士步虚词》诗其七:"夏簧三舌响,春钟九乳鸣。"通观以上数处用事,有直接与咏松相关者,如"寒落落""共信此心差可誓"等语,直接从前人咏松成句中化用而来;亦有与咏松主题无关者,如"一纸书来意万重""烟水纷挐道是龙"等句子。这些典故的巧妙运用使得全诗字字珠玑、熠熠生辉。既继承了古代文士咏松、敬松、恋松的君子之风范,亦彰显了姚华胸中所藏之广博学识以及他对前人作品中语汇、成句与典故轶事的驾驭自如。可谓是恰到好处,妙趣横生。

这种在诗中大量用典是姚华诗歌的艺术特质之一。又如他在光绪三十四年(1908)为友人周大烈所作的《题〈夏柳图〉,为周印昆大烈》:

无端移柳都垂荫,绿到君边叶叶愁。万里东风疑似梦,一天凉思易成秋。乡心老去催罗隐,谈笑人间忆柳州。摇落汉南多少树,归来何处问妆楼。

此诗借垂荫之夏柳隐喻自己虽处壮年,然不为世用之苦闷。同时亦曲折隐晦寄寓了自己对国事艰难的慨叹之悲。诗前有小序,其中有云:"印昆将归,自吉林先寄予《夏柳图》,别又经年矣。其之吉也,在别后数月植柳,垂垂已成今。昔树犹如此,人何以堪?"由此序可知,该诗为友人周印昆自吉林寄《夏柳图》索诗而作。诗中几乎句句用事,体现了姚华于诗歌用事方面精妙绝伦的艺术功力。首句"无端移柳都垂荫"后姚华自注云:"米芾帖'桐柳椿杉百十本,以药植之,今十年,皆垂荫一亩。'"此系指米芾《弊居帖》:"环居桐柳椿杉百十本,以药植之,今十年,皆垂荫一亩,真一亩之居也。"该帖记述了米芾"宝晋斋"的地理环境与园林景致,彰显了米芾对山石古玩的痴迷与喜好。"万里东风疑似梦"一语后姚华自注:"王昌龄诗'东风不度玉门关'"。"东风",亦作"春风",此注当系姚华记忆讹误。"东风不度玉门关"出于王之涣《凉州词》,并非是王昌龄作品;"乡心老去催罗隐"一语姚华自注云:"罗隐诗'柳送乡心入酒楼'。"此处化用晚唐诗人罗隐《湘中见进士乔诩》"云牵楚思横鱼艇，柳送乡心入酒楼"之典，表达自己对故乡的思念以及叹老嗟卑之感；"谈笑人间忆柳州"一语，姚华自注云："柳宗元《种柳戏题》：'谈笑为故事，推移成昔年。'"此语邓见宽先生点读为"柳宗元种柳戏题，谈笑为故事，推移成昔年"。"种柳戏题"一词未加书名号，误。《种柳戏题》为柳宗元出任柳州刺史时记叙自己在柳州一地栽种柳树而作，表达了其欲以种柳为手段，造福百姓的美好愿望。原诗为："柳州柳刺史，种柳柳江边。谈笑为故事，推移成昔年。垂阴当覆地，耸干会参天。好作思人树，惭无惠化传。"该诗以"戏题"态度写出了严肃宏大的济世主题。姚华用此典，当是回想青年时期欲以胸中所学救国于危亡之际这一理想壮志的破灭。"谈笑人间"一词，其中正蕴含了诗人多少无奈与心酸之慨叹！"摇落汉南多少树"一语后姚华自注云："庾信《枯树赋》：'昔日移柳，依依汉南；今当摇落，惆怅江潭。'"该赋为庾信晚年而作，主要表达了作者对往事的追忆以及对死亡的恐惧。姚华借用其语，无疑正是有感于庾信之生平遭际坎坷流离而一无所成者；"归来何处问妆楼"一语后姚华自注云："妆楼，慨时事也，喁喁民望而今已矣。"柳永词《八声甘州》有"想佳人，妆楼颙望，误几回、天际识归舟。争知我，倚栏杆处，正恁凝愁"之语，姚华此句并未直接点明用事之来源所出，但其注中所云"慨时事也"可谓是一篇之警策，同时亦起画龙点睛之妙用。他以佳人登楼眺望，几度误失归舟的语典传达了自己在苦闷彷徨岁月中的无奈与茫然，同时也表述了其悲天悯人的济世心怀。全诗几乎句句用事，或直接化用其原句，或虽化用而略作点化，或隐晦暗用前人语词，或借用前人轶事，具体运用手法可谓丰富多变，灵活自如。同时又与诗意融合无间，给人以一气呵成之感。姚华在该诗前小序中将自己所作之诗与白居易和清初诗家王士祯相比："接迹香山，方驾阮亭，吾生虽狂，夫何敢信！"可见姚华旺盛蓬勃的艺术才情与自信潇洒的创作情怀。

自东汉文人涉足五言诗体裁领域以来，用典即成为文人诗歌与乐府民歌在表达技巧方面的区别之一。如东汉郦炎所存二首《见志诗》，其一以修翼、凌霄羽、千里足等意象比喻自己的凌云壮志；其二以灵芝、兰荣被毁隐喻志士怀才不遇的遭际和苦闷。其后《古诗十九首》中用事的语言技巧进一步得到承传，如《如西北有高楼》中"谁能为此曲，无乃杞梁妻"化用春秋时期齐国大夫杞梁事表达凄凉缠绵的情感；《明月皎夜光》中"南箕北有斗，牵牛不负轭"直接化用《诗经·小雅·大东》篇中"维南有箕,不可以簸扬。维北有斗,不可以挹酒浆"的成句表达对世态炎凉的感叹,等等。西晋诗坛以陆机、潘岳为代表,诗风逐渐趋于繁缛华丽,注重语言技巧的形式美。在诗中大量用典也就成为文人逞才炫博的重要方式。因此,较之于唐宋以后的诗歌风格而言,大量使事用典是魏晋诗歌的明显表征之一。姚华诗中用典之频繁与妥帖,一方面体现了姚华习诗尊奉汉魏的诗学观念,另一方面也是姚华博学多才的禀赋在诗歌领域的自然呈现。

3.诗才与艺事并飞的创作特色

作为学通古今的一代杂家,姚华的文学创作自然不可避免地体现出文学与艺术相融错杂的主体风貌。具体到某一文体,不论是诗词曲赋抑或是杂文散体,其基本风貌均呈现出文学与艺术相渗相融的独特风格。换而言之,姚华是以文学实践作为具体表述其艺术主张与见解的主要工具。此外,从姚华的文学创作中,我们也能够大量窥见其频繁的艺术活动。因此,对姚华这样的通才型大师,倘使我们在考察其文学作品时只单纯地凝滞于文学层面的话,那就难免会犯以偏概全的错误,而导致最终结论与实际风貌相去甚远。事实也正是如此,在姚华诗歌之中,除涉及时事与诗人本人日常生活、情感体验的作品之外,还有大量作品涉及姚华的艺术活动状况。对这部分作品进行辨析,不仅能够全面还原姚华诗歌的创作风貌,而且也能够作为艺术史史料佐证姚华于书法、绘画、金石、颖拓、藏书领域的卓越成就。以姚华作于民国戊午元日的《师曾来弗堂观近得邯亭士尊,因见号以俪邵亭先生,且许刻印。戊午元日诗以乞之》为例:

邵亭旧印久霾尘,一语冰川藻饰新。偶得荒尊不识岁,黝然小篆亦无伦。君车有例如堪署,钧带成文最可珍。乡乘百年容似续,愿凭石证起沉沦。

邯亭士尊为其上刻有"邯亭士"字样的陶器,今下落不明。姚华在《题邯亭士尊》诗五首中曾以注释形式详细介绍该古玩的出土及收藏过程,并对"邯亭"地名作了细致考证。此陶器今虽亡佚不存,但读者从诗中"黝然小篆""钧带成文"等描述中自然可想见其形貌。此外,从该诗的叙述中我们还可以窥见姚华与友人陈师曾时常切磋艺事,共同醉心于金石古玩收藏的艺术雅好,亦是两位艺术家深厚友情的点滴折射。

刻铜是一门历史悠久的造型艺术,其最早源于春秋战国时期的錾铜,指直接以刻刀在非铸造铜器的表面上镌刻图案文字的技艺。民国时期,北京琉璃厂制作的铜墨盒、铜镇尺，因其往往系刻铜高手与书画大家共同合作制造，造型典雅庄重，图案细腻精美，故深得民间欢迎。其中由姚华手书之刻铜更是民国时期刻铜艺术的精品。姚华诗中对此亦有记载，如他作于民国十二年癸亥（1923 年）的《旧书〈长恨歌〉于墨盒子，刻成玉霜得之，属题尾》：

　　白傅诗篇传老姬，姚茫细字比蝇头。金壶写成教储墨，记取鹊桥一段秋。

　　姚华所作《长恨歌》墨盒今存于贵州省博物馆，以蝇头小楷写成，字迹清丽娟秀，刻工技艺精湛，确乎为刻铜精品。"玉霜"为著名京剧演员程砚秋。本诗虽为篇幅短小的七言近体，然其间蕴含的信息量却十分丰富。首先，该诗记载了姚华与京剧名角程砚秋的一段交往：姚华铜墨盒刻成后，程砚秋偶然见到就立即买下，并请姚华题诗于其上，由此可见两人不同寻常的友谊。其次，姚华书画刻铜作品留存甚众，该诗从一个侧面记载了姚华刻铜作品的书法风格"细字蝇头"，这一风格正是姚华自己所总结之"枯笔燥墨，奏刀随之"，即以秃笔蘸上焦墨进行书画创作。邓见宽先生曾云："民初书法尊碑卑帖，汲取金石书法韵味。茫父、师曾运毫笔恣肆纵横，方圆相济，创造出刻笔意蕴极浓的书体。他俩坚持硬毫秃笔乃时尚所趋。"① 姑且不论姚、陈二人以秃笔作书画的技法是否顺应民初书法潮流，但二人的这一技法很大层面是通过刻铜作品得以留存。最后，该诗还间接表述了姚华于艺术创作的观点——艺术创作要面向大众，贴近生活，方才能够得以流芳百世。"白傅诗篇传老姬"一句，虽是针对诗歌而言，但考虑到该诗的创作缘起与动机，其实也可理解为姚华针对刻铜艺术的具体表述。刻铜与诗歌同属于艺术创作，其艺术价值与思想意蕴都是通过藏家或读者的接受活动得以实现。因此，刻铜同样要注重面向大众，力求雅俗共赏，方才能够保持蓬勃的艺术生命力。

　　姚华是近代藏书家，一生爱书如命。他时常到琉璃厂火神庙书肆访求古书，一旦搜求到古籍善本，则不吝千金购置之。他曾在《千金买宋刻》诗中记叙了自己一掷千金购得宋刻的快慰心情：

　　千金买宋刻，短计益堪豪。有价同珠挂，无心借羽毛。乱余求古切，老去得书劳。犹是司成旧，因缘视雁羔。

---

① 邓见宽：《博雅、隽永的刻铜艺术——简论姚华、陈衡恪的书画刻铜》，《贵州文史丛刊》1991 年第 4 期。

此诗作于民国十四年（1925）乙丑，诗中所提及购置之"宋刻"，系指王廉生祭酒藏绍兴本《尚书注疏》。尽管此时的姚华谋生艰难，但仍不惜以一掷千金的豪气购置古书。同时姚华还声明：自己购置古书的缘由并非是附庸风雅，而是出于对收藏古本的喜好。在姚华藏书中，有一本独特的藏书元椠《张子寿集》不得不提，姚华于其书得失富有戏剧性，他在诗中曾经记叙了此书先不慎亡佚，后又复归的过程。《弗堂类稿》中有《旧藏元椠〈张子寿集〉亡去》（七月初旬）、《述梦》（忆《张子寿集》亡去也）和《〈张子寿集〉复归，喜叠前韵》（十二月）三诗记叙了这一失而复得的过程：

墨缘有分偏长短，若问如来亦皱眉。雅贼何人疑郭象，亡书似友惜钟期。出门已是成疏逖，得主不堪论转移。检点部亭存目在，一回追录一回思。

名书耐思忆，一去无还期。已获未能守，多求空尔为。失弓仍楚得，藏壑亦舟移。不尽填膺事，无端有梦知。

无端积想连饥渴，好语时间一展眉。文字有缘仍宿命，存亡犹幸及归期。从人论价千金贱，传写分藏万本移。相守岁寒共应老，梅边欣赏慰神思。

这三首诗均作于民国十二年（1923）壬戌。前两首分别记叙了姚华于该年七月上旬不慎亡失书斋所藏之爱书《张子寿集》的经过，以及失书后作者对该古籍的思念。第三首则作于该年十二月，记叙了该书重见天日后物归原主时他的喜悦之情。张子寿为盛唐宰相张九龄，有《曲江集》存世。姚华所得的《张子寿集》为元人刻本，该本的版本价值与文献价值不言而喻。姚华在前诗中"检点部亭存目在"一语后，用按语交代了该刻本以及《张子寿集》所存其他版本的一些相关情况："《弗堂藏书目录甲〈张子寿廿集〉》丁巳所得，有汪士钟、王鸣盛藏印。据《莫部亭书目》仅见成化本《曲江集》，至《张子寿集》则闻其目而已，此元椠仅见之籍也。"由姚华按语可知，《张子寿集》元刻本曾先后为苏州藏书家汪士钟和"吴派"考据学大师王鸣盛收藏，后于民国六年（1917）丁巳为姚华购得。据莫友芝《莫部亭书目》所载，张九龄《曲江集》唯有明代成化本存世，而姚华所得为元人刻本，其版本与文献价值自然就在明刻本之上。姚华这段按语不仅简要交代了购得该刻本的具体时间，同时还透露了该刻本的传承情况。此外，姚华还对《曲江集》的传承现状进行了简要考索：他首先指出《莫部亭书目》仅见《曲江集》明人刻本，而《张子寿集》则是"闻其目而已"；那么，元刻本《张子寿集》的重见天日，无疑对张九龄其人其作的研究提供了最切实的文献证据。该诗中"亡书似友惜钟期"一语邓见宽先生注为"钟期：清代画家"。我们认为此注系讹误。结合全诗句意，该诗主要表达了姚华嗜书成癖的品性以及对收藏古籍的热爱之情，故他将古人"亡书"比拟为知音之友，此处"钟期"当为"钟子期"的简称。《汉书·扬雄传下》有云："是故钟期死，伯牙绝弦破琴而不肯与众鼓。"又唐人孟浩然诗《赠道士参寥》诗亦有"不遇钟期听，谁知鸾凤声"之句。对姚华而言，心爱藏书无故丢失带给他的痛苦无疑有如伯牙丧知音一般不堪回首，因此方才会有末句中所言追录思念之语。故此处"钟期"并非是清代画家钟期，而应是借伯牙、子期高山流水的典故隐喻姚华将书籍视为平生知己这一爱书如命的癖好。姚华七月初旬痛失爱书，他在《述梦》(忆《张子寿集》亡去也)诗中虽以"失弓"与"藏壑"二典故表明自己对得失的达观态度，但由末句"不尽填膺事"仍可见姚华于亡书之事始终是耿耿于怀的，因此方才会令他魂牵梦绕。而同年十二月，元版《张子寿集》复归弗堂，姚华自是喜不自禁。欣喜之余，他提笔写下了《〈张子寿集〉复归，喜叠前韵》诗记叙了爱书失而复得的经历。姚华对书籍的痴迷并非是单纯出于一己之喜尚，同时他还有传承普及古典文化的责任感。"从人论价千金贱，传写分藏万本移"一联不仅彰显了姚华不惜千金购置珍贵图书的豪气，同时也表明他收藏图书并非是出于私心，而是以保存传播文化为己任的。古往今来，传统知识分子大都喜好藏书，且往往以书斋所藏之雅博而自矜，这是文士的共同之处。姚华同样恋书成痴，但他的思想境界与通过藏书实践文化普及的志向较之于一般文士而言无疑更高一筹。

第三节　《五言飞鸟集》研究

一、《五言飞鸟集》的创作概况

《飞鸟集》是印度诗人泰戈尔的代表作品，该集创作于1913年，1916年出版。1922年10月，由著名学者郑振铎先生将其英文版翻译成中文白话诗由商务印书馆予以刊行。书扉页上标注"太戈尔诗选""文学研究会出版"。姚华则将郑振铎的白话诗改写为五言古体。姚华不懂英文，故他在《五言飞鸟集》封面题签上标注"太戈尔意 姚华演辞"。所谓"演辞"，即"演化其辞意"，其重心在于"意"而不在于"辞"。姚华所改写之诗，不苟求内容与原作的完全对应，仅是在哲理、意境方面符合原作而已，这就要求演辞者必须具备深厚的诗艺素养与娴熟自如的表意能力。姚华与泰戈尔虽语言不通，但二人互相敬慕，于诗歌之道更可谓是心有灵犀、神交已久。《五言飞鸟集》创作时间为甲子年（1924）冬，但一直到己巳年（1929）四月方才定稿①，其后民国二十年（1931）二月由中华书局刊印发行。其书为铅印线装，封面为淡灰色，书名为另贴签条，其下有"太戈尔意 姚华演辞"两行八字。版权页右上注："民国二十年一月印刷，民国二十年二月发行，民国廿三年八月再版。"右下注定价"银三角"，其后信息依次分别为"译者 姚华""发行者 中华书局""印刷者 中华书局""总发行所 上海棋盘街中华书局""分发行所 各省中华书局"，书号为6153。书前附有与诗集相关的若干资料，其目录依次为"太戈尔像""朽道人写茫父小照""叶誉虎序""徐志摩序""茫父题五言飞鸟集""周大烈题诗""林志均题诗""五言飞鸟集"。其中叶序云："民国十八年之夏，徐子志摩以姚一鄂《五言飞鸟集》相示，乃取印度诗家泰戈尔《飞鸟集》之诗，而悉节为五绝者，此在吾国不能不谓为异军突起。"② 由该序可见叶恭绰系应徐志摩之约请作序，同时他还评价该集在当时国内文坛的独特性可谓"异军突起"。联系当时翻译学界与文坛的具体实践创作，这个评价是相当切中肯綮的。徐志摩序作于民国十九年(1930)八月，该序对《五言飞鸟集》的创作过程记载甚详，兹录之于后：

《飞鸟》(*The Stray Birds*) 本是泰谷尔先生一集英译小诗的题名。郑振铎先生从泰谷尔先生的几本英译诗集里采译了三百多首，书名就叫《飞鸟集》。他的语体是直译。姚茫父先生又把郑译的《飞鸟集》的每一首或每一节译成（该说"演"吧）长短不一致的五言诗，书名叫《五言飞鸟集》。这不但是文言而且是古体译的当代外国诗。这是极妙的一段文学渊源。③

徐志摩还充满深情地回忆："姚先生不幸已经作古，不及见到这集子的印

---

① 关于《五言飞鸟集》的最终完成时间可参见书前姚华自序诗注："己巳清明，茫茫父残臂书于莲华庵。"可知其完稿时间为1929年4月。

② 《叶誉虎序》，姚华：《五言飞鸟集》，中华书局1931年版。

③ 《徐志摩序》，姚华：《五言飞鸟集》，中华书局1931年版。

成，这是可致憾的，因为他去年曾经一再写信给我问到这件事。"①徐志摩序作于 1930 年，他所言的去年系指 1929 年。由此序可知姚华在该诗集完成之后将之交付与徐志摩代为出版，在他病重之时对此书的出版事宜亦念念不忘。

《五言飞鸟集》有插图二幅，其中第一幅为泰戈尔 1929 年在中国留影，照片右侧有胡适所题之词："太戈尔先生今年（1929）三月十九日路过上海，在徐志摩家中住了一天，这是那天上午我在志摩家中照的。胡适　一九二九　四　卅。"照片中泰戈尔端坐于藤椅之上，显得美髯飘飘，神态悠闲，一派仙风道骨。其身后有画作和盆景各一，照片光线较暗，颇有传统墨画之气息。第二幅为"朽道人遗墨茫父小照"，其后注"己巳孟夏鋆抚□题"，"小照"笔墨甚为简练，八字发型下配以墨镜和八字胡须，寥寥数笔，简练传神地勾勒了姚华的面容形态。姚华有《师曾为予写像，简而有神，因题》诗记此事，诗云："绘事槐堂接宝纶，偶然弄笔亦无伦。从知五色亦盲目，玄牝绵绵有谷神。"诗中赞扬陈师曾能以简练笔墨收到传神尽像的艺术效果。《五言飞鸟集》第二页插图末排小字为"戊午陈师曾先生为家君写照，己巳孟夏鋆苍均题"，可见姚华主要是通过次子姚鋆与徐志摩联系出版事宜。

二、《五言飞鸟集》的创作缘由

从创作缘由上看，姚华演辞的《飞鸟集》主要受泰戈尔访华所掀起的"泰戈尔热"影响。泰戈尔第一次访华后，当时许多重要报刊或大量发表他的作品与评论文章，或出版泰戈尔研究专刊，兴起了一股泰戈尔研究的高潮。姚华演辞其诗，与这一研究热潮的驱动当不无联系。而《五言飞鸟集》出版于 1931 年，这一时期国内文坛上泰戈尔热已经不复往日之活跃。此时伴随着"中国五四新文化运动已进入尾声，同时对泰戈尔的接受也逐渐沉寂，只有零星发表的译文和滞后性的长篇作品翻译以及研究专著的出版作为'泰戈尔热'的余温"②。因此，徐志摩或许正是有感于泰戈尔研究热潮的逐渐冷落而推动了此书的出版。

---

① 《徐志摩序》，姚华：《五言飞鸟集》，中华书局 1931 年版。
② 侯传文：《话语转型与诗学对话——泰戈尔诗学比较研究》，中国社会科学出版社 2010 年版，第 282 页。

在泰戈尔所交往的中国文人中，徐志摩与其私交最为深厚。泰戈尔对徐志摩的诗才首肯有加，不仅送给他印度名字素思玛，而且还将自己的水墨自画像与穿过的丝织长袍慷慨赠与①。徐志摩的诗歌也有吸收借鉴泰戈尔诗歌的影子，赵遐秋先生就曾经指出徐志摩的诗歌"不仅在诗句的流丽如洗、自然清新方面神似泰戈尔，而且在冥想、悠闲、轻捷、飘忽方面也可以说神似泰戈尔的诗"②。徐志摩本人也在其序末句云："我可以继续举引他的诗句，但我得等另一个机会再来更亲切地讨论关于泰谷尔的诗以及因他的诗所引起的有趣味的问题了。"③ 由此看来，徐志摩之所以推动出版《五言飞鸟集》，其间固然是因为他与泰戈尔和姚华这两位文学大师均有深厚的友谊，同时也敏锐地感知到两位异国诗人在诗心上的相知与共鸣，因此决心补续这一段"文学因缘"；此外，徐志摩本人对泰戈尔人格气质发自内心的景仰和对其诗艺的歆羡亦推动了《五言飞鸟集》的正式问世。

泰戈尔一生中曾两次访华，第一次是 1924 年，第二次是 1929 年。其中第一次是专程访华，停留时间较长；第二次是到美国和日本讲演时途经上海，在徐志摩家中小住数天。一则时间较短，二则属于私人拜访，故关于其第二次访华的具体情形可见资料极少。姚华与泰戈尔两位诗人是在泰戈尔第一次访华时首次见面。泰戈尔第一次访华是当时轰动文化界的一桩盛事，其时间从 1924 年 4 月 12 日抵达上海至 5 月 30 日于上海汇山码头启程到日本，共一个半月时间，其中在北京停留时间最长，有近一个月之久。在这一个月中，北京英美协会、佛化新青年会、海军联欢社、清华大学、佛教会、北京英文教员联合会以及北京城学术界、诗画界人士均为他的到来举办了盛大的欢迎仪式。④ 二人

---

① 关于徐志摩与泰戈尔的友谊，可参看唐仁虎等：《泰戈尔文学作品研究》，昆仑出版社 2003 年版。
② 赵遐秋：《徐志摩传》，中国人民大学出版社 1989 年版，第 265 页。
③ 《徐志摩序》，姚华：《五言飞鸟集》，中华书局 1931 年版。
④ 关于泰戈尔访华在北京的具体行程安排，据唐仁虎等的《泰戈尔文学作品研究》（昆仑出版社 2003 年版，第 59—60 页）记："4 月 25 日受到英美协会的欢迎，下午参加了在北海静心斋举行的盛大的正式欢迎会。一代学者梁启超致辞。……4 月 26 日泰戈尔应北京佛化新青年会的瑶卿，去法源寺观赏了丁香花；4 月 27 日，泰戈尔游故宫御花园，受到溥仪的接待，晚上参加了海军联欢社举行的公宴；4 月 28 日下午，他对北京学界发表演说；4 月 29 日上午参加北京画界的欢迎会，当晚赴清华大学；4 月 30 日在清华大学休息一天；5 月 1 日晚在清华大学发表演说，之后在清华大学和学生一起自由交流；5 月 5 日下午参加佛教会的欢迎会；5 月 6 日下午参加北京英文教员联合会的欢迎会。"姚华在北京城中所交往人物多为书画界人士，且泰戈尔 4 月 29 日到樱桃斜街贵州会馆参观书画展览，故二人相会时间当为 4 月 29 日上午。

相会的具体时间已不可考,《徐志摩序》记载了他们初次见面的情形:"那年泰戈尔先生和姚先生见面时,这两位诗人,相视而笑,把彼此的歆慕都放在心里。"①二人对对方的作品均首肯有加,泰戈尔将姚华的画作陈列于印度当地建立的美术馆中,而姚华则在其莲花寺中捧读《飞鸟集》并以古体诗歌演之,"闲暇地演我们印度诗人的'飞鸟'。"②

三、三首自序诗解读

在《五言飞鸟集》卷首录有姚华的三首自序诗,这三首诗于我们考察姚华创作缘由动机、诗集表达之主要意蕴思想以及姚华改写《飞鸟集》的创作心得均有重要参考价值。通过这三首自序诗,我们可以清晰观照到,姚华与泰戈尔第一次见面时如见知音的心心相通之情形并非是出于传统礼节之客套,而是两位诗人在诗歌的创作意旨、风格特色、写作技巧等方面均寻觅到诸多共通之处,这种难得的文学因缘使得二人产生了高山流水式的君子之交,也酝酿了中印文化交流史上的一段佳话。

在第一首自序诗中,姚华首先交代中印两国具有相似的国情背景:"西方圣人国,于今夷为虏。"两国同为文明古国,具有悠久灿烂的历史文化,但两国的近代史均是被西方列强凌辱的历史,这就为姚华和泰戈尔的心意相通提供了基本的参照起点。接着,姚华述及对泰戈尔诗歌的基本评价:"君心如明月,云来翳复吐。中间舌人舌,得失未堪数。清言或可采,豪发非无补。"姚华认为泰戈尔诗歌意脉圆转流动,深得吞吐之妙,虽然经过翻译者处理后与原貌有一定距离,但其语言清新流丽,多有可采之处。其后姚华直接点明了自己嘉许《飞鸟集》的原因:"即此见君意,一丝例万缕。分明恩怨心,怨结谁其府。帝邦纵尔雄,天心朗若睹。淫佚有忧患,清新起朽腐。"泰戈尔《飞鸟集》中最令姚华产生情感共鸣者便是其关注国事、忧心黎民的爱国主义篇章。该诗作于己巳年(1929),③此时姚华已经罹患中风两年,人生已是步入风烛残年之

---

① 《徐志摩序》,姚华:《五言飞鸟集》,中华书局1931年版。

② 《徐志摩序》,姚华:《五言飞鸟集》,中华书局1931年版。

③ 诗末姚华自注:"己巳清明,茫茫父残臂书于莲华庵。"

际。回首中青年时期为振兴时局的种种努力均付诸东流之水，姚华又怎么不感慨万千！正如姚华在《五言飞鸟集》跋语中所记："言短而意长，语切而思婉，盖诗之为术与心同，持其文异焉，可以国风为之。"①姚华正是有感于自己与泰戈尔在诗歌中所凸显的"术"与"心"的相近，即二人均始终秉持对民生国事高度关注的济世情怀，遂以《诗经》中"国风"为隐喻。因此，泰戈尔在诗中所袒露的赤子对祖国的眷眷之情自是令姚华唏嘘不已。本诗最末两句"子遗书此篇，为君伤离黍"即直接表露了姚华感伤国事的创作主旨。

姚华自序诗之二为七绝一首，原诗题为"印昆为阅草，题诗，见还，复书其后"，全诗如下：

"小集"吟成亦暂存，屡看觉似王逢原。

白头老友劳相勘，惭愧齐梁与并论。

为便于分析解读，现将周大烈题《五言飞鸟集》二绝句附录如下：

其一

大雅先亡抱一身，含情国内谁复嗔？

却凭天竺羁禽语（太戈尔诗名《迷途飞鸟集》），又作啾啾倦后吟。

其二

奋臂敧斜字可寻，"五言"哀怨让君深。

齐梁丧后人犹在（"小集"绝似齐梁人），在日先传不死心。

周大烈二诗，邓见宽先生《姚华诗选》选注时未注诗名，今据 1931 年版《五言飞鸟集》序，二诗诗名为《姚茫父掇拾印度诗人太戈尔诗意作五言小集，以手草相示，为题二绝》。《诗经》中"大雅"多为王室贵族所作，其间既有对历代先王政治功绩的讴歌，亦有对厉王、幽王暴政的无情抨击，此后大雅也即代表了《诗经》中高尚淳雅的艺术风格。如李白《古风》云："大雅久不作，吾衰竟谁陈？"清人侯方域《司成公家传》亦有"自杜甫后，大雅不作，至明乃复振"之语。周大烈题诗其一指出姚华诗歌继承了《诗经》中"大雅"雅正刚健的艺术气质，但"倦后吟"一语，也含蓄地指出姚华诗歌中气格卑弱的不足之处；其二则直接评述姚华诗歌与绮靡浮艳的齐梁诗风有十分相似之处，南朝齐梁时期是中国古代诗歌对声律美的追求由自然声律转为人为规范的重要时期，无论

---

① 姚华：《五言飞鸟集》，中华书局 1931 年版，第 16 页。

是以沈约、谢朓为主将的永明体抑或是以萧纲、萧绎、陈叔宝等为代表的宫体诗，在创作上均呈现出辞藻华丽、注重对偶、好用典故、讲究声律等明显的形式主义倾向。周大烈捧读《五言飞鸟集》的第一直觉是姚华诗歌清新流丽、柔婉轻盈的特征与齐梁诗歌的绮丽风格十分相似。此外，从诗歌体裁而论，姚华演辞诗作全为五言诗歌，这也是周大烈将其诗歌与齐梁诗作并提的理由之一。姚华在答诗中直接否定了友人对自己诗作的评价，其中"惭愧"一语，语气委婉，但态度相当显明。在姚华看来，己作风格与北宋王逢原十分相似。

王逢原即北宋诗人王令（1032—1059），初字钟美，其后改字逢原，元城（今河北省大名县）人，幼年丧父母，家贫然矢志于学，与王安石甚为相得，有《广陵先生文章》《十七史蒙求》等作存世。王令诗歌主要模拟中唐时期韩愈、孟郊的诗歌，气势沉雄，构思独特，语言字句瘦硬奇拗。此外，王令一生未曾有应召之举，生活在社会底层民间，对社会底层的民生疾苦有真切体察与深刻了解，发之于诗，则是体现在其诗能够直面现实，抨击流弊，对统治阶级给予民众的迫害尤其深恶而痛绝之。如其代表作《饿者行》《梦蝗》《暑热思风》等均突出表现了大济苍生、悲天悯人的胸怀。《四库总目提要》评其诗云："磅礴奥衍，大率以韩愈为宗，而出入于卢仝、李贺、孟郊之间，虽得年不永，未能锻炼以老其材，或不免纵横太过，而视倨促剽窃者流，则固偶偶乎远矣。"[1] 王令一生处于贫困交加、饥寒碌碌之间，然其个性清高耿介，不肯依附权贵王公。他曾模仿韩愈作《送穷文》，文中形容自己穷愁潦倒、一贫如洗的生活境况时云："自我之生，迄于于今，拘前迫后，失险堕深。举头碍天，伸足无地，重上小下，卒莫安置！刻瘠不肥，骨出见皮，冬燠常寒，昼短犹饥。"颠沛流离于社会底层的生活令他对现实政治心怀强烈不满，而傲岸不群、孤倨不苟的个性又使得他难以为社会世俗所容，二者的结合铸就了其人狂放兀傲的个性特征。因此，其诗题材多以描写自己贫病交加的生活和揭露人间种种不平等现象为主，而在描述自己的穷困境况时，又往往流露出悲天悯人、欲济天下苍生于水火的博大胸襟，同时也折射出其富贵不可动其志、贫贱不能移其情的顽强意志与坚贞品格。如《暑旱苦热》："昆仑之高有积雪，蓬莱之远常遗寒。不能手提天下往，何忍身去游其间？"既然不能携同天下百姓同往昆仑、蓬莱等清凉之地，自己又怎能忍心

---

① （清）永瑢等：《四库全书总目》卷一五三集部别集类六，中华书局2008年版，第1325页。

弃民先行呢？"手提天下"一语，想象怪异雄奇，充满浪漫主义色彩，更彰显出王令愿与黎民苍生同甘共苦的豪情与博大胸襟。其他如，《偶闻有感》："长星作彗倘可假，出手为扫中原清。"《岁暮呈王介甫平甫》："喜色开南信，悲怀动北琴。感时须寂寞，何独少陵心？"《龙池二绝》："终当力卷沧溟水，来作人间十日霖。"《不雨》："去岁秋霖若决川，今春不雨旱良田。道边老幼饥将死，云外蛟龙懒自眠。赤日有威空射地，清江无际漫连天。谁将民瘼笺双阙，四海皇恩不漏泉。"这些诗句均彰显了王令对民生疾苦的深切同情以及自己希望拯救民众于苦海的愿望。

由此看来，联系到姚华一生际遇与其用世之热忱心志，我们也就不难理解何以姚华会独以王逢原为知音了。首先，姚华后半生客居京城，尤其议会参政失败后决意退隐书斋，专心于字画创作。既无政府公职之优厚俸禄，亦不肯投附于军阀政客之帐下，唯有以写字售画谋生。理想抱负既然难以实现，孤高耿介之个性亦不为其他权贵所容。正如他在《自日本归，过武昌赠陈仲恕》一诗所云"愧无远志酬王粲，惟有穷途厄步兵"。再加上姚华子女甚多，家庭负担沉重，京华之半世生涯实可以"落拓"二字归纳之。在生活遭遇上就与王令有诸多共同之处：同是志在贫贱而不肯趋附豪门，导致自己的家庭生活常常陷入一贫如洗的境地。其次是就襟怀之博大而言，姚华同样怀揣对黎民疾苦热切同情的赤诚心肠。如他的《秋草》其五："为问前生多少恨，江南江北总烧痕。"《景山亭瓦为杨潜庵拾得》："不怪人间怜片瓦，圆明宫殿亦凋零。"《人日，儿子放烟火，有字曰"天下太平年"，于时海宇多事，京钞每直竟蚀其半，感而有作》："甫过黄昏延未得，争看天下太平年。"字里行间，对黎民百姓饱经战乱之苦予以真切同情，同时也隐隐流露了对晚清以来政局日非、国事祚摇的深沉忧虑。

由上述分析可以清晰看出，正是在人生遭际与济世热肠上与王令具有诸多情怀共鸣之处，姚华对王令诗作可谓情有独钟。因此，在内心潜层意识里，姚华视己作五言诗歌风格类似古人王令的就是很自然的事情了。尽管这些诗歌从意旨而论均是对泰戈尔原诗的模拟，似乎仅仅是表层文字表达技巧的行为，与姚华本人主体情感毫无关涉。其实不然，通观《五言飞鸟集》，可以明显感知姚华虽表面上是演化泰戈尔诗歌的意辞，但其字里行间亦掺杂有姚华本人情感状态的痕迹。如第三〇八章：

今日戚无欢，愁云笼日下。一似被扑儿，惨颜泪痕写。风又叫以号，哭声动广野。世界谁撞破？伤钜痛非假。而我颇自觉，正行奋两踝。去去即行路，良友臂须把。

姚华笔下惊惧于世界被"撞破"而在旷野中哭号的"被扑儿"形象，其实正是姚华本人在动乱时局里惊惧、困惑而沉痛伤怀心态的真实写照。而诗中对自己将置艰险于身外，自觉奋力前行的心志陈述，也正是诗人面对困厄环境而独自秉持品性节操，绝不与之同流合污的告白。此诗郑振铎译文为：

这一天是不快活的。光在蹙额的云下，如一个被打的儿童，在灰白的脸上留着泪痕，风又叫号着似一个受伤的世界的哭声。但是我知道，我正跋涉着去会我的朋友。

两相对照，姚华演辞中的变化有三：一是增加了"广野"的环境烘托；二是凸显了"伤痛"的苦楚程度；三是强调了自己努力前行的不懈意志。这样一来，既有意强化了儿童在乍历惊变之后的孤独感与无助感，突出了儿童痛楚的激烈程度，同时也彰显了姚华对前路的执着追求与坚定信念。从这些语言字句的微妙变化中，我们不难感知姚华在演辞时是融入了自己的主观情怀的。

姚华演辞的这种发挥不仅仅体现为诗歌表达深意的微妙拓展，而且还体现为他善于假手泰戈尔的原诗阐发自己于艺术创造领域的精辟理论与独到见解。这些理论与见解在今人眼中可能是平淡无奇的常识，但在 20 世纪 20 年代的当时却实属难能可贵。反映出姚华不仅勤于著述与创作，而且对文艺领域具有敏感的问题意识与深刻的理性思辨。如《五言飞鸟集》第二〇四章：

歌声高彻天，画趣远移地。天地两无限，相感亦无既。分为画与歌，总为诗兼备。诗于天地中，上下无不至。因诗有章句，章句有意思。翔似众仙音，捷如百神骑。所以精意人，言必于诗寄。

本诗郑振铎译为："歌声在空中感到无限，图画在地上感到无限，诗呢，无论在空中、在地上都是如此。"泰戈尔与姚华均是在多方面艺术创作领域取得突出成就的通才型大师。泰戈尔一生出版诗集 50 余部，其中包括 2000 余首诗歌；同时还创作了 2000 多首歌曲和 1500 多幅绘画作品。这首诗即是他以其丰富的创作实践对歌曲、绘画、诗歌这三类不同文艺样式的自身艺术特质认识的凝练概括。歌声的艺术效果主要通过听众的听觉接受得以实现，而绘画则多是对生活中实际存在的物象进行客观描摹，二者在涵盖空间范畴领域均呈现出无限的状态。诗歌是作家主观意识的创造性活动，其表达的意象、意境等就能够突破时空的局限，纵横驰骋，自由挥洒，任意涉猎。这种表达的自在随意性与时空环境上体现出的无限性，是文学活动作为一种理性层面的创作而区别于其他艺术创作的一个明显特征。正如陆机在《文赋》中所云："收视反听，耽思傍讯。精骛八极，心游万仞。"因此，泰戈尔原诗表达了他对歌曲、绘画、诗歌这三种艺术形式共同特征的理性思考，即三者均在表现空间上具有无限的特征，尤其诗歌更是如此，这也是艺术区别于其他学科的明显标志。两相对照，姚华基本遵循了泰戈尔的原诗。但他在诗歌后半段还对泰戈尔的原诗诗意进行了适度阐发。他明确指出：诗歌在表达效果上的无限向度是借助于章句完成的，诗人正是通过章句的运用取得了"翔似众仙音，捷如百神骑"的艺术效果。因此，对于感情细腻的作家而言，其情感与意义的寄托往往是假借于诗歌实现的。姚华此诗，既遵循了泰戈尔的原意，同时也间接表述了自己对诗歌功能作用的认识，即诗的首要功能是诗人言情达意的工具。联系到他在《曲海一勺·第一述旨》中对文学本质特性的一系列见解，我们不难感受到姚华艺术理论在逻辑上的一贯性以及体系上的严密性。如他在《第一述旨》中起首即云："凡音之起，由人心生也。人心之动，物使之然也。一切文章，悉由此则。"正是由重申古书《乐书》中的音乐与情感关系的认识展开对文学自身特性的论述。此外，他还特别强调诗歌的表情达意功能："文章起于歌谣，至便口耳，往往感人出于不觉。是以古今作者，前后相诏，体虽屡变，其归则一。有文以来，诗歌尚已。"[1]姚华指出任何一种文学样式都具有感发人心的功能，这是文学作品的基本属性。而诗歌在这一方面更是具有其他文体不能比拟的巨大作用。这也正是他在五言演辞中所发挥的"精意人"其"言必于诗寄"之深意。如前所述，关于诗歌感发生命这一独特艺术特征的表述，在今天已经成为不刊之论。而姚华在白话诗逐渐取代古体诗的民国初年，在白话文运动思潮席卷大江南北的文艺氛围之下敢于坚持自己的创作主张，敢于表达出自己对传统文体的坚守与赞誉肯定，这不仅需要巨大的学术勇气，同时也体现出姚华不随意盲从、不轻信他见的学术个性。

姚华自序诗其三原题为："北云勘'小集'，题诗，持还，喜书二绝"，全

---

[1] 姚华：《曲海一勺·第一述旨》，俞为民、孙蓉蓉编：《历代曲话汇编：新编中国古典戏曲论著集成》近代编第二集，黄山书社 2009 年版，第 177 页。

诗如下：

其一

万点苔生共一岑，犹将吾面论同心。

西来一卷莲华偈，耐得荒庵五字吟。

其二

易时尺木可高岑，难处阴何亦苦心。

活法真诗禅谛在，谢君五字几沉吟。

为便于笔者辨析，兹录林志均题《五言飞鸟集》原诗如下：

真诗见活法，可学不可译。学以导性灵，译乃得形魄。点睛神傥传，刖趾屦靡适。金石各有声，易地慎浪掷。妙哉莲华盦，舌本翻新格。清思托往体，变化随翕辟。成物在洪炉，破山失镬迹。岂云檽化枳，喜见奎连璧。文字有不同，心心了无隔。乃知诗贵意，达意成莫逆。嘤鸣远相闻，阍鸟奋逸翮。殷勤更作缘，东西两诗伯。欲摘愚山句，为图仿主客。

林志均（1878—1961），近现代著名诗人、法学家、哲学家。林诗首先指出学诗不难而译诗难的至理，诗歌是抒发诗人情志的性灵文学，具有疏导性灵的教化功能。而译诗最难，因为诗歌语言文字的凝练性与浓缩性以及诗意的隐微特征，又由于中外语言文字表意与表音的巨大差异性，译诗往往只能够翻译出其大致内容而难以彰显出原诗的独特韵味。正是有感于译界普遍存在的这一困惑，林志均对姚华演辞之诗甚为欣赏，他不仅大赞"妙哉莲华庵，舌本翻新格"，极力肯定姚华这一甚富有创新性的艺术活动，同时他还慧眼独具地指出姚华演辞的基本方法是"清思托往体，变化随翕辟"，即在忠实原诗诗意的基础上又能够灵活多变，以不同凡响的构思演化出原意。姚华自序诗其一表达了诗人与友人在诗歌理论观点上的一致性与相通之处，同时亦予以泰戈尔《飞鸟集》以高度评价，褒扬《飞鸟集》如同禅宗偈语，短小精练，往往多有警策之语，富于哲理性。正是基于对《飞鸟集》的这种最朴素的欣赏之心，姚华才会在自己暮年之际，不顾重病缠身而毅然将全集尽数演辞。其二诗则是姚华自述自己作《五言飞鸟集》时创作的甘苦体会，作诗顺畅时有如龙飞跃升天时所凭借的树木，虽短小然亦能为飞龙所倚，而思路阻塞时则有如南朝诗人阴铿、何逊一般，一字一句，往往苦吟而来。"活法"一语，可谓是二诗之诗眼，即认为译诗不应拘泥于诗歌原文，而是应该在译者能够掌控的范围内灵活变通，以尽力表现出原诗诗意为要旨。这一体会正是姚华在创作《五言飞鸟集》时的切实心得和肺腑之言。姚华演辞的 20 世纪二三十年代，正是西方文学作品与文艺理论被大量介绍引入中国本土之际。较之于小说、传记、散文以及人文社科理论专著等而言，诗歌的翻译又显得尤其特殊。它不仅要求译者具有高超的翻译技巧和渊博的学识素养，同时还要求译者对诗歌文本自身具有诗人一般的敏锐感受力，同时还要兼具深厚的诗学素养，才能很好地传达出所翻译的诗歌作品的意旨、意境以及韵味。姚华提出以灵活变通的"活法"恰当表现出诗歌的"真谛"，这一认识是姚华本人在实践操作之后得出的合理结论，对诗歌翻译如何能够最大限度地体现作者原意这一问题的解决无疑具有一定的参考价值。

四、《五言飞鸟集》的艺术特色

从姚华这两百余首译诗中，我们明显可以看出其具有如下艺术特征：

1. 翻译形式灵活多变，以表意为重心

翻译手法，大致有直译与意译两类。姚华对泰戈尔原作的演辞表现形式灵活多变，有对原诗的直接改写，这种直接改写无论语言、意象、用词、语气等均与原诗有直接联系。换言之，是对原诗语言与诗意的忠实模拟，仅仅是变原诗散文化句式为整齐划一的五言诗歌句式而已。如第一章：

飞鸟鸣窗前，飞来复飞去。红叶了无言，飞落知何处？

关于本诗，郑振铎译为："夏天的飞鸟，飞到我窗前唱歌，又飞去了。秋天的黄叶，它们没有什么可唱，只叹息一声，飞落在那里。"两相对照，姚华演辞除将郑译诗中的"黄叶"意象替换为"红叶"之外，其他均是直接对郑译诗的直接改写。无论是意象、诗意、语言甚至于诗歌内部结构的处理，都是对郑译诗的原句进行提炼后以古体语言出之。此外，郑译诗中还提到了季节变换，而姚华将这一信息隐含于"红叶"之中，诗人之匠心独运，于此可见一斑。

又如第十三章：

静静复静静，静中呼我心。世间私语处，爱尔意堪寻。

本诗郑振铎译为："静静地听，我的心呀，听那世界的低语，这是它对你求爱的表示啊。"两相比较，可以看出姚华诗歌就是对原诗的直接改写，二诗虽一为文言，一为白话，但在诗意、意象、情感、字词方面几乎一致。与上文中所列举之第一章大致相类，这类诗歌在《五言飞鸟集》中约占四分之一而已。

《五言飞鸟集》中大多数诗歌并非是对原诗的简单改写，而是在语言、句法、构思、意象、意境等方面都能够体现出姚华对翻译作品的近乎天才的创造，同时也彰显了姚华深厚的诗学功底与通达包容的翻译理念。如第二章：

生世等萍聚，漂泊终何依。萍去踪仍在，临流歌芳菲。

此诗郑振铎译为："世界上的一队小小的漂泊者呀，请留下你们的足迹在我们的文字里。"泰戈尔原诗之意抒发了作者对流浪者四处漂泊、居无定所，过着颠沛流离生活的同情，姚华在演辞中以"萍聚"这一意向传达出漂泊者的苦楚与无奈，并以"临流歌芳菲"一语含蓄曲折地传达出译诗原意，较之于译诗更具有一种令人回味咀嚼的悠远古韵。无论择取意象、表现技法、意境构建等方面均彰显出姚华对译诗的精妙改写。如第四章：

独作意含涕，欢来一展眉。沃如华上露，自泽盛开枝。

此诗郑振铎译为："是大地的泪点，使他的微笑保持着青春不谢。"两相对照，二诗在字面上关联甚少，但传达的深远寓意与意境却颇有相似之处。结合姚华自序诗之三中的"活法真诗禅谛在"一语，可见姚华演辞在表现技法方面的多变性。姚华演辞追求的是"禅谛"，即力求最大限度传达出原诗的主题思想。郑振铎译诗的原意为，人生不可避免地充满忧患与哀伤，而正是这些负面因素的存在，方才能够彰显出有为生命的精彩与亮丽。在这种对"泪点"的砥砺之中，保持乐观开朗的微笑态度也就愈加重要了。

姚华对《飞鸟集》的演辞中，还由部分作品能够在传达原诗意旨的基础上予以适当阐发，虽是吉光片羽，但却也彰显出姚华对演辞变通与生发的探索，同时亦可窥姚华诗学理论于一斑。如第一百六十九章：

文以思为胎，思以文为养。落叶护其根，循环理无爽。汩汩来相沃，渊渊以时长。始知辞己出，资粮终自享。

本诗郑振铎译为："思想以它自己的语言喂养它自己而成长起来。"在表达意义上不免有别扭生硬的嫌疑。而姚华之演辞不仅忠实地传达出了泰戈尔原诗的意义，而且巧妙地将思想与语言的关系比拟为树木叶与根的关系，并提出作家要不断加强艺术修养，其文思方才会如汩汩流水绵绵不绝的观点。既与原诗有密切联系，同时亦可见姚华本人的文学思想。

2. 语言风格清丽可喜，灵动飘逸，实现与译诗主体风格的基本契合

关于姚华《五言飞鸟集》的语言风格特色，姜德明在《姚茫父的〈五言飞鸟集〉》一文中评述云："姚茫父毕竟是诗人，他的译笔亦不少清新可喜之句，既形象又富于哲理，颇能传达出泰戈尔的风格。"[1]泰戈尔的诗歌是其文学审美理想浪漫主义在创作上的具体折射，其诗多为散文化的自由句式，语言凝练隽永，清新优美，富有诗人的浪漫气息以及饱寓深刻的哲理。正如同郭沫若在1924年初读其《新月集》后的感受："第一是诗的容易懂；第二是诗的散文式；第三是诗的清新隽永。"[2]姚华演辞基本上保持了泰戈尔原诗的语言风格，形式上虽采以五言古体，但在语言风格、意脉韵味、表现技法方面尽可能贴近译诗，以拟古的句式传达出新的诗味、新的意蕴、新的境界。不仅拓展了古体诗的表现功能与语体风格，而且对近现代翻译文学如何假借语言词汇的灵活运用最大限度贴近作品原意也有深刻启迪。如第三十二章、第一百六十五章、第二百六十九章。

清晨清何拟？天心只自知。比将昼与夜，觉来亦新奇。

思从心上过，群鸿飞碧空。鼓翼入我听，霍霍拍天风。

花下固相亲，日边亦可喜。此中儿女语，一学得其旨。因识生之乐，转念苦与死。尔时意云何，分明孰示我。

以上数例，语言上均可谓风韵天成，清丽可喜，凝练隽永，轻快自如；诗意灵动飘逸，富于哲理。既较好地传达出泰戈尔原诗的意味与哲理，又让五言古体这一时人所作者已寥寥无几的诗歌体式焕发出新的生机与活力。其间折射出姚华勇于创新的文艺态度与深厚渊博的国学功底，实令人叹服。在白话文运动方兴未艾的20世纪20年代，姚华敢于坚持五言古体创作并予以大胆革新，彰显出独具风貌的创作个性，事实也证明他的这一创新实践是极其成功的。徐志摩在1929年致蹇季常的信件里高度评价姚华演辞的创新意义："今茫老更从白话译折成五言古句，真词林佳话，可传不朽也。"[3]

姚华与泰戈尔均是理论与实践并重的文学大师，二人于文学创作均具有不

---

① 姜德明：《姚茫父的〈五言飞鸟集〉》，《贵阳文史资料》第十八辑，第49页。

② 郭沫若：《郭沫若谈创作》，《现世界》创刊号1939年8月16日。

③ 徐志摩：《致蹇季常》，《贵阳文史资料》第十八辑，第48页。

少独特而深入的见解。从大文化背景的角度分析，泰戈尔美学思想是一个立足于印度本土文学，同时借鉴西方美学理论而形成的严密理论体系。正如唐仁虎在《泰戈尔文学作品研究》中指出的："印度西方合璧是泰戈尔美学思想的一大特征。这个特征不但在他的美学论著中有着清晰的表述，而且在他的诗歌创作中也表现得十分突出。"可见泰戈尔的文学理论与创作均体现出明显的印度本土文化与西方外来文化相交的互融性特征。该书还进一步分析了这种互融特征的产生原因与具体表现："作为一位深受民族文化熏陶的诗人，他对西方文化也十分熟悉。面对汹涌而来的西方文化潮，泰戈尔有过认真的思考。他对西方文化的认同，对西方美学的摄取，不是随波逐流的结果，不是跟风盲从的产物，而是建立在仔细的辨别和坚定的判断之上的。"[①] 作为一位深受中国传统文化熏陶的艺术家，姚华在这一方面正是与泰戈尔有着类似的经历。姚华自幼求学于贵州经世学堂，在严修等经学大师指导下研习经学、小学，打下了扎实的国学根基。青年时期留学日本，在海外接触了大量西方文艺思潮的成果。而姚华对外来文化的立场态度与泰戈尔亦十分类似，即并非盲目跟从，同时也没有一概否定，而是视其先进性与普适性程度予以合理地借鉴吸收。譬如他在绘画方面坚守传统文人画的立场，这就反映了他不为时俗所左右的清醒眼光；而他在戏剧方面借鉴西方美学理论，提出"滑稽文学"的观点，这又可以见出他对西方文艺理论的吸收。因此，姚华对外来文化的处理态度与泰戈尔是一致的，都是"建立在仔细的辨别和坚定的判断之上"。笔者以为这是姚华与泰戈尔相交的基本起点，同时也是我们比较研究《飞鸟集》和《五言飞鸟集》的出发点。

如前所述，在新文化呼声大肆高涨、白话文运动方兴未艾的民国初年，姚华这种以创作切实践行其对传统文学的守望立场不免显得卓乎不群，难免会招致时人不合时宜之讥。但或许也正是这种不同凡俗的创作方式与文学立场方才能够凸显出姚华作为一个传统文士的凛然风骨，同时也使得五言古体这一逐渐被历史长河湮没于无形的文体焕发出新的生命力，使一种逐渐已经被学人淡忘的诗体重新得到人们的重视。叶恭绰先生在《五言飞鸟集》序中即对姚华大胆创新之举推崇备至："吾人生于今日，恒对文学界无可新拓之领域，若姚子之作，抑可谓善取径者。若以此法推而至西方诸诗人之作，吾知吾国文苑必生至

---

① 　唐仁虎等：《泰戈尔文学作品研究》，昆仑出版社2003年版，第201页。

剧之影响，一如六朝、唐代，作者其有意于斯乎？"①叶恭绰不仅高度评价了姚华以本国五言古体诗歌演辞外国文学作品的意义，同时还指出这一做法对翻译学界的启迪：既能够让国人充分接触外国优秀文学作品，同时又能够向世界其他各国宣传中国本土之文学特质，扩大中国传统文化在世界文坛的影响。《五言飞鸟集》第七十六章传达了姚华这种对传统的坚守和对诗歌的执着热爱：

> 诗人思有风，此风无不经。沧波辽以深，森林幽以荣。辛苦不辞劳，往复求其声。欲成未即得，驰骛独营营。

此诗郑振铎译为："诗人——飙风，正出经海洋和森林，追求它自己的歌声。"姚华《五言飞鸟集》在20世纪二三十年代的近代诗坛或许并没有飙风式的力量与气势，但姚华这种"辛苦不辞劳，往复求其声"的创作态度和"欲成未即得，驰骛独营营"对诗艺的执着追求必将为后人铭记，在20世纪近代中国的诗歌史、翻译史、学术史上都具有其不可忽视的存在价值和地位。

19世纪末，著名翻译家严复在《〈天演论〉释例言》中曾经提出"信、达、雅"三字的翻译准则。按照今人的评判眼光，姚华的《五言飞鸟集》在"信"与"雅"方面是毋庸置疑的，但似乎与"达"的原则有所背离。但我们必须强调，这里的"达"其含义是明白通顺，不至于让读者产生歧义的理解。钱锺书先生在《林纾的翻译》中对翻译的最高境界有如下论述："文学翻译的最高标准是'化'。把作品从一国文字转变成另一国文字，既能不因语言习惯的差异而露出生硬牵强的痕迹，又能保存原作的风味，那就算得入于'化境'。"②我们的理解，钱锺书先生所言翻译之"化境"即是能够逾越语言文字的障碍，用另外一种语言忠实地传达出原作的文学意境，让读者从译文中同样能够获得如同阅读原著时的兴发感动力量，进入作者所营造的艺术意境之中并与作者产生情感共鸣。从这一角度而言，《五言飞鸟集》对泰戈尔原诗的改写巧妙自然，不露痕迹，此外在语体特征上也与原诗温雅秀丽的表述风格完美契合。

最后，我们想说的是，无论是文学创作抑或是翻译，其基本出发点在于引导读者感悟和领略文字的魅力与美感，让读者从阅读中获得美的享受与精神的愉悦，这是文学创作与翻译活动得以存在并受到读者首肯的要义。联想到争议

---

① 《叶誉虎序》，姚华：《五言飞鸟集》，中华书局1931年版。
② 《钱钟书作品集》，甘肃人民出版社1997年版，第512页。

颇大的当下诗人冯唐翻译之《飞鸟集》，姚华与冯唐同是诗人，但冯唐在翻译中对自我欲望的倾泻与张扬较之于姚华《五言飞鸟集》的优雅凝练、轻盈飘洒，其间差距又何止以道里计！我们同意瑞士汉文学翻译家万之的观点："职业翻译家的态度是，希望作者领略原作的诗意和美，而不是表现译者的自我。"① 翻译与文学创作有相通性，二者均需要对语言文字精斟细酌；但二者同时又存在根本差异，即文学创作是强调性灵的，它允许并提倡作家自我情感或理念的彰显，而翻译不同，翻译不是自我欲望的倾泻口。从这一角度而言，我们认为冯唐翻译《飞鸟集》背离了翻译文学的特质与初衷，其突兀的直白语言最终只会损害《飞鸟集》的文学美感。相较于冯唐译《飞鸟集》的低俗与浅薄，姚华《五言飞鸟集》对旧体诗词与新体翻译二者相结合的成功尝试，既忠实地传达了泰戈尔原诗的本义，同时也发挥了古典诗词在表情达意上的功能，让读者能够获得诗意美与古典美的双重审美享受，充分展示了古典诗歌的艺术魅力，应该得到今日文学界与翻译界的重视。

---

① 转引自刘悠翔：《如果你自己翻译时玩得猖狂——冯唐〈飞鸟集〉和诗歌翻译的信达雅》，《南方周末》2016 年 1 月 7 日。

第四章　姚华散文理论及创作研究

第一节　姚华的散文理论

一、姚华散文理论著述

姚华散文理论主要见于《弗堂类稿·论著甲》中《论文后编》系列以及《弗堂类稿·序跋甲》中《蔡鹤君先生〈志学谱〉序》《〈南雷文隽〉序》《汪衣云〈文中子考信录〉序》等数篇论文，此外《曲海一勺》《五言飞鸟集》中也有部分理论文字述及散文者，而其中以《论文后编》系列所呈现之观点最为集中。故欲考察姚华文论，《论文后编》系列是最重要的研究着力点。《论文后编》凡五篇，即《源流第一》《目录上第二》《目录中第三》《目录下第四》《文心第五》。该系列论文未见《弗堂类稿》之前任何刊物连载，故当系王伯群根据姚华手稿整理而成。其中《源流第一》主要梳理了中国古代散文的大致发展轨迹，姚华在爬梳散文一体的渊源脉络时特别强调"文出于史"的观点；《目录上第二》重点辨析了赋体之源流以及古典散文之类属；《目录中第三》细致辨析了颂、诔、挽歌、铭文、典、传、墓志、书、论、序等文体的渊源及演变情况；《目录下第四》辨析了曲、词、楹联等韵文体式的渊源及演变轨迹；《文心第五》中姚华提出"文有心术"的观点，即强调文章发之于心，且有其一定规律。最后姚华充分肯定了刘勰《文心雕龙》在文论史上的地位及其全面系统的文学理念。

二、姚华散文理论的基本思想

综观姚华文论，可以大致看出如下几个方面的基本思想。

1.强调"文始于史"，以此勾连文学与史料的联系

文章之流别分衍，自古以来论者甚众。然论者或偏执一体，或语焉不明，故关于文章之源流问题，众说纷纭，未有定论。姚华正是有感于这一淆乱的认识局面在《源流第一》中提出"一切之文，子孙于史"的鲜明观点。其后姚华将传统文体分为书、诗两类予以单独阐释。首先，姚华指出："书契既兴，文字㸯成，吉金贞卜，始见殷商，虞夏书迹，虽不可见。然孔子删书，起于《尧典》，遗文垂世，照耀古今。文章之原，必稽于此，书本史也。"（《源流第一》）文章之源头本出自于记录历史的需要。众所周知，自古以来，文史素不分家，因二者存在千丝万缕的内在联系，姚华由孔子删书与《尚书·尧典》的关联指出文章之源必稽于史。《尚书》之文本性质，史料性远远逾越其文学性，故姚华之所论实有所本。在论证"书"始于"史"后，姚华紧接着提出"诗亦史"的论点："而载赓扬之词，其流为诗《三百篇》，诗之古者也，风土人情，政事所详，犹地志然，故诗亦史也。"（《源流第一》）姚华之所以有意识强调"文始于史"，其根本出发点在于提升文学的社会地位及其在人们头脑中的观念地位。联系到姚华在《曲海一勺》中对曲体文学政治功能与社会价值的强调以及"诗统"观念的提出，我们不难理解姚华何以要有意识勾连文学与史学二者的渊源联系。姚华在《目录上第二》中对文章之实用价值有一段明确阐述："文章之事，则又幽明所由通也。故用达于上下，而裁区于史野。"这些观点的提出均是以提升散文文体观念为目的的。

2.推崇古文，反对华而不实的骈体文风

在散文创作观念上，姚华提倡文体复古，即效法先秦两汉时期以奇句单行为基本句式特征的古体散文。姚华对司马迁《史记》雄深雅健的文章风格极力推崇，他将司马迁与司马相如相并提，认为二人的文章风格"体大力雄，如各统一军，自树家国，后世子孙，绵延不绝"（《源流第一》），同时还特别强调司马迁散文风格的独特性与高妙之处："故其书质胜而笔雄，惟子长能为之。他人不足与也。"（《源流第一》）其后姚华以极精练的语言描述了汉至唐代的文风变化轨迹："长卿既逝，其风益张。久之乃有子云，史称同工。孟坚之俦，益

扬前烈，盛极于建安，而渐变于魏晋，齐梁工丽，文气近靡，隋唐踵作，风格更下，其失益史，而《诗》《书》之泽斩矣。"(《源流第一》)班固《汉书》虽在美学风格与笔法上与《史记》有所区别，但其文章语言简洁规范，典雅精练，多用古字，句式上其偶句骈语虽较《史记》为多，然总体上仍是以古文句式为主。故姚华亦于班固推崇有加。姚华认为自齐梁骈文勃兴之后，导致了"文气近靡"的颓废局面。而隋唐所作骈文则是"风格更下，其失益史"，即文风更加卑弱，与历史散文平实信达的文风相去甚远。姚华虽未直接指斥骈文之偏失弊政，然其字里行间尊古文贬骈文的态度，何其鲜明！在对具体散文家的评价方面，姚华最为推崇者有三：韩愈、柳宗元与明人归有光[①]。他对韩柳古文运动的贡献予以高度评价："韩柳并起，纵横于百家，根柢于《诗》《书》。撷长卿之华，抉子长之实，文章运命，号为中兴。"(《源流第一》)在推尊韩柳的前提下，姚华对宋、元、明三朝散文成就评价普遍较低，如他评价宋元散文："两宋及元，皆循唐风，肆者亦低首于韩、柳，谨者率降心于王、杨。子京或似长卿，永叔乃法子长，其表表者，如是而已。"(《源流第一》)认为宋元散文皆循唐风而未能有所成就。评价明文："明人好奇骛博，力都不及，空同、沧溟，优俳秦汉，不能自振，惟震川远绍龙门，独为有成。"(《源流第一》)认为明人学风空疏，好奇骛博，此外对秦汉刻意模仿，盲目拟古，故成就亦不高。相形之下，姚华特别青睐归有光散文，并评价其"独为有成"。归有光为唐宋派文人中成就最高者，在取法路数上，归有光既推崇司马迁《史记》，同时亦主张效法韩柳古文，故其见解较之于其他散文作家较为通达。其《项脊轩志》《寒花葬志》《见村楼记》等均为感人肺腑的不朽之作。此外，就写作技巧而论，归氏长于捕捉日常生活中琐碎枝节，于平淡中见真切，于朴实中见巧思。这种平直朴实的文风也为姚华借鉴效仿。读姚华序记碑志、家传祭文，其语调平实畅达，描

---

① 姚鋆《莲花盦年谱》亦载姚华与友人论文云："昌黎为文，根柢于汉魏诸家，而变化于字长，故开后人无数法门。学韩则如得中途，随所向而皆自择也。"又云："昌黎之外，子厚独胜。然聪明之作斩人，拟议当求之韩，可为阶梯也。"(转引自杜鹏飞：《艺苑重光：姚茫父编年事辑》，故宫出版社2016年版，第136—137页)此语可佐证姚华为文最为推崇韩愈之态度。姚华还指出韩愈文之风格实由司马迁变化而来，其间亦可见姚华习文于司马迁之推崇；姚华以柳宗元文为昌黎之外"独胜"者，并云习柳为习韩之"阶梯"。综合两语，姚华于古文一道之尊奉立场可谓昭然若揭。

写生动细致，大有归氏之风。由此也可见姚华文论与创作实践二者并不相悖，而是相辅相成的。姚华对形式主义文风的反对态度还体现在他对律赋的贬斥上，他在《目录中第三》中对律赋颇有微词："今赋试于所司，亦曰律赋。时必定限，作有程序，句常隔对，篇率八段，韵分于官，依韵为次（参考别详）。使肆者不得逞，而谨者亦可及。自唐迄清，几一千年。或绳墨于场屋，或规矩于馆阁，其制益艰，其才弥局。"认为正是律赋对文章形式的过分考究导致了赋体文学创作局面的萎靡不振。我们认为，存在即合理，任何一种文风其之所以能够得以兴盛，自有特定的时代背景与文人心态因素。换而言之，自有其存在的合理性，不能轻易否定。八股文如此，律赋同样如此。而姚华从实用主义观念出发，其考察结论也就不免带有偏激主观一己之见。

3.对散文中各类体式源流渊源细致爬梳，不乏真知灼见

姚华文论的精彩之处还体现在他对散文各类体式如颂、诔、挽歌、铭文、典、传、墓志、书、论、序等源流渊源的细致爬梳，其所论多有所据，语语皆有所本，即便以今人眼光看，其中亦不乏真知灼见，学理性极强，令人耳目一新。如他在《目录中第三》中概括诔文之功用时云："综汉魏诸家所为诔辞，殆兼数义。其一述德咏功；其二赠终叙哀；其三褒忠扬烈；其四慕往彰来。"每一类中姚华均列举大量实例以作佐证，如"述德咏功"举杨雄《元后诔》序、蔡邕《济北相崔君夫人诔》序、曹植《武帝诔》序、《文帝诔》和《王仲宣诔》序、潘岳《扬荆州诔》序等为佐证；"赠终叙哀"举曹植《王仲宣诔》序为佐证；"褒忠扬烈"以潘岳《马汧督诔》序、颜延之《阳给事诔》为佐证；"慕往彰来"则举阮籍《孔子诔》为佐证。这就显得言之有据，持之有故，令人信服。此外，这四方面的总结亦对诔文的文体性质与运用场合进行了较为全面的归纳，于后人深入体察诔文之体式特征大有裨益。又如姚华对"传"文文体特征的认识亦相当新颖："传之为用意，在流传欲其远且广也。则择言必精，隶事贵雅，陈义务高，经史两传，理有同然。"以"传"义为衍生去辨析其文体特征，一方面既立足于文体自身特征，另一方面也便于读者于"传"之特征的理解和把握。此外，姚华于文章创作过程有清晰而完整的建构意识，如他在《文心第五》中将刘勰《文心雕龙》篇章一一排序："编中序次，仅若可寻，即而察之，大抵起于《炼字》，其次《章句》，其次《丽辞》，其次《声律》，其次《事类》，其次《物色》，其次《比兴》，其次《镕裁》，其次《附会》，其次《夸饰》，其次

《隐秀》，其次《情采》，其次《体性》，其次《风骨》，其次《定势》，其次《养气》，其次《深思》，其次《总术》，其次《指瑕》，其次《通变》，其次《知音》，其次《程器》，其次《时序》，而《才略》终焉。"《炼字》《章句》《丽辞》《声律》四者属于文章的文字层面，同时也是文章的外在呈现形式；而《事类》《物色》《比兴》《镕裁》《附会》《夸饰》《隐秀》属于文章的表达技巧层面，该层面根源于语言文字而有所发挥；《情采》《体性》《风骨》《定势》《养气》《深思》《总术》《指瑕》属于文章的内涵意蕴层面；《通变》《知音》《程器》《时序》《才略》则属于文章与外在客观世界的关联层面。这样，姚华就以其对《文心雕龙》的独特理解建构了一个系统全面的文章结构体系。

从以上辨析可以看出，姚华的散文理论虽不及其曲论驰名，然其中亦有诸多令人耳目一新的观点。他对传统散文文体观念地位的提升以及对古典散文各类体式源流和发展脉络的细致体察，均可见出其人治学不盲从他论的独特眼光与深刻识见。此外，姚华文论亦与其曲论、词论、诗论相辅相成，互有共通之处。因此，对姚华散文理论进行深入剖析是我们解读姚华文体观念的重要窗口。

第二节　姚华的散文创作

一、姚华散文概说

《弗堂类稿》所收姚华文共 240 篇，分为《论著甲》《论著乙》《论著丙》《序记》《序跋甲》《序跋乙》《序跋丙上》《序跋丙下》《序跋丁》《碑志》《书牍》《传》《祭文》《赞》《铭》十五部分，民国十九年（1931）中华书局聚珍仿宋本未分卷次，台湾文海出版社 1974 年版十五卷本将其分为十五卷并标注页码，为读者省却翻检之劳。关于姚华散文所涉题材主要有学术、赠答、祭祀、传记、论艺、墓志、记游等，而其中又以学术与传记类数量为甚。其一可见姚华深厚广博的学术修养，大凡碑刻金石、古玩器好、小学文字、书画艺事、文体理念等几乎无所不包，姚华于文学艺术的研究探讨大半见于其文；其二则可见姚华具有较广的社会交际面以及其固守传统家风的宗族立场。《弗堂类稿》中传记类文章大致可分为两类：一类是为友人而作，如《张母宋太夫人八十寿序》《罗絷五太翁七十寿序》《送丁琦行南归序》《刘刚吾嘉礼序》《万鹏九先生暨配刘夫人七十双寿序》《陈师曾为周印昆拟黄九烟先生画记》《师曾〈莲花寺图〉记》《陈翼牟小传书后》等，均为姚华为友人而作；另一类则为姚华为表彰本族先辈勤俭朴实之家风而作，如《生姚费太恭人墓表》《费太恭人墓表碑阴记》《先府君碑先祖赠中宪公家传》《孝宪先生家传》《先姚雷恭人家传》《继姚熊恭人家传》《生姚费恭人家传》，这些人物传记资料于后人考索姚华家谱脉络有重要参资作用。关于姚华散文的风格特色，桂诗成《姚茫父先生传》评为："先生素精文选理，所为诗古文，皆不为桐城阳湖所囿。"① 王伯群《姚茫父先生类稿序》则评曰："其为文，胎息汉魏而兼采唐宋，冲夷渊雅，不屑屑为家数之争，门户之见，此固当世治国故者所众口交称，非伯群之私言也。"② 以上所论，可见姚华为文能够不拘泥于门户之见，博采汉魏唐宋古文之长，形成雍容平和、冲淡典雅、学理性特征较为明显的独特文风。

二、姚华散文所涉及的题材领域

1. 广文博识的学术研讨

张舜徽先生《清人文集别录》中有一段对姚华《弗堂类稿》的总结性评语，其论甚为精当，于后学全面把握姚华治学之通博颇有参考价值，故不惮其烦，转录如下：

然终华之身，不欲以艺人名世。所学甚博，而尤精于许氏《说文》，自谓治之二十余年，发悟不少。今观是集论著乙所载《书适篇》，《菉猗杂笔》诸文，皆说字之作。《书适篇》，揭以文证史之例；《菉猗杂笔》，推古人造字之原，皆义证新辟，确有心得。……而《序跋甲》所载，《刘彧〈字觿〉序》《丁佛言〈说文古籀补〉序》，发凡起例，尤征高识。其友周大烈志其墓，称华所著书，犹有《小学答问》《说文三例表》《金石系》《黔语》诸种，皆未刊行。则其一

---

① 桂诗成：《姚茫父先生传》，《贵州文献季刊》第 5 期。
② 王伯群：《姚茫父先生类稿序》，《弗堂类稿》卷首。

生肆力于文字故训，可谓专精。惜乎其书世莫得而见也。至于论著甲所载《论文后篇》，条述文章流别，备论各类体例，斟酌古今，语皆有本，尤非贯穿群籍，洞明著作原委者不能为。他若考证金石，品题碑版，既属当行，言多孤诣。可知华之为学，博涉广营，根柢雄厚，徒为诗画之名所掩，世人知之者稀耳。①

张氏所论，识见深刻，可谓要言不烦地肯定了姚华于文字故训、金石碑版领域的卓越贡献。然姚华之所学并不止于文字金石，除张氏所举著述外，姚华于文学、书法、绘画、颖拓等均有不少值得后人关注的新见。姚华持论重在旁征博引，即善于援引材料以佐证其论见，同时尽可能发掘一些不为其他学者注意的材料，体现出其严谨的治学态度与深厚扎实的学术功底。如他在《论文后编目录中第三》中将诔辞的创作缘由归结为四类：其一为述德咏功，其二赠终叙哀，其三褒忠扬烈，其四慕往彰来。同时在每一类型之后均列举丰富的实证材料。如以杨雄《元后诔》序、蔡邕《济北相崔君夫人诔》序、曹植《武帝诔》序、《文帝诔》序、《王仲宣诔》序、潘岳《马汧督诔》序、颜延之《阳给事诔》序、阮籍《孔子诔》序、杨雄《元皇后诔》序等原文佐证观点。又如他在该文中考证"形状"一体的发展源流时，首先指出："形状备史述，以俟详立名之原，最为可味。而闻见较远，必摭拾往籍，以考其行事者，亦曰'考'，曰'征'，而其漫汗则或为谱牒、杂记之属，凡欲征事，亦不可遗焉。"其次列举韩愈《陇西郡开国公董公形状》《赠绛州刺史马君行状》，柳宗元《宜城县开国伯柳公形状》《段太尉逸事状》等文说明"形状"一体的撰写格式。最后征引阮元《揅经室二集》中对"家状"的解释："古有子不自状。起亲状者，自元郝文忠始。国朝之制，大臣卒后，国史馆行文取其家状，于其子孙不能尽拘古制也。"寥寥数百字，即将"形状"的文体特征与演变历程大致勾勒，其间正是彰显了姚华"贯穿群籍，洞明著作原委"的治学功底。

姚华博学广识，根基甚厚，同时又兼具书法家与金石收藏者的双重身份，使得他有条件运用当时新发现的出土文献资料，并将其恰当融汇于自己的论证之中。再加上姚华早年留学日本，吸收与接受了西方与日本的科学治学理念，学术胸襟开阔通达，治学眼光敏锐独特。如他在《说灶答陈仲恕》一文中由友

① 张舜徽：《清人文集别录》，中华书局1980年版，第663页。

人陈仲恕（即陈叔通之兄陈汉弟，精于书画篆刻，长期担任故宫博物院委员，为杭州求是书院始创人之一）所得明器上所绘图形探讨古代灶制："仲恕得此器上有物形如蜥蜴，以从黾意求之，正足与古灶制相证。"这种以出土文献佐证古文字字义与字形变迁的研究方式较之于其他纯凭个人臆测的主观性判断而言，无疑更具有充分的说服力。姚华还从器物上所刻文字考察古时的风土民俗，"仲恕此器有阳识文三行，即有'子孙富贵'四字一语，亦一时风尚也"，同样是由出土器物考辨古代民俗的又一典型例证。又如他在《书适续篇》中据刘鹗《铁云藏龟》所载"古龟甲刻辞文"、海盐张燕昌撰《金石契》所载"周石鼓文"、严铁稿旧藏拓本"秦泰山刻石"、已藏刘燕庭喜海拓本"汉池阳宫灯铭文"、仁和魏稼孙锡曾拓本"汉建章昭雁足证铭文""汉祀三公碑""汉高狱泰室石阙铭"等资料考辨中国古代文字由甲骨文—金文—篆书—隶书—行书的演进轨迹，可谓论据翔实，推证严密，体现了理论与实证的充分结合。

此外，从姚华对学术的精研中，我们还可清晰地观照到其人独特的研究视角与不盲从他人的学术勇气。如他在《书适》中由书写工具的发展推证贵州红崖石刻并非文字："神州石刻古迹周前不传，正缘刻笔不能巨制。漆书继作，稍便涂饰，坛山四字（吉日癸巳），歧阳十鼓，所以冠冕石文。而世传峋嵝禹迹，红崖殷刻（红崖刻石在贵州永宁。旧说以为殷高宗。独山莫友芝为潘氏赋诗，以为禹迹），以笔之沿革校之，未见其然也。""红崖石刻"即"红崖天书"，位于贵州关岭县城东晒甲山半山，其上所刻神秘符号系黔地神秘文化的典型代表。对此解读者不下百家，然迄今无一能够成为定论，但一般均倾向于石刻符号为文字符号。姚华由书写工具笔的发展历史否定了莫友芝"大禹说"，并推断石刻符号不可能产生于大禹时代，同时也否定了红崖石刻的"文字说"。尽管姚华的推论尚有值得商榷的必要，但他能够不盲目附和流俗之见，而是另辟蹊径对之进行研讨，此亦能够佐证姚华独特的治学眼光与大胆的学术自信。又如，他在《再复邓和甫论画书》中提出学画要"今古同参"的艺术观点："意谓学画，何能不师古人？不惟古人须学，即今人画，苟有一长可取，亦有宜师之者。"姚华不仅指出学习传统绘画手法的必要性，同时还提出不废今人画的通达主张。尽管从作画路数而言，姚华是属于固守古典艺术传统的本土派，但他却能够逾越传统立场的藩篱，提出兼师众长的科学理论。又如，在《说戏剧》一文中，姚华从文字起源的角度辨析"戏"与"剧"的字义与内涵，并指出"戏剧"

一语所指对象的复杂性:"今泛语曰'戏',特语曰'剧'。或曰'戏剧',谓'戏'中之'剧',以别于百戏,抑或谓'戏'即'剧',总为一名,皆未能定。"该文撰于民国三年(1914)[①],伴随着资产阶级戏剧改良运动的勃兴,此时出现了大量关于戏剧理论批评的研究观点,如梁启超"以中国戏演中国事",陈去病、汪笑侬等人以戏剧"改革恶俗,开通民智"的呼声等,主张戏剧为政治服务,反映国计民生的现实问题,褒扬戏剧警醒人心、启迪民智的教育意义,从而从根本上推进了戏剧改良运动的进程。此外,与姚华差不多同时的王国维更是从戏剧体制、人物、角色、地位等角度对戏剧文学进行了全面而深入的探讨,代表了中国近代戏曲理论研究的最高成就。然而,以上研究主要集中于两大层面:一是对戏剧社会功能的强调,即有意凸显戏剧文学的启蒙价值,从政治动机出发,强化对戏剧现实价值的认识;二是借鉴西方文艺理论,辨析戏剧文学独特的艺术特征。姚华对戏剧文学的探讨并未盲目跟风,而是发挥自己熟稔于小学文字的学术所长,旁征博引,从文字演变的角度细致辨析了"戏剧"一词的变迁脉络,较之于其他学者的研究而言,这一观照角度的意义不仅仅在于研究路径的新颖,同时更在于解决了戏剧研究领域的最重要问题,即通过对"戏剧"这一词义发展演进轨迹的正本清源,明晰了戏剧文学的基本概念渊源之所出。苗怀明先生评价云:"看似一字一句的推求,实际上涉及戏曲的起源这一重大问题,具有较高的学术价值。"[②]

2. 文士日常生活的随意记录

姚华是一位创作力极其旺盛的文学大师,日常形迹偶有所感,不仅发之于诗词,而且常常假手散文形式予以表达。此外,从表达功能而言,散文较之于诗词无疑具有明显的文体优势。因此,对《弗堂类稿》中这类日常纪实性散文进行考察,不仅能够从一个侧面观照姚华日常生活情状,同时也可考察当时姚华参与的文艺活动具有一定的史料性价值,体现了近代文人独有的复杂心态与生活情调。这类作品最有特色者为姚华的记游文字,往往能够从细微平淡之中透露出姚华对生活含义与人生况味的感悟和体验。如《弗堂类稿·序记》中的《颐和园游记》一文:

---

① 文后姚华自题:"此甲寅太阴十一月初九日作。"
② 苗怀明:《贵州学人姚华和他的曲学研究》,《贵州社会科学》2013年第4期。

　　壬子孟秋下澣，与季常、立之、印昆、幼苏、叔海同游颐和园。先饭于海甸裕盛轩，饭后到园。由仁寿殿后行至玉澜堂，缘昆明湖登万寿山。先至排云殿，上五方阁，有铜室甚坚缀，乾隆时造也。旋上佛香阁，门外有台，高距地数丈，俯瞰湖光，清明可爱。继由阁东转轮藏下，复至排云殿门憩焉。下至湖边，过画中天旧戏台，在此到石船，又憩。船来，遂登船游湖中。至岚翠间，岛上周游，步至长桥，有铁牛，乾隆御制铭，抚摩久之，船候于此。复上船行至德和园，登戏台，楼三层，底有三井。演水怪，则井中出水，注射可数丈；演神仙，则乘云自最上层下。台两旁为亲贵赏戏之处，两廊则赏诸臣处也。由德和园出，复经仁寿殿行，出门遂归。历记所游，除湖光山色，天然风景最足留恋外，别无可喜者。壁上供奉书画，尤俗恶不堪，榜书联语，亦至肤庸。官殿皆金碧辉煌，益见尘俗，惟长廊殊有画意。亦由其在湖山间耳（山下湖上）。玉澜堂后小楼三楹，面湖光而纳山色，地亦甚佳。惜房低而狭，令人胸次迫迮。守者云是德宗批本处也。岚翠间岛屿亦可赏，坐船头于湖中，遥望金碧楼阁在苍严翠巘之间，尚有致，特身入其中，则千篇一律，宏壮富丽则有余，若清静潇洒则去远矣。此人海最深处也。代异时移，令人爽然。不知凭吊之何从矣！

　　这篇游记叙述了民国元年（1912）秋姚华偕同友人游赏颐和园的经历。文中以游览路线为序，依次记录了众人游览排云殿、五方阁、佛香阁、昆明湖、德和园、仁寿殿、玉澜堂时的所见所感。以素雅简练的笔墨生动描绘了颐和园山水园林的雅致清秀，以"湖光山色"等天然风景与"俗恶不堪"供奉书画做对比，彰显了作者对自然美景的推崇以及对凡俗人事的厌恶之情，同时也寄寓了姚华清高闲适的审美情怀。又如作于民国十八年（1929）的《圆明园游记》：

　　是岁仲秋之初，偕伯助赴海甸会印昆、幼苏，饭于裕盛轩，遂游圆明园。由兆大（人名已忘，兆是一旗）带领，行经大殿，经天地一家春，绕擎露台旧址（铜人已不知何往矣！旧有铜人捧盘擎露），至海岳开襟小憩，北至西洋楼又憩焉绕至东大殿，于绘月、蹇芝二石下徘徊久之，拾得断碑一块（草书二行，又二半行云"不知此去"，又云"不讲竟"。旁有楷书释文，又有一行释文云"汝还当此"。疑是御临或摩魏晋帖也，当徐考之）归。

　　予此游再矣。记光绪末年，主讲清华，与园相距近。曾与杨景苏游焉。残废之余，荒寂无人。予数人者跼蹐荒榛丛莽之中，且行且谈，极游览之兴。予因有小吟纪之。及前游颐和园，尘俗已甚，益念圆明。印昆诸君闻予说，复为此游，因更偕往。然此游别无所益，惟拾得断碑，为了前游之愿耳。此断碑拟琢为砚，今犹未治也。己巳中秋追记。

文中在记叙了此次游览圆明园的行程路线之后，又追忆到光绪末年与杨景苏等人初游圆明园的往事，其中"残废之余，荒寂无人。予数人者跼蹐荒榛丛莽之中，且行且谈，极游览之兴"一语以生动笔墨描绘了圆明园破败荒寂的环境以及萧瑟凄凉的气氛，寥寥数语，直令人有同游随行之感。此外，该文亦再次强调了姚华对凡俗作品深恶而痛绝之艺术立场。值得注意的是，在姚华这类记叙日常情状的散文中，往往还能够逾越平常琐事的藩篱而探讨学术问题，笔墨雍容平实而见解独到深刻。如其《雨窗琐记》一文即为典型例证，文章首先交代写作之背景与缘由："宵来大雨，晨犹滂沱，书画之役，酬酢之事壹是皆辍。因获闲，料理积责，闻陈封可德意志之游行有日矣。"其次由所题《猴枝图》中涉及"面具"一语探讨古典戏曲表演中"脸谱"的渊源由来，提出古器物中饕餮形象为脸谱"最古之渊源"的独特观点，同时还探讨了面具与绘画辗转相师的流变关系，观点新颖，视角独特，不失为一家之言。

其他篇章，如《弗堂记》对"弗堂"陋室环境的描写以及以"弗堂"二字自明心志，表现了姚华超脱俗事的淡泊情怀；《姚山记》中借购置墓地"姚山"的经过与附近风物的记叙，抒发了对田园乡村生活的眷念；《岱宗堂记》通过对岱宗堂祠庙的修茸发古今兴亡之叹；《何陋轩记》中通过对王阳明画像的尊奉以及斋名之由来勉励儿女发奋苦读，一心向学；等等。这类篇章对后人把握姚华一生的生活经济状况，辨析姚华心态的微妙变化，进而准确解读其文学作品等均大有裨益。同时，部分篇章还具有一定史料价值，如其《啸篁楼图记》[①]中对其弟姚芗事迹的记述："弟业日进，家益中落。予已举乡试，弟犹连试童子，不售，而遭疾以殒。所著不多，予为搜而存之。文笔一卷曰《啸篁楼遗稿》，演算二卷曰《不惮烦者算草述》，化学用药一卷曰《药质申明》，皆存于

---

① 啸篁楼为姚华弟姚芗读书处，《弗堂类稿》中《榕楼雁影图卷为黄溯初写装成索题》篇后姚华自注："予弟芗读书处曰啸篁楼，早世予别署一鄂楼，以志痛悼。至今未补图，犹憾事也。"

家。"由该文可知，姚芟虽不得志于科场，然其在文学、算术、化学方面均有一定成就，可谓文理兼通。《啸篁楼图记》即为后人了解姚芟生平事迹提供了不可多得的史料。又如姚华为长子姚鋆《蚕种刍论》所作《〈蚕种刍论〉序》，为友人蔡鹤君所作《蔡鹤君先生〈志学谱〉序》，为友人刘彧所作《刘彧〈字觿〉序》，为友人丁佛言所作《丁佛言〈说文古籀补〉序》等，或对著者勉励再三，或结合自身经历陈述治学之道，或总束自己于小学文字的研究观点，均可谓语重心长，辞意恳切，体现了姚华对后学奖掖有加的长者风范。据笔者查考，以上诸作其后多无再版之举，后世亦难得一见，由姚华所作之序则可于原著窥其一斑，姚华序之文献学价值自不待言。此外，又如姚华所著《说文三例表》一书，今人介绍姚华时多将其列为姚华存世著述目录。然据《刘彧〈字觿〉序》《丁佛言〈说文古籀补〉序》二文可知该著作于姚华早年执掌笔山书院山长之际，而毁于兵燹，后世并不得见。

3. 应酬交际的必要工具

姚华乡邦情结浓郁，于人情交往颇为重视。客居京城期间，亦是北京城文艺界相当活跃的艺坛领袖，其所相交者多为称名当时的文艺雅士。散文较之于诗词而言，实用性与交际功能有所强化，更适于文士之间的交游答赠与文字往还。因此，《弗堂类稿》中散文部分有相当比例为应酬交际之作。这类作品在题材内容上虽无关经世济时，但其间亦折射出中国近代乡村社会的某些侧面以及近代文士普遍具有的特殊心态，同时对考察姚华与乡邻以及其他文艺界人士的交往情况有重要参考价值。从散文文体类型的角度观照，这类文章主要有三类：寿序、墓志铭与传记。以下亦分别论述之。

《弗堂类稿》中的寿序主要见于《序记》部分，其中所颂对象又多以女性长辈为主，如《张母宋太夫人八十寿序》《王母曾太夫人八十寿序》《节孝王母曾太夫人八十寿序》《王母曾太夫人八十寿序（代饮冰）》《袁训皆先生暨配杨太淑人七旬晋一双寿序》《寿丙五十有一序》《弟妇天水郡君五十晋一寿序》等，其中宋太夫人为姚华的镇远友人张萃庭母，曾太夫人为姚华学生王伯群母，杨太淑人为姚华同乡贵阳名医袁训皆妻，天水郡君为姚华弟姚芟妻，《寿丙五十有一序》一文则是为表彰姚华妻罗恭人而作。寿序文字，多以颂德为主要目的，姚华这类文章亦是如此。如在《张母宋太夫人八十寿序》中称赞宋太夫人"治家教子，惟母是赖。……其勤劳固不可悉数"，在《节孝王母曾太夫人八十寿序》中嘉许王母"太夫人之盛德，前所为序既毕书，其被诸乡党者矣。顾高行亮节，功在一家，兹若轶焉"，在《袁训皆先生暨配杨太淑人七旬晋一双寿序》中颂扬"杨太淑人德并鸿妻，教齐欧母，咸称人庆"，在《弟妇天水郡君五十晋一寿序》中褒扬弟媳"以青年孤嫠安焉。行所无事，其志节固已可称"，等等。均是由传统眼光肯定这些女性温良贤淑的德行品质，同时也体现了姚华尊奉传统操守的道德立场。

《弗堂类稿》中的墓志铭主要见于《碑志》部分，凡24篇。所写对象主要有两类：其一是姚华直系亲属，包括姚华父姚源清、生母费氏、长女姚銮、三女姚鎣、四女姚鋆、五子姚鏊、侄女姚鎏等，姚华子女有四人早卒于青年，三女一子，让姚华顿生"姚不旺女"之叹；其二是姚华所交友人，如赵隐、汝南刘君、刘镜湖、乐观韶、文明钦、郎先锦、文式如等。就文章结构章法而言，姚华所作墓志铭大多沿袭传统写法，即先概述逝者生平形迹，最后以铭语为结，就篇章结构而言无甚出奇之处，故后人亦罕见论者。我们认为，姚华所作墓志铭铭语句式的灵活多变颇值得后人注意。一般而言，铭语句式以四言为主，且多为韵文形式。然姚华所作铭文句式善于变化，既有四字韵文体式，亦有三言、七言体式，还有部分以句式参差自如的散体文字为铭语。四言句式者有《汝南刘君懿行碑》《清授中宪大夫摄知直隶永平府同知热河围场江川乐公之碑》《先府君碑》《吴母彭太夫人墓碑》《侄女鎏墓碑》《中女鎣墓碑》《清故诰授中宪大夫四品衔同知直隶州用山西右玉县知县私谥靖康文先生墓志铭》《归同里文氏伯女銮墓志铭》等，如《侄女鎏墓碑》篇末铭文：

铭曰：吾祖有言，姚不旺女。伯三而殇，仲一而殂。嗟吁乎鎏，何以益汝？生不激随，死以劳苦。死则有功，生亦何怙！幸吾不死，为谋千古。字沥幽隐，辞镌肝腑。永矢凡百，昭兹来许。

在铭文中姚华沉痛地抒发了对侄女早逝的痛悼，同时由侄女联想到自己三女相继早夭，其间亦可见出姚华对个体生命生死的哲理性感悟。四言铭文在姚华所作墓志中最为常见，亦是传统铭文使用最为频繁的句式。

三言铭文如《行唐花先生德铭》一文，其后铭文云：

铭曰：申之《诗》，伏之《书》，惟先生，闻其馀。今诸生，古玄儒。有至性，作典谟。析让产，居无庐。善诱人，孰启予。弟子记，主客图。辨青蓝，慎墨朱。老不倦，繁有徒。道可道，舣不舣。守终始，逢革除。如访畤，致安车。伐贞石，颂隐居。邑有贤，式此闾。

以三言句式称赞懋德先生于地方教育所作的杰出贡献，褒扬了其汲汲于教育之道，热衷于地方子弟教育之赤诚心肠。

七言铭文如《刘镜湖先生教泽碑代》：

铭曰：河汾昔起隋唐际，门有将相并名世。於乎先生今其继，惟通于一毕万事。天下仰风式行谊，宽薄敦鄙蒙厚赐。铭告凡百辨其志，中郎有词两无愧。

刘镜湖（1855—1930），即刘莲青，河南巩县人。热心于地方教育事业，曾一手创办巩县崇实学校与河南府农业学校，并担任覃怀中学校、初级师范学校、开封中州公学校迭长校事等职务。积极投身于教育事业近50年，门下英才众多。姚华此铭，既高度赞扬了刘镜湖的渊博学识与师者风度，同时充分肯定了其人于教育事业的贡献。又如《刘全禄祖母赵氏墓志铭》：

铭曰：德必寿，母克有，遗子孙，世其守。有孙好文不吾否，铭志毋忘垂永久。

文中巧妙地通过三言和七言的连用，表达了姚华对友人祖母品德的赞颂之情。以上数例可见姚华韵文体铭文的大致风格。姚华尚有部分以散体赋铭文的佳作。众所周知，墓志铭作为一种庄重恭严的文体，其写作格式与语言均有严格规定，不可随意逾越，尤其是赞文部分，多取韵文形式，一方面以便于祭悼者诵读，另一方面也是墓志铭这种特殊体式在章法句式上的需要。而姚华能够大胆打破传统句式和句法，以散体语言作铭，体现出姚华为文不羁一格、勇于创新的创作勇气。这类作品，亦最能见出姚华对逝者沉痛的悼念之思。如《季女錾墓志铭》：

铭曰：受太虚之清淑，而完然以归者，惟尔錾之嘉，虽生十五年而遽止，即百龄抑又何加？嗟嗟！生故当死不则贼，彭弗如殇尔所识。适来适去随其直。委此遗蜕吾封殖。此复千年亦天则。

又如《中女錾墓志铭》：

铭曰：吁嗟錾也！天俾尔寿，安能测其所至也？尔才矣！而生余家，奚以存于今之世也？吾生有涯，夫何伤于尔之逝也？而神归矣！尔形蜕矣！生则余育，死则封而识之也。呜呼！

　　两篇铭文均直接抒发了姚华对亡女早逝呼天抢地、痛彻心骨的无奈心情，充分表现出白发人送黑发人的无奈与哀思，同时也彰显出姚华对子女的慈爱与体恤。这类文字无论是内容手法抑或是语言表达均与传统的墓志铭文字大异其趣。如前所言，传统墓志铭在篇末往往以韵文体式的赞语作结，依次总束逝者生平功绩与美德，其中不乏溢美之词。而姚华的这部分作品一改传统笔法，以抒情性的散体文字作铭，一方面既恰如其分地表达了慈父对亡女的痛悼之思，另一方面就墓志铭这一文体的写作模式与表现技巧而言均是一种极大的解放与突破。

　　《弗堂类稿》中的传记文主要见于《传》部分，如《叶升初先生家传》《乔节妇传》《唐母江宜人家传》《先祖赠中宪公家传》《孝宪先生家传》《先妣雷恭人家传》《继妣熊恭人家传》《生妣费恭人家传》《王梦白小传》《姚鳌传》等，所记对象亦为两类：一是姚华父辈等直系亲属，如《孝宪先生家传》即记述姚华父亲姚源清轶事，《先妣雷恭人家传》《继妣熊恭人家传》《生妣费恭人家传》则分别记述姚华三位女性前辈事迹。除父辈外，亦有记早逝子女的《姚鳌传》。因所记者均为姚华至亲亲属，故言辞恳切，情深意挚，一言一语，均包含姚华对亲人的无限关爱。二是姚华为友人所作家传，如《叶升初先生家传》《乔节妇传》《王梦白小传》等。这类作品虽多为受友人之托而作，字里行间不免有溢美之意，篇章言辞亦有套话程序之嫌疑，然绝不可轻易否定其文学成就与史料价值。值得注意的是，姚华善于根据所记人物事迹与品性特征运用不同风格的语言艺术。如《叶升初先生家传》一文，叶升初即叶荫昉（1820—1890），字筱奎，河南正阳人氏，光绪十八年进士，曾先后担任福建长泰县知县、刑部福建司行走、安徽司员外郎等职，为晚清名臣。姚华一一郑重其事地介绍其人字号、家系以及幼学与仕宦经历等事迹，最后以论赞作结。言辞庄重谨严，恭敬肃穆，其语体风格与传主地位身份十分相称。而《乔节妇传》《唐母江宜人家传》二文，传主均为友人之母，同是平凡劳动女性，亦未有建功立业的传奇之举，姚华就有意识选取最为典型的事件进行描写，并以此凸显传主温良贤淑的美德。如《乔节妇传》一文，姚华重点记述了文斗南欲辍学，妻子劝其发愤之事：

　　斗南家贫，读甚苦，久之欲弃去，谋诸节妇，节妇曰："利之图，不如道乐而贫也，纵馁何遽夺志？"斗南益感戚奋。

文斗南在妻子的劝告下勤力苦读，终有所成。姚华以该事例褒扬了李氏的节孝，并对其在丈夫亡故后艰难抚养幼子的行为进行了高度评价。《唐母江宜人家传》则主要表彰了江氏勤俭朴实的生活习惯：

及从夫官庐州，井臼之事，未尝委人，衣非数浣不遽易，视纨绮金玉弗好也。

在肯定了江氏勤俭朴实的生活习惯后，最后仍着眼于其"孝敬慈惠，有士君子之行"的美德予以褒奖。以上两例家传，传主皆为普通女性，一生事迹平淡无奇，而姚华能够紧扣其"孝慈"的基本特征，并辅以典型事件为佐证。笔墨虽简，然却能够给读者留下深刻印象。在《先祖赠中宪公家传》《孝宪先生家传》《先妣雷恭人家传》《继妣熊恭人家传》《生妣费恭人家传》等几篇传文中，虽传主亦均为普通平民，然在姚华笔下其个性形象可谓栩栩如生。如《先祖赠中宪公家传》中描写祖父姚廷辅刚直不阿的耿介形象：

躯不伟，目光炯炯，声如洪钟，敢是非黑白，直强不为利害所移，里有失德，皆慑于公。相呼曰"姚不动"云。

寥寥数语，祖父姚廷辅善恶分明、疾恶如仇的威猛形象如在眼前。又如《继妣熊恭人家传》中记叙继母熊恭人对自己体贴有加、关爱备至的母子情谊：

方华弱冠，学为文章，仓猝未就，每至宵分，恭人怜子，不肯即眠，固请未可，一灯之下，笔墨刀尺相籍，母子对案，坐竟达旦。以为常。授室以后犹如之。且谓儿苦而不自觉，及就养如京师，华或归晚，复坐待如曩时。

大凡成功的怀人念旧之作，往往不是以华丽的辞藻与炫目的手法感染读者，而是用最朴实的语言勾勒出最日常可见的生活环境，并以此唤起读者与作者相类似的生活记忆，以此激发读者的情感共鸣。在对继母的怀念中，姚华紧紧抓住幼年时继母不辞辛苦，通宵达旦陪同自己在灯下苦读的温馨场面，继母对子女的希冀与慈爱遂尽在笔端矣。姚华传记类文章有两篇尤其值得关注，即姚华为友人王梦白所作《王梦白小传》和为纪念幼子姚鋆所作的《姚鋆传》。王梦白（1888—1934），名云，字梦白，自号彡溪渔隐、破斋主人，江西礼城人。学画于黄山寿、任伯年、吴铁缶诸名流，善画花卉草虫，曾任北京美术专科学校国画系主任。姚华在文中生动勾勒了一个才情绝高、性情耿直的艺术家形象：

其才情殆天授，非关学耶！惟负气，喜面摘人非，人亦阴以毁议报之。

王梦白自号"破斋",其气质与性情均被世俗中人视为异端,好酒使气,且喜欢当面指责他人,故不为他人所容,后客死于天津。就某种角度而言,艺术家往往具有与常人不同的生活体验与情感经历,体现在个性上亦多有独行特立之举,王梦白即是一位性格怪异奇特的艺术家,这段记叙通过对友人王梦白性情的忠实记录,还原了这位个性狂狷的艺术家的真实个性。然姚华对王梦白与世情格格不入的个性并未持否定态度,而是极力推崇之。姚华云:

梦白少读书,其才气,亦文长之俦也。使少敛抑以谐媚自遮,所遇必不如今日之穷。然而画人之树风骨,尚意气,甘穷困不悔者,世亦必数梦白。于是人与画且以其气传矣。

王梦白虽终其一生贫困交加,然其人保持了传统文士的风骨意气。姚华对友人的赞扬之语"树风骨,尚意气,甘穷困不悔",其实就某种程度而言,又何尝不是姚华本人孤高个性的真实写照?故其貌似评人,实为抒发一己之心志而已。

姚鉴为姚华早逝五子,自幼才气横溢,然天不假年,十八岁即早夭。姚鉴十四为画,举凡山水、人物、鸟虫、花卉等作,颇得父风;"十六以后,渐能吟咏",作书亦"颇见腕力"。本为姚华子女一辈中最有可能传承姚华艺术衣钵的人物,然因突发疾病而卒。《姚鉴传》中姚华客观评述了五子姚鉴在创作领域全面的艺术才情,同时亦寄寓了姚华对幼子夭亡的无限悲痛。王梦白与姚鉴,一为当时享誉艺坛的书画大师,一为初出茅庐、锋芒渐露的少年新锐,惜二人事迹多渐湮没失考。以前者而言,迄今尚无年谱问世;而后者因过早辞世,故亦未见何书著录其生平事迹。姚华此二文为后人研究这两位艺术家提供了生动直接的第一手材料,于近代艺术史史料的辑录搜罗亦有相当价值。

三、姚华散文的艺术特色

综观姚华散文,可以看出他在议论类与传记类散文方面取得的成就最大。姚华散文的艺术特色,主要表现为如下几个方面:

1. 骈散兼善的句式结构

就广义而言,中国古代散文包括散体文、骈体文与赋体文。散体文的句式特点为形式自由灵活,具体表现为主要以奇句单行句式为主,虽偶用排偶,但所占比例较少，往往是偶作点缀而已；而骈体文起于东汉，因多用对偶，句式上以四、六字句为主，故又称"四六文"。在姚华所作散文中，既有大量散行单句的散体文句式，同时亦不乏形式整饬、多用排偶的骈体句式，体现出姚华为文不拘一格、不拘一体的创作特色。就句法结构而言，姚华散文中全用骈体文则不多，且多为祭文、赞、铭等，如《公祭冯华甫文》《公祭四君文》《公祭绥阳雷玉峰先生文》《师曾为写象自题赞》《姚銮墓碣铭》等。从这类文章中可以充分领略姚华深厚的文学功底与博闻强识的学术视野。如《姚銮墓碣铭》一篇，全用四字句式，且句句用典，旁征博引，借古喻今，姚华之渊博学识于此可见一斑。为便于读者充分理解领会文意，姚华还在该文每句后自注用事所出，如"才既不耀"后自注"李鼎"，"德必有邻"后自注"吕买"，"舜英易殒"后自注"李夫人"，"窈窕永逝"后自注"元飔妻"，"陇啼思鸟"后自注"桑氏"，"人零珠泪"后自注"关道爱"，"素范彬彬"后自注"杜夫人"，"玄室光光"后自注"黄君夫人"，等等。文中用事虽多，然作者以自注形式让读者一目了然。既便于读者把握体会文中所述情感，又全面展现了姚华博闻强识的文学功底。又如《公祭绥阳雷玉峰先生文》一文，虽全文均用四言句式，然作者连用六个"呜呼先生"以排比结构串联全文，感情充沛，文气浩然。

　　呜呼先生！西南之雄，于荀得粹，与孟论通。奕奕其志，殷殷其衷。生也不辰，时乎不逢。遗书译圣，名德犹龙。呜呼先生！吾道几穷。自汉徂宋，众说蒸雰。今文执一，古学凿空。玄杂而芜，肃伪而工。程朱行辨，陆王知聪。言兼二氏，道滋群蒙。泊乎先朝，极于咸同。始开道途，乃识去从。呜呼先生！因益锤镕。著论正衡，与民用中。立言不朽，为学者宗。沛然贵雨，尚矣黔风。有道无时，身没名隆。呜呼先生！五经无双。嗣承绝学，造于有邦。文质异世，张弛无终。欲寻今绪，独相前踪。志赍黄泉，精耿苍穹。呜呼先生！左天之恫。学海无涘，人心滋蓬。《太玄》忆云，《论衡》叹充。汲井量深，仰山知崇。呜呼先生！灵山郁郁，富水淙淙。神之所托。祀必有功。三秋晓露，贰簋清菘。用荐精灵，鉴此虔恭。

　　雷玉峰即雷廷珍，贵州绥阳人，精通经史，曾主事贵州官书局，后为严修聘为贵阳学古书院山长，精通经史小学，著有《音韵旁通》。清光绪二十九年病逝于赴重庆途中。姚华为雷玉峰门生，其小学功底大多师承雷氏而来，师生二人结下了深情厚谊。惊闻噩耗，情不能已，遂作该文以寄托对恩师的悼念。

文章连用六个"呜呼先生"为每段起首，字里行间，真情充溢。行文气势如滔滔巨浪，一波紧随一波，既客观论定了雷玉峰于贵州地方教育所作出的不朽贡献，同时亦恰如其分地表达了作为门生的姚华对恩师不幸逝世的沉痛心情。又如《公祭四君文》中接连用七个"哀哉"为每段起首，表达作者悲天悯人的济世情怀，亦与《公祭绥阳雷玉峰先生文》有异曲同工之妙。

2. 文风浑厚平直，体现出向清初散文质实致用文风复归的创作倾向

就散文创作路数而论，姚华特别推崇明末清初三大思想家之一黄宗羲的文章风格。他本人在《〈南雷文隽〉序》中记："长日苦热，拘孪无遣日之资，乃发《南雷文定》读之。至于再三，意未舍也，又不胜记诵。"此外，他评价黄宗羲文章艺术特色时云："南雷文无宗派，骈散兼施，明季遗习也。……南雷学术极博，论议多阂通。义理所萃，鳞爪时存。亦有微信，令人警策。"明末清初散文家大致可以分为两派：一派以侯方域、魏禧等人为代表，主张恢复唐宋古文传统，从文章自身风格的改革力纠晚明文学的空疏之弊；另一派是以黄宗羲、顾炎武等启蒙思想家为代表，强调文章干预社会政治的功能，主张文章要"经世致用"，是为"学者之文"。黄宗羲文章是属于典型的学者之文，即作者留意时政，研经治史，其作品不仅具有文学价值，同时具有学术与思想上的双重价值。《南雷文定》为黄宗羲晚年所著，分《前集》《后集》《三集》《南雷诗历》《南雷诗历补遗》五部分，其中所记多为明人事迹，是后人研究明史不可或缺的重要文献。黄宗羲散文风格主要有二：一是文风浑厚质朴，纵横捭阖，论辩色彩较为明显；二是文章的学术价值与思想价值超过其文学价值①。姚华对黄宗羲文章不仅是阅读兴趣的好尚，从姚华本人所作散文的大致风格而论，亦明显体现了对明末清初"经世"文章的效仿与模拟，彰显出向清初散文质实致用文风复归的创作倾向。

首先，姚华散文最明显的特征是其浓厚的学术性与深刻的思想性，姚华于散文、碑帖、书画、音韵、小学等方面的学术观点绝大部分是通过散文的形式来予以呈现。如《论文后编》里对中国古代传统文体的渊源及脉络的梳理，《书适》中对汉字源流及造字方法的概括性叙述，《曲海一勺》中对"诗统"观念的阐发，《菉猗杂笔》中对象形、象声和对臣、鬼、兄、雷、雪、霞、者、也

---

① 参见罗宗强、陈洪主编：《中国古代文学史》（二），华东师范大学出版社 2008 年版，第 387 页。

等字的辨析与探讨，《货币考》中对货币渊源与发展历程的细致爬梳，以及大量题写金石碑帖的篇章文字，等等，这些篇章既是姚华学术思想的集中体现，同时也能够见出姚华学术思想之深邃与广博。上溯至二百余年前明清易代之际，面对天塌地裂的动乱现实，文人学者多埋首于治理穷经，以对经义的研习来回避现实的苦难，这才使得有清一代成为经学昌盛的时代。而姚华以其散文实践体现出对学术传统的复归，也正是姚华为文基本态度倾向于复古的彰显。

其次是逻辑严密，条理清晰有序，文风浑厚平直。如其《书适》一文，先提出中国文字的起源以及上古时期的造字方法等基本问题，后论述文字的重要性，接着阐释"观书如读画"的观点，最后梳理中国古代书写工具的发展过程。一文之中，尽涉中国语言文字诸多基本问题，同时作者结合新出土文献予以一一解答，逻辑严密，条理井然。又如其《小学答问》一书，邓见宽先生评价云："阐述比较全面，知识系统，答难简明扼要，凡二十八章，条理清晰。"[1]再如《翻切今纽六论》，姚华有感于全国读音难以统一的实际情况而作该文，其第一论命名，第二论国音字母命名不当，第三论契非简字，第四论纽，第五论字以表语纽以释音，第六论契类，逐层深入地论述了以反切之法注今字读音的学术主张。以上数例，可见姚华文章逻辑思路之绵密严谨与文风之浑厚平直。

降大任先生在《论明清之际的文学环境和三大家散文成就》一文中曾指出："黄、王、顾三人共同的特点是，面对现实，心系家国，抱负远大，躬行实践。在他们的散文中充满了深厚的民族感情和爱国思想，体现了时代精神。"[2]客观而言，姚华散文的时代性与政治性是不及黄宗羲的。作为艺术家的姚华，其散文创作更多层面是围绕自身的艺术趣味而展开。因此，在感情的发抒上往往不会掀起黄宗羲般的万丈巨澜，无论情感力度抑或厚度与明清之际士大夫相较均是不能同日而语。然而，姚华以艺术家的立场观照生活，以艺术家的姿态进行散文创作，其平易雍容、从容自如的文风无疑为"学者之文"提供了一种新型范式，值得后人关注与进一步研讨。

---

[1]　姚华：《书适》，邓见宽点注，贵州人民出版社1988年版，"前言"第5页。

[2]　降大任：《论明清之际的文学环境和三大家散文成就》，《晋阳学刊》1992年第4期。

第五章　姚华赋论及创作研究

第一节　姚华的赋学观

姚华于赋创作数量在各体文学之中数量最少。相较于其诗词曲文而言，姚华在赋学上所持论见也较为淡薄，有重要创见的观点不多，然亦时有闪光亮点，并非全无可取之处。姚华赋论文字主要见于《论文后编目录中第三》一文，在该文中，姚华首先梳理了中国古典诗歌从四言体发端，逐步定型为以五七言体为主的流变过程。次则提出赋体文学乃"诗之广"的学术观点："三百篇之诗，言其敷陈，亦称曰'赋'，然未尝独名一体。荀子《赋》篇，其始创矣。体制初成，演而未畅，此诗之广也。"[1]值得注意的是，在述及赋体文学的发展历程时，姚华特别注重紧扣作品的文体特点进行辨析，这就是以文体为本位，抓住了文学作品的根本实质，体现出姚华分析问题时独特的学术眼光。如他在分析屈原的《离骚》时，指出其文体特征是"不受桎梏，自成闳肆，于诗为别调，于赋为滥觞"[2]。众所周知，赋体文学最为明显的文体表征即是语言铺排华丽，文气浩荡恣肆。《离骚》则是代表了诗歌向汉赋过渡的中间状态，故其既有诗歌的文体质性，同时亦有赋体文学的诸多特征。姚华以"不受桎梏，自成闳肆"八字概括《离骚》的文体风貌，并以此为线索勾勒出《离骚》与汉赋的渊源联系，的确是切中肯綮之语。此外，姚华还从"诗亡而文质分"的立场出发，将

---

[1]　姚华：《论文后编目录中第三》，《弗堂类稿·论著甲》，第16页。

[2]　姚华：《论文后编目录中第三》，《弗堂类稿·论著甲》，第16页。

赋体文学之发展脉络分为三条线索："若诗亡而文质分，赵得其质，楚得其文，况平之后，悉授于汉，一谓之赋。以是三本，发为枝柯。"① 孔臧《鸮赋》、司马迁（《悲士不遇赋》则为继承荀子一脉，而"其余名者，皆屈宋之流也"。赋体文学的发展进程可谓纷繁复杂，姚华则将其予以简化论述，便于读者更直观地把握其文体流变轨迹。姚华还清晰地看到赋与近体排律、歌行之间的关系："律赋既行，古赋衰歇。格律拘束，不便驰驱，登高所能，复归于诗。于是李杜诗行，元白唱和，序事丛蔚，写物雄伟，小者十余韵，大者百余，皆用赋为诗。"② 姚华虽为科举名士，但他能够一针见血地指出科举制度于赋体的束缚作用，指出："自唐迄清，几一千年。或绳墨于场屋，或规矩于馆阁，其制益艰，其才弥局。"③ 客观而言，赋体文学在近世的日益衰微，正是与被统治者纳入科举制度密不可分，形式上的整饬严重限制了赋家们创作才情的发挥。因此，姚华认为律赋的弊端在于"时必定限，作有程序，句常隔对，篇率八段，韵分于官，依韵为次（参考别详）。使肆者不得逞，而谨者亦可及"④，使得赋家墨守成规，不思新变，故导致了"其制益艰，其才弥局"的创作局面。正是如此，姚华对唐后赋作评价普遍不高。如他评价欧阳修《秋声赋》、苏轼《赤壁赋》这些赋史上的名篇为"文质殊观，名实反戾"；评价清人所作律赋"虽出庾信特律，所不许罕觏名篇"；等等。对《秋声赋》《赤壁赋》这些历代传诵的经典赋作颇有非议，同时对整个有清一代辞赋亦全盘否定，这些受个人主观意气所激发的偏颇观点还是存在一定偏激性的。

第二节　姚华赋的创作

《弗堂类稿》共存赋 16 篇，依次为《述德赋》《朽画赋》《双钩书赋》《诘鼠赋》《原鼠赋》《并蒂美蓉赋》《闵灾赋》《文蛇赋》《凤尾鞭赋》《晚香玉赋》《晚

① 姚华：《论文后编目录中第三》，《弗堂类稿·论著甲》，第 16 页。
② 姚华：《论文后编目录中第三》，《弗堂类稿·论著甲》，第 16 页。
③ 姚华：《论文后编目录中第三》，《弗堂类稿·论著甲》，第 16 页。
④ 姚华：《论文后编目录中第三》，《弗堂类稿·论著甲》，第 16 页。

香玉后赋》《晚香玉别赋》《晚香玉余赋》《洋晚香玉赋》《蝇丑扇赋》《夕红赋》。从赋体形式而言，有体制、语言与先秦时期的楚辞大致相类、多用兮字的骚体赋，如《述德赋》《闵灾赋》；有形式整饬、铺陈华美、夸饰文采的散体大赋，如《朽画赋》《双钩书赋》；也不乏篇幅短小，个体抒情性有所强化的抒情小赋。这类作品在姚华赋中数量最多，其间也能从一个侧面窥探姚华作为文艺通才的雅致清玩风度与恬淡潇洒的自赏心态，对辨析姚华文章之赋心无疑最具有体认价值。16篇赋按照赋体的内容与表现形式可分为如下类型：

一、骚体赋

骚体赋是赋体文学发展过程中的主要类型之一，其特点是以楚语中的"兮"字为标识，且抒情性大于体物性①。这一类型的作品有两篇，即《述德赋》与《闵灾赋》。其中《述德赋》为姚华庆贺父亲七十四寿辰而作，该赋在语言上采取骚体赋的形式，记述了其父姚源清一生大致经历以及勤勉淳朴的乡民美德。该赋序云：

乙卯冬十有一月晦，家君七十有四初度。适当香山九老集会之年，同年生贵阳金子诚开祥自桂林以序来，将于其日贷园上寿。而国家多难，不遑厥宇，家君谕止。且生与大云同岁，今年衰甚。殆又与同命耶！因感慨生平，小子华敬谨识之，述为此赋，使后世子孙传而习焉。犹愈谀诵云尔。

由序中所记可知，该序作于民国四年（1915）十一月末，时姚父74岁。姚华作此赋的目的是希望以父亲黾勉上进的事迹激励姚氏子孙，将其优良家风发扬光大，这种以劝勉为主导用意的创作宗旨也最能发挥赋体文学的教化功能。从语言措辞的运用角度观照，姚华此赋受屈原《离骚》之影响较为显明。如开头"帝有虞之苗裔兮，越百世而显"以及赋末"皇能察见至隐兮，嘉锡余以永日"等语词，均显系化用《离骚》成句而来。此外，该赋虽为追忆父辈德行之作，但字里行间，亦可见姚华于黎民苍生的怜悯心肠。如"逢百凶而尚瘵

---

① 关于骚体赋的体式特点，《中国古代文学史》编写组所编的《中国古代文学史》（上）（高等教育出版社2016年版，第194页）载："它不追求以楚语、楚声表现楚地、楚物的地域本色，而是继承楚辞的抒情性、铺陈的表现方法及其典型的楚语'兮'的标识，更接近于传统的抒情之辞而不是体物之赋。"

兮，国无人而谁守。风云变而旋已兮，匕鬯惊而不丧"，"民子遗以幸存兮，夫何有于欣荣"，"民劳汔可小康兮，思遰举而将辞"等语，真切表达了作者对时政多舛、民不聊生这一社会现实的愤慨与不满，同时亦袒露了赋家悲天悯人的济世胸怀。另一篇《闵灾赋》则作于民国十二年（1923），时年 9 月 1 日，日本关东地区发生 7.9 级强震，死难者凡十余万人，受难灾民多达数百万之巨。姚华早年留学日本，与日本普通民众结下了深厚友谊。他在惊闻地震噩耗后，遂作该赋，表达了对异国灾民无端罹难的深切同情。赋中追忆了自己当年留日生活："望榑桑而致慕兮，谓天意之彼厚。"也回顾了留日学生在异国他乡的艰难处境："方抱火于厝薪兮，及未然而自安。怵邻人之豪强兮，惕吾行之艰难。"同时还表达了对日本灾民悲惨遭遇的同情以及号召国民积极赈灾的建议："信奇灾之可布兮，固余心之所悲。溯人生之苦辛兮，宜相恤以扶持。"由此可见，姚华身为前朝遗老，在当时 20 世纪 20 年代的中国社会是属于保守派人物，但却能够站在民本主义与人道主义的立场，对异国灾民进行无私援助，这一举止无疑逾越了狭隘民族主义的立场，即令在今天看来也无疑具有进步意义，同时还能够从一个具象的微观角度印证了中日民间交往的友谊。

二、散体赋

姚华赋中散体赋有两篇，即《朽画赋》《双钩书赋》。二赋主要表述了姚华关于艺术创作的观点与思想，故均为邓见宽收入《姚茫父画论》。1924 年，北京淳清阁将姚华挚友陈师曾画作汇编为《陈师曾遗画集》一册出版，即以姚华《朽画赋》之手书为序，序后有姚华所题之附言：

此赋作于丙辰，曾移稿。师曾适归金陵，犹及呈散原先生点定。比年以来师曾画复有进，而世事滋纷，不获改造，置之者久矣。今年师曾遽没，检箧得之，幸其犹之以师曾也。因更书一通以慰，夫爱师曾者傥亦过而许之乎？癸亥九月八日莲华庵书迄记。华 ①

由该序可知，《朽画赋》原作于丙辰年（1916），然当时并未刊行。陈师曾病殁后，姚华于书箧中拣出，以表达对亡友的悼念。该赋为邓见宽《姚茫父画

---

① 顾渊：《〈陈师曾遗画集〉序》，北京淳清阁 1924 年版。

论》中第一编论著中第三篇。《朽画赋》主要陈述了姚华对古典绘画特质的理解，即诗、书、画三者的完美融合。如他评价陈衡恪画作的特点是"犹诗陈尚纲之义，譬玄著高明之篯"。此外，姚华还特别强调了作画中运笔的重要性，他首先以精练文字梳理了中国古代文字载体的嬗变情况："维绘事之奥衍，总文章之泉源。导象形以载笔，滋篆刻而染翰。洎金石之递嬗，傅楮墨而益繁。"接着高度评价陈衡恪流畅自如、气势丰沛的笔势："习观其笔势，起伏往复，张弛似爪，安豪如锥，束指风生，臂而运斤。两覆手而攒矢，下平直而或旋。入侧斜而仍起，虽寻隙而偶憩。若暂停而未止，引肘多姿，如抗如抵。并不乖行，复无差轨，横生硬以盘空。安钝拙而藏美。"对作画时的运笔与用力技巧作了形象指导。另一篇《双钩书赋》亦收入《姚茫父画论》第二编专题画论中"有关颖拓的论述"，该篇模拟汉散体大赋中常见的主客问答式结构，对古代书法中的双钩笔法进行了较为全面的阐释。值得注意的是，姚华在该篇中同样强调运笔技巧及笔势的重要性，如他描写双钩笔法灵动自如的创作手法时云："兴来奋腕，宾至加墨，本无藩篱，直撼胸臆，势如鸿飞，迹若蠹蚀，连横合纵，聊肩比翼，夭矫回旋，出没反侧，意之所恣，人何能测尔！"双钩笔法源于唐代，是传统书法中的一种特殊笔法，即以单线描摹出字体的空心字。姚华对该笔法亦甚有研究，如其文《双钩兰眉室榜书跋为陈翼牟》指出："双钩脱影书，虽创作而实取则宋元书法。"此外，姚华还作有《题双钩兰为郭春榆宫太保七十双寿》《双钩兰》《又题双钩兰》《双钩兰竹》《题张小篷双钩〈华山碑〉覆唐竹虚本》等诗，均表达了他对双钩艺术用笔、敷墨、布局等方面的见解，以上所举均可与《双钩书赋》互为参证，构成了姚华对双钩笔法的完整阐释。

三、抒情小赋

这类作品在姚华赋作中数量最多，其篇幅短小精练，彰显出作者清玩的艺术情趣，往往亦可视为抒情性的小品。吴承学、李光摩先生在论及晚明小品文清玩、清赏的艺术特质时曾经说："所谓清供、清玩和清赏其本质便是把生活中的每个细节都艺术化，在日常生活中营造或寻找一种古雅的文化气息和氛围。"①每个人均有其个体生活环境，这一生活环境也决定了个体生活方式的差异所在。具体而言，有奔波于尘世者，有隐居于山林者，亦有放浪于江海者。伴随着社会的日益进步，人们的生活环境逐渐呈现出城市化与集中化的趋势。而如何在喧闹纷扰的世俗中保持作家主体精神高雅恬淡的意趣情调，也正是宋元以来历代文士的普遍追求。姚华生活的 20 世纪二三十年代的北京城，是一个战祸频仍、动乱不安的现实社会。姚华在入参议院议政失败后，遂决心不涉政事，而埋首于书画艺事，在传统文艺雅致悠闲的况味中营造出一种清净淡泊的生活情趣。客观而言，对政治的表面疏离虽然导致姚华文学作品对时事的参与程度较之于其他进步作家有所不及，但也正是通过这种宁静恬淡的生活方式，才使姚华的艺术创作焕发出勃勃生机，同时也成就了他在近现代文化史上"通才"的不朽声名。姚华对书画艺术的醉心追求在其赋中主要体现在他晚年作的《晚香玉赋》系列之中，即 1927 年所作的《晚香玉赋》《晚香玉后赋》《晚香玉别赋》《晚香玉余赋》《洋晚香玉赋》。关于前四赋的创作情况，姚华在《题画一得》中记云："去年作《晚香玉赋》凡四、五首，每一赋成，必写为画。又有《凤尾鞭图》，画成而为之赋，即题其上。"②由此可见作者对晚香玉的特别喜好。姚华在《晚香玉赋》序中记：

京师南、西门外，实产嘉卉，曰晚香玉。其花也以夏，其香也以晚，耀蟾作色，袭麝安心；花如碾成，香疑熏就，名时称矣。不知谁之所命也。六出似玉簪而小，一茎常二十花，次第开逾旬日。宿根则易植，迁地则弗良，土人衣食焉。自小暑以迄秋分，花事可连三月。予特喜之，乃为斯赋。

《晚香玉后赋》序云：

客见余赋，猥以"晚香"见号，非恶声也。因成后作，益畅前旨。

《晚香玉别赋》序云：

予为两赋，又数日，妇进一瓶花，重叶似桃，盖染采以炫俗者也，因为别赋。

《晚香玉余赋》序云：

既中秋又十二日，鍪妇永宣进瓶供，植四茎可二三十花，秋色将幕，素芬

---

① 吴承学、李光摩：《晚明心态与晚明习气》，《文学遗产》1997 年第 6 期。

② 姚华：《题画一得》，《贵州文史丛刊》1982 年第 4 期。

依然于是。明日秋分，更旬日重阳矣。赋此赏之，以尽余情。

由四序所记可知作者创作四赋的缘起，姚华最早作《晚香玉赋》是为了表达自己对此花的喜好之情，因此他在赋中称赞晚香玉："锵锵鸣玉，冉冉熏香，爰有佳卉，允宜嘉名。"同时还将对晚香玉的欣赏赞叹上升到比德审美的内涵："兰不媚俗，蕙且招焚；士惟务实，终兼无文。"《晚香玉后赋》则是有感于客人对"晚香"一词的误解，进一步陈述晚香玉之清芬可喜："任残臂而独劳，挹清芬而可喜。"《晚香玉别赋》着眼于晚香玉淡朴本色的气质，比拟君子不媚世俗的清高风度："何封已而守残兮，愿洁白以多姿。"《晚香玉余赋》作于儿媳献晚香玉瓶供后，再次强调晚香玉花之素雅清香："金气张而白胜，露华湛而芬清；忆夏蕈之烦濡，澹秋齐之空明。"同时也流露出作者老境已至，回顾人生，不胜凄然的惆怅："病蝶仍恋，吟蛩已凄；对宜白袷，覆称青缇；弗入罗幔，犹簪玉笄。重阳渐近，北地早寒；护持得度，旬日须观。"纵观四赋，主要凸显了晚香玉花淡洁高雅的气质以及清香袭人的特点，假咏花以述志，正是通过对晚香玉清赏之情的抒发，同时也建构出一个宁静优美的艺术世界。除《晚香玉赋》系列外，《凤尾鞭赋》亦与画事密切相关，同样可视为作家清赏趣味的表现与流露。凤尾鞭即仙人掌，向来以其多刺和直立之形态很少入诗人与画家之法眼，因而也不受人们青睐。而姚华在《凤尾鞭赋》序中评价凤尾鞭："徒然电掣而霆怒。可谓任天而动，独立不惧者矣！"正是着眼于仙人掌与众不同的孤高直立之姿，表达了作者对此花的欣赏情趣。

其他几篇小赋，篇幅虽小，然亦堪称佳构。如《诘鼠赋》借对老鼠的诘问讥讽了官场上的贪得无厌之辈；《原鼠赋》则又从正面角度对老鼠生活的艰难予以陈述，谓其"虽五枝而终穷，会一饱之难期。巍躬自惭，甘心昼伏窟穴；能安饥肠，来告始探苞苴。渐分粮肉，或见影以频惊，每闻声而屡缩，恨化驾之难常。畏迎猫而余毒，人之多庆。"其立意与《诘鼠赋》一篇恰为相左，然亦可自圆其说。又如《文蛇赋》由作者在野外所见之异蛇联想到"余闻殊常之物，见必有为。若不为妖，则必为瑞，或维虺而兆祥，亦从龙而以类"的传闻，其间亦抒发了作者对人生与前程的感慨。《蝇丑扇赋》则以《尔雅·释虫》中"蝇丑扇"之语告诫世人应行事低调，不可张扬得意。此外，该赋还是姚华17岁时应试而作，姚华在篇末自记云："余年十七，试于学，使者此赋，冠军年少，自喜能自诵，无遗因追录，旋置之篑中。儿辈自家携来检出，不忍弃去，至今尚存，遂附赋篇末。"也许也正是赋家本人对该赋特别喜欢，故将之置于箧中长期保存。

以上四赋，文字虽短，然立意精巧，意蕴深刻，可谓嬉笑怒骂，皆成佳赋。联想到姚华所处的军阀混战、兵荒马乱的社会背景，这类作品正是恰如其分地倾泻了文士愤懑与忧惧的心绪，直抒胸臆的成分较之于客观的叙述手法显得更为清晰，一方面可视作赋家忧生嗟乱心态的投影，另一方面抨击了乱世时期的种种社会弊端，表达了作者对人生前程的深重忧虑。另外两篇赋则作于姚华与友人的交往迎赠，《并蒂美蓉赋》系为庆贺友人程砚秋娶妻而作。姚华与程砚秋甚为相得，《弗堂类稿》中亦有多首诗词记载他与程砚秋的交往，如其诗《旧书〈长恨歌〉于墨合子，刻成，玉霜得之，属题尾，赠时鸣》《玉霜演〈一口剑〉弹词，余赠诗，师曾信笔写剑奇》，其词《并蒂芙蓉》(本意赠玉霜) 等作。《并蒂美蓉赋》即以并蒂芙蓉为题，表达了作者对友人新婚的美好祝愿，虽为贺婚之世俗题材，然全赋用词清丽典雅，芬芳可喜，如"才匀露而齐开，遂先霜而争媚；既接叶而妃青，乃交枝而引翠；冷成兰畹之同心，赏是芝田之并蒂"等语，在形象描绘并蒂芙蓉之高洁清雅时亦暗含对友人婚姻美满的良好祝愿。《夕红赋》则系为友人陈师曾所绘《夕红图》而作，其序记云："有投诗湘潭周大烈印昆者，其句云：'飘零夕照红，长沙叶德辉。'焕彬以为颂也，印昆因摘夕红而虚构楼以名，其弟子义宁陈衡恪师曾为图实之，其友贵筑姚华重光更为之赋。"姚华为友人书画所题文字以诗最多，词又次之，曲再次之，题赋则仅此一篇，故亦值得后人注意。盖其中缘由是：诗词曲篇幅短小，摇笔即来，且意境多幽微隐晦，悠远高妙，与中国古典绘画重意之特质不谋而合；而赋体文学主要功能在于体物写志，不但抒情性较之于诗词曲有所弱化，且意境营造方面较之于诗词之含蓄蕴藉亦是有所不及。此外，从姚华存留作品数量观照，其存留作品诗多于词，词多于文，文多于曲，曲多于赋。故赋实为姚华各类文体中最薄弱环节，因此很少有以赋题画之举，这也是很正常的事情了。

从以上分析可见，赋体文学尽管非姚华所长，存留作品数量亦少，但姚华赋中彰显了其精深通达的书画理论，较为典型地传达了其诗、书、画相结合的艺术见解，同时也彰显了姚华论书画重笔势、论绘画重意境的艺术主张。欲全面考察姚华艺术见解，《朽画赋》与《双钩书赋》是不可绕开的两篇重要文献。再从姚华赋作的具体类型观照，姚华赋作既有模仿楚辞句式，多用"兮"字的骚体赋，亦有铺采摘文、体物写志的散体大赋，同时亦不乏结构小巧精致、情感性突出的抒情小赋。三类作品均有名篇佳构，彰显了姚华本人深厚的文艺修养以及熟稔的文字表达能力。另外，姚华赋还典型体现了清末书画艺术家的一种普遍矛盾与无奈的心态。一方面，他们埋首醉心于书画艺事的技艺研习之中，重视精神方面的享受，力图以休闲自在、淡泊宁静的艺术化生活方式疏离政治；另一方面，他们内心深处仍然秉持传统士人积极用世的处世立场，始终对国计民生等现实问题热情关注，始终保持了大济苍生的热切心肠，这就构成了他们于生活环境和个人理念信仰之间无法回避的冲突。这种矛盾心态正是乱世所给予文人的一种彷徨、痛苦、无奈，同时也是 20 世纪初北京城文艺界爱国尴尬处境的真实写照。从该角度而言，姚华赋是一个小小的窗口，但也正是这一观照视角的微观性与典型性，为我们解读清末艺术人士普遍存在的矛盾心态提供了一具象研究角度。这样的话，对姚华赋的研究，其间凸显的研究价值与意义就必然大于赋作文本自身了。

第六章　关于个案研究的一些思路问题

第一节　关于个案研究的思考

随着近现代文学研究的不断深入，一些以往较少为学术界关注的作家逐渐进入了人们的研究视野。我们认为，只要是对近现代文学、文化有所贡献的人物，无论其在历史上留下的足迹深浅如何，均不应为岁月的长河所湮没，而应为历史所铭记，即使他们存留的足印仅仅是若有若无的模糊痕迹，或者是支离破碎的片段史料。因为正是这些模糊痕迹和片段史料的存在，方才使得近现代文学史、文化史、学术史更为真实可信，也更为鲜活动人。唯有如此，历史的层面与维度才会生动、完整、丰富。

行文至此，我们不得不面对一个尴尬的问题。就本成果的研究对象与研究内容而言，应该是属于典型的个案研究的范畴。然而，毋庸讳言，文学研究领域的个案研究目前正处于某种尴尬的局面。很多学者倡导宏通研究视野，往往耻谈个案研究，认为个案研究选题偏狭，多适合为硕士论文选题而已。由此也形成了文学研究领域重理论而轻实证的现象。但我们认为，如果将文学史比拟为一条源远流长、激荡澎湃的河流的话，个案研究则是构成这条河流的朵朵浪花。正是有了这看似寻常的、细微的部分支撑，江河方才成其宽广。具体到本著的研究对象而言，姚华是近代西南地区的文化名人，其文艺创作具有明显的黔地地域特色。众所周知，西南地区少数民族众多，各民族均具有鲜明独特的民族文化与民族习俗；巴蜀文化、黔地文化、滇国文化均是独具特色的灿烂文化，由此也给后人留下了大量的文献材料。由于各方面的原因，西南文献整理的进度是相对滞后的，这不仅不利于西部地区的经济文化建设，也不利于国家的长治久安。因此，如何全面整理、挖掘、抢救这些文献资料，使其能够进入大众的关注视野，自然也就是西南学人不可推卸的责任。令人可喜的是，甘肃省古籍文献整理编译中心相继出版《中国西南文献丛书·正编》（兰州大学出版社 2004 年版）与《中国西南文献丛书·二编》（学苑出版社 2009 年版），二著辑录西南历代文献千余种，其嘉惠后学，非一代人也。其中《正编》据《黔南丛书》影印姚华《弗堂词》，这表明姚华作为西南文化名人，其著述的整理已经得到了当代学术界的关注。然而就目前研究现状来看，在个案研究似乎已经不为学人提倡的当下，如何进行有意义的个案研究，并摸索总结出某些行之有效的研究范式，以致个案研究不至于盲目或为人遗忘，笔者以为有如下几个方面值得注意：

第一，有针对性地处理研究时点与面的结合关系。毫无疑问，个案研究的对象就是美术学范畴一系列的小点，研究对象的交往范围、时代背景则是容纳这些小点的面。点是处于面中的一个个具体存在的实体，是具体可感的研究对象；而面则是由包容点与点之间关系的虚拟对象。美术学意义的点面关系也就是中国古典文艺理论批评中的知人论世关系。如何以敏锐的眼光从纷繁复杂、瞬息万变的物象世界中提炼出与"点"联系最为紧密的"面"的风貌，如何恰如其分地从"面"的角度考察"点"的特质？显然是研究者面临的共同难题。具体到本研究而言，我们的处理方法是：凡时政因素直接在姚华文学作品中有明确表述或提及者，均作为研究的重点予以考察；而虽同样为重大历史政治事件，但在姚华作品中并未见直接表述者，则立论尽可能审慎，不作臆断之语。这样就能够对政治时局于姚华创作的影响意义进行有针对性的考察，避免了盲目与武断的立论。

第二，尽可能扩大研究视野，清晰完整再现点与点的相交关系。如前文所言，研究对象是一个相对独立的小点，具有个体性与独特性。但这一小点并非是孤立存在的，其必然要与其他小点发生交叉性联系，由此方才有组构成面的可能。具体到本文而言，研究对象姚华是一个小点，而与姚华有所交游者则为其他小点。通过对姚华文艺活动的考察，尽可能还原姚华与其友人的交游往还活动，对研究姚华一生行迹以及文艺创作风格的变化无疑意义重大，对考察

20 世纪初北京城文艺界的士林风气与创作喜尚亦不无裨益，同时也对深入研究这一时期北京城文艺格局的微妙变化提供一具象的着力点。姚华文艺创作艺术风格的变化，从某种层面而言实际也是当时艺术界创作倾向转变的缩影。因此，如何尽可能全面还原姚华一生的文艺交游活动，这就不仅要从姚华本人作品着眼，同时还要兼及其他文艺界人士的创作作品，方才能够最大限度还原姚华的交游行迹。此外，姚华的文艺交游形式多样，不仅诗文、词曲，字画、颖拓也多有所赠者。因此，在对点与点的关系考察之中，尽量扩大其他点的研究范畴与类型，是全面还原研究对象与其他人物交流联系原貌的正途。

　　第三，力求与古人达成情感的共鸣与心灵的对话。文艺作品是文艺研究的最基本对象，也是今人考察古人的基本切入点。尽管"文如其人"与"文不如其人"一直是众说纷纭、见仁见智的议题，但在很大层面上，从具体作品解读作家的情感状态与心理状态却始终是文学研究的不二法门。我们对作家生存环境与情感体验的感受也主要是透过文学作品的观照来予以实现的。因此，在尽可能搜罗齐备研究对象的所有存世作品的同时，如何通过细读文本的研究方式完成与古人的心灵沟通，让研究对象真正在研究者的大脑中站立起来，也正是文学解读的根本目的与终极动机。亦正如王兆鹏先生所言："通过阅读作品，让这个作家在你心目中'活'起来，能想象他的音容笑貌，能感受他的喜怒哀乐，能走进他的心灵世界，能把握他的精神个性。"[1]就本研究而言，由于姚华文艺成就的多元性在传统文士中颇具有代表性，换而言之，鉴于研究对象的特殊性，我们在研究时，一方面力求有所侧重——相较于对某一类艺术的贡献而言，有意凸显其在该门艺术领域其艺术个性的独特之处；另一方面又力求以融通的研究视野来考察其文学作品，以求全面还原姚华多门艺术互相渗透的创作特质。譬如姚华的题画词与题画曲，就题材表现、艺术水准、表达技巧方面在中国近现代史上均可谓独具一格。尤其是姚华的题画散曲，一改传统文人画纯以诗词为补白工具的创作套路，充分发挥了散曲文体在表情达意方面的自由作用，同时也拓展了散曲的文体表现领域，这在中国散曲史上亦是值得大书特书的。于是，对这些最能彰显作家艺术个性的独特方面，我们均予以重点论述。

---

① 　王兆鹏：《词学研究十讲》，北京大学出版社 2008 年版，第 5 页。

之所以作出如此安排，一方面是让读者对姚华创作的艺术个性有所认识；另一方面是通过这种有意识凸显姚华创作个性的方式对姚华在近现代文艺史上的地位与影响进行合理定位。

　　总而言之，相较于理论先行的研究范式而言，个案研究的研究范式、论证过程、研究结论都显得不是很花哨。然而，一个成功的个案研究，其学术价值和学术意义是能够经得起时间检验的，文学研究的大厦正需要若干切实深入的个案研究作为支撑。个案研究与群体研究均是文学研究的基本切入点，均有其各自的参考价值与学术意义，二者无所谓孰轻孰重。然而，在现在普遍重视群体研究而忽略个案研究的当下，重拾个案研究，重视个案研究的学术含金量，倡导以实学替代虚幻理论的研究范式，无疑就很有必要了，这也是每一个有良知的学人应当肩负的学术责任。

第二节　从姚华研究看中国文人艺术才情的转移

　　从生活时代而言，姚华是处于历史学意义上的古代与现代交接的近代时期。文学理论规律告诉我们，文艺家的创作特征与爱好偏尚必然是该时期政治与时代的微观浓缩面影。就微观层面观照，文艺家在作品中呈现出的特征是其自身个体趣尚所致；而倘使我们从宏观角度把握的话，这些特征在某种程度上也是社会政治、文人风习、学术变迁等外在环境因素发生微妙变化的投影。

　　文人在中国历朝社会阶层中均是一个相当特殊的群体。一方面既要肩负传承道德文章的崇高使命，另一方面又要不断地加强自身的人文素养——学高者方能为他人之师。这种人文素养应该是全方位的：其应该涵盖道德、文学、艺术等诸多方面，而不仅仅是单一的文学维度。由此，我们不难发现，享誉中国古代、近代文坛的文人大多是多才多艺的：除了在文学上从横驰骋外，他们的艺术创作触须还涉及历史、地理、书法、绘画、金石等诸多领域。宋代文豪苏轼即为一典型例证，苏轼不仅长于文学，而且精于书法、绘画，此外还在医药、水利、烹饪技巧方面亦有所成就。即令就文学创作而言，苏轼于诗、文、词均取得了突破性成就，造诣极深。苏轼之后，元明清三朝文人多才艺者亦不乏其人，如元代王冕、赵孟頫，明代"吴中四子"、董其昌，清代傅山、郑板桥等，他们均是才情绝佳的多元型文人。而时至今日，这种深谙艺道的传统已经逐日与我们渐行渐远。正如著名评论家、作家李敬泽所云："我们和古代真正的差异，在于我们现在是越来越单面化的人。艺术家就是艺术的，搞文学再分写小说和写诗的。"①

从学术发展而言，现代学科门类愈发精密化、高端化。这一学科发展背景造就了一悖谬的现实：我们一方面提倡通才的培养，而事实则是文人要想通过创作出人头地的话，必须走高度专业化与单面化之路。这种专业化与单面化固然顺应了学科发展的自身要求，然而，从长远角度考量的话，该倾向带给现代学术的最终结果必然是戕害。理由有三：第一，文人的学术眼光与表达视野必然日趋狭窄，这对文人自身人文素养的提升以及民族文化精神的维持是极其不利的。以笔者从事的古代文学研究为例，研究唐代文学者多忽略宋代文学，研究宋代文学者亦很少涉足唐代文学，以研究某一时期文学而言，又往往有文体上的区分意识。研究宋词者不谈宋诗，研究宋诗者不论宋词，甚至终其一生只从事一位作家的研究。长此以往，势必会导致文人研究视野的偏狭与学术眼光的迟钝，学术精密化、高端化付出的代价是学术生命活力的丧失殆尽。第二，文人专业化、单面化的发展倾向与中国传统文化的基本精神是相背离的。中国传统文化的民族特征是多元性与包容性。程裕祯先生在《中国文化要略》中概括云："中国文化是人类文化园圃中一个独具性格且结构完整的系统，它根植于东方的土地，融入了东方的智慧，吸纳了外来的因子，最终形成一种内涵十分丰富、具有自新能力，并且生生不息的文化系统。"② 并且"'有容乃大'一直是中国文化的本色"③。中国传统文化包含多种艺术形态，如书法艺术、雕塑艺术、戏曲艺术、绘画艺术、音乐艺术、楹联艺术等，这些艺术已经渗入了大众的日常生活，并且日益彰显出其独特性与重要性。各类艺术多元并生，互动互融，由此方才形成了传统文化的独特民族精神。从王维的"诗中有画，画中

---

① 转引自宋宇：《"鲍勃·迪伦敢得奖，作家不敢写字吗？"——本应跨界的文人艺术》，《南方周末》2017 年 6 月 29 日。

② 程裕祯：《中国文化要略》，外语教学与研究出版社 2017 年版，第 3 页。

③ 程裕祯：《中国文化要略》，外语教学与研究出版社 2017 年版，第 10 页。

有诗"，到姚华的"画须题也"（《题画一得》），其背后折射出的均是这种各类文艺融合互通的理念。正如台湾学者钱穆先生在比较中西文化时指出，中国文化注重"合"，而西方文化注重"分"。从这一角度而言，文人专业化与单面化的发展倾向与中国传统文化的本质精神是背道而驰的，虽然能够为文人个体带来一定的现实利益，但这种现实利益的获取无疑是以整个民族文化精神的渐行渐远为代价的。第三，文人专业化与单面化的发展倾向最终也必然对具体学科的长足发展带来阻碍。任何一门学科的发展，都必然离不开其他学科的扶持与促进，且不能够躲在学科的小楼里闭门造车。譬如中国古代戏曲艺术，其之所以能够在元明清时期得以独领风骚，得到社会各阶层的广泛认同，其根本原因就在于戏曲是一门博采音乐、舞蹈、文学、雕塑等艺术精华的综合艺术。因此，不同艺术门类之间是一种和谐互融、共同促进的关系。正是在这样的文化背景下，中国传统文化方才具有如此恒远持久的艺术魅力。

姚华自小接受的是清代民间流行的私塾教育。在私塾教育中，学习内容除了诵读蒙学教材与四书五经之外，习字也是学童学习的重要部分，通过书法课的开设，提升学童的书法水平，故一般私塾结业者往往能够写得一手好字。晚清时期文人兼通书法者不在少数，譬如1904年中甲辰恩科头名的中国历史上最后一位状元刘春霖，其人在中国近代史上虽罕有提及，然其殿试试卷之书法如行云流水，娟秀工丽，令人肃然起敬。姚华与刘春霖是同年进士，姚为殿试三甲第九名，朝考三等第七十七名[①]。姚华殿试试卷现藏于法国法兰西学院，法兰西学院汉学研究所2015年出版《法兰西学院汉学研究所所藏清代殿试卷》将其收入，国人方能得以一睹姚华试卷风采。其书笔力劲健，血肉丰满。用笔看似粗拙肥厚，实则内含筋骨。姚华参加殿试时年29岁，正是人生风华正茂之际。从他早年所书作品如《读段氏注〈说文解字〉逐日札记》、绢本《花卉团扇》以及《学古书院肄业条约》等均可一窥他于书法之道的造诣与成就。此外，学童还要以《声律启蒙》之类读物为示范学习作对方法，故一般读私塾者于作诗之道亦熟稔精通，这一点体现于姚华身上也相当明显。姚华长于韵文，而韵文中所作最多者又是诗歌。从姚华所作诗歌中，我们亦可充分领略其诗才之高

---

① 参见杜鹏飞：《艺苑重光：姚茫父编年事辑》，故宫出版社2016年版，第76页。

妙。晚清政局动荡，诗坛流派众多。一方面是"诗界革命"新理念的冲击，另一方面是复古诗派的更加活跃，诗歌创作领域可谓暗流汹涌。这一时期的代表诗派有以沈曾植、陈三立、陈衍为代表的"同光体"，力主学诗尊奉唐宋；有以王闿运为主将的汉魏六朝派，推举汉魏六朝之诗法；有以樊增祥和易顺鼎为首的晚唐诗派，主张学习晚唐诗歌辞藻精美与好用典事的艺术特色。此外，尚有黄遵宪、梁启超等诗人高举"诗界革命"大旗，倡导以诗歌描写现实生活，描写新兴事物，即所谓"以旧风格含新意境"者。姚华与当时诗坛风云人物联系甚密，如他与王闿运弟子周大烈相交甚好，与樊增祥、易顺鼎晚唐派诗人均有唱和之举，并多次向"同光体"主将陈三立请学问道等①。此外，姚华还与梁启超来往甚密，亦有不少诗词酬答往来。可见姚华在文学上虽以词曲名世，然其亦为晚清诗坛活跃分子。邓见宽先生在《姚华诗选》前言中评论姚华诗歌创作成就时云："姚华以渊博的学识，独到的见解，谙悉音律和广泛的艺术爱好，其诗歌创作，往往不囿于前人，亦不随波逐流，走'自写胸臆'的创作道路。"②

　　以上针对姚华书法与诗才的分析，意在说明对于文人自身而言，艺术与文学并非是鱼与熊掌的关系，而应该是水乳相融的关系，能否将二者驾驭自如固然很大层面上由文人天赋秉性所决定，但即便是在现代学科分类日益精密化的今天，艺术才情与文学才思兼具者亦不乏其人。如当代美学家高尔泰先生，一方面于绘画之道造诣颇深，另一方面在新中国成立后中国文艺界美学理论体系的建构上也作出了重要贡献。其实仔细阅读高尔泰先生的美学理论，我们不难发现他的理论很大层面上与他在绘画上的功力是分不开的。又如当代著名散曲学者江苏师范大学李昌集教授，他的《中国古代散曲史》《中国古代曲学史》均可谓曲学研究领域的扛鼎之作，同时他在书法篆刻方面造诣颇深，曾出版专著《书法篆刻》，此外还曾长期担任扬州市书法协会主席等。艺术才情的陶冶与学术研究的精深二者并不相悖，这种兼通才艺的个人素养或许也是一种对传统的复归，他们对艺术与文学的自如驾驭颇能够给我们一

①　如陈三立七十寿辰之际，姚华作诗《陈伯严先生寿诗》庆贺，诗中将陈三立与杜甫、黄庭坚、欧阳修、韩愈相比，诗云："少陵诗句几山谷，永叔文章亦退之。直到先生兼两美，尚容晚进与同时。子遗甲子仍成集，生后庚寅合有辞。不碍高秋天地隔，满斟江斗入金卮。"

②　邓见宽选注：《〈姚华诗选〉前言》，贵州人民出版社2000年版。

些启迪。

　　如前所述，当下文人的单面化与专业化倾向值得我们警惕。这种偏激于某一方面的个体发展方式在今天虽然有愈演愈烈的态势，但我们期望的是，作为艺术与文学创作的主体而言，人的内在层面应该是多维的。这种多维特征不仅切合复杂的人性，而且也与中国传统文学的基本精神取得了完美的统一。从这一角度而言，我们由姚华这一个案出发，倡导文人的多面化与非专业化，应该说具有重新建构传统文人精神家园的重大意义。

结　语

　　本研究成果尽可能全面对姚华在中国近现代史上的文学成就作出客观辨析与公允评价。如前文所述，无论从近现代学术史、近现代艺术史抑或是近现代文学史，姚华均是不可省略的重要人物。姚华早年在贵阳赴兴义笔山书院讲学之际，其友人董北平曾作《赠茫茫之兴义笔山书院讲学》一诗送别，诗云：

　　黔南本荒裔，师法何自始？尹子破天荒，郑莫相继起。……著书善讲学，今朝与子期。蔚然铸英才，斯可翘首企。

　　众所周知，贵州一地，历来被视为蛮荒之乡，文化较之于其他地区略显落后。诗中以贵州鸿儒郑珍、莫友芝为楷模勉励姚华一心向学，期待他在学术与教学上都能做出成绩。回顾历史，姚华并没有辜负友人的期望，通过自己的不懈努力，他已经成为继郑珍、莫友芝之后，又一位在近代学术史、文学史、艺术史上均留下不朽声名的通才型大家，同时也是黔地文化的杰出代表与精英人物。

　　在军阀内讧、满目疮痍的民国初年，就传统文士之操守大节而论，姚华亦可谓佼佼者，其人一生清贫，尽管家庭负担甚为沉重，然绝不失其忧国忧民之热忱心肠，亦不肯投靠附身于军阀之门，保持了知识分子应有的铮铮铁骨与道德情操。乱世之际，尤显其为人之高洁之处。正如姚华门生郑天挺所言："晚年家累甚重，乃卖书画自给，不肯屈身军阀。"[1]其生前文艺成就之赫赫与死后声名迅速湮没无闻的强烈反差确乎耐人寻味。我们认为，导致姚华身前与身后名声大相径庭的原因主要有如下几个方面：

----

① 郑天挺：《代序》，姚华：《书适》，邓见宽点注，贵州人民出版社 1988 年版。

第一，就文学创作而言，姚华可谓诗、文、曲、词、赋无所不通，无所不精，但客观而言，姚华的文学创作明显表现出文学与艺术相融的风格特质。《弗堂类稿》中，题画诗、题画词、题画曲占了绝大多数的篇幅。在动乱纷呈、颠沛流离的20世纪二三十年代，姚华这种醉心于艺事的创作态度似乎显得不合时宜，但我们不能就此否定姚华文学作品的艺术价值与认识价值。叶嘉莹先生在论及北宋小词时曾经说过："很多人认为中国这些小词，都写风花雪月，有何内容可言？可是就是这些风花雪月的小词，才真的表现出了一个作者、一个诗人的心情、品格、经历和对人生的体验，读这些小词往往比看那些满纸仁义道德的大块文章更使你感动。"[1]同理，姚华的这些文学作品正是因为其与艺事的充分结合方才显示出其"这一个"的艺术特质。此外，这些作品还真实反映了姚华一生的心路历程与复杂经历。因此，较之于满口仁义道德的经世宏文无疑也更能叩动读者的心扉，唤起读者的情感共鸣。姚华还创作了相当数量的文赋作品，但这些作品就涉及内容题材而言，又不外乎三类：一是晦涩艰深的学术性论著。这类作品专著有《书适》《小学答问》《黔语》《曲海一勺》，单篇论文则有《论文后编》系列、《菉猗杂笔》系列，以及《释篸》《疑尧典》《货币考》《四祭答问》《说戏剧》《说月》《说又》《说身》《说章》《说风》《说晕》《翻切今纽》等系列。这类作品，就形式而言分为专著与单篇论文，集中表达了姚华的小学观与文艺思想，体现出姚华于曲学、古文字学、音韵学、方言学等方面均具有较高造诣，时有令人耳目一新的创见。譬如《书适》中以进化论观点对当时新出土的甲骨文、钟鼎文等上古文献进行评述辨析，可谓成一家之言者。又如《黔语》中以姚华之通博学识考证贵阳一地方言土语，亦可为后人研究黔地方言直接提供了第一手参考资料。然而客观而论，鉴于书画大师的通才身份，姚华常常自觉或不自觉地将自己于书画的某些论见融于其他领域的论述之中，这就不免有穿凿附会的嫌疑。如他在《书适》自序中云："书之始作，根据于画卦，规模于结绳，以溯隆古，犹得而想象焉。"[2]中国文字的起源是一个多元因素合力作用下的结果，姚华片面将其源头归结于画卦，不免有以偏概全之误。除了观点上略显保守偏激外，姚华论著在语体风格上基本均是以艰深晦涩的文言文

---

① 叶嘉莹：《叶嘉莹谈词》，南开大学出版社2013年版，第7—8页。
② 姚华：《〈书适〉自序》，邓见宽点注，贵州人民出版社1988年版，第1页。

写成。这在白话文已经蔚然成风的 20 世纪二三十年代，就难免显得不合时宜了。因此，姚华论著传播范围面较之于吴梅、王国维等学术大师而言自然是大大不及，受众范围的狭小直接导致了姚华论著长期以来不受人们关注的局面出现。姚华文赋的第二类内容是记录本家族人谱系与充当文士之间一般性的人情往还之工具，具有较强的地方性、乡邦性与世俗性的特征，这类作品在《弗堂类稿》中亦占较大篇幅。记述姚氏宗族事务者，如《弗堂类稿·序记》中《高祖妣喻太君抚孙事记》《寿内五十有序》《弟妇天水郡君五十晋一寿序》，《碑志》中《生妣费太恭人墓表》《费太恭人墓表碑阴记》《先府君碑》，《家传》中《先祖赠中宪公家传》《孝宪先生家传》《先妣雷恭人家传》《继妣熊恭人家传》《生妣费恭人家传》等等。这些序、记、墓表、家传虽然为我们考辨姚华家世情况提供了重要线索，但客观而论，无论是文学性抑或艺术性均无甚称道之处。因此不为大众了解也就在情理之中了。记录姚华与其他文士一般人情往来与同游者，如《序记》中《送丁琦行南归序》《香山鲍君遗惠记》《岱宗堂记》《颐和园游记》《圆明园游记》《雨窗琐记》，《序跋甲》中《蔡鹤君先生〈志学谱〉序》等，这类作品真实反映了姚华与其他文士的交游往还，对我们了解考察当时文坛的基本风貌、文士之间交游情况等均不无裨益。但所叙者均以作者主观一己之感受为视角，在反映社会生活的深度与广度方面均有所不及。姚华文赋的第三类题材是为书画、碑刻、画像砖以及自己创作的颖拓所作之序跋，这类作品在《弗堂类稿》中篇幅最多。如《序跋乙》中《为周印昆题画像碑》《题唐刻佛像拓本》《跋李壁墓志铭》、《序跋丙》中《题石鼓文原拓本》《题延光残碑》《题藉字本郑固碑》等，这类作品体现出姚华多才多艺的方面，但姚华所题碑文、拓本等多为私人收藏，常人难以一睹真容，故他在序跋中凸显的深刻文艺见解也很难进入一般学人的研究视野。以上所论，系针对姚华文学创作中的文赋而言。文赋如此，诗词曲亦然。总体而言，《弗堂类稿》中的大部分作品均与社会现实关联不大，而彰显出私人化、艺术化、主观化的审美倾向。笔者以为这是姚华文学创作长期以来不为关注的最重要缘由。

第二，在作品传播的层面，就绘画、颖拓、书法等其他艺术而言，姚华一生虽所作甚富，但其作品多为私人所有，全国各大博物馆收藏者不多，一般研究者难以目睹其风貌。其艺术作品有相当部分收藏于民间藏家之手，而民间藏家于自己藏品多秘不示人。苏华《姚华：旧京都的一代通人》一文记："六十多年过去了，国内外有识之士仍在四处搜寻姚华先生的墨宝，据北京宝古斋黄玉兰、陈岩两位经理说，法国使馆一官员收买了姚华先生的大量字画，后来他调到日本任职，还回到北京专门收集姚华先生的作品。"①由此可见姚华艺术作品流失海外者应不在少数，博物馆之所藏一般人又罕有机会一睹真容。其后虽有邓见宽、陈叔通、王红光等学者将姚华字画、颖拓、刻铜作品汇编出版，然印数极少，一般读者访求多有不易。故笔者以为此亦为姚华在死后声名不显的原因之一。

第三，姚华所学所擅太过庞杂，举凡诗词文赋、书画金石、刻铜颖拓等均有所涉猎，这也为后人全面体察与评价设置了不小难度。陈振濂先生在《现代中国书法史》中即表述了其对姚华文艺成就难以评价的无奈态度："指他为书家，则他的书风当然还不能说是时风所向；在当时的北京，深负时望但也还不是领袖人物。那么指他为活动家，当然也未尝不可，但细细罗列他的活动也并不见得是洋洋大观。至于他独创的'颖拓'，已既传播不广难成全国效尤气候，也颇难把它归入书法之类——它与书法在美学性格上似乎也还有相悖之处，列为书法的成果也未免一厢情愿。……暂列于此，实在也是迫不得已。"②其言固不无可商之处，某些方面却也是不可回避的事实。姚华在各个文艺领域的成就虽难以称其引领时代风气，然欲全面完整叙述中国近现代文化史与文学史，绝不能对姚华这样的特殊人物视而不见。尽管姚华在每一领域的活动均不是特别醒目，然而，从艺术史与文学史的完整叙述角度而言，我们固然要肯定那些有力推动文化进步的大师名家，但同时也不能遗忘姚华这一类"怪才"式的文艺家，正是他们的存在构成了20世纪文学史与艺术史缤纷多姿的鲜活图景。

从留存作品刊刻情况考察，姚华一生所作甚富，然付梓者在其死后近五十年间均可谓寥寥无几，《弗堂类稿》1930年中华书局刊印后长期无再版之举。直至20世纪80年代，其孙婿邓见宽先生含辛茹苦，南搜北求，相继整理出版《姚华诗选》《书适》《茫父颖拓》《弗堂词·菉猗曲》《姚茫父画论》等著述，这才使得姚华重新进入了当代学人的研究视野。然而，时至今日，姚华还有诸多遗作尚未得到整理，如《笔山讲录》《佩文韵注》《说文三例表》《古盲词》《元

---

① 苏华：《姚华：旧京都的一代通人》，《书屋》1998年第3期。

② 陈振濂：《现代中国书法史》，河南美术出版社1993年版，第189—190页。

刊杂剧三十种校正》《法政讲义》《五言飞鸟集》等，或亡佚失考，或访求不易，迄今均未整理出版，诚为一大憾事也！

要而言之，作为文学家，姚华于诗词曲赋等均有精深研究，其文学创作力之旺盛在当时北京城文艺界实属佼佼者。作为戏曲理论家，姚华于曲学之道有自己的独特感悟与理解，他不遗余力为曲文学正名，改变了戏曲在人们头脑中不堪登大雅之堂的传统印象，他对近现代曲学史发展的贡献足可与王国维、吴梅等一代曲学大师相提并论。作为艺术家，茫父画作享誉画坛，与陈师曾、齐白石、王梦白等均为当时驰骋画坛的主将，他在刻铜方面造诣尤高。此外，姚华对碑刻、汉画像、魏晋造像颇有研究，尤其是独创颖拓艺术，更为后人称道。作为文字学家，姚华文字学成就可谓"义证新辟，确有心得"①。尤其值得敬佩的是，姚华涉及艺术门类极广，但他对每一门技艺并非浅尝辄止，而是在不同领域均能够取得极高成就。这或许也正是茫父不同于其他文士独特的艺术个性之所在。本课题研究着力点主要在于姚华的文学类著述，然而像姚华这样的文艺通才，倘使在研究其文学作品时不结合其书法、绘画、金石、颖拓等领域的成就，显然也就无法贴近研究对象的实质而有隔靴搔痒之感。笔者不敢奢望本著的问世能够从多大层面推动姚华研究的进展，但期待本著能够吸引学术界对姚华著述整理及研究的关注。

---

① 张舜徽：《清人别集文录》，中华书局1963年版，第663页。

附录一　姚华事迹编年长编

说明：

1. 《年表》系指邓见宽所撰《姚华年表》，原文载于姚华著、邓见宽点注的《书适》（贵州人民出版社 1988 年版，第 239—254 页）。

2. 姚华文学作品大多均可推考创作时间，凡可考具体日期者均单独列出，可推知为某年所作而具体月日不详者则列于该年事迹之后。

3. 姚华一生交游者甚众，所交往友人生平资料大多来源于百度网络资料。特此说明。

4. 姚华事迹见于《年表》而不可考具体月日者，均按照原《年表》顺序排列。

5. 除有特别注明，资料均来源于《年表》。

姚华（1876—1930），字一鄂，号重光，一号茫父，别号莲花庵主。贵州贵筑（贵阳）人。

光绪二年（1876）丙子　一岁

四月二十六日出生。为长子，字重光，又字一鄂，号茫父。室名弗堂、莲花庵，人称"弗堂先生"，贵州贵筑（贵阳）人。

高祖姚士进。

高祖母喻氏，贵筑人，生于乾隆三十年（1765），卒于道光二十七年（1847），生子二人。

曾祖　姚玉德，曾祖母吴氏。

祖父 姚廷甫,祖母严氏。

父 姚源清,字澄海,生于道光二十三年(1842)壬寅十一月三十日,卒于民国六年(1917)丁巳一月三日。与姚华生母费氏成婚于同治十二年(1873)。

母亲 雷氏,修文县人,生年不详,同治二年(1863)癸亥成婚,卒于同治八年(1869)己巳。

亲母 熊氏,贵筑县人,生年不详,同治九年(1870)庚午成婚,卒于宣统元年(1909)戊申。

生母 费氏,贵州省镇宁县人。生于咸丰三年(1853)癸丑,同治十二年(1873)癸酉成婚,卒于光绪十六年(1890)庚寅五月四日。

弟 姚艻,字芸湄,生于光绪三年(1877)丁丑,卒于光绪二十六年(1900)庚子十一月七日。

妹 姚兰,生于光绪十年(1885)甲申,光绪三十三年(1907)丁未与熊继成成婚,卒于1957年10月。

妻 罗氏,生于同治十三年(1874)甲戌十二月六日,一生勤俭,敬长爱子,任劳任怨。卒于民国十九年(1930)庚午除夕。

长女 姚銮,字长銮,又字红珍,生于光绪十九年(1893)癸巳十二月巳时,民国三年(1914)甲寅与文宗沛成婚,卒于民国五年(1916)丙辰九月四日。

长子 姚鎏,字天沃,生于光绪二十一年(1895)乙未六月八日,卒于1969年8月1日。

次子 姚鋆,字苍均,生于光绪二十四年(1898)戊戌二月二十八日,卒于1951年5月。

三女 姚鏊,生于光绪二十九年(1903)癸卯五月二十七日,卒于民国十三年(1924)甲子年十月三日。

四女 姚鋆,生于宣统元年(1909)乙酉十二月十四日,卒于民国十二年(1923)癸亥四月十二日。

五子 姚鏊,生于民国元年(1912)壬子五月十三日,卒于民国十八年(1929)己巳五月十八日。

六子 姚鉴,字太坚,生于民国二年(1913)癸丑五月二十三日,卒于1979年。

　　高祖姚士进事迹见《弗堂类稿·传》中《孝宪先生家传》。高祖母喻氏资料据《弗堂类稿·序记》中《高祖妣喻太君抚孙事记》。生卒年及父母资料据邓见宽《姚华年表》；弟妹及子女资料据邓见宽《姚华家系简述》（《贵州文史资料选辑》第十八辑，第 203 页）。关于长女姚鋈的出生时间，年表作"生于光绪十九年癸巳"，不够精确。《弗堂类稿·碑志》中《归同里文氏伯女鋈墓志铭》："光绪十九年（1893）癸巳十二月巳时生于里。"姚华诗作中有《丙辰九月十日　鋈儿逝去七日矣》诗，可证姚鋈卒于民国五年（1916）丙辰九月四日。关于姚鋈表字，姚华撰《亡女姚鋈墓志铭》："父珍之，故小字红珍。"曾祖与祖父资料据邵章《姚君碑》（《贵州文史资料选辑》第十八辑，第 202 页）。又湘潭周大烈《贵阳姚茫父墓志铭》记："鋈，日本高等蚕丝学校毕业；鋈，国立北京大学哲学系毕业；出嗣弟芗、鋈先卒；鉴，国立北京师范大学附属中学肄业，女三；鋈、鋈未适人而卒。"六子姚鋈生日《姚华年表》中为五月十三日，误。当为五月二十三日（见下编年中 1928 年部分）。关于姚华弟姚芗事迹，《弗堂类稿·序记》中有《啸篁楼图记》，文中记姚芗："喜音律，善撚笛，能弹琵琶，自斲檀槽，精巧可人，未及调琴以为丝，亦犹琴耳。"曾于光绪二十三年（1897）"试童子。不售，而遘疾以殒"。另有"文笔一卷曰《啸篁楼遗稿》，演算二卷曰《不惮烦者算草述》，化学用药一卷曰《药质申明》，皆存于家"。姚芗生前无子，姚华将次子姚鋈过继为其继子。关于姚华家系资料还可参阅《弗堂类稿》卷十《生妣费太恭人墓表》《费太恭人墓表碑阴记》《先府君碑》，卷十二《先祖赠中宪公家传》《孝宪先生家传》《先妣雷恭人家传》《继妣熊恭人家传》《生妣费恭人家传》。

光绪六年（1880）庚辰　五岁

　　五岁发蒙至十岁，从学于贵州广顺学正姚荔香（未详）。姚荔香为其取名姚华，字重光，弃"学礼"之名。

光绪十一年（1885）乙酉　十岁

　　学水画，略有所成。后自作《水画歌》记十岁左右往事："曾忆儿时作水画，持向长者求其名。长者舌强不能举，嗤予小子真憨生。"

光绪十八年（1892）壬辰 十七岁

与贵州省普定县罗氏成婚，时姚华十六岁，为廪生。婚后夫妻感情甚笃，罗氏每年生辰姚华均题诗词祝贺。

光绪十九年（1893）癸巳 十八岁

从艾先生治小学，读段玉裁注《说文解字》，始治小学。

艾先生名畅，字南英。其生平见姚华诗《丙辰岁暮，题杨雪渔〈黔阳杂咏〉》其五："吾师文艺号南英（予从同郡艾先生畅受举子业。亦乙酉拔贡也），记室当年亦有名。属草虽工文必阙，自镌款识待先生（〔艾畅〕尝云：昔年为〔杨文莹〕先生掌书记，独不属草。先生自撰四六，语无不典，切如其人，及门幕客皆心服焉。艾先生晚达，光绪癸卯始得一举，官亦未显，所为行草书，酷类此卷）。"诗载《姚华诗选》，第318—319页。

十二月已时，长女姚鋆出生于贵阳。——《姚华家系简述》

光绪二十年（1894）甲午 十九岁

贵阳设书局，因得其便遍观群书。

光绪二十一年（1895）乙未 二十岁

正月十八日作《题开通褒斜道石刻》。

《弗堂类稿》卷七《题开通褒斜道石刻》："乙未正月十有八日厂估送阅石洲校过本因以取正遂记。"

六月八日长子姚鋆出生于贵阳。——《姚华家系简述》

辞章、考据之学大进。中秀才，拔置县学第一。

友人陈叔通《家献·续篇》记其事："天津严先生修提黔学，诧为奇才，拔置县学第一。由是博涉群书，凡辞章、考据、义理靡不纵览。"

光绪二十三年（1897）丁酉 二十二岁

经严修选入贵州学古书院就读，书院开设经学、天文学、算学等科目。

姚华诗《答董大北平见赠之作》中有"绥阳设讲席，更复树一职"一语，系指贵州绥阳县举人雷廷珍于光绪二十三年（1897）丁酉任学古书院山长一事。

时姚华就读于该书院，为雷廷珍学生（见《姚华诗选》第2页《答董大北平见赠之作》注释）。雷廷珍生平见姚华诗《丙辰岁暮，题杨雪渔〈黔阳杂咏〉》其三："郑莫文章接远条（明谢三秀，有《远条堂集》），乡邦老辈已全凋。井书晚出犹堪嗣（绥阳雷先生廷珍为先生乙酉所取拔贡，经学甚深，不屑低首郑。其家法直道传记而造六经，视今古两家老师犹辈行也。丁酉主会城学古书院讲席，予从问学焉。明年殁于重庆。著有《井书堂经义正衡》《时学正衡》各若干卷），回首陈门两寂寥。"

同年秋闱乡试中举人。

同窗刘研耕赠号"茫茫"，四十岁后姚华自号"茫父"。

光绪二十四年（1898）戊戌　二十三岁
赴京会试。

光绪二十六年（1900）庚子　二十五岁
会试落第，潜心著述，成《说文三例表》《小学答问》两书。其中前者未见刊行，《小学答问》为姚华在贵阳、兴义讲学所用教材。

姚华门生熊继先于光绪二十八年壬寅冬十一月为该著所题之跋："上《小学答问》二十八章，同里姚华（重光）撰。始脱稿于庚子岁。"又邓见宽《〈书适〉前言》云："《小学答问》是姚华一九〇〇年写成的古文字学概论。采用一问一答通俗形式。阐述比较全面，知识系统，答难简明扼要，凡二十八章，条理清晰。作者曾在贵阳、兴义两地讲学时用作教材，听课青年中有熊述之、文彦生、王伯群等人，青年学生认为这是一本初学文字学易于接受的启蒙教材。"

光绪二十七年（1901）辛丑　二十六岁
于贵阳开坛讲学。文彦生、黄韵谷、熊述之为其门生。

时年六月重书严修撰《学古书院肄业条约》（拓本现藏贵州省图书馆）。

光绪二十八年（1902）壬寅　二十七岁
作现存最早诗《将之藜峨除弟服》。——《姚华诗选》第1页二月赴贵州兴义县，任笔山书院山长。

《姚华诗选》中《晓行发清镇二首》《五马坡》《石瓦》《安平晓发》《界路》《山行浃旬，花开更落，始知春已深矣》《竹枝辞四首》等均作于赴兴义笔山书院途中，以上诗作均见于《弗堂类稿·诗庚》。

著《笔山讲录》《佩文韵注》。诗歌收入《黎峨小草》集。

在兴义笔山书院任教期间作诗《述梦》《池上步月作》《步月口占》《竹三首》等。——《姚华诗选》

夏至日作诗《壬寅长至日寄兴》。——《弗堂类稿·诗辛》

九月返筑，于东文社习日文、学算等，开始研习西学。并向张协陆学习体操。

作现存最早题画诗《吊屈原日为郭润生题墨兰画扇》。——《姚茫父画论》第272页

作长诗《水画歌》，回忆自己幼年时期学习"水画"的经历。"水画"拓印法为其后创作颖拓艺术的滥觞。——《姚茫父画论》第204页

作诗《题水画》（为吕九筱仙作），题诗于水画，创文人画新画种。——《姚华诗选》第12页

吕筱仙（1874—1920）：名声文，字小仙，亦作筱仙，贵州兴义人。先后任广顺县县长、遵义县县长等职。1920年3月被暗杀。见《姚茫父画论》第204页《水画歌》《题水画》诗。

作诗《火画歌》。

《姚茫父画论》第170页《火画歌》诗自序："为刘二——镜波作。"首句云"刘二名涛画法奇"，可知刘二名涛，字镜波。

作诗《答董大北平见赠之作》赠友人董北平。——《姚华诗选》第2页

董北平：生平不详，当为姚华青年时贵阳友人。

光绪二十九年（1903）癸卯　二十八岁

第二次赴京会试。

又《姚华诗选》第14页中有《夜行偏桥道中》诗自注云："壬寅除夕前一日戏为全平全仄"，故姚华赴京会试时间当为壬寅（1902）除夕左右。

作诗《癸卯除夕》，回顾自己会试落第，客居京城的落魄场景。——《姚

华诗选》第 15 页，亦见《弗堂类稿·诗辛》

五月二十三日女姚鏊生于贵阳。——《姚华家系简述》

十月入顺天工艺学堂印书科委员兼汉文教席。

光绪三十年（1904）甲辰　二十九岁

二月由北京赴河南会试，赴试之前作诗赠别日本友人庄司昌造。三月回京，参加殿试，光绪三十年（1904）甲辰科三甲九名进士。

《姚华诗选》中《留别日本庄司昌造，予以春试将之开封借闹二首》，亦见《弗堂类稿·诗辛》。庄司昌造：日本人，生平不详。

三月居于宣武门外永庆胡同莲花寺，此后书房、画室自署名有莲华盦、弗堂、小玄海、一鄂等。

五月赴遵义与友人聚会。

《弗堂词》卷一《惜红衣·忆南泊旧游，即题师曾写荷卷子，次石帚韵》自注："光绪甲辰五月曾赴遵义，卢后甫夔飏招集。又十年再集，已为官道强掠。堑限之南，泊水益戚。"邓见宽先生认为此系姚华记忆错误，因时年姚华赴春闱，奔走于京城与河南开封之间。中进士后赴工部任，后留学日本，不可能在五月有遵义之游（《弗堂词·蒮猗曲》第 45 页）。姑存疑俟考。

六月任工部主事，后改任邮船部船政司主事兼邮政司科长，被保送游学日本。

九月就读于日本东京法政大学速成科。

留日期间作诗《送刘叙五归国二首》《雪夜课了归寓，道中口占》《大森梅花》《晨光阁望海》等。——《姚华诗选》

刘叙五：名子明，贵阳人。

光绪三十一年（1905）乙巳　三十岁

二月应日本友人邀，书八十诗并序装成长卷。

八月入日本东京法政大学银行讲习科，学习甚为勤奋。同窗周大烈记姚华在校期间每日"挟册上堂，书所授语一字不遗，矻矻以厕群强中，图拯救之道"。

秋作诗《泷之川红叶晚眺，示翊云宝钟》赠友人江庸。——《姚华诗选》

第 19 页

翙云：江庸（1878—1960），字翙云，号澹翁，福建长汀人。时与姚华同时留学日本研习法学、经济学。归国后任大理院推事兼北平法政专门学校校长、京师高等审判厅厅长、司法部次长、司法部总长、朝阳大学校长等职。有《南游杂诗》《台湾半月记》《趋庭随笔》《蜀游草》《澹荡阁诗集》《汗漫集》《攻错集》《旋沪集》《入蜀集》《江庸诗选》等存世。

光绪三十二年（1906）丙午　三十一岁

与日本东京法政大学同学陈叔通、范源濂等组织"丙午社"，约定著述法政、金融论著，向国人介绍日本国先进经验。

《姚华诗选》第 20 页《丙午暑中自日本归，北京天宁寺集》诗即记述该事，亦见《弗堂类稿·诗辛》。陈叔通（1876—1966）：名敬第，字叔通，号云麋，浙江杭州人。中国近现代学者、实业家、社会活动家。范源濂（1875—1927）：字静生，1875 年生，湖南省湘阴县人。近代教育家。早年就学于长沙时务学堂。戊戌变法失败后流亡日本，入东京高等师范学校学习。清光绪三十一年（1905）回国，在北京任学部主事，并创办法律学校和殖边学堂。辛亥革命后，曾任教育部次长、中华书局总编辑部部长、北洋政府教育总长。历任北京师范大学校长、中华教育文化基金委员会董事长、南开大学董事、北京图书馆代理馆长。

著《财政学》《银行论》。

夏，归北京度假。

七月八日作诗贺友人刑端新婚。

《姚华诗选》第 21 页有《冕之同年庶常自日本假归京师，以七夕后一日婚于津门，以诗贺之，叠莲华寺训黎仲苏韵》诗。邢端（1883—1959）：字冕之，号蛰人，笔名新亭野史，贵州贵阳人，光绪三十年（1904）中甲辰科进士。后东渡日本求学，毕业于日本大阪高等工业预备学校及东京法政大学。历任翰林院检讨、奉天八旗工厂总办、天津工业学堂监督、北洋政府工商部佥事、图书馆主任、农商部技监。有《黄山游记》《齐鲁访碑记》《于钟岳别传》《黔人馆选题名》《读南北史割记》《续魏书宗室传补》《山游日记》《贵州方志提要》等存世。

秋，入日本法政大学学习。

九月送友人王仲肃归国，勉励友人"何处归程波浪阔，寥天一舸望斜阳。"然王仲肃未能成行，至次年（1907）年三月始归国。

《弗堂类稿·诗辛》中《送王二仲肃自日本归国》诗后自注："丙午九月。"又见《弗堂类稿·诗辛》中《仲肃自去年九月言归，至今年三月始成行，赋此饯之（丁未）》诗。

光绪三十二年（1907）丁未　三十二岁

三月作诗送别友人王仲肃归国。——《姚华诗选》第22页《王仲肃自去年九月言归，自日本送唐三员外瑞铜奉使印度之作，赋此饯之》诗

王仲肃（1872—1947）：名延直，原名怀彝，贵州修文人。清末辛丑科举人，毕业于日本宏文学院速成师范学校，归国后任教于贵阳师范、中学。后任云南蒙自知事、贵州省府秘书长、县长等职。

三月在《中国新报》第五号上发表长文《经济与中国》，提出"经济为人类社会共通之事情""经济者，世界的人类生活关系也""经济者，国富之源泉"等观点，主张着手于经济之道，以实现富国强民的政治理想。——《中国新报》第五号《论说》（二）之《经济与中国》。

六月日本学习期满，九月毕业，学业成绩为优等，十月底回国。

七月九日作诗送别友人唐瑞铜出使印度。——《姚华诗选》第23页《自日本送唐三员外瑞铜奉使印度之作，赋此饯之》诗，亦见《弗堂类稿·诗辛》

唐瑞铜：字士行，贵州贵筑人，光绪二十九年（1903）癸卯科进士，后任户部员外郎，河南财政监理等职。

七月十八日作《题东魏〈张奢碑〉》。

《弗堂类稿·序跋丙》中《题东魏〈张奢碑〉》的自注："今晨陈子文为致一整纸来，晚至怡墨。访阎蕴斋言之，因更得此剪贴本。云是朱九聘物，海门一跋是未归朱氏时题。阎云海门延姓为延煦堂之何许人，不复记矣。案：延煦堂名晅；汉军人姓许，金石前辈也。丁巳七月十八日。"

十月二十五日归国后路过武昌，看望友人陈仲恕。

《姚华诗选》第24页《自日本归，过武昌赠陈仲恕》诗自注云："丁未十月二十五日。"亦见《弗堂类稿·诗辛》。陈仲恕（1874—1949）：名汉弟，字仲

恕，号伏庐，浙江杭州人，陈叔通之兄。清末翰林，辛亥革命后历任国务院秘书长，清史馆编纂；画家，晚年居于上海。

归国后寄寓于北京城南莲华寺（烂缦胡同西小巷永庆胡同 37 号）。其后不断翻修整建，供全家居住，为姚华开门讲学的主要场所。后又设黔菜馆香满园于六部口街，肴馔甚精，陈设书画极雅。

郑逸梅《艺林轶闻》（《贵阳文史资料选辑》第十八辑）："姚茫父在北京，曾设黔菜馆于六部口街，招牌为香满园，肴馔甚精，陈设书画极雅。"

十一月应清政府学部两次考试。

十二月调任邮传部邮政司行走。

作诗《秋兴》。——《姚华诗选》第 24 页

作词《沁园春·寄周霬奉天即题其十岩居图》。——《弗堂词》卷一（民国贵州通志局编撰《黔南丛书》本）

周霬：周大烈（1862—1934），字印昆，湖南湘潭人。为姚华东京法政大学同学，辛亥革命后被选为众议院议员，工诗善书，著有《夕红楼诗集》。

与友人陈士廉互相唱和，作诗词述志。鄙夷清末留学子弟汲汲于名利之风，终日以著述自励，退食之暇，据案而读。

又《弗堂词》卷一载《江南好》二首，其序云："怜蚿杂诗读竟，滕以二词返之。"怜蚿：陈士廉（1878—？），原名士艺，字翼牟，号震生，又号"南眉居士"，湖南湘乡人。与姚华同为光绪甲辰科进士，官至邮传部主事，授中宪大夫。有《黄学庐杂述》（三卷）、《怜蚿室诗录》等。

光绪三十三年（1908）戊申　三十三岁

三月二日作词《菩萨蛮·戊申三月二日观瑶华为周霬写兰因题》。——《弗堂词》卷一

七月二十六日作词《沁园春·七月二十六日集云和，酒后放歌示主人朱三，并寄印霬奉天》。——《弗堂词》卷一

朱三（不详）。印霬：周大烈。

八月十二日作词《南乡一剪梅·寿冥惜八月十二日二十六初度，和自寿韵》。——《弗堂词》卷一

十一月十八日作词《夜行船·十一月十八日莲华寺寓斋见月作》。——《弗

堂词》卷一

莲华寺：清代曾在贵州为官的洪亮吉、段玉裁均曾在该寺居住。主持瑞光，字雪盦，喜好书画，得姚华指点甚多。姚华署"莲华盦""弗堂""篆猗室"均与该寺相关。

作现存最早颖拓。——《茫父颖拓》

为友人周大烈《夏柳图》题诗。——《姚华诗选》第25页《题〈夏柳图〉为周六印昆大烈》诗

颖拓山谷《松风诗帖》并题诗。——《姚华诗选》第26页《颖拓山谷〈松风阁诗帖〉"钓台惊涛可昼眠"七字，漫题为方叔》诗

方叔：蹇先榘，贵州遵义人。

作词《齐天乐·为士行题耿氏补作萸庵退叟身行万里图》。

《姚茫父画论》第419页《齐天乐·为士行题耿氏补作萸庵退叟身行万里图》自注："戊申"。

宣统元年（1909）乙酉　三十四岁

正月初一作诗《春晓曲·乙酉元日》四首。——《弗堂词》卷一

正月十日闻乡人唐炯殁，作词《满江红·戊申除夕得鄂生先生讣，乙酉正月十日作》悼之。——《弗堂词》卷一

唐炯（1829—1909）：字鄂生，晚号成山老人，贵州遵义人。唐家置豪宅于贵阳，名"唐家花园"。咸丰六年（1856）任四川南溪知县，光绪九年（1883）任云南巡抚，后督办云南矿务十五年。著有《援黔录》《成山庐诗稿》《成山老人自撰年谱》等。

任殖边学堂财用学教授。

八月十九日京张铁路通车，奉派为接待员。

十二月十四日四女姚鋆出生。——《姚华家系简述》

宣统二年（1910）庚戌　三十五岁

担任邮传部铁路管理所讲习一职，为邮政部统计处编撰《邮政沿革略》。

书"大清邮政局"额，字大尺余。

五月十四日回邮传部，任图书通译局纂修。

八月邮传部派考验留日铁道毕业生国文，兼任川粤汉铁路筹备出处差。

翻译出版日本岩良英著《邮变行政论》。

与范静生等筹备"尚志学会"。

九月友人桂诗成邀约赴樱桃斜街云瑞堂观赏菊花。次年再次相聚。

《弗堂词》卷一《莺啼序·谱梦窗"残寒政欺病酒"，有赠有序，癸丑》序："庚戌九月，百铸尝约集樱桃斜街之云瑞堂看菊。明年再集，秋尽花阑，益感前游。"百铸：桂诗成（1878—1968），贵州贵阳人。清末举人，时任职于清学部与民初教育部，寄寓于姚华所居莲花寺，与姚华相交甚笃。护国反袁时加入云南护国军。新中国成立后任贵州文史馆副馆长，贵州美术家协会第一任主席。

十二月与陈叔通、邵仲威等设私立政法学堂，其后该学堂并入尚志学会，易名尚志学会政法学堂，定于次年春开学。

任京师第一蒙养院保姆研究课历史讲习。

宣统三年（1911）辛亥　三十六岁

元旦画松，并作诗题之。——《姚华诗选》第 27 页《辛亥元旦画松》诗，亦见《弗堂类稿·诗辛》

正月北京清华学堂成立，被第一任校长范源濂聘请为兼职教员，讲授国文。

又《姚华诗选》第 28、29 页《五月初三日清华园道中》《廿四日清华园道中》等均描写了姚华任教清华园的校园生活，二诗亦见《弗堂类稿·诗辛》。

二月十八日作《宣统三年题〈临方以智梅花〉》诗。——《姚茫父画论》第 171 页

纂《中国文学要义》。

夏，授课之余，就近游览圆明园。——《姚华诗选》第 30 页《游圆明园遇雨》诗

秋，作诗《小玄海》。——《姚华诗选》第 31 页

八月作秋草诗，时人多有唱和者。

十月撰上海万国红十字会驻京分会会章。

闻武昌起义后借题画诗《王瑶卿墨菊，为同翰卿题二首》感慨时局。——

《姚华诗选》第 32 页《王瑶卿墨菊，为同翰卿题二首》诗

瑶卿（1881—1954）：原名瑞臻，字稚庭，号菊痴。原籍江苏淮阴，生于北京。著名京剧演员，其父为著名昆曲演员王绚云。新中国成立后任中国戏曲学校校长。同翰卿：同林，字翰卿，满族旗人。清末邮传部司长，能歌，好戏曲，常与姚华结伴同游，谈诗论曲。

十月二十五日作诗《辛亥十月二十五日昭书谢政，明日为中华民国赋纪》表达对国家新生的期待之情。——《姚华诗选》第 33 页《辛亥十月二十五日昭书谢政，明日为中华民国赋纪》诗，亦见《弗堂类稿·诗辛》

十二月著《驿站沿革考》。

中华民国元年（1912）壬子　三十七岁

年初，作诗赠别友人苏厚盒。——《姚华诗选》第 34 页《逊政之明日，苏厚盒同年员外舆挂冠去，书此奉别》诗

苏厚盒：生平不详，与姚华共事于清政府邮传部。

二月当选为临时参议院贵州参议员。时贵州参议员尚有熊铁岩、刘如唐、陈敬民、陈幼苏等人。

周大烈《贵阳姚茫父墓志铭》记："未几，宣统帝逊位，民国建立。被选为临时参议院议员，自是四居议席。然所抱持者盖无一不与人相忤，所谓议会政治，竟未尝参与焉。乃愤然竟弃所学，仍居破寺中，理其旧业，更恣意作书画。"

三月任职于交通部邮航股，四月去职。

始治辞章、"六书"旧义，治经兼训诂大义，并专攻书画、诗词、金石。

撰曲论专著《曲海一勺》，为梁启超主编之《庸言》杂志连载。该著阐释了曲与乐的关系，指出曲的社会地位与功能意义，提出正视曲体的尊体观点。至今为学术界重视。

五月十三日生子姚鋆。——《姚华家系简述》

孟秋下旬与友人同游颐和园。

《弗堂类稿·序记》中《颐和园游记》："壬子孟秋下澣与季常、立之、印昆、幼苏、叔海同游颐和园。"

辑元百名家曲，并为序。

时北京文艺界称姚华为"秋草诗人"，一时唱和者甚众。友人陈师曾作《秋草图》，诗人林宰平题诗《秋草图》。——《年表》，又见《姚华诗选》第 35 页《秋草六首》

十一月为教育部聘请为"读音统一会"会员。与鲁迅等二十余位学者共商文字、音韵大事。

作诗《半山属题铜屏为其尊人灿五先生寿》。——《姚茫父画论》第 276 页

中华民国二年（1913）癸丑　三十八岁

正月五日作《题鞠彦云墓志》。

《弗堂类稿·序跋丙》中《题鞠彦云墓志》："中华民国二年癸丑太阳二之十于太阴当正月五日菉猗室夜窗。"

正月二十八日作词《莺啼序·谱梦窗"残寒政欺病酒"，有赠有序，癸丑》。

《弗堂词》卷一《莺啼序·谱梦窗"残寒政欺病酒"，有赠有序，癸丑》词序记："掌故所在，感慨系之。太阴正月二十八日。"

三月读明人卓人月编选《古今词统》，提出"翻词入曲"的观点。

三月三日与诗人、画家、演员四十余人参加梁任公于北京万牲园召集的文艺界人士集会。开始与梁交往(其文字学论著《书适》、曲论《菉猗室曲话》与《曲海一勺》，均首发于梁氏主办之刊物《庸言》)。——《年表》，又见《姚华诗选》第 39 页《癸丑上巳梁任公招集三贝子园，分得带字二十四韵》诗

以百元购置盛明杂剧，开始考证、校勘、注释汲古阁毛晋所刻之《六十种曲》。

五月二十三日第六子姚鉴生于北京。——《姚华家系简述》

被选入宪法起草委员会，制宪工作于七月十九日至十月三十日结束。

八月十六日国会通过总统选举法，身兼参议院议员与宪法起草委员会委员的姚华深知此为袁世凯不得民心之举，作《满江红·八月十六日感事》词感之。——《弗堂词》卷一

十月二十七日为宛平王仪《国音检字》作序，论定汉字声母与韵母存在的必要性。

《弗堂类稿·序跋甲》中《序〈国音检字〉》文末记："太岁癸丑月建癸亥朔日癸未越二十有七日。"

冬友人陈师曾始来京城，作词二首。

《姚茫父画论》第250页《水龙吟·印昆以师曾拟香光仿北苑渴笔山水纨扇遗墨徵题》序："是癸丑冬间作。是年师曾始来警示，为赋二阕。"陈师曾：陈衡恪（1876—1923），字师曾，号冰川、槐堂、朽道人，江西义宁（今江西省修水县）人。毕业于日本东京弘文学院博物学专业。归国后任教于江苏南通与湖南长沙师范学校。工诗文、书法、绘画、篆刻，其著作有《陈师曾先生遗墨》（10集）、《陈师曾先生遗诗》（上、下卷）、《中国绘画史》、《中国美术小史》《中国文人画之研究》、《染仓室印集》。

撰《箓猗室曲话》，与《曲海一勺》为《庸言》杂志交错连载。该著探讨戏曲表演理论，主要是以词论来论曲，对京剧、昆曲的理论发展有重要促进作用。

撰最早公开发表的艺术论文《艺林虎贲》，专门辨析金石字画之真伪，该著由黄远庸《论衡》周刊连载五期。

被清史馆聘为名誉纂修，担任民国大学国文教席。

向教育部读音统一会提出文字统一的建议，撰《翻切今纽六论》，论述文字与注音符号等问题。

《年表》作《今纽六论》，据《弗堂类稿·论著乙》，当订正为《翻切今纽六论》，其序云："癸丑春，读音统一会集议京师。公定字母，以表国音，复逐字审正，都为一集，曰《国音汇编》。于是参差庞杂之音较有归于一致之势，绩甚良也。惟三月之中，会长数易，议论既多。案牍或略，故必整齐其行列，而贯通其意议。有不能不亟事于理者，荏苒至今，始克就绪。凡所諟正，亦务彻于原定之义。与求合于推行之宜，使温故者不生坠地之虞，知新者不发炀灶之叹。夫古今之变，未可强为。惟因时以制，宜始循序而渐进，权衡至平，岂能轻重欤？爰述《六论》，发明旨趣，变迁之迹，庶乎有所考焉。"

作诗《为赵孟纲作画题一绝》。——《姚茫父画论》第277页

作诗贺友人文静川七十寿辰。——《姚华诗选》第41页《文静川七十寿》诗

文静川（1843—1916）：文明钦，字濬川，号静川，贵州贵筑人。光绪乙丑（1889）科进士，历任广西藤县、山西潞城、黎城、广灵、右玉等县知县。时在北京与姚华交往甚多。

中华民国三年（1914）甲寅　三十九岁

二月初二受国家教育部委派担任北京女子师范学校校长，任期三年。并亲自兼课，每周二十三小时。改文评字，诗文酬答，一时甚为忙迫。校园设于东铁匠胡同教育部京师学务局马号旧址。在任期间学监主任为杨荫榆。

又《姚华诗选》中《游艺会歌》《伐木歌》《为诸生题画海棠小鸟 赠同窗集会》等均作于任女子师范学校校长期间。关于姚华被任命为北京女子师范学校校长的时间，年表作"二月初三"，误。据《政府公报》1914年第627期第20页《教育部委任令第二号》订正为"二月二日"，原文如下："教育部委任令第二号　委任姚华充北京女子师范学校校长　此令　中华民国三年二月二日　教育总长汪大燮。"

夏至日作《北京女子师范学校甲寅同学录序》。

《弗堂类稿·序跋甲》中《北京女子师范学校甲寅同学录序》自注："甲寅夏至。"

七月被内务部编订礼制会聘为会员。

中秋送别任志清任职云南。——《姚华诗选》第43页《中秋送任志清巡按云南，即席赋诗》，亦见《弗堂类稿·诗辛》

任志清（1878—1945）：任可澄，字志清，贵州安顺人。清光绪举人，清立宪派政治家。1912年任贵州军政府参赞、审计处处长。1913年为袁世凯约法会议议员，先后任黔东观察使、镇远道尹、云南巡按使。1916年任云南省长（未就职），1921年任贵州省长。主持续修《贵州通志》《黔南丛书》等。

撰文字学论著《书适》，为《庸言》杂志连载。该著阐述了中国文字的渊源与递变情况，同时还论述了文字的社会意义与作用。

与友人罗掞东、易实父聚会于悯忠寺。——《姚华诗选》第42页诗《罗掞东、易实父为释道阶约集悯忠寺饯春》与《三月晦日悯忠寺饯春》，亦见《弗堂类稿·诗辛》

罗掞东（1872—1924）：罗敦曧，字孝遹，号掞东、宾退、瘿庵、晚号瘿公，广东省顺德县（今佛山市顺德区）人。与姚华共事于邮传部。易实父（1858—1920）：易顺鼎，字实甫、仲实，一字中硕。号哭庵、一厂居士等，湖南龙阳人。光绪举人。

与友人周大烈等同观女剧。——《姚华诗选》第44页《甲寅周六印昆同

梁壁园长沙观女剧诗后》诗，亦见《弗堂类稿·诗甲一》

中华民国四年（1915）乙卯　四十岁

五月二十一日作《题杨刻〈九成宫醴泉铭〉》。

《弗堂类稿·序跋丁》中《题杨刻〈九成宫醴泉铭〉》："乙卯五月二十一日菉猗室雨窗。"

十一月末作《述德赋》表彰父亲姚源清德行与事迹。

《弗堂类稿·赋》中《述德赋》序云："乙卯冬十有一月晦，家君七十有四初度。"

作《北京女子师范学校乙卯同学录序》记叙在女师任教经历。

《弗堂类稿》卷五《北京女子师范学校乙卯同学录序》自注："乙卯小书。"

任中华大学国文讲席，兼任政事堂礼制馆编撰。

常与陈师曾共同研讨绘画。

因女师校事心极烦，促归，以《太平乐府》药之，朗读数套始为畅然，告妻说："此吾蜜也。"

闻袁世凯"将有洪宪建元之耗"，作《国庆节对菊抒怀》诗。表达对蔡锷讨袁的支持。后蔡锷殁，与梁启超等人于西单石虎胡同成立"松坡图书馆"，纪念蔡锷逝世。其后并入国立北平图书馆（即北京图书馆前身）。

作诗《集小玄海为幼苏组道与师曾百铸合笔写句赠之并赋》《丙辰岁暮，题杨雪渔〈黔阳杂咏〉》。——《姚华诗选》

杨雪渔（1838—1908）：杨文莹，字粹伯，号雪渔，浙江钱塘（今杭州市）人。光绪三年（1877）进士，官编修、记名御史、贵州学政。工书法，笔力瘦劲，有铁画银钩之势。亦工诗，著有《草亭诗集》。

得清宗室旧藏宋人《嘉谷图》，作诗纪之。——《姚华诗选》第47页《得诒晋斋宋人〈嘉谷图〉因题》诗

诒晋斋：清高宗乾隆帝第十一子成亲王永瑆室名。

中华民国五年（1916）丙辰　四十一岁

正月作《为明信片作不倒翁群立揖让题一绝》，讥讽不顾节义、攀权依附袁世凯的官场群丑。——《姚华诗选》第49页

正月十七日作《与鋆儿论书书》，阐明笔法在学书中的重要地位。

《书适》附《与鋆儿论书书》后自注云："上元后二日"。

正月十八日作诗《哭黄远庸》，哀悼于海外被刺身亡的进步新闻记者黄为基。——《姚华诗选》

远庸（1884—1915）：黄为基，笔名远生、远庸，江西九江人。辛亥革命后参加进步党，1915年12月27日于美国旧金山被刺身亡。民国初年，黄主编《庸言》杂志，邀姚华编"文苑"专栏，二人政见多有所同。

二月一日颖拓《汉·满君颂》并《任恭碑》，并作诗记之。于题记中论述了颖拓的基本特征。

《姚茫父画论》第207页《题颖拓〈汉·满君颂〉并〈任恭碑〉》记："丙辰二月一日小玄海晨窗题。"该文亦见《弗堂类稿·序跋丁》。

颖拓《泰山刻石》，为今存该期间颖拓最精者。后郭沫若、马叙伦等学者多次题跋，陈叔通汇编，题名影印出版。

春，以百金购得金鼎拓本，师"倒薤法"入书，并以汉隶入楷书。

四月四日作《题卫景武公碑》。

《弗堂类稿·序跋丁》中《题卫景武公碑》记："丙辰四月四日菉猗室秉烛书，明日立夏矣。"

四月二十六日四十岁寿辰上作《丙辰生日示及门诸子，并邀翼牟、师曾同作》诗述志，以身教胜于言教示及门诸子，表达了诗人力图以教育救国的思想。自述："师曾铜画，余数数题之。其一刻写菊，题云：'槐堂好古耽金石，治篆攻坚今最名。纵笔为花更奇绝，如将史籀化渊明。'"题铜画为姚华一绝，讲究枯笔燥墨，奏刀随之。又该日陈师曾到姚华住所斋房小玄海作画，并作诗于画面。

《姚华诗选》第57页《丙辰生日示及门诸子，并邀翼牟、师曾同作诗》，该诗亦见《弗堂类稿·诗甲一》。翼牟：陈翼牟，湖南湘乡人，与姚华共事于清政府邮传部。又见《弗堂类稿·诗辛》中《丙辰四月二十六日，予四十初度，师曾来小玄海作画，为纪，并赋一绝，书于扇头。因书此奉答》诗。

七月初一作《哭文静川》诗悼念亡友。

《弗堂类稿·诗辛》中《哭文静川》诗，其序云："丙辰岁申月戊辰朔日，止止庵老人既谢宾客，越三日，乃呼其灵而慰之以诗。"

七月十五日长子姚鋆娶妻陈淑瑷。

《弗堂类稿·诗甲三》中《丙辰中元,淑瑷来嫔于鋆。翌日以妇礼见,授与张文敏行书杜诗卷,忽忽十年。今鋆娶妇,更修是礼,因补题卷尾》诗。

撰家谱《述德赋》并作详注,纪述姚氏世系情况、祖辈自江西抚州避乱入黔往事及自己四十岁之前经历。

九月三日,长女姚銮病逝,葬于天马山之阳。——《姚华家系简述》

又《姚华诗选》中《九月十日銮儿逝去七日矣》诗,亦见《弗堂类稿·诗辛》。《弗堂类稿·碑志》中《归同里文氏伯女銮基志铭》文记:"銮已屡病,渐觉清减,衰经毁容,更形骨立。母虑不寿,独视之脱然,旋中瘦不起,时丙辰九月四日也。以明年丁巳正月葬于里天马山之阳。"

九月二十一日作《说戏剧》一文,从文字演进角度辨析"戏剧"一词的由来。《弗堂类稿·论著乙》中《说戏剧》文后自注:"丙辰九月二十七日菉猗室记。"

十月十日作诗《丙辰国庆日写菊赋诗》。——《弗堂类稿·诗辛》

十二月辞去北京女子师范学校校长职务,潜心学术研究与字画创作。四十岁后书法自成一家,并以书入画。为民国时期重要画家之一。

又姚华在北京女子师范学校任职期间曾多次作诗鼓励学生好学求进。如《姚华诗选》中《"伊予小子"二首为女子师范生毕业作歌》《"四序成平"为女师运动会歌》等诗均作于1916年。

十二月十四日作词《点绛唇·题枣华"凭阑仕女"遗稿 丙辰》。

邓见宽《弗堂词·菉猗曲》(第22页)注云:"该遗稿仍存姚府,画上词人书有'此銮所为稿也,凭阑望远,何思之深焉!画工未至,都楚楚有致。丙辰十二月十四日'数语"。

作诗《秋灯纺读图为周养安》。——《姚茫父画论》第279页

作词《诉衷情·题菱湖泣舟图为董蜕庵》二首、《暗香·画梅枣华遗墨也,雨甥属题,凄然赋此。依韵拟石帚 丙辰》《疏影·再题前墨 依韵拟石帚》。——《弗堂词》卷一

时友人蹇念益寄寓于姚华寓所小玄海,作诗赠之。——《姚华诗选》中《季常入都必假馆于我小玄海,旧图劫地也。师曾补图更貌弊斋,回首前劫不禁慨然。季常好谐,尝以其姓调之。一病经年,不良于履,自悔语谶,更

赋一绝》

蹇念益（1876—1930）：号季常，贵州遵义人。清末留学日本就读于早稻田大学，归国后任河南副财政监理官。辛亥革命后任国会议员，曾积极反对袁世凯称帝。

作题画诗《题〈王孝禹山水画册〉》《再题〈王孝禹山水画册〉一绝》《马平王可鲁绎和属作〈畏曙图〉因题》等。——《姚华诗选》

中华民国六年（1917）丁巳　四十二岁

至莲花寺求学的青年甚众。

正月门生陈光焘等百余人集会悼念姚华父亲姚源清去世。

一月八日教育部批准请辞北京女子师范学校校长一职。

《政府公报》1917 年第 360 期第 12 页《教育部指令第一四号》："令北京女子师范学校校长姚华，呈一件恳予辞职由据呈已悉，该校长呈请谢职少休，情词恳挚，所请辞职之处应即照准此令。　中华民国六年一月八日　教育总长范源廉。"

以五百元购得彰德古墓中出土之画砖二块，经辨识为唐代画砖。进而摹写，淳菁阁制成木刻水印笺一。其唐画笺深受学者喜爱，鲁迅、郑振铎曾选姚华唐画笺编入《北京画笺》。——《姚华诗选》第 243 页《题画砖》诗注

将自己重金所购《广武将军碑》修订整理后由陈叔通交付商务印书馆出版。

三月释"秦始皇量良诏全文"，作长诗《瓦量歌》，肯定陶瓦书迹对保存秦篆的巨大价值。集考证、释文、诗颂于一体，集篆、隶、楷于一体。

又见《姚华诗选》第 226 页《秦始皇二十六年诏四字范残量墨本》诗。

春，为友人姚叔节所居西山精舍与慎宜轩作画，并作《题西山精舍慎宜轩两图为姚叔节》一文题之。

《弗堂类稿·序跋乙》中《题西山精舍慎宜轩两图为姚叔节》："桐城姚叔节（永概），既图所居曰'西山精舍'，曰'慎宜轩'者，自为记。……丁巳春尽日。"姚叔节（1866—1923）：名永概，字叔节，桐城派古文家，有诗集《慎宜轩诗》传世。

立夏，为兴义王文华所居"果严盦"作《果严盦榜书跋》。

《弗堂类稿·序跋乙》中《果严盦榜书跋》："兴义王文华居曰'果严盦'，因自号'果严'，既属为榜。……丁巳立夏。"

四月二十六日四十三岁生日作《跋黄小松藏本龙门山石刻》。

《弗堂类稿》卷八第 608 页《跋黄小松藏本龙门山石刻》："二十有六日四十三初度菉猗室。"

五月因有感于张勋复辟等军阀混战事件，于二十二日与二十四日分别撰《都门感事诗》《丁巳都门杂诗十二首》，抨击时弊，对民生疾苦予以同情。其后又续作十二首记其事。

《姚华诗选》第 61 页《都门感事诗》自注云："丁巳五月二十二日"。第 66 页《丁巳都门杂诗十二首》诗自注云："（民国）六年五月二十四日纪事之作也。"又均见《弗堂类稿·诗甲一》。

五月为友人宋宝森题画。——《姚华诗选》第 59 页《题画为宝森》诗

宝森：宋宝森，贵州贵定人。

五月十六日作《节孝王母曾太夫人八十寿序》。

《弗堂类稿·序记》中《节孝王母曾太夫人八十寿序》后记："丁巳五月既望。"

五月朔日作《王母曾太夫人八十寿序》。

《弗堂类稿·序记》中《王母曾太夫人八十寿序》后记："丁巳五月朔日。"

六月担任北京高等师范国文讲席。

七夕夜作《题文宣王庙新门记》。

《弗堂类稿·序跋丁》中《题文宣王庙新门记》文末自题："丁巳七夕弗堂夜窗。"

七月二十四日作《题宋安宜之书杜牧〈阿旁宫赋〉石刻》。

《弗堂类稿·序跋丁》中《题宋安宜之书杜牧〈阿旁宫赋〉石刻》文末自题："丁巳七月二十四日。"

八月被法制局聘为法律调查。

重阳作词《水调歌头·重阳和惜香　丁巳》。——《弗堂词》卷一

十月上旬作《题陈师曾拟汉画扇面》，与友人商榷画扇面技法。

《姚茫父画论》第 152 页《题陈师曾拟汉画扇面》自注："丁巳十月上旬姚华记。"

十月十日作《题唐刻佛像拓本》，探讨了自己对唐代佛像面部造型与用笔施彩技法的认识。

《弗堂类稿》卷六《题唐刻佛像拓本》："丁巳十月十日莲华盦书。"

十二月十二日作词《暗香·依韵拟石帚 题枣华"墨梅"》。

《弗堂词》卷一序记:"丁巳十二月十有二日。"

十月二十八日作《题〈郙阁颂〉》。

《弗堂类稿·序跋乙》中《题〈郙阁颂〉》:"丁巳十月二十八日莲华盦书。"

为友人张萃廷母宋太夫人八十寿辰作《张母宋太夫人八十寿序》。

《弗堂类稿·序记》中《张母宋太夫人八十寿序》记:"丙辰秋,其同县万钧左卿以众议院议员再至京师,明年献遂访予莲花寓斋,谓外王母年八十矣。大难既定,幸得间称寿于里,请以文属。"

中华民国七年（1918）戊午 四十三岁

正月初一作诗记述与友人陈师曾共赏古玩的雅好和友情。——《姚华诗选》中《师曾来弗堂观近得郙亭土尊,因见号以俪郙亭先生,且许刻印。戊午元日诗以乞之》诗

郙亭先生:莫友芝（1811—1871）,字子偲,自号郙亭,又号紫泉、眲叟,贵州独山人。晚清金石学家、目录版本学家、书法家,宋诗派重要成员,与郑珍并称"西南巨儒"。著有《声韵考略》《过庭碎录》《宋元旧本书经眼录》《樗茧谱注》《郙亭书画经眼录》《古刻钞》《唐写本说文木部笺异》《郙亭诗钞》《郙亭遗诗》《郙亭遗文》《影山词》《资治通鉴索隐》等。

正月初七因子放烟火感而作诗。——《姚华诗选》中《人日,儿子放烟火,有字曰"天下太平年",于时海宇多事,京钞每直竟蚀其半,感而有作》诗

作今存最早题陈师曾画诗《冰川梅花卷》。——《姚茫父画论》第217页注

二月与周大烈、陈叔通等好友前往苏州邓慰赏梅。

三月至杭州登山游湖。

春为罗灿五绘山水画一轴。画面山峦迭出,高峰入云,颇有贵州山水气势。后该图收入郑振铎编《中国近百年绘画展览选集》。

中国第一所国家美术学校——国立北京美术学校成立。与陈师曾、王梦白、陈半丁等画家共事该校多年。三年后该校改名为北京美术专门学校,即今中央美术学院。

回京后与陈师曾研讨汉画像。

四月二十六日作《跋黄小松藏本〈龙门山石刻〉》。

《弗堂类稿·序跋丙》中《跋黄小松藏本〈龙门山石刻〉》文末记："戊午四月望日收得此册，二十有六日四十三初度录猗室书。"

五月初五端阳节为长子《蚕种刍论》作序。

《弗堂类稿·序跋甲》中《〈蚕种刍论〉序》文末记："戊午端阳。"

五月二十日作《姚华仿张鞠如武氏祠孝子故事图屏》，并以诗记之。为其人物画代表作。

六月作《为汪心渠写〈道德经〉书后》。

《弗堂类稿·序跋乙》中《为汪心渠写〈道德经〉书后》："戊午六月。"汪世铭（1896—1977）：号佩之，字心渠，谱名声洛，安徽桐城人。1911年考入清华学堂，1918年毕业，同年留学美国弗吉尼亚军校、哥伦比亚大学研究院。

六月为友人蔡鹤君《志学谱》作《蔡鹤君先生〈志学谱〉序》。

《弗堂类稿·序跋甲》中《蔡鹤君先生〈志学谱〉序》文末记："戊年六月莲华山中。""戊"后当缺失"午"字。

七月二十日为长子姚鋆作《〈蚕种刍论〉后序》。

《弗堂类稿·序跋乙》中《〈蚕种刍论〉后序》："戊午中元后五日。"

八月二十六日作《题〈曹全碑〉未洗肥本》。

《弗堂类稿·序跋丙》中《题〈曹全碑〉未洗肥本》："戊午八月二十一日菉猗室。"

十一月二十五日作《题原石本〈司马昇墓志铭〉》。

《弗堂类稿·序跋丙》中《题原石本〈司马昇墓志铭〉》："戊午十一月二十五日菉猗室书。"

十一月六日为宛平王仪《国音检字》作《书〈国音检字〉序后》。

《弗堂类稿·序跋乙》中《书〈国音检字〉序后》文末记："甲子六日戊午。"

冬至作《题〈鲁峻碑〉》。

《弗堂类稿·序跋丙》中《题〈鲁峻碑〉》文后自题："戊午冬至。"

为北京瀛文斋书店题写匾额。

教育部颁布实行读音统一会制定的注音字母三十九歌，姚华参与的读音统一会工作暂时告一段落。

为王君仪著《国音检字》作序。回忆共同创建字母的往事，论古今音韵学。

为爱国将领戴戡作悼亡诗《戴循如戡既克葬，讣至哭之》四首，论定其一

生功绩。——《姚华诗选》第 74 页

戴戡（1880 —1917）：原名戴登荣，字循若，号锡九，后易名为戡，贵州省贵定人。曾留学日本习师范。1908 年归国任职河南法政学堂，1912 年任贵州都督府参赞，次年任贵州省省长。1917 年因讨伐张勋复辟失败自杀于四川仁寿县秦皇寺。

作一屏（四幅）《兰菊图》，并题诗《春兰秋菊》于其上，赠同窗好友熊继先。该画现藏贵州省博物馆。——《姚华诗选》第 73 页

提出"金胜石"的书法观点。——《姚华诗选》中第 229 页《得开元金简墨本，以诗记之》诗

作诗《题邯士尊》《郑征君画松为疏髯赋三十八韵》《冰川梅花卷》《题五伶六扇集》《师曾为予写像，简而有神，因题》。——《姚华诗选》

据《弗堂类稿·诗甲一》中《师曾来弗堂观近得邯亭士尊……戊午元日诗以乞之》诗，当为《题邯亭士尊》。郑征君（1806—1864）：郑珍，清代经学家、官员、学者。字子尹，晚号柴翁，别号子午山孩、五尺道人、且同亭长，贵州遵义人。道光五年拔贡，授官不就，人称为"征君"。治经学、小学，亦工书善画，为晚清宋诗派作家，其诗风格奇崛，时伤艰涩，与莫友芝并称"西南巨儒"。所著有《仪礼私笺》《说文逸字》《说文新附考》《巢经巢经说》《郑学录》等。

作《莫友芝篆书八言聊题记》。——《姚茫父画论》第 183 页

中华民国八年（1919）己未　四十四岁

一月七日为友人姚锡九刻铜作《姚锡九刻铜序》，该序简要回顾了北京刻铜的盛衰发展概况。——《姚茫父画论》第 38 页

二月作词《扬州慢·为惜仲图松柏独秀斋因题谱石帚》。——《姚茫父画论》第 328 页

《扬州慢·为惜仲图松柏独秀斋因题谱石帚》记："己未二月望，惜仲过访山斋，属图。"惜仲：胡嗣瑗（1869—1949），字晴初，亦字琴初，又字惜仲，别号自玉。贵州贵阳人。光绪二十九年（1903）进士。精通史学，擅长诗词、书法。

二月二十一日为友人刘彧《字觿》作《刘彧〈字觿〉序》，序中提及己作《说文三例表》亡佚之事："余弱冠治许书，颇欲厘而析之。由《说文》以下次

第系录，使字归于约，而体得其正，今古转变之迹于是乎明焉。先著三例，以表说文：一曰正字；二曰或字；三曰俗字。为之积五六年属稿泰半。壬寅之岁，主讲笔山书院，会逢散勇，稿尽亡。"

《弗堂类稿·序跋甲》中《刘彧〈字觿〉序》："己未二月二十有一日。"

三月二十日与友人陈师曾到法源寺饯春，作诗《己未三月二十日法源寺饯春，师曾诗先成，遂依韵作书与道阶和尚》。

《弗堂类稿·诗甲一》中《己未三月二十日法源寺饯春，师曾诗先成，遂依韵作书与道阶和尚》。

春，与友人陈叔通、张仲仁、周大烈等南下游西湖。作《曲游春·西湖和梦窗韵，己未》记之。——《弗堂词》卷一

在北京美术专门学校教授书法与绘画，与陈师曾、王梦白、陈半丁等画家共事。

四月二十六日生日作诗《生日作示及门诸子》勉励门生。

《弗堂类稿·诗甲一》中《生日作示及门诸子》诗首句云："四十已前迈，奄忽今又四。"故该诗当作于姚华四十四岁生日之际。

五月七日作《题旧拓本未洗又一本〈郑文公下碑〉》。

《弗堂类稿·序跋丙》中《题旧拓本未洗又一本〈郑文公下碑〉》文中记："己未端阳后二日莲华盦记。"

六月作《题〈延光残碑〉》。

《弗堂类稿·序跋丙》中《题〈延光残碑〉》："此本为王正儒所得，至己未六月予收之，正儒王莲生也，莲华盦题。"

六月五日与友人唐慰慈聚会于积水潭高庙，归后作《题潘宗伯韩仲元〈造阁桥记〉》。

《弗堂类稿·序跋丙》中《题潘宗伯韩仲元〈造阁桥记〉》："己未六月五日唐慰慈生日招饮积水潭高庙，因访西涯故址，归而秉烛书之。"唐慰慈：贵州人，曾与任志清诸人创设公立中学堂。

仲秋与友人同游圆明园。

《弗堂类稿·序记》中《圆明园游记》："是岁仲秋之初，偕伯助赴海甸会印昆、幼苏，饭于裕盛轩，遂游圆明园。"

九月与友人周大烈、张仲仁等同赴山东曲阜访孔林，归途登泰山，游岱

庙，观壁画，拓得李斯泰山刻石残字。——《年表》。又见《姚华诗选》中《同张仲仁登岱作次韵三首》

张仲仁（1868—1943）：张一麐，又名张一麖，字仲仁，号民佣，一号公绂、江东阿斗、大圜居士等。江苏吴县人。1903年录取经济特科，民国初任袁世凯总统府秘书，1915年任教育总长。著有《现代兵事集》《五十年来国事丛谈》《心太平室集》《古红梅阁笔记》《古红梅阁别集》等。

十月晦日作《题刘玉志》。

《弗堂类稿·序跋丙》中《题刘玉志》文末自题："己未十月晦。"

友人杨潜盦得清故宫残瓦，作诗纪之。——《姚华诗选》中《景山亭瓦为杨潜盦拾得》诗

杨潜盦：名昭儁，湖南湘潭人，著名金石学家、书法家。

友人罗复堪登门拜访，作诗赠之并寄陈师曾。——《姚华诗选》第77页《和簠盦韵未就，而簠盦见访，便欣然有作，并寄师曾》诗

簠盦：罗复堪（1872—1955），名惇，字孝觳，又字子燮、季孺，号照岩、敷庵、复庵、复闇、复戡（一作复戥），别署悉檀居士、羯蒙老人、凤岭诗人，作画署名曼渊，室号三山籍，广东顺德人。著有《三山籍诗存》《三山籍学诗浅说》《书法论略》《唐牒金石题跋》《晚晦堂帖见》《羯蒙老人随笔》等。

作诗赠同窗好友陈敬民移居北京城中心地段。——《姚华诗选》第77页《陈敬民移家北池子是张子青故宅》诗

陈敬民（1876—1921）：陈国祥，字宝贤，号敬民，贵州修文县人。光绪二十九年癸卯科进士，与姚华为日本法政大学同学。1908年任河南法政大学堂堂长。1912年后任民国众议院议员、副议长。

作诗《赣馆观艳秋〈思凡〉，即事柬挨东》《攒泪帖二首》《题画砖》《再题画砖》等。——《姚华诗选》

中华民国九年（1920）庚申　四十五岁

二月十五日作词《玉楼春·二月十五日微雪　庚申》。同日友人罗挨东邀约于新明院观程砚秋与梅兰芳合作演出的《上元夫人剧》。——《弗堂词》卷一，亦见《姚华诗选》第83页《花朝罗挨东约集新明院，观〈上元夫人剧〉》诗

二月十六日拜访友人蒋希召于永光寺街寓庐。

《弗堂类稿·诗乙》中《又题琅琊台石刻之德本五首》自注云："庚申二月十六日，访蒋叔南希召于永光寺街寓庐。"蒋希召（1885—1934）：字叔南，别号雁荡山人，浙江乐清人，有《蒋叔南诗存》《雁荡山志》等著述存世。

清明日作《生妣费太恭人墓表》悼念生母费氏。

《弗堂类稿·碑志》中《生妣费太恭人墓表》文末自题："因谨揭之石，以告我后子孙，且以永其子之痛。惟九年庚申仲春清明之日。"

仲夏作诗贺友人陈师曾由槐堂移居西城库子胡同。——《姚华诗选》中《陈师曾新居四首》诗

庚申中秋作《题益州〈多宝寺碑〉》。

《弗堂类稿·序跋丁》中《题益州〈多宝寺碑〉》文中记："庚申中秋菉猗室题。"

十月十五日作《题〈曹全碑〉未洗肥本》。

《弗堂类稿·序跋丙》中《题〈曹全碑〉未洗肥本》文后自题："庚申下元。"

十月二十四日作《高祖妣喻太君抚孙事记》。

《弗堂类稿·序记》中《高祖妣喻太君抚孙事记》记："庚申十月二十有四日玄孙华谨述。"

十二月二日为秦少观母夫人寿庆贺。——《姚茫父画论》第285页

《写梅为秦少观母夫人寿因题》自注："庚申十二月二日"。亦见《弗堂类稿·诗戊》。秦少观：甘肃会宁人。己丑举人，己未进士，参政院参政。

作《感兴》诗十一首与《续感兴》八首表达自己的处世观念与对社会的认识。——《姚华诗选》第87页。

作拟宋人青绿山水图，现藏贵州省博物馆。——《姚茫父画论》第175页《庚申题己作拟宋人青绿山水》

以录话形式作诗赞同门生郑天挺不归葬亲，破除世情风俗的大胆行为。——《姚华诗选》第98页《及门长乐郑毅生葬亲京师，诗以慰之六首》诗

郑毅生（1899—1981）：又名郑庆甡，字毅生，福建长乐人，生于北京。1920年毕业于北京大学国文系，后先后任教于北京大学、浙江大学、南开大学。著有《列国在华领事裁判权志要》、《清史探微》、《探微集》、《清史简述》、《中国通史参考资料》（与翦伯赞合编）、《史学名著选读》（主编）。

补立母费氏墓表，所书墓表墨迹现藏贵州博物馆。

时年黔地军阀王文华、袁祖铭内斗甚剧，更兼天灾大旱。姚华挥笔画扇数百件，在北京街头义卖赈济同胞，并委托北京书店、篆刻铺、南纸店义卖画扇，筹得善款数千元悉数汇至贵州有关单位。今存《贵州赈灾赠扇启》。

时友人萧铁珊居广州，作诗寄怀。——《姚华诗选》第82页《庚申寄怀萧铁珊广州》（五首）诗，亦见《弗堂类稿·诗甲一》

萧铁珊：贵州贵阳人。时任职于广州革命政府，青少年时期与姚华成为好友。为孙中山追随者，同时是南社骨干成员。其女萧娴为著名书法家。

作《津门严范孙师六十寿诗》二首，为老师严修庆贺寿辰。——《弗堂类稿·诗甲一》

中华民国十年（1921）辛酉　四十六岁

除夕作《辛酉除夕二首》《除夕喜雪》等诗，表达自己对新生活的期望。——《姚华诗选》第106、107页，亦见《弗堂类稿·诗甲二》

二月十七日作词《玉楼春·辛酉二月十七日再雪》。——《弗堂词》卷一

三月上旬巳日与友人访王士禛禊迹，作《虞美人·上巳与印昆出右安门访渔洋禊迹，遂饮花之寺》记之。——《弗堂词》卷一

四月二十六日四十五岁生日，友人陈师曾登门庆贺。——《姚茫父画论》第220页《庚申四月二十六日四十五初度，师曾来以安石榴花牵牛写扇为记，因题二绝句》，亦见《弗堂类稿·诗丁》

七夕作词《鹊桥仙·七夕查楼观演〈长生殿〉，归月赤如血》。——《弗堂词》卷一

重阳登临紫禁城。——《姚华诗选》第101页《重阳禁城所见》诗

十月作《菊品八笺》诗表达自己对菊花的欣赏。——《姚华诗选》第102页《菊品八笺》诗自注云："辛酉十月脱稿"。

十月十五日作《题〈乙瑛碑〉》。

《弗堂类稿·序跋丙》中《题〈乙瑛碑〉》文中自记："辛酉十月望菉猗室对烛漫记。"

十一月大雪日作《〈二家画论〉序》，论述诗画结合的艺术观点。

《弗堂类稿·序跋甲》中《〈二家画论〉序》文末记："辛酉大雪北京莲华庵。"

十二月祀社日作词《南歌子·辛酉祀社日，闻爆竹声》。——《弗堂词》

卷一

十二月十三日作《跋〈衡方碑〉将字本》。

《弗堂类稿·序跋丙》中《跋〈衡方碑〉将字本》文后自记:"辛酉十二月十有三日。"

为门生刘全禄祖母赵氏去世作《刘全禄祖母赵氏墓志铭》。

《弗堂类稿·碑志》中《刘全禄祖母赵氏墓志铭》文中记:"(赵氏)中华民国十年十月二日卒于家。子玉,孙全玺、全庆、全禄、全庠、全恒、全彬,曾孙明善、明豪、明坡,其年十一月十八日葬县城东北肥牛屯观音山之阳。"则该墓志铭当作于十月至十一月之间。

与二子姚鋆、三女姚鉴、四女姚鋆、五子姚鋆、六子姚鉴、侄女姚鋆等共绘《十番欢乐图》。其子女多能书善画。

日本东京美术学校教授大村西崖造访中国。陈师曾译日本东京美术学校教授大村西崖著《文人画之复兴》,"与师曾联翩见访,意既相同,言必有合语"。姚华为之作序《中国文人画之研究》,该序后收入《弗堂类稿》,题为《〈二家画论〉序》,由中华书局出版。

又《弗堂类稿》卷五《〈二家画论〉序》:"辛酉大雪北京莲华庵。"

与友人陈师曾、罗复堪作词互为唱和。

《弗堂词》卷一载《南浦·师曾同赋前题　叠韵答之》《南浦·叠前韵答复堪和作并敩其意》。

以赠答诗支持门生何秋江向陈师曾学习。——《姚华诗选》第100页《赠何秋江诗》

何秋江(1895—1971):名墨,江苏镇江人。幼年游学于吴观岱、陈衡恪、姚华、丁佛言诸家门下,工山水,擅篆刻、书法。

与京剧演员程砚秋交往,作《赠砚秋》诗。——《姚华诗选》第107页《赠砚秋》诗

程砚秋(1904—1958):著名京剧艺术大师。原名承麟,满族索绰罗氏,满洲正黄旗人。北京人,后改为汉姓程,初名程菊侬,后改艳秋,字玉霜。1932年起更名砚秋,改字御霜。有《程砚秋文集》。

作诗《三题画砖》。——《姚华诗选》第247页

作词《鹧鸪天·释龛乞菊以胭脂没骨写之》《菩萨蛮·刘少泉以花妥墨笔

兰花归于我。是刘宽夫先生物，题诗满幅　辛酉》《菩萨蛮·再题花妥兰花幅》《齐天乐·闻石卿述恨》《齐天乐·鼠田寅画乞赋》《一枝春·陈秋风倚石小照》《石湖仙·石帚韵　寿鲁国李老夫妇七十》《南浦·春帆和碧山〈春水〉韵　辛酉》《鹧鸪天·南眉既属写〈岳苍湘碧图〉，以诗来谢，酬之》。——《弗堂词》卷一

为陈师曾《荷卷子》题词《惜红衣》。——《姚茫父画论》第221页《惜红衣·忆南泊旧游即题师曾〈荷卷子〉》（次石帚韵　辛酉）

中华民国十一年（1922）壬戌　四十七岁

元辰作词《卜算子·壬戌元辰》，并到广和楼观京剧演出，作词《鹧鸪天·壬戌元辰，广和楼演富连成部》。——《弗堂词》卷一

《鹧鸪天·壬戌元辰，广和楼演富连成部》词自注云："肉市查楼，明以来旧为剧场，即今广和楼也。"

正月十五作词《生查子·壬戌上元》。——《弗堂词》卷一

立春日作词《东风第一枝·壬戌立春日，和竹屋韵》。——《弗堂词》卷一

三月六日为友人邵伯絅以姜石帚刻"赵德麟"三字篆墨本属颖拓题诗《题颖拓赵德麟》。——《姚茫父画论》第207页

《题颖拓·赵德麟》记："壬戌上巳后三日姚华茫父。"邵伯絅：邵章（1874—1953），字伯絅，浙江杭县（今杭州市）人。光绪癸卯进士，任职翰林院编修。与姚华同为东京法政大学同学。历任杭州府中学堂、浙江两级师范学堂、湖北法政学院及东三省法政学堂监督，法律馆咨议官，奉天提学使。有《云淙琴趣词》《倬盦诗稿》《倬盦文稿》《古钱小录》《邵章遗墨》《云缪琴曲》等传世。

三月七日作题画诗《牡丹幅》。图幅现藏首都博物馆。——《姚华诗选》第303页

三月十三日失手打碎古镜，作诗惜之。——《姚华诗选》第108页《堕镜》（三月十三日古镜失手而碎，惜之以诗）诗，亦见《弗堂类稿·诗甲二》

三月晦夜作词《菩萨蛮·壬戌三月晦夜午起，和卢川〈送春〉韵》。——《弗堂词》卷一

四月七日作《题具字本〈张猛龙碑〉》。该文后于戊辰年（1928）岁暮修订。《弗堂类稿·序跋丙》中《题具字本〈张猛龙碑〉》记："壬戌四月七日。"

文末题"戊辰岁暮残臂书"。

四月二十六日作诗《生日自述》,借宋代文学家苏轼抒发自己意欲以文传世的豪情。——《姚华诗选》第109页,亦见《弗堂类稿·诗甲二》

七月上旬已藏元稹《张子寿集》丢失,作诗《旧藏元稹〈张子寿集〉亡去》(七月初旬)。——《姚华诗选》第113页《旧藏元稹〈张子寿集〉亡去》(七月初旬)诗

七月十六日作词《念奴娇·壬戌七月既望,释戡招同泛潞河以拟赤壁,属图纪之,因步东坡〈大江东去〉词韵,复校片玉、白石、梦窗诸家制为此词》。——《弗堂词》卷一

八月十五作词《念奴娇·壬戌中秋,和东坡韵示大儿贵阳》。——《弗堂词》卷一

九月二日题《三监本〈皇甫君碑〉》回忆学书经历。

《弗堂类稿·序跋丁》中《三监本〈皇甫君碑〉》:"壬戌九月二日对烛观一过,因有所触,漫书其尾。菉猗室。"

九月九日作词《蝶恋花·壬戌九月九日登高不果,饮泰丰楼作》。——《弗堂词》卷一

秋与友人画家陈衡恪(师曾)、陈年(半丁),诗人陈翼牟、林长民(宗孟)等聚会纪念苏轼作《赤壁赋》八百四十年。——《姚华诗选》第114页《〈赤壁赋〉后十四壬戌,要同师曾、半丁、翼牟、宗孟作图赋诗,皆与东坡同生丙子者也》

小寒日作《跋巴子籍本〈白石神君碑〉》。

《弗堂类稿·序跋丙》中《跋巴子籍本〈白石神君碑〉》文中记:"壬戌小寒。"

十二月六日作词《西江月·壬戌腊八前二日为梅寿内四十八岁》。——《弗堂词》卷一

又见《弗堂词·菉猗曲》第61页注,内:姚华妻子罗氏,年长姚华两岁,一生勤俭,养育子女,任劳任怨。于姚华病亡后的当年年终离世。

十二月二十日作词《东风第一枝·壬戌十二月二十日立癸亥春,和梅溪韵》,并作《壬戌十二月二十日立癸亥春》诗。——词见《弗堂词》卷一,诗见《弗堂类稿·诗甲二》

十二月二十九日参加北京文人、画家为纪念苏轼诞辰八百八十五周年举办

的"罗园雅集",相互切磋艺术,赋诗吟曲,谈古论今,从下午三时至晚间八时,宾主尽欢而散。

《姚华诗选》第120页《罗雁峰集寿苏,和陶兔菱先生又字韵》诗注:"罗雁峰集寿苏",亦见《弗堂类稿·诗甲二》:民国十一年壬戌(1922年)十二月十九日,苏东坡八百八十五周年诞辰日,北京文人、画家"罗园雅集"纪念之。陶兔菱:名梁,字宁求,号兔菱,长洲人。有《红豆树馆词》。

摘取宋名家词中四言句刻为印,凡二十余方。

作诗贺友人梅兰芳得第二子。——《姚华诗选》第111页《梅澜得子》诗,亦见《弗堂类稿·诗甲二》

作词《菩萨蛮·题画》《蓦山溪》《齐天乐·虎皮鹦哥为李释勘赋》《清平乐·咏藕》《渔家傲·本意》《西江月·解嘲》《西江月·病起自述》《西江月·寿内》。——《弗堂词》卷一

作诗《读〈三祝记〉》、《北海》二首、《小雪日雪倚枕》《述梦》(忆《张子寿集》亡去也)、《〈张子寿集〉复归,喜叠前韵》、《颖拓"赵德麟"篆书题名石刻诸本,一律题后》。——《姚华诗选》,亦见《弗堂类稿·诗甲二》

为门生乔屏藩母李氏作《乔节妇传》。

《弗堂类稿·传》中《乔节妇传》记:"屏藩毕业朝阳大学,以十一年壬戌,在节妇卒后四年,念母不及见,且悲其节之苦而无闻也。来请传。"

中华民国十二年(1923)癸亥　四十八岁

新年作词《西江月·癸亥岁朝闰兴》。——《弗堂词》卷一

正月十日作《诘鼠赋》。——《姚茫父画论》第370页

《诘鼠赋》序:"癸亥正月十日,凌唐集客文光精舍。"亦见《弗堂类稿·赋》。

元日作《癸亥元日》诗。——《弗堂类稿·诗甲二》

二月二十九日贺友人吴静庵三十七岁生日。——《姚茫父画论》第408页《癸亥二月二十九日吴静庵三十七初度,题册二首》,亦见《弗堂类稿·诗丁》

吴静庵(1886—1947):江苏丹徒人,供职银行界,好收藏,其妻子为女画家江南𬞟。

梁启超五十生日,题画庆贺。诗云:"知君生在百花前,预写贞松墨尚鲜。五十平头犹未老,山中读易有加年。"——《弗堂类稿·诗戊》中《题画赠梁

任公五十》

四月十二日四女姚鋆殁，葬西直门外七间房新黄阡。——《姚华家系简述》

又见《弗堂类稿·碑志》中《季女鋆墓志铭》记："（姚鋆）中华民国十有二年五月二十七日疾卒，实癸亥四月十二日，有生十又五岁，葬西直门外七间房新黄阡附祖礼也。"

五月初五作词《齐天乐·端午和逃禅韵，亦见片玉》。——《弗堂词》卷一

七月二十一日日本发生关东大地震，姚华作《闵灾赋》，表达对日本国灾民的深切同情。

《弗堂类稿·赋》中《闵灾赋 并序》记："癸亥七月，地震日本，余因谋所以振之而议者，未忘前隙。乃赋此自解，且以为彼都告也。"

八月七日，好友陈师曾病逝于南京，八月十日作诗文《哭师曾》等哀悼之。并集陈师曾手绘近五十幅"京俗图"，另赋词三十四首，合装一册题名《菉猗室京俗词题朽道人画》影印出版，该画册描绘了清末民初北京城的风土人情与晚清贵族形象，具有重要的史料价值、艺术价值与文学价值。其后又集《石帚词（依槐堂稿）》一册，纪述与陈师曾之友谊。

又《姚华诗选》第 128 页《哭师曾》（癸亥八月十日）诗与《玉霜演〈一口剑〉弹词赠诗》，亦见《弗堂类稿·诗甲二》。

九月八日为北京淳清阁 1924 年出版的《陈师曾遗画集》作序《朽画赋》，该序简述了陈师曾从事绘画艺术创作的经历，同时指出陈氏作画诗、书、画三合一的艺术特征，强调了中国古代绘画的思想意义。——《姚茫父画论》第 36 页

十月五日作词《西江月·癸亥十月五日题画》。——《弗堂词》卷一

大雪日作《题〈鲁峻碑〉》。

《弗堂类稿·序跋丙》中《题〈鲁峻碑〉》文后自题："癸亥大雪菉猗室夜窗书。"

日本地震，售画数百件助赈，作图记其事。

赠诗庆贺友人梅兰芳三十虚岁生日。——《姚华诗选》第 130 页《浣华三十，其弟子艳秋、碧云为之寿，因赠》

友人陈筱庄五十寿辰，作诗庆贺。——《姚华诗选》第 124 页《陈筱庄五十寿诗》，亦见《弗堂类稿·诗甲二》

陈筱庄（1874—1937）：陈宝泉，又字小庄、肖庄，天津人，中国近代教育家。著《中国近代学制变迁史》《退思斋诗文存》《陈筱庄五十自述》等。其女儿陈淑瑗为姚华儿媳。

将《莲华盦山水纨画册》《莲华盦花卉纨画册》集成诗书画册。

作诗《双凤院有余姓名者戏成》《偶成，寄李玉峰贵阳》《次韵夔文见赠》《旧书〈长恨歌〉于墨盒子，刻成玉霜得之，属题尾》《赠时鸣》《宪成》。——《姚华诗选》

李玉峰：名琳，清末举人，生卒年不详。与姚华同学于贵阳学古书院。夔文：姓名、生平均不详。时鸣：邱石冥（1898—1970），原名树滋，又名稚，号石冥山人、白沙，贵州石阡人。长于中国画。曾师从齐白石。著有《中国美术史讲义》《勾勒讲义》等。

作词《南乡子·题双帆画扇》《菩萨蛮·一居一行画扇》《西江月·癸亥十月五日题画》《西江月·布袋和尚》《南乡子·王梦白背坐仕女，余与师曾各补景，并填此解》《蝶恋花·双凤院和师曾》《并蒂芙蓉·本意赠玉霜》《鹧鸪天·山水扇画自题》《浣溪沙·和释戡》《浣溪沙·和清真》三首、《西江月》《虞美人·山茶蜡梅》。又《弗堂词》卷一《题师曾画石帚此册子》中的《解连环·和清真》《卜算子·和竹屋韵》《谒金门·和竹斋》《清平乐·和散华庵韵》《愁倚阑·和〈金谷遗音〉韵》《太常引·和东蒲韵》《菩萨蛮·和后山韵》《好事近·和蒲江韵》《临江仙·和无住韵》《南歌子·和友古韵》《点绛唇·和海野韵》《青玉案·和芸窗韵》《定风波令·和竹坡韵》。——《弗堂词》卷一

中华民国十三年（1924）甲子　四十九岁

正月初一作诗表达自己居乱世、迎新年的失落心态。——《姚华诗选》第131页《甲子元日立春，七、八年前相传以为景运也》诗，亦见《弗堂类稿·诗甲二》

正月初二友人杨诵庄拜访。——《姚华诗选》第131页《二日雪，杨诵庄过山居》诗，亦见《弗堂类稿·诗甲二》

杨诵庄：生平不详。

正月初七送别友人桂百铸经夏口赴成都。——《姚华诗选》第133页《人日送桂百铸将经夏口之成都》，亦见《弗堂类稿·诗甲二》

桂百铸（1878—1968）：原名桂伯助，号诗成，贵州贵阳人。光绪癸卯（1903）科举人。任清政府学部主事，1914年赴云南任县长，后历任贵州息烽、惠水等县县长。著有《百惠堂诗集》《百惠堂词典散编》《下惠堂题画诗词集》《百铸回忆录》等。

正月二十九日为友人蒲殿俊贺寿作词《卜算子·上九画红白山茶，寿伯英；同年母七十，甲子》。——《弗堂词》卷一

伯英：蒲殿俊（1875—1934），字伯英，四川广安人。清光绪进士，与姚华同求学于东京法政大学。归国后供职于清政府法部机宪政编查馆，后被聘为《晨报》总编辑，并独办《实话报》。有剧本《道义之义》《阔人的孝道》等。

二月三日为友人陈叔通先君陈豪遗墨题词。——《弗堂词》卷一

《清平乐·兰州先生遗墨"万树梅花一湾水，湖山佳处是吾家"画卷为叔通题，和徐仲可韵》序："甲子二月三日。"兰州先生：陈叔通先君陈豪（1839—1910），字蓝洲，号迈庵，晚年号止庵，浙江仁和（今杭州市）人。工书善画，著有《冬暄草堂诗集》。

三月三十日与日本友人小室翠云同游明陵，即兴唱和。次日登八达岭长城。——《姚华诗选》第136页《三月三十日，谒长陵，次小室翠云韵》《翌日，登八达岭长城，次翠云韵》，亦见《弗堂类稿·诗甲二》

小室翠云：日本画家。时来北京参加姚华、凌直之、陈半丁、王梦白等人于北京樱桃斜街贵州画馆举行的画会。

四月友人武进丁琦行登门拜访。

《弗堂类稿·序记》中《送丁琦行南归序》："甲子四月，武进丁琦行将自京师归于里，来谒。"丁琦行：武进人，生平不详。

四月与画家凌直之、陈半丁、王梦白于北京樱桃斜街贵州画馆开画会，数百人前往捧场，展出作品数千件。会议展览期间，日本画家小石翠云等到场参观，当时正在北京访问的印度著名诗人泰戈尔亦欣然赴会，并即席发表演说。泰戈尔多次造访中国，加强了中印民间文化交流，增进了中印人民的友谊。

清明将父姚源清与继母熊氏合葬于西直门外七堆之新黄阡。

《弗堂类稿·碑志》中《先府君碑》记："宣统元年九月五日，先府君卒。甲子清明合葬京师西直门外七堆之新黄阡。以比于贵筑黄山府君所营圹。既讫功，乃刊石勒铭，以期不朽。"

四月二十日友人王梦白至莲华庵夜访，以案头折叠扇作蜀葵石榴缀以蝎虎蜘蛛。——《姚茫父画论》第266页《题梦白作摺扇·甲子四月二十日梦白过莲华庵夜话，拾案头折叠山作蜀葵石榴缀以蝎虎蜘蛛，奇趣也。因题长句》诗，亦见《弗堂类稿·诗丁》

王梦白（1888—1934）：名云，字梦白，号破斋主人，又号乡道人，江西丰城人。初在上海任店员，学画，后由陈师曾推荐任北京美术专门学校中国画系主任、教授。性怪癖，生活潦倒，病逝于天津。

六月四日收得古玺印一百三十。积日考证，并系以绝句。成《题官私玺印》诗一卷。

七夕作《七夕次李十三释戡韵》。——《弗堂类稿·诗甲二》

八月为好友陈师曾《染仓室印集》作序，序中高度评价友人陈师曾高超的篆刻艺术："师曾印学导源于吴缶翁，泛滥于汉铜，旁求于鼎彝，纵横于专瓦陶文，盖近代印人之最博者。"

《弗堂类稿·序跋甲》中《〈染仓室印集〉序》文末记："甲子八月。"

八月十五日作词《朝中措·月季黄绯二色》。——《弗堂词》卷一

该词首两句："每逢月夕数花辰，杯酒袭芳尘。"

九月九日作词《忆旧游·甲子重九题师曾〈芝兰便面〉遗墨，为悟园赋》怀念友人陈师曾，并作词《菩萨蛮·食蟹腹疾（甲子九月）九日不出，作画以代登高》。其后又作《水龙吟·印昆以师曾〈拟香光仿北苑渴笔山水纨扇〉遗墨征题，是癸丑冬间作。是年师曾始来京师。为赋二阕》两首全面评述陈师曾在文学绘画多方面的成就。——《弗堂词》卷一

九月既望作《丁佛言〈说文古籀补〉补序》。

《弗堂类稿·序跋甲》中《丁佛言〈说文古籀补〉补序》："甲子九月既望。"

十月三日观棋感个人命运之无助。——《姚华诗选》第139页

《十月三日，观弈局将竟，而胜负未形，各争劫一子耳，顾所系多讫于此子无益也，拈出咏之》诗，《弗堂类稿·诗甲二》。

秋，国立北京美术专门学校师范系一班毕业生高希舜、王石之、邱石冥、王君异、储小石、谌亚遽六人酝酿成立京华美术专科学校，推举姚华为北京京华美术专科学校校长，并成立董事会。

秋，梁启超集杜韩诗句赠懒而馋画师："日日画一水，十日画一石。朝食

千头牛，暮食千头龙。"姚华攘臂云："非寡人无足以当此者。"其人之诙谐由此可见一斑。

十月二十九日三女姚鏊病逝，葬西直门外新黄阡祖茔东原。——《姚华家系简述》

又见《姚华诗选》中《腊月五日雪，感鏊女之逝》诗，《弗堂类稿·碑志》中《中女鏊墓碑》："甲子初冬晦前一日，贵筑姚鏊疾卒故都莲花寓舍，年二十有二岁。旬日葬西直门外黄阡祖茔东原。"诗亦见《弗堂类稿·诗甲二》。

十二月七日作诗词庆贺儿媳淑瑗生辰。——《弗堂词》卷一《浣溪沙·七日儿妇淑瑗生辰，画梅与之》。又见《姚华诗选》中《（甲子腊月）儿媳淑瑗生朝兼示儿子鋆》和《弗堂类稿·诗甲二》

十二月六日为妻子罗氏贺五十大寿，作诗词庆贺。——《弗堂词》卷一《浣溪沙·（甲子）腊月六日寿内五十，明日新历明年元辰》。又见《姚华诗选》中《（甲子腊月）六日寿内》和《弗堂类稿·诗甲二》。

十二月八日作诗怀念已病逝八年的长女姚鎏。——《姚华诗选》第 144 页《（甲子腊月）八日，适文氏女鎏三十三生日，已嫁十年，而亡八年矣》诗，亦见《弗堂类稿·诗甲二》

姚鎏（1893—1916）：字长鎏。光绪十九年（1893）生于贵阳，宣统元年（1909）随母到北京投父，曾就读于北京女师。民国三年（1914）甲寅与贵阳人文宗沛成婚，民国五年（1916）九月四日病逝于北京。

十二月十四日作诗怀念病逝一年的四女姚鏊。——《姚华诗选》第 145 页《（甲子腊月）十四日，季女鏊生日，以去年亡》诗，亦见《弗堂类稿·诗甲二》

姚鏊：生于宣统元年（1909）乙酉十二月十四日，卒于民国十二年（1923）癸亥四月十二日。死时为北京女师学生。

十二月二十九日东坡生日作诗自拟东坡。——《姚华诗选》第 145 页《（甲子）东坡生日》诗，亦见《弗堂类稿·诗甲二》

著《中国图谱源流考》，共五篇，目次如下：（一）名篇；（二）上古三代篇；（三）秦汉六朝隋唐篇；（四）宋元明清篇；（五）余篇。文载北京大学《造型美术》杂志第一期，民国十三年六月二十三日出版。该著为造型美术研究会导师的首篇成果，代表了 20 世纪 20 年代中国美术批评的最高水平，对北京大学美术研究会内外的青年美术创作者与研究者均影响甚巨。——《年表》，又见《姚

茫父画论》第 46 页

于陈筱庄处得见郑振铎译泰戈尔《飞鸟集》，归而以其意演辞二百余首，题名《五言飞鸟集》。该诗集民国二十年（1931）由中华书局刊行，署名"太戈尔意　姚华演辞"。诗集前附学者叶恭绰、诗人徐志摩序各一篇。

又《五言飞鸟集》后附姚华所作跋云："甲子冬十月二十九日中女鋆以疾卒，家居寡欢，乃访姻好陈筱庄宝泉退思斋。客有日，筱庄检示译本太戈尔《飞鸟集》，为送日之资。太戈尔者，天竺诗人，春间来游。曾获把晤，因之言论凤采，如接耳目，怦然于中，不能自已。既语筱庄曰：'言短而意长，语切而思婉，盖诗之为术与心同，特其文异焉，可以国风为之。'由是依意遣辞，日必数章，归而赓续，及岁尽篇终。乌乎！鋆于是死，而吾之《飞鸟集》于是生，则情之为缘也。集皆五言，因题曰《五言飞鸟集》，以自别于太戈尔云。除夕京师莲华盒书贵州姚华茫父。"又记："右集所据是郑振铎译本。原是选译，故所标篇第有不衔接处，拙著乃依其第分注各篇，庶检原集时不致迷茫云。戊辰立秋莲华盒书。"由姚华跋语可知，《五言飞鸟集》创作时间为甲子年（1924）十月二十九日中女姚鋆殁后，稿成于同年除夕。姚华于友人陈筱庄处见到泰戈尔《飞鸟集》，因回忆与泰戈尔交往情况而作该著。其后又于戊辰年（1928）修订之。

作《平芜晚景》图转赠友人杨铭修，并题词《清平乐·题〈平芜晚景〉轴转赠杨铭修同年》。——《弗堂词》卷一

杨铭修（1872—1959）：名德懋，贵州贵阳人。喜好收藏钱币，有《历代古泉聚珍图注全编》三卷等。

作诗《过火神庙求故书》、《代简答叔通上海》、《去时郎官穷而作御，客有伤之者，余以为非病也，七言六韵》、《赠王师子》（原名伟）、《乡道士善画猴，作猴人乞诗，五七言分赋》、《南口车中题荒木十亩画八达岭（长城在其上）册》。——《姚华诗选》

王师子（1885—1950）：原名伟，字师梅，四十岁后更号师子，江苏句容人。毕业于日本美术学院，历任上海美专、中国艺专、新华艺专等国画教授。工书善画，尤精于花、鸟、鱼、虫等。著有《枫园画友录》等。

作词《朝中措·师曾〈芭蕉山茶〉轴子无款识，散释索词补阙》《丑奴儿·去年写"山楼青话扇"曾和清真 今写其后为"水阁寒琴"仍前韵 更书此词》《菩

萨蛮》《柳梢青·贵筑南郭小景》《洞仙歌·寿张翁八十》。——《弗堂词》卷一

中华民国十四年（1925）乙丑　五十岁

正月初一作诗《乙丑元日》。——《弗堂类稿·诗甲二》

正月三日祭祀先父姚源清。——《姚华诗选》第147页《（乙丑正月）三日，先公忌辰》诗，亦见《弗堂类稿·诗甲二》

姚源清：字澄海，生于道光二十三年（1842）壬寅十一月三十日，卒于民国六年(1917)丁巳一月三日。自幼以劳作谋生，晚年至北京由姚华奉养至终。

正月六日因北京城大雪诗兴大发，作诗《（乙丑正月）六日雪》。——《姚华诗选》第149页《（乙丑正月）六日雪》，亦见《弗堂类稿·诗甲二》

正月十五日作画《柳梢月上图》，并以词《生查子·元夜作〈柳梢月上图〉，小满补题》题之。——《弗堂词》卷一

四月二十六日虚岁五十，众多社会名流与文艺界知名人士前来祝贺，其中梁启超作《祝姚茫父五十寿诗》庆贺，姚华作《答梁启超》诗酬答。生日聚会上不少故友、学生赋诗撰文。登载报刊，展现了姚华在当时京师文坛的重要地位与多方面成就。

梁启超诗与姚华答作均见贵州文史资料研究委员会编《贵阳文史资料选辑》第十八辑。《姚华诗选》中该诗名为《乙丑正月，五十初度，依韵答饮冰兼呈同座诸公》。又《弗堂类稿·诗甲二》中尚录《依韵答叔通》四首，《生日，范孙夫子贻诗，赋谢二首》《闰月二十六日展生辰》。惜陈叔通贺寿诗今不传。范孙夫子：严范孙（1860—1929），名严修，字范孙，号梦扶，别号偍屚生，原籍浙江慈溪，生于天津。清末任翰林院编修、贵州学政、学部侍郎，近代著名教育家。著作现辑录出版的有《严修东游日记》《严范孙先生古近体诗存稿》《嬋香馆手札》等。

五月十三日作《题旧拓已裂南城本唐刻小字〈麻姑山仙坛记〉》。

《弗堂类稿·序跋丁》中《题旧拓已裂南城本唐刻小字〈麻姑山仙坛记〉》文中记："乙丑五月十有三日，获见王小耘金台本，云是崇雨舲旧藏。细勘之亦覆刻也。……勘毕漫题。莲华盦晨窗。"

五月六日作《文蛇赋》，表达客居京师二十余年的人世沧桑之感。

《弗堂类稿·赋》中《文蛇赋》云："乙丑五月六日，有蛇见于山。"

六月八日长子姚鋆生日，作诗勉励其慎言重行。——《姚华诗选》第154页《第一子鋆生日，成一百六十字》诗，亦见《弗堂类稿·诗甲二》

姚鋆：字天沃，生于光绪二十一年（1895）乙未六月八日，卒于一九六九年八月一日。青年时期曾留学日本专攻蚕桑专业，归国后任教于贵州、北京、陕西等地农业院校。其生平事迹载《贵阳文史资料选辑》第二十九、三十合辑艾黄叶撰《蚕桑教育家姚鋆》。

六月十三日友人邵伯绚拜访，以所得拓本天统三年造像示姚华。——《姚茫父画论》第206页

《题颖拓天统三年造像》："乙丑六月十又三日，伯绚过访弗堂，以拟拓拟之。"

六月十八日友人陈叔通五十寿辰，作诗《六月十八日叔通五十生日依前韵寿之》庆贺。——《弗堂类稿·诗甲二》

六月三十日据清末收藏家陈介祺藏"天统三年造像拓本"，为友人邵伯绚将颖拓造像画于扇面，并题词《浣溪沙·为邵伯绚颖拓造像因题》，以词向友人介绍颖拓的基本特征。——《弗堂词》卷一

八月一日蹇季常招宴，梁启超书乾隆诗句"夕阳芳草见游猪"，姚华书五言六韵诗《题王梦白游猪圈》一首，王梦白依诗意画草地上游猪三头。三人合作《游猪图》，融诗书画为一体，传为佳话。该画后为报刊界多次看中，后由蹇先艾收藏。

九月八日友人周大烈登门拜访。后陈叔通以此为题赠诗，姚华次韵奉答。——《姚华诗选》第162页《九月八日印昆过京西别业》诗与《叔通以和印昆过余西庄诗见示，次韵奉答》

十二月六日为妻罗氏五十一岁作《寿内五十有一序》。

《弗堂类稿·序记》中《寿内五十有一序》记："乙丑先腊八二日，罗恭人生五十有一岁，归于余三十有四年矣。"

十二月十日作《姚山记》。

《弗堂类稿·序记》中《姚山记》记："作《姚山记》，乙丑冬至后三日也。"

十二月二十一日作《题〈寒林图〉》。——《姚茫父画论》第187页

诗后注云："乙丑嘉平二十有一日。"此图现藏故宫博物院。

十二月二十九日题词明人孙雪居《笠屐图》，并转呈友人谭祖仁等人。——《弗堂词》卷一

《永遇乐·东坡生日题孙雪居〈笠屐图〉，四声谱坡词〈景疏楼〉作，兼呈六禾、篆青、并粤东人》。因苏轼生于北宋景祐三年十二月二十九日，"寿苏"为姚华与同岁友人的固定活动。

北京各大学青年连年上莲花寺听姚华所讲诸子学、文字学、书法学等科目。弟子俞士镇、周一鹤、罗惠伯、郑天挺等根据姚华课堂讲述整理出《弗堂弟子记》，其油印本在北京各大高校广泛传播。

千金购得宋刻十行本《尚书注疏》，王庸生祭酒藏绍兴本，汉隽徐梧生司业藏。

与南海谭祖仁、江阴夏桐孙、长沙章曼仙、仁和邵伯䌹等人结聊园词社。

游北京城北郊觉生寺参观明成祖华严钟，作诗表达自己对神权与君权的思考。——《姚华诗选》第157页《觉生寺访明成祖华严钟，乾隆中至万寿寺移此》诗

为友人陈师曾遗画《京俗话册》两次题词，分前十七阕、后十七阕，共三十四阕。通称《京俗词》，后与《京俗画册》合印出版。——《弗堂词》卷一

作《陈翼牟小传书后》。

《弗堂类稿·序跋乙》中《陈翼牟小传书后》："右李君所为翼牟小传在丙辰六月，今年乙丑，翼牟年已五十矣。"陈翼牟（1876—?），号震生，湖南湘乡人。有《海国舆图释名》《黄学庐杂记》等著述存世。

作诗《读宋刻〈保祐登科录〉第五甲百二人李敏子本贯播州。乡乘难得，纵是前典，亦足欣然。因从毋敛尹先生例，以诗援之》《千金买宋刻》《既酬饮冰见赠韵，而赠诗有"校碑""攘臂"之语，则以〈前秦广武将军讳产碑〉重出，为余严勘故也。因叠前韵，题所属旧拓归焉》《梦白画猴人立而骑羊也，衣彩则师曾所为，余更补面具，师曾约同赋诗，未就先逝。越二年，其子封可检得，仍属梦白乞诗》。——《姚华诗选》

作词《菩萨蛮·代内人答寿词自述》《点绛唇·梅》《少年游·乙丑仲春题〈雁来红〉扇，一名老少年》《西江月·竹坞来琴秋景巨幅》《菩萨蛮·西风一夜霜团屋》《醉太平·山亭燕新》《菩萨蛮·连纤细雨槎烟涩》《菩萨蛮·芭蕉樱桃扇》《南柯子·谭璪青聊园填词，图属予为之，并系以词》《一斛珠·梅妃拟梅

溪体》《清平乐·大雄山民画任大椿句"人行红树，村中雨潮落，青山郭外鱼"》《如梦令·山茶梅》《太常引·题畏庐画》《南浦·春草和玉田〈春水〉韵》。——《弗堂词》卷一

大雄山民：姜筠（1847—1919），字颖生，号大雄山民，安徽怀宁人。光绪举人，官礼部主事。谭璨青：谭祖仁，字篆青，广东南海人。有词集《聊园词》。畏庐：林纾（1852—1924），字琴南，号畏庐，别署冷红生，闽县（今福州市）人。晚称蠡叟、践卓翁、六桥补柳翁、春觉斋主人。室名春觉斋、烟云楼等。有《畏庐文集》《讽喻新乐府》《巾帼阳秋》等。

中华民国十五年（1926）丙寅　五十一岁

正月三日绘水仙红梅香橼画扇。——《姚茫父画论》第 302 页《丙寅正月三日题水仙红梅香橼画扇，和梦白作贻铭修二首》，亦见《弗堂类稿·诗戊》

正月五日作诗咏北京城大雪。——《姚华诗选》第 164 页《（丙寅正月）五日雪》诗，亦见《弗堂类稿·诗甲二》

正月十日见星陨感慨民生。——《姚华诗选》第 164 页《（丙寅正月）十日星陨》诗，亦见《弗堂类稿·诗甲二》

正月十五作词《生查子·元夜题山水小幅，丙寅》。——《弗堂词》卷二

正月十六日作《泰山春望图记》与《陈筱庄〈退思斋诗集〉序》。——《姚茫父画论》第 189 页

《泰山春望图记》自注："丙寅惊蛰。"又《弗堂类稿》卷五第 442 页《陈筱庄〈退思斋诗集〉序》亦自注："丙寅惊蛰。"后者亦见于《弗堂类稿·序跋甲》。

三月上旬上巳节作词《蝶恋花·丁卯上巳禊集》。——《弗堂词》卷二

三月十六日作诗《三月十六日作画漫题》。——《弗堂类稿·诗戊》

军阀段祺瑞制造"三一八"惨案，杀害北京女子师范大学学生刘和珍、杨德群等四十七人。姚华以女师大前任校长身份同情、关切学生。作《二月六日雪》《二女士》诗，控诉军阀草菅人命的残忍罪行。——《年表》，又见《姚华诗选》第 165 页与《弗堂类稿·诗甲二》

四月邵茗生携所著《宣炉汇释录》拜访，作《书邵茗生〈宣炉汇释录〉篇后》。

《弗堂类稿·序跋乙》中《书邵茗生〈宣炉汇释录〉篇后》记："丙寅四月，余得明吕棠《宣德彝器谱》逐录藏之，久未翻检，及茗生书成，见示一本，复

过山斋,乃发箧相赏,则三卷本也。"邵茗生(1905—1966):本名锐,以字行,浙江杭州人。斋名"澹宁书屋""菰香馆",主要长于戏曲学研究,有《古乐器考》《女乐源流记》等著述存世。

五月六日作诗《丙寅五月六日,自青榭画集,意有未足,更作长言似君庸》。——《弗堂类稿·诗甲二》

五月十七日突患脑溢血入北京德国医院治疗,经德人克理博士、英人胡大夫医治渐愈,然左臂残。其间友人严修师、梅兰芳、王瑶卿等均前来探望。病愈后,抱残臂坚持文艺创作,仅月余作扇数十件,集为《姚茫父风画集》,于七月用珂罗版印成。标志其书画创作进入更成熟、苍润的新阶段。——《年表》,又见《姚华诗选》中《答严范孙夫子》二首、《喜缀玉见候道故》《瑶卿归自海上,属冷红问状,却寄》

又《弗堂词》卷二有《西江月·病院感兴》词云:"安排废疾待康成,却做文园贫病。"表达了自己不甘卧病在床,立志有所著述的豪情。《姚华诗选》中《院中见白鸡冠花,兼冷红来候》《病废将起,赠克理博士》《将去医院留赠胡大夫》《代简答季常江南,衍古诗"客从远方来"》诗亦作于病院中,以上诗歌亦见《弗堂类稿·诗甲二》。

五月二十三日侄女姚鋆病亡,时年二十八岁,葬西直门外七堆阡。姚华作《侄女鋆墓碑》《侄女鋆墓志铭》悼念。

《弗堂类稿·碑志》中《侄女鋆墓碑》记:"鋆之没在丙寅午月二十三日,年二十有八。"

六月十八日为友人陈叔通五十一岁寿辰写梅庆贺,并作诗记之。——《弗堂类稿·诗戊》中《叔通五十有一生日写梅寿之》诗

孟秋作《为瘗泰山府君象告文》《为瘗东岳殿诸神象告文》。

《弗堂类稿·祭文》中《为瘗泰山府君象告文》《为瘗东岳殿诸神象告文》首句均作"维岁丙寅,孟秋吉日"。

七月为友人陈衡恪所绘莲花庵三图题诗二首。此诗画轴现藏中国历史博物馆。——《姚华诗选》第178页《题莲花庵》与第180页《叠前韵怀段懋堂先生》

七夕作诗《七夕三十韵》回顾平生,展望前程。并作诗《题陈师曾〈莲花寺图〉第二图》。此图现藏北京中国历史博物馆。——《姚华诗选》第181页《七夕三十韵》,《姚茫父画论》第186页《题陈师曾〈莲花寺图〉第二图》

中秋作《岱宗堂记》。

《弗堂类稿·序记》中《岱宗堂记》篇末记："丙寅中秋。"

八月十八日作诗《秋分》。——《姚华诗选》第 181 页《秋分》诗

八月初五作词《三姝媚·丙寅八月初五夜预中秋，和〈金梁梦月词〉韵》，后八月十五作词《三姝媚·中秋叠前韵》。——《弗堂词》卷二

九月十九日，友人寿石工邀集词社社友重阳聚会，因病未能前往，作《浪淘沙·九月十九日，石工约集词社同人为展重阳之会，病不克与，走笔赋呈，不耐苦吟，聊慰猎心耳》词释之。——《弗堂词》卷二

石工（1889—1950）：寿石工，浙江绍兴人，字石工，篆刻家，工书，能词，有《珏庵词》。

十月晦日作《题重刻宋本〈云麾将军碑〉》。

《弗堂类稿·序跋丁》中《题重刻宋本〈云麾将军碑〉》文末自题："丙寅十月晦日莲华盦书。"

十二月七日，长子姚鋆妻陈淑瑗生日，作散曲贺之。

《菉猗曲》中有［北双调·新时令］《（丙寅）十二月七日，鋆妇淑瑗三十一生日作"岁寒清供"与之，因题》。

十二月十一日作套数［北中吕·粉蝶儿］《题画，对雪即景自述，丙寅十二月十一日莲花盦作》，表达生活虽艰难，然绝不停止文艺创作的决心。——《菉猗曲》

冬读《元曲选》，并以《北词广正谱》校其音律，标明衬字。作散曲小令数十首及套数数套。其中有十二月六日作小令［北双调·碧玉箫］、十二月十一日作套曲《题画对雪即景自述》等。

十二月十五日为桐城人汪衣云所著《文中子考信录》作序。

《弗堂类稿·序跋甲》中《汪衣云〈文中子考信录〉序》："丙寅岁暮，桐城人汪衣云以所著《文中子考信录》访予莲华庵，授而读之。……嘉平之望。"

为周印昆画扇至冬成稿，扇面各系一曲小令。周大烈评姚华尤工曲题画，以曲题画为姚华画卷的独特风格。

冬，为己作山水画轴两幅，并分别题［清江引］曲。

《菉猗曲》中有［北双调·清江引］（题画）二首。邓见宽《弗堂词·菉猗曲》第 265 页注云："作于民国十五年丙寅冬季，曲家病废后所作的山水画轴两幅，

分别题上［清江引］曲。"

岁暮作散曲［北正宫·黑漆弩］《题画，和冯海粟韵》二首，自述病后不辍文艺创作之志。——《菉猗曲》

邓见宽《弗堂词·菉猗曲》第 266 页注："作于民国十五年丙寅（1926）岁暮。"

为北京遽雅斋藏书处题写匾额"遽雅斋"，"藏书处"三字由郑家溉书写。今保存完好。

友人籍亮侪赠诗贺寿，作诗和之。——《姚华诗选》第 168 页

《和籍亮侪五十自寿诗二首》诗，亦见《弗堂类稿·诗甲二》。籍亮侪（1877—1930）：名忠寅，自署困斋，河北任丘人。民国初国会议员，护国运动时期任云南军都督府财政厅厅长。

孙姚由满周岁作诗庆贺。——《姚华诗选》第 171 页《由孙晬日》诗

姚由（1925—1993）：贵州贵阳人，1947 年毕业于西北工学院，后留校任教。1950—1955 年在哈尔滨工业大学和东北工学院读研究生，后任教于北京钢铁学院。

作诗《三月六日书事》《大风谣》《题陈师曾〈京俗画册〉三十四词成，更书其尾三首》《次韵印昆题〈风画集〉》。——《姚华诗选》，又见《弗堂类稿·诗甲二》

绘山水轴赠蹇季常并作诗。——《姚茫父画论》第 179 页

《丙寅题已绘山水轴赠季常》。季常：蹇季常，蹇先艾叔父，中国第一所民办官助图书馆松坡图书馆实际负责人。

作词《菩萨蛮·灯光梦影圆》《琐窗寒·题山茶江梅画轴》。——《弗堂词》卷二

中华民国十六年（1927）丁卯　五十二岁

丁卯除夕与友人和诗题杨叔恭朱拓。——《弗堂类稿·诗乙》中《丁卯除夕和杨潜盦题杨叔恭朱拓韵》诗

正月二日作散曲［北中吕·斗鹌鹑］《题画，丁卯正月二日对雪即景》，正月四日作［寄生草］《题画〈三山海日图〉》（丁卯正月四日立春即事作）。——《菉猗曲》

正月二十日作《题兄兵一》《题兄兵二》《题兄兵三》《题兄兵四》四文探讨金石真伪。

《弗堂类稿·序跋乙》中《题兄兵四》文末记："丁卯寅月二十日。"

二月初一作《泰山春望图记》，回忆己未年与友人同游泰山经历。——《姚茫父画论》第190页

《泰山春望图记》自注："丙寅惊蛰。"该文亦见于《弗堂类稿·序记》。

与汤定之、陈仲恕和作《枯木竹石图》，并与江翊云、籍亮侪题之。新中国成立后陈叔通辑《姚茫父、汤定之、杨无恙三家书画册》《宣（古愚）、杨（无恙）、汤（定之）、姚（茫父）四家画选》分别影印出版，表达对故友的怀念。

四月作《书陈南眉赠鉴儿字说后》，探讨"鉴"字形、声、义之演变情况。

《弗堂类稿·序跋乙》中《书陈南眉赠鉴儿字说后》文末记："丁卯四月。"

四月见友人唐梦虹，作《唐母叶太淑人墓志铭》。

《弗堂类稿·碑志》中《唐母叶太淑人墓志铭》记："予友唐梦虹，去京师十有四年。丁卯四月更相见，诉其凶经，则方有太淑人之戚。"

四月二十六日作《五十有二自寿》诗。——《弗堂类稿·诗甲三》

四月二十八日军阀张作霖在京师看守所杀害李大钊与其他革命者十九人，其中方伯务为姚华学生。姚华题词纪念此事，再次痛诉军阀的残暴罪行。并作题画诗《方生遗墨鹜》《又题方生遗画集》，赞扬方伯务的独特画风与敢于同军阀反动势力顽强斗争的高洁情操。——《年表》，又见《姚华诗选》第198页《方生遗墨鹜》《又题方生遗画集》诗

方生（1896—1927）：本名嗣，后改名务，号白雾山人，湖南衡山人。1922年考入北京美专第一班，1926年毕业后留校任教。1947年4月6日与李大钊等革命党人被军阀逮捕，4月29日英勇就义。擅长花鸟画。

四月二十八日为弟妇天水郡君五十一岁寿作序。

《弗堂类稿·序记》中《弟妇天水郡君五十晋一寿序》记："丁卯孟夏既望旬又二日，弟妇天水郡君五十有一。"

端阳以剧词入画，题记云："惟剧词入画未见前例，何妨创为之。"按：以曲小令题画，不难看出姚华以曲家兼画师的手法，大胆创新。

六月八日适逢大儿姚鉴生日与曾祖母严氏忌日，作诗教育子女牢记清贫本色。——《姚华诗选》第188页《鉴儿生日吾祖母严太恭人忌日也》

七夕作词《减字木兰花·七夕咏牵牛花》。——《弗堂词》卷二

中秋夜与同乡友人胡绍铨在月下坐而论道,作诗《中秋,岱宗堂与胡十八述曾坐月》记之。——《弗堂类稿·诗甲三》《年表》,又见《姚华诗选》第196页《中秋,岱宗堂与胡十八述曾坐月》《十六日待月,叠前韵》

胡十八述曾:胡绍铨,字述曾,贵州贵阳人。清末在北京为官,长期寓居北京,善画。

自述"余喜造赋,赋成必图。"自夏而秋,作《晚香玉赋》《晚香玉后赋》《晚香玉别赋》《晚香玉余赋》四篇辞赋。"每一赋成,必写为画",有别于《凤尾鞭图》,"画成而为之赋,即题其上。"此《晚香玉赋(并图)》四幅均为写实花卉,画面雅致清秀,长赋自上贯下,构成赋、书、画的长轴,为茫父艺术创作之代表作。

重九患病不出,作词《浣溪沙·重九因病不出,画登高小景,题此》与《齐天乐·重阳采胭脂豆汁作》。——《弗堂词》卷二

九月二十三日抱病作《题石鼓文原石拓本》。

《弗堂类稿·序跋丙》中《题石鼓文原石拓本》:"丁卯九月二十三日莲华盦残臂书。"

为北京中国画学研究会主办的《艺林旬刊》创刊号题祝贺词《题〈艺林旬刊〉》。

作《论画》三首,阐述了中国传统绘画中诗、书、画结合的传统特色,强调了中国古典绘画艺术的学术性。——《姚华诗选》第192页

冬月友人邵伯䌹携所藏张鞠如画作至莲花庵拜访,作画论《题邵伯䌹藏张鞠如人物十六事卷子后》。——《姚茫父画论》第160页

《题邵伯䌹藏张鞠如人物十六事卷子后》自注:"丁卯冬月伯䌹携至山斋,因观其尾。"亦见《弗堂类稿·序跋乙》。张鞠如(1805—1878):名士保,字鞠如,号菊如,山东掖县人。有著述《南华指月》《南华外杂篇辨伪》《楞严义贯》等存世。

孟冬作《国立京师大学校女子第一步十九周年纪念赠序》。

《弗堂类稿·序记》中《国立京师大学校女子第一步十九周年纪念赠序》记:"丁卯孟冬。"

友人刘鲤门四十寿辰,作词《满宫花·鲤门以四十之年,举千秋之庆,预

图十事，藉写半生。余以分绘其二，复以外孙之句，徵及老妇之吟。自念病废逾载，声调久疏，便欲搁笔。唯是桑海数更，旧人益少，不无系怀，因酬高唱》。——《弗堂词》卷二

鲤门：邓见宽《弗堂词·菉猗曲》第161页注云："姓刘，贵州人。"不知所据。据杜鹏飞《艺苑重光：姚茫父编年事辑》第214页，鲤门当为刘恩格（1888—1949），字鲤门，辽阳人。曾先后担任众议院议员、临时参议院议员等。

十月二十七日作《题开通褒斜道石刻》。

《弗堂类稿·序跋丙》中《题开通褒斜道石刻》自记："余手贴此本，于今十年一病而废，久束高阁。今检所藏尽发而观之，因复记其后。丁卯十月二十七日。"

十一月二十二日为友人任可澄绘其先人墓地图《藏山草堂图》。作词《千秋岁·题〈藏山草堂图〉为主人寿，六一体》。——《姚茫父画论》第188页

《藏山草堂图》自注："丁卯嘉平东坡生后三日。"此图现藏贵州省博物馆。该词见于《弗堂词》卷二。藏山草堂筑于贵阳东郊水口寺近旁南明河，为贵阳近郊一景点。《藏山草堂图》现藏贵州省博物馆，为该馆传世藏品。

十二月二十五日与二儿媳乐氏见面并赠画卷作纪念。——《姚华诗选》中第186页《丙寅嘉平二十有五日，鋆儿引见新妇永宣（黎县乐氏），礼成班物，题〈筠州墨竹〉卷尾与之》

《弗堂类稿·诗甲三》中该诗标题为"丙寅嘉年二十有六日"，邓见宽据《筠州墨竹》卷尾所题款识改为二十五日。

为李祖荫《法学辞典》题诗，称赞其成就。——《姚华诗选》第187页《题李祖荫著〈法学辞典〉》

李祖荫（1897—1963）：字麋寿，著名民法学家，湖南祁阳人。1927年东渡日本就读于明治大学法律系专科，1930年归国任教于北平朝阳大学法律系，后为朝阳大学教授、名誉教授及《法律评论》总编辑。著有《比较民法总则编》《中华民法总则评论》《民法概要》《法律辞典》《法律学方法论》等。

作诗《学张横溪〈读东坡谪居自适〉辄次其韵》三首和《书扇自适·去年六月晦日医院初作书也》《娘打儿谣》《题〈艺林旬刊〉》《王梦白破斋》《天坛草宪图》。——《姚华诗选》

作词《江城梅花引·题陈朽墨序》《点绛唇·和朱希真韵题陈孟群画》《鹧鸪天·晚香玉菊花双供》《鹧鸪天·和倬盒韵》《减字木兰花·题雁来红隐括黄太冲赋》《减字木兰花·牵牛花扇以江南豆撅汁写之》《减字木兰花·拟六一"留春不住"原韵》《少年游·拟屯田"参差烟树灞陵桥"原韵》《武陵春·拟小山"绿蕙红兰芳信歇"原韵》《海棠春·拟淮海"流莺窗外啼声巧"原韵》《天仙子·拟子野"水调歌声持酒听"原韵》《好事近·拟东坡"湖上雨晴时"原韵》《感皇恩·拟东山"兰芷满汀洲"原韵》《醉花阴·拟漱玉"薄雾浓云愁永昼"原韵》《谢池春慢·岱宗堂前新植梅作苞向坼,冬至赋,用子野"缭墙重院"韵》《齐天乐·重阳赋雁来红》《好事近·内子生辰,李曾廉自裴岛以画梅见寄,因题》。——《弗堂词》卷二

作散曲套数《北双调·新水令》《题〈渔家乐〉画扇》,小令《北中吕·牧羊关》《冬读书图》——《隶猗曲》

中华民国十七年（1928）戊辰　五十三岁

除夕与友人李释戡作诗赠答。——《弗堂类稿·诗甲三》中《戊辰除夕和释戡韵》

元旦与友人杨潜盒和诗题杨叔恭朱拓。——《弗堂类稿·诗乙》中《戊辰元旦叠潜盒韵再题》

正月初一梅兰芳呈红黄二色山茶蜡梅画幅庆贺,作《减字木兰花·戊辰元日,见畹华所作〈山茶蜡梅〉》答之。——《弗堂词》卷二

又见《姚茫父画论》第201页邓见宽注云:"姜德明曾写过《姚茫父与梅兰芳》,其中记下:'一九六二年举行的梅兰芳艺术生活展览是纪念梅氏逝世周年的活动之一,会场上便悬有梅氏临姚师的《达摩面壁图》。……梅兰芳把画师姚茫父的一副画像注入了新意,这给后人不少启示。"

一月作词《念奴娇·用平声叶石林体,题松梅,丁卯小寒,值时宪,戊辰初月》感怀国事。——《弗堂词》卷二

正月二十四日作《跋武梁祠画象》,阐述了画像研究须注重文字记载的观点。

《弗堂类稿·序跋乙》中《跋〈武梁祠画象〉》:"戊辰年正月二十有四日。"又见《姚茫父画论》第156页。

二月三日于灯下观《曹全碑》，作《题〈曹全碑〉》。

《弗堂类稿·序跋丙》中《题〈曹全碑〉》文后自题："戊辰二月三日观于灯下，因得此闲，亟书之。"

二月四日夜作《题〈武梁祠画象〉》。

《弗堂类稿·序跋丙》中《题〈武梁祠画象〉》记："戊辰检藏墨，以近拓黏册考校一过。印昆又以所藏嘉庆本属跋，既复题此。二月四日莲华盦倚檠题。"

二月十日作《孝宪先生家传》，记述父亲姚源海一生形迹。

《弗堂类稿·传》中《孝宪先生家传》文末自题："戊辰二月十日。"

三月题榕楼雁影卷子，因思亡弟姚芠作《啸篁图》长卷，现藏贵州博物馆。又作《玄琴遗墨题咏，凡十六章》。

三月友人黄溯初来访莲花盦，四月作《啸篁楼图记》回忆该事。

《弗堂类稿·序记》中《啸篁楼图记》："戊辰春三月，黄溯初来访莲花盦。……是岁四月记。"黄溯初（1883—1945）：原名冲，字旭初，后改名群，字溯初，郑楼人，近代实业家、教育家。著作今辑为《黄群集》。

三月作诗《玄琴遗墨题咏》悼念侄女姚玄琴，凡十六章。其序记云："琴女既逝，弟夫人恸未已。且不欲其遂淹没也，时时搜遗制，得此册装成。病中曾签题而藏之。今又二年，病犹未竟起，因不复更待，即挥残臂书端，间作小诗。其上倘亦可以示后耶？是必不可知之数。抑惟听之而已。戊辰三月茫父记。"——《弗堂类稿·诗戊》

四月与词友邵章唱和黄牡丹词十首。

《弗堂词》卷二存《蝶恋花·黄牡丹，倬盦和师曾韵，叠韵报之》《蝶恋花·倬庵见候，话黄牡丹词讯，及词成，微图》《蝶恋花·谢倬庵和词，三叠前韵，限康节事》《蝶恋花·以黄牡丹画扇赠倬庵，四叠前韵书其上》《蝶恋花·倬庵得画扇，复叠韵，书一词于金笺扇见诒，五叠前韵谢之》《蝶恋花·六叠前韵，书师曾〈绿萼尊前〉词后》《蝶恋花·追维前梦枨触成吟，七叠前韵》《蝶恋花·感事八叠前韵》《蝶恋花·赋本事九叠前韵》《蝶恋花·十叠前韵，单题叶御衣黄图，中女馨临师曾本，并遗墨也》等作均为此次唱和所作。

四月二十六日作诗《五十三岁初度》。——《弗堂类稿·诗甲三》

春仲作《黄冠圭先生及梦仙先生〈弟兄行乐图〉记》。

《姚茫父画论》第 168 页《黄冠圭先生及梦仙先生〈弟兄行乐图〉记》篇末记："戊辰春仲。"亦见于《弗堂类稿·序记》。

端阳节友人卓君庸携古墨二纸拜访，作《跋宋仲温墨迹张怀权〈论用笔十法〉为卓君庸》。

《弗堂类稿·序跋乙》中《跋宋仲温墨迹张怀权〈论用笔十法〉为卓君庸》："戊辰端阳君庸得古墨二纸，携过见示。"故该跋应作于当年端阳后。此外，《弗堂类稿·序跋乙》中《跋宋仲温〈急就章〉墨迹为卓君庸》亦当作于此时。

五月四日作诗《五月四日曙色赤甚》。——《弗堂类稿·诗甲三》

五月十日作《题宋仲温〈七姬全厝志〉影本》。

《弗堂类稿·序跋丁》中《题宋仲温〈七姬全厝志〉影本》文末自题："莲华盦晚窗记，戊辰五月十日。"

五月十三日第五子姚鍪十七岁，作诗《十三日鍪生十有七岁，一律示之》勉励其"不信年年逢恶月，崭新头角待来年"。——《弗堂类稿·诗甲三》

五月二十日作仿张鞠如武氏祠孝子故事图屏。——《姚茫父画论》第 159 页

《姚华仿张鞠如武氏祠孝子故事图屏》自注："戊午五月二十日。"

五月二十一日病后二年作诗记叙病后生活。——《姚华诗选》第 202 页《五月廿一日病二年矣，世事推移，悄然有忧生之感，伏枕无寐，遽尔成篇》，亦见《弗堂类稿·诗甲三》

五月二十三日第六子姚鋆十六岁，作诗记叙父子情谊。——《姚华诗选》第 201 页《（五月）廿三日鋆生，十有六岁，书此篇》，亦见《弗堂类稿·诗甲三》

姚鋆：姚华第六子。民国二年（1913）癸丑五月二十三日生于北京，毕业于清华大学，留学日本。归国后任教于北京、贵阳等地高校。新中国成立后就职于中国历史博物馆，卒于 1979 年。

五月二十六日为《黄牡丹蝶恋花词册》书尾题诗。——《姚茫父画论》第 323 页

《〈黄牡丹蝶恋花词册〉书尾》自注："戊辰五月二十六日。"

八月九日作诗《八月九日雨后凉甚，晚而有月》。——《姚华诗选》第 204 页《八月九日雨后凉甚，晚而有月》，亦见《弗堂类稿·诗甲三》

八月十日作诗《十日厉风明日寒如冬初》。——《弗堂类稿·诗甲三》

中秋为友人王梦白作《王梦白小传》。——《姚茫父画论》第 262 页

《王梦白小传》自题："戊辰中秋莲华庵记。"该文亦见于《弗堂类稿·传》。

秋，为已故侄女姚銮所绘十六幅画一一题诗，添加前记、传。精装成《玄琴遗墨》出版。

八月十六日作诗《中秋内子具盘盂要赏月，病来早睡，却之，明日成咏》。——《弗堂类稿·诗甲三》

重阳节因病不出，以词答酬友人。——《弗堂词》卷二《应天长·倬盦书示：九日退谷登高见红叶之作。久病不出，替吾张目矣。有触于怀，和声奉酬》

十月二十八日得孙女芸启，作诗庆贺。——《姚华诗选》第 208 页《(戊辰)十月二十有八日女孙生，命曰芸启，兼广銮意，连得二篇》诗，亦见《弗堂类稿·诗甲三》

冬至日作词《湘月·冬至题秋声集，用石帚韵，并谱四声》《湘月·冬至子夜叠前韵》寄托自己的愁闷与对理想的憧憬。——《弗堂词》卷二

十一月望作《自题山水册尾与羡淯生》。——《姚茫父画论》第 197 页

《自题山水册尾与羡淯生》文后自题："戊辰十一月望莲华盦晴窗。"该文亦见于《弗堂类稿·序跋丁》。

腊月初为友人陈叔通作赋梅词。——《弗堂词》卷二《湘月·为叔通写朱梅赋此，叠前韵仍谱四声》

由其后《湘月·腊八前二日，写梅寿内，仍用前韵》词可判断该词作于腊月初左右。

腊月三日作《太极剖判未泐本魏〈中岳嵩高灵庙碑〉》。

《弗堂类稿·序跋丙》中《太极剖判未泐本魏〈中岳嵩高灵庙碑〉》文末自题："戊辰嘉平三日。"

腊月四日作《题关胜碑额》。

《弗堂类稿·序跋丙》中《题关胜碑额》文末自题："戊辰嘉平之四日莲华盦饭后晴窗展玩题。"

腊月初六为妻子寿辰赋梅花词。——《弗堂词》卷二《湘月·腊八前二日，写梅寿内，仍用前韵》

腊月八日作《题旧拓〈梁房公碑〉》《题旧拓〈王徵君口授铭〉》《题〈段志

玄碑〉》《题〈圭峰碑〉》《题影本〈临兰亭真迹〉》《题〈唐文安县主墓志〉》。

《弗堂类稿·序跋丁》中《题旧拓〈梁房公碑〉》："戊辰腊八。"《题旧拓〈王徵君口授铭〉》："戊辰腊八。"《题〈段志玄碑〉》："戊辰腊八。"《题〈圭峰碑〉》："戊辰腊八莲华盦晴雨窗书。"《题影本褚〈临兰亭真迹〉》："戊辰腊八。"《题唐〈文安县主墓志〉》文末记："戊辰腊八读过，释其文讫，因书尾。赵《补访碑录》云'陕西醴泉'。"

腊月初九，友人梁启超逝世，作诗《梁任公挽诗》与祭文《公祭梁任公先生文》哀悼之，诗文高度评价了梁任公成就卓越的一生，并抒发了对故友的痛悼之情。——《姚华诗选》第210页《梁任公挽诗二首》。

腊月十一日作《题北齐〈宇文长碑〉》，并题《唐太宗草书〈屏风碑〉》。

《弗堂类稿·序跋丙》中《题北齐〈宇文长碑〉》文末自题："戊辰嘉平月十一日莲华盦雪霁题。"《弗堂类稿·序跋丁》中《唐太宗草书〈屏风碑〉》文中记："戊辰嘉平十有一日。"

小寒日作《跋〈李仲璇碑〉》《题〈西平王碑〉》。

《弗堂类稿·序跋丙》中《跋〈李仲璇碑〉》："戊辰小寒。"《弗堂类稿·序跋丙》《题〈西平王碑〉》："戊辰小寒莲华盦书。"

除夕作诗词阐释自己关于传统文化中诗、书、画结合的观点。

《弗堂词》卷二《西平乐·题戊辰〈除夕祭画图〉，谱清真原韵，有序》词序云："除夕祭诗，前人旧贯，予欲仿行。因亦祭画，然诗不周于恒人，不乏识者。画周于恒人，识者特少。岂非以能者不能言其意，言者不能畅其旨，宏道无人，故尔茫昧欤。夫诗次第于文章，而画祇品目于技艺，非平议也。欲涤此陋，更称慧业，既已成诗，复制词以尽之。图成，因书其后。"又见《姚华诗选》第212页《（戊辰）除夕祭画》诗。

岁暮病中作《题具字本〈张猛龙碑〉》。

《弗堂类稿》卷八《题具字本〈张猛龙碑〉》："戊辰岁暮残臂书。"

岁暮作《题释迦本〈龙藏寺碑〉》《题覆本〈九成宫醴泉铭〉》《题唐〈高退福墓志铭〉》《题影本〈华氏夏承碑〉》。

《弗堂类稿·序跋丙》中《题释迦本〈龙藏寺碑〉》文后自题："戊辰岁暮。"《题覆本〈九成宫醴泉铭〉》文后自题："戊辰岁暮。"《弗堂类稿·序跋丁》中《题唐〈高退福墓志铭〉》文后自题："戊辰岁暮。"《题影本〈华氏夏承碑〉》文后自题："戊辰岁暮。"

友人王梦白去世。为其作传纪念。梦白善绘猪、猴，曾与姚华共事多年。

门人王伯群（时任国民政府交通部部长）北上视察，到姚华府中乞撰述稿刊印。得姚华诗文与其他论著三十一卷，题名《弗堂类稿》，交付中华书局于1903年正式刊印出版。

又王伯群于一九三零年三月三十日与十二月为《弗堂类稿》作序、跋。其跋云："《弗堂类稿》吾师所手编。诗十一卷，词三卷，曲、赋各一卷，论著三卷，序记一卷，序跋五卷，碑志、书牍、传、祭文、赞、铭记各一卷，都凡三十一卷。"

著《题画一得》，以笔记体形式，系统总结了姚华本人对中国古典绘画艺术的认识与体会，强调题画与绘画本身二者的紧密联系，呼吁提高画家的艺术修养与文学修养，该文于《艺林旬刊》（后更名为《艺林月刊》）连载逾百期，后为《贵州文史丛刊》于1982年与1983年重刊。——《年表》，又见《姚茫父画论》第59页《题画一得》

为友人陆丹林《鼎湖感旧图》题词《菩萨蛮·陆丹林鼎湖感图》。——《弗堂词》卷二

陆丹林：生于1897年，卒年不详，别署自在，斋名红树室，广东三水人。喜书画，曾任上海中国艺专、重庆国立艺专教授，并担任《蜜蜂画刊》《国画月刊》编辑。据邓见宽《弗堂词·菉猗曲》第181页载。

为友人杨祖锡西洋水彩画册《渺一粟斋画册》题词。——《弗堂词》卷二《蝶恋花·题〈渺一粟斋画册〉洋菊》

杨祖锡（1885—1962）：亦名扬子，号石冥山人、一粟翁、梦春楼主人等，生于江苏南京。曾任北平女子文理学院音乐系主任、北平艺术学院院长等职。为最早将西洋音乐教育引入中国者。

为画家汪蔼士竹画题词。——《弗堂词》卷二《清平乐·题汪蔼士竹卷》

汪蔼士：汪吉麟（1871—1960）字蔼士，江苏丹阳人。长于书画，尤工于画梅，长期寄居北京。邓见宽《弗堂词·菉猗曲》第200页注作"汪霭麟（1871—？）"，误。

以诗词回忆与友人邵伯绸的交往经历。——《弗堂词》卷二《浣溪沙·和倬盦广和居感旧》《月下笛·倬盦要同赋龙笛，云是清太庙乐，谱清真》

其后岁末又作《绿头鸭·戊辰岁除前五日，立己巳春，和倬盦并同四声》《探芳信·春饼，和倬盦韵，仍同四声》等。

作诗勉励后学张宜生加强文学修养。——《姚华诗选》第214页《赠张宜生》

张宜生：生平不详。当为姚华学生。

作诗《鲞儿买得墨盒子刻兰署予款，伪迹也，因题》、《和释堪〈中秋〉韵》、《感兴》、《广和居感旧，和夏闰厂四首》、《清斋》（春蔬乡味，食之甚甘，辄吟二十八字）、《帘声》、《后惜竹》、《题〈麻姑山仙坛记〉》、《红岩古迹》七首、《高南阜诗翰卷子，为邵伯䌹题》。——《姚华诗选》

释堪（1886—1961）：李宣倜，原名汰书，字释戡、释堪、释戬，号苏堂，别号阿迦居士，晚号蔬畦老人。福建侯官人，戏曲作家。为梅兰芳创作京剧新剧本四十余种，其中著名者有《一缕麻》《麻姑献寿》《天女散花》《黛玉葬花》《木兰从军》《霸王别姬》等。夏闰厂：画家，生平不详。高南阜（1683—1736）：清代书画家，晚年号南阜老人，字西园，号南村，山东胶州人。

作词《好事近·元日题松梅画幅》《减字木兰花·厩中畜乌骓，俊物也。服驾二十年，遂已老敝，且置闲散。意待其尽而瘗也。家人靳饲养，及予病卧，斥去，而以死闻。今一年矣。赋此追惜之》《汉宫春·腊梅，和子野，并谱四声。子野词出〈梅苑〉》《减字木兰花·卓君庸示〈柳梅〉诗，且云：柳条而花，梅也。意是倭梅，状若龙爪槐者。邦人别字之柳耳。戏赋答之》《菩萨蛮·题春景》《偷声木兰花·洋晚香玉（种疑出扶桑，都人以其似也名之。梅后桃前，最宜窗供）》《减字木兰花·香蕉苹果，出芝罘，盖亦新嫁之品。色香颇胜似香蕉实，故得名。文甥赠到，因赋》《氐州第一·春雁　惊蛰后五日作》《木兰花令·题夏景扇》《丑奴儿·桃花》《塞孤·和倬盦〈白海棠〉韵》《塞孤·题〈秋庄图〉，用屯田韵》《祭天神·黄牡丹和倬盦韵》《蝶恋花·芍药》《减字木兰花·烧烛看〈剑士女〉》《大酺·一丈红》《木兰花》《西江月·秋葵凤仙》《浣溪沙》《八声甘州·雷峰塔圮，零砖碎甓，时出宝篋〈印陀罗尼经〉，左季得一卷，属题》《浪淘沙慢·寒鸦，谱清真〈万叶战、秋声露结〉》《菩萨蛮·陆丹林鼎湖感旧图》《减字木兰花·守瑕得旧扇，故宫物也。中舟已作篆书，署臣字，更属补桂，因题》等。——《弗堂词》卷二

为友人唐清誉之母周太夫人作《唐母周太夫人墓志铭》。

《弗堂类稿·碑志》中《唐母周太夫人墓志铭》记："又六年丁卯，母卒。

明年清誉访余莲华庵，以铭幽相属。余病废既二年，不任千秋之托，清誉意甚厚，不获辞。"唐母卒于丁卯年（1926），次年唐清誉拜访莲华庵，故该墓志铭作于戊辰年（1928）。

中华民国十八年（1929）己巳　五十四岁

春节为友人周印昆游故宫所购摄影《太平花》题词。

《弗堂词》卷二《花犯·咏太平花。相传种出长安，慈禧太后回銮时徙植故宫》下记："己巳春节，予友周印昆游博物院，购得摄影，以属予写之。影凡四本，一本仅影其一枝，花略如梨而较小，四出攒枝而开，又如珍珠梅而较大。其三本皆全影分摄者，诚有花浓雪聚之观。予命儿子鼙传其概，鼙对本写其一枝，而纸本少展，余白甚多。因书一词其右，调寄《花犯》。"

正月初一与友人李释戡作诗赠答。——《弗堂类稿·诗甲三》中《己巳元日和释戡韵》

又《弗堂类稿·诗戊》中《己巳〈岁朝图〉为释戡作》亦当作于此时。可知除和诗外，姚华还为友人作《岁朝图》。

正月五日画菊，并题诗于其上。——《弗堂类稿·诗戊》中《己巳正月五日画菊》诗

正月初友人来访，作词酬答。——《弗堂词》卷二《南歌子·早春治具润老来，而悼盦谢病，明日词至，依韵和之》

二月徐志摩为《五言飞鸟集》作序，后该书1931年由中华书局出版。徐序完整记录了姚华与印度诗人泰戈尔之间的友谊，赞扬了姚华病中坚持创作的可贵精神，同时还评述了《五言飞鸟集》以古体诗改写外国诗歌这一创新技法在现当代诗歌史上的重要意义。

《五言飞鸟集》序云："茫父先生在他的诗里，如同在他的画里，都有他独辟的意境。"

二月十四日作词回忆与友人结伴同游市场观花饮酒的经历。——《弗堂词》卷二《忆旧游·花朝前一日饮城南酒家，明日阴寒微雪，故有卒章"阴晴"之语》

初春作《题释梦英篆书〈千字文〉》。

《弗堂类稿·序跋丁》中《题释梦英篆书〈千字文〉》文末自题："己巳初春。"

孟春作《题智永〈真草千字文〉》。

《弗堂类稿·序跋丁》中《题智永〈真草千字文〉》文末自题:"己巳孟春偶题。"

己巳孟春,符宏昌至北平拜访,为其母逝作《福坑村符母侯太君墓碣》。

《弗堂类稿·碑志》中《福坑村符母侯太君墓碣》记:"己巳孟春,文昌符宏昌访予北平,乞揭其母之墓。"符宏昌(1876—1935):南洋华侨,祖籍海南。热心于海南地方教育,文龙学校、会文市学校图书楼、琼海中学校暨博物馆创建人。

春孟作《跋〈朱君山墓志铭〉》。

《弗堂类稿·序跋丙》中《跋〈朱君山墓志铭〉》记:"己巳春孟。"

初春友人曹靖陶惠赠红豆,作词谢之。

《弗堂词》卷二有《玲珑玉·曹靖陶惠双红豆,云是文正公手植者。名德芳踪,辄触吟绪,拈成此词,寄答殷勤》词。由该词"春娇正坼,露时记采秋丛"一语判断当作于初春时节。曹靖陶(1904—1974):字惘生,号看云楼主,安徽歙县雄村人。早年就读于暨南大学,后就职上海《时事新报》。工诗,尤长于五言诗。著述有《中国音乐舞蹈戏曲人名词典》(1959年商务印书馆出版)、《看云楼诗》等。

清秋节前以词赠答友人李释戡,勉励友人继续对京剧艺术作出贡献。

《弗堂词》卷二《金缕曲·和守白韵,赠李释戡,稼轩体》有"渐近清秋节"一语。《金缕曲·释戡以和守白韵见示,叠韵广之》云:"晚雨催清节。又秋来、明蟾泻水,清螺映发。"故二词当作于清秋节前。又见《弗堂词》卷二《金缕曲·和释戡观剧叠前韵》。

四月十六日生日作诗《五十四初度,用丁卯降字韵》,与友人议论作诗要坚持正路的重要性。——《姚华诗选》第215页《五十四初度,用丁卯降字韵》,亦见《弗堂类稿·诗甲三》

四月叶恭绰为《五言飞鸟集》作序,序中评姚华诗集:"此在吾国翻译界不能不谓异军突起"。——《五言飞鸟集·叶誉虎序》

五月十八日五子姚鏊殁。——《姚华家系简述》。又见《姚华诗选》第320页《题第五子鏊〈咏案头晚香玉诗〉》

《弗堂类稿·传》中《姚鏊传》记:"(姚鏊)未夏假而疾作骤剧,未一月,卒,十八年六之二十四,旧历五月十八日也。年十有八岁,所为诗得十余章。

存之为《灵敦小草》。"

仲夏作诗《后惜竹》，悼念亡儿姚鳌，其序云："儿子鳌有五言小竹诗，经予点定亦忘之矣。己巳仲夏，鳌以疾亡。搜遗迹，复见，辄为怆然。适读孔常父《清江集》，有惜竹之作，因更感吟，为此篇。"——《弗堂类稿·诗甲三》

六月作《六月题扇》诗。——《姚茫父画论》第 180 页《六月题扇》

六月十日为已逝五子姚鳌《灵敦小草》作序。其序云："弟五子鳌既亡，捡其遗得所为诗草一册，寥寥只十一章，盖自十六以后始学咏，甫十八而遽没。为诗之时不过一年，假鳌年不促，必有成就。而止于是，是天限之也。偶然作一首，当时已书，后示之。览遗草，复感于怀，因逐章书焉。鳌虽不及见，然逝者兼旬，而悼思仍未能已。书此聊自排遣，鳌有知乎？可以慰矣！录成，编之拙稿。鳌作过少，俾其得所附而存也。已季夏望前五日莲华盦雨窗书茫茫父。"——《弗堂类稿·诗壬》

六月十三日作《姚鳌传》悼念亡儿。

《弗堂类稿·诗壬》中《姚鳌传》末记："己巳季夏望前二日父华撰。"

六月二十二日作《说晕示鳌》，辨析"晕"字之形义。

《弗堂类稿·论著乙》中《说晕示鳌》标题后自注："己巳季夏二十二日作。"

七夕与友人李释戡以词唱和，表达对戏剧《长生殿》的观后感。——《弗堂词》卷二《金缕曲·七夕，和释戡观剧，叠前韵》

七月十一日作文《说义》，辨析"义"字的演变历程。

《弗堂类稿·论著乙》中《说义》标题后自注："己巳七月十一日。"

中秋作《圆明园游记》，记述该年仲秋初与友人周印昆等同游圆明园事。

《弗堂类稿·序记》中《圆明园游记》："己巳中秋追记。"

为万鹏九七十寿辰作序，阐述无生之说。其中有云："予崇老子自然说，虽不治佛家言，但臆揣无生之旨，当亦以自然为归。"此实为自己人生观之表述。

《弗堂类稿·序记》中《万鹏九先生暨刘夫人七十双寿》记："十八年寅月下澣，鹏九先生七十初度，戚党乡邦之旧谋之于予。"万鹏九：四川南溪县人，乾隆庚午年（1750）进士。

校补元椠杂剧三十种，欲刊行，未果。

著《黔语》，对贵阳方言与风土人情、民俗特产进行考索。

五子姚鋆由厂甸收购得旧扇数幅书写新词于其上。——《弗堂词》卷二《渔家傲·鋆儿于厂甸收得旧扇余所画"一年好景君须记"二句辛酉年作也》

与友人金梁以词唱和。——《弗堂词》卷二《玲珑玉·〈金梁梦月词〉有此解，咏卖冰者，卒章云：晚香冷伴清吟，深巷卖花。自注：儿童卖晚香玉，声亦可听，而金梁未赋，因和韵补之》《天香·题水仙花，和〈金梁梦月词〉韵》。

与友人蹇方叔、曹缦簃诗词唱和。——《姚华诗选》中《次蹇方叔〈蟋蟀诗〉韵答之》

蹇方叔：蹇先榘，遵义人。曹缦簃：曹经沅，四川绵竹人。

作诗《题费晓楼〈寒宵咏雪图〉》《写图并题咏鋆儿〈案头晚香玉〉》《次蹇方叔〈蟋蟀诗〉韵答之》。——《姚华诗选》

作词《天香·题水仙花和〈金梁梦月词〉韵》、《花犯·题王砚田山水图》（王砚田为宫紫玄席鏐作山水图，有董小宛题五言近体，紫玄女曰畹兰，能诗工画，室于冒，盖巢民族也。以才情唱酬闻。小宛题识称紫玄宫太公者，以此画旧藏宫家，后归南湖。为制此词，述其系连）、《燕山亭·和道君〈北行见杏〉作，同悼盦原韵》、《天香·咏石涛贝多树子鼻烟壶》、《解蹀躞·题钱南图画马》（和清真韵 己巳）、《花犯·赋龙爪水仙，旧曰蟹爪，更以龙名，赋记》、《减字木兰花·蜡梅牡丹画幅》、《鹧鸪天·题"桥横水木已秋色，寺倚云峰正晚晴"林和靖诗意轴》。——《弗堂词》卷二

中华民国十九年（1930）庚午 五十五岁

庚午岁朝拟罗两峰（聘）绘《梅下危坐图》一轴。其人物画上规摹汉唐砖壁画，下至清扬州八怪人物画。故郑振铎评其绘画曰："虽仅仿古不同创作，然亦开后来一大门派。"——《北京笺谱·序》

二月二十八日次子姚鋆三十三岁，画《岩畔水仙图》并题曲贺之。——《菉猗曲》中有散曲 [北仙吕·一半儿]《题〈岩畔水仙图〉，庚午农历春二月二十八日鋆儿三十三写与之》

夏日题词于折扇赠次子姚鋆，时姚鋆受命赴南京编辑父亲文集《弗堂类稿》。

邓见宽《弗堂词·菉猗曲》第259页《弗堂词补遗》载，现存折扇扇面题词《芳草渡·题〈燕京访古录〉》，扇面云："庚午夏节，写与鋆之江宁，以慰

远思。"

清明祭奠亡儿姚鋆，作词《女冠子》二首。——《姚茫父画论》第439页《女冠子·清明题亡儿鋆遗墨"柳条双燕"，拟韦端己》（庚午）

由明人毛晋《六十种曲》集校宋代盲词数十则。记中云："近人有于杂剧中考见宋院本之遗者，余于传奇中考得宋盲词之遗，自觉与之勇，攻读曲三月来而有此获绩，不能不为之狂喜也。"然该书未见刊行。

续撰《题画一得》至三笔（三卷）终。后《贵州文史丛刊》1982年至1983年分三期连载。

继续撰录《黔语》。

初夏，仿王鹏运等《庚子秋词》之体作《庚午春词》，后任可澄编《黔南丛书》，将《庚午春词》与《菉猗曲》合编为《弗堂词》，交付贵阳文通书局出版刊行。

《弗堂词》卷三《庚午春词》自序云："词社同仁，仿《庚子秋词》之例，有《庚午春词》之约。选于唐、五代、宋词，凡十有四家，二十有三调，二十有九阕，依调拟作，不命题，不限韵。"其后自署"是岁初夏莲华盒茫茫父漫书"。其中可考具体创作时间者有三月三日作《归国谣·上巳日作，拟飞卿》，寒食节作《采桑子·寒食日寒，拟冯正中》二首，四月五日清明作《女冠子·清明题亡儿鋆遗墨柳条双燕拟韦端己》。其他作于该年不可详考具体月日者有《虞美人·春窗客话，拟南唐后主》二首、《望江南·拟后主》四首，以及《蝶恋花·春阴，拟六一》《定风波·复都论，拟六一》《六幺令·莲华盒白桃花，拟小山》《石州引·弗堂丁香花下作，拟东山。茫父手植一树，枝柯独茂。华时光艳满院，病后连年春日倚杖徘徊，益令人亲》《下水船·青杏，拟前人》《八六子·一霎雨过，春益暖矣，拟少游》《沁园春·春晴，拟前人》《雨中华·晴一日，又风，拟东坡》《早梅芳近·落华，拟清真"花竹深"》《满庭芳·社园牡丹，拟小山》《古倾杯·晨闻布谷声，拟乐章》《雪梅香·春暮，拟乐章》《一剪梅·牡丹时节，微雨亦佳，夜声仅闻。朝光转冷，及辽阳讯至，则竟日雪也。拟易安》《芳草渡·兰，拟清真》《尉迟杯·芍药，拟前人》《御街行·送春归，生贵筑境内，华似蔷薇野生，沿途春暮而华，华落春尽矣，故曰"送春归"。拟易安》《锁窗寒·蔷薇，拟清真》《忆少年·春意，拟易安》。

四月二十六日，五十五岁寿辰，友人陈叔通自上海赴京，与周大烈、寒季常、林宰平、邵伯䌼等群贤相会。作自寿诗云："五旬人意恰秋初，病又五年大未除。痛逝班行疏一雁，劝餐素束得双鱼。填词自校四声谱，问字人耽单臂书。时节蒲葵犹藻耀，饮杯依旧酌清疏。"

五月七日作绝笔词《应天长·怀费宫人和邵伯䌼韵，庚午五月七日》。邓见宽《弗堂词·菉猗曲》第 260 页《弗堂词补遗》。

五月八日晨，突发脑溢血，下午六时许去世，葬于北京西直门外皂君庙姚山。享年五十五岁。

作散曲[北南吕·阅金经]《庚午岁朝题拟罗两峰〈梅下危坐图〉》。——《菉猗曲》

与章士钊诗词赠答。——《姚华诗选》第 323 页《得行严诗却寄，同释戡韵》

行严：章士钊（1881—1973），字行严，笔名黄中黄、青桐、秋桐，1881年 3 月 20 日生于湖南省善化县。曾任北洋军阀段祺瑞政府司法总长兼教育总长，中华民国国民政府国民参政会参政员，中华人民共和国全国人大常委会委员，全国政协常委，中央文史研究馆馆长。

附录二　近代期刊所载姚华资料存目

一、曲论著作

[1]《曲海一勺》,《庸言》1913 年第 1 卷第 5 期, 第 1—5 页。

[2]《菉猗室曲话:卓徐余慧 (续前)》,《庸言》1913 年第 1 卷第 6 期, 第 1—7 页。

[3]《菉猗室曲话:卓徐余慧 (续前)》,《庸言》1913 年第 1 卷第 7 期, 第 1—8 页。

[4]《曲海一勺 (续)》,《庸言》1913 年第 1 卷第 8 期, 第 1—7 页。

[5]《菉猗室曲话·卓徐余慧(续前)》,《庸言》1913 年第 1 卷第 9 期, 第 1—9 页。

[6]《菉猗室曲话·毛刻签目》,《庸言》1913 年第 1 卷第 10 期, 第 1—9 页。

[7]《菉猗室曲话·毛刻签目:东郭记 (续前)、金雀记》,《庸言》1913 年第 1 卷第 11 期, 第 1—8 页。

[8]《菉猗室曲话·毛刻签目:荆钗记 (续前)》,《庸言》1913 年第 1 卷第 12 期, 第 1—9 页。

[9]《菉猗室曲话·毛刻签目:荆钗记 (续前)》,《庸言》1913 年第 1 卷第 14 期, 第 1—7 页。

[10]《曲海一勺 (续)》,《庸言》1913 年 第 1 卷第 15 期, 第 1—7 页。

[11]《菉猗室曲话·毛刻签目:浣纱记 (续前)、琵琶记》,《庸言》1913 年第 1 卷第 16 期, 第 1—7 页。

[12]《菉猗室曲话·毛刻签目:琵琶记 (续前)》,《庸言》1913 年第 1 卷第 17 期, 第 1—8 页。

[13]《菉猗室曲话·毛刻签目：琵琶记（续前）》，《庸言》1913年第1卷第18期，第1—10页。

[14]《菉猗室曲话·毛刻签目：琵琶记（续前）》，《庸言》1913年第1卷第19期，第1—9页。

[15]《菉猗室曲话·毛刻签目：琵琶记（续前）》，《庸言》1913年第1卷第20期，第1—9页。

[16]《菉猗室曲话·毛刻签目：琵琶记（续前）》，《庸言》1913年第1卷第21期，第1—8页。

[17]《菉猗室曲话·毛刻签目：南西厢（续前）》，《庸言》1913年第1卷第23期，第1—11页。

[18]《菉猗室曲话·毛刻签目：南西厢（续前）西厢百咏小桃红四十七》，《庸言》1913年第1卷第24期，第1—10页。

[19]《曲海一勺（续）》，《庸言》1914年第2卷第1—2期，第1—6页。

[20]《曲海一勺·第四骈史（下）》，《庸言》1914年第2卷第3期，第1—6页。

二、姚华诗歌作品

[1]《癸丑禊集诗：上巳日任公招集三贝子园，分得带字二十四韵》，《庸言》1913年第1卷第10期，第5页。

[2]《赋秦始皇廿六年四字范残瓦诏集墨》，《东方杂志》1918年第15卷第6期，第127—129页。

[3]《琅琊台刻石东面题字》，《东方杂志》1919年第16卷第1期，第134—135页。

[4]诗录：《感兴诗（庚申稿）：蝇来嘬我躯……[诗词]》，《学衡》1925年第40期，第112—114页。

[5]诗录：《续感兴诗：许由不可见，及闻洗耳图……[诗词]》，《学衡》1925年第40期，第114—115页。

[6]诗录：《乙丑四月五十初度，依韵答饮冰兼呈同座诸公[诗词]》，《学衡》1925年第42期，第130页。

[7]题词：《题词五：瞬息人间已故新，悠悠前后总微尘……》，《实学》

1926 年第 4 期，第 3 页。

[8] 诗选：《实馨贤弟作〈寒灯课子图〉为母夫人寿，邮至沪，亡于乱，补图索题，为书一绝》，《虞社》1929 年第 157 期，第 6 页。

[9]《为玉华画山茶梅竹并题二十八字 [诗词]》，《戏剧月刊》1931 年第 3 卷第 5 期，第 99 页。

[10]《曹靖陶寓书属玉华谒余岱宗堂乞诗书此赠之 [诗词]》，《戏剧月刊》1931 年第 3 卷第 5 期，第 99 页。

[11]《赋得夕阳苦草见游猪 [诗词]》，《北平晨报元旦增刊》1935 年，第 9 页。

三、词作

[1] 词录八首：《春帆吹碧山春水韵》，《华国》1924 年第 1 卷第 12 期，第 112 页。

[2] 词录：《菩萨蛮·西风一夜霜团屋……[诗词]》，《学衡》1926 年第 52 期，第 131 页。

[3] 词录：《西江月·竹坞来琴秋景巨幅自题 [诗词]》，《学衡》1926 年第 52 期，第 131 页。

[4] 词录：《少年游·仲春题〈雁来红〉扇，一名〈老少年〉[诗词]》，《学衡》1926 年第 52 期，第 131 页。

[5] 词录：《题朽道人京俗画册十七阕：瑞鹧鸪·旗下仕女 [诗词]》，《学衡》1926 年第 54 期，第 144 页。

[6] 词录：《题朽道人京俗画册十七阕：虞美人·胡卢 [诗词]》，《学衡》1926 年第 54 期，第 144 页。

[7] 词录：《题朽道人京俗画册十七阕：菩萨蛮·针线箱 [诗词]》，《学衡》1926 年第 54 期，第 144 页。

[8] 词录：《题朽道人京俗画册十七阕：点绛唇·破纸生涯…… [诗词]》，《学衡》1926 年第 54 期，第 144—145 页。

[9] 词录：《题朽道人京俗画册十七阕：朝中措·压轿嬷嬷 [诗词]》，《学衡》1926 年第 54 期，第 145 页。

[10] 词录：《题朽道人京俗画册十七阕：月下笛·跑旱船 [诗词]》，《学衡》

1926 年第 54 期，第 145 页。

[11] 词录：《题朽道人京俗画册十七阕：西江月·坤书大鼓京师时语女儿曰坤 [诗词]》，《学衡》1926 年第 54 期，第 145 页。

[12] 词录：《题朽道人京俗画册十七阕：太常引·菊花担 [诗词]》，《学衡》1926 年第 54 期，第 145—146 页。

[13] 词录：《题朽道人京俗画册十七阕：氏州第一·煤掌包 [诗词]》，《学衡》1926 年第 54 期，第 146 页。

[14] 词录：《题朽道人京俗画册十七阕：阮郎归·磨刀人 [诗词]》，《学衡》1926 年第 54 期，第 146 页。

[15] 词录：《题朽道人京俗画册十七阕：蝶恋花·蜜供担 [诗词]》，《学衡》1926 年第 54 期，第 146 页。

[16] 词录：《题朽道人京俗画册十七阕：八声甘州·冰车 [诗词]》，《学衡》1926 年第 54 期，第 146—147 页。

[17] 词录：《题朽道人京俗画册十七阕：生查子·掬粪夫 [诗词]》，《学衡》1926 年第 54 期，第 147 页。

[18] 词录：《题朽道人京俗画册十七阕：如梦令·山背子 [诗词]》，《学衡》1926 年第 54 期，第 147 页。

[19] 词录：《题朽道人京俗画册十七阕：昭君怨·二弦师 [诗词]》，《学衡》1926 年第 54 期，第 147 页。

[20] 词录：《题朽道人京俗画册十七阕：法驾导引·丧门鼓 [诗词]》，《学衡》1926 年第 54 期，第 147 页。

[21] 词录：《题朽道人京俗画册十七阕：醉太平：话匣子 [诗词]》，《学衡》1926 年第 54 期，第 147 页。

[22] 词录：《生查子·元夜作〈柳梢月上图〉，小满补题，和欧词 [诗词]》，《学衡》1926 年第 58 期，第 142—143 页。

[23] 弗堂丙寅词：《生查子·元夜题山水小景 [诗词]》，《学衡》1928 年第 62 期，第 134 页。

[24] 弗堂丙寅词：《征招·〈三山糇校碑图〉，为屌堪谱石帚 [诗词]》，《学衡》1928 年第 62 期，第 134 页。

[25] 弗堂丙寅词：《太常引·题林畏庐画，原题云"芦花深处一茅亭，雨

后山光分外青，游徧燕南无此景，能毋回首望西泠"[诗词]》，《学衡》1928年第62期，第134页。

[26] 弗堂丙寅词：《南浦·春草，和玉田春水韵 [诗词]》，《学衡》1928年第62期，第134—135页。

[27] 弗堂丙寅词：《西江月·病院感兴 [诗词]》，《学衡》1928年第62期，第135页。

[28]弗堂丙寅词：《菩萨蛮·〈灯光梦影图〉，梦影，胡蝶花也[诗词]》，《学衡》1928年第62期，第135页。

[29] 弗堂丙寅词：《三姝媚·八月初五夜预中秋，和金梁梦月词韵 [诗词]》，《学衡》1928年第62期，第135页。

[30]弗堂丙寅词：《三姝媚·中秋迭前韵[诗词]》，《学衡》1928年第62期，第135—136页。

[31] 弗堂丙寅词：《浪淘沙·九月十九，石工约集词社同人，为展重阳，病不克与，走笔赋呈，不耐苦吟，聊慰猎心耳 [诗词]》，《学衡》1928年第62期，第136页。

[32] 弗堂丙寅词：《琐窗寒·山茶江梅画幅 [诗词]》，《学衡》1928年第62期，第136页。

[33] 弗堂丁卯词：《蝶恋花·上巳社园禊集 [诗词]》，《学衡》1928年第63期，第133页。

[34] 弗堂丁卯词：《点绛唇·和朱希真韵，题陈孟群画 [诗词]》，《学衡》1928年第63期，第133页。

[35] 弗堂丁卯词：《减字木兰花·七夕，咏牵牛花 [诗词]》，《学衡》1928年第63期，第133页。

[36] 弗堂丁卯词：《鹧鸪天·和倬盦四首，次韵 [诗词四首]》，《学衡》1928年第63期，第133—134页。

[37] 弗堂丁卯词：《减字木兰花·雁来红，隐梧黄太冲赋"红鹃哭旦忽，尔椵光教目"[诗词]》，《学衡》1928年第63期，第134页。

[38]弗堂丁卯词：《减字木兰花·牵牛花扇，以江南豆汁写之[诗词]》，《学衡》1928年第63期，第134—135页。

[39] 弗堂丁卯词：《鹧鸪天·晚香玉菊花双供 [诗词]》，《学衡》1928年

第 63 期，第 135 页。

[40] 弗堂丁卯词：《浦宫花·鲤门以四十之年，举千秋之庆，预图十事，藉写半生，余已分绘其二，复以外孙之句，征及老妇之吟，自念病废逾载，声调久疏，便欲搁笔，惟是桑海数更，旧人益少，不无系怀，因酬高唱[诗词]》，《学衡》1928 年第 63 期，第 135—136 页。

[41] 弗堂丁卯词：《八拟步韵：（一）减字木兰花·六一"留春不住"[诗词]》，《学衡》1928 年第 63 期，第 136 页。

[42] 弗堂丁卯词：《八拟步韵：（二）少年游·屯田"参差烟树灞陵桥"[诗词]》，《学衡》1928 年第 63 期，第 136 页。

[43] 弗堂丁卯词：《八拟步韵：（三）武陵春·小山"绿蕙红兰"[诗词]》，《学衡》1928 年第 63 期，第 136 页。

[44] 弗堂丁卯词：《八拟步韵：（四）海棠春·淮海"流莺窗外啼声巧"[诗词]》，《学衡》1928 年第 63 期，第 136 页。

[45] 弗堂丁卯词：《八拟步韵：（五）天仙子·子野"水调数声持酒听"[诗词]》，《学衡》1928 年第 63 期，第 137 页。

[46] 弗堂丁卯词：《八拟步韵：（六）好事近·东坡"湖上雨晴时"[诗词]》，《学衡》1928 年第 63 期，第 137 页。

[47] 弗堂丁卯词：《八拟步韵：（七）感皇恩·东山"兰芷满汀洲"[诗词]》，《学衡》1928 年第 63 期，第 137 页。

[48] 弗堂丁卯词：《八拟步韵：（八）醉花阴·漱玉"薄云浓雾愁永昼"[诗词]》，《学衡》1928 年第 63 期，第 137 页。

[49] 弗堂丁卯词：《千秋岁·题藏山草堂图，为主人寿，六一体 [诗词]》，《学衡》1928 年第 63 期，第 137—138 页。

[50] 弗堂丁卯词：《减字木兰花·凉秋又老……[诗词]》，《学衡》1928 年第 63 期，第 138 页。

[51] 弗堂丁卯词：《好事近·内子生辰，李曾廉自斐岛画梅见寄，因题[诗词]》，《学衡》1928 年第 63 期，第 138 页。

[52] 弗堂丁卯词：《谢池春慢·岱宗堂前新植梅，含苞向坼，冬至赋，用子野"缭墙重院"韵 [诗词]》，《学衡》1928 年第 63 期，第 138 页。

[53] 弗堂丁卯词：《减字木兰花·见缀玉〈山茶蜡梅〉扇赋 [诗词]》，《学

衡》1928 年第 63 期，第 138 页。

[54] 弗堂丁卯词：《减字木兰花·当年辕下…… [诗词]》，《学衡》1928 年第 63 期，第 139 页。

[55] 弗堂丁卯词：《念奴娇·用平韵，题松梅画幅，丁卯小寒。时宪戊辰初月也 [诗词]》，《学衡》1928 年第 63 期，第 139 页。

[56] 弗堂丁卯词：《汉宫春·蜡梅，和子野，并谱四声，子野词收梅苑 [诗词]》，《学衡》1928 年第 63 期，第 139 页。

[57] 弗堂戊辰词：《好事近·戊辰元旦，题松梅画幅 [诗词]》，《学衡》1929 年第 67 期，第 139—140 页。

[58] 弗堂戊辰词：《菩萨蛮·行云不碍青山路…… [诗词]》，《学衡》1929 年第 67 期，第 140 页。

[59] 弗堂戊辰词：《减字木兰花·卓君庸示柳梅诗，且云柳条而花梅也，意是倭梅，状若龙爪槐者，邦人别字之柳耳，戏赋答之 [诗词]》，《学衡》1929 年第 67 期，第 140 页。

[60] 弗堂戊辰词：《偷声木兰花·洋晚香玉种疑出扶桑，都人以其似也，名之梅后桃前，最宜窗供 [诗词]》，《学衡》1929 年第 67 期，第 140 页。

[61] 弗堂戊辰词：《菩萨蛮·夕阳浅水喧春渡…… [诗词]》，《学衡》1929 年第 67 期，第 141 页。

[62] 弗堂戊辰词：《木兰花令·题夏景扇 [诗词]》，《学衡》1929 年第 67 期，第 141 页。

[63] 弗堂戊辰词：《氐州第一·春雁惊蛰后五日作 [诗词]》，《学衡》1929 年第 67 期，第 141 页。

[64] 弗堂戊辰词：《减字木兰花·香蕉苹果出芝罘，盖亦新嫁之品，色香颇盛，似香蕉实，故得名，文甥赠到，因赋 [诗词]》，《学衡》1929 年第 67 期，第 141 页。

[65] 弗堂戊辰词：《菩萨蛮·陆丹林鼎湖感旧图 [诗词]》，《学衡》1929 年第 67 期，第 141—142 页。

[66] 弗堂戊辰词：《扬州慢·画琼花题此，和郑觉斋赵以夫韵 [诗词]》，《学衡》1929 年第 67 期，第 142 页。

[67] 弗堂戊辰词：《丑奴儿·桃花 [诗词]》，《学衡》1929 年第 67 期，第

142 页。

[68] 弗堂戊辰词：《塞孤·和偠盦白海棠韵 [诗词]》，《学衡》1929 年第 67 期，第 142 页。

[69] 弗堂戊辰词：《前调·题秋庄图，用屯田韵 [诗词]》，《学衡》1929 年第 67 期，第 142—143 页。

[70] 弗堂戊辰词：《祭天神·黄牡丹和偠盦韵 [诗词]》，《学衡》1929 年第 67 期，第 143 页。

[71] 弗堂戊辰词：《蝶恋花·黄牡丹偠盦和师曾韵，迭韵报之 [诗词]》，《学衡》1929 年第 67 期，第 143 页。

[72] 弗堂戊辰词：《前调·偠盦见候，话黄牡丹词讯，及词成征图，仍迭前韵赋其事 [诗词]》，《学衡》1929 年第 67 期，第 143 页。

[73] 弗堂戊辰词：《前调·谢偠盦和词，三迭韵，限康节事 [诗词]》，《学衡》1929 年第 67 期，第 143—144 页。

[74] 弗堂戊辰词：《前调·以黄牡丹画扇赠偠盦，四迭前韵书其上 [诗词]》，《学衡》1929 年第 67 期，第 144 页。

[75] 弗堂戊辰词：《前调·六迭前韵，书师曾绿萼尊前词后 [诗词]》，《学衡》1929 年第 67 期，第 144 页。

[76] 弗堂戊辰词：《前调·偠盦得画扇，复迭韵，书一词于金笺扇见诒，五迭前韵谢之 [诗词]》，《学衡》1929 年第 67 期，第 144 页。

[77] 弗堂戊辰词：《前调·追维前梦，枨触成吟，七迭前韵 [诗词]》，《学衡》1929 年第 67 期，第 144—145 页。

[78] 弗堂戊辰词：《前调·感事，八迭前韵 [诗词]》，《学衡》1929 年第 67 期，第 145 页。

[79] 弗堂戊辰词：《前调·赋本事，九迭前韵 [诗词]》，《学衡》1929 年第 67 期，第 145 页。

[80] 弗堂戊辰词：《前调·十迭前韵，题〈单叶御衣黄〉图，中女鎏临师曾本，并遗墨也 [诗词]》，《学衡》1929 年第 67 期，第 145—146 页。

[81] 弗堂戊辰词：《蝶恋花·题渺一粟斋画册洋菊 [诗词]》，《学衡》1929 年第 67 期，第 146 页。

[82] 弗堂戊辰词：《蝶恋花·芍药：满院蘼芜春且去…… [诗词]》，《学衡》

1929 年第 67 期，第 146 页。

[83] 弗堂戊辰词：《减字木兰花·烧烛看剑仕女 [诗词]》，《学衡》1929 年第 67 期，第 146 页。

[84] 弗堂戊辰词：《大酺·一丈红 [诗词]》，《学衡》1929 年第 67 期，第 146—147 页。

[85] 弗堂戊辰词：《清平乐·题汪蔼士竹卷 [诗词]》，《学衡》1929 年第 67 期，第 147 页。

[86] 弗堂戊辰词：《木兰花·青芜犹记春来路…… [诗词]》，《学衡》1929 年第 67 期，第 147 页。

[87] 弗堂戊辰词：《减字木兰花·守瑕得旧扇，故宫物也。中舟已作篆书，署臣字，更属补桂，因题 [诗词]》，《学衡》1929 年第 67 期，第 147 页。

[88] 弗堂戊辰词：《应天长·悼盦书示九日退谷登高见红叶之作，久病不出，替吾张目矣，有触于怀，和声奉酬 [诗词]》，《学衡》1929 年第 67 期，第 147—148 页。

[89] 弗堂戊辰词：《浣溪沙·和倬盦广和居感兴 [诗词]》，《学衡》1929 年第 67 期，第 148 页。

[90] 弗堂戊辰词：《西江月·秋葵凤仙 [诗词]》，《学衡》1929 年第 67 期，第 148 页。

[91] 弗堂戊辰词：《浣溪沙·耕得齐东旧瓦瓶…… [诗词]》，《学衡》1929 年第 67 期，第 148 页。

[92] 弗堂戊辰词：《八声甘州·雷峰塔圮，零砖碎甓，时出宝箧〈印陁罗尼经〉，左季得一卷，属题 [诗词]》，《学衡》1929 年第 67 期，第 148—149 页。

[93] 弗堂戊辰词：《湘月·冬至，题秋声集，用石帚韵，并谱四声 [诗词]》，《学衡》1929 年第 67 期，第 149 页。

[94] 弗堂戊辰词：《前调·冬至子夜，迭前韵，仍谱四声 [诗词]》，《学衡》1929 年第 67 期，第 149 页。

[95] 弗堂戊辰词：《前调·为叔通写朱梅，赋此，迭前韵，仍谱四声 [诗词]》，《学衡》1929 年第 67 期，第 149 页。

[96] 弗堂戊辰词：《前调·腊八前二日，写梅寿内，仍用前韵 [诗词]》，《学衡》1929 年第 67 期，第 150 页。

[97] 弗堂戊辰词：《月下笛·倬盒要同赋龙笛，云是清太庙乐，谱清真[诗词]》，《学衡》1929年第67期，第150页。

[98] 弗堂戊辰词：《浪淘沙慢·寒鸦，谱清真"万叶战秋声露结"[诗词]》，《学衡》1929年第67期，第150页。

[99] 弗堂戊辰词：《绿头鸭·戊辰岁除前五日，立己巳春，和倬盒韵，并同四声[诗词]》，《学衡》1929年第67期，第150—151页。

[100]弗堂戊辰词：《探芳信·春饼，和倬盒韵，仍同四声[诗词]》，《学衡》1929年第67期，第151页。

[101] 弗堂戊辰词：《西平乐·题戊辰除夕祭画图，谱清真原韵[诗词]》，《学衡》1929年第67期，第151页。

[102] 莲华盒遗著：《庚午春词》，《新贵州月刊》1947年第1卷第3期，第63—65页。

四、绘画作品

[1] 山水画与花卉画：《画图七幅：庄曜孚，姚茫父，陈半丁》，《晨报五周年纪念增刊》1923年第12期，第2页。

[2] 姚茫父：《山水》，《鼎脔》1926年第13期，第3页。

[3] 姚茫父：《山水：[画图]陆丹林》，《真光》1926年第25卷第9—10期，第1页。

[4] 姚茫父：《山水》，《鼎脔》1926年第34期，第2页。

[5] 姚茫父：《亭山山人词意[画图]》，《民言画刊》1929年第2期，第5页。

[6] 三君：《王梦白画松，陈师曾补竹，姚茫父补菊：[画图]王梦白，陈师曾，姚茫父》，《华北画刊》1929年第4期，第1页。

[7] 画家姚茫父为杜铸言氏篆联：《书法二幅》，《华北画刊》1929年第36期，第1页。

[8] 姚茫父：《四和图》，《华北画刊》1929年第39期，第1页。

[9] 姚茫父：《为丹林题午昌作〈淞南吊梦图〉，水仙子带折桂令》，《蜜蜂》1930年第1卷第7期，第1页。

[10]《姚茫父画江楼客话[画图]》，《蜜蜂》1930年第1卷第11期，第2页。

[11]《姚茫父画秋江钓月[画图]》，《蜜蜂》1930年第1卷第11期，第2页。

[12]《姚茫父先生遗墨［画图］》，《湖社月刊》1931 年第 31—40 期，第 127 页。

[13]《王梦白画》，《天津漫画》1934 年第 1 卷第 1 期，第 30 页。

[14]《菊》，《天津漫画》1934 年第 1 卷第 1 期，第 34 页。

[15]《山水：画图二幅》，《天津漫画》1934 年第 1 卷第 1 期，第 28 页。

[16]《"盲人"故名画家姚茫父与张牧野合作：［画图］姚茫父，张牧野》，《玫瑰画报》1936 年第 47 期，第 1 页。

[17] 太戈尔、姚华、陈震：《五言飞鸟集选绘》（附图），《朔风（北京1938）》1939 年第 5 期，第 7 页。

[18] 太戈尔、姚华、陈震：《五言飞鸟集选绘［画图二幅］》，《朔风（北京 1938）》1939 年第 6 期，第 12 页。

五、书法题词

[1] 题词《实学》，《实学》1926 年第 3 期封面。

[2] 姚茫父：《姚茫父行书》，《鼎脔》1926 年第 31 期，第 1 页。

[3] 于菊人、姚茫父：《言志集［书法］》，《南金（天津）》1927 年第 3 期，第 1 页。

[4] 姚茫父：《名书画家姚茫父赠林实馨诗［书法］》，《华北画刊》1929 年第 24 期，第 1 页。

[5] 姚茫父：《姚茫父为杜铸言书幽兰赋［书法］》，《华北画刊》1929 年第 46 期，第 1 页。

[6] 姚茫父：《姚茫父先生绝笔［书法］》，《艺林月刊》1930 年第 8 期，第 17 页。

[7] 姚茫父：《姚茫父绝笔书牍［手稿］》，《蜜蜂》1930 年第 1 卷第 11 期，第 2 页。

[8] 姚茫父：《姚茫父先生书画［书法三幅］》，《贵州文献季刊》1938 年创刊号，第 14 页。

六、学术专论

[1]《说文古籀补补叙》，《学衡》1925 年第 42 期，第 127—129 页。

[2]《与邵伯䌹论词用四声书》，《词学季刊》1934年第2卷第1期，第132—133页。

[3]《书适》，《庸言》1914年第2卷第5期，第1—11页。

[4]《书适》，《庸言》1914年第2卷第6期，第1—20页。

[5]《艺林虎贲》，《天荒》杂志1917年第1期，第9—10页。

[6]《论说：上严京卿书》，《教育杂志（天津）》1905年第7期，第31—35页。

[7]《经济与中国》，《中国新报》1907年第1卷第5期，第57—72页。

[8]《中国图谱源流考》，《造型美术》1924年第1期，第22—27页。

[9]《钞〈待清轩遗稿〉跋》，《实学》1926年第3期，第14页。

[10]《文中子〈考信录〉序》，《实学》1927年第7期，第59—60页。

[11]《复邓和甫论画书》，《立言画刊》1941年第125期，第27—28页。

[12]《复邓和甫论画书（续）》，《立言画刊》1941年第126期，第31页。

七、赋

[1]《双沟书赋》，《学衡》1925年第40期，第108—112页。

[2]《朽画赋（并序）》，《学衡》1925年第41期，第114—117页。

[3]《文蛇赋》，《学衡》1925年第48期，第114页。

八、其他资料

[1] 文牍：《咨驻日大臣学员姚华等考察费碍难再行添给文》，《学部官报》1907年第30期，第162—163页。

[2]《姚议员华第四十七次会议速记录订正》，《参议院公报》1913年第1期国会第11册，第100—101页。

[3] 部令：《教育部委任令第二号（中华民国三年二月二日）：委任姚华充北京女子师范学校校长此令，汪大燮》，《政府公报》1914年第627期，第20页。

[4] 诗：《姚重光四十生日为画山水便面：陈衡恪》，《东方杂志》1916年第13卷第8期，第23页。

[5]《北京女子师范学校校长姚华准予辞职文》（第十四号，六年一月八日），《教育公报》1917年第4卷第4期，第106页。

[6] 文苑：（诗）《姚重光〈春草图〉二首》，《小说月报（上海1910）》

1917年第8卷第12期，第4页。

[7] 部令：《教育部指令第一四号（中华民国六年一月八日）：令北京女子师范学校校长姚华：呈一件恳予辞职》，《政府公报》1917年第360期，第12页。

[8] 函：《议员孙世杰、姚华请电催黔省发给该员旅费函》，《参议院公报》1918年第10期，第94页。

[9] 陈衡恪：《蝶恋花：京师妓姚华与吾友同姓名赋此调之 [诗词]》，《学衡》1923年第24期，第131页。

[10] 瘿公：《十二月十九日东坡生日，余适制〈六如亭〉剧本，检东坡七集极勤。或谓君之制剧为朝云，非为东坡也。余笑曰："无东坡安有朝云？"是日姚茫父集客莲华盦，为消寒之会，因成一章，写付茫父》，《铁路协会会报》1923年第130—132期，第215—216页。

[11] 梁启超：《寿姚茫父五十 [诗词]》，《学衡》1925年第42期，第129—130页。

[12] 释戡：《姚茫父以重阳题画诗属和 [诗词]》，《国闻周报》1928年第5卷第50期，第4页。

[13] 茫父：《姚口五金传……（未完）》，《艺林旬刊》1928年第22期，卷首。

[14] 李戡释：《夏日杂诗：莲花庵里姚茫父…… [诗词]》，《辽东诗坛》1929年第50期，第6—7页。

[15] 敏修：《姚茫父先生，贵筑名士，道德文章，名重京华。凡花卉物山水，无所不工 [书法]》，《国立中央大学半月刊》1930年第2卷第1期，第1页。

[16] 张次溪：《题〈荷塘飞鹭图〉应姚茫父属》，《东华（东京）》1931年第36期，第2—3页。

[17] 张江裁：《观姚茫父所藏古画得诗四首 [诗词]》，《辽东诗坛》1931年第64期，第10—11页。

[18] 宗威：《姚茫父先生五秩双寿序》，《学衡》1931年第73期，第130—132页。

[19] 俞士镇：《姚重光夫子五十寿序》，《学衡》1931年第73期，第132—134页。

[20] 《上图扇面两帧为已故大书画家姚茫父先生，为任瑾存先生所作 [画图]》，《天津商报画刊》1931年第2卷第47期，第2页。

[21]《姚华所演〈五言飞鸟集〉》,《会友》1932年第2期,卷首。

[22]《已故姚茫父先生遗墨[手稿]》,《天津商报画刊》1933年第7卷第28期,第2页。

[23] 吴庠:《许修直出魏〈司马景和妻孟敬训墓志〉初拓本重观,庚申去今仅十有三载。当时百砚室座上良朋半化,异物志石,昔在贵筑姚茫父莲花盦。前年有事旧京,知茫父已谢世,遗物星散。所藏金石文字两巨簏,并手写目,归崇德吴煦忱,而志石已不可踪迹矣。开卷摩挲,感题三绝》,《交行通信》1935年第6卷第4期,第110—111页。

[24] 迪行:《姚茫父左臂篆书习苦斋横额[手稿]》,《天津商报画刊》1935年第15卷第10期,第2页。

[25] 陈筱庄:《纪姚茫父书王宅寿燕剧目(附图)》,《语美画刊》1936年第14期,第5页。

[26] 张醉丐:《姚茫父写王宅寿燕剧目》,《新民报半月刊》1940年第2卷第3期,第38页。

[27] 王青芳:《木刻名人像:姚茫父(附木刻)》,《立言画刊》1941年第132期,第33页。

[28] 姚华、张启和:《彩色木刻:十竹斋笺谱北平笺谱选辑:唐华壁砖笺》,《良友》1941年第162期,第48—49页。

[29] 卢冀野:《姚茫父先生的曲学》,《文讯》1942年第2卷第5期,第1—4页。

[30] 姚茫父:《莫名》,《新天津画报》1943年第11卷第18期,第1页。

[31] 姚茫父:《莲华盦遗著:庚午春词》,《新贵州月刊》1947年第1卷第3期,第63—65页。

[32] 桂诗成:《姚茫父先生传》,《贵州文献汇刊》1949年第5期,第109—110页。

附录三　近代期刊所载姚华资料汇编

说明：1. 依据录入要求，大致根据原文献 PDF 格式排版；

2. 根据内容相关性分类排列，同类型者再按照时间顺序排列，重复者未重录。

3. 资料分为五类：政府公告、诗词、文录、评论资料、书画（多为书画作品图片）。

一、政府公告（按时间排序）

（一）文牍

咨驻日大臣学员姚华等考察费碍难再行添给文

（光绪三十三年七月十一日）

学部为咨复事，准咨开据留学日本进士馆学员姚华等呈称为留东毕业，恳求转请加给考察费事。窃学理与事实不同，学理以讲习而明，事实以考察而得，未有欲精其学而不从事考察者。学员等于修补科将届毕业，每思从事调查，但限于资力，所关于考察种费用实难自措，为此请援进士馆毕业学员来东游历之例，每员照给考察费五百金，并于毕业后给假三月，俾得从容考察等情。据此，除转递来呈，希为查核。外查该员等留学多年，潜心研究，要皆确有心得，若再详加考察，以其事实证之，学理必能多所获益，有裨实用，较之寻常游历之仅观大略者大有区别。是不但事半功倍，并且无隔阂徜恍之弊，相应据情。咨请察照，见覆施行等因前来。查该学员等所领学费皆系每年银四百两，比之寻常学生每名每年日币四百元者，几多一半，原以备该员等学校修业之暇从事考察之费，现据该员等愿，再留东三月从事考察，固属有志可嘉。唯其费用应令各于学费之内自行筹划，碍难再行添给相应咨，复查照饬知可也，须至咨者。

——《学部官报》1907 年第 30 期，第 162—163 页

姚议员华第四十七次会议速记录订正如左

九号（姚 华）规划国民银行制度建议案：审查会以为该案系为流通公债，发达金融，起见于国家财政，谋救济之策，应时势立言，其意甚善。但银行制度于国家财政方略与国民经济状况有极复杂之关系，原建议案立意虽善，恐以善因，而得恶果，或有为原建议之不及料者，一旦实现，补救綦难。所以审查会对于此案审查不得不格外审慎。因而，对于原建议案发生一二可商之点，其最重要者即兑换券问题，查临时参议院通过中国银行则例第十二条第二项有兑换券以法律定之之规定，现在尚未制定此项法律，本会审查无从根据，且同则例同条第一项又有中国银行发行兑换券之明文，是此项特权已经许予中国银行，而兑换券法未公布以前，此项特权系专委之于中国银行乎？抑可分属之于他种银行乎？无论如何不能解决。而原建议案所拟条文，第八条以下关于兑换券之规定者不少实无依据，应俟兑换券法案通过后，此案成立与否能确定。故本委员以为原建议案可以暂缓成立，此其第一点也。次如何谓国民银行是亦可发生疑问者，据原建议人之说明，以为是一种特许银行而特许之权，源从何发生，亦尚无可根据之法律，此又认为原建议案应暂缓成立之第二点也。因此二点，审查会多数之意见主张暂缓议此，就讨论经过之大体报告如此，至于详细情形理事章议员兆鸿尚有说明。

第十二页第十一行至第十三行之订正如左（下）

九号（姚 华）审查会对于朱议员之意见有所辨明，盖中国银行得发行兑换券，既经立法机关决议之法律许予后，而该银行不遵行使用此项特权，与其他并未许予之银行反自由发行类似，兑换券之票纸皆应另案纠正，不在此建议案范围之内，故为委员会审查之所不及，应行声明。

第十六页第九行之订正如左（下）

九号（姚华）朱议员以为审查案无效，当初何以必付审查。

速记录　七十九

——《参议院公报》1913 年第 1 期国会第 11 册，第 100—101 页

（二）部令

教育部委任令第二号

委任姚华充北京女子师范学校校长此令

部

印

中华民国三年二月二日　教育总长汪大燮

——《政府公报》1914 年第 627 期，第 20 页

教育部指令第一四号

令北京女子师范学校校长姚华

呈一件恳予辞职由

据呈已悉，该校长呈请谢职少休，情词恳挚，所请辞职之处应即照准此令。

部

印

中华民国六年一月八日　教育总长范源廉

——《政府公报》1917 年第 360 期，第 12 页

指令北京女子师范学校校长姚华准予辞职文（第十四号，六年一月八日）

据呈，已悉该校校长任事历有年，所呈请谢职少休，情词恳挚，应即准照此令。

——《教育公报》1917 年第 4 卷第 4 期，第 106 页

（三）函

议员（孙世杰 姚华）请电催黔省发给该员旅费函

黔汇旅费得电已二月有余，现时唐雷刘三君得家书，云已由黔领讫，而汇京之欵。终未见到，不知因何迟滞？尚祈电黔，转催为感，不一。手颂揖唐议长台安。

孙世杰　姚华同启

——《参议院公报》1918 年第 10 期，第 94 页

二、诗词（按时间排序）

姚重光四十生日为画《山水便面》

前　人

四十浮沈我似君，不如意事日相闻。何如此老山中住，步出柴门闲看云。

——《东方杂志》1916 年第 13 卷第 8 期，第 23 页

姚重光《春草图》二首

诗　庐

八方挺万生，大气与之俱。秋风飒然至，发落百草枯。发落盈短梳，草枯空前除。离离春复荣，种种根已无。无根落则已，人发草不如。

深悲郁秋士，触物动微吁。落木古原上，西风野火余。魂销离别处，目断往来书。剩欲级兰珮，幽芳不可锄。

——《小说月报（上海 1910）》1917 年第 8 卷第 12 期，第 4 页

蝶恋花　京师妓姚华与吾友同姓名赋此调之

陈衡恪

萼绿灯前迷彩凤，几日东风，细扫胭脂冻。残醉未消寻好梦，流云暗结游仙鞚。才说倾城声价重，一样年年，自把芳菲送。春色鹅黄聊与共，无情花影

天衣缝（罗瘿公有"红颜才思各倾城"之句）。

——《学衡》1923 年第 24 期，第 131 页

三月四日姚崇光、李释戡、齐如山、萧止亭、罗掞东复庵兄弟同游二闸，为补修禊事也，释戡属于画图以记之，附诗于后

师　曾

陈迹不可复，良辰有余恋。所以同心人，俯仰感千变。北方苦尘土，清漪无几片。二闸城东隅，旧游不觉厌。波流得远势，迂折来一线。亦若山中瀑，珠雨树上溅。昔为通漕渠，千艘赴几甸。今来但荒僻，桥圮石犹见。聊隔市井嚣，同舟笑觌面。孤邨移近岸，逆水拖弱纤。暮春气尚寒，袭服谢纨扇。柳尖未全绿，芦芽出新箭。高冢何峨峨，都为茂草占。当时华屋人，异代报笔荐。诚知游目快，涉想生凄怨。留此抑何为，恐令观者倦。

师曾《一口剑》立幅为李释堪题

瘿　公

释堪招饮双棠馆，茫父是日观艳秋演《一口剑》，即席赠诗，写贻之。师曾为绘《一口剑》其右。今师曾沦逝，遗迹人争宝贵，释堪以此幅征题，为成三绝句。

为写寻常歌舞意。翻成凄恻有朋心。丰城宝气今安在。剩与灯前忍泪吟。

岂意金陵却抚棺。而翁白发双泪弹。凄然一饭灵床侧。也当徐君挂剑看。（今秋八月过金陵赴吊其太夫人之丧，惊闻师曾逝三日矣。抚棺伤叹，散原翁为述师曾死状甚备，状至悲，恒不忍，遂别为留，一饭而去。）

我病几隔世人。梦中见汝一酸辛。也叫残墨为人惜。况汝丹青更绝伦。（吾秋祖东大病，三月甫愈。病中梦师曾在室，容色惨沮，问之，不答，摇首而已，旋瘳。当吾病笃时，外人有以吾将死，搜其残墨者，此姚茫父之言也。）

291

十二月十九日，东坡生日。余适制《六如亭》剧本，检东坡七集极勤。或谓君之制剧为朝云，非为东坡也。余笑曰："无东坡安有朝云？"是日姚茫父集客莲花盦，为消寒之会，因成一章写付茫父

瘦　公

大瓢笠屐从描画，此是东坡海外图。好为消寒借今日，天教小雪助倾壶。捉将爨弄供陪客，生色江山属彼姝。我亦药炉新活计（东坡赠朝云诗），剧怜歌舞乏柔奴。

——《铁路协会会报》1923 年第 130、132 期，第 215—216 页

寿姚茫父五十

梁启超

茫父堕地来，未始作老计。斗大王城中，带发领一寺。廿年掩关忙，经略小天地。疏疏竹几茎，密密花几队。蓬蓬书几堆，黝黝墨几块。挥汗水竹石，呵冻篆分隶。弄舌昆弋簧，鼓腹椒葱豉。食擎唐画砖，睡抱马和志。校碑约髯周，攘臂哄真伪。晡饮来跛鼈，诙谑遂鼎沸。烂漫孺子心，傥荡狂奴态。晓来揽镜咤，五十忽已至。发如此种种，老矣今伏未。镜中人鞕然，那得管许事。老屋蹋穿空，总有天遮蔽。去年穷不死，定活一百岁。芍药正盛开，胡蝶成团戏。豆苗已可摘，玄鲫亦宜脍。昨日卖画钱，况够供一醉。相携香满园，大嚼不为泰。

——《学衡》1925 年第 42 期，第 129—130 页

乙丑四月五十初度依韵答饮冰兼呈同座诸公

姚华

夙昔志千载，乱来无久计。眼看割据成，余亦踞破寺。一日草间活，买书时拓地。故纸已绕屋，身入古人队。积为骨董癖，搜罗到瓦块。几家金石录，姓氏教改隶。毡揭自系题，如下纯羹豉。搦管无不为，后来难状志。鉴真得及唇，我手傥亦伪。掩关百不竞，万流任腾沸。少年掉头去，只此仍故态。因复

拟述作，何为吟老至？不信五十年，日艾艾犹未。皇皇仓籀业，董理非细事。请于十年役，为除群言蔽。发愤今以始，石田有良岁。嘉言增感激，撼作答宾戏。愿言具酒食，牛羊与鱼脍。觞筹贤圣杂，径向佛前醉。不死莫论穷，在陋何否泰！

——《学衡》1925 年第 42 期，第 130 页

题午昌为丹林作《鼎湖感旧图》

茫　父

鼎湖莫话龙髯事，情波别贮鲛人泪。清泪溅湖尘，搏作图里人。

圆圆天上月，心事他生说。莫与月论心，月中愁更深。——调寄《菩萨蛮》

——《蜜蜂》1930 年第 1 卷第 11 期，第 2 页

三、文录

钞《待清轩遗稿》跋

姚　华　茫　父

右《待清轩遗稿》一卷，宋潘处士声甫先生音撰。诸家著录，向不经见，珍本也。假得旧钞，亟录一本，原与真山民集同装，以皆宋遗民耳。山民或云宋末进士。其不仕元，宜已。先生方成童而宋亡。崖山之祸，长才闻之，而犹一衿为宋。其人于孤竹彭泽而外，又别成一品格。与夫利外赀以愚国人者，美恶何如？呜呼！宋之亡久矣。先生一人延之，犹七十六年（十岁而易世，八十有六岁卒。盖宋亡后七十六年，见戴沈傅，徐云乡序）身殁，元亦随亡。因录遗稿，始信夷夏之防至峻，不能不颂理学之提撕切也。丙寅二月晦日书

——《实学》1926 年第 3 期，第 14 页

莲花庵稿

茫　父

姚鎏家传，鎏，字玄琴，父曰芗，孝宪先生仲子也，两试童子试不售，遭疾早卒。鎏生甫逾岁，母赵抚之。及笄，毕业于北京女子师范学校，初任京师第十三小学校教员，继任香山慈幼院女校级任教员，终任北京女子师范附属小学初级三年级任教员，以勤励死其职。丙寅五月二十三日也，年二十有八岁，当世惜之，初鎏为慈幼级任，有声，渐感劳。劝之少休。未几又出任女师大附小级任，劳有加，形日益铄，而迈往益励，声亦益茂。隆冬校有事于社园。未完

——《艺林旬刊》1928 年第 22 期，卷首

姚茫父绝笔书牍

姚茫父

姚函如下：丹林先生，得手示，具悉，蜜蜂画社征画一节。贱躯近极不适，腰臂关联处，备呈异动，因之右臂亦受牵掣，偶一伸缩，则左臂连腰，如负重不任，故弄笔极为不良，以致方命。歉仄何似，尚祈宽宥。夏热一时尚恐不能即甯也。覆颂节禧，弟华顿首。夏五

——《蜜蜂》1930 年第 1 卷第 11 期，第 2 页

姚茫父先生五秩双寿序

宗　威

从来名士，最笃天伦；自古经师，每臻大耋。是盖食德服畴之愿切，衍为述志文章，读书养气之功深，即是延年丹诀。矧本治经为都养，门生争拜儿宽，而以余事作诗。人海国早知梅丈，亲其声欢，言笑皆温，视其衣冠，须眉入古渊明，二子昇舆而造名园。伯鸾《五噫》，赁庑而为具食。海内存知己，才名独有千秋。先生何许人，山林能专一壑，惟我贵筑姚茫父先生，盖当代之通人，为艺林之耆硕。夜郎国远地谪仙人，文笔峰高，天私才子。呼郫侯为小

友，能咏围棋；号刘晏为神童，解吟竿木。然而《斩蛇赋》好犹是珊网之珠，绣虎文工，终赏荆山之璞。名重《说郛》《学海》，卓尔不群；诏求异等茂才，哀然举首。由是誉驰三赋。李巽则席帽离身，秀擢一枝；郗诜则桂林对策，虽或出尘鹰隼，暂敛羽翰卒焉。探颔骊龙，不甘鳞爪，啖到红绫之饼；压帽花簪，排来玉笋之班。焚香幕启，蔡齐置器，梦兆登诸殿廷。杜牧《阿房》，主司藏之怀袖。盖文字非无定价，而科名藉以娱亲。然使柳永屯田，但歌杨柳；何郎水部，只赋梅花。虽交羡其才情，究无关乎宏旨。

先生则书编训纂，玄亭多问字之车。语隐王田砺毕，认残碑之字，冢中断简，惟不准能搜壁内古文，非伏生不识，读汉学师承之记。具见渊源，考《尚书》疏证之篇，能知症结。矧夫孔丛晚出，辨手笔不类西京元禄，生年知时代难稽。柱下书必求其征信，学乃识所自来，且夫闭户墼经，学问不关乎科第，分途殊轨，文苑终别于儒林。

先生则肆外阋中，浡登上第，衔华佩实，交誉通才。学古人官，犹是书生结习，博闻强识；夐懋文艺专家。当其吉日，车攻摹岐阳之猎碣；万年永宝，考母乙之鼎铭，张长史印泥，画沙逊其古茂，徐季海奔泉抉石，有此锋芒。求书则铁限全穿塚，多秃笔落纸，则银钩双勒。腕运神斤，乃四体之书势。皆工而六法之宗传，尤绝通类。上添毫之技，运以神明，富胸中成竹之思，纯乎风趣，从此堂开宝绘，人王晋卿之收藏，岂惟图仿山庄，有李伯时之闲雅？下将双管，品胜村梅，得其一缣，珍如拱璧。且子更多才，为患洛都，播其盛名。而赋者，古诗之流。萧选取其建首，文无加点。翠衿绀趾未足奇。恨不道盐白沙素，波亦多事，但使今人阁笔研都，何碍十年。此为大国附庸，诠赋独标六义。若夫八家韩柳七子，应刘文辞，则次第能详，目录则源流毕贯，等身著作。早知其由博而来，请业生徒，各如其所求，以去孔门。但夸用赋，有愧通儒，荀卿最为老师，是真祭酒。所惜管无全豹，路等亡羊。道尽则焚弃诗书，寇至则毁伤薪木，何来游雅，《论语》竟作薪烧；不遇刘歆，元经亦将瓴覆，劫余残稿，及今可付之写官。未竟诸书，当世已传其绝学。

先生于是城南韫隐，小结精庐，砚北端居，恍披杂志，回忆手编年谱，述遗事于楂梨，亲授楹书，偏伤心于棣萼，此是一编家乘。应废杜陵黄独之吟，于今累世，清门尚存。于子敬青毡之旧，其大名表襮也。如彼其内，行纯笃也。又如此，此所以文堪载道而德为寿征也。德配罗夫人柔嘉，习礼嫌婉，明经雅闻，髫髫之年，已协珩璜之节，盘匜整洁，手目屏当，家室雍和，亲为调护。赵明诚《金石编录》赌茗相陪，蔡中郎书肆遴归拔钗。以助无愆，为妇君家。本协高情，自教其儿，父职何妨兼代。维十有四年子丑孟夏之吉。先生五旬华诞暨罗夫人双庆良辰，喆嗣天沃、苍均昆季捧觞上寿，舞綵登堂，礼也。时则麦天润绿，梅雨催黄，樱筍开厨，葡萄张宴。老夫未耄，论孔融始满之年；乡里相呼，笑沈约还家之句。于是集名流于日下，酒满金尊，极乐事于人间，诗题缃帙。德门盛事，他年卜五世其昌，嘉耦齐年，吾辈请一觞劝进。谨序。

——《学衡》1931 年第 73 期，第 130—132 页

姚重光夫子五十寿序

俞士镇

黔古之山国，今会城负郭县曰贵阳者。旧时贵筑有文笔、扶风、栖霞、象宝诸峰，崛隆而纆连，交错而盘纡，地灵之所集凝。然而厚之，事功彪炳，代有其人，惟学术所称，世或鲜述。泂美之跃，声于风雅；戴经之垂，誉于文史，其较著者矣。若夫治学足以有别，察理足以立言，综辑诸艺，诙乎昭旷，触类多能，实轶前修。盖未有若我重光夫子者也。夫子禀山水之灵晖，乘期运而曜秀。誉隆弱冠，功懋前光。访道则雪门不休，攻业则园帏不下，方斯古人，未遑多让。补县学，受知天津严范孙先生。倾箧借书，手抄目诵，瑯环之堂奥尽窥，河海之波澜斯集。宏览则总制群说，博游则沈思翰藻。徇齐达旨，尤为立学之基矣。既举乡试，观光京国，公车三上，成光绪甲辰进士。观工部政，时亢龙之会，值多难之世，明在变之理，顺知几之道。审郎官之不足有为，文艺之不足应变，毅然请命负笈，瀛海三载，归朝补官邮传部主事。天方降祸，丧乱靡纪，乃顾瞻周道，洞鉴世情，有怀则《五噫》寓辞，所思则《七哀》托咏。赋《秋草》五诗见志，一时传诵，和者数十家。清运既终，遂逮元二重任，始加于群伦大政，初集于众，庶民视听，而方壅事，交午而待人，经国之士栖栖焉、遑遑焉，莫不图效。明时许功当路，夫子高风独旷，雅操白坚，失以民功，脱然官守。盖因势合变，审时计宜，诚达人之所务也。未几，以乡邦之重望，闾里之推崇，被举为参议院议员。时论尤翕，谓宜斯选，而寺居萧然，不改庶风。旅京师二十余年，迭主殖边清华美术师范、中华、朝阳诸校讲

席，一长女子师范学校，谆谆之海，循循之诱，至进而受业于堂，退而请益于室者，踵相接也。季长之绛帷千人，关西之服膺多士，以兹相拟，未足为盛。又少就仓雅，绅译初文，尝以《说文》，但准秦篆，未详古籀，因是吉金贞卜，旁搜博综，上规义轩，省其迁变，下辨名物，明其类别，补皇史之阙文宏，许君之旧绪，异乎！世之博物，以矜奇好古而擅雅者矣！至王若论文之旨，谈经之说，破今古门户之私，除骈散甲乙之见，则甄陶德胜，孕育班杨，宏百家而取裁，总六艺而探颐。若夫书法訧精，绘事发微。笔札悉祖于象形，丹青实主于篆刻，虽艺苑之殊途，实文章之同科矣！夫博涉极览，学莫至焉。董理废绝，功莫甚焉。皓首穷经，则约不博，强记洽闻，则博而不约。惟我夫子，研几兼善，功尽博约，无道弗洽，何艺不闻？斯可谓纵心渊若包含宏大者，已岁在乙丑孟夏二十有六日，夫子五十初度，士镇等侧门墙，而已久惭，堂奥而未窥。既景仰之弥殷，时高坚之有象，凡属训迪，窃识佩绅，以为夫子德沛学林，谊超伦表，居贞处世，行志而晦。而世俗之见，所尊不过翰墨之宝，所重不过寻尺之珍，盖未识精湛深远度之闳廓也。则述行弭笔，小子与有责焉！用是蕲康，褫以为祝，颂德美之有章。虽千秋之业游夏，或不能赞，而一贯之旨参赐，亦所共闻。则夫未究于万一，庶亦陈信而无愧者欤。

编者按：姚华先生（字重光，号茫父）之《弗堂词》已登本志第六十三及六十七期，其诗文则散见本志各期。民国十九年六月四日，先生在北京莲花寺寓宅逝世，享五十五岁。兹录寿序两篇（参阅本志第四十二期诗录），以著先生之生卒，而志哀悼云尔。编者识

——《学衡》1931 年第 73 期，第 132—134 页

四、评论资料

姚华所演《五言飞鸟集》

诗不可译，不易译，亦不必译。译之有三难：难通其人之情，难述其文之意，尤难得其原有之神韵。信然，译诗固盛于今日矣。诗也，或译之以为文；于体且不能合，尚有何情意神韵之足言哉！昔年见辜汤生痴汉《骑马歌》，以为译诗中之名篇，气势若能与原作相副，而校字勘句，容有参差；于是持如是

说，曰："写不尽其原意，必使之成诗，未可爽诗之体，以求尽其原意。"以告诸友，友辈未尽以为然也。

比得贵筑姚茫父先生所演《五言飞鸟集》。《飞鸟集》者，印度太戈尔之所为也。七八年前，予曾寓目，颇嫌原作中说理篇多，有失诗意，不如其《园丁集》之味长也。姚氏不逊怯虚文，据郑译而演之。不曰"译"而曰"演"者，但略取其意耳。周大烈见之，以为艳似齐梁人语，而先生自觉似宋王令之诗。予再三讽咏，然后别有所见。盖："体在齐梁两宋之间，味在齐梁两宋之外。"说理诗最近内典中之偶语，而先生耽禅说，下笔遣辞，或无意而涉及此涂。此其所以能雅正如是也。

集中亦有情致盎然者，其一章曰："飞鸟鸣窗前，飞来复飞去。红叶了无言，飞落知何处？""四十八章曰：萤火煽秋夜，霁乱不成行。众星未相忌，一样是霭光。"六十一章曰："举我手中杯，满我杯中酒。酒满不自饮，将之饮我友。愿即我杯饮，莫把君杯换。非无杯中酒，容易酒花散。"八十八章曰："露点小如珠，湖面大逾里。小大随遇殊，一视等为水。露在莲叶上，湖在莲叶底。"百四十一章曰："役役四方人，久矣风尘倦。引人复入胜，辄与路相恋。感适更作缘，千里牵一线。"二百六十九章云："花下固相亲，日边亦可喜。此中儿女语，一学得其旨。因识生之乐，转念苦于死。尔时意云何？分明执我示。"凡此，诗不在原作下。叶恭绰谓为译诗界之异军特起，岂溢美之辞乎？

姚先生往矣，此业当与先生之画并垂不朽！窃尤有望者。世有其人，精通异国之文字，而能步先生后尘，以相当原作之旧作，多多演辞；少以生涩不称体之篇，谧之为"译"。则虽有"化积"之？而诗固成其为诗也。

《五言飞鸟集》，二十年，中华书局出版。每册价三角。

——《会友》1932 年第 2 期，卷首

姚茫父先生的曲学

卢冀野

一

曲学兴起，是最近五十年间的事，我们可以将他划分为两个阶段：一，整理期，二，发展期。

从整理工作说来，又可以分为两种，一是文学的，二是音乐的。自王静安先生到姚茫父先生对于曲的文学上皆有贡献。王静安先生先后写成《戏曲考原》《宋大曲考》《优语录》《古曲脚色考》，再合拢起来定为《宋元戏曲史》一书。这是曲学上一部开山的著作，王先生是根据历史观念，估定曲在文学上的价值的。自序中说："一代有一代之文学，楚之骚，汉之赋，六代之骈语，唐之诗，宋之词，元之曲，皆所谓一代之文学，而后世莫能继焉者也。……"

这种论据，与焦循的《易余籥录》可说完全相同。他又说："……世之为此学者，自余始，其所贡于此学者，亦以宋元戏曲史一书为多！非吾辈才力过于古人，实以古人未尝为此学故也。"他又说："元剧实于新文体中自由使用新言语，在我国文学中，新楚辞内典外，得此而三；然其源远在宋、金二代，不过至元而大成。其写景抒情述事之美优，足以当一代之文学，又以其自然，故能写当时政治及社会之情状，足以供史论家论世之资者不少。又曲中多用俗语，故宋金元三朝遗语所存甚多，辑而存之，理而董之，自足为一专书。……"

王先生用考证的方法，建立了戏曲学的轮廓：自渊源的推溯，作品的搜集（在《曲录》这一部书中初步完成戏曲的目录）至作家的统计等。然后得了以上这般话的结论。

（一）元曲在文学史的地位，与楚辞、内典相等。（二）元曲的社会价值。（三）元曲所供给语言学的材料。

不过王先生所整理的，在时代上以"元"为限，在体裁上限于戏曲，尤其是"杂剧"。明代的传奇是不是值得整理和研究的呢？戏曲以外的曲又怎样整理呢？这时吴瞿安先生从曲的本身，例如，修解，声律，宫调，谱等等开始整理起来，有《顾曲麈谈》之作，这一部书与《宋元戏曲史》是同样重要的杰作。吴先生最大的成就，在他晚年所定稿的《南北词简谱》十卷上。这可以称作"曲文学"的标准书。在音乐上曲的整理，无疑的，我们只可举出《集成曲谱》来。这是王季烈（君九）、刘富樑（凤叔）两先生毕生心力的表现。我们还可以称此书做"曲音乐"的标准书。五十年中总算有了这两大收获。至于姚茫父先生在曲的整理工作中，是第一个运用校辩方法的人。

二

姚先生用力在传奇方面。《菉漪室曲话》四卷，对于曲学上的贡献不少。第一卷卓徐余慧，是根据卓人月《古今词统》来作词曲比较研究的，其中谈衬字，用韵，词曲相近处，词曲接续之际皆有见地；尤其说词曲的转捩在小令这一点，已暗示到后来"散曲"的研究了。第二卷到第四卷三卷中标题为毛刻签目，正是这部曲话的本体。姚先生校订这毛刻六十种曲，是费过很多的心力。他说："……独南北曲子，自臧选外，此六十家仅恃手刻而仅存，使后之考者，犹得见元明诸家面目，且如是其多，厥功之伟，不得不令人服也。……"在总论毛刻原本与补本优劣节中，他说明用校辩方法治曲的理由很明白："……予按毛氏所刊说文，以意改窜，屡次剜補，益病其真。此刻云订，殆款同弊，曲虽小数，然一字得失，至关□重，欲求其审，毋宁不订以待后人。观实甫、玉茗诸作，较他古本，常有出入，盖亦毛氏改订者耶？然曲本流传，尝以俳优所便，授受已殊，正如汉儒传经，鲁齐燕赵，未能强同，固不得专议子晋。……"

说明阅世道人即毛子晋，在校《双珠记》后，考"齣旦"用二字之始。校《东郭记》时又明与制义（八股文）的关连。《金雀记》旧本的提出，在校《焚香记》又证明沈伯英没有见过王魁旧本。用南九宫谱和新定《十二律京腔谱》来校《荆钗记》，这就是我说姚先生开"曲的校辩"的新路。在《琵琶记》上将作者高明所有的文献都搜集了，又用《南九宫谱》和《十二律京腔谱》来校汲古本；又据汲古本《琵琶记》校李玄玉《北词广正谱》中附录《南戏北调正谬》。关于南西新仍用校辩法，写成《月下听琴》，自称"茫父考定本"，以见"古曲"原有面目，最后依《太古传宗附谱》《纳书楹曲谱》校了《小桃红》《西厢》百咏。我想，这四卷的《菉漪室曲话》，定是未完之作。然而姚先生已将他治曲的方法，全部显示给我们了。近来曲的辑佚（尤其是南戏）之风，也就是从姚先生校"古曲"中开展出来的。

不过，姚先生对于曲的见解还不在《菉漪室曲话》中，此处只是他治曲的方法，也只是姚先生作的一些整理的工作。姚先生的意见，不独要整理曲，而且要发扬曲体。论曲的发展期，当自姚先生的《曲海一勺》发展开始。

三

《曲海一勺》共是四篇，第四篇又分做上下，所以变成五篇了。

第一，述旨，说明诗到曲的变迁，文章又愈变愈繁的，在世变中便会产生新文体。又说明曲的功用在状物存俗，而现在渐就湮灭了。不过，曲所贵在言近有物，曲文也兼有难易。"今乐"的完成还有赖于曲。所以曲之提倡是这时代的需要。

第二，原乐，根据先儒礼乐的用途，证明现在乐亡所以民苦的道理。礼乐的原始，和妙处均加以说明。要知道能挽回颓弊的世风，只有乐。"今乐"需要的是什么呢？梆子是不行的，皮黄没有什么文学的价值，弋阳诸腔也不可用。只有就昆腔斟酌变革。

第三，明诗，从诗五变而为南北曲，由诗到曲的沿革兴衰都说得很详细，但自古传诗专辞而忽声，到词曲是进步了。曲之来源，不必尽出于异域，且本身包括文野。又说明宋金元明南北剧之消长，分合的情形。北曲宗乐府，南曲宗词，最后肯定的说，只有曲上承诗统，并足以化民成俗。

第四，骈史，曲也是史的支流，诗原来如此，等到诗亡，遂与史隔。典承诗旨，尚能骈史，因曲无一般词章雕琢之弊，足当史材，曲又兼诗与小说之用，又为人情之总归，循于习俗。所以曲是有容之词章，有韵之说部，戏剧不外悲欢离合是历史兴替之源。剧名记，传，图，谱，乃以史职目居。传在写实，无异于史，其能专在演事繁密，写物博雅。曲家以至诚尽性，以博物明俗，为民之史。总括起来两句"曲祖诗以为文，因书而成史。"

在三十年前，姚先生有这样犀利的眼光，为曲体谋更进一步的发展，我们不能不倾心的钦佩。我在河南大学讲《曲学通论》时就取《曲海一勺》作教材。任君中敏将每节的要点标出，很便于读者。近十年来，我和中敏在曲中特别注意散曲，他的散曲丛刊十五种，我编刊的《饮虹簃丛书》现在已有七十多种，还有我们两人合辑编的《散曲集丛》（商务版）。可惜姚先生未曾见到，不然在《明诗》《原乐》两篇当更有特殊的意见。《骈史》这篇虽偏重戏曲的效用，但在今日依然没有失去效用的。在曲学中有这么一本《曲海一勺》，至少与杨钟义的《雪桥诗话》，沈周仪的《惠风诗话》，王国维的《人间词话》有同等的价值。何况《曲海一勺》是自成系统的，姚先生的文章又做的那么好，实在有单本印行的必要。

四

讲到曲的发展，我们不可忘了制作。

姚先生的《菉漪曲》，虽然附印在《弗堂类稿》中，但其间杂了现代歌曲，还有错落的地方不少；我将另外整理付刻，成《菉漪曲存》，此处不再赘及。

王静安先生只作了曲的考证，没有自己作曲，王君九、刘凤叔先生只为人谱了曲，没有自己作来再制谱。姚茫父先生和吴翟安先生一样，一面做整理工作，一面自己制作，如此才可提倡曲，发展曲的前途。钱基博《现代中国文学史》仅仅提到"姚华翁《菉漪室曲话》校订毛晋六十种曲，极穷也！"未免抹杀这部《曲海一勺》的重要了。我们测验曲学的前途，不能不借姚先生此作为试金石！

三十一年四月十五日

——《文讯》1942年第2卷第5期，第1—4页

姚茫父先生遗像

姚茫父先生遗像

贵筑姚茫父先生前星期殁于宣南莲花寺，远近闻者，无不悼惜。先生名华，字重光，经史，辞章，训诂之学，无不淹博，书画皆无依傍，卓然自成一家。且善蝇头小楷，极为精妙。民国初年，曾任国会议员，有声于时，旋痛党争之烈，弃去而致力于艺术界。在北京美术专门学校任教职多年，所造就名画家不少。五六年前，其高弟子王君异，邱石冥，与同学王石之，谌亚达诸人创办京华美术专门学校，礼聘先生任校长，一时艺术界有志之士闻风向往，无不愿从其游。未几中风入德国医院，医治累月，病愈伤臂，是后作书作画，皆署［残臂挥毫］，然见者以为较之病前，尤未妙绝，皆争宝之。先生所作山水，雄浑险怪，设色尤奇，有诧之者，先生曰："吾黔人也，所写者吾黔中山水也，君未之见，无怪以为奇耳。"然先生作画之奇，类明之八大山人，亦自有其特长也。题画诗词跋语。皆有卓识，可传世。为人谦和可亲，虽病废，有造访者，必起坐不肯怠慢，送客必强步至门，充然有德君子也。近以旧疾复发，溘然长逝，年六十余，惜哉惜哉！下方书画篑面，为先生捐馆前一日写赠石冥者，是绝笔之作，尤足珍也。

此最近写照也，独坐观书，神气充然，谁谓先生而竟死哉，同道凋零，呜呼痛矣！

记者识

——《艺林月刊》1930 年第 8 期，第 8 页

茫父绝笔二品（邱石冥藏）

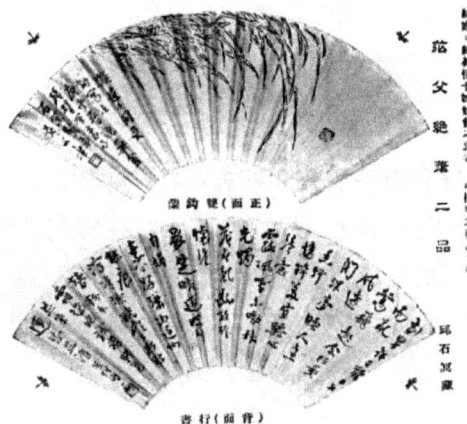

——《民言画刊》1930 年第 34 期，第 2 页

观姚茫父所藏古画得诗四首

张次溪

流水孤篷泊夕晖，梅花看染道人衣。俨然湖上林君复，坐待西山暮鹤归。（张可山《梅溪小艇》）

溪山万叠暮云横，红叶黄花点客程。尺幅相看生昔感，秋风秋雨出山城。
（谢时臣《溪山岁晚》）

哀乐中年竹与丝，东山赌墅一盘棋。红裙进酒青山寿，破贼功名付小儿。
（仇实父《东山携妓》）

绿雨青烟老箨攒，万竿苍翠有无间。不知今夜西窗梦，吟过潇湘第几湾。
（张璞菴《万竿烟雨》）

——《辽东诗坛》1931 年第 64 期，第 10—11 页

题《荷塘飞鹭图》应姚茫父属

张次溪

贴水披风乱叶纷。深藏红艳照江云。自知干弱难胜柱。甘与烟花吹晚风。

风格平生爱我诗。晴窗矮几写乌丝。谁编昌谷飘零句。惭说当年沈亚之。

（竹雨曰：托意深惋。愈见含蓄。）

——《京华（东京）》1931 年第 36 期，第 2—3 页

许修直出魏《司马景和妻子孟敬训墓志》初拓本重观，庚申去今仅十有三载。当时百砚室座上良朋半化，异物志石，昔在贵筑姚茫父莲花盦。前年有事旧京，知茫父已谢世，遗物星散，所藏金石文字两巨簏，并手写目悉，归崇德吴 忱而志，石已不可踪迹矣。开卷摩挲，感题三绝。

吴 庠

萧斋风雨短灯檠，月旦时商古器评。金石知交半零落，故应珍重旧题名。
我爱收书君爱碑，每逢旧本一轩眉。沧桑小影重开卷，猛忆休衙阅市时。
魏志争传四司马，仅留片石在人寰。莲花盦物飘零尽，打本于今莫等闲。

纪姚茫父书王宅寿宴剧目

陈筱庄

王宅寿宴剧目一纸，为姚茫父亲家所手书。所谓王宅寿宴者，则王挓沙太

夫人寿辰开筵客之日也——其时殆民国十二三年之间。王抟沙君以中原煤矿公司起家，为研究系之暗中领袖，交游结纳甚广，如梁任公，范静生，蹇季常，籍亮侪诸公，皆称莫逆，茫父亲家亦其挚友中之一人也。此剧目书法殆茫父聚精会神而成，得齐碑之神髓，剧员皆有字而无姓，殆仿道咸以来之习惯，如《品花宝鉴》可参证也。其日，美人名士，聚于一堂，颇极一时之盛，予亦得

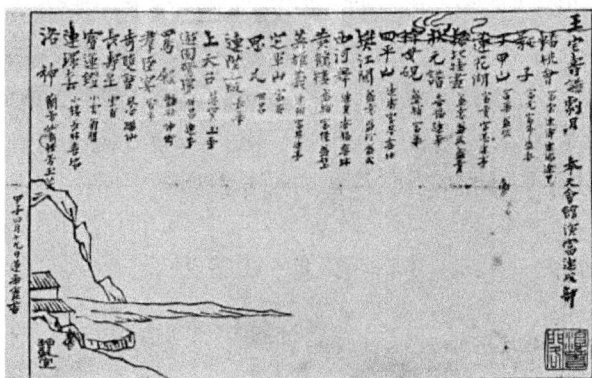

参末座。会几何时，抟沙以抑郁而终，梁、范、蹇、籍诸公，亦相继谢世。茫父亲家，亦感家难，得风痹症，家道零落，旋亦逝世。盛极而衰，事理之常，况当衰乱之世，即当日开筵演剧，亦寓一种落拓无聊，聊以永日之隐痛。独惜诸君子以政治、经济、教育、实业、美术之磐磐大才，生不逢时，始也藉恒舞酣歌以寄其生涯，继也并此种生涯而不可长保，相率诧傺以终，未尝不叹天之生才不偶，贤才淹没，而无济于世之为可悲也。然而才蕴于中，虽如何掩覆消磨，而终有所表现于世。此剧目虽原微末，而书法与技艺排列，及其时名伶之倾倒，均隐隐露其梗概焉，故予特表而存之，聊以备后世借鉴耳。

——《语美画刊》1936 年第 14 期，第 5 页

打油诗：姚茫父写王宅寿宴剧目

张醉丐

农长王恩溥于民国甲子年夏历四月十九日，在本市旧刑部街奉天会馆（今改称哈尔飞戏院）原址大张寿宴，召集富连成科班全体及各名伶演剧助兴。是日正午开演，演至深夜，戏码共二十四出，系由贵筑姚茫父先生（华）手订，

并挥毫写就寿宴剧目一纸，书法款式均佳，以淳菁阁摹古笺纸刊印，分赠座客，留作纪念，乃堂会戏单中之珍品也。昨检旧篋得此，遂制版公诸同好，前尘莽莽，计已十有六年。人事沧桑，仅余鸿爪，吉光片羽，足征名士风流，诗咏打油，并述其梗概如是。

介寿开樽奏管弦，戏名书就彩云笺。应酬最好谈风雅，片纸珍藏十六年。逢场游戏乐忘形，曲奏《霓裳》侧耳听。剧目商量抒雅报，挥毫得意写名伶。莲花盦(茫父斋名)里老吟身，喜作登堂祝虾人。从此梨园留韵事，戏单花样自翻新。交际场留翰墨香，文人格调岂寻常。名伶荟萃余鸿爪，賸有冰笺字数行。

——《新民报半月刊》1940 年第 2 卷第 3 期，第 38 页

木刻名人像：姚茫父

王青芳作

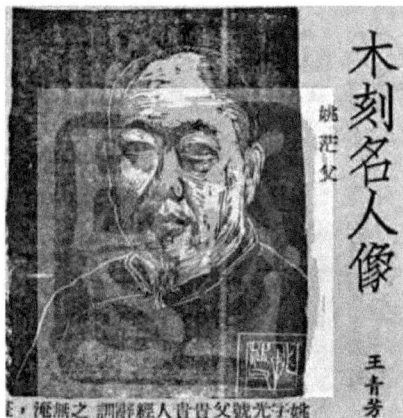

姚华，字重光，号茫父，贵州贵筑人，经史，辞章，训诂之学无不淹博，作画无依傍，书卷气盎然，且善蝇头小楷，极精妙。光绪甲辰进士，官至工部主事，留学日本，归国后，任邮传部主事、参议院议员、清华大学教员、女子师范学校校长等职，与陈师会王梦白友善，文人书之风至此一震，著有《弗堂类稿》十数卷，《五言飞鸟集》《题画一得二笔》《盲词考》《元椠杂剧三十种》等书。

——《立言画刊》1941 年第 132 期，第 33 页

感逝偶谈：姚茫父

莫 名

姚茫父先生，诗文书画，无不工妙，寓旧京莲花寺。曾数往访谈，庭中杂植

花木，颇饶雅致，先生科头跣足，鼻驾巨镜，高谈不倦（口操黔语），于剧曲亦多阐发，述高腔昆曲之源流，历历如数家珍，对脸谱，认为一种图案画，有美术价值，平生著作甚多，梁任公办《庸言》杂志，曾载其考证之作，此皆二十余年前之事，近见北京某报文艺作品，有署名茫子者，常述先生居莲花菴轶事，盖即先生之哲嗣也。

——《新天津画报》1943 年第 11 卷第 18 期，第 1 页

诗选：赠姚茫父

蓼　庐

宣南烂缦胡同里，人海深藏病废翁。郁郁五言署《飞鸟》。悠悠八月盼归鸿。能将小幅一挥手，便觉层云讶诈同。不借莲花参佛旨，奇男端自出黔中。

——《雍言》1946 年第 6 卷第 5 期，第 44 页

五、书画

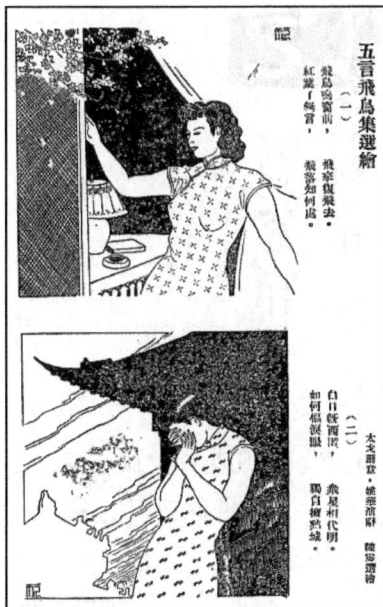

五言飞鸟集选绘　太戈尔意　姚华演辞　陈震选绘

（一）飞鸟鸣窗前，飞来复飞去。红叶了无言，飞落知何处。

（二）白日既西匿，众星相代明。如何偏泪眼，独自拥愁城。

（三）静听复静听，静中呼我心。世间私语初，爱尔意堪寻。

（四）类晕急相偎，忆著心曲乱。正如夜雨声，使我梦魂断。

——《朔风（北京）》1939 年第 5、6 期

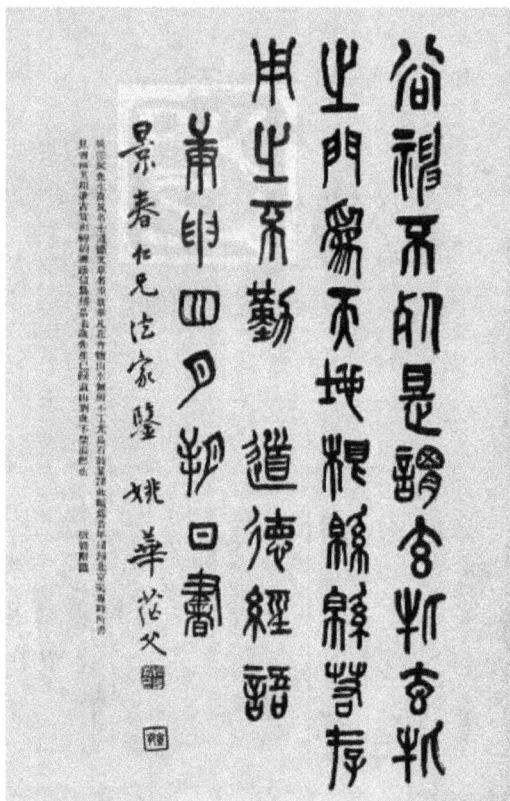

姚茫父先生书法

姚茫父先生，贵筑名士，道德文章，名重京华，凡花卉物山水无所不工，尤长石鼓篆隶。此幅为昔年同归北京美专时所书，见者皆称其用笔古质而神韵洒落，信为精品，去岁先生已归道山，对此不禁怅然也。

敏修附识

——《国立中央大学半月刊》1930 年第 2 卷第 1 期，第 1 页

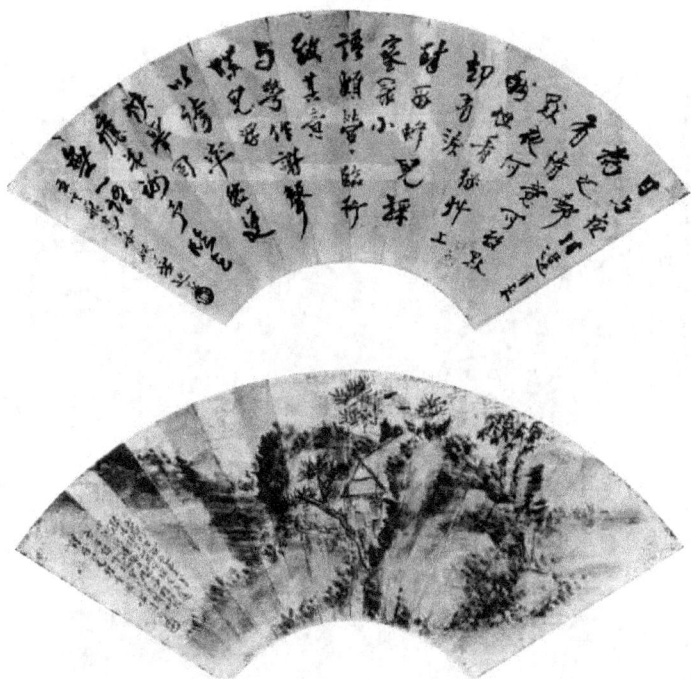

　　上图扇面两帧为已故大书画家姚茫父为任瑾存先生所作，茫父先生名华，贵筑人，瑾存名传藻，江西人，当今一诗家也。

——《天津商报画刊》1931 年第 2 卷第 47 期，第 2 页

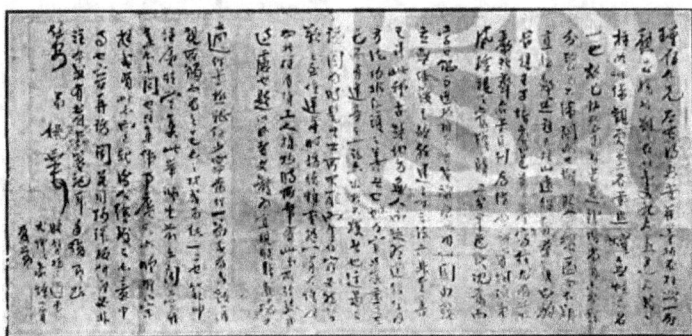

已故姚茫父先生遗墨（手稿）

——《天津商报画刊》1933 年第 7 卷第 28 期，第 2 页

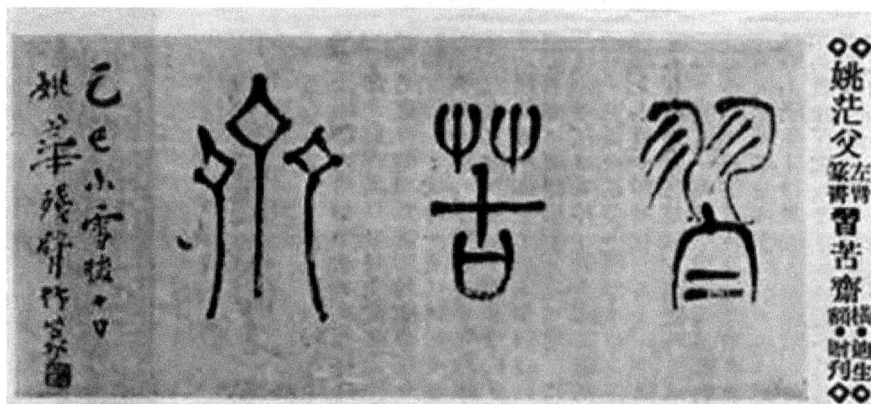

姚茫父左臂篆书习苦斋横额（手稿）

——《天津商报画刊》1935年第15卷第10期，第2页

彩色木刻：十竹斋笺谱北平笺谱选辑（唐画壁砖笺）　姚华　张启和

——《良友》1941年第162卷，第48—49页

附录四 《经济与中国》（姚华）

绪 论

本题胡为而发生乎？是从中国生死关系存在之点观察而出者，其观察点如何，请试言之。

第一，经济为人类社会共通之事情。凡属人类，无或能离此而生存，故经济殆成，近世国家之生命，不解决经济问题，即不足以生存于国际团体之中。故以经济发达之近世国家，莫不置重于此问题。中国于国际团体，既占一分之位置，欲保存此位置，固有不能淡漠于经济问题者，况前乎此者。各国经济问题之范围仅仅限于其国之境域而止耳。近百年来，各国之所谓经济问题者何在？是世人所熟知者，即中国者，各国经济问题之范围也。外界之势力压迫日甚，益足以警动吾人对于国家经济上之感觉，故本题者，中国对外的经济问题也，亦即中国对内的经济问题也。当各国各营其内国经济之时，中国冥然罔觉，迨其经营完成，势力外充，而侵入于中国，中国经济即被其掠夺，则一方欲截住外国侵入之经济力，即不可不育成中国倔起之经济力以抵御之，一方欲育成中国倔起之经济力，即不可不截住外国侵入之经济力以保护之。对外对内，其关系同时并生，虽其解决颇陷于困难，然正惟困难，益不能求其解决之方法，此本题发生之所由来也。

第二，经济者，世界的人类生活关系也。是为采自由的经济政策者所主张，至于近世，此政策已不适于生存，而帝国主义盛行。其极端者，且造为经济独立之说，是固与今世之事实，或未能相应。然采保护的经济政策者，殆为一般之倾向，故世界的经济一变而为国家的经济纯然，欲杜绝外国之经济力，无一分之侵入，而扩张内国之经济力，为十分之伸出者也。经济力之伸缩，可以逼世界为变迁，故学者谓："今之时代为锁国时代，亦不外从其输入之封锁。"上为观察，然其所以为输入之封锁者，无他，为输出之开放耳。是与前此之锁国主义，固有大相径庭者，可谓更进一层之锁国主义也。夫使各国循乎前此之锁国主义，或自由的经济政策，而不变为今之锁国主义之保护的经济政策，则本题尚可以不发生。然即使各国循乎前此之锁国主义，而中国与之无经济关系，第于内国经济仍有整理之必要。且欲使中国之经济力伸张于外国，对于本题亦有不容忍置者，又使各国循乎自由的经济政策，而他国人民与中国人民经济力之比较，显见强弱之不同，其损我者已不堪计数，对于本题亦有不容忍置者。况今以更进一层之锁国主义之保护的经济政策，对于中国则本题之关系为如何之关要，是亦当应于世界之变迁。而更加一层之置重，中国人士万万无可再为忍置之理，此又本题发生之所由来也。

第三，各国经济既集中于中国，中国朝野上下当如何经营，谋所以对待之，此固不容一日或缓者也。然中国人士，亦既素乏经济之观念与国家之观念，他人方举国而谋之，且国国而谋之。而中国朝野上下，直视若无睹其所终日营营者。虽无或逃于经济之范围中，要不过个人经济焉耳。即令一国之大，未尝无一二远识者，起而以国民经济为唱导，然卒底以各个人或一部人之力而从事于经济之战争，力之不敌，未有不蹶。中国经济困惫，至于今日，已达其极。而举国沈睡不起，如故是岂不大可悲乎？虽然中国人士胡以乏经济及国家之观念，是直可谓无其人，专以唤起之耳，则欲示明经济之为何物？其与中国国家有如何之关系？固有不容不一尽其言责者，此又本题发生之所由来也。

第四，中国国家之生命，悬悬欲绝，至于今日，可谓危殆之极也。于是忧国之士群起而谋国事，内观外察，因感于国家组织之不良，思有所以变更之，是不得谓舍此别有他图。虽然国家之所以陷于危殆，与其组织之所以不容不变更者，必有其基因。基因何在？经济问题是也。不明于此基因，而日忧危殆，是尚不得为澄澈之视察，即其谋所以变更国家之组织者将至，虽毁损经济而不之或恤。夫现代中国国家组织之所以必要变更者，为其可使经济陷于悲观，而不足以维持国家之生命，以生出种种之危殆耳。故必欲维持国家之生命，以求其安全，须限于不防害经济之范围内变更其组织。即令变更之际，不免小有妨害，而欲达远大永久之图，亦莫可如何。然苟无妨害而可以得达，设有其法，毋宁取之。若因维持生命之不足，而后谋其他维持之方法，乃生组织之变更，更因组织之变更而蹂躏经济，以致缺其维持之要件，终归于断送国家之生命，是现代之国家因不适于经济之生存而生危殆。将来之国家，仍不适于经济之生存而生危殆，皆吾人所大为隐忧者也。故欲使谋变更国家之组织者，明于经济之基因，先于变更，而从事于经济问题之解决，且先于一般国人，而从事于经济问题之解决，此又本题发生之所由来也。

第五，国民与国家，其关系之密切，人所熟知，固不待言。虽然其所关系者如何？概言之要，亦不过经济的关系焉耳。故欲人民之自爱其国家，不可不使知其经济之关系。今中国濒于危亡，未尝非由于人民之不爱国，然比年以来，慷慨激昂之士，不惜呕心啼血，苦口劝诱，而卒无一效者，是不得谓非为我国人进言者。未或从其切身之利害关系，上为一批窾导郤之谈，故芸芸众生对于国家仍不感如何之休感，虽至老死，到底于国家观念，未能明瞭，盖其脑中所含，既仅仅一可有可无之国家，不复知其关系有如斯之密切，欲使其发生自然之爱情，乌可得欤？况再进言之。今之为爱国谈者，夫岂不知国之当爱？然一叩其爱国之所从来，要亦不外二者，曰"迷信的爱国"耳，曰"勉强的爱国"耳。是犹不知国之何以不爱，而油油然发于爱情之不能自己者，故对于国家关系仍不分明。以至徒有爱国之心肠，而无爱国之手段。斯二者，爱与不爱，不过程度之等差，其于不知一也。故欲发生中国人之爱国心，其必以经济的关系为当头棒乎？欲明此关系，此又本题发生之所由来也。

第六，经济者，国富之源泉也。自有国家以来，于政治上有种种之设备，即有种种行政费用之需要。故欲整理一国之财政，未有不先整理一国之经济者。此从财政上观察，因有政治上之需要，而后感于经济之必不可或缺，在普通之观念皆然，是不得全谓其误。虽然，一国家果为求达政治之目的，而后认为有经济之必要乎？抑为求达经济之目的，而后认为有经济之必要乎？苟因果不明，则观念从而生，其差达必至，仅求以经济发达，政治不求以政治发达，经济驰而益远，迷惑滋多，其极也。惟有肆用其政治上之手腕，宁牺牲其经济上之目的于不顾者，卤莽政治家每每贻国家以绝大之隐患，而经济不发达之国家，尤易陷于此等之弊害者。读近今中国立政谈见，其基本观念之颠倒，未尝不切切忧之。而为中国之将来，抱经济沦亡之悲者也。夫经济者，国家之目的也。政治者，国家因于其目的而活动之手段也。苟无经济之基因，则可断言国家不必有政治。中国数千年历史沿袭，政治家大都贱经济为鄙屑。其活动之范围，无不脱于经济，而各别为其经营，旧主义之残余，印于国人之脑者甚深。虽灌以最新之思潮，要不过仅能涤涤其枝叶，而根本上之盘结，不容易骤为转移，是固无足怪焉者也。惟是循是以往而不之觉，则中国方日日为政治上之争议，而忘却政治之本来其对外也。虽列强之经济力排山倒海，压境而来。其对内也，虽民生日益困苦，不获享一日安稳之生活。复不惜从其汗血之挥洒，以供政治塗泽之具要，皆无妨视为等闲。一若世之所谓政治家者，第以能言政治为己，是即国家施政之方针，殆无庸从经济上为着眼者，而内政外交，别挟一今，世所不容争之政见，以为中国政治之前提，是固为中国一般之浅见者流所崇奉，亦即为列国老辣之政治家所乐与。第可怜者，中国无数之生灵，眼见白骨邱山，沈沈大陆为他人肥耳。呜呼！现政府既不足以语于斯，而为中国所瞩望之政治家，又皆无经济之主眼，究令其所抱之政见，一旦成功，已无补于中国之生命，则以中国今日，方求生存，于经济战争中孤立，而敌万国之联军，全力注之，犹未必能操胜算者也。故得谓中国今日，舍经济而外无政治，苟不从经济上为观察，鲜不以斯言为虚谬。然而政治之发生，实有不得不谓为从经济为基本者，是政治家不具经济上完满之知识，慎毋以国家为刍狗，是不能不急欲与今世政治家一商者，此又本问题发生之所由来也。

第七，今之为法律政治改良论者，日益鼓吹。于中国一般思想，渐受影响。虽然，吾人不得不叩其何以有此法律改良之认识，虽其理由亦各有所主张，然属于他者，可得谓其皆第二以下之理由耳。夫言法律改良，岂得仅置重于第二以下之理由，而忘却第一之理由，是亦犹之政治。必从经济为发生之基本。故所谓第一理由者，固不外法律为维持国家经济之必要，而所以有改良之认识者，亦无非基于此点而发生者也。既认维持国家经济为法律改良之第二理由。法律家者，若无经济之知识，则于立法时趣不能应于社会经济之状态，反因于法律过求理论完全之故，使经济沈滞而不发达，即无以符于法律，促社会进步之名言，且因之惹起经济之纷，更致生国家大蒙不利益之结果是亦甚可虑也。况无论中国之将来变更为如何之政体，然亦必以国民掌握立法之机关者，断断可决。故经济之知识于法律上有如何之重要，是不待智者而明。而经济与法律，不惟生至密切之关系，直可谓国家因于维持经济之必要，而后有法律之制定者，此论据虽未能遽为简单之说明，要可略示。其观念之所从出，盖由于认国家之成立，不外出于维持人类社会生活之必要而生者，所谓人类社会之生活，即属于经济之范围。无庸缕迹，惟既因于经济之必要，而后有国家之出生，则凡因于国家而应有之法律，其全部悉得。谓为限于经济范围中，而为其存在，是在私法，固为显见。虽公之性质之法律，亦得下同一之论决。又况法律制定之后，则为法律之解释。欲得立法真意之所存，亦必要以经济为基础。故对于经济，无论现在及将来，皆不能不希望中国之法律家有其完满之智识，庶不至昧于国家，所以必要法律之大。原夫现行法律之不完，最为有害于经济之甚者，其缺点不暇，逐一列数。然试下一总括之批评，抑亦曰"无基本的经济观念"耳。现今中国法官之荼毒于中国经济，其弊且有出于现行法律之外者，是胡以然。抑亦曰"无基本的经济观念"耳。现行法律之不完，与法官之不法，在世之观察，已昭昭如白日。其已弊焉者无足责，第自今以往，法律改正之事，不难见诸实行，而司法人材之养成，亦多数人所感为必要者，犹模糊于"基本的经济观念"。则未来之法律，亦归于重循旧轨，以贻国家戚耳。故敢豫进一言，甚望中国之法律家于斯致意焉。此又本题发生之所由来也。

第八，经济为关于人类生活之事情。因于维持经济之必要，所以有政治法律之发生。既如所述，再换一方言之。道德者，亦因于维持经济之必要而发生者也。故道德亦于经济之范围中，而为存在者，其关于人生，并非分途发达，互不相容，乃中国自后儒之误解，竟至述其本原，使道德遂超然独立，绝对的与经济立于反对之地位，至今日新主义之输入益形庞杂，旧主义之保持益加强硬。新旧之间，各挟其零碎残缺之说以相高，而经济道德之抵触，益令人生无数之疑义。不知道德实基本于经济为发生，虽欲为其原理之说明，非仓猝间所能喻。第从事实上为观察，则中国一般之道德说，于经济战争时代之国家极不适于生存，而从经济上所发生关于道德之观念，纵令为十分之严谈，却无不合于道德之真诠者，何以言之？夫中国虽数千年来实为道德上之国家，然既认国家以后，苟国际间国家之界限一日不破，倘欲牺牲其国家，以为世界谋幸福，即为道德所不许，亦即为经济之所不容。无论何人，皆不容置一喙者也，故苟除个人道德与个人经济外，而以国家之限界为止。任从何方观察，无不可见道德之根本于经济，而经济之接近于道德者。试溯原始之经济，必因于个人生活力之不足，而后为团体的生活之关系，从其关系而生组织，因而形成国家。同时从其关系而生爱情，因而产生出道德，中国道德之发达最早，或尚在未有国家之先。然国家既成立以来，认道德于经济上有数多之必要，即不能不采之以为一种维持之方法。故无论如何之国家，未有不为国民谋幸福者，是在近世经济学殆成不争之原则，即在中国之道德说，亦为不惑之真理。征诸正德，利用厚生之言，其由来者久矣。然则苟能谋国民经济之发展，经济上道德上皆所最为希望者。若参以个人之观念，而硁硁守其道德，抑孳孳营其经济。是无分道德经济，两无所容。由此以言，可知以国家为标准，则一切之抵触无有不化者也。今日中国对于世界而求生存，凡我国人，当以国家为单位，苟于国民经济有益，固无所谓不道德者。无如个人道德，尚为中国最有力之说，其所影响良非浅鲜，而一般社会又仅知有个人经济，恰与个人道德相水火，益足以张旧说之馅。而一知半解、喜新之徒更诋毁道德，不惜打破藩篱，以肆其意之所欲，实则其所逐逐，无非仅于个人经济为止。而其所悬，以为敌之道德，亦无非仅于个人道德为止。是皆足以为经济之障碍，而大有危害于国家者也。故欲去中国之危害，必扫除经济一切之障碍，并以能解世人之惑，此又本题发生之所由来也。

以上诸点，皆为观察大要之所存，其他犹未尽于是。惟是因此观察而发生本题，于本题上经济之观念如何？曰："本题所谓经济云者，非个人的经济，亦非世界的经济，而为国家主义之国民经济也。"本题所论其范围，盖在于是，其主旨亦在于是。固有不能不先为表示者，至经济之意义，在学者间所见，尚不乏议论。但兹不为学理上之研究，即不必准以严格之绳墨，是亦不外普通之意味。即经济者，于人的生存上为求其欲望之满足，而活动之状态之总称也。此意义虽嫌广漠，然甚便于实际上之说明，而经济之名称，亦即从日本学者所译者而沿用焉耳。

基于右述之观念及其意义，以想像中于国之情态，其事至繁，其言滋多，然欲得以文字，发起表其意见之所怀，以就正于当世。固有不遑惮其烦者，兹先抉其大要，如左所列：

编甲　概论

　　一　人生与经济

　　二　国民于经济

　　三　国家与经济

四　社会主义与经济

编乙　本论

第一部分　中国之经济

一　中国之经济史

二　中国之经济现状

三　列国于经济上之对待中国

第二部分　经济之中国

一　于经济上中国所占之地位

二　于经济上中国宜取之主义

三　于经济上中国宜采之政策

编丙　余论

一　中国国家与国民于经济上所当尽之天职

二　中国经济之将来

本题所有议论，略如右之标目，其所包含亦云 夥矣。著者力薄识浅，乌足之举之，虽然当幼稚时代，固无乎不幼稚者。且今日之幼稚，实为将来老成之基础，是无庸以之自惭而遂自弃者，亚丹斯密氏慨自国经济之不整也。于是摅其蓄愤，发为文章，以针砭当时之疾，既颇见采用，英吉利遂稳健而占富雄一世之地位，是得谓非亚丹斯密氏之所造乎？若从今日进步之眼光，以观其所论著，或有见为不当者，然亚丹斯密氏之作，在当时固未可以或已，及至近世，福利德李比李师德氏，从独逸经济之悲观，以孤高之见解，游逶于当时，亦尝屡遭国人之排斥，而持之益坚。久之，其谈卒行而独逸于经济上，乃崛起而为最新进步之国家。斯二子者，其学问文章，固非著者之所敢望。第对于国家经济，欲竭区区之忱，苟有所见，不敢自匿，以希得万一之补救。虽为后来之非议，与为国人之所不容，亦不遑恤。是则所欲窃效于二子者，况今日中国经济上之命运，其危殆更甚于二子之当时。而中国关于经济上之著论，又若于前导之无资。天地悠悠，予怀益独。日暮途远，又得焉待？故不复求其说之，足以自完。骤欲以表见于世，其中缺点正复不少。一无世界之知识，二无社会之经练，三无高尚之理想，四无优美之文章，是则著者之所已能自见者也。

虽然，鄙著固拙劣，辄不自揣，妄欲以共于知新之士为其论究者。时势亦渐进步，故所论据多采最进步之说，并欲为一般舆论之鼓吹，故于文字，不敢或蹈于难深，以期普通人之所共晓，就中尤以唤起全国国民经济思想为转移时运之机枢。故所希望于一般国民者独殷，而多从国民身上努加鞭策，至现政府之聋聩，诚无足责。但国民既对于国家负责任，即不得不迫现政府之改良，而所以为中国一切问题之解决，实无或逃于经济范围者，我国民其群起而谋之，是著者是所最希望也。

编中标目，未能结构完全，以后或不无少有变更之处，其款顷如何，一时更难遽定也。著者附识。

——《中国新报》第五号

参考文献

一、著作类

1. 姚华：《书适》，邓见宽点注，贵州人民出版社 1988 年版。

2. 姚华：《弗堂类稿》，文海出版社 1974 年版十五卷本。

3. 姚华：《弗堂类稿》，中华书局民国十九年（1930）版。

4. 姚华：《五言飞鸟集》，中华书局 1931 年版。

5. 姚华：《曲海一勺》，文通书局中华民国三十一年（1942）版。

6. 姚华：《法政讲义》，群益分社民国二年（1913）版。

7. 姚华：《茫父楷书帖》，贵州人民出版社 1996 年版。

8. 姚茫父书画集编辑委员会编：《姚茫父书画集》，贵州美术出版社 1986 年版。

9. 邓见宽编：《姚茫父画论》，贵州人民出版社 1996 年版。

10. 邓见宽选注：《姚华诗选》，贵州人民出版社 2000 年版。

11. 邓见宽编：《莲花庵写铜》，贵州民族出版社 2002 年版。

12. 邓见宽校注：《弗堂词·蒹猗曲》，贵州民族出版社 2003 年版。

13. 邓见宽编：《姚茫父书法集》，荣宝斋出版社 2006 年版。

14. 邓见宽编：《茫父颖拓》，贵州人民出版社 2008 年版。

15. 陈叔通：《贵阳姚茫父颖拓》，商务印书馆 1957 年版。

16. 陈振濂：《现代中国书法史》，河南美术出版社 1993 年版。

17. 邓子勉编：《明词话全编》，凤凰出版社 2012 年版。

18. 杜鹏飞：《艺苑重光：姚茫父编年事辑》，故宫出版社 2016 年版。

19. 方智范等：《中国古典词学理论批评史》，华东师范大学出版社 2005 年版。

20. 葛晓音：《唐诗宋词十五讲》，北京大学出版社 2003 年版。

21. 侯传文：《话语转型与诗学对话——泰戈尔诗学比较研究》，中国社会科学出版社 2010 年版。

22. 黄晖：《论衡校释：附刘盼遂集解》，中华书局 1990 年版。

23. 蒋寅：《古典诗学的现代诠释》，中华书局 2003 年版。

24. 李昌集：《中国古代散曲史》，华东师范大学出版社 2007 年版。

25. 李铸晋、万青力：《中国现代绘画史》，文汇出版社 2004 年版。

26. 梁乙真：《元明散曲小史》，商务印书馆 1934 年版。

27. 凌景埏、谢伯阳编：《全清散曲》（增补版），齐鲁书社 2006 年版。

28. 刘正成主编：《中国书法鉴赏大辞典》，大地出版社 1989 年版。

29. 刘正成主编：《中国书法全集》，荣宝斋出版社 2001 年版。

30. 龙榆生：《唐宋词格律》，上海古籍出版社 1978 年版。

31. 卢前：《蒙猗曲定》，文通书局中华民国三十六年（1947）版。

32. 罗积勇：《用典研究》，武汉大学出版社 2005 年版。

33. 罗宗强、陈洪主编：《中国古代文学史》（二），华东师范大学出版社 2008 年版。

34. 《钱钟书作品集》，甘肃人民出版社 1997 年版。

35. 任可澄：《黔南丛书》，民国三十年（1941）贵阳文通书局版。

36. 任中敏编著：《散曲丛刊》（下），曹明升点校，凤凰出版社 2013 年版。

37. 苏轼：《东坡志林》，赵学智校注，三秦出版社 2003 年版。

38. 泰戈尔：《新月集·飞鸟集》，郑振铎译，湖南人民出版社 1981 年版。

39. 唐圭璋编：《词话丛编》，中华书局 1986 年版。

40. 唐仁虎等：《泰戈尔文学作品研究》，昆仑出版社 2003 年版。

41. 王朝宾主编：《民国书法（1911—1949）》，河南美术出版社 1989 年版。

42. 王国维：《宋元戏曲史》，黄仕忠讲评，凤凰出版社 2010 年版。

43. 王红光主编：《姚华书画作品集》，广西师范大学出版社 2014 年版。

44. 王易：《词曲史》，东方出版社 1996 年版。

45. 王运熙、顾易生主编：《中国文学批评史新编》，复旦大学出版社 2001 年版。

46. 王兆鹏：《词学研究十讲》，北京大学出版社 2008 年版。

47. 伍蠡甫:《中国画论研究》,北京大学出版社 1983 年版。

48. 杨文生编著:《词谱简编》,四川人民出版社 2004 年版。

49. 叶德均:《戏曲小说丛考》(上、下),中华书局 1979 年版。

50. 叶恭绰编:《全清词钞》(全二册),中华书局 1982 年版。

51. 叶嘉莹:《叶嘉莹谈词》,南开大学出版社 2013 年版。

52. 颐渊:《陈师曾遗画集》,北京淳清阁 1924 年版。

53. 俞为民、孙蓉蓉编:《历代曲话汇编:新编中国古典戏曲论著集成》近代编第二集,黄山书社 2009 年版。

54. 袁行霈主编:《中国文学史》第三卷,高等教育出版社 2001 年版。

55. 袁行霈:《陶渊明集笺注》,中华书局 2003 年版。

56. 张舜徽:《清人别集文录》,中华书局 1963 年版。

57. 章培恒、骆玉明:《中国文学史新著(增订本第二版)》,复旦大学出版社 2011 年版。

58. 赵遐秋:《徐志摩传》,中国人民大学出版社 1989 年版。

59. 赵义山主编:《新世纪曲学研究文存两种》,上海古籍出版社 2003 年版。

60. 赵义山:《明清散曲史》,人民出版社 2007 年版。

61. 中国人民政治协商会议贵州省贵阳市委员会文史资料研究委员会编:《贵阳文史资料》第十八辑。

62.《中国古代文学史》编写组编:《中国古代文学史》(上),高等教育出版社 2016 年版。

63. 周亮工:《因树堂书影》,上海古典文学出版社 1957 年版。

64.(清)永瑢等:《四库全书总目》,中华书局 2008 年版。

二、论文类

1. 陈训明:《姚华的书画与颖拓》,《贵州文史丛刊》1981 年第 3 期。

2. 陈训明:《姚茫父〈曲海一勺〉浅说》,《贵州社会科学》1982 年第 1 期。

3. 崔明海:《制订"国音"尝试:1913 年的读音统一会》,《历史档案》2012 年第 4 期。

4. 邓见宽:《皮骨任人牛马　影形容我壜箎——姚华诗雏论》,《贵州文史丛刊》1993 年第 4 期。

5. 邓见宽：《陈叔通与茫父颖拓》，《世纪》1995 年第 5 期。

6. 邓见宽：《北魏第一石　隶楷之递嬗——姚华三题〈北魏刁磬墓志铭〉》，《贵阳师专学报（社会科学版）》1996 年第 1 期。

7. 邓见宽：《陈叔通与姚华的情谊》，《贵州文史天地》1996 年第 2 期。

8. 邓云乡：《姚茫父〈弗堂类稿〉与陈师曾》，《传统文化与现代化》1998 年第 6 期。

9. 耿祥伟：《试论姚华题画词》，《山东教育学院学报》2006 年第 6 期。

10. 顾朴光、顾雪涛：《北京画坛领袖姚华》，《当代贵州》2013 年第 33 期。

11. 顾雪涛：《齐白石与姚华关系考》，《贵州民族大学学报（哲学社会科学版）》2013 年第 4 期。

12. 顾雪涛：《民初北京画坛的双子星座——姚华与陈师曾》，《贵州文史丛刊》2014 年第 4 期。

13. 桂诗成：《姚茫父先生传》，《贵州文献季刊》第 5 期。

14. 郭沫若：《郭沫若谈创作》，《现世界》创刊号 1939 年 8 月 16 日。

15. 贾双喜：《姚华与颖拓》，《收藏家》2007 年第 3 期。

16. 李建国、邓见宽：《志学能藏用　清新又流丽——评姚华的诗》，《贵州社会科学》1986 年第 6 期。

17. 李岩：《音教争执——以辛亥前后"音乐教育"为例》，《黄钟（武汉音乐学院学报）》2011 年第 4 期。

18. 梁启超：《〈庸言〉发刊词》，《庸言》杂志 1912 年第 1 卷第 1 期。

19. 刘恒、崔丽：《犹道东风落柳华——姚华对文人画的坚守与传承》，《文物天地》2015 年第 5 期。

20. 刘铭、耿祥伟：《论姚华戏曲理论中的"俗"与"真"》，《贵州文史丛刊》2010 年第 4 期。

21. 刘悠翔：《如果你自己翻译时玩得猖狂——冯唐〈飞鸟集〉和诗歌翻译的信达雅》，《南方周末》2016 年 1 月 7 日第 D29 版。

22. 马大勇：《留得悲秋残影在：论〈庚子秋词〉》，《求是学刊》2013 年第 1 期。

23. 毛铁桥：《颖拓长卷来黔始末——怀念姚茫父先生》，《贵州文史天地》1996 年第 6 期。

24. 苗怀明：《除却元刊曲江集斋中原不少琼琳——记贵州近代曲家姚华》，

《贵州文史丛刊》2002年第1期。

25．苗怀明：《贵州学人姚华和他的曲学研究》，《贵州社会科学》2013年第4期。

26．莫艾：《民国前期（1911—1927）北京画坛传统派社会交往关系考察》，《美术研究》2011年第1期。

27．莫砺锋：《苏轼的艺术气质与文艺思想》，《中国韵文学刊》2008年第2期。

28．宋洪宪：《论贵州近现代留学生对祖国的贡献》，《贵州文史丛刊》1995年第2期。

29．宋伟：《"及昆曲之将绝，急恢复而新之"——姚华的昆曲观及其启示》，《戏曲艺术》2014年第3期。

30．苏华：《姚华：旧京都的一代通人》，《书屋》1998年第3期。

31．唐定坤：《姚华曲学观的"诗统"意识》，《贵州文史丛刊》2011年第4期。

32．田根胜：《以诗人之心　行稗官之志——姚华骈史观述论》，《学术交流》2005年第8期。

33．王颖泰：《明清时期的贵州戏剧批评文学》，《贵州师范大学学报（社会科学版）》2002年第1期。

34．韦力：《琅嬛墨迹（十二）姚华：尚存右臂不解擎苍》，《收藏》2012年第5期。

35．吴承学、李光摩：《晚明心态与晚明习气》，《文学遗产》1997年第6期。

36．吴调公：《说"清空"》，《文史知识》1984年第1期。

37．徐传法：《康有为与姚华书法观念之比较》，《艺术百家》2014年第1期。

38．徐传法：《清末隶书笔势走向探究——以姚华为例》，《南京艺术学院学报（美术与艺术版）》2014年第2期。

39．徐传法：《颖拓艺术研究》，《南京艺术学院学报（美术与艺术版）》2009年第5期。

40．徐传法：《由姚华评〈兰亭序〉看其碑帖观的演变》，《艺术百家》2015年第1期。

41．杨栋：《卢前对近代散曲学的贡献》，《东南大学学报（哲学社会科学版）》2000年第2期。

42．姚华：《题画一得》，《贵州文史丛刊》1982年第4期。

43. 张心正:《漫谈颖拓艺术——为纪念姚茫父逝世六十周年而作》,《贵州文史丛刊》1990 年第 3 期。

44. 赵毫:《诗书画绝代风流　姚茫父一时大师》,《贵州都市报》2013 年 7 月 16 日。

45. 周春艳:《晚清贵州学者姚华研究述略》,《六盘水师范学院学报》2015 年第 3 期。

46. 周新凤:《"画虽小,道宏之"——姚华画论中"道"的审美阐释》,《湖北经济学院学报 (人文社科版)》2011 年第 6 期。

47. 周新凤:《姚华画论的审美理想探析》,《河南理工大学学报 (社会科学版)》2013 年第 1 期。

48. 卓清芬:《王鹏运等〈庚子秋词〉在"词史"上的意义》,《河南大学学报(社会科学版)》2010 年第 3 期。

49. 耿祥伟:《姚华曲论思想研究》,华南师范大学硕士学位论文,2007 年。

50. 徐传法:《姚茫父书法研究》,西南大学硕士学位论文,2008 年。

51. 周新凤:《姚华绘画艺术思想研究》,山东师范大学硕士学位论文,2010 年。

后 记

对姚茫父的关注始于 2011 年在长沙召开的第十一届中国散曲研究会。在会上得以与同乡李瑞利（唐一笑）先生相见，言谈甚欢。当时我忝任散曲会副秘书长之职，因散曲会工作的开展便与李瑞利先生有了更多的联系。瑞利先生主办之《黔人散曲》向我约稿，正好手里有一篇关于近现代散曲学者卢前的研究文章，于是便将该文作为应稿之件寄奉《黔人散曲》编辑部。瑞利先生审读后对拙文诸多谬赞，并建言："窃以为我们贵州的姚华值得研究，希望能够进一步关注。"其时我对姚华的了解是十分肤浅的，印象中除其代表论著《弗堂类稿》和《菉猗室曲话》外，其他的便一无所知了。不过，既然是同乡前辈，并且是在我的故乡兴义笔山书院执掌山长的乡贤，自是引发了我研究的兴趣。于是我开始从自己最熟悉的词曲领域入手，逐渐尝试走进姚华的文艺创作与精神世界。这是我研究姚华的第一个因缘。

促使我深入姚华研究的第二个因缘是中国社会科学研究院文学研究所的蒋寅先生。蒋先生在学术上取得的成就，于我辈而言，自是不禁心生高山仰止之叹，同时他提倡的文献与理论并行的研究思路对我个人治学方向的形成亦影响甚大。当我忐忑不安地将自己关于姚华研究的第一篇文章《姚华词曲观刍议》投稿至蒋寅先生主编之《中国诗学》时，对文章的刊用其实并没抱多少希望。数月后，很意外，同时也很惊喜地收到蒋寅先生的回信，信中蒋先生对拙文的思路予以热情的肯定，同时也中肯地提出了诸多修改意见。并约请编撰《姚华编年事迹长编》。蒋先生是我一向敬仰的学者，他的鼓励与约稿，于我而言，既是对自己进一步研究姚华确定了信心，同时也鞭策自己，一定不能辜负蒋先生的期望。于是，我开始大量购置关于姚华研究的相关文献，正式展开了对这位同乡前贤的全面研究。随着研究的不断深入以及对姚华其作的尽可能全面解读,对其人的敬意日渐滋生,本著即是我对姚华文学作品研究的最终成果。

现在回想起来,促使我投身姚华研究的最大驱动力恐怕还是第三个因缘,那就是多年客居在外的游子内心对故乡的眷念之思。自从 1994 年 9 月离开故乡踏上求学之路始,故乡的风物似乎已经渐渐淡化成片片零碎的记忆。正如当时流行的一首校园民谣所歌唱的:"带着点流浪的喜悦我就这样一去不回,没有谁暗示年少的我那想家的苦涩滋味。"二十余年后,我早已不再年轻,但对家乡的思念却并未随记忆的模糊而消退。我出生在贵州一个边远的偏僻小城,小城袖珍到只有五条街道的地步。小城留给我的记忆是温暖的。没有世俗的纷繁杂乱,没有人心的钩心斗角。有的是山的清峻,水的灵秀,一尘不染的蓝天以及冬天里飘飘扬扬的小雪。尽管这些记忆已经随着岁月的流逝而渐行模糊,但是故乡的气息已经深深镌刻进了我的灵魂和骨髓。不禁想起了余光中的《乡愁》:"小时候,乡愁是一枚小小的邮票,我在这头,母亲在那头。"我是手无缚鸡之力的文弱书生,也是大漠里最不起眼的一颗小小砂砾。对自己的故乡,我能够做的,恐怕也就是对故乡文化的传承与弘扬了。如果说这也是一场考试的话,那么,这本小书或许就是一张不太合格的答卷吧。

姚华是黔地文化的代表人物,同时也是研究西南文化不可省略的重要人物。他以其勤奋的文艺创作证明了博而精的通才并非仅仅存在于人们的想象之中。他在金石、诗歌、词曲、戏剧、书法、绘画、刻铜、颖拓、画像砖等方面取得的成就均是令人惊叹的,部分领域甚至有开山之功。如此重要的人物,其声名自然就不应该随时间流逝而逐渐淡出现代人关注的视野,而应该得到后人的尊敬与认同。我原本所擅长者为词曲学,对姚华之研究亦本将词曲作为主要切入角度。然而,随着对姚华文艺成就了解的步步深入,我深感到姚华的每一门才艺均可谓是潜藏深厚的富矿,亟待后人的深入发掘。譬如姚华创作诗歌数量即达近千首,《弗堂类稿》有十一卷是诗歌。从对这些诗歌的研究中,其间可以考察的内容是极其丰富的。就诗歌发展自身而论,一方面可以管窥清末民初诗坛的基本动态,同时也可观照到姚华诗风的养成及其与同时其他诗派的联系。就姚华自身诗歌主体创作而论,可以由此探析诗论与诗歌创作实践之间的关联。就创作者文事与艺事的结合而论,可以由此研究姚华诗歌与书画、诗歌与碑刻、诗歌与颖拓之间的关联。诗歌如此,其他技艺,书法、绘画、金石、颖拓等莫不皆然。本课题研究的原意是希望能够对姚华的各门才艺均尽可能作出全面完整的评述。然而，在具体动笔之后，方知此事之艰巨繁难。其一在于姚华一生所为作品虽多，但大多为私人收藏所有，访求甚为不便；其二在于姚华是博古通今的才子型人物，欲对其全面评述的话，非有深厚绘画、颖拓、书法、文学知识功底者不能为之。我所学专业为文学，故本著考察视角亦以文学为主。间或涉及其他艺事者，不过蜻蜓点水而已。此外，姚华之艺坛盛名，字画颖拓乃是重要一脉。然姚华平生所作字画颖拓今多散佚于民间，搜求实为不易。据目力所及，姚华作品民间收藏者当以清华大学杜鹏飞教授重华斋为最富，其他尚未见收藏家专注于此者。因此，本课题研究的目的又在于抛砖引玉，期待能有更多的学者关注姚华，期待能有更多的姚华作品能于故纸堆中重见天日，同时更期待能有更多有价值的研究成果不断面世。

本课题在研究之中，能够有幸得到国家社科基金的资助，这于我而言，既是一种鼓励，同时更是一种鞭策。既然本课题有幸能够得到评审专家的推荐，在自己而言，就自然要倾全力为之，力争最大限度内将课题完成得更为精致。学术的意义不在于当下，而是要能够经受数十年，甚至数百年之后学人的检验。自2014年开始，我将所有课余心力均投注于课题研究事务之中。其中经历的种种艰难与劳苦，现在回想起来，又何尝不是一种生命的充实？我所在的西华师范大学文学院非常重视学科建设工作，生活在这么一个团结向上的集体中，原先慵懒散漫的我也逐渐开始体会到学术研究的愉悦。学术研究本来是一件苦差事，但我在研究姚华时并没有体会到多少"思维的痛苦"或者"思索的艰难"，而是一种精神上的无比愉悦。当在夜半青灯下完成每一个章节时，当遍索群书不得，偶然发现一则有用的资料时，内心的快慰欣喜又岂为文字所能倾诉？还记得2016年7月，我独自前往贵阳十中退休职工宿舍拜访姚华孙女姚伊老人，老人已是86岁高龄，但仍思维清晰，耳顺目明。她在得知我正在整理《弗堂类稿》时，热心地告诉我贵州民族大学以李华年教授为首的研究团队已经将《弗堂类稿》标点完毕，即将付梓出版。同时还向我介绍了清华大学杜鹏飞教授的相关研究工作；老人还向我侃侃谈起她与丈夫邓见宽先生为整理姚华著述所经历的诸多艰辛，最后不无遗憾地说："老邓（邓见宽）原先准备对姚华的曲论和其他文论进行深入研究，可惜未能如愿。"我当即向老人表示，希望能够以本成果的问世弥补邓见宽先生的遗憾。话虽如此，然以我之学识与禀赋，要完成邓先生的遗愿谈何容易？笔者的这一鸿志在多大程度上得到实现，也只有等待读者的判断了。正如周晓琳教授在序中所言，本书稿的问世并不意味着姚华研究的结束，可能在某种程度上是一种新的开始，无论对姚华研究抑或是我自身的学术道路而言。希望能够以拙作引发学术界对姚华著述的整理与研究，让这位被学术界几近遗忘的通才能够重回文学史、艺术史的研究视野。在姚华研究过程中，我曾经多次到贵州省图书馆查阅资料，凡当代贵州学人的学术著述在馆中几乎都有收藏，这些著述涉及黔地民族文化、田野调查、风俗习惯、名人研究等诸多方面，用汗牛充栋一语来形容也并不夸张。我惊诧于贵州学人于贵州地方文化所作的默默努力与卓著贡献，同时也希望本著能够成为其中不起眼的一朵小花，为西南文献的研究整理增添一份微薄的力量。

感谢西华师大的诸多师友，你们的支持与关爱让我始终觉得生活充满阳光。

感谢重庆复旦中学魏志龙、川南幼儿师范学校陈琳、重庆涪陵五中宿长平等小友，感谢我指导的西华师范大学文学院 2013 级黄如英、林麟、方静、王雯、徐思源、费睿智、龙倩倩、张洪武等小友，他们都是我指导的学生，现在正在各自的岗位上发挥着自身的能量。他们在本成果的文献录入工作中付出了辛勤的劳动。此外，任蕾懿、潘琳莉、张雪欢等小友在本书稿的后期排版上付出了辛勤的劳动，在此一并致谢。

朦朦胧胧之中，似乎回到了记忆中的小城。仿佛看到那雄伟巍峨的二十四道拐，那潺潺小溪轻轻拂过的青石板路，那甘洌清甜的桂花井水……我与兄姊依偎在父亲宽大的手掌边，全家人围着燃烧正旺的炉火，静静地享受着漫长的冬夜。

又，西华师范大学两位前辈周晓琳教授、伏俊琏教授拨冗赐序，为本书增色不少，特此鸣谢！

是为记。

郑海涛

2018 年 9 月 4 日

责任编辑：韦玉莲
封面设计：汪 阳

图书在版编目（CIP）数据

姚华文学作品研究／郑海涛 著 . — 北京：人民出版社，2021.3
ISBN 978 - 7 - 01 - 022533 - 3

I. ①姚… II. ①郑… III. ①姚华（1876-1930）- 文学研究 IV. ① I206.5

中国版本图书馆 CIP 数据核字（2020）第 218195 号

姚华文学作品研究
YAOHUA WENXUE ZUOPIN YANJIU

郑海涛 著

人 民 出 版 社 出版发行
（100706 北京市东城区隆福寺街 99 号）

北京虎彩文化传播有限公司印刷 新华书店经销

2021 年 3 月第 1 版 2021 年 3 月北京第 1 次印刷
开本：710 毫米 × 1000 毫米 1/16 印张：21.5
字数：336 千字

ISBN 978 - 7 - 01 - 022533 - 3 定价：89.00 元

邮购地址 100706 北京市东城区隆福寺街 99 号
人民东方图书销售中心 电话（010）65250042 65289539